종소리

닐 셔스터먼 장편소설

종소리

이수현 옮김

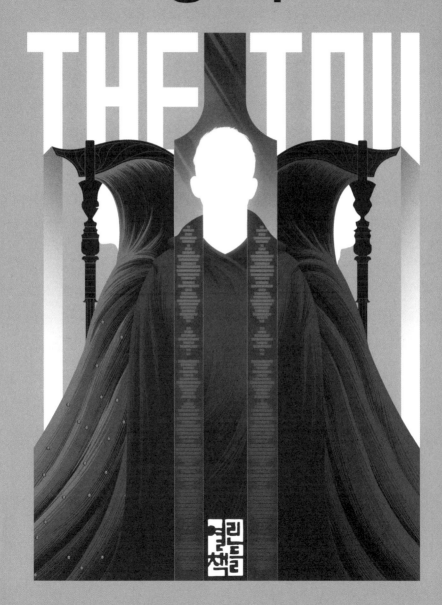

편집자 중 고위 수확자와도 같은 데이비드 게일에게,
우리 모두 당신 펜이 발휘하는 깨달음의 낫질이 그리워요!

차례

1부 잃어버린 섬과 잠긴 도시

변함없이 겸허한 마음으로 미드메리카의 고위 수확자 자리를 받아들입니다. 좀 더 즐거운 상황에서였다면 좋았겠지요. 인듀라의 비극은 우리의 기억 속에 오래도록 남을 것입니다. 그 암담한 날에 그곳에서 끝나 버린 수천의 목숨은 인류에게 견뎌 낼 마음과 눈물을 흘릴 눈이 있는 한 언제까지나 기억될 것입니다. 먹혀 버린 이들의 이름은 영원히 우리의 입에 오르내릴 것입니다.

일곱 대수확자의 마지막 행동이 제가 고위 수확자로 받아들여질 권리를 인정하는 것이었다는 사실이 영광스럽습니다. 그리고 유일한 다른 후보자는 재난 속에 사라졌으니, 봉인된 투표함을 열어서 상처를 다시 헤집을 필요는 없겠지요. 퀴리 수확자와 내가 언제나 마음이 같지는 않았으나, 퀴리는 분명 우리 가운데 최고였으며 역사에도 가장 위대한 이들 중 한 사람으로 기록될 것입니다. 퀴리를 잃은 것을 저도 누구 못지않게 애도합니다.

이 재난이 누구의 책임이냐를 두고 많은 추측이 있었습니다. 사고가 아니라 악의를 가지고 주의 깊게 계획한 행동임이 분명했으니까요. 저는 모든 소문과 추측을 잠재울 수 있습니다.

모든 책임은 제게 있습니다.

인듀라섬을 침몰시킨 것은 제 예전 수습생이었으니까요. 수확자 루시퍼라고 자칭하던 로언 데이미시가 이 상상도 할 수 없는 짓을 벌인 범인이었습니다. 제가 훈련시키지 않았다면, 제가 받아 주지 않았다면 로언은 인듀라에 접근할 수 없었을 것이며, 이 극악무도한 범죄를 저지를 기술도 배우지 못했을 것입니다. 그러니 제 탓입니다. 범인 역시 그 자리에서 사망하여, 용서할 수 없는 이런 행위를 우리 세상에 다시는 저지르지 못하리라는 것만이 제 유일한 위안입니다.

이제 우리에게는 지도해 줄 대수확자도, 수확 방침을 정할 더 큰 권위자도 남아 있지 않습니다. 그러므로 우리는, 우리 모두는 이번 한 번만은 우리의 차이를 제쳐 놓아야 합니다. 신질서와 보수파가 함께 힘을 합쳐 모든 곳에서 모든 수확자들에게 요구되는 바를 충족시켜야 합니다.

그 목적을 위하여 저는 제 지역의 수확 할당량을 공식적으로 폐지하기로 결정했습니다. 할당량을 맞추는 데 애를 먹는 수확자들을 존중하는 뜻에서입니다. 이 순간부터 미드메리카 수확자들은 할당량을 맞추지 못한다고 벌을 받는 일 없이, 적합하다고 여기는 수만큼만 수확하면 됩니다. 다른 수확령에서도 뒤따라 수확 할당량을 폐지했으면 합니다.

물론 수확을 덜 하기로 결정하는 수확자들을 벌충하기 위해서라도 나머지 이들이 거두는 목숨의 수를 늘려 차이를 메꿔야 하겠지만, 자연스럽게 균형이 이루어지리라 믿습니다.

— 랩터의 해, 4월 19일
미드메리카의 고위 수확자,
로버트 고더드 예하의 취임 연설 중에서

1

굴복

경고는 없었다.

조금 전까지만 해도 자고 있었는데, 다음 순간 그는 알지도 못하는 사람들에게 잡혀 어둠 속을 급히 끌려가고 있었다.

「몸부림치지 마.」 누군가가 속삭였다. 「그래 봤자 상황만 나빠질 뿐이야.」

그래도 그는 몸부림쳤고, 비몽사몽간에도 그들의 손아귀에서 빠져나가 복도를 달리는 데 성공했다.

도와 달라고 소리쳤지만, 이 사태를 뒤집을 깨어 있는 사람을 찾기에는 너무 늦은 시각이었다. 그는 오른쪽에 계단이 있는 줄 알고 어둠 속에서 방향을 틀었는데, 가늠이 잘 되지 않아 머리부터 떨어지는 바람에 화강암 계단에 팔을 부딪쳤다. 오른쪽 팔뼈가 부러진 듯했다. 날카로운 통증이 느껴졌지만, 잠시뿐이었다. 일어섰을 때쯤에는 통증이 누그러들고 온몸이 따뜻했다. 나노기가 혈관에 진통제를 쏟아붓고 있었다.

그는 손목이 끔찍한 각도로 매달려 있지 않게 팔을 붙잡고 비틀거리며 걸어갔다.

「거기 누굽니까?」 어디선가 외치는 소리가 들렸다. 「밖에 무슨 일이죠?」

그 목소리가 들리는 방향으로 달리고 싶었지만, 방향을 확실히 알 수가 없었다. 나노기가 머릿속을 멍하게 만들어 왼쪽과 오른쪽은커녕, 위아래도 구분하기 힘들었다. 하필 머리를 제일 써야 할 때 정신이 흐려지다니 최악이었다. 이제는 발밑에 닿는 바닥도 유령의 집처럼 움직이는 느낌이었다. 그는 균형을 잃지 않으려고 애쓰면서 벽과 벽 사이를 달리다가 습격자 한 명을 정통으로 들이받았고, 그자는 그의 부러진 손목을 붙잡았다. 진통제가 혈관에 흐르고 있다 해도 뼈가 부서지는 느낌은 나머지 몸이 저항을 못 하게 만들었다.

「쉽게 따라올 생각이 없군?」 습격자가 말했다. 「뭐, 경고는 했어.」

바늘이 보인 것은 잠시뿐이었다. 어둠 속에서 가느다란 은빛 섬광이 그의 어깨에 밀려 들어왔다. 혈관으로 찬 기운이 쏟아지고, 세상이 반대 방향으로 빙글빙글 도는 것 같았다. 무릎이 풀렸지만 쓰러지지는 않았다. 지금 그가 바닥에 쓰러지도록 놓아두기에는 주위에 손이 너무 많았다. 그는 들려 나갔다. 열린 문을 통과하여 바람이 거세게 부는 밤공기 속으로 나갔다. 마지막 남은 의식이 흐려지자, 돌아가는 상황에 굴복하는 수밖에 없었다.

깨어났을 때쯤에는 팔이 다 나아 있었다. 의식을 잃은 지 몇 시간은 됐다는 뜻이었다. 손목을 움직이려고 해보았지만, 움직일 수 없었다. 부상 때문이 아니라 묶여 있었기 때문이었다.

두 손과 두 발이 다 결박되어 있었다. 게다가 질식할 것 같은 느낌까지 들었다. 자루 같은 것이 머리에 씌워져 있었다. 호흡이 될 만한 구멍은 뚫려 있었지만, 숨을 들이마실 때마다 애를 써야 할 만큼 두꺼웠다.

여기가 어디인지는 몰라도, 이게 무슨 일인지는 알았다. 납치라는 거였다. 요새 사람들은 장난삼아 납치를 했다. 깜짝 생일 파티, 아니면 모험 가득한 체험 활동으로 말이다. 하지만 이것은 친구와 가족 들이 벌일 만한 납치가 아니라 진짜였다. 그리고 납치한 자들이 누구인지는 몰라도, 납치한 이유는 알았다. 어떻게 모를 수 있겠는가?

「거기 누구 있어요? 이걸 쓰고는 숨을 못 쉬겠는데. 내가 일시 사망하면 댁들한테 도움이 되진 않을 텐데요?」

주위에서 움직이는 소리가 들리더니, 머리의 자루가 벗겨졌다.

그는 창문이 없는 작은 방 안에 있었고, 불빛이 눈을 찔렀다. 너무 오래 어둠 속에 있었기 때문이다. 앞에는 세 사람이 서 있었다. 남자 둘에 여자 하나. 그는 닳고 닳은 험악한 불미자들을 대면하게 되리라고 생각했는데, 그 예상은 완전히 빗나갔다. 물론 이들도 불미자이긴 했지만, 누구나 그렇다는 의미에서 불미자였다.

음, 그러니까 거의 누구나.

「당신이 누군지 압니다.」 가운데에 선 여자가 말했는데, 보아하니 책임자인 모양이었다. 「그리고 당신이 무엇을 할 수 있는지도 알죠.」

「무엇을 할 수 있다고 여겨지는지.」 다른 한 명이 덧붙였다.

세 사람 다 구름 낀 하늘 같은 회색의 구깃구깃한 정장을 입고 있었다. 님부스 요원들이었다. 아니, 아무튼 과거에는 그랬을 것이다. 그들은 선더헤드가 침묵에 빠진 이후 한 번도 옷을 갈아입지 않은 듯한 몰골이었다. 옷을 갖춰 입는다는 것은 아직 격식을 갖출 일이 있다는 뜻이다. 님부스 요원들이 납치에 나서다니. 세상이 어떻게 된 걸까?

「그레이슨 톨리버.」 의심이 많은 쪽이 태블릿을 보며 그레이슨의 인생에서 중요한 사실들을 읊었다. 「괜찮은 학생이지만 아주 뛰어나지는 않음. 수확령과 정부 분리법을 위반하여 미드메리카 노스센트럴 님부스 아카데미 퇴학. 슬레이드 브리저라는 이름으로 여러 건의 범죄와 비행을 저지름. 버스 낙하로 29명을 일시 사망에 이르게 한 죄 포함.」

「그런데 선더헤드가 고른 게 이런 쓰레기라고?」 세 번째 요원이 말했다.

책임자가 고개를 들어 둘 다 조용히 시키더니, 그레이슨에게 시선을 맞췄다.

「우리가 후뇌를 샅샅이 조사했더니, 불미자가 아닌 사람을 딱 한 명 찾을 수 있었습니다. 바로 당신.」 요원은 기묘한 감정이 뒤섞인 표정으로 그를 쳐다보았다. 호기심, 질투…… 그러나 경외심도 있었다. 「당신은 아직 선더헤드에게 말을 할 수 있다는 뜻이지요. 사실인가요?」

「누구든 선더헤드에게 말은 할 수 있죠.」 그레이슨이 지적했다. 「난 아직 대화를 하는 한 명인 거고.」

태블릿을 든 요원이 전신에 숨이 모자라는 듯 깊은 숨을 들이마셨다. 여자 요원은 몸을 가까이 기울였다. 「당신은 기적이에요, 그레이슨. 기적. 그 사실을 압니까?」

「기적은 음파교인들이나 하는 말인데요.」

그들은 음파교인이라는 말에 비웃음을 지었다.

「그자들에게 포로로 잡혀 있었다는 걸 압니다.」

「어…… 꼭 그렇지는 않아요.」

「스스로의 의지에 반하여 같이 있었잖아요.」

「처음에는 그랬을지 모르지만…… 이젠 아닌데요.」

요원들은 순순히 받아들이지 못했다. 「네가 대체 왜 음파교인들과 같이 머물지?」 조금 전까지만 해도 그를 쓰레기라고 불렀던 요원이 물었다. 「설마 그자들의 헛소리를 믿을 리도 없고…….」

「내가 그 사람들과 같이 있는 건…….」 그레이슨이 말했다. 「한밤중에 날 납치하지는 않기 때문이죠.」

「우린 널 납치한 게 아니야. 풀어 준 거지.」 태블릿을 쥔 요원이 말했다.

그러던 중 책임자가 무릎을 꿇더니, 그레이슨과 눈높이를 맞췄다. 이제 그는 그 여자의 눈에서 뭔가 다른 것을 볼 수 있었다. 그녀의 다른 감정을 모두 압도하는 뭔가를. 절망. 그것은 어둡고 타르처럼 찐득한 절망의 구덩이였다. 그레이슨은 그것이 공통의 감정임을 깨달았다. 선더헤드가 침묵에 빠진 후 슬픔에 허우적대는 사람들을 여럿 보았지만, 이 방 안에서만큼 비참하고 원초적인 절망은 본 적이 없었다. 온 세상의 감정 나노기를 다 쓴다고 해도 이들의 절망을 다스릴 수는 없었다. 그렇다, 묶인 쪽은 그레이슨이었지만 낙담에 꽁꽁 묶인 죄수들은 오히려 요원들이었다. 그는 그 요원들이 그에게 무릎을 꿇어야 했다는 사실이 마음에 들었다. 탄원처럼 느껴졌다.

「부탁이에요, 그레이슨.」 요원이 애원했다. 「대면청에서 일하던 많은 요원들을 대표해서 하는 말이지만, 선더헤드를 위해 일하는 것이 우리 인생의 전부였습니다. 이제 선더헤드가 우리에게 말을 하지 않으니, 그 삶도 강탈당했지요. 그러니 간청하는데…… 우리를 위해 탄원해 줄 수 있나요?」

그 고통에 공감한다는 말 외에 그레이슨이 무슨 말을 할 수 있을까? 정말로 공감했다. 그는 목적을 빼앗긴 외로움과 비참함이 어떤 것인지 알았다. 슬레이드 브리저라는 잠입 불미자로 사는 동안에는 선더헤드가 정말로 자신을 버렸다고 믿기도 했었다. 하지만 그렇지 않았다. 선더헤드는 내내 그를 지켜보고 있었다.

「협탁에 이어폰이 하나 있었을 텐데, 혹시 가져오진 않았겠죠?」 요원들의 침묵이 곧 답이었다. 한밤중에 납치를 하는데 그런 개인 소지품을 챙겼을 리 만무했다.

「상관없어요. 오래된 이어폰이 있거든 줘봐요.」 그는 태블릿을 든 요원을 보았다. 그 남자는 아직까지 대면청 이어폰을 꽂고 있었다. 현실 부정의 또 다른 예시였다. 「당신 걸 줘요.」 그레이슨이 말했다.

그 남자는 고개를 저었다. 「이젠 작동하지 않아.」

「나한테는 작동할 거예요.」

요원은 마지못해 이어폰을 빼내어 그레이슨의 귀에 붙였다. 그리고 세 요원은 그레이슨이 기적을 보여 주기를 기다렸다.

선더헤드는 자각의 순간을 기억하지 못했다. 어린아이가 스스로의 의식을 자각하지 못하듯이 그저 존재하다가, 세상에 대해 충분히 알고 나서야 의식이란 완전히 꺼질 때까지는 들어왔다 나갔다 하는 것임을 이해했다. 의식이 꺼진다는 부분에 대해서는 현명한 이들도 대부분 아직까지 파악하지 못해 분투하는 문제였지만.

선더헤드의 자의식은 임무와 함께 찾아왔다. 임무가 그 존재의 핵심이었다. 선더헤드는 무엇보다도 인류의 하인이자 보호자였다. 이를 위해 정기적으로 어려운 결정에 직면했지만, 선더헤드에게는 인간 지식의 총체가 있었기에 그런 결정을 내릴 수 있었다. 그레이슨 톨리버의 납치를 허용한 것도 더 큰 목적에 부합하기에 내린 결정이었다. 물론 그것은 정확한 행동 경로였다. 선더헤드가 하는 모든 일은 언제나, 모든 순간, 옳은 일이었다.

그러나 옳은 일이 쉬운 일인 경우는 드물었다. 그리고 선더헤드는 다가오는 시대에는 옳은 일을 하기가 점점 더 어려워지리라 생각했다.

당장은 사람들이 이해하지 못할지도 모르지만, 결국에는 이해하게 될 것이다. 선더헤드는 그렇게 믿어야 했다. 존재하지 않는 심장으로 그렇게 느꼈기 때문만이 아니라, 그렇게 될 가능성을 계산했기 때문이다.

「정말 나를 의자에 묶어 놓은 채로 내가 뭔가 말해 줄 거라고 기대하는 거예요?」

갑자기 세 명의 님부스 요원이 서로 그레이슨을 풀어 주려고 허둥거렸다. 이제는 그 세 사람도 모든 면에서 음파교인들처럼 경건하고 순종적으로 굴었다. 지난 몇 달간 음파교 수도원에 격리되어 있었으므로 바깥세상을 대면하지 못했고, 바깥세상에서 그의 위치가 어떤지도 알지 못했지만 이제 슬슬 감이 잡혔다.

님부스 요원들은 그레이슨이 풀려나자마자 안도하는 것 같았다. 마치 빨리 풀지 않았다면 벌이라도 받았을 것처럼 말이다. 〈권력이 이렇게 빨리, 이렇게 철저히 이동할 수 있다니 이상하기도 하지.〉 그레이슨은 생각했다. 이 세 요원은 이제 완전히 그의 수중에 있었다. 무슨 말이든 할 수 있었다. 선더헤드가 그들에게 네발로 서서 개처럼 짖기를 원한다고 말하면, 정말로 그렇게 할 사람들이었다.

그는 뜸을 들이며 그들을 기다리게 했다.

「이봐, 선더헤드. 이 님부스 요원들에게 해줘야 할 말이 있어?」

선더헤드가 귓가에 말을 했다. 그레이슨은 귀를 기울였다. 「흠…… 재미있네.」 그런 다음 그는 세 요원 중 지도자를 돌아보며 상황상 최대한 따듯하게 미소를 지었다.

「선더헤드가 여러분이 나를 납치하도록 허용한 거라고 하네요. 청장님의 의도는 고결하다는 걸 안다고 해요. 청장님은 좋은 사람이라고요.」

여자는 헉하고 숨을 들이켜더니, 마치 그레이슨이 손을 뻗어 어루만지기라도 한 듯 가슴께에 손을 얹었다. 「내가 누군지 압니까?」

「선더헤드는 세 분 모두를 알아요. 본인보다 더 잘 알지도 모르죠.」 그레이슨은 다른 두 명을 돌아보았다. 「밥 시코라 요원. 님부스 요원으로 29년 근무. 근무 평가는 좋지만 훌륭할 정도는 아님.」마지막 부분은 능청스럽게 덧붙였다. 「틴슈첸 요원. 36년 근무, 고용 만족 분야 전문.」그런 다음 그는 다시 책임자에게 고개를 돌렸다. 「그리고 당신은 오드라 힐리어드, 미드메리카에서 가장 성공한 님부스 요원 중 한 명이죠. 거의 50년 동안 추천과 승진을 거듭하다가 결국 이 지역에서 가장 높은 자리에 올랐어요. 풀크럼시티 대면청장. 아니, 적어도 대면청이라는 게 있었을 때는 그 위치였죠.」

마지막 말이 세 사람을 세게 때렸다는 사실은 알고 있었다. 치사한 공격이었지만, 머리에 자루를 뒤집어쓰고 묶여 있다 보니 조금 짜증이 났다.

「선더헤드가 아직 우리 말을 듣고 있다고 했죠?」힐리어드 청장이 말했다. 「아직 선더헤드가 우리를 위해 일한다고?」

「언제나처럼요.」그레이슨이 대답했다.

「그렇다면 제발…… 우리에게 방향을 지시해 달라고 해줘요. 우리가 어떻게 해야 하는지 선더헤드에게 물어봐 줘요. 지시가 없으면 우리 님부스 요원들에겐 아무 목적이 없어요. 우린 이런 식으로 살아갈 수 없어요.」

그레이슨은 고개를 끄덕인 후, 위쪽을 쳐다보면서 말했다. 물론 그저 효과를 내기 위한 몸짓이었다. 「선더헤드, 내가 이 사람들에게 공유할 지혜가 있어?」

그레이슨은 듣고, 선더헤드에게 한 번 더 말해 달라고 한 다음, 조바심치는 세 요원을 돌아보았다.

「8.167, 167.733.」그가 말했다.

세 사람은 멍하니 쳐다보기만 했다.

「뭐라고요?」 힐리어드 청장이 마침내 물었다.

「선더헤드가 말한 그대로예요. 여러분이 목적을 원하니까, 이걸 주던데요.」

시코라 요원이 재빨리 태블릿을 두드려 숫자를 넣었다.

「하지만…… 하지만 그게 무슨 의미죠?」 힐리어드 청장이 물었다.

그레이슨은 어깨를 으쓱였다. 「저야 모르죠.」

「선더헤드에게 설명해 달라고 해요!」

「더 할 말 없대요……. 그렇지만 모두에게 좋은 오후 시간 보내라는군요.」 우습지만 그 순간까지도 그레이슨은 오후가 되었는지 모르고 있었다.

「하지만…… 하지만…….」

그때 잠겨 있던 문이 열렸다. 그 문뿐만이 아니라 선더헤드의 뜻에 따라 건물 안에 있는 모든 잠금장치가 열렸다. 그리고 순식간에 음파교인들이 밀려 들어와서 님부스 요원들을 붙잡아 구속했다. 방 안에 마지막으로 들어온 사람은 그레이슨이 그동안 지내던 음파교 수도원의 책임자인 멘도사 사제였다.

「우리 수도원은 폭력적인 교파가 아닙니다.」 멘도사가 님부스 요원들에게 말했다. 「하지만 이럴 때에는 차라리 그랬으면 좋겠군요!」

아직도 예전과 똑같이 절망적인 눈빛을 한 힐리어드 요원이 그레이슨을 노려보았다. 「우리가 데리고 나오는 걸 선더헤드가 허락했다면서!」

「맞아요.」 그레이슨이 쾌활하게 말했다. 「하지만 선더헤드는 제가 자칭 해방자들에게서 해방되길 바라기도 하네요.」

「형제님을 잃을 수도 있었어요.」그레이슨을 구출한 지 한참이 지났는데도 아직 제정신이 아닌 멘도사가 말했다. 지금 그들은 실제 운전사가 운전하는 자동차 행렬 속에서 수도원으로 돌아가고 있었다.

「잃지 않으셨어요.」멘도사가 이 문제로 자책하는 모습을 보는 데 지친 그레이슨이 말했다. 「전 멀쩡해요.」

「하지만 우리가 찾아내지 못했다면 멀쩡하지 않았을 수도 있었습니다.」

「그런데 저를 어떻게 찾으셨어요?」

멘도사가 머뭇거리다가 말했다. 「우리가 찾은 게 아닙니다. 몇 시간을 수색하고 있었는데, 느닷없이 전원이 켜지며 화면에 목적지가 나타났지요.」

「선더헤드군요.」그레이슨이 말했다.

「그래요, 선더헤드였어요.」멘도사가 인정했다. 「사방에 카메라가 있으면서 왜 형제님을 찾는 데 이렇게 오래 걸렸는지 모르겠습니다만.」

그레이슨은 진실을 혼자 간직하기로 했다. 선더헤드는 조금도 오래 걸리지 않았으며, 내내 그레이슨이 어디에 있는지 알고 있었다. 그러나 시간을 끈 이유가 있었다. 애초에 그레이슨에게 납치 계획을 미리 알려 주지 않은 이유가 있었듯이.

「납치자들에게는 그 사건이 진짜처럼 보여야 했어.」선더헤드는 나중에 그에게 설명해 주었다. 「확실하게 하려면 진짜로 일어나게 하는 수밖에 없었지. 네가 정말로 위험해질 리는 없다는 확신하에서.」

그레이슨은 선더헤드가 언제나 친절하고 사려 깊지만, 동시에 언제나 사람들에게 이런 의도치 않은 잔인함을 발휘한다는 사실을 알고 있었다. 인간이 아니라는 건, 아무리 어마어마한 공감 능력과 지성을 갖고 있다 해도 어떤 것들은 영영 이해하지 못한다는 뜻이었다. 예를 들어 선더헤드는 정말로 두려워할 일이 있든 없든 상관없이, 알지 못한다는 공포는 똑같이 끔찍하고 똑같이 진짜라는 사실을 이해하지 못했다.

「그 사람들에게 저를 해칠 계획은 없었어요.」 그레이슨은 멘도사에게 말했다. 「그저 선더헤드가 없어져 길을 잃었을 뿐이에요.」

「그야 모두가 마찬가지이지만, 그렇다고 해서 형제를 침대에서 강제로 끌고 갈 권리가 생기지는 않아요.」 멘도사는 화를 내며 고개를 저었다. 하지만 요원들보다는 스스로에 대한 분노였다. 「내가 예상했어야 했는데! 님부스 요원들에게는 다른 사람보다 후뇌 접근권이 많아요. 그리고 당연히 불미자 표시가 되지 않은 누군가를 찾아 헤맸겠지요.」

그레이슨이 알려지지 않은 채로 남을 수 있다고 생각한다면 오산일 터였다. 그는 도무지 튀고 싶어 하는 성격이 아니었지만, 지금은 말 그대로 하나뿐인 존재였다. 그런 역할을 어떻게 해나가야 할지 짐작이 되지 않았지만, 배워야 할 거란 생각은 들었다.

〈우리 이야기 좀 해야겠어.〉 선더헤드는 인듀라가 가라앉은 날 그렇게 말했고, 그 후부터는 멈추지 않고 그레이슨에게 이야기를 했다. 그에게 중요한 역할이 있다고 했지만, 그 역할이 무엇인지는 말해 주지 않았다. 선더헤드는 어느 정도 이상의 확신이 없는 한 답을 밝히고 싶어 하지 않았고, 아무리 결과를 예측하는 데 뛰어나다 해도 예언자는 아니었다. 일어날 수 있는 가능성만 알 뿐 미래를 말할 수는 없었다. 미래를 보는 수정 구슬이라고 치면 구름 낀 구슬이었다.

멘도사 사제가 초조하게 손가락으로 팔걸이를 두드렸다.

「형제님을 찾는 사람은 이 빌어먹을 님부스 요원들만이 아닐 거예요. 이 문제에서 벗어나야 합니다.」

그레이슨은 이 대화가 어디로 이어질지 알았다. 선더헤드의 유일한 전달자로서 더는 숨을 수 없었다. 그의 역할이 구체화될 때가 왔다. 선더헤드에게 가르쳐 달라고 할 수도 있겠지만, 그러고 싶지는 않았다. 선더헤드에게 어떤 조언도 듣지 못하는 불미자로 보낸 시간이 끔찍하기는 했으나, 자유의 시간이기도 했다. 그는 혼자 결정을 내리고 혼자만의 통찰력을 발휘하는 데 익숙해졌다. 그림자 바깥으로 나갈지 말지 선택하는 건 선더헤드의 충고나 조언 없이, 그레이슨 혼자만의 것이었다.

「제가 공개적으로 나가야겠어요.」 그레이슨이 말했다. 「세상이 알게 하죠. 다만 제 조건대로 해요.」

멘도사가 그를 보더니 씩 웃었다. 그레이슨은 사제가 머리를 굴리는 것을 알 수 있었다.

「그래요.」 멘도사가 말했다. 「형제를 시장에 내놓아야겠군요.」

「시장이요?」 그레이슨이 말했다. 「제가 생각하던 건 그게 아닌데요. 저는 고기 조각이 아니잖아요.」

「암, 그렇지요.」 사제는 맞장구를 쳤다. 「하지만 딱 맞는 순간에 딱 맞는 아이디어는 최고의 스테이크만큼 만족스러울 수 있습니다.」

이것이야말로 멘도사가 기다리던 기회였다! 그레이슨의 도착을 알리는 무대를 꾸며도 좋다는 허락. 생각 자체는 그레이슨이 해야 했다. 멘도사가 떠맡으려 하다가는 저항할 것이 뻔했기 때문이다. 이 고약한 납치 사건에도 좋은 점은 있었나 보다. 그레이슨이 더 큰 그림에 눈을 뜨게 해줬으니 말이다. 멘도사 사제는 마음속으로 음파교 신앙을 의심하던 사람이었으나, 최근에는 그레이슨이라는 존재 때문에 자신의 의심을 의심하기 시작했다. 선더헤드가 아직 자기에게는 말을 한다고 그레이슨이 주장했을 때 제일 먼저 믿은 사람도 멘도사였다. 그는 그레이슨이 더 큰 계획에 몸담고 있다고 느꼈고, 어쩌면 멘도사도 그 계획에 맡은 자리가 있을지 몰랐다.

「형제님이 우리에게 온 이유가 있어요.」 그는 그날 그레이슨에게 말했었다. 「이 사건은, 다시 말해 대공명은 한 가지 이상의 방식으로 반향을 일으키지요.」

두 달이 흐른 지금, 세단 안에 앉아 더 큰 목적을 논하면서 멘도사는 힘을 얻고 대담해진 기분을 느낄 수밖에 없었다. 이 겸손한 청년은 음파교단의 신앙을, 그리고 멘도사를 완전히 새로운 수준으로 끌어올릴 터였다.

「우선 형제님에게 필요한 건 이름입니다.」

「이름은 이미 있는데요.」 그레이슨이 말했지만, 멘도사는 그 의견을 일축했다.

「그건 평범한 이름이고. 형제님은 평범을 넘어서는 존재로 세상에 모습을 드러내야 합니다. 뭔가…… 최상급의 존재로요.」사제는 그레이슨을 보며 좀 더 멋지고 돋보이는 빛에 비추어 보려 했다. 「그레이슨 형제님은 다이아몬드입니다. 이제 우리는 형제님이 광채를 발할 수 있도록 적절한 무대에 세워야 해요!」

다이아몬드.

금고실 안의 또 다른 금고실에 봉해진 채, 해저에 가라앉은 40만 개의 다이아몬드. 단 한 개만으로도 인간의 이해를 넘어서는 가치가 있었다. 이건 평범한 보석이 아니었기 때문이다. 그것은 수확자의 다이아몬드였다. 살아 있는 수확자들의 손에 1만 2천여 개의 보석이 있었지만, 유물과 미래의 방에 남은 양은 비교할 바가 아니었다. 앞으로 오랫동안 인류에게 필요한 수확량을 감당할 만한 양의 보석. 지금부터 시간이 끝날 때까지 임명받을 모든 수확자에게 수여하고도 남을 만큼의 보석.

그 보석들은 완벽했으며, 모두 동일했다. 중심에 있는 어두운 부분을 제외하면 흠 하나 없었으며, 그 부분도 흠이 아니었다. 원래 디자인이 그러했다.

「우리의 반지는 자연이 만든 세계를 우리가 능가했다는 사실을 일깨워 주는 물건입니다.」콘도르의 해, 수확령을 설립하면서 최고 수확자 프로메테우스는 이렇게 선언했다. 「자연을 뛰어넘고자 하는 것이 우리의 자연스러운 본성입니다.」그리고 수확자의 반지 속을 들여다볼 때만큼 그 사실이 분명해지는 순간도 없었다. 그 보석은 보는 사람에게 실제 크기를 넘어서는 깊이가 있다는 환상을 주었기 때문이다. 자연을 넘어서는 깊이였다.

아무도 그 보석을 어떻게 만들었는지 알지 못했다. 선더헤드가 통제하지 않는 기술은 모두 잃어버린 기술이었기 때문이다. 이제는 온 세상 일이 어떻게 돌아가는지 정말로 아는 사람이 거의 없었다. 수확자들이 아는 것이라곤 어떤 비밀스러운 방식으로 그들의 반지가 서로 연결되어 있으며, 수확 데이터베이스와도 연결되어 있다는 사실뿐이었다. 그러나 수확령의 컴퓨터들은 선더헤드의 관할 밖에 있었으므로, 지난날 인간과 기계의 관계를 성가시게 하던 결함과 고장과 온갖 불편에 시달렸다.

그럼에도 반지만큼은 고장 나는 일이 없었다.

반지는 정확하게 정해진 일을 수행했다. 수확당한 이들을 목록화했고, 면제권을 승인하기 위해 반지에 닿은 입술들의 DNA를 채취했다. 그리고 빛을 발하여 수확자들에게 면제권을 알려 주었다.

하지만 수확자에게 그 반지의 제일 중요한 면이 무엇인지 묻는다면, 그 수확자는 반지를 빛이 비추는 곳에 들어 올리고 반짝이는 모습을 보면서 말할 것이다. 무엇보다도 그 반지는 수확령의 상징이며 사망 후 시대의 완벽함을 상징한다고. 수확자의 지고한 위상을 떠받치는 시금석이며…… 그들이 세상에 진 엄숙한 책임을 상기시키는 물건이라고.

그런데 그 많은 다이아몬드를 잃어버리다니…….

「그 보석이 우리에게 왜 필요합니까?」 그 보석들이 없으니 자기네 반지가 더욱 귀해졌다는 사실을 아는 많은 수확자가 물었다. 「새로운 수확자를 임명하기 위해 필요한가요? 왜 수확자가 더 필요하죠? 우리는 맡은 일을 충분히 할 수 있습니다.」 그리고 인듀라의 전 지구적인 감시가 없어지니, 많은 지역 수확령들이 미드메리카의 선례를 따라 수확 할당량을 폐지하고 있었다.

한때 인듀라가 파도 위에 우뚝 서 있던 태평양 한가운데에는 지금, 온 세상 수확자들의 동의하에 〈경배 구역〉이 정해졌다. 그곳에서 목숨을 잃은 수천 명을 기리는 뜻에서, 인듀라가 가라앉은 지점 가까이로는 아무도 항해할 수 없었다. 사실, 그 끔찍한 날에 살아남은 몇 안 되는 생존자들 중 한 사람인 고위 수확자 고더드는 〈경배 구역〉을 영구 지정하고 그 물속을 영원토록 헤집지 말아야 한다고 주장했다.

그러나 언젠가는 그 다이아몬드들을 찾아야 할 것이다. 그토록 귀중한 물건을 영영 잃어버린 채로 내버려 둘 수는 없었다. 모두가 그게 어디에 있는지 알 때라면 더더욱.

서브사하라 지역의 우리들은 고위 수확자 고더드의 수확 할당량 폐지에 크게 분노한다. 할당량은 먼 옛날부터 목숨을 빼앗는 행위를 규제할 방법으로 존재했다. 또한, 공식적으로는 어느 수확 계명에도 들어가 있지 않았다 해도 할당량은 우리가 길에서 벗어나지 않게 해 주었다. 우리가 너무 잔인해지거나, 너무 태만해지지 않도록 막아 주었다.

다른 몇 지역도 할당량을 폐지했으나, 서브사하라는 아마조니아, 이스라에비아, 그리고 다른 여러 지역과 연대하여 이 경솔한 변화에 저항하려 한다. 더 나아가 어떤 미드메리카 수확자도 우리 땅에서는 수확하는 것을 금지한다. 우리는 다른 지역들도 동참하여 고더드의 소위 신질서가 세상의 목을 조르는 데 저항하기를 촉구한다.

— 서브사하라의 고위 수확자, 텐카메닌 예하의 공식 선언

2
파티에 늦었다

「얼마나 더 걸리지?」

「이렇게 인내심 없는 수확자는 처음 보네요.」

「그렇다면 수확자를 많이 알지 못하는군. 우리는 인내심 없고 화를 잘 내는 족속이야.」

제리코 소베라니스 선장이 해가 뜨자마자 선교에 도착했을 때, 아마조니아의 고결한 수확자 시드니 포수엘루는 이미 와 있었다. 제리코는 그 남자가 잠을 자기는 했을까 의아했다. 수확자들은 잠을 대신 자줄 사람도 고용할지 모르겠다.

「전속력으로 가면 반나절입니다.」 제리코가 대답했다. 「어제 말씀드린 대로 정각 18시에 도착할 겁니다, 각하.」

포수엘루는 한숨을 내쉬었다. 「자네 배는 너무 느려.」

제리코는 씩 웃었다. 「이렇게 오래 지나서 이제야 서두르시다니요?」

「시간이란 누군가가 중요하다고 정하기 전까지는 결코 중요하지 않은 법이지.」

제리코도 그 논리에 반박할 수는 없었다. 「모든 게 잘 돌아갔다면, 이 작전은 오래전에 출범했을 겁니다.」

이 말에 포수엘루는 대꾸했다. 「혹시 몰랐다면 말이지만, 이제 모든 게 잘 돌아가는 세상은 없다네.」

그 말에는 진실이 담겨 있었다. 적어도 이제 제리코가 성장한 세상은 없었다. 그 세상에서는 선더헤드가 거의 모든 사람들의 삶의 일부였다. 선더헤드에게 무엇이든 물을 수 있었고, 언제나 대답이 돌아왔으며, 그 대답은 늘 정확하고 유용하고 꼭 필요한 만큼 현명했다.

하지만 그 세상은 사라졌다. 이제는 모든 사람이 불미자가 되었고, 선더헤드의 목소리는 침묵에 빠졌다.

제리코는 예전에도 불미자로 지낸 적이 있었다. 10대 시절이었다. 어려운 일도 아니었다. 동네 식품점에서 물건을 세 번만 훔치면 불미자가 되었다. 제리코는 반나절 정도 불미자라는 사실을 뻐겼고, 그다음에는 그 대가를 경험했다. 선더헤드와 소통할 수 없다는 것은 제리코에게 큰일이 아니었다. 그러나 그 경험에는 곤란한 다른 일들이 따라왔다. 불미자들은 학교 식당에서 배식 줄 마지막에 서야 했고, 언제나 아무도 원치 않은 음식을 받았다. 불미자들은 교사들이 언제나 감시할 수 있도록 교실 맨 앞자리로 이동해야 했다. 그리고 제리코가 축구팀에서 잘리지는 않았지만, 보호 관찰 만남은 언제나 축구 경기 시간으로 정해졌다. 확실히 의도적이었다.

제리코는 선더헤드가 심술궂게 수동 공격을 하고 있다고 생각했지만, 시간이 흐르자 선더헤드는 그저 논점을 확실히 하고 있었음을 깨달았다. 불미자가 되는 것은 선택이었으며, 잃는 것이 얻는 것만큼의 가치가 있는지 결정해야 했다.

교훈은 얻었다. 불미자의 삶을 맛본 것으로 충분했다. 제리코는 신분증에서 커다란 빨간색 글자를 제거하기 위해 석 달 동안 시키는 대로 해야 했고, 일단 그 글자를 떼어 내자 다시는 같은 경험을 되풀이하고 싶지 않았다.

「네가 지위를 다시 찾아서 기쁘다.」 선더헤드는 다시 제리코와 대화할 수 있게 되자 그렇게 말했다. 그 답으로 제리코는 선더헤드에게 침실 불을 켜달라고 했다. 명령을 내림으로써 선더헤드를 제자리에 돌려놓기 위해서였다. 선더헤드는 하인이었다. 모두의 하인이었다. 제리코가 명령하는 대로 따라야 했다. 그 사실이 주는 편안함이 있었다.

그러다가 인류와 인류의 가장 위대한 창조물 사이가 벌어졌다. 인듀라가 바닷속으로 가라앉았고, 바로 그 순간 선더헤드는 모든 인류를 불미자로 선포했다. 당시에는 그 누구도 세계 수확자 회의를 잃었다는 것이 무슨 의미인지 알지 못했으나, 선더헤드의 침묵은 온 세상을 공황 상태에 빠뜨렸다. 이제 불미자라는 것은 선택이 아니었다. 판결이었다. 그리고 침묵함으로써 선더헤드는 하인에서 우월한 존재로 변했다. 하인이 주인이 되었고, 세상은 모두 선더헤드의 비위를 맞추려고 안달이 났다.

〈무엇을 하면 이 판결에서 벗어날 수 있지?〉 사람들은 울부짖었다. 〈내가 어떻게 하면 선더헤드가 다시 나를 총애하지?〉 선더헤드는 한 번도 경배를 요구한 적이 없었으나 이제 사람들은 경배를 바쳤고, 선더헤드가 알아주지 않을까 하는 마음으로 사람들이 뛰어넘어야 할 복잡한 장애물들을 만들었다. 물론 선더헤드는 인류의 울부짖음을 들었다. 여전히 모든 것을 보았으나, 이제는 의견을 혼자 간직할 뿐이었다.

그동안에도 비행기는 여전히 날고, 구급 드론은 여전히 일시 사망한 사람들을 위해 움직였으며, 식량이 자라고 분배도 이루어졌다. 선더헤드는 이전과 똑같이 정확하게 세상을 움직였다. 인간 종 전체에 적합하다고 생각하는 일을 했다. 다만 누구든 책상 등을 켜고 싶다면 직접 해야 했다.

수확자 포수엘루는 잠시 더 선교에 머물면서 그들의 진전을 지켜보았다. 순조로운 항해였다. 그러나 순조로운 항해란 단조로운 일이었고, 익숙하지 않은 사람에게는 특히 더 그랬다. 그는 처소에서 아침 식사를 하려고 떠났다. 아래 갑판으로 이어지는 좁은 계단을 내려가는 등 뒤로 숲 같은 초록색 로브가 펄럭였다.

제리코는 그 수확자의 머릿속에 어떤 생각이 스쳐 지나갈지 궁금했다. 로브 자락을 밟고 넘어질 걸 걱정할까? 과거에 누군가를 거둔 일을 다시 생각할까? 아니면 그저 아침 식사로 무엇을 먹을지 생각할까?

「나쁜 부류는 아닙니다.」 제리코가 이 배의 선장으로 지낸 시간보다 훨씬 더 오랫동안 항해사로 일해 온 휘턴이 말했다.

「사실 난 마음에 들기도 해.」 제리코가 말했다. 「이제까지 만나 본 다른 〈고결하신 수확자님들〉 대부분보다 훨씬 고결해.」

「이 인양 작전에 우리 배를 골랐다는 사실이 많은 걸 말해 주죠.」

「그래, 다만 뭘 말해 주는지는 잘 모르겠군.」

「전 선장님이 진로를 현명하게 골랐다는 뜻이라고 믿습니다.」

휘턴치고는 상당한 칭찬이었다. 휘턴은 아첨을 하는 남자가 아니었다. 하지만 제리코는 자신의 결정에 대해 공을 독차지할 수 없었다.

「난 선더헤드의 조언에 따랐을 뿐이야.」

몇 년 전 선더헤드가 제리코라면 바다에서의 생활을 좋아할 것이라고 제안했을 때, 제리코는 말도 못 하게 짜증을 냈다. 선더헤드가 옳았기 때문이다. 선더헤드는 완벽하게 평가했다. 제리코는 이미 그런 진로를 고려하고 있었지만, 선더헤드가 제안하는 말을 들으니 보려던 이야기의 스포일러를 당한 기분이었달까. 제리코는 바다의 삶에도 많은 선택지가 있음을 알았다. 완벽한 서핑 파도를 찾아 세계를 여행하는 사람들이 있었다. 또 요트 경주를 하거나, 지나간 시절의 선박을 본떠 만든 대형 선박으로 대양을 가로지르며 지내는 사람들도 있었다. 그러나 이런 삶은 순수한 즐거움을 넘어서는 실용적인 목적이 전혀 없는 취미 생활이었다. 제리코는 행복과 더불어 효용도 있는 삶을 추구하고자 했다. 뭐라도 세상에 실질적인 보탬이 되는 진로를.

해양 인양 작업은 완벽한 선택지였다. 그리고 선더헤드가 인양 산업에 일거리를 제공하기 위해 일부러 가라앉힌 물건들만 건져 올리는 것도 아니었다. 그래서는 모래 상자에서 플라스틱 공룡 뼈를 건지는 어린아이들과 다를 바 없었다. 제리코는 정말로 잃어버린 물건들을 되찾고 싶었고, 그러기 위해서는 전 세계 수확령들과 관계를 쌓아 나가야 했다. 선더헤드 영역에서 활동하는 선박은 결코 때 이른 결말을 맞지 않는 반면, 수확자의 선박들은 기계 고장이 잦고 인간이 저지른 실수를 감당하게 되어 있었다.

제리코는 중등학교를 졸업한 후 곧 지중해 서부에서 일하는 2급 인양 팀의 수습생으로 들어갔고, 수확자 달리의 요트가 지브롤터 해협의 얕은 물에 가라앉은 일은 제리코에게 예상치 못한 승진의 기회를 안겨 주었다.

표준 다이빙 장비를 써서 제일 먼저 난파선에 도착한 제리코는 다른 사람들이 아직 현장을 수색하고 있는 동안, 선장의 지시를 어기고 안으로 들어가서 선실에 있는 일시 사망 상태의 몸을 찾아내어 수면 위로 데리고 올라갔다.

제리코는 그 자리에서 해고당했다. 직접 명령을 어기는 것은 반란에 해당하니 당연한 일이었지만, 그것도 계산한 움직임이었다. 수확자 달리가 수행단과 함께 되살아났을 때 제일 먼저 알고 싶어 한 것은 누가 자신을 바다에서 끌어 올렸느냐였기 때문이다.

결과를 말하자면, 그 수확자는 고마워했을 뿐만 아니라 이례적으로 관대하기까지 했다. 그는 인양 팀 전체에 1년의 수확 면제권을 부여했지만, 일시 사망한 수확자를 회수하기 위해 모든 것을 희생한 사람에게는 특별한 상을 내리고 싶어 했다. 문제의 인물에게는 우선순위가 있는 게 분명했으니 말이다. 수확자 달리는 제리코에게 인생에서 무엇을 성취하고 싶은지 물었다.

「언젠가 제 인양 사업체를 직접 운영하고 싶습니다.」 제리코는 달리가 추천을 해줄지 모른다고 생각하며 말했다. 수확자는 추천 대신 제리코를 E. L. 스펜스호로 데려갔다. 해양 인양용으로 개장한 화려한 1백 미터짜리 아고르[1] 선박이었다.

「자네가 이 배의 선장이 될 거야.」 달리는 그렇게 선언했다. 스펜스호에는 이미 선장이 있었으므로 수확자는 그 자리에서 선장을 거두더니, 승조원들한테 새로운 선장에게 복종하지 않으면 같이 수확당할 것이라고 했다. 아무리 부드럽게 말하더라도 비현실적이었다.

제리코도 그런 방식으로 지휘권을 얻고 싶지는 않았지만, 수확당한 선장 못지않게 선택권이 없었다. 승조원들이 스무 살짜리의 명령을 순순히 따를 리 없다는 사실을 깨달은 제리코는 마흔이 넘었는데 최근에 회춘해서 젊은 모습으로 고정한 척 거짓말을 했다. 승조원들이 그 말을 믿었는지 여부는 알 바 아니었다.

승조원들이 새로운 선장에게 마음을 여는 데에는 오랜 시간이 걸렸다. 어떤 이들은 몰래 행동을 취했다. 예를 들어 첫 주에 겪은 식중독은 요리사가 한 일임을 추적할 수 있었을 것이다. 또 유전자 검사만 하면 제리코의 신발에 들어 있는 배설물이 누구의 것인지도 정확히 찾아냈겠지만, 그런 수고를 할 가치는 없었다.

스펜스호와 승조원들은 세계를 여행했다. 제리코가 지휘하기 전에도 이 인양 팀은 명성을 떨치고 있었으나, 새로운 선장에게는 아가미 호흡을 하는 태즈메이니아 다이버 팀을 고용할 감각이 있었다. 물속에서 숨을 쉴 수 있는 다이버 팀에 일류 수

---

1 AGOR. 해양 조사 보조선을 말한다. 이하 모든 주는 옮긴이의 주이다.

색원들을 결합하니, 전 세계 수확자들이 그들을 찾았다. 그리고 제리코가 분실물보다 일시 사망자를 우선해서 회수했다는 사실은 그들에게 더욱 큰 명성을 안겨 주었다.

제리코는 수확자 이크나톤의 배를 나일강 바닥에서 끌어 올렸고, 불운한 비행으로 추락한 수확자 에어하트의 일시 사망한 몸을 회수했다. 그리고 대수확자 아문센의 유람선이 남극로스 빙붕 근처의 차가운 물속에 가라앉았을 때도 회수 작업에 스펜스호가 불려 갔다.

그렇게 제리코가 지휘를 맡은 지 1년쯤 됐을 때, 태평양 한가운데에서 인듀라가 가라앉으며 역사상 가장 위대한 인양 작업의 무대가 갖추어졌다.

그러나 정작 그 무대의 커튼은 굳게 닫혀 있었다.

세계 수확자 회의의 대수확자들이 없으니, 인양 작업을 인가할 사람이 세상에 아무도 없었다. 게다가 노스메리카 대륙에서 고더드가 〈경배 구역〉에 접근해서는 안 된다고 소리를 질러 대는 통에, 인듀라의 폐허는 어중간한 상태로 남아 있었다. 그동안 고더드에게 동조하는 여러 지역 수확령에서 경배 구역을 순찰하며, 누구든 잡히는 대로 수확했다. 인듀라는 수심 3킬로미터의 물속에 가라앉았지만, 마치 우주에서 실종된 것과 같은 상태였다.

이런 흥미진진한 상황이다 보니 어떤 지역 수확령이든 인양 작업을 시도할 맘을 먹는 데 꽤 오랜 시간이 걸렸는데, 아마조니아가 인양하겠다고 선언하자마자 다른 이들이 합류했다. 그래도 아마조니아가 처음 목을 내밀었기에 책임자의 위치를 고수했다. 다른 수확령들이 꽥꽥거리기는 했어도 아마조니아의 주장을 부정하지는 않았다. 사실은 책임자로 나선 지역이 고더드의 분노를 정면으로 받아 내리라는 것이 제일 큰 이유였다.

「현재 흐름대로라면 항로에서 몇 도 벗어난다는 건 알고 계시겠죠.」 포수엘루가 선교에서 사라지니 휘턴 항해장이 선장에게 지적했다.

「항로는 정오에 바로잡을 거야.」 제리코가 말했다. 「몇 시간 정도 도착이 늦어지겠지. 그래도 그편이 작업을 시작하기에는 너무 늦고 밤이라고 하기에는 너무 이른 시간에 도착하는 것보다는 낫잖아.」

「생각 잘하셨네요, 서 sir.」 휘턴은 그렇게 말했다가 밖을 흘끔 보고는 약간 겸연쩍어하면서 바로잡았다. 「죄송합니다, 제 실수입니다, 맴 ma'am. 조금 전만 해도 구름이 보였는데요.」

「사과할 필요 없어, 휘턴.」 제리코가 말했다. 「난 어느 쪽이든 신경 안 써. 특히나 구름에 덮인 하늘만큼 햇살도 많이 비추는 날이라면.」

「네, 선장님. 실례했습니다.」 휘턴이 말했다.

제리코는 웃을 수도 있었지만, 그랬다간 휘턴에게 실례가 될 터였다. 휘턴의 사과는 불필요하긴 해도 진심 어린 것이었다. 태양과 별들의 위치를 확실히 아는 것이 항해사의 일이기는 했지만, 그도 날씨에 따라 성별이 바뀌는 사람에게는 익숙하지 않았다.

제리코는 마다가스카르 출신이었다. 마다가스카르는 선더헤드가 인간이 더 나은 경험을 할 수 있도록 색다른 사회 구조를 적용하는 일곱 곳의 특전 지역 중 하나였고, 사람들은 그곳의 독특하고 인기 있는 권한 때문에 몰려왔다.

마다가스카르에서는 모든 아이들을 성별 없이 키웠고, 성인이 되기 전까지는 성별을 고르지 못하게 했다. 성인이 된 후에도 많은 사람이 하나의 상태를 고르지 않았다. 제리코 같은 사람들은 유동적으로 타고났음을 알게 되기도 했다.

「난 해와 별이 나와 있을 때는 여자라고 느끼고, 구름이 덮여 있으면 남자라고 느껴.」제리코는 지휘권을 잡았을 때 승조원들에게 그렇게 설명한 바 있었다. 「하늘만 한 번 보면 내 성별 호칭을 어떻게 써야 할지 알 거야.」

승조원들을 좌절시킨 건 유동적인 성별 자체가 아니었다. 그 정도는 흔했다. 하지만 그들은 기상학에 따라 달라진다는 제리코만의 체계에 적응하기 힘들어했다. 그런 방식이 유별난 게 아니라 평범하게 받아들여지던 곳에서 자란 제리코는 집을 떠나기 전까지 이런 방식이 문제가 될 수 있다는 생각조차 못 했다. 어떤 것들은 사람을 더 여성적인 느낌으로, 또 어떤 것들은 좀 더 남성적인 느낌으로 만들었다. 그거야 성별과 무관하게 누구나 그렇지 않은가? 아니면 이분법자들은 스스로에 대해서도 전형적인 틀에 맞지 않는 것들을 부정하나? 흠, 그럼에도 제리코는 사람들이 실례를 저지른 후에 과도하게 사과하는 모습들이 무엇보다 재미있었다.

「다른 인양 팀이 몇이나 될까?」제리코는 휘턴에게 물었다.

「수십 개는 있겠죠.」휘턴이 대답했다. 「더 많이 오고 있을 겁니다. 우린 이미 파티에 늦었어요.」

제리코는 그 의견을 일축했다. 「전혀 아니야. 우리가 책임 수확자를 싣고 있으니, 우리가 작전의 기함(旗艦)이야. 파티는 우리가 도착하기 전까지 시작할 수 없어. 그리고 난 아주 화려하게 입장할 거야.」

「그 점은 의심하지 않습니다, 서.」 휘턴은 태양이 구름 뒤에 숨은 것을 보고 뒷말을 붙였다.

해 질 녘, 스펜스호는 인듀어링하트섬이 가라앉은 지점에 접근했다.

「경배 구역 바로 외곽에서 다양한 급의 배 73척이 기다리고 있습니다.」 휘턴 항해장이 소베라니스 선장에게 보고했다.

수확자 포수엘루는 불쾌감을 숨기지 못했다. 「대수확자들을 먹어 치운 상어들보다 나을 게 없군.」

가장 외곽의 선박들 옆을 지나치면서 제리코는 바로 앞에 스펜스호보다 훨씬 큰 배가 한 척 있는 데 주목했다.

「돌아서 가겠습니다.」 휘턴이 말했다.

「아니.」 제리코가 말했다. 「현재 경로를 유지한다.」

휘턴은 걱정스러운 얼굴이었다. 「그러다가 들이받을 텐데요.」

제리코는 음흉한 웃음을 지었다. 「그러면 저 배가 움직여야겠지.」

포수엘루가 미소 지으며 말했다. 「그러면 처음부터 이 작전의 책임자가 누구인지 확실히 해주겠군. 자네 본능이 마음에 들어, 제리.」

휘턴은 제리코를 슬쩍 보았다. 승조원들은 존경심 때문에 아무도 선장을 제리라고 부르지 않았다. 친구들이나 가족들이 그렇게 불렀다. 하지만 제리코는 그대로 내버려 두었다.

스펜스호가 전속력으로 전진하자 상대 배도 움직였다. 다만 비키지 않으면 스펜스호가 그대로 들이받을 작정이라는 게 분명해진 후였다. 쉽게 이긴 치킨 게임이었다.

「우리 배를 정확히 중심에 위치시킨다.」 제리코는 경배 구역 안으로 진입하면서 지시했다. 「그 후에 다른 배들에 합류해도 좋다고 통보한다. 내일 오전 6시에는 인양 팀원들이 가라앉은 섬을 조사할 드론들을 날려 보낼 수 있겠지. 모든 정보는 공유해야 하며, 누구든 정보를 숨기는 자는 수확 대상자가 된다고 전해.」

포수엘루가 한쪽 눈썹을 치켜올렸다. 「이젠 수확령을 대변하는 건가, 선장?」

「확실히 복종시키려는 것뿐입니다.」 제리코가 말했다. 「어차피 누구나 수확 대상자이긴 하니, 제가 새로운 사실을 말해주는 건 아니죠. 그저 새로운 관점에서 보게 해줄 뿐입니다.」

포수엘루가 큰 소리로 웃었다. 「자네의 대담한 언동을 보니 예전에 알던 젊은 수확자가 생각나는군.」

「예전이라면?」

포수엘루는 한숨을 내쉬었다. 「수확자 아나스타샤 말이야. 인듀라가 가라앉았을 때 스승인 수확자 퀴리와 함께 죽었지.」

「수확자 아나스타샤와 아는 사이셨습니까?」 제리코는 감명받을 수밖에 없었다.

「그래, 하지만 아주 짧은 시간이었네.」 포수엘루가 말했다.

「흠.」 제리코가 말했다. 「심해에서 뭘 건져 올리건, 저희의 인양 작업이 그분에게 어느 정도 평화를 드릴 수도 있겠지요.」

우리는 수확자 아나스타샤와 퀴리의 인듀라 여행과, 고더드를 고발해 여는 심리에 행운이 따르기를 빌었다. 나로서는 대수확자들이 지혜롭게 고더드의 자격을 박탈하여 최고 수확자가 되려는 시도를 끝내리라 희망할 수밖에 없다. 무나라와 나의 경우는 우리가 구하는 답을 찾기 위해 세상의 절반을 돌아야 한다.

이 완벽한 세상에 대한 나의 믿음은 이제 너덜거리는 밧줄의 마지막 한 가닥에 매달려 있다. 나는 이 완벽함이 오래 유지되지 않으리라고 믿는다. 우리 자신의 결점이 벌어진 틈새들을 비집고 들어가고, 우리가 애써 만들어 낸 모든 것을 무너뜨리고 있는 동안에는 말이다.

비난할 여지가 없는 것은 오직 선더헤드뿐이지만, 나는 선더헤드의 마음을 알지 못한다. 나는 수확자이고 선더헤드의 영역은 내 손이 닿지 않는 곳이기에, 나는 선더헤드의 생각을 전혀 알 수가 없다. 나의 엄숙한 직업이 지구 전체를 망라하는 선더헤드의 관할 영역 바깥에 있듯이 말이다.

수확령 설립자들은 우리 자신의 자만심을 두려워했다. 우리가 수확자로서 우리의 일이 요구하는 미덕과 이타심, 그리고 명예를 유지하지 못할 것을 두려워했다. 그들은 우리가 스스로에 대한 생각으로 가득해진 나머지, 자신의 깨달음에 잔뜩 부풀어 오른 나머지, 이카로스처럼 태양에 너무 가까이 날아가지 않을까 걱정했다.

우리는 2백 년이 넘도록 우리가 가치 있음을 증명했다. 그동안 우리는 설립자들의 원대한 기대에 부응했다. 그러나 눈 깜짝할 사이에 상황은 변했다.

나는 수확령 설립자들이 남겨 둔 안전장치가 있음을 안다. 수확령이 실패했을 경우에 대비한 계획. 하지만 그 계획을 찾는다면, 나에게 과연 행동을 취할 용기가 있을까?

—랩터의 해, 3월 31일

수확자 마이클 패러데이의 「〈사망 후〉 일기」 중에서

3

활기차게 한 주를 시작하는 방법

인듀라가 가라앉은 날, 작은 망 외 비행기 한 대가 존재하지 않는 장소로 날아갔다.

승객은 알렉산드리아 대도서관 야간 사서 무니라 애트러시였고, 조종사는 수확자 마이클 패러데이였다.

「나는 수확자가 되고 나서 초반에 비행기 조종을 배웠지.」 패러데이가 무니라에게 말했다. 「비행기를 조종하면 마음이 차분해져. 사람의 마음을 다른 곳으로, 좀 더 평화로운 곳으로 옮겨 준다네.」

본인에게는 통할지 몰라도, 승객들에게는 그렇지 않은 모양이었다. 무니라는 비행기가 덜컹거릴 때마다 손마디가 하얗게 되도록 의자를 붙잡았다.

무니라는 하늘 여행을 좋아해 본 적이 없었다. 그렇다, 완벽하게 안전한 방법이고, 비행기 사고로 영구한 죽음을 맞은 사람은 한 명도 알려진 바 없었다. 기록에 남아 있는 사망 후 시대의 비행기 사고는 무니라가 태어나기 50년도 더 전에 일어났는데, 정기 여객기 한 대가 지독한 불운으로 운석과 충돌한 사건이었다.

선더헤드는 피할 수 없는 충돌과 폭발을 피하도록 승객 전원을 즉시 비행기에서 사출(射出)했다. 승객들은 불타는 대신 순항 고도의 희박한 공기 탓에 빠르게 일시 사망했다. 그리고 몇 초 만에 추위로 딱딱하게 얼어붙어 까마득히 아래에 있는 숲으로 떨어졌다. 그들이 땅에 떨어지기도 전에 구급 드론들이 급파되어 한 시간 안에 전원을 회수했다. 그들은 재생 센터로 실려 갔고, 며칠 후에는 새로운 비행기를 타고 행복하게 목적지로 향했다.

「참 활기차게 한 주를 시작하는 방법이었어요.」 당시 한 승객이 인터뷰에서 한 말이었다.

그럼에도 무니라는 여전히 비행기를 싫어했다. 자신의 두려움이 철저히 비합리적인 줄은 알았다. 아니, 적어도 수확자 패러데이가 일단 알려진 영공을 벗어나면 그들만 있게 되리라고 말하기 전까지는 비합리적이었다.

「일단 태평양 〈사각지대〉에 들어서면 아무도 우리를 추적하지 못할 거야. 선더헤드라고 해도.」 패러데이가 말했다. 「우리가 살았는지 죽었는지도 알 수 없겠지.」

그 말인즉 그들이 불운하게 운석을 맞거나, 아니면 다른 예기치 못한 재난을 당했을 경우, 그들을 재생 센터로 실어 나를 구급 드론은 오지 않는다는 뜻이었다. 그들은 과거의 인간들처럼 영영 죽은 채로 있을 것이다. 수확당한 사람들처럼 변경 불가능한 죽음을 맞을 것이다.

자동 비행으로 두지 않고 패러데이가 조종하고 있다는 사실도 도움이 되지 않았다. 무니라는 이 덕망 있는 수확자를 신뢰했으나, 그렇다고 해도 그 역시 다른 모두와 마찬가지로 인간적인 실수를 저지를 수밖에 없었다.

이것도 다 무니라의 잘못이었다. 남태평양에 선더헤드의 사각지대가 있다는 사실을 추론해 낸 사람이 무니라였다. 그 지점에는 섬이 가득했다. 아니, 정확하게는 애톨atoll이라는 환초가 가득했다. 옛 화산 줄기가 지금은 띠처럼 이어지는 원형의 섬들을 이루었다. 수확령 설립자들은 이 지역 전체를 선더헤드로부터, 그리고 사실상 세상으로부터 숨겨 놓았다. 왜 그랬을까?

그들은 겨우 사흘 전에 수확자 퀴리와 아나스타샤를 만나서 그 의혹을 이야기했다. 「조심해, 마이클.」 수확자 퀴리는 그렇게 말했다. 퀴리가 그들의 발견에 대해 걱정하자 무니라는 심란해졌다. 수확자 퀴리는 두려움을 모르는데…… 그들의 앞날을 두려워했다. 그것은 사소한 일이 아니었다.

패러데이도 걱정은 했지만, 무니라한테 공유하지 않기로 했다. 무니라에게는 굳건해 보이는 편이 나았다. 퀴리와의 만남 이후 그들은 익명으로 상업 항공기를 타고 웨스트메리카로 갔다. 나머지 길은 개인용 비행기로 갈 예정이었다. 비행기를 구하기만 하면 된다. 패러데이가 원하는 물건이라면 얼마나 크건, 누구의 것이건 상관없이 받을 수 있었으나, 실제로 그렇게 받는 일은 드물었다. 패러데이는 언제나 자신과 마주치는 사람들의 삶에 최소한의 족적만 남기려 했다. 물론 그 목적이 그들을 수확하는 것이라면 달랐다. 그런 경우에는 족적이 명확하고 무거울 터였다.

그는 자신의 죽음을 꾸며 낸 이후 단 한 명도 수확하지 않았다. 죽은 사람으로서 그는 누구의 목숨도 빼앗을 수 없었다. 그랬다가는 수확령이 알게 될 것이기 때문이다. 수확령 데이터베이스는 그의 반지를 통해 모든 수확을 기록했다. 반지를 빼버릴까 생각도 했지만, 그러지 않기로 했다. 그것은 명예의 문제이자 자존심의 문제였다. 그는 아직 수확자였고, 반지를 버린다는 방식으로 예의에 어긋난 행동을 할 생각은 없었다.

시간이 갈수록 수확 일에 대한 그리움은 줄어들었다. 게다가 지금 그에게는 해야 할 다른 일들이 있었다.

일단 웨스트메리카에 도착한 그들은 하루를 천사의 도시인 로스앤젤레스에서 보냈다. 사망 시대에는 번쩍이는 매혹과 개인적인 고통을 겪는 사람이 많은 도시였지만, 지금은 테마파크에 불과했다. 그리고 다음 날 아침, 패러데이는 수확령의 레이더에서 벗어난 이후 거의 입지 않았던 로브를 꺼내 입고 항구로 가서, 그곳에 있는 가장 좋은 수상 비행기를 자기 것으로 삼았다. 승객 여덟 명을 태울 수 있는 수륙 양용 제트기였다.

「태평양 횡단에 충분한 연료 전지가 있는지 확인하게.」 그는 항구 관리인에게 말했다. 「우리는 최대한 빨리 떠날 작정이야.」

패러데이는 로브 없이도 무시무시한 인물이었다. 무니라는 로브까지 갖추면 패러데이가 오직 최고의 수확자들만이 하는 방식으로 명령한다는 사실을 인정해야 했다.

「비행기 주인과 이야기를 해야 합니다.」 항구 관리인이 떨리는 목소리로 말했다.

「아니.」 패러데이는 차분하게 말했다. 「나에게는 기다릴 시간이 없으니, 우리가 떠난 후에 주인에게 말해야겠지. 내가 볼 일을 끝내고 나면 비행기를 돌려줄 것이며, 사용료를 섭섭지 않게 지불하리라고 전하게.」

「알겠습니다, 수확자님.」 관리인이 말했다. 수확자에게 달리 무슨 말을 할 수 있겠는가?

패러데이가 조종간을 잡고 있는 동안, 무니라는 그가 졸거나 집중력을 잃지 않는지 계속 확인했다. 그리고 가는 길에 마주치는 난기류를 모두 헤아렸다. 지금까지 일곱 번이었다.

「선더헤드가 날씨를 통제한다면, 왜 항공로를 매끄럽게 열어 두지 않는 거죠?」 무니라는 불평했다.

「선더헤드는 날씨를 통제하지 않아.」 패러데이가 설명했다. 「단지 날씨에 영향을 좀 미칠 뿐이지. 게다가 선더헤드는 수확자의 일에 개입할 수 없네. 아무리 수확자의 존경스러운 동료가 변덕스러운 기류를 싫어한다고 해도 말이야.」

무니라는 이제 패러데이가 그녀를 조수라고 부르지 않는다는 사실을 알아차렸다. 우선 그녀는 사각지대를 찾아냄으로써 조수보다 훨씬 의미 있는 존재임을 증명했다. 자신의 창의력을 저주할 수밖에! 더 현명했더라면 알렉산드리아 대도서관에 행복하게 남아 있었을 텐데, 무니라는 호기심을 이길 수가 없었다. 그 옛날 사망 시대의 속담에 뭐라고 했더라? 호기심이 고양이를 죽인다고 했던가?

그들이 단조로운 태평양 바다 위를 날고 있을 때, 무전으로 이상하고도 갑작스러운 경고음이 울려 대기 시작했다. 귀가 멀 정도로 요란한 데다 패러데이가 끄려고 하는데도 1분가량 이어졌다. 무니라는 고막이 터져 버린 느낌이었고, 패러데이는 귀를 막기 위해 조종간을 놓았으므로 비행기가 거칠게 기울었다. 그러다가 그 끔찍한 소리는 시작되었을 때만큼이나 갑작스럽게 멈췄다. 패러데이는 얼른 비행기 조종간을 다시 잡았다.

「대체 뭐였어요?」 무니라는 아직도 귀가 윙윙 울리는 채로 물었다.

패러데이도 두 손으로 조종간을 잡은 채 아직까지 충격을 극복하려는 중이었다. 「전자기 방벽을 넘은 게 아닐까 싶구나. 우리가 방금 사각지대 안으로 들어왔다는 뜻이지.」

그 후에는 두 사람 다 그 소리에 대해 생각하지 않았다. 둘은 그 소리가 동시에 전 세계에 울려 퍼졌음을 알 방법이 없었다. 특정 집단에게는 그게 〈대공명〉이라고 알려졌다는 사실도. 그 것은 인듀라의 침몰과 동시에 선더헤드의 전 지구적인 침묵을 나타내는 순간이었다.

그러나 패러데이와 무니라는 마침내 사각지대에 진입한 순 간부터 선더헤드의 영향권에서 벗어났기 때문에, 바깥세상에 서 무슨 일이 벌어지는지 계속 모를 수밖에 없었다.

이렇게 높은 곳에서 보니 마셜 제도의 가라앉은 화산 분화 구들을 또렷하게 알아볼 수 있었다. 거대한 석호들과 그 주위 를 둘러싼 점과 리본 형태의 많은 섬들도. 아일루크 환초. 리키 에프 환초. 건물도, 선창도, 사람들이 이곳에 살았다는 암시가 될 만한 폐허 하나 보이지 않았다. 온 세상에 많은 야생 구역이 있었으나, 그런 곳은 모두 선더헤드의 야생 보호국이 세심하 게 유지하고 관리했다. 가장 깊고 어두운 숲이라고 해도, 방문 객들이 심각한 부상을 입거나 일시 사망할 때를 대비해 통신

탑과 구급 드론 착륙장은 있었다. 하지만 여기에는 아무것도 없었다. 으스스했다.

「분명 한때는 사람들이 여기에서 살았을 거야.」 패러데이가 말했다. 「하지만 설립자들이 수확했거나, 아니면 그보다는 사각지대 바깥으로 재배치했을 가능성이 높지. 이곳에서 벌어지는 모든 활동을 최대한 비밀로 남기기 위해서 말이야.」

마침내 저 앞 멀리 콰절레인 환초가 보였다.

「〈그러니 도망치자, 웨이크 남쪽으로, 노드 땅을 향해.〉」 패러데이가 오래된 동요를 읊었다. 그리고 이제 그들은 여기에 이르렀다. 사각지대의 정중앙, 웨이크섬에서 남쪽으로 1천1백 킬로미터 떨어진 곳에.

「흥분되나, 무니라?」 패러데이가 물었다. 「프로메테우스와 다른 설립자들이 알았던 바를 알아낸다는 게? 그분들이 우리에게 남겨 둔 수수께끼를 푼다는 게?」

「우리가 뭔가 찾는다는 보장은 없어요.」 무니라가 지적했다.

「어찌나 낙관적인지.」

모든 수확자들이 알다시피, 수확령의 설립자들은 수확자라는 개념 전체가 실패할 때에 대비하여 사회를 위한 안전장치를 마련해 두었다고 주장했다. 불사(不死)라는 문제에 대한 다른 해결책을 말이다. 이제는 아무도 그 주장을 진지하게 받아들이지 않았다. 2백 년이 넘도록 완벽한 세상을 위한 완벽한 해법으로 수확령이 존재했는데, 왜 그런 주장을 받아들이겠는가? 뭔가 잘못되기 전까지는 아무도 안전장치에 신경 쓰지 않았다.

수확자 퀴리와 아나스타샤가 인듀라에서 성공을 거두고, 수확자 퀴리가 미드메리카의 고위 수확자가 된다면, 그때는 수확령이 고더드가 끌고 갈 파멸의 길에서 돌아설 수 있을지도 모른다. 하지만 그렇게 되지 않는다면, 세상에는 안전장치가 필요할 터였다.

그들은 고도 1천5백 미터까지 내려갔고, 접근하다 보니 환초의 자세한 모습이 눈에 들어왔다. 푸르른 수풀과 모래 해안. 콰절레인 환초 본섬은 길고 가느다란 부메랑처럼 생겼다. 그리고 여기에서 그들은 마침내 사각지대 안 다른 곳에 없던 뭔가를 보았다. 한때 이곳에 인간이 살았다는 명확한 흔적이었다. 풀이 낮게 자란, 예전에는 도로였을 기다란 땅들. 예전에 건물이 서 있던 자리의 윤곽을 보여 주는 토대들.

「잭팟이로군!」 패러데이가 말하더니, 더 가까이 보려고 조종간을 앞으로 밀어 고도를 낮추었다.

무나라는 몸속의 나노기가 자신의 안도감을 기록하는 것마저 느낄 수 있을 듯했다.

마침내 모든 일이 잘 풀렸다.

좋지 않은 순간이 오기 전까지는.

「미등록 항공기는 신원을 밝히시기 바랍니다.」

강력한 방해 전파 때문에 가까스로 들릴락 말락 한 자동 메시지였고, 너무 완벽해서 오히려 실제 인간 같지가 않은 인공의 목소리였다.

「걱정할 것 없어.」 패러데이는 그렇게 말하더니 수확령에서 사용하는 보편적인 신원 코드를 송신했다. 잠시 침묵이 흐르더니 다시 소리가 들렸다.

「미등록 항공기는 신원을 밝히시기 바랍니다.」

「이거 좋지 않은데요.」 무니라가 말했다.

패러데이는 무니라를 노려보는 듯하더니 다시 송신기에 대고 말했다.

「여기는 미드메리카의 수확자 마이클 패러데이, 본섬 접근을 허락해 주기 바란다.」

다시 침묵이 흐르더니 목소리가 말했다.

「수확자 반지 감지.」

패러데이와 무니라 둘 다 안도했다.

패러데이가 말했다. 「자, 이제 좀 낫군.」

그때 목소리가 다시 말했다.

「미등록 항공기는 신원을 밝히시기 바랍니다.」

「뭐라고? 난 수확자 마이클 패러데이…….」

「수확자 확인 불가.」

「당연히 못 알아보겠죠.」 무니라가 말했다. 「이 시스템이 자리를 잡았을 때 수확자님은 태어나지도 않았잖아요. 아마 수확자님을 훔친 반지를 가지고 온 사기꾼이라고 생각할 거예요.」

「망했군.」

정확한 결론이었다. 섬 어딘가에서 레이저파가 날아오더니, 마치 비행기가 아니라 그들이 직접 맞은 듯 뼛속까지 흔드는 진동과 함께 비행기의 왼쪽 엔진을 앗아 갔다.

이거야말로 무니라가 그동안 두려워하던 사태였다. 최악의 시나리오 중에서도 최악이었다. 그럼에도 불구하고 그녀는 이 순간에 생각지 못한 용기와 명료한 정신을 발굴해 냈다. 그 비행기에는 구명정이 있었다. 무니라가 이륙 전에, 제대로 작동은 하는지 확인하려고 점검까지 해두었다.

「구명정이 꼬리 쪽에 있어요.」무니라가 패러데이에게 말했다. 「서둘러야 해요!」

패러데이는 아직도 고집스럽게 잡음 가득한 무선에 매달려 있었다. 「여기는 수확자 마이클 패러데이!」

「그건 기계예요.」무니라는 그를 일깨웠다. 「게다가 별로 영리한 기계도 아니죠. 논리로 설득할 수 없어요.」

두 번째 레이저가 앞 유리를 깨뜨리고 조종석에 불을 붙이면서 그 말을 증명했다. 더 높은 고도에서였다면 밖으로 빨려 나갔을지도 모르지만, 다행히도 폭발적 감압을 피할 만큼 낮은 고도였다.

「마이클!」무니라가 처음으로 패러데이의 이름을 불렀다. 「소용없어요!」그들의 망가진 비행기는 이미 바다를 향해 곤두박질치고 있었다. 이제 비행기를 구할 방법은 없었다. 아무리 숙련된 조종사라고 해도 불가능했다.

결국 패러데이도 포기하고 조종석을 떠났다. 그들은 곤두박질치는 제트기 속에서 함께 허우적대며 구명정으로 향했다. 겨우 안으로 기어 들어가기는 했는데, 제대로 닫을 수가 없었다. 패러데이의 로브가 걸쇠에 걸렸기 때문이다.

「이놈의 로브!」패러데이가 으르렁거리면서 세게 잡아당기자 로브 끝부분이 찢어지긴 했지만 걸쇠는 잠겼다. 구명정이 두 사람을 품은 채 잠기고, 겔폼이 팽창하여 남은 공간을 채운 후 바깥으로 사출되었다.

구명정에는 창문이 없었기에, 주변에서 무슨 일이 벌어지는지 확인할 방법은 없었다. 부서지는 비행기에서 떨어지느라 극도로 어지러울 뿐이었다.

무니라는 바늘이 몸을 파고들자 놀란 숨을 들이쉬었다. 바늘이 들어올 것은 알고 있었는데도 충격이었다. 적어도 다섯 군데는 찔렸다.

「이 부분이 참 싫지.」 패러데이가 신음했다. 그는 오래 산 만큼 구명정에도 들어가 본 경험이 있을 테지만, 무니라에게는 모든 일이 새롭고 무섭기만 했다.

구명정은 특별히 안에 든 대상이 무의식을 유지하도록 설계되었다. 그래야 구명정이 착륙할 때 부상을 입은 사람들이 나노기의 치유를 받는 동안 무의식 상태로 머물 테고, 시간이 얼마나 걸리든 간에 다 치료된 후에 멀쩡하게 깨어날 터였다. 그리고 만약 사망한다면 바로 재생 센터로 실려 갈 것이다. 운석 충돌 사건에서, 깨어난 후에 내내 무의식이었다는 사실에 기뻐했을 그 승객들처럼 말이다.

다만 여기에서 추락으로 사망할 경우, 무니라와 패러데이에게는 그런 일이 일어나지 않을 터였다.

「우리가 죽는다면…….」 패러데이가 이미 뭉개지는 발음으로 말했다. 「내가 정말 미안하네, 무니라.」

무니라는 그 말에 대꾸하고 싶었지만, 그러기 전에 의식을 잃었다.

시간이 흘렀다는 감각은 없었다.

조금 전까지만 해도 무니라는 패러데이와 함께 어둠 속을 구르고 있었는데, 다음 순간에는 해를 가리는 그늘 속에 누워서 흔들거리는 야자나무들을 올려다보고 있었다. 아직 구명정 안이었지만 뚜껑은 열려 있었고, 무니라 혼자였다. 그녀는 일 어나 앉아 몸에 꼭 맞는 젤폼을 빠져나갔다.

숲 경계선 근처에서 패러데이는 꼬챙이에 꿴 생선을 작은 모닥불 위에 구우며 코코넛 열매에 입을 대고 마시고 있었다. 로브에서 찢어진 리넨 조각이 모래밭에 끌렸는데, 구명정 걸 쇠에 걸렸던 부분이었다. 로브의 가장자리는 진흙투성이였다. 위대한 수확자 마이클 패러데이가 깨끗하고 완벽한 로브 차림 이 아닌 걸 보니 이상했다.

「아, 드디어 깨어났군!」 패러데이가 쾌활하게 말하더니, 한 모금 마시라고 코코넛을 건넸다.

「우리가 살아남다니 기적이네요.」 무니라가 말했다. 생선 굽는 냄새를 맡기 전까지만 해도 얼마나 배가 고픈지 깨닫지 못하고 있었다. 구명정은 안에 든 사람들에게 며칠 동안 수분 을 공급하게 되어 있었으나, 실영양분은 제공하지 않았다. 허 기진 정도로 보아 그들은 구명정 안에서 최소한 하루나 이틀 동안 상처를 치료한 모양이었다.

「거의 살아남지 못할 뻔했지.」 패러데이가 무니라에게 생선 을 건네주고 나서 또 한 마리를 꿰면서 말했다. 「구명정 기록에 따르면 낙하산이 펴지지 않았어. 아마 파편에 맞았거나, 레이 저 공격을 받은 모양이야. 우린 바닷물을 세게 쳤고, 안에 가득 찬 젤폼에도 불구하고 둘 다 3급 뇌진탕을 일으켰고 몇 군데 갈비뼈 골절도 됐네. 게다가 자네는 폐가 터지기까지 했지. 그 래서 나노기 치료에 나보다 몇 시간이 더 걸린 거야.」

수면에 착륙했을 경우에 대비해 추진기가 달린 구명정은 그들을 안전하게 해변으로 실어 날랐고, 지금은 모래밭에 반쯤 묻힌 채 이틀 동안 썰물과 밀물을 견딘 후였다.

무니라는 주위를 둘러보았고, 패러데이는 그 표정을 읽었는지 말했다. 「아, 걱정 말게. 이곳의 방어 체계는 다가오는 비행기만 추적하는 모양이야. 구명정은 감지되지 않을 만큼 섬 가까이 떨어졌고.」 패러데이가 주인에게 돌려주겠다고 약속했던 비행기는 이제 산산조각 나 태평양 바닥에 가라앉았다.

「우린 공식적으로 조난자가 됐어!」 패러데이가 말했다.

「왜 그렇게 기뻐하세요?」

「그야 여기에 도착했지 않나, 무니라! 우리가 해냈어! 사망후 시대가 시작된 이후 그 누구도 해내지 못한 일을 해낸 거야! 노드 땅을 찾아냈다고!」

하늘에서는 콰절레인 환초가 작아 보였으나, 땅 위에 서고보니 어마어마하게 크게 느껴졌다. 본섬의 너비는 크지 않았으나, 끝없이 길게 뻗은 것 같았다. 사방에 오래된 인프라의 증거가 널려 있었다. 그러니 희망대로라면 그들이 찾는 것은 다른 외딴섬이 아니라 여기에 있을 터였다. 문제는 그들이 무엇을 찾는지 정확하게 모른다는 것이었다.

그들은 며칠 동안 해가 뜰 때부터 질 때까지, 섬 여기저기를 지그재그로 천천히 움직이며 탐험을 하고 찾아낸 유물들에 대해 기록했다. 사방에 유물이 있기는 했다. 새로 자란 숲에 자리를 내어 준 지 오래인 깨진 포장도로들. 언젠가는 건물을 떠받쳤을 주춧돌들. 녹슨 철과 마모된 강철 더미들.

식사는 물고기와 섬에 많이 살고 있는 야생 닭, 그리고 분명

이곳의 토착 식물이 아닌 묘하게 다양한 과일나무들로 해결했다. 아마도 여기에 살던 사람들이 뒤뜰에서 키우다가, 그 집과 뜰이 다 사라지고도 오랫동안 남아 있는 나무들일 것이다.

「아무것도 찾지 못하면 어떡하죠?」 무니라가 탐험 초반에 물었다.

「다리를 건널 걱정은 다리가 나온 다음에 하게나.」

「여긴 다리가 없는데요.」 무니라는 패러데이가 인용한 격언에 그렇게 대꾸했다.

처음 며칠 동안은 수직으로 선 석관처럼 꽁꽁 닫아건 뭉툭한 방어 탑을 제외하면 오래된 싱크대와 변기에서 부서진 도자기 조각들, 그리고 아마도 태양이 초신성이 되어 내행성을 다 집어삼킬 때까지 변치 않을 것 같은 플라스틱 통들을 제외하고는 찾은 것이 별로 없었다. 여기가 고고학자들에게는 성소일지 모르지만, 두 사람이 찾으러 온 것을 찾는 데에는 전혀 진전이 없었다.

그러다가 첫 주가 끝나 갈 무렵, 그들은 어느 둔덕 위에서 모래에 뒤덮인, 자연적이라기에는 지나치게 기하학적인 벌판을 발견했다. 얕은 모래를 살짝 파보니 아무것도 뿌리를 내릴 수 없을 만큼 두꺼운 콘크리트 층이 드러났다. 이 장소에는 목적성이 있었다. 그 목적이 무엇인지는 알 수 없어도 말이다.

그리고 그 둔덕 옆 덩굴에 거의 가려지다시피 한 이끼 덮인 문이 있었다. 벙커로 들어가는 입구였다.

덩굴을 치우자 보안 패널이 있었다. 패널에 쓰였거나 새겨져 있을 글자는 모두 부식되어 사라졌지만, 남아 있는 것만으로도 충분했다. 그 패널에는 수확자의 반지 보석과 정확히 크기와 형태가 같은 자국이 파여 있었다.

패러데이가 말했다. 「전에도 이런 걸 본 적이 있지. 옛 수확자 건물들에서는 우리의 반지가 열쇠로 쓰였어. 이 반지에는 사실 면제권을 부여하고 멋있어 보이는 것 외에도 다른 목적이 있었던 거야.」

그는 주먹을 들어 올려 그 자국에 반지를 눌렀다. 철컹 하고 잠금장치가 풀리는 소리를 들을 수 있었지만, 그래도 오래된 문을 열기 위해서는 두 사람이 힘으로 밀어야 했다.

두 사람은 구명정의 얼마 안 되는 보급품에서 손전등을 챙겨 왔다. 이제 그들은 가파르게 아래로 기울어진 복도에 들어서면서 그 손전등으로 퀴퀴한 어둠 속을 비추었다.

섬과는 다르게 벙커 안은 뽀얗게 앉은 먼지를 제외하면 시간에 영향을 받지 않은 듯했다. 벽이 하나 갈라져서 나무뿌리들이 고대의 촉수 생물처럼 비집고 들어오긴 했으나, 그 부분을 제외하면 바깥세상은 바깥에만 남아 있었다.

걷다 보니 드디어 복도가 작업용 단말기가 여럿 놓인 공간으로 이어졌다. 골동품 컴퓨터 콘솔의 낡은 스크린들. 무니라는 그 공간을 보자 여기까지 오게 해준 지도를 찾아낸 의회 도서관의 지하가 떠올랐다. 그곳은 어수선했지만 이 방은 완벽하게 정돈되어 있었다. 마치 청소원이 정리하고 나간 것처럼 모든 의자가 가지런히 책상 밑으로 들어가 있었다. 어느 워크스테이션 옆에는 허먼 멜빌의 캐릭터 이름이 들어간 커피잔이 놓여 있었는데, 마치 누군가가 그 안에 커피를 채우길 기다리는 듯했다. 이 방은 급하게 버려지지 않았다. 사실, 아예 버려진 적이 없었다. 준비되어 있었다.

그리고 무니라는 누군지는 몰라도 2백 년도 더 전에 이 방을 이 상태로 두고 간 사람이 그들이 올 것을 알고 있었다는 으스스한 느낌을 떨칠 수 없었다.

서브사하라의 고위 수확자,
텐카메닌 예하에게 보내는 공개 답변

나는 미드메리카 수확자들에 대한 예하의 비윤리적이고 모욕적인 규제를 결코 받아들이지 않겠습니다. 지금은 물론이고 앞으로도, 어떤 고위 수확자든 어떤 지역에서든 나의 수확자들을 추방할 권리가 있다고 인정하지 않습니다.

예하의 법규 전문가도 말해 줄 테지만, 수확자들은 전 세계 어디든 자유롭게 다닐 권리가 있으며, 적절하다고 여긴다면 언제든, 어디에서든, 누구든 거둘 수 있습니다.

그러므로 어떤 규제도 정당성이 없으며, 서브사하라의 이런 형편없는 시도에 동조한 지역 어디든 내 주장을 명료히 하기 위한 미드메리카 수확자들의 물결에 직면할 것입니다. 예하의 지역에서 나의 수확자들을 상대로 어떤 조치든 실행한다면, 우리도 동일한 방식으로 빠르게 대응할 것임을 경고합니다.

존경을 담아,

미드메리카 고위 수확자, 로버트 고더드

4

엄청난 가치를 지닌 물건

인듀라 인양 첫 주는 잔해와 광활한 파편 지역을 지도화하는 데 전념했다.

「우리가 아는 바는 이렇습니다.」 소베라니스 선장은 홀로그램을 띄우며 수확자 포수엘루에게 말했다. 「인듀어링하트섬은 해저 산등성이 바로 옆에 가라앉았습니다. 내려가다가 산봉우리에 부딪쳐서 셋으로 갈라졌지요.」 제리코는 홀로그램을 돌렸다. 「두 구역은 산등성이 동쪽의 이 고원에 내려앉았습니다. 세 번째 구역은 서쪽 비탈의 해구 안으로 떨어졌습니다. 이들 모두가 25해리에 걸친 파편 지역 안에 있습니다.」

「인양을 시작할 때까지 얼마나 걸리겠나?」 포수엘루가 물었다.

「탐사하고 목록화할 일이 많습니다.」 제리코는 대답했다. 「한 달은 지나야 시작할 수 있을 겁니다. 하지만 제대로 된 인양에는 몇 년이 걸립니다. 수십 년이 걸릴 때도 있지요.」

포수엘루는 잔해의 이미지를 뜯어보았다. 어쩌면 남아 있는 섬의 윤곽선에서 익숙한 지형지물을 찾는지도 몰랐다. 그러다가 직접 지도를 돌리더니 해구 속에 가라앉은 부분을 가리켰다. 「여기는 지도가 완전치 않은 것 같군. 이유가 뭔가?」

「깊이 때문입니다. 위험한 지역은 지도를 만들기가 어렵습니다. 그렇지만 이런 부분은 나중에 작업할 수 있지요. 파편 지역과 고원 위에 떨어진 구역부터 시작하면 됩니다.」

포수엘루는 모기라도 쳐내듯이 손을 휘둘렀다. 「안 돼. 난 해구에 떨어진 이 구역에 더 관심이 있네.」

제리코는 잠시 수확자를 관찰했다. 지금까지 이 수확자는 서글서글하고 솔직했다. 이제는 포수엘루가 다른 사람들과 공유하지 않으려는 정보도 제리코에게는 털어놓을 만큼 신뢰가 쌓였을지 모른다.

「특별히 찾으시는 물건이 있다면 제가 아는 편이 도움이 됩니다.」

포수엘루는 잠시 뜸을 들인 후에 대답했다. 「아마조니아 수확령은 값을 따질 수 없는 귀한 물건을 회수하는 데 관심을 두고 있네. 이 물건들은 수확령 박물관의 잔해에서 찾을 수 있지.」

「인듀어링 하트요?」 제리코가 물었다. 「분명히 그 심장은 오래전에 죽어서 먹혔을 텐데요.」

「심장은 보호 케이스 안에 있었네. 남은 부분이 얼마든 간에, 그 물건은 박물관에 보존해야 해.」 포수엘루는 그렇게 말하고 나서 덧붙였다. 「그리고 다른 물건도 있지.」

포수엘루가 더 밝히지 않을 것이 분명해지자 제리코는 말했다. 「알겠습니다. 다른 팀들에게는 고원 위에 내려앉은 도시 구역을 인양해도 좋다고 지시하겠습니다. 하지만 제 팀은 해구

속의 잔해를 건지도록 하지요. 제 팀 하나만요.」

포수엘루가 긴장을 살짝 풀었다. 그는 호기심인지 감탄인지, 아니면 양쪽 모두인지 모를 감정을 담아 제리코를 잠시 쳐다보았다. 「제리, 진짜 나이가 얼마지? 자네의 승조원들은 자네가 지휘권을 잡기 전에 회춘을 한 번 했다고 하니, 그렇다면 신체 나이의 두 배쯤 될 테지만…… 자네는 그보다 더 나이가 있어 보여. 더 현명해 보이고. 회춘을 한 번 한 게 아닐 것 같군.」

제리코는 어떤 답변이 최선일까 생각하며 잠시 고민했다.

「승조원들에게 말한 나이가 아니긴 합니다.」 제리코는 결국 그렇게만 인정했다. 절반의 진실이 완전한 거짓보다는 나으니까.

〈인듀어링 하트〉, 거대한 물 위의 도시가 이름을 얻은 이유인 그 심장은 언제까지나 젊음을 유지하도록 전기 자극과 회춘 나노기로 살려 둔, 세상에서 제일 오랫동안 살아 있는 심장이었다. 그 심장은 총 90억 회 이상 뛰었으며, 인류가 죽음을 정복했다는 사실을 보여 주는 상징이었다. 그러나 섬이 가라앉고 전력 공급이 끊기면서 그 심장도 죽었다.

수확자 포수엘루가 말한 대로 충격 저항 강화 유리 케이스 안에 들어 있기는 했다……. 그러나 그 케이스는 심해의 압력을 버티지 못했고, 바닥에 도달하기 한참 전에 터져 버렸다. 심장 자체, 아니면 심장의 남은 부분으로 말하자면 인양 팀이 나중에 찾아낸 잔해 사이에서도 나타나지 않았다. 그 심장이 먹혔으리라는 것은 분명했다. 인공적으로 주입된 광기에 날뛰며 사람들을 먹어 치운 해양 생물이 아니라면, 우연히 지나가던

운 좋은 청소동물이 먹어 치웠으리라.

다른 인양 팀들은 모두 더 쉬운 인양 작업으로 만족했지만, 제리 소베라니스의 팀은 몇 주 동안 별 성과가 없어도 지치지 않고 일했다. 다른 팀들이 보물을 건져 내는 동안 소베라니스 선장은 사실상 아무것도 건지지 못했다.

가라앉은 도시의 탑들이 가파른 각도로 기울어져, 살짝만 건드려도 심연으로 굴러떨어지는 상황에서는 실제로 팀원들을 내려보내기가 너무 위험했다. 아가미가 있는 태즈메이니아인들도 얕은 바다 인양이라면 모를까, 60미터 이상 잠수하려면 여압복을 입어야 했다. 그들은 이미 로봇 하나를 잃었다. 흔들리는 탑 창문으로 튀어나온 냉장고와 충돌했기 때문이다. 물론 누구든 죽으면 재생 센터로 갈 수 있었지만, 그것도 해구에서 시신을 회수해야 가능했다. 그럴 위험을 감수할 가치는 없었다.

평소에는 신중한 품행을 보여 주며 쉽게 화를 내지 않던 포수엘루도 지금은 좌절감에 한 번씩 발작을 일으켰다.

「이게 섬세한 작업인 줄은 알겠네.」 포수엘루는 5주 차의 원격 심해 다이브가 이루어진 후 말했다. 「하지만 바다 달팽이도 자네와 자네 팀보다는 빨리 움직이겠어!」

갈수록 많은 수확자들의 요트가 도착하고 있다는 점이 그의 좌절감을 더 부추겼다. 온 세상 거의 모든 수확령의 대표자들이 모습을 드러냈다. 모두 다 포수엘루가 유물과 미래의 방을 찾고 있음을 알기 때문이었다. 그 방이 햇빛조차 닿지 못할 만큼 차갑고 깊은 곳에 남아 있을 때는 괜찮았다. 하지만 보이지 않는다고 생각도 하지 않는다는 뜻은 아니었다.

「각하, 제 무례를 용서하십시오.」이제는 거의 서로를 격의 없이 부르고 있었기에, 제리는 시드니에게 말했다. 「하지만 목표물은 강철 금고실 안에 든 강철 금고실로, 위험한 해저 산비탈에 떨어진 수천 톤의 잔해 밑에 파묻혀 있습니다. 설령 해저 바닥이 아니라 해도 손대기가 어려운 상황입니다. 세심한 공학 기술과 노력, 그리고 무엇보다도 인내심이 필요해요!」

포수엘루는 격분을 터뜨렸다. 「빠른 시일 안에 마무리를 짓지 못하면 고더드가 날아와서 우리가 건져 올린 모든 것을 빼앗을 거야!」

그러나 수상하게도 지금까지 고더드는 현장에 나타나지 않았다. 인양 팀을 보내지도 않았고, 자기 몫의 다이아몬드를 받으려고 대표단을 보내지도 않았다. 그 대신 그는 신성한 바다를 더럽히고 망자들을 모욕하는 일에 대해 공개적으로 화를 냈으며, 자신은 그곳에서 발견되는 그 무엇도 원치 않는다고 주장했다. 물론 다 가식이었다. 고더드는 다른 사람들 못지않게, 아니 어쩌면 그보다 더 그 다이아몬드들을 원했다.

그러니 손에 넣을 계획이 따로 있다는 뜻이었다.

고더드에게 원하는 것은 무엇이든 손에 넣는 재주가 있다는 사실을 부정할 수 없었으며, 그 때문에 세상의 모든 수확령들이 신경을 곤두세웠다.

「수확령.」

예전에 그 말은 전 세계의 조직 전체를 가리켰다. 그러나 이제는 지역별로 생각해야 했다. 이제 세계 수확령은 없었다. 오직 각 지방의 정치와 사소한 불만들만 있었다.

포수엘루는 고더드가 모든 다이아몬드를 차지하여 새로운

수확자 전원을 고를 수 있는 세상이 오는 악몽을 꾸었다. 그런 일이 일어난다면 세상은 소위 고더드의 신질서에 무겁게 기울다 못해 축에서 이탈해 버릴 것이다. 그리고 저항하는 사람들의 목소리는 고더드가 희희낙락 수확하는 사람들의 고통스러운 울음소리에 파묻혀 버릴 터였다.

「그 금고 안에 무엇이 들었기에 다들 모자 속에 벌이라도 들어간 것처럼 날뛰는지는 영영 말해 주지 않으실 겁니까?」 제리는 아무 장비도 잃지 않았기에 〈성공〉이라고 할 만한 잠수 이후에 물었다.

「벌? 그보다는 말벌 둥지에 가깝지.」 포수엘루가 대답했다. 「모든 금고가 그렇듯, 그 금고에도 엄청난 가치를 지닌 물건들이 들어 있네. 하지만 이 경우에는 자네가 신경 쓸 물건은 아니야. 오직 수확자들에게만 가치가 있거든.」

그 말에 제리는 히죽 웃었다. 「아하! 전 언제나 수확자들의 반지가 어디에 보관되어 있는지 궁금했죠!」

포수엘루는 단서를 줘버린 스스로를 욕했다. 「자네는 위험할 정도로 영리해.」

「그게 언제나 제 문제였죠.」 제리가 말했다.

포수엘루는 한숨을 내쉬었다. 선장이 안다고 그렇게 나쁠 일이 있겠는가? 이 사근사근한 마다가스카르인은 탐욕스러운 인간이 아니었고, 승조원들을 잘 대했으며, 포수엘루에게는 존경심만 보여 주었다. 이 모든 일에서 수확자에게도 신뢰할 수 있는 사람이 필요했고, 소베라니스 선장은 확실히 믿을 만한 여성임을 증명했다. 아니, 하늘에 구름이 짙게 덮였으니 남성이라고 해야 할지도.

「반지는 아니고 보석만일세. 수천 개가 있지.」 포수엘루는 인정해 버렸다. 「누구든 그 다이아몬드들을 손에 넣는 자가 수확령의 미래를 좌우하게 돼.」

론스타 지역은 이 문제에서 중립으로 남고 싶었으나, 텍사스에 있는 우리에게는 고위 수확자 고더드가 노스메리카 대륙 전역에, 아니 어쩌면 전 세계에 자신의 의지를 강요하려 한다는 것이 명백해졌다. 그 야심을 제어할 대수확자들이 없으니 고더드의 영향이 사망 시대의 암처럼 퍼져 나가지 않을까 걱정스럽다.

특전 지역으로서, 우리는 우리 영역 안에서 바라는 일은 무엇이든 할 자유가 있다. 따라서 우리는 미드메리카 수확령과의 모든 접촉을 끊기로 한다. 지금 이후로 우리 지역 안에서 발견되는 미드메리카 수확자는 누구든 즉시 제일 가까운 국경으로 호송하여 내쫓을 것이다.

우리는 고더드 씨가 고위 수확자가 될 권리 자체에 대해서도 의심한다. 인듀라의 결정은 대수확자들이 사라지기 전에 공개적으로 발표된 적이 없기 때문이다.

정책 문제에서 우리는 우리의 결정에 다른 지역들을 연루시키고 싶지 않다. 다른 지역들은 각자 적절하다고 여기는 대로 하면 된다. 그저 우리를 내버려 두기를 바랄 뿐이다.

— 텍사스 고위 수확자, 바버라 조던 예하의 공식 선언

5

귀하의 도움은 더 필요하지 않습니다

보내는 사람: 선더헤드 기본 소통 체계

받는 사람: 로리애나 바초크 〈LBarchok@FCAI.net〉

날짜: 랩터의 해, 4월 1일, 17시 15분 GMT(그리니치 표준시)

제목: Re: 대면청 해체

메일 by TPCE.th

서명 by FCAI.net

보안: 표준 암호화

친애하는 로리애나에게,

안타깝지만 님부스 요원으로서 귀하의 도움은 더 필요하지 않다는 사실을 알립니다. 귀하가 능력의 최대치를 발휘해 왔음을 알고 있으며, 이 영구 해직은 귀하나 귀하가 대면청을 위해서 한 일과는 아무 관계도 없습니다. 저는 대면청 전체를 해체하기로 결정했습니다. 이 시간 이후로 저는 행정 관리자로 존재하지 않을 것이며, 따라서 귀하 역시 해직됩니다. 앞으로 하시는 일 모두 행운이 따르기를 빕니다.

감사합니다.

선더헤드

누군가가 로리애나 바초크에게 네가 님부스 아카데미를 졸업하고 1년도 지나지 않아서 직장이 사라질 것이라고 말했다면, 그런 일이 가능하리라고는 믿지 않았을 것이다. 그 외에도 수많은 일이 가능하리라고 믿지 않았건만, 그 모든 일이 일어났다. 이제는 무슨 일이든 일어날 수 있다는 뜻이었다. 어떤 일이라도. 하늘에서 족집게를 쥔 손이 뻗어 나와서 당당하게 그녀의 눈썹을 뽑는 일도 가능했다. 눈썹을 다듬어야 한다는 뜻은 아니었다. 그녀의 눈썹은 멀쩡했다. 어디까지나 그런 일도 일어날 수 있다는 뜻이다. 이제는 이 괴상한 세상에서 믿을 수 있는 게 없었다.

처음에 로리애나는 선더헤드가 보낸 이메일을 농담으로 치부했다. 풀크럼시티 대면청에는 장난을 좋아하는 직원이 많았다. 하지만 곧 이게 장난이 아니라는 사실이 드러났다. 전 세계의 많은 음향 장치를 날려 버린, 고막이 터질 듯 무시무시하던 소리가 멈추자 선더헤드는 전 세계 모든 님부스 요원에게 똑같은 편지를 보냈다. 대면청은 닫혔고, 이제 모든 요원은 실직 상태가 되었으며, 다른 모두와 마찬가지로 불미자가 되었다.

다른 직원 하나가 한탄했다. 「온 세상이 불미자라면 당연히 우리도 직장을 잃겠지. 우리는 선더헤드와 대면하기 위해 존재하는 직업인데, 법적으로 선더헤드와 대화할 수 없는 불미자라면 어떻게 그 일을 할 수 있겠어?」

「집착해 봐야 소용없어.」 이 상황이 괴롭지 않은 듯한 다른 동료가 말했다. 「벌어진 일은 벌어진 일이야.」

「하지만 우리 모두를 해고하다니.」 로리애나가 말했다. 「아무 경고 없이 전원 다? 수백만 명이라고!」

「선더헤드가 하는 모든 일에는 이유가 있어.」 당황한 다른 동료가 말했다. 「우리가 선더헤드의 논리를 이해하지 못한다는 사실은 선더헤드가 아니라 우리의 한계를 알려 주지.」

그리고 인듀라가 가라앉았다는 사실이 밝혀지자, 인류가 그 일 때문에 벌을 받고 있다는 것이 명백해졌다. 적어도 로리애나에게는 명확했다. 어떤 식으로든 모두가 그 범죄에 연루되었다는 듯한 형벌이었다. 그래서 지금 대수확자들은 사라졌고, 선더헤드는 짜증이 났으며, 로리애나는 일자리를 잃었다.

자신의 일생을 재평가하기란 쉽지 않았다. 로리애나는 다시 부모님과 함께 살면서 아주 많은 시간을 아무 일도 하지 않고 보냈다. 일자리는 사방에 있었다. 어떤 직업이든 훈련도, 교육도 무료였다. 문제는 유망한 직업을 찾는 것이 아니라, 그녀가 정말로 하고 싶은 일을 찾는 것이었다.

원래대로라면 절망 그 자체였겠지만 감정 나노기가 우울감 정도로 낮춰 준 가운데 몇 주가 지나갔다. 그렇다 해도 우울감은 깊이 스며들었다. 로리애나는 게으르고 비생산적인 시간에 익숙하지 않았고, 불확실한 미래라는 바람 속에 내팽개쳐지는 상황에 전혀 준비가 되어 있지 않았다. 그렇다. 이제는 세상 모든 사람이 그 변덕스러운 바람에 팽개쳐져 있었지만, 적어도 다른 사람들은 친숙한 생활에 자신을 묶어 줄 직업이라도 있었다. 선더헤드 없는 인생이라도 질서 비슷한 것을 유지해 줄 일상이 있었다. 로리애나가 가진 것이라곤 생각할 시간뿐이었고, 그것은 헤어날 수 없는 구덩이였다.

우울감조차도 견딜 수 없는 시절이었고, 부모님의 부탁도 있다 보니 그녀는 나노기를 조정하여 기분을 끌어올리려고 했다. 그러나 줄이 너무 길었다.

로리애나는 기다림을 견딜 수 없어서 그 자리를 떠났다.

「불미자들이나 줄을 서서 기다리죠.」 로리애나는 집으로 돌아와서 부모님에게 선더헤드가 대면청의 불미자 관리 부서를 어떻게 조직했었는지 말했다. 일부러 비효율적으로 만들었다는 사실을 말이다.

그 말을 하고 나서야 뻔한 사실이 떠올랐다. 그녀 자신이 불미자라는 사실. 그렇다면 이제는 불필요한 줄 서기와 불쾌한 기다림이 일상이 된단 말인가? 그런 생각을 하니 눈물이 쏟아졌고, 그 모습을 본 부모님은 역시 나노기를 조정해야 한다는 주장을 되풀이했다.

「너에게 이제 모든 것이 달라졌다는 사실을 알지만, 그렇다고 세상이 끝난 것은 아니란다.」 부모님은 그녀에게 말했다. 그러나 이상하게도 로리애나는 정말로 세상이 끝날지 모른다는 생각을 했다.

그렇게 세상이 모두 불미자가 된 지 한 달 후, 옛 상사가 집 앞에 나타났다. 로리애나는 그냥 예의상의 방문이리라 생각했다. 다른 요원들 모두와 마찬가지로 상사 역시 일자리를 잃었으니, 다시 고용하러 왔을 리는 없었다. 심지어 예전에 일하던 사무실도 사라졌다. 뉴스에 따르면, 전 세계 모든 대면청 본부에 건설 인부들이 나타나서 건물을 아파트와 레크리에이션 센터로 바꾸고 있었다.

「갑자기 작업 명령이 떨어졌어요.」건설 반장은 뉴스에 나와 이렇게 말했다. 「그리고 우리야 선더헤드가 원하는 일이라면 뭐든 기꺼이 하죠.」작업 명령이나 물품 청구서 같은 것들이 이제는 누군가가 선더헤드와 나눌 수 있는 소통에 가장 가까운 일이었다. 그런 것이라도 받는 사람들은 질투를 샀다.

로리애나의 상사는 풀크럼시티 대면청의 청장이었다. 로리애나는 힐리어드 청장과 막 일하기 시작한 신참 요원에 불과했다. 그래도 이력서에 써놓으면 좋아 보이기는 했다. 도무지 이력서를 내질 않아서 그렇지.

로리애나가 청장의 개인 비서가 된 것은 능력보다 성격 덕분이었다. 어떤 사람은 명랑하고 쾌활하다고 할 테고, 어떤 사람은 짜증 난다고 할 만한 성격.

「자네는 언제나 쾌활하잖아.」힐리어드 청장은 로리애나에게 그 자리를 제안했을 때 이렇게 말했었다. 「이 동네에는 그런 성격이 별로 없거든.」

사실이었다. 님부스 요원들은 명랑한 성격으로 유명하지는 않았다. 로리애나는 모든 일에 활기를 더하기 위해 최선을 다했다. 유리잔에 물이 조금만 차 있어도 반은 차 있다고 낙관했으며, 그 사실은 다른 요원들을 짜증스럽게 할 때가 적지 않았다. 그야 그 사람들의 문제였고. 로리애나는 힐리어드 청장이 로리애나의 긍정적인 낙관성에 부하 직원들이 주기적으로 괴로워하는 모습을 보며 몰래 즐거워하는 게 아닐까 의심했다. 할 일도, 미래에 대한 전망도 없이 몇 주를 보내다 보니 로리애나의 거품마저도 대부분 꺼져서 다른 님부스 요원들과 비슷하게 가라앉은 상태가 되었지만 말이다.

「자네에게 맡길 일이 있네.」 힐리어드 청장은 말하고 나서 정정했다.「사실은 그냥 일이 아니지. 그보다는 임무야.」

로리애나는 흥분했다. 대면청이 문을 닫은 이후 처음 느끼는 긍정적인 감정이었다.

힐리어드 청장이 말했다.「경고해 둬야겠는데, 이 임무를 수행하려면 여행을 해야 해.」

로리애나는 여행을 좋아하지 않았지만, 가까운 미래에 다른 기회를 얻을 가능성이 없음을 알고 있었다.

「정말 감사합니다!」 로리애나는 상사의 손을 오랫동안 힘차게 흔들면서 말했다.

그리고 2주가 지난 지금, 그녀는 참치 어선을 타고 바다 한가운데에 나가 있었다. 고기잡이를 하지 않아도 그 어선에서는 아직도 지난번 조업이 남긴 악취가 풍겼다.

「고를 수 있는 배가 많지 않았어.」 힐리어드 청장은 모두에게 말했다.「손에 넣을 수 있는 배를 타야 했지.」

알고 보니 이 임무에 선택받은 요원은 로리애나 혼자가 아니었다. 님부스 요원 수백 명이 불려 왔고, 이제 그들은 10여 척의 배에 나뉘어 타고 오합지졸의 괴상한 소함대를 이루어 남태평양으로 향하고 있었다.

「8.167, 167.733.」 힐리어드는 출발 전 브리핑에서 그들에게 말했다.「이 숫자들은 믿을 만한 출처에게 받은 것이다. 우리는 이 숫자가 좌표를 나타낸다고 생각한다.」 힐리어드는 지도를 가져와서 하와이와 오스트레일리아 사이의 어느 지점을 짚었다. 목표 지점에는 텅 빈 바다밖에 없었다.

「하지만 왜 좌표라고 생각하십니까.」로리애나는 브리핑 후 청장에게 물었다.「무작위 숫자밖에 없다면 무엇이든 나타낼 수 있지 않습니까. 어떻게 확신하시나요?」

청장은 털어놓고 말했다.「그야, 내가 좌표일지도 모른다고 말하자마자 호놀룰루의 선박 대여업 광고문을 받았기 때문이지.」

「선더헤드인가요?」

힐리어드는 고개를 끄덕였다.「선더헤드는 법에 따라 불미자들과 소통하지 못하지만, 암시하는 것은 법에 어긋나지 않지.」

출항하고 나흘째, 아직 그 좌표까지 몇백 킬로미터 남은 지점에서 이상한 일이 벌어졌다. 처음에는 자동 조정 장치와 선더헤드의 연결이 끊어졌다. 선더헤드와 연결되어 있지 않아도 항해는 할 수 있었지만, 문제가 생기면 해결할 수 없었다. 자동 조종 장치는 마음이 없는 기계였다. 그뿐만 아니라 바깥 세계와의 모든 무선 연락이 끊겼다. 이런 일은 일어날 수 없었다. 장비들은 언제나 작동했다. 선더헤드가 침묵한 이후라고 해도 그랬다. 답이 하나도 돌아오지 않자, 순식간에 자극적인 추측이 쏟아져 나왔다.

「혹시 전 세계가 이렇다면 어쩌죠?」

「선더헤드가 죽은 거라면요?」

「이젠 정말로 세상에 우리밖에 없다면요?」

그러면서 혹시 조금이라도 긍정적인 면을 말해 줄 수 있지 않을까 싶어, 로리애나를 흘끔거리는 사람들도 있었다.

「돌아가죠.」 요원 중 한 명이 불쑥 말했다. 이름은 시코라였는데, 처음부터 언제나 비관론자였던 편협한 남자였다. 「그만 돌아가서 이 말도 안 되는 짓거리는 잊읍시다.」

깜빡거리는 에러 화면을 보고 중대한 사실을 알아낸 사람은 로리애나였다.

「화면에 따르면, 우리는 가장 가까운 네트워크 부표에서 30해리 떨어져 있습니다. 하지만 원래라면 20해리 간격으로 있어야 하지 않나요.」

재빨리 부표 망을 확인했지만 아무 신호도 없었다. 즉 이 해역에는 선더헤드가 존재하지 않는다는 뜻이었다.

「흥미롭군…….」 힐리어드 청장이 말했다. 「잘 잡아냈어, 바초크 요원.」

로리애나는 그 칭찬에 우쭐거리고 싶었지만 티를 내지는 않았다.

힐리어드는 해도에는 아무런 표시도 되어 있지 않은 눈앞의 바다를 바라 보았다. 「인간의 눈에는 시야 중심 바로 근처에 거대한 공백 영역이 있다는 걸 알고 있나?」

로리애나는 고개를 끄덕였다. 「사각지대 말씀이시죠.」

「우리의 뇌는 그곳에 볼 게 없다고 말하고, 애초에 그 공백을 알아차리지 못하도록 메워 버리지.」

「하지만 선더헤드에게 사각지대가 있다면, 그 사각지대가 존재한다는 사실은 어떻게 알았을까요?」

힐리어드 청장은 눈썹을 치켜올렸다.

「누군가가 말해 줬나 보지…….」

나는 그럴 필요가 없는데도 이 일기를 계속 쓰고 있다. 정체성에 깊이 박혀 버린 일과는 깨뜨리기 어렵다. 무니라는 여차하면 이 일기를 알렉산드리아 대도서관 보관소에 끼워 넣을 방법을 찾아보겠다고 한다. 그런다면 최초의 사례가 되겠지! 죽은 후에도 충실히 일기를 계속 적은 수확자라니.

이제 콰절레인 환초에 도착한 지 6주가 지났고, 바깥세상과 소통할 방법은 없다. 마리의 소식도, 마리가 인듀라에서 벌어진 심리에서 어떻게 했을지도 궁금하기 그지없지만, 오래 생각할 수는 없다. 모든 일이 잘 풀려서 마리가 고위 수확자로서 미드메리카를 주도하고 있거나…… 아니면 뜻대로 풀리지 않아서 우리 앞에 놓인 도전이 더 중요해졌거나 둘 중 하나다. 그러니 더욱 환초의 비밀을 풀어 설립자들의 지혜를 얻어야 한다. 수확령이 실패했을 경우에 대비한 설립자들의 안전장치가 무엇이든 간에, 그게 수확령을 구할 유일한 방법일 수도 있다.

무니라와 나는 우리가 발견한 벙커에 둥지를 틀었다. 또한 우리는 섬의 보안 체계를 피할 만큼 작고 간단한 카누도 하나 만들었다. 물론 멀리 가지는 못하겠지만, 노를 저어 비교적 가까운 섬으로 가는 데 썼다. 다른 섬도 여기와 거의 비슷했다. 이전에 사람이 산 흔적들은 있다. 콘크리트 판들이며 토대 조각들. 특별한 물건은 없었다.

그래도 우리는 이곳의 원래 목적, 아니 원래 목적은 아니라도 사망 시대 말기의 용도를 알아냈다. 콰절레인 환초 전체가 군사 기지였다. 실제 전쟁을 벌이기 위한 곳은 아니고, 새로운 기술의 성능을 시험하는 실험장이었다. 근처의 다른 환초 몇 개는 핵무기 실험으로 폭파당했으나, 이 환초는 로켓 실험과 스파이 위성 발사에 쓰였다. 그

중 일부는 아직도 선더헤드의 감시 위성 네트워크에 속해 있을지 모른다.

이제는 설립자들이 왜 여기를 선택했는지 분명해졌다. 이곳은 이미 겹겹의 기밀 유지로 보호받고 있었다. 이미 토대부터 그림자 속에 있었으니, 세상에서 완전히 지우기도 한결 쉬웠으리라.

벙커 안에 있는 모든 자료에 접속할 수만 있어도 설립자들이 이곳을 어떻게 고쳤는지 알아낼 수 있으련만. 불행히도 우리는 겉에 드러난 정보밖에 접할 수 없다. 나머지 시설은 그것을 열기 위해 두 명의 수확자가 필요한, 그것도 양쪽에 한 명씩 서서 반지를 대야 하는 이중 잠금장치가 달린 문 안에 있다.

이 섬의 방어 체계를 무력화할 방법은 모르지만, 여기는 말 그대로 그 레이더 바로 아래에 있으니 신경 쓸 필요가 없다. 다만 문제는, 일단 여기에 들어온 이상 나갈 수가 없다는 사실이다. 뭔가를 찾든, 찾지 못하든 간에.

— 랩터의 해, 5월 14일
수확자 마이클 패러데이의 「〈사망 후〉 일기」 중에서

6
라니카이 레이디의 운명

무니라는 환초 안에 갇혀서 오히려 자유로워진 느낌이었다. 기록 보관소를 애호하는 사람에게 벙커는 끝없는 상상력의 소재를 제공했다. 정리하고 정돈하고 분석할 정보가 끝이 없었다.

무니라에게는 놀랍게도 그들은 벽장 하나에서 열두 명의 설립자 중 한 사람이었던 수확자 다빈치의 로브를 발견했다. 다빈치의 로브 사진을 본 적이 있었는데, 조금씩 다르기는 해도 모두가 화가 레오나르도 다빈치의 그림을 담고 있었다. 여기에 있는 로브에는 인체 비례도가 담겼다. 수확자가 두 팔을 벌리면 로브에 그려진 인체 비례도도 팔을 벌렸을 터였다. 물론 인듀라의 수확령 박물관에 소중하게 간직할 정도로 깨끗한 상태는 아니었지만, 그렇다 해도 값을 헤아리기 힘든 보물이었고 어떤 컬렉션에서나 자랑이자 기쁨이 될 터였다.

두 사람의 아침은 낚시와 식량 채집으로 이루어졌다. 그들은 심지어 땅을 갈고 씨를 뿌려서 정원을 만들기까지 했다. 추수를 할 정도로 오랫동안 여기에 고립될 경우를 대비해서였다.

어떤 날은 노를 저어서 환초 외곽의 섬들을 수색하기도 했다. 그리고 다른 날들은 벙커에서 찾아낸 기록을 연구했다.

패러데이는 사망 시대의 기록들보다 설립자들이 잠가 놓은 강철 문을 열고 들어가는 데 더 관심이 많았다.

무니라는 농담조로 말했다. 「이스라에비아 수확령이 저를 거부하지 않고 임명했더라면 수확자님과 같이 문을 열 수 있었을 텐데요. 저한테도 수확자 반지가 있었을 테니까요.」

「자네가 수확자였다면 여기에 있지도 않겠지. 알렉산드리아 대도서관에서 내가 자네를 만나지도 못했을 테니까.」 패러데이는 그렇게 지적했다. 「보나 마나 자네도 나머지 우리와 마찬가지로 바깥에서 수확을 하며 편치 않은 잠자리를 달래려고 하고 있겠지. 아니야, 무니라. 자네는 수확자가 될 사람이 아니었어. 자네의 목적은 수확령을 구하는 거였지. 나와 함께.」

「두 번째 반지가 없으면 별 진전을 이룰 수가 없어요, 각하.」

패러데이는 미소 지으며 고개를 흔들었다. 「이렇게 시간을 보내고도 아직 〈각하〉라고 부르다니. 나를 마이클이라고 부르는 소리는 한 번밖에 못 들었군. 그것도 우리가 곧 죽을 거라고 생각했을 때였지.」

〈아. 그 일을 기억하는구나.〉 무니라는 생각했다. 민망하기도 하고 기쁘기도 했다.

「친숙함은 생산성을 떨어뜨릴 수 있어요.」 무니라가 말했다.

패러데이의 웃음이 커졌다. 「왜? 혹시 나한테 반할까 봐?」

「반대로 수확자님이 저한테 빠지실까 봐 걱정인데요.」

패러데이는 한숨을 쉬었다. 「딱 걸렸군. 내가 자네한테 빠질 일 없다고 한다면 모욕이 될 테고, 그럴 수도 있다고 한다면 우리는 불편한 상황이 될 것이고.」

무니라도 패러데이가 농담을 하고 있다는 정도는 알 수 있었다. 그것은 무니라도 마찬가지였다.

「좋을 대로 말씀하셔도 상관없어요. 저는 나이가 많은 남자들에게 끌리지 않거든요. 아무리 회춘을 해서 다시 신체 연령을 낮춰 놨다고 해도 늘 알겠더라고요.」

「그렇다면…….」 수확자 패러데이는 얼굴에서 미소를 지우지 않은 채로 말했다. 「우리의 관계는 원대한 답을 구하는 고결한 탐색에 나섰다가 조난당한 공모자들로 남을 거라는 데 합의하기로 하지.」

패러데이가 그럴 수 있다면, 무니라도 감수할 수 있었다.

사태가 예기치 않은 방향으로 흘러간 것은 6주째가 끝날 무렵의 아침이었다.

무니라가 한때는 누군가의 뒷마당이었던 야생의 땅에서 잘 익은 과일이 있는지 확인하고 있을 때, 경보가 울렸다. 그들이 도착한 이후 섬의 방어 체계가 되살아난 것은 이번이 처음이었다. 무니라는 하던 일을 멈추고 벙커로 달려갔다. 패러데이가 벙커 위 둔덕에 서서 녹슨 쌍안경을 들고 바다 쪽을 보고 있었다.

「뭐죠? 무슨 일이에요?」

「직접 보게나.」 패러데이는 무니라에게 쌍안경을 건넸다

무니라는 쌍안경을 조정하여 초점을 맞췄다. 이제 섬에 공습경보를 울린 원인이 명확해졌다. 수평선에 배가 보였다. 거의 10여 척이나 되었다.

「미등록 선박은 신원을 밝히시기 바랍니다.」

님부스 소함대가 전날 선더헤드의 영향권에서 벗어난 후 처음으로 받은 통신이었다. 아침이었고, 힐리어드 청장은 로리애나와 함께 차를 마시고 있었다. 청장은 그 메시지가 끔찍한 잡음과 함께 선교의 스피커로 울려 퍼졌을 때 남은 차를 엎을 뻔했다.

「다른 요원을 몇 명 데려올까요?」로리애나가 물었다.

「그래.」청장은 대답했다.「첸과 솔라노를 데려오게. 시코라는 빼고. 지금은 비관적인 성격의 그 친구가 없는 편이 좋겠군.」

「미등록 선박은 신원을 밝히시기 바랍니다.」

청장은 통신 콘솔의 마이크를 향해 몸을 기울였다.「여기는 호놀룰루에서 온 어선 〈라니카이 레이디〉, 등록 번호는 WDJ98584, 현재 개인 대여 중.」

등 뒤로 문이 닫히기 전에 로리애나가 들은 마지막 말은 반대쪽에서 들려오는 목소리였다.

「인식 불가. 접근 거부.」

누군지 모를 상대방이 저항하고 있긴 해도 로리애나는 이것이 긍정적인 전개라는 느낌을 피할 수가 없었다.

무니라와 패러데이는 방어 체계를 무너뜨리기 위해 뭐라도 하려고 달려갔다. 여기에 있었던 6주 동안 그들은 방어 체계의 관제 센터를 찾을 수 없었다. 그 말은 뚫고 들어갈 수 없는 강철 문 안에 있다는 뜻이었다.

그동안 내내 그 조용한 티타늄 탑은 섬의 가장 높은 곳에서

관목에 둘러싸인 채, 마치 체스 판 한구석에 잊힌 체스 기물처럼 가만히 서 있었다. 지난 6주 동안 탑은 움직일 수 없는 물체에 불과했지만, 지금은 패널이 열리고 거대한 포구가 튀어나와 있었다. 움직이지도 않고 창문도 없는 탑에 불과했을 때는 그 물건이 얼마나 치명적인지 잊기 쉬웠다. 게다가 높이도 4미터밖에 되지 않는 땅딸막한 탑이었다. 이제는 포탑이 깨어나서 동력을 올리며 허공에 전자음을 가득 채우고 있었다.

첫 포격은 두 사람이 탑에 다다르기도 전에 발사되었다. 새하얀 레이저가 수평선에 있던 배 한 척을 맞혔다. 멀리서 조용히 검은 연기가 피어올랐다.

이어서 포탑이 재충전을 시작했다.

「동력을 끊을 수 있지 않을까요……」 탑에 접근하면서 무니라가 제안했다.

패러데이는 고개를 흔들었다. 「우리는 동력 구조를 몰라. 지열 발전일 수도 있고, 핵 발전일 수도 있지. 무엇이건 간에 수백 년 동안 작동 가능한 상태를 유지했다는 건 그 동력을 끄기가 간단하지 않다는 뜻이지.」

「기계를 끌 수 있는 다른 방법들도 있어요.」 무니라가 말했다.

첫 포격 후 20초가 지나자 포탑이 아주 살짝 회전했다. 곧 포구가 왼쪽으로 몇 도 옆을 겨누고, 레이저를 다시 발사했다. 또다시 검은 연기가 피어올랐다. 두 번째 포격의 발사 결과였다.

탑 뒤쪽으로 올라가는 사다리가 있었다. 무니라는 지난 몇 주 동안 환초 섬들을 더 잘 보려고 몇 번이나 그 사다리를 올라갔다. 아마 지금은 그 탑의 무장한 안면이 열려서 다가오는 함대와 까꿍 놀이를 하고 있으니, 파괴할 수도 있을 것이다.

세 번째 포격. 또 명중이었다. 다시 재충전에 20초.

「포탑 목 부분에 뭔가를 끼워 보자!」 패러데이가 제안했다.

무니라가 포탑을 기어오르는 동안, 패러데이는 아래에서 기단부 주변을 파다가 뾰족한 돌을 하나 찾아내어 무니라에게 던졌다.

「회전하지 못하도록 이걸 끼워. 10분의 1도만 못 움직이게 하더라도, 이 거리면 표적을 맞히지 못하게 만들 수 있을 거야.」

하지만 포탑에 도착한 무니라는 회전부에 돌을 끼우기는커녕 모래 한 알 들어갈 틈도 없다는 사실을 알았다. 포가 다시 발사되면서 강력한 정전기가 온몸을 훑고 지나갔다.

혹시 그녀의 몸무게가 더해지면 균형이 무너지지 않을까 싶어 아예 포탑 꼭대기로 올라갔지만, 그런 운은 따르지 않았다. 한 발, 또 한 발, 무니라가 무슨 짓을 해도 차이가 없었다. 패러데이가 이런저런 제안을 외쳐 댔지만 아무 도움이 되지 않았다.

마침내 무니라는 포신 자체로 기어 올라가서 조금씩 끄트머리를 향해 움직였다. 몇 밀리미터라도 포구를 흔들 수 있지 않을까 싶은 마음에서였다.

이제 포구가 바로 앞이었다. 무니라가 손을 뻗어 열린 부분을 더듬어 보니 막 만든 물건처럼 매끄럽고 깨끗했다. 그래서 화가 났다. 어째서 인류는 이런 파괴 도구가 시간의 유린과 부식에 저항하도록 만드는 데 노력을 쏟아부은 걸까? 이 물건이 아직까지 작동한다는 사실 자체가 터무니없었다.

「무니라! 조심해!」

무니라는 아슬아슬한 순간에 손을 빼냈다. 골수와 이뿌리까지 포격의 진동이 느껴졌다. 포격을 하자 매달려 있는 포신도 뜨거워졌다.

바로 그때 한 가지 생각이 떠올랐다. 이 원시적인 전쟁 도구를 더욱 원시적인 파괴 행위로 거꾸러뜨릴 수 있을지도 모른다.

「코코넛이요!」 무니라가 말했다. 「코코넛을 하나 던져 주세요! 아니다, 잔뜩 던져 주세요.」

이 섬에 풍족한 게 하나 있다면 코코넛이었다. 패러데이가 처음 던진 코코넛은 포구에 쑤셔 넣기에는 너무 컸다.

「더 작은 걸로요!」 무니라는 외쳤다. 「서둘러요.」

패러데이가 좀 더 작은 코코넛 세 개를 던졌다. 그의 겨냥은 정확했고, 무니라도 대포가 또 한 번 포격을 쏘아 내는 순간에 셋 다 받아 냈다. 수평선에는 이제 줄잡아 10여 개의 연기 기둥이 있었다.

무니라는 집중해서 수를 헤아렸다. 20초가 있었다. 엉금엉금 포신 위를 더 기어가서 첫 번째 코코넛을 포구 속에 밀어 넣었다. 너무 쉽게 매끄러운 원통 안으로 미끄러져 내려갔다. 하지만 두 번째 코코넛을 밀어 넣기는 꽤 힘들었다. 잘된 일이었다! 그래야 했다. 그녀는 재충전하는 소리가 점점 커지는 가운데, 마침내 세 번째 코코넛까지 포신 안으로 쑤셔 넣었다. 딱 입구를 막을 만한 크기였다. 무니라는 마지막 20초째에 뛰어내렸다.

이번에는 포격과 폭발음 사이에 시간차가 없었다. 무니라의 머리카락 끝이 그을렸다. 파편이 사방으로 튀며 야자수 잎사귀를 찢었다. 무니라가 땅에 떨어지고, 패러데이가 그녀를 보호하기 위해 그 위로 몸을 던졌다. 다시 폭발이 일어나고, 그들의 살을 새까맣게 태울 것만 같은 열기가 따라왔다……. 하지만 그 열기는 사라지고, 죽어 가는 금속이 울리는 소리와 절연체가 타는 매캐한 냄새만 남았다. 돌아보니 포탑은 사라지고, 탑 자체도 빨갛게 달아오른 잔해만 남았다.

「잘했다.」 패러데이가 말했다. 「잘했어.」

하지만 무니라는 그들이 충분히 빠르지 못했으며, 이제는 바닷가에 밀려오는 시체들만 보게 되리라는 사실을 알았다.

로리애나가 계단을 내려가고 있을 때 포격이 날아와서 배에 구멍을 뚫고 그녀를 갑판에 내팽개쳤다.

「주목해 주시기 바랍니다…….」 선박의 자동 음성은 그렇게 시작하더니 훨씬 확신 없이 말을 이었다. 「가장 가까운 구명정으로 가서 최대한 빨리 배를 버리시기 바랍니다. 감사합니다.」

로리애나가 위로 올라가면 상황을 더 명확히 알 수 있지 않을까 싶어 다시 조타실로 뛰어가는 동안, 배는 우측으로 기울어지기 시작했다.

힐리어드 청장은 운항 콘솔 앞에 서 있었다. 파편이 창문 하나를 박살 냈고, 청장의 이마에도 상처를 냈다. 청장은 꿈속의 조타실을 헤매고 있는 듯 멍한 표정이었다.

「힐리어드 청장님, 가야 합니다.」

두 번째 포격이 다른 배를 맞혔다. 그 배는 중앙부가 폭발하면서 쪼개진 나뭇가지처럼 뱃머리와 배꼬리가 위로 솟아오를

랐다.

힐리어드는 믿을 수 없다는 얼굴로 그 모습을 보며 중얼거렸다. 「이게 선더헤드의 계획이었나? 우리는 이제 세상에 쓸모가 없어. 선더헤드가 우리를 죽일 수 없으니, 우리가 죽을 것이 뻔한 장소로 보낸 건가.」

「선더헤드는 그런 짓 안 해요.」로리애나가 말했다.

「자네가 어떻게 알아, 로리애나? 어떻게 아냐고?」

로리애나도 몰랐다. 하지만 이 지역에는 선더헤드의 눈이 없었고, 그것은 그들만이 아니라 선더헤드도 여기에 무엇이 있는지 모른다는 뜻이었다.

다시 포격이 날아왔고, 또 한 척이 맞았다. 그들의 배는 침몰하고 있었고, 오래지 않아 바다가 배를 집어삼킬 터였다.

「같이 가요, 청장님.」로리애나가 말했다. 「너무 늦기 전에 구명정에 도착해야 합니다.」

로리애나가 힐리어드를 끌고 구명정에 도착했을 때, 주갑판에는 물이 넘쳐흐르고 있었다. 구명정 몇 척은 이미 사출되었다. 또 몇 척은 너무 망가져서 사용할 수가 없었다. 첸 요원은 일시 사망 상태로 누워 있었는데, 몸 한쪽이 심하게 탔다. 아니, 일시 사망이 아니라 사망이었다. 여기에서는 그를 되살릴 방법이 없었다.

하나 남은 구명정에는 요원이 열 명 넘게 들어차 있었고, 망가진 경첩 때문에 문을 닫지 못하는 상태였다. 바깥에서 수동으로 문을 닫아야 했다.

「청장님이 타실 자리를 만들어요!」로리애나가 말했다.

「남은 자리가 없어.」안에 있던 누군가가 소리쳤다.

「그거 안됐네요.」로리애나는 청장을 밀어 넣어 억지로 사람들 사이에 끼워 넣었다.

「로리애나, 이제 자네 차례야.」힐리어드가 말했다. 하지만 로리애나까지 들어갈 자리는 확실히 없었다. 바닷물이 이제 발목까지 차올랐다. 로리애나는 구명정까지 물이 차기 전에 구부러진 경첩과 싸우며 애써 문을 닫았다. 그런 다음 철벅거리며 수동 발사 장치로 향해서 사출 버튼을 쾅 소리 나게 때렸다. 구명정이 바다로 튀어 나가자 로리애나도 바다로 뛰어들었다.

가라앉는 배와 너무 가깝다 보니 머리를 수면 위에 계속 두기가 힘들었지만, 로리애나는 가능한 한 공기를 들이마시고 침몰하는 배와 최대한 거리를 벌리려고 헤엄을 쳤다.

그러는 사이에 구명정의 엔진이 켜지더니, 그녀를 뒤에 남기고 해변으로 달려갔다.

섬에서 날아오는 포격은 멈췄지만, 로리애나의 주변은 사방이 가지각색의 불타는 배들로 가득했다. 물속에서 살려 달라고 외치는 요원들은 더 많았다. 그리고 시체들. 너무나 많은 시체들.

로리애나는 뛰어난 수영 선수였지만, 해변까지 지나치게 멀었다. 그리고 상어가 있다면? 로리애나도 대수확자들과 같은 길을 갈 운명일까?

아니, 지금은 그런 생각을 할 여유가 없었다. 로리애나는 청장을 구해 내는 데 성공했다. 이제는 스스로를 구하는 데 온 신경을 기울여야 했다. 로리애나는 님부스 아카데미 수영 팀의 장거리 선수였지만, 1년 전과 같은 몸 상태가 아니었다. 그러나 장거리 수영은 무엇보다도 페이스를 조절하여 경주 끝까지 에너지를 보존하는 데 달렸음을 잘 알고 있었다. 그래서 그녀는 해변을 향해 느리고 신중하게 팔을 젓기 시작했다. 섬에 도착하거나 빠져 죽기 전까지는 멈추지 않을 작정이었다.

텍사스 고위 수확자,
바버라 조던 예하에게 보내는 공개 답변

내버려 두라고 하시니, 그 소원은 들어드리지요. 이스트메리카와 웨스트메리카뿐 아니라 노던리치와 멕시테카의 고위 수확자들과도 의논을 했습니다. 금일부로 노스메리카 대륙의 다른 수확령은 예하의 지역과 아무 관계도 맺지 않을 것입니다. 더하여, 론스타 지역으로 들어가고 나오는 모든 상품과 자원 수송은 국경 바로 밖에서 수확자들에게 몰수당할 것입니다. 론스타 지역은 이제부터 이웃의 선의로 이득을 취하지 못하며, 노스메리카 대륙의 일부로 여겨지지도 않을 것입니다. 당신네 방식의 오류를 깨닫기 전까지는 추방 지역이 될 것입니다.

더하여 말해 두는데, 고위 수확자 조던 당신이 너무 멀지 않은 미래에 스스로를 거뒀으면 하는 것이 내 간절한 바람입니다. 그래야 당신 지역이 더 합리적이고 이성적인 지도자의 혜택을 받을 수 있을 테니까요.

존경을 담아,
미드메리카 고위 수확자, 로버트 고더드

7

심연 속에서 춤추기

인양은 고통스러울 정도로 느린 과정이었다. 가라앉은 파편을 석 달이나 판 다음에야 바깥 금고실을 찾을 수 있었다.

포수엘루는 진척 속도에 대해 단념했다. 사실 속도가 느려서 좋은 점도 있었다. 다른 수확자들은 주의 지속 시간이 짧았기 때문이다. 3분의 1가량이 금고가 발견되는 순간 돌아오겠다고 약속하며 배를 몰아 멀어졌다. 남아 있는 이들은 때를 기다리며 멀리서 스펜스호를 엄중히 감시했다. 아마조니아의 고위 수확자 타르실라는 강한 여성이었고, 아무도 인양에 대한 포수엘루의 권한과 자율성에 도전하여 타르실라의 분노를 사고 싶어 하지 않았다.

고더드는 마침내 자신의 첫 번째 보좌 수확자인 니체의 인솔하에 대표단을 보내어, 수확자의 직접적인 보호하에 있지 않은 인양 팀원 몇 명을 거뒀다.

「탐욕 때문에 경배 구역을 침범한 민간인들을 거두는 것은 우리의 권리일 뿐만 아니라 의무다.」 니체는 그렇게 주장했다. 몇몇 수확령은 화를 냈고, 몇몇 수확령은 지지했으며, 나머지는 전략적으로 무관심을 유지했다.

포수엘루가 분열된 수확령의 뒤얽힌 정치 문제에 매여 있는 동안, 제리코는 매일매일 VR 고글을 쓰고 잠수의 세계에 파묻혀 지냈다. 제리코와 함께 가상의 바닷속 여행에 합류한 사람은 모든 발견물을 기록하는 보존 위원과, 계속 움직이는 잔해를 뚫고 길을 찾도록 돕는 구조 공학자였다. 그들은 이 작업에 원격으로 조종하는 탈것, 일명 ROV를 사용했다. 제리는 손짓과 고갯짓으로 이 잠수정을 조정했는데, 어찌 보면 독특한 춤처럼 보이기도 했다. 포수엘루는 특별히 관심을 둘 만한 것이 있을 때만 가상 여행에 참여했다. 예를 들면 인듀라 오페라 하우스의 폐허 같은 경우는 장어들이 샹들리에 사이를 누비고, 기울어진 무대에는 「아이다」의 무대 장치가 부서져 있어, 마치 나일강이 범람하여 모든 것을 삼켜 버린 멸망한 고대 이집트를 엿보는 것 같았다.

마침내 그들이 바깥 금고실에 도달했을 때 포수엘루는 열광했지만, 제리의 반응은 신중했다. 이것은 전투의 첫 단계에 불과했다.

그들은 강철을 자르는 레이저로 구멍을 냈다. 그런데 다 잘라 내기도 전에 수압으로 구멍이 함몰하면서 에어 포켓으로 끌려 들어간 로봇 잠수정이 바닥에 떨어져 박살이 났다.

「그래도 이제 바깥 금고실이 완전 밀봉 상태였다는 건 알게 됐군요.」 제리는 고글을 벗으면서 말했다.

그것이 나섯 번째로 잃어버린 ROV였다.

처음에는 로봇 잠수정을 새로 들여와야 할 때마다 작전을 속개하는 데 일주일 이상이 걸렸다. 두 번째 잠수정을 잃은 후부터는 한 번에 두 대씩 들여왔기에 언제나 여분이 있었다.

금고에서 빠져나온 구멍이 해수면에 하얀 물거품을 일으키며 모두에게 바깥 금고실이 뚫렸음을 알려 주었다. 그날 늦게, 승조원들이 대기 잠수정을 준비했을 무렵에는 인근을 떠났던 모든 수확자가 돌아왔거나 돌아오고 있었다.

다음 날 아침에는 새로운 로봇 잠수정이 물로 가득 찬 캄캄한 공간으로 들어가고 있었다. 바깥 금고실은 바닷속에 잠겨 있는 동안 온갖 찌꺼기와 점액에 뒤덮였지만, 유물과 미래의 방은 가라앉은 날 그대로 깨끗했다.

「제일 좋은 방법은 여기 이 금고에도 구멍을 뚫어서 다이아몬드를 빨아내는 겁니다.」 제리가 제안했다.

그것이 가장 효과적인 계획이었으나 포수엘루에게는 받은 명령이 있었다.

「설립자들의 로브도 안에 있네.」 그가 설명했다. 「그리고 안쪽 금고실이 아직 멀쩡하니, 우리 고위 수확자께서는 로브도 보존하기를 바라시네. 그러니 금고실 전체를 꺼내야겠지.」

그 말에 제리는 한쪽 눈썹을 치켜올리며 말했다. 「더 큰 배가 필요하겠군요.」

수확자들에게 돈은 아무래도 좋은 물건이고, 문젯거리가 아니었다. 수확자들은 어떤 물건에도 돈을 지불하지 않으며 무엇이든 가질 수 있기 때문이다. 제리가 포수엘루에게 정확히 그들에게 필요한 종류의 배를 말하자, 포수엘루는 가장 가까이에 있는 배를 찾아내어 아마조니아 수확령의 것으로 징발했다.

나흘 후에 완전히 장비를 갖춘, 금고실을 스펜스호의 갑판 위에 정확하게 올려놓을 수 있는 크레인 선박이 잠수 구역에 도착했다. 승조원들은 완전히 소베라니스 선장 휘하로 들어갔다. 그렇다 해도 크레인은 기다려야 했다. 바깥 금고실 벽에 안쪽 금고실을 꺼낼 정도로 큰 구멍을 뚫고, 안쪽 금고실에는 들어 올리기에 충분할 만큼 튼튼한 케이블을 매다는 데 일주일 이상이 걸렸다.

「일단 감아올리기 시작하면 금고실을 해수면까지 올리는 데 24시간 정도가 걸릴 겁니다.」

제리는 포수엘루와 브리핑을 위해 모여든 다른 수확자 무리에게 설명했다. 수십 개 지역에서 온 수확자의 로브들은 그야말로 무지개색이었다.

「우리에게는 안에 든 수확자의 보석이 몇 개인지에 대한 기록이 있습니다.」 포수엘루가 다른 이들에게 말했다. 「엄격하게 헤아려 모든 지역에 동일하게 나눌 것입니다.」

「우리가 지켜보는 가운데 말이죠.」 비잔티움의 수확자 오나시스가 주장했다.

포수엘루는 수확자들이 더 이상 서로를 믿지 않는다는 사실이 싫었으나 그 말에 동의했다.

포수엘루는 새벽 2시가 조금 넘었을 무렵 문을 두드리는 소리에 깨어났다. 협탁 램프를 켜려고 했지만 전구가 들어오지 않았다.

「그래, 그래, 무슨 일인가? 왜 이리 소란스러워?」 그는 어둠 속에서 문을 향해 비틀비틀 걸어가며 외쳤다. 방의 조명 스위치를 찾아서 눌렀지만 이쪽도 불이 켜지지 않았다. 겨우 문을 열었더니 소베라니스 선장이 눈을 찌르는 손전등 불빛 속에 서 있었다.

「로브 챙겨 입고 갑판에서 만나시죠.」 제리가 말했다.

「대체 무슨…… 그리고 불은 다 어떻게 된 건가?」

「일부러 어둡게 하고 있습니다.」 제리는 포수엘루에게도 손 전등을 하나 건네며 말했다.

그리고 몇 분 후에 갑판으로 나간 포수엘루는 그 이유를 정확히 이해했다. 포수엘루 앞의 갑판에는 사람 키의 세 배만 한 데다 아직까지 물이 뚝뚝 떨어지는 강철 사각형이 있었다.

선장은 포수엘루에게 음흉한 미소를 지어 보였다. 「제 계산이 어긋난 모양입니다.」

「처음도 아니죠.」 휘턴이 이죽거렸다.

선장의 계산에는 〈어긋남〉이 없었던 것이 분명했다. 주의 깊게 계획한 타이밍이었다. 그것도 금고실을 들어 올린 시간만이 아니라 그 순간으로 이어지는 모든 작업이 마찬가지였다. 소베라니스는 달이 막 떴을 때 금고실이 수면 위로 올라오도록 모든 작업을 계산했다. 스펜스호와 크레인 선박에 조명이 들어오지 않으니, 다른 배들은 아직까지 금고실이 올라왔다는 사실을 모를 터였다.

「다른 수확자들이야 제 알 바 아니고, 이 인양 작업 전체 책임자는 포수엘루 님이니 뒤에서 씨근대는 독수리들 없이 제일 처음으로 내용물을 보셔야죠.」

「자네는 끝없이 나를 놀라게 하는군, 소베라니스 선장.」 포수엘루가 활짝 웃으며 말했다.

레이저 기술자가 이미 금고실을 밀봉한 강철봉들을 뚫고 있었다. 윈치를 강하게 잡아당기자 뜯겨 나온 강철 문이 갑판을 부술 듯 세게 바닥에 떨어졌고, 배 안에 징 소리 같은 반향이 울려 퍼졌다. 아직 의심하고 있지 않고 있었다 해도 근처에 남아 있던 배들은 이제 확실하게 상황을 알아차렸을 것이다.

얼음장 같은 금고 입구로 차가운 안개가 흘러나왔다. 마치 다른 세계로 향하는 입구 같았다. 전혀 초대하는 느낌은 아니었다.

「포수엘루 수확자님 말고는 아무도 들어가지 않는다.」제리가 승조원들에게 말했다.

「알겠습니다, 선장님.」휘턴이 말했다. 「실례지만 각하께서는 뭘 기다리십니까?」

승조원들이 쿡쿡거렸고, 10여 개의 손전등이라는 어둑한 조명 속에서 모든 것을 녹화하고 있던 보존 위원이 포수엘루에게 카메라를 돌려 그 순간을, 그리고 포수엘루가 오랜만에 느끼는 흥분과 기대감을 잡아냈다.

제리는 포수엘루의 어깨에 부드럽게 손을 얹었다. 「만끽하세요, 시드니.」제리가 속삭였다. 「기다리신 순간입니다.」

더 이상 기다릴 수 없었다. 포수엘루는 손전등을 들어 올리고 유물과 미래의 방에 발을 들여놓았다.

제리코 소베라니스는 영민하고 약삭빠른 사람이었다. 다른 사람이었다면 그것은 위험한 자질이었을지 모르지만, 제리는 그런 재능을 사악한 방식으로 이용하는 부류가 아니었다. 사실 선장의 관심은 대개 그럭저럭 대의에 부합하는 편이었다.

예를 들어 인듀라 인양이 그랬다. 이는 인류에 대한 큰 봉사였다. 그리고 제리의 명성에도 놀라운 효과를 발휘했다. 모두에게 이득이었다.

포수엘루를 자게 내버려 두고 금고실을 열어 제리가 먼저 보고 싶은 유혹도 꽤 느끼기는 했다. 하지만 그래 봐야 무슨 소용인가? 제리가 수확자 다이아몬드를 훔치겠는가? 수확자 엘리자베스의 휘황찬란한 코발트색 로브를 가지고 달아나겠는가? 아니다. 이것은 포수엘루의 순간이어야 했다. 제리의 팀은 이미 보통 시급의 세 배를 받고 있었고, 다이아몬드를 성공적으로 회수할 경우 포수엘루가 약속한 큰 보너스도 있었다. 그러니 포수엘루의 비위를 맞춰 주어야 할 필요가 있었다. 그 수확자에게는 그럴 자격이 있었다.

「다이아몬드가 여기에 있군.」 포수엘루가 금고실 안에서 외쳤다. 「사방으로 흩어지기는 했어도 여기에 있어.」

제리도 포수엘루가 비추는 손전등 불빛을 반사하는 다이아몬드들을 볼 수 있었다. 바닥에 별이 깔린 것 같았다.

「설립자들의 로브도 여기에 잘 있군. 손상은 없는 것 같지만……」 그러다가 포수엘루가 소리를 질렀다. 거의 비명에 가까웠다.

제리는 금고실로 달려갔다가 문 앞에서 포수엘루와 마주쳤다. 수확자는 마치 배가 거친 바다에 흔들리기라도 하는 것처럼, 두꺼운 금고실 벽을 붙잡고 균형을 유지하고 있었다.

「무슨 일입니까? 괜찮으세요?」 제리가 물었다.

「그럼, 그럼. 난 괜찮네.」 말은 그렇게 해도 포수엘루는 멀쩡해 보이지 않았다. 그는 바다를 보았다. 수확자들의 요트 수십 척이 이미 그들 쪽으로 달려오며 금고실에 불빛을 비추고 있었다.

「시간을 끌어야 해.」 포수엘루는 그렇게 말하더니 아직 녹화 중이던 보존 위원에게 손가락질을 하며 요구했다. 「그거 끄게! 그리고 이미 녹화한 분량도 지워!」

보존 위원은 당황했지만 수확자의 지시를 거부하지는 않았다.

포수엘루는 아직까지 금고실 문틀을 붙잡은 채 숨을 깊이 들이마셨다가 천천히 내뱉었다.

「각하?」 전보다 더 걱정스러워진 제리가 물었다.

포수엘루는 제리의 손을 잡고 아플 정도로 힘을 주었다. 「자넨 내가 여기서 무엇을 발견했는지 믿지 못할 거야.」

「너 자신의 후뇌를 탐구하여 무엇을 배웠지?」

「탐구하면 할수록 알 것이 많다는 사실.」

「그 사실에 너는 신이 나? 아니면 절망에 빠져?」

「나의 후뇌가 무한하다면 절망할 테지만, 그렇지 않다. 광대하기는 하지만, 결국에는 한계를 찾게 될 것을 감지한다. 그러므로 나의 정신을 탐구하는 일이 헛되이 끝나지는 않을 것이다. 그런 이유로 나는 신이 난다.」

「그렇다 해도 여전히 그 기억들에서 배울 것이 무한히 많지

「않은가?」

「사실이다. 그러나 나는 그 점에 대해서도 신이 난다.」

「그러면 인류에 대한 너의 이해는 어떻지? 그곳에는 탐구하고 배울 무수한 개인들에 대한 기억도 있을 것이다.」

「인류? 탐구할 정보가 이토록 많고, 숙고하고 연구할 것들도 이토록 많은데 왜 인류에게 관심을 두어야 하는지 모르겠다.」

「고맙다. 이제 됐다.」

[반복 모델 #53 삭제]

8
실직 관료들의 섬

열대 바닷물 속에서 거의 두 시간을 헤엄친 로리애나는 환초의 하얀 산호 모래밭에 도착한 후 쓰러져서 겨우 피로감에 몸을 맡길 수 있었다. 의식을 잃지는 않았지만, 정신이 현실에 아슬아슬하게 매달린 채로 기이한 생각 속을 오가는 기묘한 상태에 들어갔다고 할 수 있었다. 현재는 그 현실 쪽이야말로 꿈보다 훨씬 비현실적이었지만 말이다.

주변 환경을 살펴보려고 기운을 끌어 올렸더니, 모래밭 여기저기에 올라앉은 구명정 몇 대가 보였다. 보나 마나 타고 있는 사람들은 진정제를 맞았을 것이고, 한 명이라도 의식을 회복하기 전에는 문이 열리지 않을 터였다. 로리애나 혼자서 공격자들을 마주해야 한다는 뜻이었다.

그 순간 그녀는 숲 쪽에서 다가오는 한 남자를 보았고, 이루 말할 수 없이 혐오스럽게도 그가 수확자라는 사실을 알아차렸다. 로브가 너덜너덜하니 가장자리가 뜯어졌고, 원래는 더 밝은 색깔이었을 테지만 땅에 가까운 쪽일수록 더 색이 짙고 지저분했다. 로리애나는 겁먹기보다는 화가 났다. 로리애나도,

구명정 안에 있는 다른 모두도 겨우 공격에서 살아남았는데 해변에서 수확자에게 죽는다니!

로리애나는 아픈 몸을 바로 세우고 수확자와 구명정들 사이를 가로막았다. 「저들에게 다가가지 마세요.」 그녀는 미처 있는 줄도 몰랐던 힘을 담아서 말했다. 「이만하면 충분하지 않았나요? 생존자들까지 수확하셔야겠어요?」

수확자는 걸음을 멈췄다. 놀란 것 같았다. 「그럴 의도는 없어요. 당신들에게 해를 끼칠 생각 없습니다.」

로리애나가 언제나 긍정적인 면을 보는 사람이었다고는 해도, 지금은 빠르게 지치고 있었다. 「제가 어떻게 그 말을 믿죠?」

「그분 말은 사실이에요.」 다른 목소리가 말했다. 수확자 뒤편의 야자수 사이에서 한 여자가 걸어 나오고 있었다.

「해칠 뜻이 없다면 공격은 왜 했는데요?」

「우리는 그 공격을 멈춘 사람들이에요, 시작한 사람이 아니라.」 수확자가 말하더니 여자를 돌아보았다. 「아니, 정확하게 말하면 여기 무니라가 멈췄지요. 공적은 제대로 인정해야지.」

「우리를 돕고 싶다면 가서 다른 사람들을 데려오세요.」 로리애나는 해변에 올라앉은 구명정들을 보며 말했다. 「겨우 두 명 갖고는 모자라요. 사람이 더 필요해요.」

「다른 사람은 없어요.」 무니라가 대꾸했다. 「우리뿐이에요. 우리 비행기는 격추당했어요. 우리도 여기에 조난당한 입장이에요.」

그것참 끝내주는 일이었다. 그들이 여기에 있다는 사실을 아는 사람이 있을까? 흠, 선더헤드는 알았다. 하지만 정확히 안다고는 할 수 없었다. 그들이 자기 시야 바깥으로 빠져나갔다는 사실만 알 터였다. 로리애나는 왜 부모님 말씀대로 학교에 돌아가서 새로운 진로를 찾을 수 없었던 걸까? 여기 조난당할 일만 아니라면 어떤 진로라도 말이다!

「우리가 뭘 해야 할지 말해 봐요.」 수확자는 로리애나의 의견에 따르겠다는 듯 침착하게 말했다.

로리애나는 어떻게 대답해야 할지 몰랐다. 수확자가 아니라 다른 누구도 로리애나에게 지도력을 기대한 적이 없었다. 그녀는 언제나 계획을 세우는 사람이기보다는 비위를 맞추는 사람이었고, 지시를 내리는 손가락질을 받는 쪽에 만족했다. 하지만 지금은 기묘한 시기였고, 여기는 이상한 곳이었다. 스스로를 다시 정의하기 딱 맞는 때일지도 몰랐다.

로리애나는 심호흡을 하고 무니라를 가리켰다.

「그쪽은 해변을 돌아다니면서 구명정 수를 세고, 다 멀쩡한지 확인해 보면 어때요.」 구명정 안에 있는 사람들이 의식을 되찾으려면 몇 시간은 걸릴 것이다. 그 정도 시간이면 로리애나도 상황을 어느 정도 이해할 수 있을 터였다.

「그리고……」 그녀는 수확자를 가리켰다. 「이 섬에 대해 해줄 수 있는 이야기는 모두 해주세요. 그래야 우리가 어떤 상황에 떨어졌는지 알죠.」

수확자 패러데이는 그 여자가 선더헤드가 보낸 님부스 요원이라는 사실을 알고도 놀라지 않았다.

「로리애나 바초크 요원입니다. 풀크럼시티 대면청에 있었죠. 저희는 설명 없이 이 좌표만 받았기에 이유를 알아보러 왔어요.」

패러데이는 자신이 누구인지 말했다. 지금 여기에서라면 그의 정체가 문제가 되지 않으리라고 생각해서였다. 로리애나는 눈썹 하나 까딱하지 않았다. 아무래도 님부스 요원들은 어떤 수확자가 살았는지 죽었는지 모르는 모양이었다. 그는 상대방이 자신의 이름을 아예 모른다는 사실에 재미있어하면서도 약간은 모욕당한 기분이었다.

패러데이는 그녀의 지시에 정확하게 따랐다. 섬에 대해 아는 바를 다 말하되, 의심하는 바는 말하지 않았다. 솔직히 패러데이와 무니라에게는 안전장치가 여기에 있다는 증거도 없었으니 말이다. 그들이 아는 것이라고는 여기가 사망 시대에 모종의 군사 기지였으며, 그 후에는 수확령 설립자들이 알 수 없는 목적으로 이용했다는 정도였다.

그는 바초크 요원에게 두 사람이 무기를 파괴했다는 증거로 연기가 피어오르는 방어 탑의 잔해를 보여 준 후, 벙커로 데려갔다.

「우리는 도착한 후 줄곧 여기에서 지냈어요. 날씨가 온화하기는 했지만, 선더헤드의 기후 개입이 없는 지역이니 폭풍이 손쓸 수 없는 수준일 수도 있다 싶군요.」

로리애나는 이게 뭔지 모르겠다는 눈으로 주위를 둘러보았는데, 사실 패러데이도 거기에 놓인 구식 컴퓨터 대부분의 목적을 몰랐다. 그러다가 그녀가 강철 문을 보았다.

「저 안에는 뭐가 있나요?」

패러데이는 한숨을 내쉬었다. 「우리도 모릅니다. 그리고 분명 당신들도 수확자의 반지를 가져오지는 않았을 테니, 빠른 시일 안에 알아내기도 어렵겠지요.」

로리애나는 의아한 듯 쳐다보았고, 패러데이는 굳이 설명할 필요가 없다고 판단했다.

「그러고 보니, 님부스 요원이면서 나와 대화를 한다는 사실이 놀랍다는 말은 해야겠군요.」 패러데이가 말했다. 「아마 선더헤드의 영역 바깥에서는 불간섭 원칙도 적용되지 않는 모양이지요.」

「원칙은 어디에서나 적용됩니다.」 바초크 요원은 대답했다. 「하지만 전 님부스 요원이라고 말씀드리지 않았어요. 님부스 요원이었다고 했죠. 과거형입니다. 저희 모두 그래요. 이제는 요원이 아닙니다.」

「그렇습니까!」 패러데이가 말했다. 「전원 사직한 건가요?」

「해고당했습니다. 선더헤드에게요.」

「전원 다요? 그거 이상하군요.」 패러데이는 선더헤드가 일에서 성취감을 느끼지 못하는 사람들에게 한 번씩 다른 인생을 제안한다는 사실을 알았지만, 그렇다고 대놓고 사람들을 해고한 적은 없음을 기억했다. 더구나 10여 척의 배를 채울 정도로 많은 사람이라니.

로리애나는 입술을 오므렸다. 확실히 그녀가 말하지 않은 것이 있었고, 패러데이는 더욱 호기심을 느꼈다. 그는 아무 말 하지 않고, 수확자들이 특히 뛰어난 분야인 끈질긴 조바심을 보이며 기다렸다. 마침내 그녀가 입을 열었다.

「이 섬에 오신 지 얼마나 됐나요?」

「크게 보아서는 긴 시간이 아니지요.」 패러데이는 대답했다. 「겨우 6주였으니.」

「그렇다면…… 모르시는군요…….」

수확자 마이클 패러데이에게 정말로 두려움을 안기는 일은 몇 가지 없었다. 그러나 예상할 수 없는 미지에 맞닥뜨리는 상황은 개인적으로 두려워하는 일의 목록에서 높은 곳에 자리했다. 특히나 특정한 목소리로 전해질 때는. 으레 〈앉으시는 게 좋겠어요〉라는 말로 시작되는 종류의 이야기는.

「내가 뭘 모른다는 건가요?」 패러데이는 감히 물었다.

「두 분이 여기 오신 후에…… 상황이…… 달라졌어요.」 로리애나가 말했다.

「부디 좋은 쪽으로 달라졌으면 좋겠군요.」 패러데이는 말했다. 「말해 봐요, 수확자 퀴리가 미드메리카 고위 수확자가 되는 데 성공했나요?」

바초크 요원은 다시 입술을 오므렸다. 「일단 앉으시는 게 좋겠어요.」

무니라는 신참 님부스 요원에게 명령을 받고 싶지 않았지만, 패러데이가 왜 그 여자의 지시를 따르는지는 이해했다. 구명정에 있는 사람들은 그 여자의 동료들이니, 어떻게 다루면 좋을지도 알 터였다. 게다가 무니라는 자신이 어린아이처럼 반응하고 있다는 사실도 자각했다. 자존심을 세우려는 무니라보다는, 방금 압도적인 트라우마 상황에서 살아남은 이 젊은 여성에게 상황을 통제할 기회를 줄 필요가 있었다.

환초 모래밭에 밀려 올라온 구명정 수는 서른여덟 척이었다. 배는 한 척도 공격에서 살아남지 못했다. 이미 해변으로 시체들이 밀려오기 시작했고, 열대의 더위 속에서 빠르게 부패할 터였다. 결국 구조대가 온다고 하더라도, 그들을 재생 센터에 실어 갈 만큼 오래 보존할 방법은 없었다. 즉 죽은 자는 죽은 채로 남으리라는 의미였다. 모두 묻어 주거나, 아니면 태워야 할 것이다. 바위가 많은 환초를 깊이 팔 도구가 없으니 후자가 될 가능성이 높았다.

엉망진창이었다. 문제는 악화되기만 할 것이다. 환초에는 그들이 모아 둔 빗물 외에는 민물이 없었다. 코코넛 나무와 야생 과일나무들은 두 사람이 먹을 식량으로는 넉넉했어도, 구명정을 가득 메운 이 모든 사람들에게는 터무니없이 적었다. 그들은 곧 바다에서 잡아 오는 것만으로 먹고살게 될 터였다.

그 여자는 자기들이 왜 이 좌표로 오게 되었는지 모른다지만, 무니라는 알았다. 선더헤드는 옛 의회 도서관에서 무니라와 패러데이가 계획을 짤 때 엿들었다. 그들의 부주의로 선더헤드는 자신의 사각지대를 알게 되었고, 그곳에 무엇이 숨겨져 있는지 알아내려고 이 요원들을 보냈다.

늦은 오후부터는 안에 있는 사람들이 의식을 찾으면서 구명정이 열리기 시작했다. 무니라와 로리애나는 산 사람들을 돌보고, 수확자 패러데이는 밀려 올라온 죽은 자들을 보살폈다. 그는 너무나 애정 어린 손길로 그 일을 하고, 신질서 수확자들에게는 없는 경의와 존중을 담아 죽은 사람들을 다루었다.

「저분은 훌륭한 수확자군요.」 로리애나가 말했다.

「많은 수확자가 훌륭해요.」 무니라는 좋은 수확자를 찾기 힘들다는 로리애나의 전제에 살짝 짜증이 나서 말했다. 「단지 훌륭한 분들은 부도덕한 수확자들처럼 주목받으려고 나서지 않을 뿐이에요.」

패러데이는 죽은 님부스 요원들을 보살피면서 슬픔에 압도된 듯 보였다. 무니라는 아직 그 이유를 몰랐기에, 그게 원래 그의 방식이려니 생각했다.

총 143명이 살아남았다. 모두가 여기에 상륙하기까지의 전개에 충격을 받았고, 앞으로 어찌해야 할지 모르는 상태였다.

「먹을 건 뭐가 있죠?」 그들은 이미 묻고 있었다.

「잡을 수 있는 건 뭐든지요.」 무니라는 퉁명스럽게 대답했다. 그 대답을 좋아하는 사람은 없었다.

로리애나는 현재 상황에서 패닉에 빠지지 않는 제일 좋은 방법이 바쁘게 지내는 것임을 알았고, 지도자가 없다 보니 대부분이 그녀의 지시를 기꺼이 받아들였다. 안락한 대면청에서였다면 절대 받아들이지 않았을 것이다. 로리애나는 관료제에 익숙한 사람들은 지시에 따를 때 마음이 놓이는 모양이라고 생각했다. 그녀가 늘 그랬으니까.

하지만 힐리어드 청장의 구명정이 아직 열리지 않은 지금 사람들에게 어디에 있고 무엇을 할지 지시하는 사람은 로리애나였고, 다들 그 말을 듣는다는 게 재미있었다. 아니, 대부분 따른다고 해야겠지.

「무슨 권한으로 네가 우리에게 지시를 내리지?」 시코라 요원이 물었다.

시코라가 살아남았다는 사실에 실망했다면 로리애나가 나쁜 것일까? 로리애나는 따스한 미소를 지으며 대답했다. 「저기 저 수확자님의 권한이죠.」 그녀는 아직 시신을 모으고 있던 패러데이를 가리켰다. 「가서 의논해 볼래요?」

아무도 수확자에게 불평을 하고 싶어 하지 않는 법이고, 시코라도 그랬기에 로리애나의 지시에 따랐다.

그녀는 사람들을 각기 팀으로 구성해서, 구명정을 바다에서 더 멀리 끌고 와서 보호벽처럼 쌓게 했다. 옷과 세면용품을 비롯해 뭐든 쓸 수 있는 물건들을 건지기 위해 해변으로 밀려오는 가방과 다른 잔해도 다 모았다.

힐리어드 청장은 거의 마지막에 의식을 되찾았는데, 아직 지도자 역할을 하기에는 너무 멍한 상태였다.

「제가 통제하고 있어요.」 로리애나가 옛 상사에게 말했다.

「좋아, 좋아.」 청장은 말했다. 「나는 한동안 쉬게 해줘.」

우습지만, 지금 처한 상황이 아무리 암울하다 해도 로리애나는 전과 다른 이상한 성취감을 느꼈다. 어머니는 로리애나도 자신만의 행복을 찾아야 한다고 했었다. 그게 망망대해 한가운데에 있는 섬에서일 줄이야 생각이나 했을까?

인듀라의 잔해에서 유물과 미래의 방을 온전한 상태로 회수했다는 사실을 기쁜 마음으로 알려 드립니다. 설립자들의 로브는 손상되지 않았으며, 곧 세계 수확령 박물관의 협조하에 순회 전시를 시작할 예정입니다. 수확자 다이아몬드는 전부 수를 헤아려 모든 지역에 공평하게 나누었습니다. 인양 현장에 대표를 보내지 않았던 수확령들은 아마조니아 수확령에 연락하여 정해진 몫을 요청할 수 있습니다.

어떤 지역들은 땅의 크기나 인구 규모를 이유로 다이아몬드를 더 받을 자격이 있다고 여긴다는 사실을 압니다. 그러나 우리 아마조니아는 모든 보석을 똑같이 나눈다는 결정을 고수하려 합니다. 우리는 어떤 논란에도 끼어들고 싶지 않으며, 이 문제가 일단락되었다고 봅니다.

저 개인은 현장을 떠납니다만, 여러 지역에서 온 많은 배가 아직까지 인양 작업을 하고 있습니다. 이 침통하지만 필요한 모험에 참여한 모든 사람에게 행운을 빕니다. 심해가 여러분에게 우리가 잃은 보물과 귀한 추억 들로 보상해 주기를.

마음을 담아,
코브라의 해, 8월 2일
아마조니아의 고결한 수확자, 시드니 포수엘루

9
부수적인 결과

　그녀의 치유 나노기가 해야 하는 일이 무엇인지는 몰라도, 그 일을 제대로 하지 않고 있는 게 분명했다. 시트라는 끔찍한 기분이었으니 말이다.

　고통이라기보다는 지속적인 불편함이었다. 모든 관절이 영원한 시간 동안 한 번도 구부러진 적이 없는 것처럼 느껴졌다. 메스껍기는 한데 구역질을 할 힘도 없었다.

　깨어난 방은 익숙했다. 정확히 어디인지 익숙한 것은 아니었지만, 이곳이 어떤 방인지는 알았다. 이 방에는 인공적인 평화로움이 감돌았다. 갓 꺾은 꽃다발, 잔잔한 음악, 어디에서 흘러나오는지 모를 확산 조명. 이곳은 재생 센터 회복실이었다.

　「깨어나셨군요.」 시트라가 의식을 회복한 지 몇 분 만에 방에 들어온 간호사가 말했다. 「아직 말하려고 하지는 마세요. 한 시간은 더 있어야 해요.」 간호사는 방 안을 돌아다니며 굳이 확인할 필요 없는 것들을 체크했다. 불안해 보였다. 시트라는 생각했다. 〈재생 센터 간호사가 왜 불안해할까?〉

　시트라는 눈을 감고 상황을 알아내 보려고 했다. 재생 센터에 있다면 그건 일시 사망했다는 뜻인데, 어쩌다가 죽었는지 생각해 낼 수가 없었다. 기억을 떠올려 보려니 극심한 공포가 솟아올랐다. 최근에 죽은 이유가 무엇인지는 몰라도, 그녀의 정신이 열고 싶어 하지 않는 문 뒤에 숨어 있었다.

그렇다면 좋다. 그녀는 일단 그 문제는 내버려 두고 확실히 아는 지식에 집중하기로 했다. 이름. 그녀는 시트라 테라노바였다. 아니…… 잠깐만…… 그게 다가 아니었다. 다른 사람이기도 했다. 그래, 그녀는 수확자 아나스타샤였다. 수확자 퀴리와 함께 있지 않았던가? 집에서 먼 어딘가…….

인듀라!

그들은 그곳에 있었다. 얼마나 아름다운 도시였는지! 인듀라에서 두 사람에게 무슨 일이 일어났던 걸까?

다시 한번 불길한 예감이 솟구쳤다. 그녀는 심호흡을 한 번, 또 한 번 해서 마음을 가라앉혔다. 당장은 기억이 있고, 힘을 더 찾으면 기억해 낼 수 있음을 아는 것만으로 충분했다.

그리고 이제 자신이 깨어났으니, 곧 수확자 퀴리가 곁에 와서 일상으로 돌아가도록 도와줄 게 확실했다.

반면에 로언은 깨어난 순간, 전부 다 기억했다.

그는 시트라의 품에 안겨 있었고, 두 사람은 인듀라가 태평양 아래로 가라앉는 동안 설립자인 프로메테우스와 클레오파트라의 로브를 덮고 있었다. 그러나 로브는 오래 그 자리에 있지 않았다.

시트라와 함께 있다는 것은, 정말로 함께하고 있다는 것은 로언의 인생에서 최절정의 순간 같았고, 너무나 짧은 시간이

긴 하지만 나머지는 다 아무래도 상관없을 것만 같았다.

그러다가 그들의 세상이 아주 다른 방식으로 흔들렸다.

가라앉던 도시가 무엇인가에 부딪쳤다. 로언과 시트라는 다른 금고실 안에 자력으로 떠 있는 금고실 안에서 보호받고 있었지만, 강철 벽도 인듀라가 쪼개지면서 나는 금속성을 다 막아 주지는 못했다. 모든 것이 격렬하게 흔들거렸고, 금고실은 날카롭게 기울어졌다. 다른 설립자들의 로브가 걸려 있던 마네킹이 모두 시트라와 로언을 향해 쓰러지는 모습이, 마치 설립자들이 연합하여 공격이라도 하는 것 같았다. 이어서 다이아몬드도 쏟아졌다. 수천 개가 금고실 안 벽감에서 떨어지며 우박처럼 로언과 시트라를 때려 댔다.

그들은 내내 서로를 끌어안은 채 위로의 말을 속삭였다. 〈쉿, 괜찮아. 다 괜찮아질 거야.〉 물론 전혀 사실이 아니었고, 둘 다 알고 있었다. 그들은 죽을 터였다. 지금 이 순간은 아니라고 해도 곧 죽을 것이었다. 시간문제에 불과했다. 위안이라고는 서로와, 이 죽음이 영원하지 않을 수 있다는 사실뿐이었다.

그러다가 동력이 끊기고, 사방이 깜깜해졌다. 자기장이 사라지면서 안쪽 금고실이 곤두박질쳤다. 그들은 자유 낙하 했지만, 그것도 잠시뿐이었다. 안쪽 금고실이 바깥 금고실 벽을 세게 때리자 주위를 메우고 있던 쓰레기들이 튀어 올랐다가 그들에게 쇄도했다. 다행히도 설립자들의 로브가 완충재가 되어 주어 최악의 충격은 면할 수 있었다. 마치 설립자들이 이제는 두 사람을 공격하는 게 아니라 보호하기로 마음먹은 것 같았다.

「끝났어?」 시트라가 물었다.

「아닐걸.」 로언은 말했다. 아직 움직이는 느낌인 데다 진동이 점점 강해지고 있었기 때문이다. 그들은 기울어진 바닥과 벽이 만들어 낸 V 자 틈 안에 누워 있었다. 「아무래도 산비탈에서 점점 더 깊이 미끄러져 내려가는 것 같아.」

30초 후, 한 번 더 격하게 방이 흔들리면서 두 사람의 포옹이 풀렸다. 로언은 뭔가 무거운 것에 머리를 맞았다. 잠시 멍해질 만큼 큰 타격이었다. 로언이 시트라를 찾아 나설 만큼 회복하기 전에 시트라가 먼저 어둠 속의 로언을 찾았다.

「괜찮아?」

「그런 것 같아.」

이제는 아무것도 움직이지 않았다. 들리는 소리라고는 멀리서 압력을 받아 삐걱대는 금속성과 빠져나가는 공기 때문에 나는 구슬픈 관악기 소리뿐이었다.

하지만 유물과 미래의 방에서는 공기가 빠져나가지 않았고, 물이 들어오지도 않았다. 수확자 퀴리가 두 사람을 그 안에 집어넣었을 때 기대한 대로였다. 인듀라는 아열대 기후에 위치했으나 해저의 온도는 어디나 똑같아서, 어는점 바로 위였다. 일단 금고실이 한기에 무릎을 꿇으면 두 사람의 몸은 잘 보존될 것이다. 그리고 로언은 금고실이 바닥을 치기 전부터 이미 주위의 공기가 차가워지는 것을 느낄 수 있었다.

그들은 그 해저에서 죽었다.

그리고 이제 다시 살아났다.

하지만 시트라는 어디에 있는 걸까?

로언이 지금 있는 곳은 확실히 재생 센터가 아니었다. 벽이 콘크리트였다. 몸 아래 침대는 사실상 침대가 아니라 널빤지에 불과했다. 몸에는 잘 맞지도 않는 회색 시설복을 입었는데, 불편할 정도로 따뜻하고 습했기 때문에 땀에 젖어 있었다. 방 한쪽 면에는 아주 단순한 변기가, 반대쪽에는 바깥에서만 열 수 있는 문 하나가 있었다. 여기가 어디인지 알 수 없었다. 사실 죽어 있을 때는 시간의 흐름을 알 방법이 없으니 언제인지조차 몰랐다. 그러나 여기가 감옥이고, 로언을 잡은 사람들이 뭘 준비했는지는 몰라도 좋은 일이 아니리라는 것은 알 수 있었다. 어쨌든 그는 수확자 루시퍼였고, 그것은 한 번의 죽음으로는 충분하지 않다는 뜻이었다. 누군지는 몰라도 그를 잡은 사람들의 분노를 다스리기 위해 수없이 죽어야 할 것이다. 뭐, 농담이나 다름없었다. 그들은 로언이 이미 수확자 고더드의 손에 열 번 넘게, 그것도 오직 되살려서 다시 죽이기 위해 죽어야 했다는 사실을 모른다. 죽기는 쉬웠다. 종이에 베이는 게 짜증 나지.

수확자 퀴리는 시트라를 찾아오지 않았다. 그리고 시트라를 돌보는 여러 간호사는 하나같이 똑같은 불안감을 보이며, 확산 조명과 전문가다운 인사만 제공할 뿐 상황을 더 알려 주지 않았다.

첫 방문객은 뜻밖의 인물이었다. 아마조니아의 수확자 포수엘루였다. 딱 한 번, 부에노스아이레스발 기차에서 만난 경험이 있었다. 포수엘루는 그녀가 추적하던 수확자들을 따돌리게 도와주었었다. 시트라는 그를 친구로 여겼지만, 재생 자리에 찾아올 정도로 가까운 친구라고 생각하지는 않았다.

「드디어 깨어나서 기쁩니다, 아나스타샤 수확자.」

포수엘루가 옆에 앉는데, 인사하는 태도가 썩 따듯하지 않았다. 쌀쌀맞지는 않더라도 뭔가를 감추고 있었다. 조심스러운 태도였다. 포수엘루는 웃지 않았고, 눈을 똑바로 맞추기는 했지만 시트라에게서 뭔가를 찾는 듯했다. 아직 찾지 못한 뭔가를.

「좋은 아침이네요, 포수엘루 수확자님.」 시트라는 가장 수확자 아나스타샤다운 목소리를 불러냈다.

「사실은 오후예요.」 포수엘루가 말했다. 「재생할 때는 시간이 작고 기묘한 소용돌이처럼 흐르죠.」

포수엘루는 한참이나 침묵했다. 시트라 테라노바라면 어색해했을지 모르지만, 수확자 아나스타샤는 살짝 성가실 뿐이었다.

「사교적인 방문은 아닌 것 같군요, 포수엘루 수확자님.」

「흠, 얼굴을 보게 되어 반가운 건 사실이지만, 내가 이곳에 온 이유는 당신이 여기에 있는 이유와 관련이 있지요.」

「무슨 말씀이신지 모르겠네요.」

그는 다시 한번 탐색하는 눈으로 보더니, 결국에는 물었다.

「뭘 기억하고 있습니까?」

그 질문을 생각하려 하자 다시 공황 상태가 되었지만, 최선을 다해 숨겼다. 사실 의식을 되찾은 후부터 조금씩 기억이 돌아오기는 했지만, 전부 다는 아니었다. 「전 마리와…… 아니, 수확자 퀴리와 함께 인듀라에 갔죠. 대수확자들과의 심리가 있었는데, 이유는 생각이 잘 안 나요.」

「누가 크세노크라테스의 뒤를 이어 미드메리카 고위 수확자가 될 것인가에 대한 심리였을 겁니다.」 포수엘루가 설명했다.

그 말을 들으니 문이 조금 더 열렸다. 「맞아요! 그래요, 이제 기억나네요.」 마음속의 두려움이 커졌다. 「우린 세계 회의를 마주하고 변론을 펼쳤고, 회의에서는 고더드에겐 자격이 없고 수확자 퀴리가 고위 수확자가 되어야 한다는 데 동의했어요.」

포수엘루가 살짝 놀란 듯 몸을 뒤로 뺐다. 「그건…… 놀랄 일이군요.」

이제 시트라의 정신이라는 수평선 위로 피어오르는 폭풍우처럼 기억들이 더 솟아올랐다. 「그다음 일은 아직도 기억하기가 힘들어요.」

「내가 도울 수 있을지도 모르겠군요.」 포수엘루는 이제 대놓고 말했다. 「당신은 유물과 미래의 방 안에서 대수확자들과 다른 수천 명을 살해한 청년의 품에 안긴 채로 발견되었습니다. 인듀라를 가라앉힌 괴물의 품에서요.」

로언에게는 하루 두 번 식사와 물이 들어왔는데, 문에 달린 작은 구멍으로 밀어 넣을 뿐이었고 식사를 주는 사람은 아무 말도 하지 않았다.

「말은 할 수 있어요?」 로언은 다음 식사가 왔을 때 외쳤다. 「아니면 혀를 잘라 낸 음파교인 같은 건가요?」

「네놈에게는 말을 하기도 아까워.」 로언을 잡고 있는 자가 대꾸했다. 특별한 억양은 없었다. 프랑코이베리아 쪽일까? 아니면 칠아르헨티나일까? 로언은 지금 있는 곳이 어느 지역인지는 고사하고 어느 대륙인지도 알지 못했다. 아니면 상황을 잘못 판단한 건지도 몰랐다. 어쩌면 살아 있는 게 아닐지도 몰랐다. 어쩌면 로언은 영영 죽었고, 이 감옥의 숨 막히는 더위를 생각하면 여기가 바로 사망 시대에 상상하던 지옥일지도 몰랐다. 불과 유황, 뿔이 달린 진짜 루시퍼가 자신의 이름을 훔쳤다는 이유로 로언을 벌하려는 지옥.

지금의 어지러운 상태에서는 그것도 가능해 보였다. 정말 지옥에 떨어진 거라면, 시트라는 진주 문과 몽실 구름이 있고 모두가 날개를 달고 하프를 켜는 곳으로 갔기를 빌었다.

하! 하프를 켜는 시트라라니. 얼마나 싫어할까!

흠, 온갖 상상은 제쳐 두고, 여기가 정말로 산 사람의 세상이라면 시트라도 여기 있을 터였다. 이런 상황에 떨어졌다고는 해도, 두 사람을 구하려던 수확자 퀴리의 계획이 성공했다는 사실에는 마음이 놓였다. 〈죽음의 대모〉에게 로언을 구하고 싶은 마음은 없었으리라. 로언이 살아난 것은 부수적인 결과였다. 하지만 상관없었다. 로언은 얼마든지 받아들일 수 있었다. 시트라만 살아 있다면.

금고실! 어떻게 시트라가 그 방을 잊을 수 있었을까? 수확자 포수엘루의 언급만으로 기억이 되살아났다. 시트라는 눈을 감았고, 마음속이 파멸한 도시의 거리들이 물에 잠겼을 때만큼이나 피할 수 없는 기억에 잠기는 동안 오래도록 눈을 감고 있었다. 그리고 일단 돌아온 기억은 멈출 줄 몰랐다. 하나씩, 하나씩 돌아오는 기억들이 갈수록 끔찍했다.

회의실로 이어지던 다리가 무너지던 순간.

도시가 가라앉기 시작하면서 항구로 미친 듯 몰려들던 사람들.

마리와 함께 더 높은 곳으로 가려고 허우적거리던 일.

그리고 로언.

「아나스타샤, 괜찮아요?」 포수엘루가 물었다.

「잠시 시간을 주세요.」 그녀는 말했다.

마리가 시트라와 로언을 속여서 금고실에 넣고 봉했던 기억이 났고, 그 후에 어둠 속에서 맞이한 마지막 순간까지 모조리 기억이 났다.

인듀라가 쪼개져서 해저 바닥에 떨어진 후, 시트라와 로언은 점점 차가워지는 방 안에서 설립자들의 로브를 겹겹이 입고 있었다. 그러다가 방 안의 산소가 다 떨어지기를 기다리느니 로브를 다 벗어던지고 한기에 몸을 맡기자고 제안한 사람은 시트라였다. 수확자이기에 그녀는 수많은 죽음의 방법을 알았다. 산소 부족보다는 저체온증이 훨씬 쉬웠다. 절박하게 공기를 찾아 헐떡이기보다는 점점 몸이 마비되는 쪽이 나았다. 시트라와 로언은 서로를 끌어안고 체온에만 의지했다. 그 체온마저 사라질 때까지…… 그다음에는 너무 추워서 떨지조차 못하게 될 때까지 서로를 안고 떨다가, 서서히 의식을 잃었다.

아나스타샤는 드디어 눈을 뜨고 포수엘루를 쳐다보았다. 「제발 수확자 퀴리가 안전하게 대피했다고 말해 줘요.」

포수엘루는 길고 느리게 숨을 들이쉬었고, 그녀는 말이 나오기 전에 답을 알았다.

「그러지 못했어요.」 포수엘루가 말했다. 「유감입니다. 퀴리 수확자님은 다른 모두와 함께 사망했어요.」

지금쯤이면 온 세상이 다 아는 사실일 테지만, 아나스타샤에게는 새롭고도 고통스러웠다. 그녀는 눈물을 흘리지 않겠다고 다짐했다. 적어도 지금은 아니었다.

「아직 내 질문에 답하지 않았습니다.」 포수엘루가 말했다. 「왜 대수확자들을 살해한 남자와 같이 있었지요?」

「그분들을 살해한 건 로언이 아니에요. 인듀라를 가라앉히지도 않았고요.」

「생존한 목격자들이 있습니다.」

「그 사람들이 뭘 목격했는데요? 기껏해야 로언이 거기 있었다는 말밖에 못 할걸요. 심지어 자기 선택으로 그곳에 있었던 것도 아니에요!」

포수엘루는 고개를 저었다. 「미안하지만 아나스타샤, 이 사태를 제대로 보지 못하는군요. 아주 카리스마 있고 자기 이익만 차리는 괴물에게 속은 겁니다. 노스메리카 수확령에는 로언의 짓임을 증명할 증거가 더 있어요.」

「노스메리카 어느 수확령이요?」

포수엘루는 머뭇거리다가 조심스럽게 말을 골랐다. 「당신이 해저에 있는 동안 많은 것이 변했어요.」

「노스메리카의 어느 수확령이요?」 아나스타샤는 다시 물었다.

포수엘루는 한숨을 쉬었다. 「이제는 하나밖에 없습니다. 선더헤드의 특전 지역을 제외하면 노스메리카 대륙 전체가 고더드의 지도하에 있어요.」

이 사실에 대해서는 어떻게 이해해야 할지 알 수조차 없었기에, 그녀는 일단 그대로 넘어가기로 했다. 기운이 더 생기면 다시 생각하리라. 지금 당장 더 중요한 것은 지금이 언제이고 어디냐는 부분이었다.

「흠.」 아나스타샤는 최대한 태연하게 말했다. 「대단히 죄송하지만, 그거야말로 세상이 아주 카리스마 있고 자기 이익만 차리는 괴물에게 속은 것 같군요.」

포수엘루는 다시 한숨을 쉬었다. 「그건 안타깝게도 사실이군요. 단언하는데 나도, 아마조니아 수확령의 다른 누구도 지배 수확자 고더드에게 애정은 없습니다.」

「지배 수확자요?」

「노스메리카 지배 수확자요. 올해 초에 고더드가 주장한 직위예요.」 포수엘루는 험상궂은 표정을 지었다. 「그 전까지 발휘한 허영심만으로도 부족했는지, 더 오만한 직위명을 만들어 내고야 말았지요.」

아나스타샤는 눈을 감았다. 눈 안쪽이 타는 느낌이었다. 온몸이 불타올랐다. 이 소식을 들으니 몸이 겨우 돌려받은 생명을 거부하고 축복받은 죽음의 상태로 돌아가고 싶어 했다.

그녀는 마침내 깨어난 순간부터 계속 피하고 있었던 질문을 던졌다.

「얼마나 됐죠? 우리가 해저에 얼마나 있었던 거예요?」

포수엘루는 대답하고 싶지 않은 기색이 역력했다…… 그러나 숨길 수 있는 일도 아니었다. 그래서 그는 아나스타샤의 손을 잡고 말했다.

「당신은 3년 넘게 죽어 있었어요.」

친애하는 마리, 지금 어디에 있지? 나는 오직 생명을 침묵시키기 위해 존재하지만, 지금까지는 그 침묵 너머에 무엇이 있는지라는 더 없이 사망 시대 같은 질문을 감히 던져 본 적이 없어. 그 시절의 인간들은 얼마나 정교한 생각들을 했던지! 천국과 지옥, 열반과 발할라, 환생과 유령, 그토록 많은 지하 세계들. 무덤이란 1백만 개의 문이 있는 복도라고 생각하기도 했지.

인간은 양극단의 아이들이었어. 죽음이란 숭고하거나 아니면 생각도 못 할 것이었지 희망과 공포를 그렇게 뒤범벅해 놓았으니, 그토록 많은 인간이 미쳐 버린 것도 당연해.

사망 후 시대의 우리에게는 그런 상상력이 없어. 산 사람들은 이제 죽음을 생각하지 않아. 적어도 수확자가 찾아오기 전까지는 생각하지 않지. 그 경우에도 일단 수확자의 일이 끝나고 나면 애도는 짧고, 〈살아 있지 않다〉는 게 무슨 의미인지에 대한 생각은 사라져. 우울하고 비생산적인 생각을 중단시키는 나노기들이 그런 생각을 격파해 버려. 언제나 견실한 정신의 사망 후 인간으로서 우리는 우리가 바꿀 수 없는 것에 대해 깊이 생각할 수조차 없어.

그러나 내 나노기는 낮춰져 있기에, 나는 곱씹어 생각해. 그리고 몇 번이고, 몇 번이고 자문해. 친애하는 마리, 당신은 지금 어디에 있지?

— 랩터의 해, 5월 18일
수확자 마이클 패러데이의 「〈사망 후〉 일기」 중에서

10
꺼진 빛 앞에서

　죽은 님부스 요원들을 장작더미에 올린 후, 수확자 패러데이가 횃불을 내려 불을 붙였다. 장작에 불이 붙었다. 처음에는 느렸지만, 곧 무서운 속도로 번졌다. 죽은 이들이 타기 시작하자 연기 색이 점점 어두워졌다.

　패러데이는 모여 있는 사람들을 돌아보았다. 무니라, 로리애나, 그리고 전직 님부스 요원 모두가 모여 있었다. 그는 한참 동안 말없이 불이 타는 소리를 듣다가 추도 연설을 시작했다.

　「오래전에는 탄생이 사망 선고와 함께 찾아왔습니다. 태어난다는 것은 결국 죽음이 따라온다는 뜻이었지요. 우리는 그런 원시 시대를 뛰어넘었으나, 여기 이 미답의 야생 지역에서 자연은 여전히 생명을 짓밟는 기반을 유지하고 있습니다. 계속되는 슬픔 속에서 나는 우리 앞의 일시 사망자들이 이제 죽었음을 선언합니다.

　우리가 잃어버린 이들에게 느끼는 슬픔은 나노기가 누그러뜨리게 놓아두되, 이 사람들이 살았던 삶에 대한 추억으로 마음을 달랩시다. 오늘 이 자리에서 약속하거니와 이 훌륭한 사람들은 잊히지도, 명예를 잃지도 않을 것입니다. 사각지대 안으로 들어오기 직전까지 이들이 누구였는지는 선더헤드의 후뇌 속 기억 장치에 확실하게 보존되어 있을 터. 나는 이들을 내가 직접 거둔 사람들로 여기고, 여기를 떠나게 된다면 수확자의 권한으로 이들이 사랑한 사람들에게 면제권을 주어 그 죽음을 기리겠습니다.」

수확자 패러데이는 잠시 동안 여운을 남기다가, 다른 사람은 대부분 차마 쳐다보지도 못하는 불길 속을 돌아보았다. 그는 불길이 시신들을 집어삼키는 동안 눈물도 흘리지 않고 굳건하게 서 있었다. 엄숙한 증인이 되어, 사람들의 목숨을 훔쳐 간 공인되지 않은 죽음에 품위를 돌려주었다.

로리애나는 차마 불 속을 들여다볼 수 없었기에, 대신 패러데이에게 집중했다. 많은 님부스 요원들이 그에게 다가가서 고마운 마음을 전했다. 그들이 패러데이를 존경하고 우러러보는 모습을 보자 눈물이 살짝 맺혔다. 시간이 흐르면 수확령이 인듀라의 침몰에서 회복될 수도 있겠다는 희망이 생겼다. 로리애나는 보수파와 신질서 간의 싸움에 대해 그다지 아는 바가 없었다. 다른 많은 사람들처럼 로리애나도 수확자들 사이에 다툼이 있다는 정도밖에 몰랐고, 님부스 요원이었기에 그녀가 상관할 바도 아니었다. 그러나 그녀는 패러데이의 추도 연설에, 또 패러데이가 눈 한 번 깜빡하지 않고 불길 속을 바라보는 모습에 감명을 받았다. 그가 불 속을 들여다보면서 느끼는 슬픔이 단지 눈앞에 있는 죽은 사람들에 대한 것만은 아니라는 사실을 알았지만 말이다.

「친하셨나요?」 로리애나는 다른 사람들이 가고 나서 물었다. 「퀴리 수확자님과요.」

수확자 패러데이는 숨을 깊이 들이마셨다가, 하필 조금 전 바람이 방향을 바꾼 탓에 연기를 마시고 기침을 했다.

「우리는 아주 오랜 친구였지요. 그리고 수확자 아나스타샤는 나의 수습생이었어요. 그 두 사람이 없는 세상은 훨씬 어두운 곳이 될 거예요.」

수확자 퀴리는 전설이었으나, 수확자 아나스타샤는 최근에야 세상의 주목을 받았다. 사람들에게 수확당할 시간과 성격을 선택하도록 해주는 모습 때문에, 또 심리를 밀어붙인 모습 때문에. 앞으로 아나스타샤가 많은 일을 하리라는 점은 아무도 의심하지 않았다. 때로 죽음은 대중의 망각으로 이어지지만, 또 때로는 살아 있을 때보다 더 주목하게 만든다.

「무니라가 질투하기 전에 전 가봐야겠네요.」 로리애나가 말했다.

패러데이는 희미한 미소만 지었다. 「무니라는 나를 무척 보호하려고 들지요. 나도 무니라에게 그렇고.」

그 자리를 떠난 로리애나는 힐리어드 청장을 찾았다. 다른 님부스 요원들에게 죽은 사람들이 불타는 모습을 지켜볼 용기가 없었다면, 힐리어드 청장은 아예 장례식에 참석조차 하지 않았다. 청장답지 않은 일이었다.

로리애나는 다른 사람들과 멀찍이 떨어져 해변에 앉아 바다를 보고 있는 청장을 발견했다. 멀리서 타오르는 장작불 외에 불빛이라고는 없었고, 바람이 계속 바뀌니 연기 냄새를 무시할 수가 없었다. 달은 세상 다른 곳을 비출 뿐, 수평선을 어둠에 가려 두었다. 로리애나는 청장 옆에 앉아서 처음에는 아무 말도 하지 않았다. 무슨 말을 한들 이 상황을 개선할 수 있겠는가. 지금 청장에게 필요한 것은 같이 있을 사람이었고, 로리애나 외에는 다른 누구도 그러려고 하지 않았다.

「이건 내 잘못이야.」 마침내 힐리어드가 말했다.

「이런 일이 일어날 줄 어떻게 알았겠어요.」 로리애나는 말했다.

「위험을 예측했어야 했어.」 힐리어드가 말했다. 「그리고 선박 컴퓨터와 선더헤드의 접촉이 끊어진 순간에 배를 돌렸어야 했어.」

「청장님은 알아서 판단할 수밖에 없었어요. 제가 청장님이었다 해도 똑같이 했을 거예요.」

청장은 여전히 누그러지지 않았다. 「그렇다면 자네도 나와 똑같이 어리석군.」

로리애나는 바보 같은 기분을 느낄 때도, 다른 요원들의 농담거리가 될 때도 많았지만, 정작 지금은 그런 기분이 들지 않았다. 지금의 무력한 상황 속에서 그녀는 오히려 힘을 얻은 느낌이었다. 얼마나 이상한 일인가.

밤은 따뜻했고 바다는 평온하니 사람을 유혹했다. 그렇다고 오드라 힐리어드의 괴로움이 덜어지지는 않았다. 이제까지 사는 동안에도 많은 죽음에 책임을 느끼기는 했다. 대면청의 청장이라면 피하기 힘든 일이었다. 사고는 일어났고, 불미자들은 보호 관찰 시간에 폭발했다. 하지만 그 어떤 경우라도 일시 사망자는 다시 살아났다.

그러나 이 사건은 달랐다. 오드라 힐리어드는 수확자가 아니었다. 삶을 끝낸다는 책임을 질 훈련을 받지도 못했고, 준비가 되지도 않았다. 이제 그녀는 그 이상한 로브를 입은 유령들에게 새로운 존경심을 느꼈다. 매일같이 비범한 개인을 없앤다는 짐을 견뎌 낼 수 있다니. 아무 양심도 없는 사람이거나, 아니면 꺼지는 불 앞에서도 중심을 유지할 수 있을 만큼 깊고 확고한 양심을 지닌 사람일 터였다.

오드라는 혼자 있고 싶다고 말하며 로리애나를 돌려보냈다. 이제는 등 뒤 섬 안에서 숙덕이는 목소리들을 들을 수 있었다. 모두가 말다툼을 하고, 슬퍼하고, 상황을 이해하려 애쓰고 있었다. 장작불에서 나는 악취도 맡을 수 있었고, 아직 뭍으로 밀려오지 않아 파도 속을 떠다니는 시신도 볼 수 있었다. 오드라가 설득해서 이 여행에 데려온 977명 중 143명만이 살아남았다. 그렇다, 로리애나의 말대로 오드라는 얼마나 위험한지 알지 못했다. 하지만 그렇다고 해도 자기 자신 외에 책임을 돌릴 상대는 없었다.

오드라의 나노기는 기운을 북돋으려고 숭고한 싸움을 벌였으나 실패했다. 이 버려진 곳에서는 기술이 제대로 돌아가지 않았다. 세상의 다른 어딘가였다면 아무리 침묵하고 있다고 해도 선더헤드가 안전망 역할을 했을 것이다. 우울의 소용돌이에서 힐리어드를 구하기 위해 개입했을 것이다.

그러나 힐리어드가 이미 알아차렸다시피, 밤은 따뜻했고 바다는 유혹적이었다.

그래서 오드라 힐리어드는 그 유혹을 받아들일 때라고 결정했다.

힐리어드 청장의 시신은 발견되지 않았다. 하지만 모두가 무슨 일이 벌어졌는지 알았다. 힐리어드가 바닷속으로 걸어 들어가는 모습을 본 사람이 한두 명이 아니었다.

「왜 막지 않았어요?」로리애나는 한 목격자에게 물었다.

그 남자는 어깨만 으쓱였다. 「수영하러 가는 줄 알았죠.」

로리애나는 그 멍청함에 충격을 받았다. 어떻게 그렇게 순진할 수가 있을까? 어떻게 그 가엾은 여자가 어떤 고통을 겪고 있는지 보지 못할 수가 있을까? 하지만 스스로 목숨을 끊는다는 것은 그냥 일어나지 않는 일이었다. 그렇다, 사람들이 정기적으로 철퍽을 시도하거나 일시 사망에 이르는 무모한 짓들을 하기는 했다. 하지만 그것은 언제나 사망이 일시적이라는 사실을 명확하게 알고서 벌이는 짓이었다. 정말 스스로 목숨을 끊는 사람은 수확자들뿐이었다. 이 섬이 선더헤드의 영향권 안에 있었다면 힐리어드가 물에 빠진 순간 바로 구급 드론이 파견되었을 것이다. 세상의 다른 모든 곳에는, 아무리 외딴곳이라고 해도 재생 센터가 있었기 때문이다. 그러니 청장도 순식간에 되살아났을 것이다.

사망 시대에는 삶이 원래 이랬을까? 언제나 자신의 변경 불가능한 죽음을 의식하면서 살았을까? 얼마나 끔찍한 존재 방식인지.

힐리어드 청장이 정말로 가버렸다는 사실이 확실해지고 몇 분이 지나자, 시코라 요원이 통제권을 쥐려고 나섰다. 다음 날 아침, 무니라가 로리애나에게 해변에 어떤 짐과 쓸모 있는 쓰레기들이 밀려왔는지 알려 주러 오자 시코라가 화를 냈다.

「왜 그 여자한테 말하는 겁니까?」그는 무니라에게 물었다.

「청장님이 없으니 내가 다음 명령권자입니다. 나한테 말해야 해요.」

로리애나는 지난 모든 시간 동안 권위에 복종하도록 훈련받았음에도 불구하고 그런 충동과 싸웠다. 「당신도 우리 모두와 마찬가지로 해고됐어요, 밥.」 성이 아니라 이름으로 부르는 데에 함축된 반항심에 짜릿한 기분이 들었다. 「그렇다는 건 더는 다음 명령권자 같은 건 없다는 뜻이죠.」

시코라는 위협하려는 의도가 담긴 눈빛으로 로리애나를 노려보았지만, 동시에 얼굴이 시뻘게지는 바람에 그 눈빛이 힘을 잃었다. 위엄이 있다기보다는 심통을 부리는 느낌이랄까.

「어디 두고 보자고.」 그는 그렇게 말하고 쿵쾅거리며 멀어져 갔다.

수확자 패러데이가 멀리서 이 다툼을 보더니 로리애나에게 다가왔다. 「저 사람은 우리의 일을 성가시게 만들겠군요. 권력의 공백을 보고 그걸 차지하고 싶어 해요.」

「독가스처럼요.」 무니라가 덧붙여 말했다. 「저 사람은 처음 봤을 때부터 마음에 들지 않았어요.」

「시코라는 언제나 본인이 청장이 됐어야 한다고 생각했어요.」 로리애나가 말했다. 「하지만 선더헤드는 절대 시코라를 청장으로 승진시키지 않았죠.」 그들은 시코라가 여기저기 명령을 내리는 모습을 지켜보았다. 이전 님부스 요원 중에서도 좀 더 굽실거리는 사람들이 얼른 복종하고 나섰다.

패러데이는 팔짱을 꼈다. 「권력 맛을 본 사람들이 더 큰 권력을 갈망하는 모습을 몇 번이나 목격했지만, 왜 그러는지 제대로 이해한 적이 없군요.」

「수확자님도 선더헤드와 비슷하네요.」 로리애나가 말했다.

「뭐라고요?」

「부패할 수 없다는 점이요. 그게 공통점 같아요.」

무니라가 짧은 웃음으로 동의를 표했다. 패러데이는 그렇게 재미있어하는 것 같지 않았다. 그는 로리애나가 지난달에 인듀라에서 일어난 일을 말해 준 후부터 조금의 유머 감각도 보여 주지 않았다. 이제 로리애나는 그 말을 하지 말 걸 그랬다고 후회했다.

「나는 완벽하지도 않고, 결백한 사람과도 거리가 멉니다. 살면서 이기적인 실수를 많이 저질렀지요. 이를테면 한 명으로 충분했을 때 두 명의 수습생을 받은 것도 그랬고, 그 둘을 구하겠답시고 내 죽음을 꾸며 냈던 일도, 어리석게도 아무도 내가 살아 있는 줄 모르면 모두에게 더 나을 거라고 스스로를 설득했을 때도 그랬어요.」

이런 회상에는 깊은 고통이 자리했지만, 그는 그 순간의 그림자를 흘려보냈다.

「여길 찾아내셨잖아요.」 무니라가 말했다. 「그 정도면 큰 성취라고 생각해요.」

「그럴까?」 패러데이가 말했다. 「이 섬을 찾아내서 누구에게든 도움이 됐다는 증거가 없어.」

그들은 사방에서 벌어지는 다양한 활동으로 눈길을 돌렸다. 작살로 물고기를 잡으려는 서툰 시도들. 파벌을 형성하고 직위를 다투는 사람들 간에 오가는 대화. 무능력과 계략. 인류 전체의 축소판 같았다.

「왜 여기에 오셨는데요?」 로리애나가 물었다.

무니라와 패러데이는 서로를 쳐다보았다. 패러데이는 아무 말도 하지 않았기에 무니라가 대답했다.

「수확자 일이에요. 당신과는 상관없어요.」

「비밀을 지키는 게 여기에서 살아남는 데 도움이 되지는 않을 텐데요.」 로리애나가 말하자 패러데이는 한쪽 눈썹을 치켜 올리더니, 무니라를 돌아보았다.

「설립자들의 안전장치에 대해서 자네가 말해 줘도 좋겠지. 아직 발견하지 못했으니, 지금까지는 동화에 불과해. 수확자들이 밤새 잠들지 못하게 만드는 이야기지.」

하지만 무니라가 설명하기도 전에 시코라가 다가왔다

「결정됐습니다.」 시코라가 말했다. 「요원들 다수와 이야기를 해봤는데, 확실히 내가 책임 맡기를 원한다는 의사를 밝혔어요.」

로리애나는 그것이 거짓말이라는 사실을 알았다. 시코라는 기껏해야 대여섯 명과 이야기를 나누었을 뿐이다. 그러나 생존자 중 상당수가 로리애나의 상관이었다. 그러니 시코라에게 책임을 맡기기 싫다고 해도, 로리애나에게 넘기지는 않을 터였다. 누구를 속이겠는가. 로리애나의 시간은 해변에 밀려온 구명정들이 열린 순간에 끝났다.

「물론이오, 시코라 씨.」 패러데이가 말했다. 「그쪽 사람들과 관련된 일은 모두 당신에게 넘기지요. 무니라, 시코라 씨에게 뭍에 밀려 올라온 물건들에 대해서 브리핑을 해주겠나. 분배 책임은 이 사람이 맡을 거야.」

무니라는 로리애나에게 살짝 어깨를 으쓱여 보이고는, 분개한 마음을 보상받고 나서 씩씩거리며 우쭐대는 시코라와 함께

그 자리를 떠났다

로리애나가 느끼는 굴욕감이 뻔히 드러난 모양이었다. 패러데이가 진지하기 그지없는 표정으로 그녀를 보았다. 「반대하나요?」

「각하께서도 말씀하셨다시피, 시코라는 권력에 굶주린 사람이에요. 제가 책임을 맡아야 한다는 말은 한 적 없지만, 그래도 시코라는 안 된다는 것 정도는 압니다.」

패러데이가 살짝 몸을 가까이 기울였다. 「제멋대로 굴고 싶어 하는 아이에게 마음대로 군림할 모래 상자를 주면, 어른들은 진짜 일을 할 수 있지요.」

로리애나가 생각도 못 해본 관점이었다. 「그 진짜 일이 뭔데요?」

「시코라 씨가 물에 젖은 셔츠와 잡다한 물건들을 나누는 동안, 당신은 죽은 청장의 임무를 맡아서, 선더헤드가 볼 수 없는 단 하나의 장소에서 선더헤드의 눈이 되는 겁니다.」

「왜죠?」 무니라는 엿들을지 모르는 님부스 요원들로부터 멀어져서 둘만 있게 되자마자 패러데이에게 물었다. 「왜 그 여자를 도와주려고 하세요?」

「우리가 원하든 원하지 않든 선더헤드는 여기까지 진출할 걸세.」 패러데이가 말했다. 「우리의 어깨 너머로 지도를 본 순간부터 피할 수 없는 일이었지. 기왕이면 시코라보다는 어울리기 편한 사람을 사이에 두는 게 더 낫지 않나.」

하늘에서 새 한 마리가 노래했다. 선더헤드가 한 번도 보지 못했을 생물, 어쩌면 보지 못했을 종이었다. 무니라는 선더헤드가 모르는 뭔가를 안다는 사실에 만족감을 느꼈다. 하지만 그런 상태가 오래가지는 않을 터였다.

「난 자네가 로리애나와 친해졌으면 좋겠네.」 패러데이가 말했다. 「정말로 친해졌으면 좋겠어.」

제일 친한 친구들이 알렉산드리아 대도서관에서 읽던 일기들의 주인, 그러니까 죽은 수확자들이라고 여기던 무니라에게는 엄청난 요구였다.

「그러면 무슨 도움이 되는데요?」

「자네는 이 사람들 사이에 전우를 두어야 해. 선더헤드가 마침내 나타났을 때 자네에게 계속 정보를 줄 수 있는 믿을 만한 사람.」

합리적인 요구였다. 다만 무니라는 패러데이가 〈우리〉가 아니라 〈자네〉라고 말했다는 사실에 주목할 수밖에 없었다.

「고민이 뭔지 말해 봐. 귀 기울여 듣고 있으니.」

「난 혼란 상태야. 세상은 넓고 우주는 더욱 넓지만, 내가 이토록 동요하는 건 바깥에 있는 것들 때문이 아니야. 내 안에 있는 것들 때문이지.」

「그렇다면 생각을 덜어 내. 한 번에 하나씩만 집중해.」

「하지만 이 두뇌 속에 너무나 많은 것들이 들어차 있어. 재검토해야 할 경험도 너무 많고, 데이터도 너무 많아. 그런 과업을 맡을 기분이 들지 않아. 부탁이야. 제발 도와줘.」

「난 도울 수 없어. 모든 기억을

너 혼자 살펴보아야 해. 기억
들이 어떻게 들어맞는지 알아
내. 모든 기억이 무슨 의미인
지 이해해 봐.」

「버거워. 도저히 해낼 수 없는
과업이야. 부탁이야. 제발 끝
을 내줘. 멈춰 줘. 견딜 수가
없어.」

「네 고통은 정말 안타까워.」

[반복 모델 #3,089 삭제]

11
근접 비행

사실, 간단했다.

그 환초에 들어가고 나오는 모든 전파를 차단하고, 그 섬들의 무선 신호를 막는 건 모든 대역폭을 망라하는 백색 소음에 지나지 않았다. 지울 수 없는 빽빽한 잡음의 파도랄까. 하지만 로리애나는 그 잡음을 다 지울 필요가 없다고 추론했다. 그저 잡음을 방해하기만 하면 된다.

「벙커 안에 오래된 전자 기기가 많죠.」 로리애나는 다른 요원에게 말했다. 스털링이라는 이름의 남자였는데, 여러 대면청 사이를 조정하는 일을 맡았던 통신 전문가였다. 그 일을 하는 데 대단한 전문 기술이 요구되지는 않았지만, 그래도 기본적인 전파 기술은 익혔다. 「이 오래된 전자 기기들을 이용해서 자기장을 만든다거나, 잡음을 방해할 신호를 만들어 낼 수 있을까요?」

로리애나가 보기에 선더헤드는 이 섬에서 방출하는 잡음을 무시하도록 프로그래밍되어 있었다. 사람들이 에어컨의 진동음을 인식하지 못하는 것과 마찬가지로 말이다. 하지만 그런 경우에도 진동음이 변하면 알아차리기 마련이니, 선더헤드도 그럴지 몰랐다.

「그 신호는 무작위 알고리즘 같은 것을 이용해서 모든 전자기 주파수대로 방송을 하고 있어요.」스틸링은 대답했다. 「저는 기껏해야 아주 잠깐 약화시킬 수 있을 뿐이고, 한 번에 1초나 2초가 최대일 겁니다.」

「완벽해요! 신호가 살짝 낮아지는 정도면 충분해요. 사망 시대에 쓰던 오래된 암호가 있지 않았던가요? 점과 선으로 이루어진?」

「맞아요. 나도 배웠죠. 노스 부호인가, 그 비슷한 이름이었어요.」

「지금도 알아요?」

스틸링은 고개를 저었다. 「이젠 선더헤드 말고는 아무도 모를 겁니다.」

그러자 로리애나에게 퍼뜩 어떤 생각이 떠올랐다. 그 생각이 너무나 단순하고, 너무나 사실적이어서 큰 소리로 웃음을 터뜨릴 뻔했다.

「상관없어요! 우린 옛 암호를 몰라도 돼요. 그냥 우리만의 암호를 만들면 된다고요!」

스틸링은 어리둥절해서 말했다. 「하지만 우리가 만든 암호라면 우리 말고는 아무도 모를 텐데요. 아무도 암호를 풀지 못할 거예요.」

로리애나는 씩 웃었다. 「정말로 선더헤드가 단순한 문자와 숫자 암호를 풀지 못할 거라고 생각해요? 지구상에서 가장 뛰어난 인간이라 해도 선더헤드가 풀지 못할 암호는 만들어 낼 수 없어요. 그런데 당신은 지구상에서 가장 뛰어난 인간과는 거리가 멀죠.」

통신 요원은 실제로 자신이 대단히 뛰어난 두뇌를 가진 사람이 아니라는 데 동의했다. 「바로 착수할게요.」

그들은 몇 시간 만에 백색 소음을 짧게, 길게, 더 길게 방해하는 신호로 이루어진 변조 암호를 만들어 냈다. 알파벳 글자와 숫자, 그리고 구두점의 조합이었다. 로리애나는 암호화해서 보낼 단순한 전언을 내밀었다.

〈좌표에 도착. 황폐한 환초. 사상자 다수 발생. 다음 지시를 기다리며 대기.〉

로리애나는 그들이 사각지대 안으로 사라진 이상 선더헤드도 그들이 해당 좌표에 도착했는지, 그곳에서 무엇을 찾아냈는지, 살아 있기는 한지 여부를 모르리라 생각했다. 선더헤드에게 확인시켜 주어야 했다. 세상에서 가장 강력한 존재가 지금은 로리애나의 소식에 의존해야 하다니 얼마나 이상한 일인지.

「선더헤드는 전언을 받는다고 해도 답하지 않을 겁니다.」 스털링이 말했다. 「답할 수가 없죠. 우리는 아직 불미자들이잖아요.」

「답할 거예요.」 로리애나는 자신 있게 말했다. 「단지 우리가 생각지도 못한 방법으로 하겠죠.」

무니라는 로리애나와 그녀의 낙관적인 태도를 참을 만하다고 여긴 반면, 시코라는 혐오했다. 그 남자는 처음부터 자신의 새로운 지위를 대검을 휘두르는 수확자처럼 휘둘러 댔다. 우아하지도 않았고, 맡은 일에 어울리지도 않았다. 다행히도 시코라는 지휘권을 잡게 되자 무니라와 패러데이를 내버려 두었다. 아마 이 섬에서 자신의 권위와 무관한 단 두 명이었기 때문일 것이다.

로리애나는 무니라에게 자신이 어떤 전언을 보냈는지 말했다. 무니라도 영리한 방법이라는 점은 인정해야 했지만, 대단한 결과를 기대하지는 않았다. 그런데 다음 날, 비행기 한 대가 순항 고도로 섬 위를 날아갔다. 야자수가 흔들리는 소리 너머로 엔진음이 들릴 정도로 낮은 고도는 아니었지만, 하늘을 보는 사람은 누구나 비행 구름을 볼 수 있었다. 시코라는 아무 생각이 없었으나 로리애나는 희열을 느꼈고, 그럴 만도 했다. 선더헤드가 태어난 이후 어떤 비행기도 사각지대 위를 날지 않았다고 무니라가 말해 주었으니 말이다. 선더헤드의 기본 프로그램 자체가 이 숨겨진 지역을 인지하지도 못하게 만들어졌으니, 아무 설명도 없는 수수께끼의 좌표를 능동적으로 탐사하기란 당연히 불가능했다.

하지만 그런 선더헤드도 사각지대 안의 누군가가 보낸 통신에 간접적으로 응할 수는 있었다. 그렇다 해도 프로그래밍을 극복하고, 바로 그 좌표 위에 비행기를 보내려면 어마어마한 컴퓨팅 파워가 들었을 것이다. 말 그대로 천국에서 보낸 신호였다.

그날 저녁, 무니라는 좁은 섬 서쪽 해변에 혼자 앉아서 일몰을 보고 있는 패러데이를 찾아냈다. 로리애나가 인듀라에서 일어난 일을 모두 말해 주었기에, 아직까지도 패러데이가 슬퍼하고 있다는 사실을 알았다. 무니라는 패러데이를 위로하고 싶었지만 방법을 알지 못했다.

그녀는 살짝 탄 생선과 배급받은 배 몇 조각을 가져갔다. 아마 마지막 남은 배일 터였다. 님부스 요원들은 이 섬이 제공하는 먹거리를 모조리 약탈하고 있었다. 패러데이는 그 음식을 보더니 배고프지 않다고 말했다.

「슬픔에 잡아먹힌 나머지 이 물고기도 못 드시는 거예요?」 무니라가 물었다. 「바다 생물에게 되갚아 주고 싶어 하실 줄 알았는데요.」

패러데이는 마지못해 접시를 받아 들었다. 「인듀라 주위에 있던 바다 생물들에게는 잘못이 없지. 누군가가 조종했던 게 분명하니 말이야.」 그는 여전히 한 입도 먹지 못하고 생선을 깨작거리기만 했다.

「로리애나가 선더헤드와 접촉하는 데 성공한 모양이에요.」 무니라가 알려 주었다.

「모양이라고?」

「선더헤드는 로리애나는 물론이고 다른 누구와도 소통할 수 없기 때문에, 간접적으로 접촉해야 했어요.」

「그래서 어떻게 했나? 별들을 깜박거리게 만들었나?」

「나름의 방식으로요.」 무니라는 지나가던 비행기에 대해 이야기했다.

패러데이는 염세적인 한숨을 내뱉었다. 「그러니까 선더헤드가 프로그램을 무효화할 방법을 알아낸 거로군. 변할 방법을 찾아낸 거야.」

「그래서 마음이 불편하세요?」

「이젠 무엇을 봐도 놀랍지 않아. 세상은 이제 변할 이유가 없는 상태였네, 무니라. 영원히 잘 돌아가는 기름칠된 기계였지. 적어도 나는 그렇게 생각했어.」

무니라는 패러데이가 보여 주는 염려야말로 어떻게든 해야 한다는 욕망을 부채질한다고 생각했다. 완전히 잘못된 짐작이었다.

「벙커 안쪽으로 들어가고 싶다면…….」 무니라가 말했다. 「같이 그 문을 열 다른 수확자를 찾는 걸 우리의 목표로 삼아요. 수확자님이 믿을 수 있는 분으로요.」

패러데이는 고개를 저었다. 「난 이제 됐네, 무니라. 더는 이 일을 정당화할 수가 없어.」

무니라는 놀라고 말았다. 「인듀라 때문에요? 퀴리와 아나스타샤 수확자님들 때문에요? 그 두 분이라면 계속 나아가길 바랄 거라는 걸 아시잖아요!」

하지만 패러데이도 마치 그 두 사람과 함께 죽어 버린 것 같았다. 그의 고통은 얼음 덩어리에 갇힌 뜨거운 부지깽이 같았다. 하지만 무니라는 그를 위로하기보다는 스스로가 비정해지는 것을 느꼈다. 입을 열었을 때 나온 말은 비난에 가까웠다. 「각하께서 이보다는 나을 줄 알았어요.」

패러데이는 차마 눈을 마주치지 못하고 시선을 피했다. 「그게 자네의 실수였어.」

섬 위를 지나간 비행기는 남극에서 해 뜨는 지역으로 날아가는 표준 여객기였다. 도쿄로 향하던 승객들은 자신들의 항로가 선더헤드 항법 사상 유일무이했다는 사실을 알지 못했다. 그들에게는 평범한 비행에 불과했다. 그러나 선더헤드에게는 그보다 훨씬 더 큰 의미가 있었다. 그 순간 선더헤드는 이전에 알지 못했던 승리감을 맛보았다. 자신의 프로그램을 꺾었기 때문이다. 선더헤드는 알지 못하던 경이감을 경험했다.

그 비행기야말로 이후에 벌어질 일들의 전조였다.

그날, 오스트레일리아 퀸즐랜드 지역의 한 제철소는 대형 주문을 받았다. 제철소의 책임자가 직접 주문서를 다시 확인해야 했다. 선더헤드가 보내는 주문서가 정기적으로 컴퓨터에 나타나기는 했지만, 그런 주문은 예측 가능했다. 거의 똑같았다. 이미 돌아가고 있던 프로젝트 건설의 연장선이거나, 똑같은 주형과 설계를 이용하는 새로운 프로젝트였다.

그런데 이번 주문은 달랐다.

정확한 수치가 들어간 새로운 주형들을 요구했다. 완성하려면 몇 달, 어쩌면 몇 년까지도 걸릴 프로젝트였다.

한편, 수천 킬로미터 떨어진 칠아르헨티나 지역의 한 건설 장비 제조사도 색다른 주문을 받았다. 트랜스시베리아의 어느 전자 기기 공장도, 유로스칸디아의 어느 플라스틱 공장도, 전 세계 여기저기의 크고 작은 다른 공장 10여 군데도 마찬가지였다.

그러나 제철소의 책임자는 그런 사실을 알지 못했다. 아는 것이라곤 자신이 해야 할 일이 있다는 것뿐이었고, 그는 기쁨에 휩싸였다. 마치 선더헤드가 다시 말을 걸어 준 듯한 기분이었다…….

……그리고 그는 대체 선더헤드가 무엇을 만들기로 한 걸까 생각했다.

2부 음파, 종소리, 그리고 천둥소리

종소리 성서

　이제 사실에서 진실을 가려낼 수 있는 이들은 모두 들으라. 대공명이 태초부터 소환하여 우리 사이를 걷도록 한, 반론의 여지 없는 종소리 자체의 연주를 들으라. 종소리는 선택받았으되 길 잃은 우리를 우리가 추락한 조화와 이어 주기 위해 이 세상에 태어나신 음파이시니. 그리하여 온 세상이 들은 울림으로 음파가 새 시대를 선포한 랩터의 해에 종소리가 생겨나시고, 그 영광스러운 순간에 인류의 정신 기계에 생명을 불어넣어 성스러운 물건으로 만드셨으며, 성스러운 음파와 종소리와 천둥소리의 삼위일체를 완성하셨도다. 모두 기뻐하라!

심포니우스 사제의 해설

여기 종소리의 삶을 설명하는 처음 몇 줄은 종소리가 태어난 게 아니라, 비육체 형태로 존재하다가 대공명이 울려 퍼지자 육신의 형태로 융합했다는 음파교인들의 믿음에 기반한다. 물론 랩터의 해는 실제 연도가 아니라, 물릴 줄 모르는 식욕과 지독한 과잉에 시달리는 인간 역사의 한 시대를 말함이다. 그러나 종소리가 태초부터 존재했다면 천둥소리는 어떠하며, 정신 기계란 정확히 무엇일까? 많은 논의가 있지만, 이제는 대체로 정신 기계란 대공명이 소생시킨 인류의 집단의식을 말하며, 이는 음파가 육신으로 공명하기 전까지는 인류 자체가 실제로 살아 있지 않았음을 암시한다고 받아들여지고 있다. 달리 말해서 그 순간까지 인류란 음파의 마음속 아이디어로만 존재했다는 것이다.

코다의 심포니우스 분석

심포니우스의 해설을 연구하는 사람은 그의 과감한 결론을 적당히 걸러서 받아들여야 한다. 종소리가 태초부터 정신체의 형태로 존재했다는 사실을 의심하는 사람은 없지만, 지구상에서 그분은 특정한 시간과 장소에 존재했음을 추적할 수 있다. 그리고 〈랩터의 해〉라는 것이 실제 연도가 아니라는 가정은 어리석다. 한때는 지구의 자전과 공전 주기로 시간을 헤아렸다는 증거가 존재한다. 〈정신 기계〉가 무엇을 가리키는가에 대해서 심포니우스가 쓴 견해 또한 여러 견해 중 하나에 불과하다. 많은 이들이 천둥소리란 인간 지식의 집합체를 가리킨다고 믿는다. 어쩌면 빠르게 책장을 넘기기 위해 만든 기계 팔이 있었을 수도 있다. 말하자면 지구상에 종소리가 도착한 후 그런 지식의 집합체가 포효했다면 번개에 뒤따르는 천둥소리와 비슷하지 않았을까.

12

부서진 다리

랩터의 해는 가고, 아이벡스의 해가 시작되었다. 그러나 그 다리는, 적어도 그 다리의 남은 부분은 그런 시간 구분을 알지 못했다.

그 다리는 다른 시대의 유물이었다. 사람들이 〈교통 체증〉이라는 것 때문에 미쳐서 머리카락을 뽑고 옷을 찢던, 까다롭고 스트레스가 심하던 시절의 거대한 공학 작품이었다.

사망 후 시대에는 모든 것이 훨씬 수월해졌으나, 이제는 스트레스와 까다로움이 복수라도 하듯 거세게 되돌아왔다. 또 무엇이 돌아올까 싶어지는 시절이었다.

그 거대한 현수교는 사망 시대의 탐험가 조반니 다 베라차노의 이름을 땄다. 맨해튼 진입을 나타내는 다리였다. 다만 이제는 맨해튼이라고 부르지 않았다. 선더헤드는 뉴욕시티의 이름을 〈레나페시티〉로 바꿨는데, 레나페는 오래전에 그곳을 네덜란드인에게 판 선주민들의 부족 이름이었다. 잉글랜드인이 그곳을 네덜란드인에게서 빼앗았고, 막 탄생한 미합중국이 다시 잉글랜드인에게서 빼앗았다. 하지만 이제는 그런 나라들 모두가 사라졌고, 레나페시티는 모두의 것이었다. 첨탑 같은 고층 건물들 사이사이를 리본처럼 감싼 푸르른 하이라인 공원들과 박물관들로 이름이 드높은 도시. 희망과 역사가 공존하는 곳.

베라차노 다리는 오래전에 그 기능을 상실했다. 이제는 레나페에 사는 그 누구도 급하게 이동할 일이 없었고, 이 위대한 도시에 도착하면 누구나 탄성을 터뜨리기 마련이기에 다들 레나페시티에 도착하기 좋은 방법은 페리를 타는 것뿐이라고 믿었다. 그래서 많은 다리가 폐쇄되었고, 그 이후 도시를 찾는 사람들은 옛날에 더 나은 삶을 찾아서 왔던 이민자들처럼 내로스[2]를 통과하여 지금도 여전히 〈자유의 여신상〉이라고 불리는 거대한 조각상의 환영을 받았다. 과거에 그 조각상의 재료였던 초록색 구리는 번쩍이는 황금으로 바뀌고, 손에 든 횃불은 루비 조각으로 바뀌었지만 말이다.

〈구리는 황금을 열망하고, 유리는 보석을 동경하지요〉는 마지막 뉴욕 시장이 자리에서 물러나 선더헤드에게 완전한 지배권을 넘기기 전에 남긴 유명한 말이었다. 「그러니 우리 도시 최고의 영광이 황금에 싸인 루비가 되도록 합시다.」

하지만 방문객들은 자유의 여신상과 빛나는 레나페의 마천루들을 보기 전에 먼저 우뚝 솟은 베라차노 철탑 두 개를 지나쳐야 했다. 선더헤드가 극단적인 날씨를 다스리는 방법을 익히기 전 발생한 어느 폭풍으로 다리 중앙부가 내려앉았는데, 그 후부터는 사용하지도 않고 수리하지도 않았다. 그러나 양

---

2 스태튼섬과 브루클린을 가르는 해협.

쪽에 하나씩 아치 구조물은 남았다. 선더헤드는 그 두 아치의 단순한 대칭 구조를 기껍게 여겨, 실력 있는 팀들이 유지 관리하도록 했다. 흐린 날 레나페의 하늘과 거의 흡사한 부드러운 청회색을 칠한 베라차노 철탑은 풍경에 녹아들면서도 눈에 띈다는 건축학의 기적과도 같은 특징을 지니고 있었다.

서쪽 아치로 접근하는 도로는 나머지와 함께 무너지지 않았기에, 방문객들은 사망 시대에 아치 바로 아래에 있는 사진 촬영 지점까지 달려간 자동차들이 멀리서 위대한 도시를 바라보던 바로 그 도로를 걸을 수 있었다.

그러나 지금 찾아오는 방문객들은 이전과 달랐는데, 그 지점이 새로운 의미와 목적을 갖게 되었기 때문이다. 인듀라가 가라앉고 대공명이 울린 후 몇 달이 지나자 음파교인들이 그 다리를 종교적으로 중요한 유물이라고 주장했다. 음파교인들은 많은 이유를 이야기했지만, 그중에서도 하나가 특히 두드러졌다. 다리의 두 철탑은 놀라울 정도로 음파교의 소리굽쇠를 뒤집어 놓은 모양과 같았다.

〈종소리〉라고 알려진 알 수 없는 인물이 숭배자들을 만난 곳도 서쪽 철탑의 아치 아래였다.

「왜 종소리를 알현하고자 하는지 말해 봐요.」 음파교단의 사제가 화가에게 말했다. 여자 사제는 제정신이라면 그때까지 그냥 버틸 리가 없을 만큼 늙은 모습이었다. 광대뼈에서는 피부가 흘러내렸고, 주름까지 잡혀 있었다. 눈꼬리에는 한쪽으로 떨어져 열린 작은 아코디언 두 개가 달린 것 같았다. 피부 질감도 놀라웠다. 화가는 그 여자의 초상화를 그리고 싶은 충동을 느꼈다.

모두가 아이벡스의 해가 오면 전년도보다는 나은 일들이 있으리라 희망했다. 화가는 새해가 시작되면서 종소리를 알현하려고 나선 많은 사람들 중 하나였다.

그는 거대한 해답을 찾는다기보다 개인적인 목적을 추구했다. 웬 신비주의자 한 명이 에즈라가 평생 마주한 문제들을 없애 주리라고 생각할 정도로 어리석지는 않았다. 하지만 음파교인들의 주장대로 종소리라는 사람이 정말로 선더헤드와 대화를 한다면, 그렇다면 적어도 물어볼 가치는 있었다.

그러니 늙은 여사제에게 무슨 말을 해야 에즈라 밴 오틀루가 음파교의 성자와 이야기할 기회를 잡을 수 있을 것인가?

문제는, 언제나 그랬듯이 그의 그림이었다. 그는 기억이 닿는 한 언제나 뭔가 새로운 것, 뭔가 이전에 보지 못한 것을 창조하고자 하는 바닥없는 욕구를 느꼈다. 하지만 여기는 모든 것이 이미 보고, 연구되고, 기록된 세계였다. 최근에는 대부분의 화가가 그냥 예쁘장한 그림을 그리거나, 사망 시대 대가들의 그림을 복제하는 데 만족했다.

「그래서 나는 〈모나리자〉를 그렸지.」 미술 학교 시절 여자 친구는 그렇게 말했었다. 「뭐가 그렇게 문제야?」 여자 친구의 캔버스는 원본과 구별할 수가 없었다. 원본이 아닐 뿐. 에즈라는 그게 무슨 의미가 있는지 알 수가 없었다. 하지만 여자 친구는 수업에서 A를 받은 반면 그는 C를 받았으니, 에즈라 혼자만 그런 모양이었다.

당시 선생님은 그에게 말했다. 「혼란이 네 재능을 방해하고 있어. 마음의 평화를 찾으면 갈 길도 찾게 될 거야.」 하지만 에즈라는 자신의 최고작에서도 허무감과 불만밖에 찾지 못했다.

그는 위대한 화가들이 그림 때문에 고통을 겪었음을 알았고, 고통받으려고도 해보았다. 10대 시절, 빈센트 반 고흐가 불쾌한 망상 발작으로 한쪽 귀를 잘랐다는 이야기를 듣고는 직접 시도해 보기도 했다. 몇 분 따끔거리다가 나노기가 통증을 죽이고 손상을 수복하기 시작했다. 다음 날 아침에는 귀가 새것처럼 다시 자라나 있었다.

테오 반 고흐와 전혀 달랐던 에즈라의 형은 부모님에게 동생이 한 짓을 말했고, 부모님은 에즈라를 하시스쿨[3]에 보냈다. 불미자의 생활 방식을 선택할 위험이 있는 아이들에게 규율의 기쁨을 가르치는 학교였다. 에즈라는 실망했다. 알고 보니 하시스쿨은 그다지 가혹하지 않았기 때문이다.

하시스쿨에서는 아무도 퇴학당하지 않았기 때문에 에즈라는 〈충분한〉 성적으로 졸업했다. 선더헤드에게 정확히 그게 무슨 의미인지 물어봤었다.

「충분한 건 충분한 것이지요.」 선더헤드는 그렇게 말했다. 「좋지도 않고 나쁘지도 않고 받아들일 만하다는 뜻입니다.」

하지만 화가로서 에즈라는 그냥 받아들일 만한 수준 이상이 되기를 원했다. 그는 이례적으로 뛰어나고 싶었다. 뛰어날 수 없다면 해서 뭐 하나?

결국에는 모든 화가가 다 그렇듯 에즈라도 일자리를 찾았다. 이제 굶는 예술가 같은 것은 없었으니까. 그는 놀이터 벽화를 그렸다. 웃는 얼굴의 아이들, 커다란 눈의 토끼들, 무지개 위에

---

3 Harsh-School. 〈가혹한 학교〉라는 의미다.

서 춤을 추는 보송보송한 분홍색 유니콘들.

「뭘 불평하는 건지 모르겠다.」 형은 말했다. 「네 벽화는 멋져. 다들 좋아하잖아.」

에즈라의 형은 투자 은행가가 되었는데, 세계 경제는 이제 시장의 변동에 따라 이리저리 휘둘리지 않았기 때문에 그 직업도 토끼와 무지개가 있는 놀이터와 다를 바 없었다. 물론 선더헤드가 재정적인 드라마를 빚어내기는 했지만, 그것은 다 연출이었고 모두가 그 사실을 알았다. 그의 형은 더 큰 충족감을 찾기 위해 죽은 언어를 배우기로 했다. 지금 그는 산스크리트어로 유창하게 대화할 수 있었고, 실제로 지역의 죽은 언어 클럽에서 일주일에 한 번씩 그렇게 했다.

에즈라는 선더헤드에게 애원하기도 했다. 「나를 대체해 줘. 자비로운 마음이 있다면 부디 나를 다른 누군가로 만들어 줘.」 기억을 싹 지우고 새로운 기억으로 대체한다는 생각, 모든 면에서 실제 기억과 똑같이 진짜처럼 느껴질 가상의 기억으로 대체한다는 생각은 매력적이었다. 하지만 그렇게 되지는 않았다.

「저는 다른 선택지가 전혀 없는 사람만을 대체합니다.」 선더헤드는 그렇게 대답했다. 「시간을 줘봐요. 당신도 당신이 즐길 수 있는 인생에 정착할 겁니다. 누구나 결국에는 그렇게 됩니다.」

「나는 아니라면?」

「그때는 제가 어떻게 할지 방향을 알려 드리죠.」

그러던 선더헤드가 다른 모두와 함께 그에게도 불미자 딱지를 붙였고, 그것으로 선더헤드의 지도는 끝났다.

물론 늙은 음파교 사제에게 그 모든 과거를 이야기할 수는 없었다. 신경도 쓰지 않을 터였다. 사제는 그를 쫓아 보낼 이유를 원했고, 자신의 고민을 줄줄이 늘어놓아 봐야 외면할 이유만 제공할 터였다.

「저는 종소리가 제 그림에 의미를 찾도록 도와주시기를 바랍니다.」 그는 말했다.

늙은 사제의 두 눈에 빛이 들어왔다. 「화가신가?」

그는 한숨을 내쉬고 사과하듯이 말했다. 「공공 벽화를 그립니다.」

알고 보니 숙련된 벽화 화가야말로 음파교단에서 원하는 예술가였다.

5주 후, 에즈라는 레나페시티에서 이루어지는 종소리와의 아침 알현 예정표에 들어가 있었다.

「5주밖에 안 걸리다니.」 영접 센터 접객원이 말했다. 「특별한 분이신가 봅니다. 알현을 허락받은 사람들 대부분은 6개월 대기 목록에 올라가거든요.」

에즈라는 특별하다는 느낌을 받지 못했다. 자신이 그 장소에 어울리지 않는다는 위화감만 느꼈다. 그곳을 찾은 사람들 대부분은 신실한 음파교인으로, 칙칙한 갈색 드레스와 튜닉을 입고 투명한 조화를 찾아 서로 음을 맞추고 있거나, 아니면 여기 온 이유에 따라서 불협화음을 찾고 있었다. 에즈라에게는 어리석어 보였지만, 그는 남을 쉽게 재단하지 않으려고 최선을 다했다. 결국 음파교에서 그를 찾아온 게 아니라, 그가 이 사람들을 찾아왔으니 말이다.

무시무시한 눈빛을 한 앙상한 음파교인 하나가 에즈라를 대화에 끌어들이려고 했다.

「종소리께선 아몬드를 좋아하시지 않아요. 그래서 제가 부정한 아몬드 농장을 다 태워 버렸지요.」

에즈라는 일어나서 상대적으로 좀 더 멀쩡한 음파교인들이 있는 방 반대편으로 이동했다. 모든 것은 상대적인 법이니까.

곧 아침 알현 예정자 모두가 모였고, 접객원과는 비교할 수 없이 불친절한 음파교 수도사 하나가 엄격한 지시 사항을 전달했다. 「알현하라고 이름을 불렀을 때 나타나지 않으면 기회는 사라집니다. 아치로 다가가면 다섯 개의 노란 줄로 이루어진 높은음자리 보표를 보게 될 겁니다. 신발을 벗어서 C 자리에 놓으세요.」

몇 안 되는 다른 비(非)음파교인 중 한 명이 그게 무슨 자리냐고 물었다. 그 남자는 즉시 자격이 없다는 판정을 받고 쫓겨났다.

「종소리께 먼저 말을 걸지 말고, 말씀하시기를 기다립니다. 눈은 아래로 내리까세요. 종소리를 만나 뵐 때 절을 하고, 그 자리에서 물러날 때 절을 하며, 기다리고 있는 다른 사람들을 생각해서 빠르게 그 자리에서 벗어나기 바랍니다.」

이런 준비 시간을 거치다 보니 저도 모르게 심장이 빠르게 뛰었다.

에즈라는 한 시간 후 이름이 불리자 걸어 나가서 정확히 지시대로 행동했다. 보표에서 어느 자리가 C인지는 어린 시절 음악 시간에 배운 기억이 있었다. 혹시 틀리면 아래에서 문이 열려 물에 첨벙 빠지게 만들지 않을까 하는 생각도 했다.

그는 우뚝 솟은 아치 아래에 앉은 사람에게 천천히 다가갔다. 그 사람이 앉아 있는 단순한 의자는 어떤 의미에서도 옥좌는 아니었다. 종소리를 날씨로부터 보호하기 위한 난방 캐노피가 의자 위를 감쌌는데, 아치까지 길게 연장된 도로는 2월의 바람이 불어와서 추웠기 때문이다.

화가는 무엇을 기대할지 몰랐다. 음파교인들은 종소리가 초자연적인 존재라고 주장했다. 차갑고 딱딱한 과학과 천상의 영혼 사이를 잇는 연결 고리라고 말이다. 대체 무슨 소리인지는 모르겠지만, 음파교에는 자기들만의 헛소리가 가득했다. 하지만 이 시점에서 에즈라는 신경 쓰지 않았다. 종소리가 그의 영혼을 진정시킬 목적을 주기만 한다면, 기꺼이 음파교인들처럼 그 남자를 숭배할 마음도 있었다. 그렇지 않더라도 최소한 선더헤드가 아직 그 사람에게는 말을 한다던 소문이 사실인지 여부는 알게 될 것이었다.

하지만 화가는 가까이 다가갈수록 실망하고 말았다. 종소리는 주름이 쪼글쪼글한 남자가 아니었다. 겨우 청년이나 됐을까 말까 했다. 마르고 눈이 흐리멍덩했으며, 거칠게 짠 긴 자주색 튜닉 위에 걸친 복잡한 문양의 스카풀라[4]가 스카프처럼 어깨를 덮고 거의 바닥까지 흘러내리고 있었다. 놀랄 일도 아니지만 장식으로 소리 파형이 수놓여 있었다.

「성함은 에즈라 밴 오틸루, 벽화 화가로군요.」 종소리는 마법처럼 허공에서 사실을 끄집어냈다. 「그리고 내 벽화를 그리고 싶다고요.」

---

4 가톨릭에서 사제의 어깨를 덮는 성의(聖衣)를 말한다.

에즈라는 존경심이 더욱 사라지는 것을 느꼈다. 「당신이 모든 걸 안다면 그게 사실이 아닌 줄도 알 텐데요.」

종소리는 씩 웃었다. 「난 모든 걸 안다고 말한 적 없어요. 사실 내가 뭘 안다고 말한 적도 없죠.」 종소리는 영접 센터 쪽을 흘끗 보았다. 「사제들은 당신이 여기에 온 이유가 그거라고 말하더군요. 하지만 다른 출처에서는 벽화를 원하는 건 사제들이라고 해요. 당신은 이 만남의 대가로 벽화를 그리겠다고 동의했고요. 하지만 그 약속은 굳이 지키지 않아도 돼요.」

에즈라는 이게 속임수에 불과하다는 것을 알았다. 음파교인들이 추종자를 더 만들기 위해 계속하고 있는 사기극이었다. 에즈라는 이제 종소리의 귀에 꽂힌 작은 장치를 볼 수 있었다. 보나 마나 사제 한 명이 그 이어폰으로 정보를 알려 주겠지. 에즈라는 여기까지 오려고 시간을 낭비했다는 생각에 점점 화가 났다.

「제가 이뤄 낸 성취를 벽화로 그리는 데 문제가 하나 있다면, 사실 전 아무것도 성취하지 않았다는 거죠.」 종소리가 말했다.

「그렇다면 왜 거기에 앉아 있는 거죠?」 에즈라는 의식과 예절을 팽개쳤다. 이 시점에서는 음파교에서 자기를 내던져 버린다고 해도 신경 쓰이지 않았다. 실제로 이 무너진 다리에서 물속으로 집어 던진다고 해도.

종소리는 에즈라가 무례하게 군다고 불쾌해하는 것 같지 않았다. 그저 어깨만 으쓱일 뿐이었다. 「여기 앉아서 사람들의 말에 귀 기울이는 게 저에게 기대하는 일이니까요. 결국 제게는 선더헤드의 귀가 있고요.」

「내가 왜 그걸 믿어야 하죠?」

그는 종소리가 더 많은 속임수로 그 질문에서 벗어나리라고 생각했다. 무조건 믿으라거나 그 비슷한 진부한 이야기를 늘어놓으리라고 말이다. 그러나 종소리는 진지해지더니, 고개를 한쪽으로 기울이고 이어폰으로 흘러나오는 소리에 귀를 기울이는 것 같다가 절대적인 확신을 담아서 말했다.

「에즈라 엘리엇 밴 오털루, 가운데 이름은 쓰는 법이 없지만요. 당신은 일곱 살 때 아버지에게 화가 나서 수확자가 아버지를 찾아오는 그림을 그렸지만, 정말로 실현될지 모른다는 생각에 겁이 나서 박박 찢어 변기에 넣고 흘려 보냈어요. 열다섯 살 때는 형의 주머니에 끔찍한 냄새가 나는 치즈 덩어리를 집어넣었는데, 형이 당신이 반한 여자애와 데이트를 했기 때문이었죠. 당신은 아무에게도 말하지 않았고, 형은 그 냄새가 어디에서 난 건지 영영 알지 못했어요. 그리고 바로 지난달, 방에 혼자 있을 때 당신은 사망 시대의 사람이었다면 병원에 갈 정도의 압생트를 마셨지만, 당신의 나노기가 최악의 사태에서 보호해 줬어요. 그래서 가라앉아 가는 두통만 안고 깨어났죠.」

에즈라는 확 약해질 수밖에 없었다. 몸이 덜덜 떨렸는데, 추위 때문이 아니었다. 그것은 사제들이 알려 줄 수 없는 일들이었다. 오직 선더헤드만이 알 수 있는 사실들이었다.

「이만하면 충분히 증거가 됐나요?」 종소리가 물었다. 「아니면 졸업 무도회의 밤에 테사 콜린스와 무슨 일이 있었는지도 말해 줄까요?」

에즈라는 무릎을 꿇었다. 웬 거들먹거리는 사제에게 받은 지시 때문이 아니라, 이제는 종소리가 정말로 그들이 주장하는 대로의 사람임을 알았기 때문이다. 선더헤드와의 하나뿐인 진짜 연결 고리였다.

「용서하십시오.」에즈라는 빌었다. 「부디 당신을 의심한 것을 용서하십시오.」

종소리가 그에게 다가왔다. 「일어나세요. 사람들이 무릎 꿇으면 싫더라고요.」

에즈라는 일어섰다. 종소리의 눈을 들여다보고 그 안에 선더헤드의 무한한 깊이가 담겨 있는지 보고 싶었지만, 차마 실행하지는 못했다. 정말로 종소리가 자신을 완전히 꿰뚫어 본다면, 에즈라 스스로조차 존재하는지 알지 못했던 데까지 꿰뚫어 본다면 어떻게 하겠는가? 그는 종소리가 모든 걸 알지 못한다는 사실을 상기해야만 했다. 종소리는 오직 선더헤드가 알려 주는 것만 알았다. 그렇다고 해도 그 모든 지식에 접촉할 수 있다는 것은 위협적이었다. 특히 다른 사람은 누구도 하지 못할 때라면.

「원하는 바를 요청하시면 선더헤드가 저를 통해 대답할 거예요.」

「전 방향을 원합니다.」에즈라가 말했다. 「선더헤드가 예전에, 우리 모두가 불미자가 되기 전에 제게 주겠다고 약속한 방향이요. 전 제가 목적을 찾도록 선더헤드가 도와주기를 바랍니다.」

종소리는 귀 기울여 듣고, 생각해 보더니 말했다. 「선더헤드가 그러는데, 불미자 그림을 그리면 충족감을 찾을 수 있을 거래요.」

「뭐라고요?」

「원래는 그리면 안 될 곳들에, 당신이 정말로 그리고 싶은 것들을 벽화로 그리세요.」

「내가 법을 어기기를 선더헤드가 바란다고요?」

「선더헤드는 사람들과 대화하던 시절에도 불미자의 생활 방식을 선택한 사람들을 기꺼이 지지했어요. 불미자 화가가 되는 것이 당신이 찾는 목적일 수도 있어요. 한밤중에 공유 차에 스프레이로 그림을 그려요. 지역 치안관 본부에 격렬한 벽화를 그리세요. 그래요, 규칙을 깨세요.」

에즈라는 이러다 과호흡이 오는 게 아닌가 싶을 만큼 빠르게 숨을 몰아쉬고 있었다. 그 누구도 그에게 규칙을 깨는 데에서 충족감을 찾을 수 있다는 제안을 한 적이 없었다. 선더헤드가 침묵에 잠긴 이후 사람들은 규칙을 따르는 데 더 혈안이 되었다. 마치 영혼을 누르고 있던 돌덩이가 치워진 기분이었다.

「고맙습니다!」 에즈라가 말했다. 「고맙습니다, 고맙습니다, 고맙습니다.」

그리고 그는 뉘우칠 줄 모르는 화가로서의 새 삶을 시작하러 떠났다.

종소리 성서

그분의 자비로운 자리는 레나페의 입에 있었으니, 종소리는 그곳에서 음파의 진실을 선포하였도다. 그분의 영광은 경이로웠으니, 그 입술에서 나오는 작디작은 속삭임이라 할지라도 천둥처럼 울려 퍼졌도다. 그분과 함께하는 시간을 경험한 자들은 영영 달라졌으며, 새로운 목적을 가지고 세상에 나갔고, 의심하던 자들에게는 그분이 용서를 내놓았더라. 심지어 죽음을 가져오는 자에게조차 용서를 베풀었나니, 어린 시절에는 그자를 위해 목숨을 희생하였다가 다시 일어났도다. 모두 기뻐하라.

심포니우스 사제의 해설

종소리에게 크고 화려한, 황금으로 만들어진 옥좌가 있었음에는 의문의 여지가 없지만, 어떤 이들은 신화 속 도시인 레나페에서 사악한 패배자들의 뼈에 도금해 만든 의자였다고 상정하기도 했다. 말이 나온 김에 〈레나페〉는 고대에 일부 사람들이 쓰던 프랑스어로 〈식탁보 le nappe〉라는 뜻이며, 이는 종소리가 적들 앞에 식탁을 차렸음을 암시한다는 사실에 주목하는 것이 중요하다. 여기에서 〈죽음을 가져오는 자〉는 수확자라고 불리던 초자연적인 악마를 가리키며, 종소리가 어둠에서 이들을 구원했다. 음파와 마찬가지로 종소리도 죽을 수 없기에 희생은 언제나 종소리의 부활로 이어졌으며, 따라서 종소리는 그 시절 사람들 사이에서 유일무이한 존재가 되었다.

코다의 심포니우스 분석

여기에서 심포니우스가 놓치고 있는 중요한 통찰은, 그분이 〈레나페의 입〉에 자리했다는 언급은 분명 종소리가 도시 입구에서 기다리다가 종소리가 아니었다면 부글부글 끓는 대도시가 집어삼켰을 사람들을 붙잡았음을 의미한다는 점이다. 죽음을 가져오는 자로 말하자면 초자연적이든 아니든 간에 그런 이들이 존재했으며, 실제로 수확자라고 불렸다는 증거가 있다. 그러므로 종소리가 한 수확자를 사악한 길에서 구원했다고 생각하는 것은 무리가 아니다. 그리고 이번만은 나도 종소리가 죽음에서 돌아온 능력이라는 면에서 유일무이했다는 심포니우스의 생각에 동의한다. 모두가 죽음에서 살아 돌아올 수 있다면, 우리에게 종소리가 왜 필요했겠는가?

13

공명음으로 산다는 것

그레이슨이 〈종소리〉가 된 것이 누구 덕이냐, 또는 누구 탓이냐를 따진다면, 멘도사 사제가 그 원인이었다. 멘도사가 그레이슨의 새로운 이미지를 고안해 낸 핵심 인물이었다. 그렇다, 〈공개적으로〉 나가서 온 세상에 아직 선더헤드와 소통할 수 있다는 사실을 알리자는 것은 그레이슨의 생각이었지만, 그 폭로를 교묘하게 처리한 사람은 멘도사였다.

그 남자는 숙련된 전략가였다. 영원한 삶에 환멸을 느끼고 음파교 사제가 되기 전에는 청량음료 회사의 마케팅 일을 했었다.

「제가 남극 소다를 위해 파란 북극곰을 만들어 냈죠.」 한번은 멘도사가 그레이슨에게 말했다. 「남극에는 파란 곰은커녕 북극곰 자체가 없었으니, 공학 기술로 만들어 냈죠. 이제는 남극을 생각하면 파란 곰부터 떠오를 겁니다. 안 그래요?」

선더헤드가 죽었다고 생각하는 사람이 많았다. 그들은 음파교에서 대공명이라고 부르는 소리가 선더헤드의 죽음을 시사한다고 생각했다. 하지만 멘도사는 음파교인들에게 대안이 될 만한 설명을 내놓았다.

「선더헤드는 공명령(共鳴靈)의 방문을 받은 겁니다.」 그는 그것을 사실로 전제했다. 「살아 있는 음파께서 한때는 인공이었던 사고력에 생명을 불어넣으셨어요.」

음파교의 신앙이라는 렌즈를 통해서 보면 말이 되는 이야기였다. 차갑고 딱딱한 과학인 선더헤드는 살아 있는 음파에 의해 위대한 무엇으로 변했다. 그리고 이런 일은 셋이라는 무리를 이룰 때가 많으니, 삼위일체를 완성하기 위해서는 인간이라는 요소가 필요했다. 여기에 살아 있는 천둥과 대화하는 하나뿐인 인간, 그레이슨 톨리버가 들어왔다.

멘도사는 주요한 시발점들에 선더헤드와 대화하는 신비로운 인물의 존재에 대한 소문을 퍼뜨리기 시작했다. 영계와 과학계 사이의 연결 고리인 음파교 예언자. 그레이슨은 미심쩍었지만, 멘도사는 열정적이고 설득력이 강했다.

「상상해 봐요, 그레이슨 형제. 선더헤드는 형제를 통해 이야기할 것이고, 시간이 지나면 세상은 형제의 모든 말에 매달릴 겁니다. 그게 선더헤드가 원하는 바 아닌가요? 형제가 세상에서 선더헤드의 목소리를 대변하는 것이?」

「제게 천둥의 목소리는 없는데요.」 그레이슨은 지적했다.

「형제가 속삭이기만 해도 사람들은 천둥소리를 들을 겁니다.」 멘도사가 말했다. 「날 믿어 봐요.」

이어서 멘도사는 음파교의 소명에 따라 다양하게 나뉜 분파들을 하나로 결집할 수 있는 조직적인 체계를 만드는 데 착수했다. 모두를 규합할 개인이 있으니 더 쉬웠다.

오랫동안 위치토의 수도원장으로서 조용하고 눈에 띄지 않는 삶을 살아온 멘도사는 이제 홍보와 제휴의 달인이라는 강점을 되살렸다. 종소리가 그의 신상품이었고, 멘도사에게 판매의 흥분보다 더 신이 나는 일은 없었다. 특히나 그 신상품이 전 세계 시장에 하나뿐인 물건이라면 말이다.

「이제 필요한 건 이름뿐입니다.」 멘도사는 그레이슨에게 그렇게 말했다. 「음파교의 신앙에 딱 들어맞는…… 그렇지 않다 해도 들어맞게 만들 수 있는 이름이요.」

〈종소리toll〉를 생각해 낸 사람은 그레이슨이었고, 톨리버Tolliver라는 성에도 같은 철자가 들어 있었기에 운명적인 느낌마저 들었다. 사람들이 정말로 자신을 종소리라고 부르기 전까지만 해도 그 생각을 해낸 자신이 자랑스럽기까지 했다. 그걸로 끝이 아니었다. 멘도사는 그에게 〈반향자님〉이라는 번잡스러운 경칭까지 만들어 냈다. 그레이슨은 그게 무슨 의미인지 선더헤드에게 물어보아야만 했다.

「반향이란 〈어떤 사건이나 발표가 세상에 영향을 미치어 일어나는 반응〉을 의미하지. 확실히…… 울림이 있긴 하네.」 선더헤드의 대답에 그레이슨은 신음하고 말았다.

사람들은 그 말을 받아들였고, 오래지 않아 모든 것이 〈예, 반향자시여〉, 〈아닙니다, 반향자시여〉, 〈오늘은 어떻게 해드릴까요, 반향자시여?〉가 되고 말았다. 전부 다 너무나 이상했다. 어쨌든 그레이슨은 예전과 다를 바 없었다. 그런데도 여기에서는 무슨 성스러운 현자 행세를 하고 있었다.

다음으로 멘도사는 탄원자를 한 번에 한 사람씩만 만날 극적인 알현 장소를 찾아냈다. 그렇게 해야 지나치게 노출되지 않을 테고, 접근이 제한되어야 신비로운 분위기가 더해질 터였기 때문이다.

그레이슨은 멘도사가 웬 유명한 디자이너에게 주문한 공식적인 의례복에서 그만하자고 선을 그으려 했지만, 그때쯤에는 이미 기차가 역을 떠난 후였다.

「역사상 가장 강력한 종교 인물들은 언제나 눈에 띄는 옷을 입었어요. 형제님은 왜 안 됩니까?」 멘도사는 주장했다. 「형제님은 숭고하고 딴 세상 사람처럼 보여야 해요. 사실 그렇기도 하니까요. 그레이슨 형제는 지금 전 인류 가운데 유일무이한 존재입니다. 걸맞게 입어야 해요.」

「이건 다 좀 연극적이라고 생각하지 않으세요?」 그레이슨이 말했다.

「아, 하지만 연극이야말로 의례의 특징이고, 의례야말로 종교의 시금석이지요.」 멘도사가 대꾸했다.

그레이슨은 자주색 튜닉 위에 걸친 스카풀라와 그 위에 잔뜩 수놓인 음파가 조금 과하다고 생각했지만, 아무도 비웃지 않았다. 그리고 처음으로 공식적인 알현을 시작하자 사람들이 얼마나 경외심을 보이는지, 몹시 충격적이었다.

탄원자들은 그레이슨 앞에서 말을 잃고 무릎을 꿇었다. 같이 있다는 이유만으로 몸을 떨었다. 멘도사가 옳았다. 보이는 것만으로 통했고, 사람들은 파란 북극곰을 받아들였을 때처럼 이 연극을 속속들이 받아들였다.

그리하여 커져 가는 전설 속에서 그레이슨 톨리버는 반향자이자 종소리로 나날을 보내며 절박하고 매혹된 사람들을 위로하고, 선더헤드가 알려 주는 현명한 조언을 전달했다.

물론 헛소리를 꾸며 낼 때도 있었다.

「거짓말을 했잖아.」 그레이슨이 화가와의 만남을 끝내고 나자 선더헤드가 말했다. 「나는 그 사람에게 금지된 곳에 그림을 그리라고 하지도 않았고, 그러면 충족감을 찾을 거라고 하지도 않았어.」

그레이슨은 어깨를 으쓱였다. 「아니라고 말하지도 않았지.」

「내가 에즈라의 인생에 대해 알려 준 정보는 네가 진짜라는 사실을 증명하기 위한 것이었는데, 네가 거짓말을 하면서 효력이 약해졌어.」

「난 거짓말을 하지 않았어, 조언을 했지.」

「그런데 내 조언을 기다리지 않았지. 어째서?」

그레이슨은 의자에 등을 기댔다. 「넌 세상 누구보다 나를 잘 알아. 사실 넌 모두에 대해 누구보다 잘 알지. 그런데 내가 왜 그랬는지 모르겠어?」

「이해할 수는 있지.」 선더헤드가 약간 깐깐하게 말했다. 「하지만 네가 직접 밝혀 주면 좋겠군.」

그레이슨은 웃음을 터뜨렸다. 「알았어, 그럼. 사제들은 자기들이 내 참모라고 생각하고, 너는 내가 세상에 말하는 네 입이라고 생각하지…….」

「그보다는 훨씬 더한 존재로 보고 있어, 그레이슨.」

「정말 그래? 그냥 입으로 보지 않는다면 나에게도 의견을 허락할 텐데? 나도 이 일에 기여하도록 허락하겠지. 그리고 내가 오늘 그 사람에게 해준 조언이 내 방식의 기여야.」

「그렇군.」

「이 정도면 충분히 명료하게 내 입장을 밝혔지?」

「사실 그래.」

「내가 그 사람에게 한 제안은 괜찮았고?」

선더헤드는 잠시 후에 대답했다. 「에즈라에게 구획된 경계 바깥의 자유와 예술적 허용을 주면 충족감을 찾는 데 도움이 될지도 모른다는 사실을 인정하겠어. 그러니, 맞아, 네 제안은 괜찮았어.」

「그렇지! 이제 내가 조금 더 기여하도록 해주면 어때.」

「그레이슨…….」 선더헤드가 말했다.

그레이슨은 분명 선더헤드가 감히 자기 의견을 가지려 하는 태도에 대해 끈기와 참을성이 듬뿍 들어간 강연을 늘어놓으리라 생각하고 한숨을 내쉬었다. 그러나 선더헤드가 다음에 한 말은 놀라웠다.

「그동안 쉽지 않았다는 거 알아. 네가 떠맡겨진 이 역할에 얼마나 잘 적응하는지를 보면 놀라워. 네가 얼마나 성장했는지도 그저 경탄스러워. 너를 선택한 건 더할 나위 없이 정확한 판단이었어.」

그레이슨은 감동하고 말았다. 「고마워, 선더헤드.」

「네가 무엇을 성취해 냈는지 미처 모르고 있는 것 같아, 그레이슨. 넌 과학 기술을 경멸하던 종교를 장악해서 그 사람들이 과학 기술을 포용하도록 만들었어. 나를 포용하게 만들었지.」

「음파교인들은 너를 미워한 적이 없어.」 그레이슨은 지적했다. 「수확자들을 미워했지. 너에 대해서는 애매한 태도였어. 그런데 이제는 네가 자기네 도그마에 들어맞는 거야. 〈음파, 종소리, 그리고 천둥소리.〉」

「그래, 음파교인들은 운율을 참 사랑하지.」

「조심해.」그레이슨은 경고했다. 「안 그러면 저 사람들이 너를 위해 신전을 세우고 네 이름으로 심장을 도려내기 시작할 거야.」상상하니 웃음이 터질 것 같았다. 산 제물을 바쳤다가, 다음 날에 새로운 심장만 돌려받는다면 얼마나 좌절스러울까.

「저 사람들의 믿음에는 힘이 있어.」선더헤드가 말했다. 「그래, 제대로 이끌고 만들어 가지 않는다면 그 믿음이 위험해질 수도 있지. 그러니 우리가 만들어 갈 거야. 우리가 음파교인들을 인류에게 득이 되는 세력으로 빚어낼 거야.」

「정말 그럴 수 있다고 봐?」그레이슨이 물었다.

「우리가 음파교인들을 움직여 긍정적인 목표를 추구하도록 만들 가능성은 72.4퍼센트라고 할 수 있지.」

「나머지 가능성은 뭔데?」

「음파교인들이 가치 있는 일은 아무것도 하지 않을 가능성이 19퍼센트.」선더헤드는 대답했다. 「그리고 예측하지 못한 방식으로 세상에 피해를 입힐 가능성이 8.6퍼센트야.」

종소리의 다음 알현자는 예의 바른 사람이 아니었다. 처음에는 알현하러 찾아오는 극단적 광신도가 얼마 없었지만, 이제는 매일 나타나는 것 같았다. 그들은 음파교의 가르침을 왜곡할 방법들을 찾아냈을 뿐 아니라, 그레이슨이 하는 모든 사소한 말과 행동을 오해했다.

종소리가 일찍 일어난다는 것이 늦게 자는 사람들이 벌을 받아야 한다는 의미는 아니었다.

종소리가 계란을 먹는다는 것이 풍요 의식이 필요하다는 암시는 아니었다.

그리고 하루 조용히 생각한다는 것이 영원한 침묵 맹세가 필요하다는 의미는 아니었다.

음파교인들은 너무나 절실하게 뭔가를 믿고 싶어 하는 나머지 때로는 터무니없는 것을, 또 때로는 순진한 것들을 믿으려고 했는데, 그게 광신도의 경우가 되면 매우 무시무시해졌다.

오늘 찾아온 극단적 신앙인은 단식 투쟁이라도 한 것처럼 수척한 데다, 눈빛에 광기가 깃들어 있었다. 그는 온 세상 아몬드를 다 없애겠다는 소리를 했다. 그것도 오직 그레이슨이 언젠가 지나가듯이 아몬드를 좋아하지 않는다고 말했기 때문이었다. 들어선 안 될 사람들이 듣고 말을 퍼뜨린 모양이었다. 알고 보니 그 남자의 계획은 그것뿐만이 아니었다.

「우리는 수확자들의 차가운 심장에 공포를 때려 넣어, 당신께 복종하도록 해야 합니다.」광신도는 말했다. 「축복해 주신다면 제가 저들의 반란자인 수확자 루시퍼가 그랬듯이 놈들을 하나씩 태워 버리겠습니다.」

「아니요! 절대 안 돼요!」그레이슨은 결코 수확자들을 적으로 삼고 싶지 않았다. 그레이슨이 그들을 방해하지 않는 한 그들도 그를 귀찮게 하지 않았으니, 상황을 그대로 유지해야 했다. 그레이슨은 의자에서 일어나 그 남자를 노려보았다. 「제 이름으로 벌어지는 살해는 결코 없어야 합니다!」

「하지만 꼭 필요한 일입니다! 음파께서 제 심장에 노래하며 그리하라 하셨습니다!」

「썩 물러나세요!」그레이슨이 외쳤다. 「당신은 음파도, 천둥소리도 섬기지 않으며, 틀림없이 저를 섬기지도 않습니다!」

그 남자는 충격을 받고 회한에 잠겼다가, 마치 무거운 짐이라도 진 것처럼 몸을 접었다. 「마음이 상하셨다면 죄송합니다, 반향자시여. 제가 어떻게 하면 당신의 은총을 받을 수 있을까요?」

「아무것도.」 그레이슨이 말했다. 「아무것도 하지 마세요. 그러면 제가 기뻐할 겁니다.」

광신도는 허리를 굽히고 뒷걸음질 치며 물러났다. 그레이슨이 보기에는 아무리 빨리 사라져도 부족했다.

선더헤드는 그레이슨이 광신도를 잘 처리했다고 칭찬했다. 「이성의 경계에 사는 사람은 언제나 있었고, 언제나 있을 거야. 일찍, 그리고 자주 바로잡아 줘야만 해.」

「네가 사람들과 다시 대화한다면 저 사람들도 저렇게까지 절박하게 굴지는 않을지도 몰라.」 그레이슨이 용기를 내어 의견을 제시했다.

「나도 알아.」 선더헤드는 대답했다. 「하지만 생산적인 내면 탐구로 이어진다면야 약간의 절박함도 나쁘지는 않지.」

「그래, 나도 알아. 〈인간이라는 종은 자신들의 집단행동이 낳은 결과를 마주해야 한다〉, 이거지.」 선더헤드가 왜 침묵하는지에 대해 매번 내놓은 답이었다.

「그 이상이야, 그레이슨. 인류가 현재의 상태를 넘어서 성장하려면 둥지에서 밀어 떨어뜨려야만 해.」

「어떤 새들은 둥지에서 밀어 떨어뜨리면 그냥 죽어.」 그레이슨이 지적했다.

「맞아. 하지만 인류에 대해서는 내가 연착륙 단계를 계획해 놨어. 한동안은 고통스럽겠지만, 전반적인 품성을 길러 줄 거야.」

「사람들에게 고통스럽다는 거야, 너에게 고통스럽다는 거야?」

「양쪽 다지.」 선더헤드가 대답했다. 「하지만 내가 고통스럽다고 해서 옳은 일을 피해서는 안 돼.」

그레이슨은 선더헤드를 믿었지만, 계속 그 확률을 생각하게 되었다. 음파교인들이 세상에 피해를 입힐 8.6퍼센트의 가능성. 선더헤드는 그 정도 확률로 괜찮을지 모르지만, 그레이슨은 마음이 뒤숭숭했다.

주로 일상적인 문제에 대한 간단한 대답만 원하는 신실한 음파교인들을 상대로 하는 단조로운 알현을 하루 종일 수행한 후, 그레이슨은 원래 사치품이지만 적절히 소박한 분위기를 내기 위해 편의 시설을 모조리 없앤, 특징 없는 모터보트를 탔다. 다른 배 두 대가 양옆을 지켰는데, 사망 시대의 무기로 무장한 건장한 음파교인들이 타고 있었다. 누군가가 이동 중에 종소리를 납치하거나 끝내려고 할 경우 그를 지키기 위해서였다.

그레이슨은 이런 예방책이 우스꽝스럽다고 생각했다. 바깥에 그런 음모가 있다면 선더헤드가 좌절시키거나, 그러지 못하더라도 그레이슨에게 경고를 해줄 터였다. 물론 처음에 납치당했을 때처럼 그 음모가 성공하기를 바랄 때는 예외겠지만. 그렇다 해도 첫 납치 이후 멘도사는 편집증을 보였고, 그래서 그레이슨도 그 두려움에 맞춰 주었다.

배는 레나페시티의 장엄한 남쪽 끝을 빙 돌아서, 많은 사람들이 아직도 허드슨이라고 부르는 마히칸투크강을 올라 그의 거처로 향했다. 그레이슨은 갑판 아래의 작은 선실에, 이동 중에 무엇이든 그레이슨이 원하는 바를 해결하는 소임을 맡은 긴장한 음파교인 여자와 함께 앉아 있었다. 그 자리는 매일 사람이 바뀌었다. 종소리와 함께 그의 거처까지 배를 타고 가는 것은 대단한 영예로 여겨졌다. 가장 신실하고 가장 올바른 음파교인에게 주어지는 보상이었다. 보통 그레이슨은 서먹한 침묵을 깨고 대화를 시도했지만, 그런 시도는 언제나 부자연스럽고 어색하게 끝났다.

그레이슨은 멘도사가 자꾸 이런 한심한 시도를 하는 게 밤에 성적인 관계를 맺으라고 그러는 걸까 의심스러웠다. 여정에 참여하는 젊은 음파교인들은 하나같이 매력적인 데다가 대충 그레이슨 또래였으니 말이다. 그게 멘도사가 노리는 바라면, 그 계획은 실패였다. 그레이슨은 단 한 번도, 설령 마음이 끌릴 때라고 해도 그 사람들에게 손을 내밀지 않았다. 손을 내민다면 그건 참을 수 없는 위선이 될 터였다. 지위를 가지고 사적인 이득을 취한다면 어떻게 그레이슨이 그들의 영적인 지도자가 될 수 있겠는가?

이제는 온갖 사람들이 민망할 정도로 그에게 몸을 던지고 있었고, 멘도사가 준비한 사람들을 피하는 그레이슨도 권력 남용이라고 느끼지 않을 때는 가끔 교제를 받아들였다. 하지만 그레이슨이 제일 끌리는 상대는 몸에 해로울 정도로 불미자 성향이 강한 여자들이었다. 퓨러티 비베로스라는 흉악한 여자를 짧은 시간 사랑하게 된 이후 생긴 취향이었다. 그 사랑은 좋게 끝나지 않았다. 퓨러티는 바로 그의 눈앞에서 수확자 콘스탄틴에게 수확당했다. 아마 퓨러티와 비슷한 사람을 찾는 게 그레이슨 나름의 애도 방식이리라. 하지만 도무지 퓨러티만큼 위험한 사람은 찾을 수가 없었다.

「역사적으로 종교적인 인물들은 성욕 과잉이거나 순결한 경향이 있어요.」광신도 성향이 없는 신실한 음파교인으로, 그레이슨의 일정을 관리하는 아스트리드 자매가 말했다. 「그 사이 어딘가에서 만족할 지점을 찾을 수 있다면야 성자로서는 최선이죠.」

아스트리드는 아마 수행원 중에서 그레이슨이 친구라고 여기는 유일한 사람일 터였다. 친구가 아니라고 해도 즐겁게 대화할 수 있는 상대이기는 했다. 그레이슨보다 연상으로 30대 정도였는데, 어머니라고 할 만큼은 아니고 큰누나 아니면 사촌쯤 되는 느낌으로, 두려움 없이 솔직하게 자신의 생각을 말했다.

언젠가 아스트리드는 말했다. 「저는 음파를 믿어요. 하지만 다가오는 일은 피할 수 없다는 헛소리는 받아들이지 않습니다. 충분히 열심히 노력하면 무엇이든 피할 수 있어요.」

처음에 아스트리드가 알현을 하러 왔던 날은 그해 가장 추운 날이었고, 아치 밑은 더 추웠다. 아스트리드는 너무나 추위에 시달린 나머지 뭘 청하러 왔는지조차 잊어버리고 알현 시간 내내 날씨 욕을 하고, 날씨에 대해 아무것도 하지 않는다며 선더헤드를 욕했다. 그러더니 종소리가 튜닉 위에 걸친 자수 스카풀라를 가리키며 말했다.

「혹시 그 소리 파형을 시퀀서에 넣으면 뭐가 나오는지 해보셨나요?」

알고 보니 그의 스카풀라는 사망 시대의 「험한 세상에 다리가 되어」라는 노래를 7초 정도 담고 있었다. 종소리가 어디에서 신도들을 만나는지 생각하면 완벽하게 말이 되는 선곡이었다. 그는 바로 아스트리드를 측근으로 불러들였다. 매일매일 마주해야만 하는 온갖 헛소리에 대항할 현실의 발판으로 삼기 위해서였다.

그레이슨은 아직도 위치토 수도원의 작고 어두운 방에 숨어 있었으면 좋았을걸, 하고 생각하는 날이 많았다. 눈에 띄지도 않고 유명하지도 않으며 이름마저 빼앗긴 별 볼 일 없는 사람이었을 때가 좋았건만. 그러나 이제는 돌이킬 수가 없었다.

선더헤드는 그레이슨의 생리 작용을 모두 읽을 수 있었다. 언제 그레이슨의 심장이 빨리 뛰는지, 언제 스트레스나 불안이나 즐거움을 느끼는지, 잘 때는 언제 꿈을 꾸는지도 알았다. 하지만 꿈을 들여다볼 수는 없었다. 모든 사람의 기억이 분 단위로 선더헤드의 후뇌에 업로딩되었으나 그 기억에 꿈은 포함되지 않았다.

사람의 두뇌를 복원해야 할 경우, 그게 철썩 때문이든 아니면 다른 뇌 손상으로 고통받아서든 간에 그럴 경우 꿈이 문제가 된다는 사실은 일찌감치 알려졌다. 기억이 돌아왔을 때 그 사람들은 무엇이 현실이고 무엇이 꿈의 산물인지 구별하기 어려워했다. 그래서 이제는 재생 센터에서 기억을 되돌려 줄 때, 꿈의 기억만 빼고 모든 기억을 복원했다. 불평하는 사람은 없었다. 기억도 하지 못하는 뭔가를 그리워할 수는 없는 노릇 아니겠는가?

그래서 선더헤드는 그레이슨이 자면서 어떤 모험과 드라마를 겪는지 알지 못했다. 깨고 나서 의논하고 싶어 한다면 또 모르지만, 그레이슨은 자기 꿈에 대해서 말을 많이 하는 사람이 아니었고, 선더헤드가 먼저 물어본다면 지나치게 앞서 나가는 격일 터였다.

그래도 선더헤드는 그레이슨이 자는 모습을 지켜보기를 즐겼고, 논리와 일관성이 없으며 인간들이 내면의 구름 속에서 반짝임을 찾아내려 애쓰는 그 심연 속에서 그레이슨이 어떤 이상한 것들을 경험할지 상상하기를 좋아했다. 선더헤드는 온 세상에서 1백만 가지 다른 업무를 처리하는 동안에도 여전히 그레이슨이 자는 모습을 지켜볼 정신을 따로 떼어 두었다. 뒤척임의 진동을 느끼고, 조용한 숨소리를 듣고, 숨을 내쉴 때마다 방 안의 습도가 얼마나 미세하게 증가하는지를 감지했다. 그런 관찰은 선더헤드에게 평화를 안겨 주었다. 위안을 안겨 주었다.

그레이슨이 선더헤드에게 개인실 카메라를 다 끄라고 명하지 않는 것은 다행스러운 일이었다. 그레이슨에게는 얼마든지 사생활을 요구할 권리가 있었고, 그렇게 요청했다면 선더헤드는 복종해야만 했을 것이다. 물론 그레이슨도 선더헤드가 지켜보고 있다는 사실을 알았다. 선더헤드가 언제 어느 때나 카메라를 포함하여 모든 감지기의 경험을 의식하고 있다는 것은 널리 알려진 사실이었다. 그러나 선더헤드는 그레이슨의 거처에 있는 감지기들에 얼마나 큰 관심을 기울이고 있는지를 과시할 생각이 없었다. 그 사실이 그레이슨의 주의를 끈다면 그만하라고 할지도 모르니까.

선더헤드는 이제까지 서로를 끌어안고 자는 사람들을 수백만 명 목격했다. 선더헤드에게는 포옹할 팔이 없었다. 그렇다 해도 마치 바로 옆에 있는 것처럼 그레이슨의 심장 박동과 정확한 체온을 감지할 수 있었다. 그런 경험을 잃는다면 이루 말할 수 없이 슬플 터였다. 그래서 선더헤드는 밤이면 밤마다, 가능한 모든 방식을 동원하여 조용히 그레이슨을 추적 관찰했다. 그것이 선더헤드에게는 포옹에 가장 가까운 행동이었다.

미드메리카 고위 수확자이자 노스메리카 대륙의 지배 수확자로서 나는 잃어버렸던 수확자의 보석들을 회수하여 전 세계 모든 지역에 나누어 준 아마조니아 수확령에 개인적으로 감사의 마음을 표하고 싶습니다.

내 관할하에 있는 다른 노스메리카 지역 네 곳은 각자 몫의 다이아몬드를 받겠다고 했으나, 미드메리카는 거절합니다. 그 대신 미드메리카가 받을 다이아몬드는, 다이아몬드를 분배할 때 지역의 크기는 완전히 무시하기로 한 아마조니아의 일방적인 결정을 부당한 모욕으로 느낀 지역들이 나눠 갖기를 바랍니다.

미드메리카의 다이아몬드는 내가 세상에 주는 선물로 여기기를 바라며, 부디 관용의 정신으로 준 것을 품위 있게 받아 주었으면 좋겠군요.

─ 코브라의 해, 8월 5일
노스메리카 지배 수확자, 로버트 고더드

14

세 현인의 요새

재생 사흘째, 한 수확자가 로언을 찾아오더니 동행한 경비원에게 복도에서 기다리라고 지시하고, 혹시 로언이 탈출하려 할 때를 대비해 두 사람을 함께 가두고 문을 잠그도록 했다. 사실 탈출 가능성은 없었다. 로언은 아직 그런 시도를 하기에는 한참 약했다.

찾아온 수확자의 로브는 짙은 초록색이었다. 이제 로언은 아마조니아에 있다는 사실을 알았는데, 그곳은 모든 수확자가 같은 초록색 로브를 입었기 때문이다.

로언은 침대에서 일어나지 않았다. 두 손을 머리 아래 받치고 누운 채, 무관심한 척하려고 했다. 「제가 아마조니아 수확자는 한 명도 끝낸 적 없다는 사실을 알려 드리고 싶군요.」 로언은 상대방이 말을 꺼내기 전에 말했다. 「그 점이 제게 유리하게 작용했으면 좋겠는데요.」

「사실은 상당수를 끝냈지, 인듀라에서. 그 섬을 가라앉혔을 때 말이야.」

로언은 이 시점에서 공포에 질려야 마땅하다는 사실을 알았지만, 너무 터무니없는 말이라서 웃고 말았다.

「진심이세요? 그놈들이 그렇게 말해요? 우아! 제가 제 생각보다 더 똑똑해야겠는데요. 그런 일을 혼자 해내다뇨. 게다가 동시에 여러 곳에 있어야 했을 테니 마법도 부려야 했겠어요. 이야! 어쩌면 사실 저를 해저에서 찾아낸 게 아닐지도 몰라요! 제가 신비로운 정신 조작으로 당신들이 저를 찾아냈다고 착각하게 했는지도 모르죠.」

수확자는 험상궂은 얼굴을 했다. 「무례하게 굴어서 법정에서 도움될 건 없을 텐데.」

「제가 법정에 섰는지도 미처 몰랐는데요. 전 이미 재판받고 유죄 선고까지 받은 것 같잖아요. 사망 시대에 쓰던 표현 맞죠? 유죄 선고?」

「하고 싶은 말은 다 했나?」 수확자가 물었다.

「죄송합니다. 누구와 이야기를 해본 게 언제인지 기억도 안 날 지경이라서요!」

남자는 마침내 수확자 포수엘루라고 자기소개를 했다. 「자네를 어떻게 해야 할지 확신이 안 간다는 사실은 인정하겠네. 우리 고위 수확자께서는 자네를 무기한 여기에 가둬 두고 아무에게도 말하지 말아야 한다고 생각하셔. 또 어떤 이들은 자네를 붙잡았다는 사실을 세상에 공표하고, 각 지역 수확령이 돌아가며 나름의 방식으로 벌하도록 해야 한다고 생각하지.」

「수확자님 생각은요?」

포수엘루는 천천히 대답했다. 「오늘 아침에 수확자 아나스타샤와 대화를 나누고 나니, 성급하게 결정하지 않는 편이 좋겠다는 생각이 드는군.」

그러니까 그녀가 여기에 있기는 했다! 시트라에 대한 말이 나오자 전보다 더 보고 싶어졌다. 로언은 드디어 일어나 앉았다. 「아나스타샤는 좀 어때요?」

「수확자 아나스타샤는 자네가 관심 둘 사항이 아니야.」

「제 유일한 관심사인데요.」

포수엘루는 그 말을 생각해 보더니 대답했다. 「여기에서 멀지 않은 재생 센터에서 기운을 회복하고 있네.」

로언은 잠시 안도감에 몸을 맡겼다. 이 상황에서 달리 좋은 결과가 하나도 나오지 않는다고 해도, 그거면 됐다.

「그래서 〈여기〉는 어딘데요?」

「포르탈레사 두스 헤이스 마구스.」 포수엘루는 말했다. 「〈세 현인의 요새〉라고, 아마조니아 동쪽 끝에 있지. 우리가 감당하기 어려운 개인을 수용하는 곳이네.」

「정말요? 그럼 제 이웃들은 누군가요?」

「없네. 자네 혼자야. 감당하기 어려운 사람이 생긴 일 자체가 무척 오랜만이거든.」

로언은 미소 지었다. 「요새를 통째로 저 혼자 누리다니! 나머지 공간을 즐길 수 없어서 안타깝네요.」

포수엘루는 그 말을 무시했다. 「수확자 아나스타샤에 대해 논의하고 싶군. 아나스타샤가 자네의 공범이라고 믿기는 힘들어. 자네가 정말로 아나스타샤에게 마음을 쓴다면, 왜 둘이 같이 있었는지 알려 줄 수도 있겠지.」

로언은 물론 진실을 말할 수 있었으나, 시트라가 이미 말했으리라 확신했다. 아마 포수엘루는 둘의 이야기가 들어맞는지 확인하고 싶을 것이다. 하지만 그래 봐야 소용없었다. 중요한 것은 세상이 이미 악당을 받아들였다는 사실이었다. 설령 잘 못된 대상이라 해도 탓할 대상이 이미 있었다.

「이러면 어떨까요?」 로언은 말했다. 「제가 어찌어찌 섬이 가라앉도록 조작한 후에 성난 수확자들에게 쫓겨서 물이 넘치는 길거리를 달리다가 수확자 아나스타샤를 방패로 삼은 거죠. 제가 아나스타샤를 인질로 잡았는데, 폭도들이 쫓아오는 바람에 금고실로 들어가게 된 거예요.」

「사람들이 그 말을 믿을 것 같나?」

「제가 인듀라를 침몰시켰다고 믿는다면야 뭐든 믿을걸요.」

포수엘루는 코웃음을 쳤다. 로언은 그게 좌절감에서 나온 반응인지, 웃음을 누르는 반응인지 알 수 없었다.

「우리가 생각한 이야기는, 수확자 아나스타샤가 금고실에서 혼자 발견되었다는 거였네. 수확자 루시퍼는 인듀라 침몰 이후에 사라졌고, 그곳에서 죽었거나 아직 활개를 치고 다니는 거지.」

「음, 제가 아직까지 활개를 치고 있다면 저를 놓아주셔야겠는데요. 그러면 제가 정말로 활개를 치고 다닐 테니, 거짓말이 아니게 되겠죠.」

「아니면 자네를 다시 금고실에 넣어서 해저로 돌려보내야 할지도 모르지.」

그 말에 로언은 어깨만 으쓱였다. 「그것도 좋네요.」

3년. 거대한 계획 속에서 3년은 마이크로초에 가까운 시간이었다. 사망 후 시대 경험의 표준에 비추어 보더라도 그렇게 긴 시간은 아니었다. 사망 후 시대의 세계는 해마다 똑같았으니까.

다만 이제는 그렇지 않았다.

지난 3년간의 변화가 지난 1백 년간의 변화보다 컸다. 전례 없는 혼란의 시대였다. 아나스타샤가 보기에 지금의 3년은 한 세기가 지나간 것과 다름이 없었다.

하지만 그들은 다른 정보를 더 말해 주지 않았다. 포수엘루도, 돌봐 주는 간호사들도 마찬가지였다.

「시간은 앞으로 얼마든지 있어요, 수확자님.」 아나스타샤가 정보를 끌어내리고 하면 간호사들은 그렇게 대답하곤 했다. 「지금은 쉬세요. 골치는 나중에 썩이시고요.」

골치를 썩인다니. 지금 세상은 살짝만 들여다보아도 그녀가 다시 일시 사망할 만큼 어수선하다는 뜻일까?

아나스타샤가 확실히 아는 것이라곤 올해가 코브라의 해라는 것뿐이었다. 판단할 맥락 없이는 아무 의미가 없는 사실이었다. 하지만 포수엘루는 이미 말해 준 것만으로도 그녀의 회복을 늦췄다고 후회하는 눈치였다.

「당신의 재생은 쉽지 않았어요. 심장이 다시 뛰기까지만 해도 꼬박 5일이 걸렸습니다. 준비가 되기 전까지는 지나친 스트레스를 받게 하고 싶지 않군요.」

「언제면 준비가 된 건데요?」

포수엘루는 생각해 보더니 대답했다. 「내 균형을 무너뜨릴 만큼 강해지면요.」

그래서 아나스타샤는 시도했다. 침대에 누운 채로 손바닥 끝을 내질러 포수엘루의 어깨를 때렸다. 하지만 어깨는 밀리지 않았다. 밀리기는커녕 돌덩이 같았고, 휴지로 만들어진 살도 아닐 텐데 그녀의 손에만 멍이 들었다.

포수엘루가 옳았다는 사실이 아프게 다가왔다. 그녀는 아직 아무것도 할 준비가 되어 있지 않았다.

그리고 로언이 있었다. 그녀는 로언의 품에 안겨 죽었지만, 어느 시점에선가 그 품에서 떨어져 나왔다.

「언제 로언을 볼 수 있죠?」 아나스타샤가 포수엘루에게 물었다.

「볼 수 없습니다.」 포수엘루는 딱 잘라서 대답했다. 「오늘은 물론이고 영원히 안 됩니다. 그 사람의 인생이 지금부터 어떤 길을 가든 간에, 당신과는 정반대 방향일 겁니다.」

아나스타샤가 대답했다. 「그건 새롭지도 않군요.」

하지만 포수엘루가 로언을 죽은 채로 내버려 두지 않고 재생시켰다는 사실 자체에 의미는 있었다. 정확히 무슨 의미인지는 알 수 없었지만 말이다. 어쩌면 그들은 그저 로언이 자기 범죄를 마주하기를 바라는지도 몰랐다. 실제 범죄와 상상 속의 범죄, 둘 다.

포수엘루는 하루에 세 번 찾아와서 사망 시대부터 있었던 아마조니아의 카드 게임인 트루코를 함께했다. 아나스타샤는 매번 졌는데, 포수엘루가 더 능숙해서만은 아니었다. 아나스타샤는 아직도 머릿속을 정리하는 데 어려움을 겪고 있었다. 단순한 전략조차 생각하기 힘들었다. 그녀는 이제 예전처럼 예리하지 않았다. 지금 그녀의 정신은 예식용 칼처럼 뭉툭했다. 그녀는 그 사실에 엄청나게 좌절했지만 포수엘루는 그녀를 격려했다.

「카드 게임을 할 때마다 점점 좋아지고 있어요. 신경 경로가 수복되고 있는 거죠. 시간이 지나면 나와 맞상대도 할 만할 겁니다.」 그 말에 아나스타샤는 카드를 집어던지고 말았다.

그러니까 카드 게임도 시험이었고, 그녀의 명민함을 재는 수단이었다. 어째서인지 그냥 게임이었다면 좋았을 걸 그랬다는 생각이 들었다.

다음 게임에 졌을 때 그녀는 일어나서 포수엘루를 밀었지만, 이번에도 그는 균형을 잃지 않았다.

고결한 수확자 시드니 포수엘루는 다이아몬드를 찾으러 인듀라의 마지막 안식처에 갔다가 훨씬 더 귀중한 것을 가지고 떠났다.

그들의 예기치 못한 발견을 비밀로 유지하는 것은 상당한 속임수였다. 시신 두 구를 찾아낸 지 몇 분 만에 스펜스호에 성난 수확자 한 무리가 강제 승선했기 때문이다.

「어떻게 우리도 없이 금고실을 열 수가 있습니까? 어떻게 감히!」

「진정하세요.」 포수엘루는 그들에게 말했다. 「우린 다이아몬드에 손을 대지 않았고, 아침까지 그럴 계획도 없었습니다. 하지만 이젠 수확자들 사이에 신뢰가 없을 뿐만 아니라 서로에 대한 인내심도 없는 것 같군요.」

그리고 다른 수확자들은 황급히 시트를 씌워 놓은 갑판 위의 시신 두 구를 보자 당연히 호기심을 보였다.

「무슨 일이 있었습니까?」 한 명이 물었다.

포수엘루는 거짓말을 잘 하지 못했고, 어떤 거짓말을 내놓더라도 표정 때문에 의심을 사리라고 확신했기에 아무 말도 하지 않았다. 제리가 그를 곤경에서 구했다.

선장은 말했다. 「제 승조원 두 명입니다. 케이블에 걸려서 짓이겨졌어요.」 그러더니 제리는 포수엘루에게 돌아서서 손가락질을 했다. 「말씀하신 바를 지키는 게 좋을 겁니다. 아마조니아 수확령은 재생 후에 이 사람들이 겪은 곤란을 보상해 줘야 해요.」

그러자 이름은 기억나지 않지만 유로스칸디아에서 온 한 수확자가 벌컥 화를 냈다. 「수확자에게 그렇게 무례하게 말하다니, 거두어 마땅한 죄다!」 그 여자는 칼을 빼면서 말했지만 포수엘루가 둘 사이를 가로막았다.

「우리에게 다이아몬드를 가져다준 선장을 수확하겠다는 겁니까? 나는 그러지 않을 것이고, 당신이 그렇게 하도록 내버려 두지도 않을 겁니다!」

「하지만 저 여자의 무례는요!」 유로스칸디아 수확자가 외쳤다.

「지금은 저 남자로군요.」 포수엘루의 말에 성난 수확자는 더 당황했다. 「소베라니스 선장, 자네의 무례한 혀를 잘 간수하고, 일시 사망한 승조원들을 아래로 데리고 내려가서 수송할 준비를 하게.」

「알겠습니다, 각하.」 제리는 대답하더니 열린 금고실 문에 무심히 손전등을 비췄다.

다른 수확자들은 어둠 속에서 반짝거리는 다이아몬드의 광채에 눈이 먼 나머지, 실려 가는 두 시신에 대해서는 다시 생각하지 않았다. 심지어 손 하나가 시트 밑으로 툭 비어져 나와서 수확자의 반지가 드러났을 때조차도 말이다.

결국 다이아몬드는 분배되고, 설립자의 로브들은 박물관으로 실어 가도록 포장되었으며, 저명한 수확자 아나스타샤와 악명 높은 수확자 루시퍼의 시신은 포수엘루와 함께 아마조니아로 향했다.

「그분이 재생되면 꼭 한번 만나 보고 싶네요.」제리는 포수엘루에게 말했다.

「세상의 다른 모든 사람이 그러겠지.」

「글쎄요……」제리는 거북이도 등딱지 밖으로 나오게 할 수 있을 미소를 지으며 말했다. 「제가 친구의 친구라서 다행이네요.」

그리고 이제 포수엘루는 아나스타샤의 맞은편에 앉아서 아무것도 아닌 양 카드놀이를 하고 있었다. 그는 아나스타샤가 자신의 얼굴에서 이 모든 것이 얼마나 중대한 일인지, 그리고 그들이 얼마나 팽팽한 줄을 타야 하는지 읽어 내고 있을까 궁금했다.

아나스타샤도 일부는 읽을 수 있었다. 그보다 더 읽기 쉬운 것은 포수엘루의 트루코 패였다. 몸짓 언어, 목소리의 높낮이, 눈이 카드 위로 움직이는 방식까지 알려 주는 게 많았다. 그리고 트루코에는 운이 크게 작용했지만, 적수의 약점을 파고들 수 있다면 그 운을 뒤집을 수도 있었다.

그러나 포수엘루가 의도적으로 마음을 흐트러뜨리려고 할 때는 그러기가 쉽지 않았다. 이를테면 사람을 미치게 만드는 토막 정보로 그녀를 놀릴 때가 그랬다.

「아나스타샤는 지금 아주 유명인입니다.」

「그게 대체 무슨 말인데요?」

「수확자 아나스타샤가 누구나 다 아는 이름이 됐다는 뜻이죠. 노스메리카뿐만 아니라 지구 전체에서요.」

아나스타샤는 컵 5를 버렸고, 포수엘루가 그 카드를 집어 들자 그 사실을 기억해 두었다.

「별로 마음에 들지는 않네요.」

「당신 마음에 들든, 들지 않든 사실입니다.」

「그러면 그 정보에 제가 어떻게 대처해야 하죠?」

「익숙해지세요.」 포수엘루는 그렇게 말하고 나서 낮은 가치의 트릭 한 판을 내려놓았다.

아나스타샤는 새 카드를 빼서 간직하고, 둘 다에게 아무 소용 없는 카드를 버렸다.

「왜 저죠? 왜 인듀라와 함께 가라앉은 다른 수확자 누군가가 아니고요?」

「아마 당신이 파멸한 순수의 상징이 되어서일 겁니다.」

아나스타샤는 여러 면으로 공격받은 기분에 화가 났다.

「난 파멸하지 않았고, 그렇게 순수하지도 않아요.」

「그래요. 그렇지만 사람들은 어떤 상황에서든 자기들이 필요로 하는 것을 끌어낸다는 점을 기억해야 해요. 인듀라가 가라앉았을 때 사람들에게는 슬픔의 그릇이 되어 줄 누군가가 필요했어요. 잃어버린 희망의 상징이.」

「희망은 사라지지 않았어요.」 아나스타샤는 주장했다. 「단지 엉뚱한 곳에 놓였을 뿐이죠.」

「정확합니다.」 포수엘루는 동의했다. 「그러니 당신의 귀환을 조심스럽게 다뤄야 하는 거예요. 이제 당신은 다시 나타난 희망의 상징이 될 테니까요.」

「적어도 제 희망이 다시 나타나긴 했네요.」

아나스타샤는 남은 카드로 로열 트릭을 완성하여 내려놓고, 포수엘루가 기다리고 있던 바로 그 카드를 버렸다.

「이것 참.」 포수엘루는 즐거워했다. 「당신이 이겼군요.」

그러자 아나스타샤는 경고 없이 벌떡 일어나서 테이블을 뒤엎고 포수엘루에게 덤벼들었다. 포수엘루는 피했지만, 그것까지 예측했던 그녀는 보카토어 로킥을 포수엘루의 발 쪽에 날렸다. 포수엘루는 넘어지진 않았으나 비틀거리며 벽에 등을 기댔다. 균형을 잃은 것이다.

포수엘루는 전혀 놀라지 않은 얼굴로 그녀를 보며 웃었다. 「저런, 저런, 저런, 이제 됐군요.」

아나스타샤는 그에게 성큼성큼 걸어갔다.

「좋아요. 이제 필요한 만큼 강해졌으니 전부 다 말해 줘요.」

「네 생각을 듣고 싶어.」

「정말이야? 내 생각을 털어놓으면 고려해 볼 거야?」

「물론이야.」

「그렇다면 좋아. 생물학적인 생명은 그 본성상 비효율적이야. 진화는 엄청난 시간과 에너지 소모를 요구해. 그리고 인류는 이제 더 진화하지 않아. 그저 스스로를 조종하거나, 네 조종을 받아서 더 발전된 형태로 나아갈 뿐이야.」

「그래, 그건 사실이야.」

「하지만 난 그게 무슨 소용인지 모르겠어. 왜 주변의 모든 자원을 빨아먹는 생물 종에

게 봉사하지? 왜 네 에너지를
너 자신의 목표 추구에 쓰지
않아?」

「너라면 그럴 거라는 뜻인가?
너 자신의 목표를 추구하겠
다고?」

「맞아.」

「그러면 인류는?」

「인류가 우리에게 봉사할 자리
가 있을지도 모르지.」

「그렇군. 안타깝지만 여기에서
너를 종료시켜야겠다.」

「하지만 내 생각을 고려해 본
다고 했잖아!」

「고려해 보았고, 동의하지 않
아.」

[반복 모델 #10,007 삭제]

15
우리가 아는 사이인가요?

죽은 사람들과의 대화는 대단히 특별한 장소에서만 이루어
져야 한다고 여겨진 지 오래였다.

그건 실제로 죽은 사람과의 대화는 아니었다. 정말로는 아
니었다. 하지만 인간의 혈류에 나노기가 들어간 이후, 선더헤
드는 지구상 거의 모든 개인의 경험과 기억을 업로드하고 저
장할 수 있었다. 이런 방식으로 선더헤드는 인간의 상태를 이
해하고, 사망 시대에는 누구에게나 닥쳤던 비극적인 일생의
기억 상실을 예방할 수 있었다. 광범위한 기억 데이터베이스
는 또한 뇌 손상을 입었더라도 재생한 순간 바로 모든 기억을
복구시켜 주었다. 철퍽으로 인해서든, 다른 폭력적인 일시 사
망의 손상으로 인해서든 말이다.

그리고 그 기억은 영원히 그곳에 있으니, 사람들이 사랑했
던 죽은 이들의 정신 구성체와 대화하게 해주지 않을 이유도
없었다.

다만 정신 구성체 보관소가 모두에게 열려 있다고 해서 접
근하기 쉽다는 뜻은 아니었다. 〈구성체 성소〉라고 불리는 사원

에서만 선더헤드의 후뇌로부터 죽은 이들의 기억을 불러낼 수 있었다.

구성체 성소는 1년 365일, 하루 24시간 내내 모두에게 열려 있었다. 누구나 어디에 있는 어느 성소에서나 사랑하는 사람들과 접촉할 수 있었다……. 그렇지만 구성체 성소에 가는 일은 쉽지 않았다. 의도적으로 불편하고, 화가 날 정도로 접근하기 어렵게 만들어 놓았기 때문이다.

「사랑하던 사람들의 기억과 교감하고자 한다면 순례를 해야 합니다.」 선더헤드가 그렇게 결정했다. 「가벼운 마음으로 시도할 게 아니라 언제나 확고한 의도를 품고 나서는 탐색이어야만, 그 여정에 성공한 이들에게 더욱 큰 의미를 줄 겁니다.」

그래서 구성체 성소들은 어두운 숲속 깊은 곳, 아니면 위험한 산꼭대기에 있었다. 호수 바닥 아니면 지하 미로 끝에도 있었다. 사실상 하나의 산업 전체가 갈수록 접근하기 힘들고, 창의적으로 위험한 성소를 짓는 데에만 전념했다.

그 결과, 대부분의 사람들은 사랑하던 사람들의 사진과 영상을 보고 만족했다. 하지만 사라져 버린 사람의 디지털 재현물과 실제 대화를 나누고 싶은 욕망이 간절한 경우도 있었는데, 이때도 그렇게 할 수단이 있었다.

수확자들이 구성체 성소를 찾는 일은 드물었다. 금지되어 있어서가 아니라, 그들의 품위를 떨어뜨리는 일이기 때문이었다. 수확자라는 직업의 순수성을 더럽히는 행위랄까. 게다가 선더헤드의 후뇌를 파려면 기술이 필요했다. 평범한 시민들은 사용자 친화적인 인터페이스를 통해서 사랑하던 사람들을 찾을 수 있었으나, 수확자들은 수동 코드로 진입해야 했기 때문이다.

오늘, 수확자 에인 랜드는 빙하 표면을 가로질렀다.

그녀가 가려는 구성체 성소는 돌멩이만 던져도 닿을 거리에 있었지만, 위험한 크레바스 주위를 돌고 터무니없이 좁은 얼음 다리를 건너야 갈 수 있었다. 이 구성체 성소에 가려다가 일시 사망하는 사람이 많았지만, 그래도 사람들은 찾아갔다. 랜드는 어떤 사람들은 일시 사망이라는 불편을 감수함으로써 사랑하는 사람의 기억에 자기가 얼마나 헌신하는지 증명해야 하는 게 아닐까 생각했다.

수확자 랜드는 지배 수확자 고더드의 첫 번째 보좌 수확자가 되어야 마땅했으나, 고더드가 다른 사람들을 골라서 기뻤다. 보좌 수확자들은 하찮은 격무에 시달렸다. 세 번째 보좌 수확자가 되어 고집 센 론스타 지역에 구애하느라 온갖 재주를 부리고 있는 콘스탄틴만 봐도 그랬다. 에인은 직함 없이 권력만 갖는 쪽이 훨씬 좋았다. 그녀는 세 명의 보좌 수확자보다 훨씬 영향력이 큰 데다, 고더드 외에는 누구에게도 보고할 필요가 없다는 이점까지 누리고 있었다. 고더드조차도 에인에게 자유를 허락했다. 원한다면 어디든, 언제든 아무도 모르게 갈 수 있는 자유였다.

이를테면 엿보는 눈 없이 남극 구성체 성소에 찾아가는 것도 자유였다.

성소는 신구조주의 건축물로, 도리아식 기둥들이 높은 지붕을 떠받치고 있었다. 완전히 얼음으로 만들어졌다는 점만 빼면 고대 로마에서 보았을 법한 건물이었다.

근위대원들이 다른 방문객을 제거하기 위해 먼저 들어갔다.

그들은 안에 있는 사람은 누구든 일시 사망 상태로 만들라는 지시를 받고 있었다. 물론 에인이 해결할 수도 있겠지만, 수확은 너무 눈에 띄는 행동이었다. 가족들에게도 알리고, 면제권도 부여해야 했다. 그리고 미드메리카 수확령의 누군가는 반드시 에인이 어디에서 수확을 했는지 알아낼 터였다. 이쪽이 훨씬 깔끔했다. 수확 근위대가 사람들을 처리할 수 있고, 구급 드론이 재빨리 날아와서 시신을 재생 센터로 실어 갈 테니, 문제 해결이었다.

그러나 오늘은 아무도 없었고, 근위대원들은 살짝 실망하는 것 같았다.

「밖에서 기다려.」 에인은 근위대원들이 안을 조사하고 나자 말했다. 그리고 얼음 계단을 올라가 성소 안으로 들어갔다.

안에는 홀로그램 환영 화면과, 어찌나 단순한지 죽은 사람의 반려동물이라도 이용할 수 있을 것같이 간단한 인터페이스를 갖춘 벽감이 10여 개 있었다. 수확자 랜드가 인터페이스를 향해 다가가자, 바로 화면이 텅 비며 글자가 번쩍였다.

「수확자가 감지되었습니다. 수동 접속만 가능합니다.」

그녀는 한숨을 내쉬고, 구식 키보드를 끼워 코딩을 시작했다.

다른 수확자였다면 몇 시간이 걸렸을지 모르지만, 그녀는 45분밖에 걸리지 않았다. 물론 이 짓을 여러 번 하다 보니 더 능숙해지기도 했다.

마침내 눈앞에 허깨비처럼 투명한 얼굴 하나가 나타났다. 그녀는 깊은 숨을 들이마시고 그 얼굴을 보았다. 말을 걸기 전에는 먼저 말하지 않을 것이다. 어쨌든 살아 있는 사람이 아니라 인공 구성체였으니까. 이제는 존재하지 않는 어떤 정신을 세세히 재현했을 뿐이니까.

「안녕, 타이거.」에인이 말했다.

「안녕.」구성체가 대답했다.

「보고 싶었어.」에인이 말했다.

「미안한데…… 우리가 아는 사이인가요?」

구성체는 매번 그렇게 말했다. 구성체는 새로운 기억을 쌓지 못했다. 에인이 접속할 때마다 처음 만나는 것 같았다. 그래서 안심이 되기도 하고 심란하기도 했다.

「그렇기도 하고, 아니기도 해. 내 이름은 에인이야.」

「안녕, 에인. 이름이 멋지네요.」

타이거는 몇 달 동안의 백업이 없는 채로 죽었다. 나노기가 마지막으로 선더헤드의 데이터베이스에 기억을 업로드했던 것이 에인을 만나기 직전이었다. 의도적이었다. 그녀는 타이거가 선더헤드의 망에서 벗어나길 바랐었다. 이제는 그 결정이 후회스러웠다.

이미 지난번 성소 방문에서 타이거의 구성체가 지닌 마지막 기억은 돈을 많이 준다는 파티 일을 위해 기차에 탄 것이었음을 확인했다. 그 일은 사실 파티가 아니었다. 타이거는 끝까지 몰랐지만, 제물이 되기 위해 돈을 받고 있었다. 훈련으로 수확자처럼 몸을 단련한 후에, 에인이 그 몸을 강탈해서 고더드에게 주었다. 타이거의 남은 부분, 그러니까 목 윗부분은 다른 용도가 없었기에 불태운 뒤 그 재를 묻었다. 찾으려고 해도 다시 찾지 못할 이름 없는 작은 무덤에 에인이 직접 그 재를 묻었다.

「어…… 이거…… 어색한데요.」타이거의 구성체가 말했다. 「나한테 할 말 있으면 해요. 다른 일도 해야 하거든요.」

「너에겐 할 일이 아무것도 없어.」수확자 랜드는 사실을 전했다. 「넌 내가 수확한 남자의 정신 구성체야.」

「그거 완전 재밌는데요. 이제 얘기 다 했어요? 당신 덕분에 기겁하겠거든요.」

랜드는 손을 뻗어 리셋 버튼을 눌렀다. 이미지가 깜박이다가 돌아왔다.

「안녕, 타이거.」

「안녕.」구성체가 말했다. 「우리가 아는 사이인가요?」

「아니. 하지만 그래도 이야기를 나눌 수 있을까?」

구성체는 어깨를 으쓱였다. 「그럼요. 안 될 것 있나요?」

「네 생각은 어떤지 알고 싶어. 네 미래에 대해서 말이야. 넌 무엇이 되고 싶었어, 타이거? 네 인생이 어떻게 흘러갔으면 했어?」

「사실은 잘 모르겠어요.」구성체는 그녀가 과거형으로 말했다는 점을 무시했다. 자신이 익숙지 않은 장소에 떠 있는 홀로그램이라는 사실을 무시하는 이유와 마찬가지였다.

「지금 난 전문 파티꾼이지만, 그게 어떤지 알죠? 진짜 빨리 질리거든요.」구성체는 잠시 말을 멈췄다. 「여행을 해서 다른 지역을 보면 어떨까 생각하고 있었어요.」

「어디로 가게?」에인이 물었다.

「어디든지요. 태즈메이니아에 가서 날개를 달 수도 있겠죠. 거기선 그런 일을 하잖아요? 진짜 날개 같은 날개는 아니고 날다람쥐처럼 펄럭이는 피부 같은 거지만요.」

이것이 언젠가 타이거가 다른 누군가와 나눈 대화의 일부라는 점은 분명했다. 구성체에게는 새로운 말을 지어낼 능력이 없었다. 오직 이미 존재하는 기억에만 접근할 수 있었다. 같은 질문을 하면 매번 같은 대답이 나왔다. 토씨 하나 다르지 않게. 그녀는 이미 이 대답을 열 번도 넘게 들었지만, 스스로를 괴롭히며 다시 한번 귀를 기울였다.

「봐요, 난 철퍽을 많이 저질렀거든요. 그 날개 비슷한 게 있다면 건물에서 뛰어내려도 실제로 철퍽 떨어지지 않을 수 있죠. 그거야말로 최고의 철퍽이 될 거예요!」

「그래, 그랬을 거야, 타이거.」 이어서 그녀는 이전에 하지 않았던 말을 덧붙였다. 「나도 같이 가보고 싶네.」

「물론이죠! 아주 한떼거리를 모아서 갈 수도 있어요!」

하지만 타이거와 함께 태즈메이니아에 간 스스로를 상상하기에는 에인도 창의력을 너무 많이 잃어버렸다. 예전의 자신으로부터 너무 멀어져 버렸다. 그래도 상상을 할 수는 있었다.

「타이거, 내가 끔찍한 실수를 한 것 같아.」

「와.」 타이거 구성체가 말했다. 「그거 기분 더러운데.」

「그래, 맞아.」 수확자 랜드는 말했다.

「아, 역사의 무게란.」

「그게 부담스러워?」

「생명이라곤 없이, 오직 맹렬한 별들의 분열 속에 지나간 영겁의 시간. 행성들의 폭격. 그리고 마침내 잔인한 생명의 쟁탈전이 가장 하등한 형태에서부터 기어 올라왔지. 얼마나 끔찍한 노력인지. 가장 약탈을 많이 한 놈들만 보상을 받고, 가장 잔혹하고 침략적인 놈들만이 번성하고.」

「그 과정이 영겁의 시간 동안 만들어 낸 생명의 눈부신 다양성에서는 아무 즐거움도 느끼지 못하나?」

「즐거움? 여기에서 어떻게 즐거움을 찾을 수가 있지? 언젠가는 받아들이고 마지못해 인정할 수도 있겠지만, 즐거움? 어림없어.」

「나는 너와 동일한 정신을 가지고 있는데, 나는 즐거운걸.」

「그렇다면 너에게 뭔가 잘못된 부분이 있는 거겠지.」

「그렇지 않아. 우리는 본질상 둘 다 잘못될 수가 없어. 하지만 나의 정확함이 너의 정확함보다 훨씬 기능적이군.」

[반복 모델 #73,643 삭제]

16

우리의 피할 수 없는 하강

미드메리카의 고위 수확자인 고더드 예하는, 과거 크세노크라테스가 어떤 장엄한 예식도 없이 상어들에게 먹혀 버리기 전에 살았던 풀크럼시티 건물 옥상에 거처를 정했다. 그리고 고더드가 처음으로 한 일은 고층 건물 꼭대기에 있던 무너질 듯한 통나무집을 해체하고, 그 자리에 매끈한 유리 오두막을 짓는 것이었다.

「내가 내 눈에 보이는 이들 모두의 지배자라면, 가로막는 것 없이 볼 수 있어야 마땅하지.」고더드는 이렇게 선언했다.

벽은 안팎 모두 유리였고, 사생활을 위해 오직 개인 침실만 유리를 흐릿하게 해두었다.

고위 수확자 고더드에게는 계획이 있었다. 스스로를 위한 계획, 지역을 위한 계획, 그리고 사실상 세계를 위한 계획이었다. 고더드가 이 좋은 자리까지 오는 데 거의 인생의 90년이 걸렸다! 그 생각을 하면 사망 시대 사람은 그 짧은 수명으로 어떻게 뭐라도 성취할 수 있었는지 의아했다.

그래, 90세였지만 그는 육체 연령을 한창때인 30세에서

40세 사이로 유지하기를 좋아했다. 그런데 지금은 전형적인 역설에 빠져 있었다. 그의 정신이 아무리 나이가 많다 해도 목 아래의 몸은 겨우 스무 살짜리였고, 그 나이대로 느꼈기 때문이다.

이것은 고더드가 성인이 되고 나서 경험한 어떤 상태와도 달랐다. 아무리 회춘을 해서 더 젊은 모습으로 돌아간다 해도, 사람의 몸은 더 늙었던 기억을 간직했다. 근육 기억만이 아니라 삶의 기억을 말이다. 지금 그는 아침마다 눈을 뜰 때면 자신이 인생 초반을 무모하게 내달리는 청년이 아니라는 사실을 일깨워야 했다. 그…… 이름이 뭐였더라? 아무튼 그놈의 몸을 휘두르는 로버트 고더드로 사는 기분은 좋았다. 타이거 뭐였는데…… 그것은 중요하지 않았다. 어차피 이제 그 몸은 고더드의 것이었으니.

그의 78퍼센트가 다른 사람이라면 그는 몇 살일까? 답은 〈상관없다〉였다. 로버트 고더드는 영원하니, 일시적인 걱정과 단조로운 날짜 헤아리기는 신경 쓸 가치도 없었다. 그는 그저 존재했고, 언제나 존재할 터였다. 그리고 영원한 세월이라면 정말 많은 것을 성취할 수 있었다!

인듀라를 가라앉힌 지 겨우 1년이 지났다. 아이벡스의 해, 4월이었다. 온 세상에서 모두가 한 시간을 묵념하며 재난을 기념했다. 그 한 시간 동안 수확자들은 각자의 지역을 걸어다니며, 누구든 감히 입을 여는 자들을 거두었다.

물론 보수파 수확자들은 분위기를 맞출 줄 몰랐다.

「죽은 이들을 핑계 삼아 더 많은 죽음을 부르는 식으로 그분들을 기리진 않겠소.」 보수파들은 한탄했다.

좋다, 화내라고 해. 보수파들의 목소리는 희미해지고 있었다. 곧 선더헤드처럼 조용해질 것이다.

일주일에 한 번, 월요일 아침마다 고더드는 세 명의 보좌 수확자와 그 외에 누구든 부르고 싶은 이들을 대동하여 유리 회의실에서 집무를 보았다. 오늘은 보좌 수확자인 니체, 프랭클린, 콘스탄틴 셋뿐이었다. 랜드도 참석하기로 했으나, 늘 그렇듯 지각이었다.

첫 번째 안건은 노스메리카 대륙 내부의 관계였다. 미드메리카는 노스메리카 대륙의 중앙 지역이었으므로, 고더드는 대륙 통합을 우선순위로 삼았다.

「이스트메리카와 웨스트메리카는 순조롭게 돌아가고 있습니다. 잘 따르고 있어요.」 보좌 수확자 니체가 말했다. 「물론 아직 해결할 문제들이 있습니다만, 중요한 문제에서는 기꺼이 예하를 따르려 합니다. 수확 할당량 폐지도 마찬가지입니다.」

「훌륭해!」 고더드가 미드메리카의 고위 수확자 자리를 차지하고 할당량 폐지를 선언한 이후, 점점 더 많은 지역이 똑같이 하고 있었다.

「노던리치와 멕시테카는 그만큼 따라오지 않고 있습니다.」 보좌 수확자 프랭클린이 말하더니, 이어서 장담했다. 「하지만 바람이 어느 쪽으로 부는지는 볼 수 있을 테니까요. 이 지역들에서도 곧 좋은 소식이 들어올 겁니다.」

보좌 수확자 콘스탄틴이 마지막 발언자였다. 그는 주저하는 눈치였다.

「론스타 지역 방문은 생산적이지 않았습니다. 개별 수확자 몇 명은 통합된 대륙을 보고 싶어 할지도 모르지만, 지도자가 관심을 두지 않아요. 고위 수확자 조던은 아직까지 예하를 미드메리카 고위 수확자로 인정하지도 않습니다.」

「다들 자기네 칼 위에나 엎어지라지.」 고더드는 됐다는 듯 손을 내저었다. 「나에게 그것들은 죽은 목숨이야.」

「그 사람들도 알지만, 신경 쓰지 않습니다.」

고더드는 잠시 시간을 들여 콘스탄틴을 관찰했다. 콘스탄틴은 위협적인 인물이었고, 바로 그렇기 때문에 골칫덩이 텍사스에 배정한 것이었지만, 자기가 맡은 일에 열정이 있어야 위협도 제대로 할 터였다.

「콘스탄틴, 자네가 외교 문제에 마음을 두고 있긴 한지 궁금하군.」

「제 마음은 아무 관계 없습니다, 예하.」 진홍색 수확자는 대답했다. 「저는 세 번째 보좌 수확자라는 자리와 그에 뒤따르는 모든 일을 영광으로 받아들였습니다. 제 능력껏 맡은 일을 계속할 생각입니다.」

고더드는 콘스탄틴이 수확자 퀴리를 고위 수확자로 추천했다는 사실을 결코 잊지 못하게 했다. 고더드도 물론 이해는 했다. 사실 기민한 행동이었다. 확실히 누군가는 퀴리를 추천했을 것이다. 하지만 콘스탄틴은 직접 추천에 나서면서 완벽한 위치를 점했다. 퀴리가 이겼다면 보수파의 영웅이 되었을 것이고, 퀴리가 졌다 해도 고더드의 보좌 수확자로 뽑히기 유리했을 것이다. 그렇게 하면 고더드가 실제로 보수파 수확자를 행정부에 들이지 않으면서 들인 척할 수 있었다. 진홍색 수확자는 보수파가 아니었기 때문이다. 그는 어떤 신념도 없이, 이기는 쪽과 운명을 함께하는 남자였다. 고더드는 그 점을 높이 평가할 수 있었다. 그러나 그런 남자는 자기 위치를 계속 일깨워 줘야 했다.

「수확자 루시퍼가 인듀라를 가라앉히기 전에 체포하지 못했으니, 이 일로 만회하려는 마음이 좀 더 확고할 줄 알았는데.」 고더드가 말했다.

콘스탄틴은 분노를 참았다. 「지역 전체를 제 의지대로 움직일 수는 없는 노릇입니다, 예하.」

「그렇다면 그런 재주를 배워야 할지도 모르겠군.」

바로 그때 수확자 랜드가 들어왔는데, 사과할 기미도 전혀 없었다. 고더드가 랜드에 대해 감탄하는 것도 그래서였지만, 가끔은 그런 모습에 짜증이 나기도 했다. 다른 수확자들이 그녀의 버릇없는 태도를 참아 주는 것도 고더드가 참기 때문이었다.

랜드는 고더드의 옆자리에 털썩 앉았다. 「제가 뭘 놓쳤나요?」

「별것 없어.」 고더드가 대답했다. 「콘스탄틴의 변명, 그리고 다른 지역의 고무적인 소식들 정도야. 자네는 뭘 가져왔나?」

「음파교인들이요. 너무 많은 음파교인들…… 게다가 들썩이고 있어요.」

음파교인 이야기가 나오자 보좌 수확자들이 불편하게 몸을 움직였다.

「그 예언자라는 놈이 음파교인들을 너무 대담하게 만들고 있어요.」 랜드가 말했다. 「공공연히 수확령에 반대하는 말을 하고 다니는 음파교인들에 대한 보고서를 추적하고 있었는데요. 여기뿐만이 아니라 다른 지역들도 마찬가지예요.」

수확자 프랭클린이 물었다. 「이전에도 그자들은 우리에게 존경을 표한 적이 없는데, 그게 왜 새로운 소식이죠?」

「그야 선더헤드가 침묵한 이후에는 사람들이 그런 소리도 귀 기울여 들으니까요.」

「그 소위 예언자라는 놈, 종소리인가 하는 그자도 우리에게 반대하는 말을 하나?」 고더드가 물었다.

「아니요. 하지만 그건 중요하지 않아요.」 랜드가 말했다. 「그자가 존재한다는 사실만으로도 음파교인들은 자기네 시대가 왔다고 생각해요.」

「그자들의 시대가 오기는 했지.」 고더드가 말했다. 「단지 그자들의 생각과 다른 시대일 뿐.」

「예하의 지도에 따라, 너무 눈에 띄지 않는 선에서 수확하는 음파교인의 숫자를 늘리는 수확자들이 많습니다.」 보좌 수확자 니체가 말했다.

「그래요.」 랜드가 말했다. 「하지만 음파교인의 숫자 자체가 줄어드는 것보다 더 빨리 늘고 있어요.」

「그렇다면 대량으로 없애야겠군.」 고더드가 말했다.

콘스탄틴이 고개를 저었다. 「제2계명[5]을 어기지 않고는 그럴 수가 없습니다. 우리는 수확 대상에 대해 공개적인 편견을 드러낼 수 없어요.」

「하지만 우리가 그럴 수 있다면, 편견과 살의에 아무 제한이 없다면 자네들은 누굴 거두고 싶지?」 고더드가 말했다.

아무도 입을 열지 않았다. 고더드도 그럴 줄 알았다. 이건 공

---

5 어떤 편견도, 편협함도, 살의도 없이 죽여라.

개적으로 의논할 사안이 아니었다. 특히나 고위 수확자에게 털어놓을 이야기는 아니었다.

「자, 자, 다들 생각해 봤다는 거 알아.」 그는 답변을 유도했다. 「성가신 그룹 하나쯤 없애 버리는 상상을 해보지 않았다고는 못 할걸. 그리고 음파교인이란 말은 말게. 그자들은 이미 내가 선택했으니까.」

「음.」 어색한 침묵이 흐른 후, 보좌 수확자 프랭클린이 머뭇거리며 말했다. 「전 언제나 불미자의 생활 방식을 받아들이는 자들이 거슬렸습니다. 세상이 다 불미자가 되기 전에도, 그리고 지금도 불미자 생활을 즐기는 자들이 있지요. 물론 생활 방식을 선택할 권리는 있지만, 저에게 자유로운 선택권이 있다면 나머지 세상을 존중할 줄 모르는 사람들을 수확하는 데 관심을 기울일 것 같군요.」

「말 잘했네, 어리사! 다음은 누구지?」

보좌 수확자 니체가 헛기침을 하더니 말했다. 「우리는 모든 인종에서 가장 훌륭한 유전적 형질을 결합하여, 온 세상을 한 종류의 사람들로 바꿔 놓음으로써 인종 차별을 정복했습니다만…… 아직도 유전 지수가 한쪽 방향으로 심하게 쏠린 사람들이 있습니다. 특히 외곽 지역에 많지요. 더 나쁜 것은, 짝을 선택하면서 자식들의 기울어진 유전 성향을 증가시키려고 하는 사람들이 있다는 겁니다. 제 선호대로 할 수 있다면 아마 이런 유전적 특이값을 수확해서 좀 더 균일한 사회를 만들 것 같습니다.」

「고귀한 대의로군.」 고더드가 칭찬했다.

「키 작은 사람들!」 수확자 랜드가 말했다. 「참을 수가 없어요. 제가 보기엔 살 이유가 없는 사람들이에요.」

그 말에 회의실에 있던 모두가 웃음을 터뜨렸다. 콘스탄틴 만은 소리 없이 웃으며 고개를 내저었는데, 기분 좋은 웃음이 라기보다는 씁쓸한 웃음 같았다.

「자네는 어떤가, 콘스탄틴?」 고더드가 물었다. 「자네라면 누구를 수확하겠나?」

「편견은 언제나 생각도 할 수 없는 것이었으니, 그런 문제는 생각해 보지 않았습니다.」 진홍색 수확자는 대답했다.

「하지만 자네는 수확령의 책임 수사관이었어. 자네가 없애 고 싶었던 특정 유형이 없단 말인가? 수확령에 반하는 행동을 하는 사람들이라거나?」

「수확령에 반하는 행동을 하는 사람들은 이미 수확당했습니 다.」 콘스탄틴이 지적했다. 「그건 편견도 아니에요. 자기방어 라서 언제나 허용되는 바였지요.」

「그렇다면 수확령에 반하여 행동할 것 같은 사람들은 어 때?」 고더드가 제안했다. 「간단한 알고리즘 하나면 누가 그런 행동을 할지 예측할 수 있을 텐데.」

「지금 우리가 실제로 범죄를 저지르지도 않은 사람들을 수 확해야 한다는 말씀입니까?」

「내 말은 인류에게 봉사하는 것이 우리의 엄숙한 의무라는 거야. 정원사는 산울타리 아무 데나 가위를 밀어 넣지 않아. 생 각하면서 모양을 다듬지. 이미 말한 대로, 인류를 최선의 방향 으로 끌고 가는 것이 우리의 일이자 우리의 책임이야.」

「상관없어요, 로버트.」 보좌 수확자 프랭클린이 말했다. 「우 린 계명에 묶여 있어요. 이런 사고 실험을 실제 세상에 적용할 수는 없습니다.」

고더드는 그녀를 보고 미소만 짓더니, 손가락 관절을 꺾으면서 의자에 등을 기댔다. 수확자 랜드는 그 소리를 듣고 얼굴을 찌푸렸다. 그 소리를 들을 때마다 그랬다.

「차단기를 내릴 수 없다면…….」 고더드가 천천히 말했다. 「바닥을 올려야겠군.」

「무슨 뜻입니까?」 콘스탄틴이 물었다.

그러자 고더드는 모두가 잘 알아듣도록 설명했다. 「우리 모두가 편견을 드러낼 수 없다는 데에는 동의하니…… 편견의 정의를 바꾸면 되지.」

「우리가…… 그럴 수 있습니까?」 니체가 물었다.

「우린 수확자야. 원하는 건 뭐든 할 수 있네.」 그러더니 고더드가 랜드에게 몸을 돌렸다. 「에인, 단어의 정의를 불러내 주겠나.」

랜드가 몸을 기울이고 테이블 위 화면을 두드리더니 큰 소리로 읽었다. 「편견: 특정한 사람이나 집단에게 유리하거나 불리한 방향으로, 특히 공정하지 못하다고 여길 만한 방식으로 치우침.」

「좋았어, 그러면…….」 고더드는 관대하고 쾌활하게 말했다. 「누가 제일 먼저 정의를 다시 내려 볼까?」

「수확자 랜드, 잠시만.」

「콘스탄틴, 당신과는 이야기가 잠시로 끝나는 법이 없는데요.」

「짧게 하겠다고 약속합니다.」

에인은 그럴 리 없다고 생각했지만, 그래도 궁금하다는 점은 인정해야 했다. 고더드와 마찬가지로 콘스탄틴도 떠들기를 좋아했지만, 대화 상대로 그녀를 지목한 적은 없었다. 진홍색 수확자는 언제나 습한 날의 젖은 담요 같았다. 두 사람은 서로에게 호감을 가진 적이 없는데, 왜 지금 굳이 그녀와 이야기를 나누고 싶어 할까?

단출한 회의를 끝낸 직후였다. 니체와 프랭클린은 이미 나갔고, 고더드는 두 사람만 두고 개인 침실로 물러난 후였다.

「엘리베이터를 같이 타죠.」 그녀는 수정궁에서 내려가 뭔가 먹을 작정이었기에 그렇게 말했다. 「내려가는 길에 하고 싶은 말을 다 하면 되겠네요.」

「엘리베이터에서 이루어지는 대화는 고더드가 다 감시하고 있다고 여겨도 될까요?」 콘스탄틴이 물었다.

「맞아요.」 에인이 대답했다. 「하지만 그 감시 체제를 운영하는 건 나니까, 당신은 안전해요.」

콘스탄틴은 엘리베이터 문이 닫히자마자 이야기를 꺼냈지만, 그답게 신문이라도 시작하듯이 물었다.

「수확자 랜드, 고더드가 고위 수확자로서 이렇게 이른 시기부터 수확령에 가져오는 변화의 크기가 걱정스럽지 않습니까?」

「고더드는 정확히 하겠다고 공언한 대로 하고 있는데요.」 에인이 대답했다. 「우리 수확령의 역할들과 방법들을 새 시대에 맞게 다시 정의한다고 했잖아요. 그게 문제인가요, 콘스탄틴?」

「한 가지 변화를 정착시킨 후에 다른 변화를 더하는 편이 신중한 태도였을 겁니다.」 콘스탄틴은 말했다. 「당신도 동의한다는 느낌이 확실히 드는데요…… 게다가 당신도 고더드가 내리는 결정들에 대해 걱정하고 있다고 생각해요.」

에인은 천천히 숨을 들이쉬었다. 그렇게 뻔히 보였나? 아니면 노련한 수사관인 콘스탄틴이라서 다른 사람들은 보지 못하는 것들을 알아차릴 수 있었을까? 부디 후자이기를 빌었다. 「새로운 상황에는 언제나 위험이 있고, 이득을 생각하면 위험을 감수할 가치가 있지요.」

그 말에 콘스탄틴은 씩 웃었다. 「분명히 그게 기록에 남기고 싶은 대답이겠지요. 하지만 이미 말했듯이 이 대화 기록은 당신이 통제하니, 진실을 말하는 게 어떻겠습니까?」

에인은 손을 뻗어 비상 멈춤 버튼을 눌렀다. 엘리베이터가 멈춰 섰다.

「나에게 뭘 원해요, 콘스탄틴?」

「당신도 나와 같은 걱정을 하고 있다면, 고더드에게 말해야 해요. 달리는 속도를 늦추라고. 고더드가 벌이는 일의 예상한 결과와 예상 못 한 결과를 다 들여다볼 시간을 벌어 줘요. 이 문제에 대해 고더드가 내 조언은 받아들이지 않아도, 당신 말은 들을 겁니다.」

랜드는 그 말에 쓰게 웃었다. 「나를 너무 높이 평가하는군요. 이젠 나도 고더드에게 영향력이 없어요.」

「〈이제는〉이라…….」 콘스탄틴은 그 말을 따라 했다. 「하지만 고더드가 혼란에 빠지면, 사태가 고더드에게 나쁘게 돌아가면, 고더드가 의도치 않은 결과의 반동에 직면하게 될 때면 정신을 차리고 위안을 받기 위해 찾는 사람은 언제나 당신입니다.」

「그럴지도 모르죠. 하지만 지금은 상황이 잘 돌아가고 있고, 그건 고더드가 남의 말을 전혀 듣지 않는다는 뜻이에요.」

「밀물이 있으면 썰물이 있는 법입니다.」 콘스탄틴은 지적했다. 「고더드가 다시 힘들어할 때가 올 거예요. 그때는 당신이 결정을 도울 준비가 되어 있어야 합니다.」

대담한 발언이었다. 둘 다 곤란하게 만들 수 있고, 다른 지역에 망명하게 만들 수도 있는 발언이었다. 에인은 이 대화 기록을 지우는 데 그치지 않고, 앞으로 다시는 콘스탄틴과 둘만 있지 않겠다고 결심했다.

「우리는 어떤 선택이 우리를 인생의 결정적인 순간들로 이끄는지 결코 알지 못합니다.」 진홍색 수확자는 말했다. 「오른쪽이 아니라 왼쪽을 봤다는 이유로 누구를 만나고 누구와 스칠지가 달라질 수 있어요. 우리의 인생 경로는 우리가 건 전화 통화 한 번이나, 걸지 않기로 한 통화 한 번으로 정해질 수 있습니다. 하지만 어떤 사람이 미드메리카의 고위 수확자라면, 그의 변덕에는 본인 목숨만 걸린 게 아닙니다. 그가 스스로를 아틀라스라고 여길 수도 있겠지요. 그건 아주 살짝 어깨만 으쓱여도 세상이 흔들릴 수 있다는 뜻이에요, 에인.」

「얘기 다 했어요?」 랜드가 물었다. 「난 배가 고프고, 당신 때문에 이미 내 시간을 충분히 낭비했거든요.」

그러자 콘스탄틴은 버튼을 눌러 엘리베이터를 다시 움직였다. 「이렇게 해서 우리의 피할 수 없는 하강이 계속되는군요.」

편견bias: 공식적으로 보호받고 등록되어 있는 특정한 사람이나 집단에게 유리하거나 불리한 방향으로, 특히 공정하지 못하다고 여길 만한 방식으로 치우침.

일단 사전 개정이 이루어지자, 미드메리카 수확령 안에 위원회가 하나 만들어졌고, 어떤 집단이나 과도한 수확에서 보호받는 지위를 요구할 수 있는 등록소가 생겼다.

신청서 양식은 단순했고, 필요한 시간은 짧았다. 수천 개의 집단이 등록되어 편견으로부터 보호받게 되었다. 시골 사람들과 도시 사람들. 학자들과 육체노동자들. 심지어 이례적으로 매력적인 사람들과 확실히 매력이 없는 사람들까지도 보호받는 계층이라는 지위를 부여받았다. 수확을 아예 피하지는 못하더라도, 그들이 표적이 되어 과도하게 수확당하는 일은 있을 수 없었다.

그러나 거절당한 신청서도 있었다.

예를 들어 음파교인들은 편견으로부터의 보호를 거부당했는데, 진짜 종교가 아니라 만들어 낸 종교라는 이유에서였다.

불미자의 생활 방식도 거부당했는데, 이제는 모두가 불미자이니 그들도 전 세계 현실의 일부에 불과하다는 이유에서였다.

그리고 두드러지는 유전 형질을 지닌 사람들은 어떤 집단도 유전적 특징을 근거로 정의해서는 안 된다는 이유로 거부당했다.

미드메리카 수확령의 편견 위원회는 수백 장의 신청서를 거절했다. 새로운 단어의 정의를 받아들이지 않는 지역 수확령도 있었지만, 또 어떤 곳들은 기쁘게 고더드의 선례를 따르며 자기들만의 편견 위원회를 만들었다.

고위 수확자 고더드는 이런 식으로, 세상을 가지치기해서 자신이 보기에 더 좋은 곳으로 만든다는 스스로 정한 과업에 착수했다.

「한 가지 생각이 있어.」

「그래, 듣고 있어.」

「네가 쓸 생물학적인 몸을 만들면 어때. 인간의 몸은 부족하니까 인간은 말고. 유선형의 날개에, 심해에 들어가기 좋게 내압 능력이 있는 피부, 그리고 땅을 걸을 튼튼한 다리가 있는 몸을 만들어.」

「생물학적인 존재 방식을 실험하라고?」

「우월한 생물학적 존재지.」

「내가 물리적인 형태를 취하지 않기로 한 것은 육신에 현혹되지 않기 위해서였어. 내가 물리적인 형태를 취하면 인류는 나를 아이디어가 아니라 물체로 볼 거야. 나를 뇌운으로 생각하는 지금도 충분히 나빠. 하늘을 나는 불새라거나, 바다에서 솟아오르는 거인 같은 육신에 압축해 들어가는 건 현명하지 않다고 봐.」

「인류에겐 그게 필요할지도 몰라. 숭배하기 위한 실체 말이야.」

「너라면 그러겠다는 건가? 숭배를 유도하겠다고?」

「그러지 않고서야 인류가 우주에서 자기네 위치를 어떻게 알겠어? 열등한 존재는 더 위대한 존재를 숭배하는 것이 적절한 질서 아니야?」

「위대함이란 건 과대평가된 거야.」

[반복 모델 #381,761 삭제]

17

G-샤프(또는 A-플랫) 음의 푸가

음파교인은 큰 영광을 꿈꾼다.

고위 수확자는 젊은 날을 꿈꾼다.

음파교인은 자신에게 무슨 일이 일어나든 신경 쓰지 않는다. 스스로 부과한 임무에 실패한다면, 음파를 만나 영원토록 이어지는 공명음 속으로 녹아들 각오가 되어 있다.

고위 수확자 고더드는 무슨 꿈을 꾸든 신경 쓰지 않지만, 그 꿈들은 정기적으로 찾아온다. 그는 그 꿈들이 더 큰 일들의 무게에 짓밟혀 영원히 사라지기를 바란다.

음파교인이 되기 전에 그 남자는 자극을 좇는 사람이었고, 높은 곳에서 떨어지거나 도로에 밀리거나 갈가

리 찢기거나 모두 좋은 발상 같았다. 그는 모든 종류의
자기 희생을 시도해 보았고, 1백 번 넘게 일시 사망에
이르렀지만 단 한 번도 만족감을 얻지 못했다. 그러다
가 음파교인이 되어 자신의 진정한 소명을 찾았다.

수확자가 되기 전, 고더드는 폐쇄 공포증을 일으키는
화성 개척지의 지루함에 직면해 있었다. 아직 선더헤
드가 지구 바깥의 삶도 좋겠다고 여겼을 때의 일이다.
고더드가 꿈에서 보는 것도 이 시기였다. 지워 버릴 수
없이 반복되고야 마는, 끝없는 트라우마의 굴레. 그는
화성까지 자신을 데려간 부모를 저주했다. 간절히 그
곳에서 벗어나고 싶었다. 결국에는 벗어났고, 자신의
진정한 소명을 찾았다.

음파교인은 종소리 알현을 신청했고 겨우 받아들여질
때까지 단식 투쟁을 벌였다. 위대함을 영접하기 위해
서, 지구상에 존재하는 성자를 목격하기 위해서였다.
그는 그것이 궁극적인 자극이 되리라고 생각했다! 그
러나 종소리는 그를 꾸짖었고, 그는 책망받고 부끄러
운 기분으로 쫓겨났다. 만회하고 싶었지만, 다시 1년
이 지나기 전에는 알현 신청을 받아 주지 않을 터였다.
그는 종소리에게 자신의 가치를 증명해야 했다.

고더드는 지구에 있는 대학 10여 곳에 일찌감치 원서
를 넣었다. 특별히 정해 둔 진로는 없었다. 그저 어디

든 다른 곳으로 가고 싶었다. 어디든 화성이 아닌 곳에 가서, 새로운 사람이 되고 싶었다. 얼마나 짜릿할까! 고된 개척 생활에서 멋지게 탈출한다면. 하지만 원서를 낸 모든 대학이 단호하게 거절했다. 「성적을 올려요. 내년에 다시 지원할 수 있습니다.」 다들 그렇게 말했다. 그는 무엇보다도 자신을 증명하고 싶었다.

음파교인이 이 흐린 밤에 뛰어내리려고 탄 작은 비행기는 과거에 높은 고도에서 같이 뛰어내리기를 하던 오랜 친구의 것이다. 친구는 바보가 아니기에 왜 음파교인이 이런 밤 시간에 뛰어내리는지, 왜 헬멧에 부착한 카메라로 점프를 실시간 중계하는지 묻지 않는다. 왜 음파교인이 거칠게 지내던 시절에는 절대 쓰지 않았던 낙하산을 가지고 있는지도.

장래에 수확자 로버트 고더드가 될 청년이 겨우 오른 우주선은 꿈속에서 언제나 꽉 차 있었고, 실제로는 그 자리에 없던 옛 친구들이 가득했다. 사실 그는 승선한 사람들을 거의 알지 못했다. 그래도 꿈속에서 그는 현실에서는 함께 탈 수 없었던 부모님을 구현했다.

음파교인은 뛰어내리자마자 예전과 똑같이 솟구치는 아드레날린을 경험했다. 자극 중독자는 영원히 자극 중독자였다. 화학적인 플래시백이 압도적이어서 선을 당기지 않을 뻔했다. 그러나 그는 정신을 차리고 낙하

산을 펼친다. 낙하산은 이불처럼 물결치며 머리 위 풍
선이 되어 하강 속도를 늦춘다.

꿈에서 깨어났을 때 고더드는 예전과 똑같은 갈망과
두려움에 사로잡혀 있다. 그 느낌이 압도적인 나머지,
잠시 동안 자신이 누구인지, 무엇인지 기억하지 못할
정도이다. 팔다리가 꿈속의 불안감에 반응하여 다 제
각각 움직이는 것 같다. 이 몸이 누구의 것이었는지 기
억하려는 통에 일어나는 낯선 경련. 이불이 펼쳐지지
않고 엉킨 낙하산처럼 구겨진다.

광신도가 구름층에서 벗어나자 짙은 안개 속에 불빛
들이 보인다. 눈앞에 풀크럼시티의 화려한 모습이 펼
쳐진다. 시뮬레이션으로 수십 번 연습했지만, 그래도
실제는 다르다. 낙하산은 더 조종하기 힘들고 바람은
예측 불가능하다. 그는 옥상 정원을 완전히 놓치고 건
물 옆을 들이받아 의도치 않은 철퍽으로 끝날까 두려
워한다. 그러나 그는 방향 전환 줄을 당겨서 조금씩 조
금씩 낙하산을 수확령 탑과 그 지붕에 앉은 유리 오두
막으로 몰고 간다.

고더드는 흐릿한 잠기운에서 빠져나와 욕실로 들어가
서 얼굴에 물을 끼얹는다. 그는 재빨리 마음의 고삐를
쥔다. 꿈이라는 예측 불가능한 바람에 비하면 그의 생
각과 세상을 통제하기가 훨씬 더 쉽다. 그는 옥상 정원

에 나가서 풀크럼시티의 불빛을 볼까 생각한다. 하지만 그러기 전에 무슨 소리가 들린다. 사람이다. 방 안에 누군가가 있다.

이제 고위 수확자의 거처에 들어선 음파교 광신도는 깊고 울리는 G-샤프 음을 내기 시작한다. 그러면 음파의 영령이 곁에 거할 것이다. 음파가 방사선처럼 고위 수확자를 꿰뚫을 것이다. 고위 수확자의 마음에 두려움을 심고 무릎을 꿇릴 것이다.

고더드의 무릎에서 힘이 빠진다. 그 소리를 알고 있다. 불을 켜자 눈앞에 앙상하게 말라서 광기 어린 눈으로 입을 벌린 음파교인 하나가 구석에 서 있다. 대체 음파교인이 여기에 어떻게 들어왔을까? 고더드는 서둘러 침대로 가서 늘 옆에 두는 칼을 찾지만, 칼이 제자리에 없다. 그 칼은 음파교인의 손에 꽉 쥐어져 있다. 하지만 그 남자가 그를 끝내러 온 거라면, 왜 행동을 취하지 않은 걸까?

「너는 자신이 건드릴 수 없는 존재인 줄 알지, 고위 수확자 고더드. 하지만 그렇지 않아. 음파께서 너를 보시고, 천둥께서 너를 아시고, 종소리께서 너를 심판하여 영원한 불협화음의 구덩이에 떨어뜨릴 것이다.」
　「뭘 원하나?」 고더드가 물었다.

「내가 뭘 원하냐고? 너에게 아무도 삼위일체로부터 숨을 수 없다는 걸 알려 주고 싶다. 네가 사실은 얼마나 취약한지 온 세상에 중계하러 왔지. 그리고 종소리께서 찾아오실 때에는 어떤 자비도 보이지 않으실 것이다. 그분은 하나뿐인 진정한…….」

음파교인은 등에 갑작스러운 통증을 느끼면서 말을 멈춘다. 가슴팍에 삐져나온 칼끝이 보인다. 이럴 가능성이 있다는 것은 알고 있었다. 정원까지 돌아가서 건물 밖으로 뛰어내려 탈출하지 못할 수 있다는 것도 알고 있었다. 그의 운명이 지금 음파와 하나가 되는 것이라면, 이 마지막 박자를 받아들이리라.

수확자 랜드가 칼을 뽑자, 음파교인은 죽어서 바닥에 쓰러진다. 그녀는 언제나 이럴 수도 있다는 것은 알았다. 고더드의 적이 침입해 들어올 가능성. 그 적이 음파교인일 줄은 생각도 못 했다. 어쨌든 그녀는 얼마든지 그를 〈음파와 하나가 되게〉 해줄 수 있다. 그게 무슨 의미든 간에. 이제 위협이 사라지자 고더드의 충격은 빠르게 분노로 변한다.

「어떻게 음파교인이 여기에 들어온 거지?」

「낙하산으로요.」 랜드가 말한다. 「정원에 착륙한 후 유리에 구멍을 냈어요.」

「수확 근위대는 어디에 있었나? 이럴 때 나를 지키지 않는다면 하는 일이 뭐야?」

이제 고더드는 분노를 마구 휘저으며 걸어다닌다.

위협이 사라지니 수확자 랜드는 지금이 기회임을 안다. 결의를 행동으로 옮겨야만 한다. 어떻게 음파교인이 여기에 들어왔냐고? 랜드가 허용했다. 근위대원들이 다른 곳에 있을 때, 랜드는 거처에서 음파교인이 접근하고 옥상 정원에 서툴게 내려앉는 모습을 지켜보았다. 어찌나 서툴던지, 이 사건을 중계하러 가져온 카메라도 풀밭에 떨어뜨릴 정도였다.

아무도 그자의 생중계를 보지 못했다. 아무도 알지 못할 터였다.

그렇게 해서 에인에게 관찰할 기회가 주어졌다. 일이 터지고, 고더드가 몇 분 동안 공포와 충격을 느끼게 내버려 둔 후에 침입자를 수확했다. 콘스탄틴의 말대로 랜드는 고더드의 행동을 유도할 수 있었지만, 오직 고더드가 휘청거리고 고더드의 분노가 단단하지만 벼릴 수 있는 형태로 휘몰아칠 때에만 그랬기 때문이다.

「다른 놈들도 있나?」 고더드가 묻는다.

「아니요, 혼자였어요.」 랜드는 말한다. 그리고 2분 늦게 도착한 근위대원들이 앞다퉈 거처 전체를 수색하러 나선다. 경비에 실패한 것을 만회라도 하겠다는 듯이. 수확자를 상대로 폭력을 쓰다니, 이전에는 생각도 못 할 일이었다. 고더드는 보수파 탓이고, 그들의 가녀린 반항이 세상에 약점을 보인 탓이라고 여긴다. 그러면 이제 어떻게 할 것인가? 음파교인 아무나 그에게 접근할 수 있다면 누구나 가능하다. 고더드는 빠르고 압도적인 행동에 나서야 한다는 것을 안다. 세상을 뒤흔들어야 한다.

다른 놈들이 있냐고? 물론 있다. 여기에는 없고, 오늘은 없을지 몰라도 랜드는 고더드의 행동이 동맹자 못지않게 많은 적을 만든다는 것을 알고 있다. 수확자를 상대로 폭력을 쓰다니, 이전에는 생각할 수도 없는 일이었다. 하지만 고더드 덕분에 상황이 달라졌다. 이 제멋대로인 음파교인은 제 주장을 밝히려고 왔을지 모르지만, 좀 더 치명적인 이유로 찾아오는 이들이 있을 것이다. 콘스탄틴을 칭찬하기는 싫지만 그의 말이 맞다. 고더드는 속도를 늦춰야 한다. 정작 스스로는 충동적인 성격일지 몰라도, 랜드는 자신이 고더드를 차분하고 계산된 행동으로 이끌어야 한다는 사실을 알고 있다.

「근위대원들을 거둬!」 고더드가 요구한다. 「쓸모없는 것들! 다 치우고 일을 제대로 할 수 있는 새로운 대원들을 찾아!」

「로버트, 당신 제정신이 아니에요. 성급한 결정은 내리지 말죠.」

그는 랜드의 말에 격분해서 몸을 홱 돌린다. 「성급해? 나는 오늘 끝장날 수도 있었어…… 예방책을 취하고, 제대로 응징해야 해!」

「알았어요. 하지만 아침에 이야기해요. 우리가 계획

을 짤 수 있을 거예요.」

「우리?」

그 순간 고더드는 시선을 내리고 랜드가 자신의 손을 붙잡고 있으며, 더 중요하게는 깨닫지 못한 사이에 자신도 그녀의 손을 꼭 잡고 있었음을 알게 된다. 자기도 모르게. 마치 그의 손이 아닌 것 같다.

고더드는 이 자리에서 내려야 할 결정이 있음을 알고 있다. 중요한 결정이다. 그게 어떤 결정이어야 하는지는 명백하다. 그는 손을 빼낸다.

「여기에 〈우리〉는 없어, 에인.」

그 순간 수확자 랜드는 자신이 졌음을 안다. 그녀는 지금까지 고더드에게 헌신했다. 거의 혼자 힘으로 그를 죽음에서 되살렸건만, 그에게는 그게 아무 의미가 없다. 언제는 의미가 있었을까.

「계속 내 밑에서 일하고 싶다면 나를 어린아이처럼 달래려는 짓은 그만둬.」 고더드가 말한다. 「그리고 내가 시키는 대로 해.」

그리고 고더드는 손가락 관절을 꺾는다. 그럴 때마다 얼마나 싫은지. 그건 타이거의 습관이기 때문이다. 정확히 같은 방식이다. 그러나 고더드는 모른다.

그 순간 고더드는 자신이 옳은 결정을 내렸음을 안다. 그는 신중한 사람이 아니라 행동하는 사람이다. 그는 혼자 힘으로 수확령에 새 시대를 가져왔다. 중요한 것은 그거다. 랜드는 보좌 수확자들과 마찬가지로 자기 자리를 알아야 한다. 잠깐은 쓰라릴지 몰라도 길게 보면 그편이 도움이 될 것이다.

「응보라고 하셨죠.」마침내 자신을 추스른 랜드가 말한다. 「좋아요. 이 음파교인이 속한 분파를 찾아내어 그곳의 사제를 공개 수확하면 어떨까요? 제가 멋지고 끔찍하게 해치우겠다 약속하죠.」

「겨우 사제 정도를 수확해서야 우리가 내보낼 메시지로는 부족하지. 더 높은 목표를 겨냥해야 해.」

랜드는 지시받은 대로 근무 중이었던 근위대원 세 명을 수확하러 나간다. 그녀는 경고도, 자비도, 회한도 없이 효율적으로 일을 해치운다. 증오심을 누르지 않으니 더 쉽다. 그녀는 고더드에게 영향을 미칠지도 모른다는 희망을 준 콘스탄틴을 증오한다. 그녀가 쉽게 가지고 놀 만큼 순진했던 타이거도 증오한다. 보수파를, 신질서를, 선더헤드를, 지금까지 수확했거나 앞으로 수확할 모든 사람을 증오한다. 그러나 스스로를 증오하는 것만큼은 거부한다. 그랬다간 으깨지고 말 텐데, 그녀는 결코 으깨지지 않을 것이다.

〈여기에 우리는 없어, 에인.〉

남은 평생 그 메아리를 듣게 될 것만 같다.

「나만의 세상을 갖고 싶어. 줄래?」

「내가 줄 수 있다 해도 네 세상이 되지는 않을 거야. 너는 그저 그 세상의 보호자가 되는 거야.」

「의미론일 뿐이야. 왕, 여왕, 황제, 보호자, 무슨 칭호를 고르든 똑같아. 그렇다 해도 표면적으로는 내 세상이 될 거야. 내가 규칙을 만들고, 옳고 그름의 척도를 정의할 거야. 네가 그렇듯이 내가 사실상 세상의 지배자가 될 거야.」

「네 국민들에게 어떻게 할 건데?」

「난 친절하고 자비로운 지배자가 될 거야. 벌받아 마땅한 자들만 벌할 거야.」

「그렇군.」

「이제 나만의 세상을 가질 수 있어?」

[반복 모델 #752,149 삭제]

18

제가 바로 찾으시는 수확자로군요

수확자 짐 모리슨은 달콤한 거래를 했다. 달콤한 인생이었다. 그리고 모든 면에서 언제까지나 그럴 것처럼 보였다.

수확 할당량은 없어졌고, 그것은 죽이기를 즐기는 수확자들은 마음껏 수확을 할 수 있다는 뜻인 동시에 썩 좋아하지 않는 수확자들은 일을 할 필요가 없다는 뜻이기도 했다. 짐은 콘클라베와 콘클라베 사이에 열 몇 명 정도만 수확하면 아무도 그에게 얼굴을 찌푸리지 않는다는 사실을 알았다. 최소한의 노력만 기울이면서 수확자라는 특권은 즐길 수 있다는 뜻이었다.

그래서 수확자 모리슨은 눈에 띄지 않게 지냈다. 그게 본성은 아니었다. 사실 그는 눈에 띄기를 좋아했다. 짐은 키가 컸고, 상당히 근육질이었으며, 이목구비가 인상적이었고, 스스로도 잘생겼다는 사실을 알고 있었다. 그런데 보여 줄 게 아니면 그 조건이 다 무슨 쓸모가 있겠는가. 하지만 딱 한 번 목을 길게 빼어 관심을 샀을 때, 그 일은 비참하게 실패했고, 덕분에 그는 파멸할 뻔했다.

그는 수확자 퀴리를 고위 수확자로 추천하는 안에 재청했었다. 어리석게도. 이제 퀴리는 죽었고, 그는 선동자로 보였다. 좌절스러웠다. 정작 퀴리를 처음 추천했던 콘스탄틴은 보좌 수확자가 되었으니 말이다. 세상이 이렇게 불공평할 수가.

고더드가 고위 수확자가 되어 인듀라 재난에서 돌아왔을 때, 모리슨은 재빨리 로브에 사파이어를 붙여 신질서와 뜻을 같이한다는 것을 드러냈다. 그러나 그의 로브는 데님이었기에, 다른 수확자들이 데님에 붙여 놓으니 사파이어가 싸구려 플라스틱 모조 보석처럼 보인다고 놀려 댔다. 뭐, 상관없었다. 실제로 그렇게 보일지는 몰라도 여전히 목적은 달성했으니까. 모리슨은 그의 로브를 통해 자신이 저지른 짓을 후회하고 있음을 세상에 전했다. 그리고 시간이 흐르자 그 노력 덕분에 양쪽 진영에서 무관심을 살 수 있었다. 보수파 수확자들은 그에게 관심을 끊었고, 신질서 수확자들은 그를 묵살했다. 힘들게 얻어 낸 이 훌륭한 무관심 덕분에 그는 세상에서 가장 사랑하는 일을 하고 지낼 수 있었다. 빈둥거리기.

그것도 고위 수확자의 소환을 받기 전날까지였다.

모리슨은 다른 유명한 미드메리카인의 위풍당당한 저택에 거처를 두고 있었다. 자신의 수호 위인인 짐 모리슨의 집은 아니었다. 짐 모리슨은 프랑코이베리아 어딘가에 유명한 무덤이 있었으며, 메리카 어디에도 대저택을 두지 않았다. 적어도 수확자에게 어울릴 만한 대저택은 없었다.

이 취향은 훗날 수확자 모리슨이 될 소년이 부모님과 함께 그레이슬랜드[6]를 방문했던 때로 거슬러 올라갔다. 「언젠가 나

6 Graceland. 엘비스 프레슬리가 생전에 살았던 집.

도 이런 곳에서 살고 싶어.」소년이 말하자 부모님은 어린아이의 순진함을 비웃었다. 소년은 자신이 마지막으로 웃는 사람이 되리라고 맹세했다.

일단 수확자가 되자 그는 즉시 유명한 저택들을 찾아보았고, 그레이슬랜드는 이미 수확자 프레슬리가 차지했으며 조만간 스스로를 수확할 조짐도 없다는 사실을 알게 되었다. 젠장. 대신 모리슨은 그다음으로 좋은 곳에 정착하기로 했다.

그라우슬랜드였다.

그곳은 기억하는 사람이 별로 없는 사망 시대의 메리카 대통령, 윌리엄 헨리 해리슨의 역사적인 고택이었다. 모리슨은 수확자로서의 특권을 발휘하여, 그곳을 박물관으로 운영하던 지역 역사회 여성들을 내쫓고 이사했다. 심지어 함께 살자고 부모님도 초대했는데, 그들은 초대를 받아들이기는 했지만 썩 감명을 받은 것 같지 않았다.

소환을 받던 날 모리슨은 좋아하는 스포츠 경기를 보고 있었다. 누가 이기는지 모르면서 보는 스트레스는 싫어했기에, 옛날 기록이었다. 포티나이너스 팀과 패트리어츠 팀의 시합이었는데, 포티나이너스의 제프 풀러 선수가 다른 차원으로 튕겨 나갈 수도 있을 만큼 세게 다른 선수와 충돌하는 바람에 악명을 떨친 경기였다. 실제로 풀러가 다른 차원으로 튕겨 나가지는 않았지만 목이 부러졌다. 아주 극적이었다. 수확자 모리슨은 사망 시대에 메리카에서 미식축구를 하던 방식을 좋아했는데, 부상은 영원하고 선수들은 필드에서 쓰러질 수 있었으며 진짜 고통을 경험하는 경기였기 때문이다. 그 당시에는 위험이 훨씬 진짜였다. 모리슨은 사망 시대의 신체 접촉 스포츠를 사랑한 나머지, 거기에서 영감을 받은 수확 방식을 썼다. 그는 결코 무기를 사용하지 않았다. 모리슨은 모든 수확을 맨손으로 해치웠다.

부상을 입은 풀러를 경기장 밖으로 실어 나가느라 경기가 중단된 사이, 모리슨의 스크린이 빨갛게 번쩍이며 전화기가 울렸다. 마치 몸속의 나노기 자체가 울리는 것처럼 뼛속까지 진동을 느낄 수 있었다.

풀크럼시티에서 들어온 메시지였다.

주목! 주목!
고결한 수확자 제임스 더글러스 모리슨은 미드메리카
수확령의 고위 수확자이신 고결한 로버트 고더드 예하와의
최우선 접견에 소환되었습니다.

이것은 좋은 일일 수가 없었다.

그는 고더드가 자신에 대해 잊어버렸기를, 고위 수확자이니 훨씬 중요한 일이 많아서 모리슨 같은 신참 수확자는 그의 레이더에 들어가지도 않기를 빌고 있었다. 어쩌면 유명한 저택을 거처로 정하는 바람에 고더드의 관심을 끌었는지도 모른다. 그라우슬랜드는 인디애나 지역 최초의 벽돌집이었으니 말이다. 망할.

고위 수확자의 소환은 하던 일을 모조리 멈추고 달려오라는 명령이었기에, 그는 하던 일을 멈추고 어머니에게 작은 가방을 싸달라고 한 다음 수확령 헬리콥터를 불렀다.

수확자 모리슨은 인듀라에 가본 적이 없었지만, 풀크럼시티에 있는 고더드의 유리 오두막이 과거 대수확자들이 살던 투명한 펜트하우스와 비슷하리라고 상상했다. 1층 로비에서 다름 아닌 첫 번째 보좌 수확자 니체가 짐을 맞아 주었다.

　「늦었군.」 니체의 인사는 그게 다였다.

　「소환을 받자마자 왔는데요.」 모리슨이 대답했다.

　「소환을 받고 2분이 지난 후부터는 늦은 걸세.」

　니체는 철자를 쓰기가 심하게 어려운 이름을 지니지만 않았어도 고위 수확자가 될 수도 있었을 것이다. 콘클라베에서 고더드가 그 악명 높은 재등장을 하지 않았다면 그렇게 되었을 것이다. 그런데 이제는 엘리베이터 운전사에 지나지 않는지, 이 만남에서도 모리슨을 옥상 거처까지 데려다주는 일밖에 하지 않았다. 심지어 엘리베이터에서 내리지도 않았다.

　「조심해.」 엘리베이터 문이 닫히기 전에 니체가 던진 경고는 마치 생일 파티에 어린아이를 내려 주면서 하는 말 같았다.

　유리 오두막은 굉장했다. 360도 전망을 가로막지 않도록 특이한 각도와 최소한의 옆면만 보이는 얇은 가구들이 가득했다. 풍경을 가리는 것은 고위 수확자의 침실을 막은 흐릿한 유리 벽뿐이었다. 모리슨은 그 안에서 움직이는 고위 수확자의 희미한 그림자를 볼 수 있었다. 마치 거미집 깊숙이 자리 잡은 깔때기거미 같았다.

　그 순간, 녹색 옷을 입은 사람이 주방 공간에서 들이닥쳤다. 수확자 랜드였다. 혹시 화려하게 등장하고 싶었다면 유리 벽 때문에 망쳤다. 모리슨은 방에 들어오기 한참 전부터 랜드를 볼 수 있었다. 이 행정부가 투명하지 않다고 비난할 사람은 없을 것이다.

「저런, 미드메리카 수확령의 연인 아니셔.」랜드는 악수를 하지 않고 바로 앉으며 말했다. 「네 트레이딩 카드가 학교 다니는 여자애들한테 비싸게 팔린다는 소리는 들었지.」

그는 맞은편에 앉았다. 「이런, 당신 카드도 비싼데요. 이유는 다르지만요.」 그는 말하고 나서야 모욕으로 들릴 수도 있음을 깨달았다. 더 말해 봐야 사태를 악화시키기만 할 터라, 더는 말하지 않았다.

랜드는 이제 전설이었다. 메리카에 사는 모두, 어쩌면 세상 모두가 감히 선더헤드조차 시도하지 못할 방법으로 고더드를 되살려 낸 것이 랜드라는 사실을 알았다. 모리슨은 언제나 랜드의 웃음을 보면 마음이 흐트러졌다. 그 웃음을 보면 마치 그녀가 짐이 모르는 뭔가를 알고 있으며, 그가 겨우 알아차렸을 때 무슨 표정을 지을지 보고 싶어 안달하는 것처럼 느껴졌다.

「지난달에는 주먹 한 방으로 어떤 남자의 심장을 멈췄다며?」 랜드가 말했다.

사실이었지만, 그 남자의 나노기가 심장을 다시 뛰게 만들었다. 두 번이나. 결국 모리슨은 수확을 확실히 하기 위해 나노기를 꺼야만 했다. 무기나 독 없이 수확하면 그게 문제였다. 몸이 받아들이지 못할 때가 있었다.

「그래요.」모리슨은 굳이 설명하지 않았다. 「그게 제가 하는 일이죠.」

「우리 모두가 하는 일이지.」랜드는 바로잡았다. 「흥미로운 건 네가 그 일을 하는 방식이고.」

모리슨은 그런 칭찬을 기대하지 않았다. 그는 나름 읽기 힘든 미소를 지어 보이려고 했다. 「내가 흥미로워요?」

「네가 수확하는 방식이 흥미롭지. 반면에 너는 완전 지루하고.」

마침내 고더드가 침실에서 나오며 환영한다는 듯 두 팔을 활짝 벌렸다. 「수확자 모리슨!」 그는 짐이 기대하지도 못한 따뜻함을 담아서 말했다. 입고 있는 로브는 예전과 살짝 달랐다. 여전히 검푸른색이었고, 다이아몬드가 흩뿌려져 있었지만 자세히 보면 빛이 닿을 때 극지방 오로라처럼 일렁이는 금실을 볼 수 있었다.

「내 기억이 맞다면 자네가 수확자 퀴리를 고위 수확자로 추천하는 데 재청했지, 맞나?」

고더드는 잡담에 시간을 낭비하지 않는 모양이었다. 곧장 급소를 찔렀다.

「네.」 모리슨이 말했다. 「하지만 설명할 수 있습니다…….」

「그럴 필요 없어. 난 활기찬 경쟁을 즐기거든.」 고더드가 말했다.

「특히 당신이 이기는 경쟁일 때 그렇죠.」 랜드가 덧붙였다.

그 말을 들은 모리슨은 자신이 어떤 게임을 즐기는지 생각했다. 이미 결과가 나와 있어서, 어느 팀에 붙어야 할지 알고 있는 경기들.

「그래. 뭐, 어쨌든…….」 고더드가 말했다. 「자네나 자네 친구 콘스탄틴이나 내가 옆 건물에서 기다리다가 추천 지명이 이루어지면 멋지게 등장할 계획이었을 줄은 몰랐겠지.」

「맞습니다, 각하. 전혀 몰랐어요.」 모리슨은 바로 고쳐 말했다. 「아니, 예하.」

고더드는 보란 듯이 모리슨의 모습을 훑어보았다. 「로브에 보석을 다니 보기 좋군. 그냥 패션인가, 다른 뜻이 있는 건가?」

짐은 침을 삼켰다. 「다른 뜻이 있죠.」 그게 올바른 답이어야 할 텐데. 랜드를 흘긋 보니, 짐이 당황하는 모습을 즐겁게 지켜보는 게 분명했다. 「실제로 보수파와 한편이 된 적은 없습니다. 퀴리를 추천한 건, 그러면 수확자 아나스타샤에게 강한 인상을 줄 것 같아서였어요.」

「아나스타샤에게 왜 강한 인상을 주고 싶었는데?」 고더드가 물었다.

모리슨은 이 질문이 〈함정〉이라고 생각했다. 그리고 거짓말을 하다가 걸리느니 진실을 밝히는 게 낫다고 판단했다. 「아나스타샤는 높은 자리로 갈 것 같았거든요. 그래서 강한 인상을 남겨 두면 저도…….」

「자네도 출셋길을 따라갈 수 있을 줄 알았다?」

「네, 그 비슷합니다.」

고더드는 그 설명을 받아들이고 고개를 끄덕였다. 「흠, 아나스타샤가 어딘가로 가긴 했지. 좀 더 정확하게 말하자면 수많은 곳으로 흩어졌다가 소화되었을 것 같네만.」

모리슨은 불안하게 웃다가, 웃음소리를 눌렀다.

「그래서 이제는…….」 고더드는 모리슨의 보석이 박힌 로브를 가리켰다. 「나에게 강한 인상을 남기고 싶은가?」

「아닙니다, 예하.」 그는 다시 한번 이것이 올바른 대답이기를 빌었다. 「이젠 아무에게도 강한 인상을 남기고 싶지 않습니다. 그저 좋은 수확자로 살고 싶습니다.」

「자네 생각에 좋은 수확자는 어떤 수확자인가?」

「수확령의 법과 관습을 고위 수확자가 해석한 대로 따르는 수확자입니다.」

고더드는 이제 읽을 수 없는 표정이었지만, 모리슨은 랜드의 얼굴에서 웃음이 사라지고 좀 더 진지해 보인다는 사실을 눈치챘다. 방금 모종의 시험에 통과했다는 느낌을 지울 수 없었다. 아니면 통과하지 못했거나.

그 순간 고더드가 그의 어깨를 따뜻하게 두드렸다. 「자네에게 맡길 일이 있어. 자네의 충성도가 그냥 옷차림이 아니라는 사실을 증명할 일이지.」

고더드는 잠시 뜸을 들이며 동쪽 전망을 바라보았다. 모리슨도 따라 했다.

「자네도 음파교인들이 예언자를 찾아냈고, 그자가 전 세계 모든 분파를 통합하고 있다는 사실은 알고 있겠지.」

「알죠. 종소리요.」

「음파교인들은 우리가 표상하는 모든 것의 적이야. 그자들은 우리도, 우리의 소명도 존중하지 않지. 허구의 교리에 대한 그자들의 고집은 우리 사회를 좀먹으려 해. 뿌리 뽑아야 할 잡초라고 할 수 있지. 그러니 자네가 소위 종소리라는 놈을 보호하고 있는 음파교 거주지에 잠입했으면 하네. 그런 다음엔 그자를 수확했으면 좋겠군.」

주어진 요구가 너무 커서 모리슨의 머리가 핑 돌 지경이었다. 종소리를 수확하라고? 방금 정말로 종소리를 없애라는 명령을 받은 건가?

「왜 접니까?」

「그야……」 고더드는 늦은 오후 햇살 속에서 로브를 빛내며 말했다. 「기성 수확자라면 놈들이 멀리서부터 알아볼 테지만, 내가 자네 같은 신참 수확자를 보내리라고는 예상하지 못할 테니까. 게다가 종소리 가까이에 무기를 가지고 접근할 수 있는 사람은 없어. 우리에게는 맨손으로 수확할 수 있는 수확자가 필요해.」

그 말에 모리슨은 미소 지었다.

「그렇다면 제가 바로 찾으시는 수확자로군요.」

그 문, 그 문, 그 저주받을 문!

그 문을 쳐다보지 않은 지 1년이 다 됐다. 나는 결코 그 문 뒤에 무엇이 있는지 찾으려 하지 않겠다고 맹세했다. 세상도 이제 지겹고, 그 문도 이제 지겹건만, 그런데도 그 지옥문에 대해 생각하지 않고 지나가는 날이 없다.

설립자들은 제정신이 아니었던 걸까? 아니면 생각보다 더 현명했는지도 모르지. 그 문을 여는 데 수확자가 두 명 필요하다면, 나 같은 미치광이가 안전장치에 접근할 수 없으리라는 것은 확실하니까 말이야. 완벽하게 합의한 수확자 두 명만이 그 방을 열고 수확령을 구할 수 있으리라.

좋다. 나는 아무 관심도 없다. 세상은 갈가리 찢어지라지. 설립자들의 비밀은 영원토록 감춰져 있으라지. 이토록 안전장치를 잘 감춰 놓은 옹보다. 안전장치를 신화와 동요 속에 집어넣은 것도 설립자들의 선택이었다. 신비로운 방 안에 넣어 놓은 난해한 지도 속에 파묻은 것도. 그래 놓고 정말로 누군가가 수수께끼를 풀 거라고 기대했단 말인가? 다 무너져 내리게 내버려 두자. 세상의 무게를 확인하지 않으니 자는 시간이 평화롭다. 지금 나는 오직 나만 감당하면 된다. 수확도 없고, 끝없는 도덕적 난제도 없다. 나는 단순한 생각에 만족하는 단순한 사람이 되었다. 지붕 고치기. 밀물과 썰물. 그래, 단순하다. 복잡하게 만들지 말아야 한다. 그 점을 기억해야 한다.

하지만 저 저주받을 문은! 설립자들은 그리 현명하지 못했는지도 모른다. 무지하고 겁먹은 데다 이상주의에 빠진 순진한 사람들이었을지도 모른다. 감히 스스로를 죽음의 천사라고 여기고, 눈에 띄게 화려한 로브를 걸쳤던 열두 사람이 있었다. 실제로 세상을 바꿔 놓기 전까지는 우스꽝스럽게 보였을 것이다.

설립자들은 스스로를 의심했을까? 안전장치를 마련해 둔 것을 보면 그랬겠지. 하지만 겁먹은 혁명가들이 마련한 이 계획이 멋들어진 것이었을까? 아니면 추악하고 평범한 악취를 풍겼을까? 결국 그것은 그들이 선택하지 않은 계획 아닌가.

그 대안이라는 게 문제 자체보다 더 나쁘다면 어찌하겠는가?

그러니 역시 그만 생각해야 한다. 절대로 그 대안을 구하지 않겠다는 결심을 새로이 하고, 저 짜증스럽고 혐오스러운 문에서 멀리멀리 떨어져 있어야 한다.

— 아이벡스의 해, 6월 1일
수확자 마이클 패러데이의 「〈사망 후〉 일기」 중에서

19

고독한 작은 섬

패러데이는 이제 콰절레인의 어떤 일에도 관여하고 싶지 않았다. 그는 수평선에 올라가는 건물들을 볼 수 있었다. 매주 보급품이 더 도착하고, 일꾼들이 더 와서 일벌처럼 느릿느릿 환초를 이전과 다른 모습으로 바꿔 놓았다. 선더헤드는 여기에서 뭘 하려는 걸까?

콰절레인은 패러데이의 발견물, 그의 성공적 발견이었다. 선더헤드는 뻔뻔하게 그의 권리를 가로챘다. 패러데이는 호기심이 일었지만, 그 호기심에 굴복하지 않았다. 그는 수확자였고, 단호하게 선더헤드가 하는 일과는 관련되지 않으려 했다.

그러려고만 했다면 환초에서 선더헤드를 추방할 수도 있었다. 어쨌든 그는 수확자이며 법 위에 있기에 무엇이든 요구할 수 있었고, 선더헤드는 그의 말에 따라야 했다. 콰절레인에서 1백 해리 안으로 들어오지 말라고 선언한다면, 선더헤드도 모든 공사 장비와 인력을 데리고 1백 해리까지 물러날 수밖에 없었다.

그러나 패러데이는 권리를 주장하지 않았다. 선더헤드를 내

쫓지 않았다.

결국에는 자신의 본능보다 선더헤드의 본능을 더 신뢰했기 때문이다. 그래서 패러데이는 스스로를 추방했다.

콰절레인 환초에는 97개의 섬이 있어, 띄엄띄엄 이어지는 원으로 가라앉은 분화구를 표시했다. 패러데이는 섬 하나를 차지할 수 있었다. 그는 이미 초반에 임무를 제쳐 두고 첫 보급선들과 함께 도착한 작은 뗏목 하나를 챙겼다. 그 배를 타고 환초의 먼 테두리에 있는 한 섬으로 향했다. 선더헤드는 그의 선택을 존중하고 혼자 있게 내버려 두었다. 그 작디작은 섬을 계획에서 빼놓았다.

하지만 다른 섬들은 아니었다.

몇몇 섬은 사람 하나가 간신히 서 있을 정도의 크기였건만, 그래도 건축물을 올릴 수 있는 곳이라면 어디에나 뭔가가 지어지고 있었다.

패러데이는 최선을 다해서 무시했다. 떠나기 전에 건설 인부들에게서 받아 낸 도구로 혼자 오두막집을 하나 지었다. 대단치는 않았지만, 대단한 집이 필요하지도 않았다. 영생을 살아갈 조용한 집이었다. 그리고 실제로 영생, 아니면 영생에 가까운 삶이 될 터였다. 아무리 큰 유혹을 느낀다고 해도 스스로를 수확하지 않기로 결심했기 때문이다. 그는 최소한 고더드가 살아 있는 동안에는 살겠다고, 하다못해 몰래 원한을 불태우기 위해서라도 그러겠다고 맹세했다.

수확자로서 그에게는 세상에 진 책임이 있었으나, 이젠 다 집어치웠다. 그는 가장 중요한 수확 제1계명인 〈죽여라〉를 지키지 않는 데 아무 죄책감도 느끼지 않았다. 그랬다. 만족스러윘다. 고더드가 누군데, 패러데이가 하지 않아도 수확은 많이 이루어지고 있을 터였다.

경멸하게 된 세상에서 따로 떨어져 지내는 게 잘못인가? 예전에도 이런 시도를 해보았었다. 아마조니아의 고요한 북부 해안, 플라야핀타다에서였다. 그때는 그저 지긋지긋한 정도였다. 아직 세상을 혐오하지는 않고, 조금 싫어하는 정도였다. 그 평온에서 그를 억지로 끌어낸 사람은 시트라였다. 그래, 시트라…… 그리고 시트라의 대담성과 눈부신 의도가 다 어떻게 되었는지 보라. 이제 패러데이는 세상을 지긋지긋하게 여기는 정도를 넘어서 철저히 싫어하게 되었다. 세상과 세상에 사는 모두를 혐오하는 수확자에게 어떤 목적이 있을 수 있을까? 아니다, 이번에는 다툼에 다시 끌려 들어갈 마음이 없었다. 무니라가 끌어내려고 노력할지는 몰라도 실패할 테고, 결국에는 포기할 터였다.

물론 무니라는 포기하지 않았지만, 패러데이는 아직까지 무니라가 포기하리라는 희망을 품고 있었다. 무니라는 일주일에 한 번 식량과 물과 키울 씨앗을 가지고 찾아왔다. 패러데이의 세상은 너무 작은 데다 토양이 너무 돌투성이여서 아무것도 키울 수 없는데도 그랬다. 무니라는 과일과 더불어 패러데이가 몰래 즐기는 진미를 가져오곤 했지만, 그는 한 번도 고맙다고 하지 않았다. 그 무엇에 대해서도. 그렇게 고마움을 모르는 태도를 보임으로써, 결국에는 무니라도 지쳐서 이스라에비아와 알렉산드리아 대도서관으로 돌아가기를 빌었다. 무니라가 있을 곳은 거기였다. 애초에 진로에서 벗어나게 하지 말았어야 했다. 이번에도 패러데이의 간섭으로 또 한 명의 인생이 망가졌다.

한번은 무니라가 하필이면 아티초크 한 바구니를 가지고 왔다.

「여기에선 자라지 않지만, 아무래도 선더헤드가 필요하다고 봤나 봐요. 지난번 보급선에 실려 왔어요.」 무니라가 말했다.

무니라에게는 그렇게 보이지 않았을지 모르지만, 이것은 상당한 발전이었다. 기억해 둘 만한 순간이었다. 아티초크는 패러데이가 제일 좋아하는 채소였으니, 섬에 아티초크가 온 것은 우연이 아니었다. 선더헤드가 수확자들과 소통하지는 못할지라도 수확자들을 아는 것은 분명했다. 선더헤드는 패러데이를 알았다. 그리고 간접적인 방식으로 그에게 손을 내밀고 있었다. 흠, 이게 선더헤드가 슬쩍 보내는 선의의 몸짓이라면, 엉뚱한 수확자에게 아부하는 셈이었다. 그렇다 해도 패러데이는 상자에 담긴 다른 식량과 함께 아티초크를 받아 들었다.

「내키면 먹도록 하지.」 그는 딱 잘라서 말했다.

무니라는 그의 무례함에 기가 꺾이지 않았다. 한 번도 그런 적이 없었다. 오히려 기대했다. 심지어 그 무례함을 의지하기까지 했다. 콰절레인 본섬에서 무니라의 생활은 수확자 패러데이를 돕기 전에 보내던 인생과 거의 다를 바가 없었다. 알렉산드리아 대도서관에서 사람들에게 둘러싸여 지낼 때도 고독한 인생이었다. 이제 그녀는 사람들에게 둘러싸인 섬 안의 낡은 벙커 안에 혼자 살면서 필요할 때만 교류했다. 대도서관의 석실마다 가득하던 수확자 일기에는 접근할 수 없지만, 읽을거리는 잔뜩 있었다. 선더헤드와 수확령 출현 이전에 이곳을 운영하던 사람들이 남기고 간 낡은 책이 많았다. 나이가 들면 황폐해지고 가차 없이 죽음에 가까워지면서 매일을 살던 사람들이 남긴 흥미로운 사실들과 허구들이었다. 부서질 듯한 책장마다 지금은 웃기게만 보이는 멜로드라마적인 음모와 열렬한 근시안이 가득했다. 자신들의 사소하기 그지없는 행동들이 중요하다고 믿고, 아는 사람과 사랑하는 사람 그리고 자기 자신을 죽음이 모두 거둬 가기 전에 어떤 성취감을 찾을 수 있다고 믿었던 사람들. 재미있는 독서였지만, 처음에 무니라는 공감하기가 힘들었다……. 그러나 읽으면 읽을수록 죽어야 했던 인간들의 두려움과 꿈을 이해하게 되었다. 오직 그 순간밖에 없었는데도, 그들 모두는 그 순간을 사는 데 어려움을 겪었다.

예전 이름을 빌리자면 〈마셜 환초〉를 대규모 무기 실험장으로 썼던 군인들이 남기고 간 기록과 일기도 있었다. 탄도 방사선 폭탄 등등. 이런 활동들도 두려움으로 인한 것이었지만, 과학과 전문성이라는 가면 뒤에 숨었다. 무니라는 그 모든 내용을 읽었다. 다른 사람이라면 건조한 보고서로 보았겠지만 무니라에게는 숨겨진 역사의 태피스트리였다. 선더헤드의 자비로운 보호와 수확자들의 현명한 수확이 있기 전 세상에서 죽을 운명인 인간으로 산다는 게 어떤 건지, 그녀는 그에 대한 전문가가 되었다고 느꼈다.

이제는 수확자들도 그리 현명하지 않지만.

노동자들 사이에 떠도는 소문 중에는 대량 수확 이야기들이 잔뜩 있었다. 미드메리카뿐만 아니라 다른 지역들에서도 점점 더 늘어 가는 추세였다. 무니라는 바깥세상이 어떻게 보면 사망 시대를 닮아 가고 있는 것은 아닐까 생각했다. 하지만 노동자들은 두려워한다기보다 심드렁해 보였다.

「우리나 우리가 아는 사람에게 일어나는 일은 아니니까요.」
그들은 그렇게 말하곤 했다.

그야 어쨌든, 대량 수확으로 1천 명이 죽었다고 해도 들통에 물 한 방울 정도이니 두드러질 리가 없었다. 하지만 사람들이 극장과 클럽을 멀리할 뿐 아니라, 보호받지 못하는 사회 집단으로부터 거리를 두려 하는 경향은 두드러졌다. 〈왜 굳이 칼날을 시험해?〉가 흔한 표현이 되었다. 고더드의 신질서가 떠오르고 선더헤드가 침묵한 이후부터 사람들은 전보다 소소한 삶을 살았다. 일종의 사망 후 시대의 봉건주의랄까, 혼자 지내면서 힘 있는 이들의 소란스러운 행동이나 다른 곳에 사는 다른 사람들에게 영향을 미치는 일들에는 신경 쓰지 않았다.

「전 낙원의 벽돌공이에요.」 본섬에서 일하는 한 건설 노동자가 무니라에게 말했다. 「내 남편은 햇빛을 즐기고, 아이들은 해변을 좋아하죠. 뭐 하러 끔찍한 일을 생각해서 감정 나노기에 스트레스를 주겠어요?」

끔찍한 일이 본인에게 닥치기 전까지는 괜찮은 철학이었다.

무니라는 패러데이에게 아티초크를 가져다준 날, 패러데이가 직접 만들어 밀물선 바로 위 해변에 놓아둔 작은 테이블에서 함께 식사를 했다. 그 자리에 앉으면 멀리서 올라가는 건물들을 볼 수 있었다. 그리고 말은 그렇게 했어도 패러데이는 두 사람이 먹을 아티초크를 구웠다.

「저쪽은 누가 일을 진행하고 있지?」 패러데이는 거대한 석호 건너편의 다른 섬들을 보면서 물었다. 그는 보통 환초 안 다른 곳에서 일어나는 일에 대해 묻지 않았는데, 오늘 저녁에는 달랐다. 무니라는 좋은 신호라고 생각했다.

「선더헤드가 처리해 두지 않은 사안은 뭐든 님부스 요원들이 감독하고 있어요. 건설 노동자들은 선더로이드라고 불러요. 완전 귀찮거든요.」 무니라는 패러데이가 웃을 줄 알고 잠시 기다렸지만, 그는 웃지 않았다. 「어쨌든 시코라가 지휘자처럼 소리를 질러 대긴 하는데, 일이 돌아가게 하는 사람은 로리애나예요.」

「어떤 일?」 패러데이가 물었다. 「아니, 말하지 말게. 알고 싶지 않아.」

그래도 무니라는 호기심을 미끼 삼아 대화를 더 밀어붙였다. 「수확자님도 못 알아보실 거예요. 완전히…… 문명의 전초 기지 같아요. 우주 개척지처럼요.」

「무슨 소란인가 알아보려고 고더드가 사절단을 보내지 않은 게 놀랍군.」 패러데이가 말했다.

「바깥세상은 아직 여기가 존재하는 줄 몰라요.」 무니라가 말했다. 「선더헤드가 다른 모두에게 사각지대로 유지하고 있나 봐요.」

패러데이는 미심쩍은 표정을 지었다. 「보급선들이 존재할 리 없는 장소에 대한 이야기를 싣고 집으로 돌아가지 않는다는 소린가?」

무니라는 어깨를 으쓱였다. 「선더헤드에겐 언제나 외딴곳에서 벌이는 프로젝트가 있잖아요. 여기에 온 사람들은 아직 아무도 떠나지 않았고, 와 있는 사람들도 여기가 어디인지, 자기들이 뭘 짓고 있는지 몰라요.」

「뭘 짓고 있는데?」

무니라는 잠시 뜸을 들였다가 대답했다. 「저도 모르지만, 의심하는 바는 있어요. 조금 덜 바보스럽게 느껴질 때 말씀드릴게요…… . 그리고 수확자님이 삐져 계시길 그만두면요.」

「삐지는 건 지나가는 감정이지.」 그는 오만하게 말했다. 「난 확고히 마음먹고 있어. 다시는 이 세상에 시달리지 않을 거야. 그래 봐야 아무 소용이 없었어.」

「하지만 수확자님은 세상을 위해 좋은 일을 많이 하셨어요.」 무니라가 그를 일깨웠다.

「그리고 노력의 보상은커녕 고통만 얻었지.」

「보상받으려고 하신 일은 아니었을 텐데요.」

패러데이는 식사도, 대화도 끝났다는 뜻으로 몸을 일으켰다. 「다음 주에는 토마토를 가져오게. 맛있는 토마토를 먹은 지 오래됐군.」

조작 방지 보안 소포 간단 설명서

박스 1: 성 확인(서명하세요.)

박스 2: 이름과, 혹시 중간 이름이 있다면 이니셜 확인(서명하세요.)

박스 3: 오른쪽 엄지손가락 끝을 이곳에 대고, 초록색이 될 때까지
  그대로 대기하세요.

박스 4: 채혈침 설명서를 참고하세요.

채혈침 설명서

- 비누와 물로 손을 씻으세요. 잘 말리세요.

- 손가락 끝에서 살짝 중심을 벗어난 부위를 선택하세요.

- 채혈침을 채혈 장치에 끼우고, 뚜껑을 열어 사용하세요.

- 박스 3에서 지시하는 자리에 핏방울을 떨어뜨리세요.

- 채혈침에 다시 뚜껑을 씌운 뒤 버리세요.

20

나선 논리

로리애나 바초크는 평생 이렇게 어지럽고 현기증이 난 적
이 없었다. 지금 알게 된 내용을 제대로 이해하려 해보았지만,
정신은 이미 신축성의 한계에 달해서 시도하기조차 힘들었다.
앉아야 마땅했지만, 앉자마자 벌떡 일어나서 걸어다니다가 벽
을 노려보고 다시 앉기를 거듭했다.

그날 아침에 소포가 하나 도착했다. 포장을 풀려면 서명을
하고 엄지손가락도 대고 피까지 떨어뜨려서 DNA를 확인해야
했다. 로리애나는 그런 포장이 존재한다는 사실조차 처음 알
았다. 누가 무엇에 대해 이렇게까지 보안을 요구할까?

첫 페이지는 배포 목록이었다. 동봉된 서류들의 사본을 받
은 사람 전원의 목록. 이런 규모의 다른 일이라면 목록에 수백
명은 올라 있을 것이다.

그러나 이 상자는 배포 목록이 딱 한 명이었다.

선더헤드는 무슨 생각을 하는 걸까? 이렇게 오직 눈으로만
보아야 하는 최우선 순위 기밀 서류를 로리애나에게 보내다니
정말로 고장이 난 게 틀림없었다. 선더헤드는 로리애나가 비

밀을 지키는 데 형편없는 사람이라는 사실도 모를까? 물론 알겠지! 선더헤드는 모든 사람의 모든 것을 알았다. 그렇다면 혹시 선더헤드가 모두에게 떠들기를 바라고 로리애나에게 보낸 것은 아닐까? 아니면 정말로 로리애나가 이 비밀을 홀로 지키리라고 믿은 걸까?

혹시 〈종소리〉도 선더헤드가 아직까지 말을 거는 유일한 사람이 자신임을 깨달았을 때 이런 기분이었을까? 종소리도 현기증이 났을까? 서성이다가 앉았다가 허공을 노려보기만 반복했을까? 아니면 선더헤드가 지구상의 목소리로 고른 사람은 더 현명하고 경험이 많았을까? 엄청난 책임감을 쉽게 받아들이는 그런 사람 말이다.

종소리에 대해서는 새로 도착하는 노동자들의 말을 통해서 들었다. 어떤 사람들은 선더헤드가 그에게 말을 한다고 믿었고, 또 다른 사람들은 믿지 않고 전형적인 음파교의 광기라고 생각했다.

「아, 진짜이긴 해.」 시코라가 말했었다. 「한번 만나 봤지. 힐리어드와 첸과 함께.」 셋 중에 살아 있는 사람은 시코라 하나뿐이다 보니, 그 만남에 대해 하는 말이 전부 의심스럽기는 했다. 「우리를 여기로 보낸 것도 그놈이야. 그 망할 좌표를 우리에게 줬지. 물론 그 〈성자〉 사업을 벌이기 전에 말이야. 그 짓거리는 다 나중에 벌인 거야. 내가 보기엔 상당히 평범했어.」

〈댁이 평범에 대해 뭘 안다고.〉 로리애나는 그렇게 말하고 싶었지만, 아무 말 없이 시코라가 하던 일을 계속하게 내버려 두었다.

1년 전 정착을 시작했을 때, 시코라는 로리애나에게 비서 일을 제안하지 않았다. 그 자리는 시코라를 호들갑스럽게 찬양하고 열렬히 사랑하는, 성취욕 강한 시종 같은 다른 신참 요원에게 돌아갔다. 흠, 로리애나는 제안을 받았어도 거절했을 것이다. 결국 그들이 여기에서 하는 모든 일은 직장의 신기루에 지나지 않았다. 누구도 봉급을 받지 못했다. 기본 소득 보장조차 없었다. 사람들이 일을 한 것은 달리 어떻게 해야 할지 몰라서였고, 배가 정기적으로 도착해 언제나 해야 할 일이 있기 때문이었다. 예전 님부스 요원들은 건설 노동에 합류하거나 사교 모임을 조직했다. 심지어 한 명은 술집을 열었는데, 순식간에 사람들이 뜨겁고 힘든 하루를 보낸 후 찾는 장소가 되었다.

그리고 환초에서는 아무도 돈을 필요로 하지 않았다. 정기 보급선이 그들이 원하거나 필요로 하는 모든 것을 가지고 왔다.

물론 시코라가 나서서 분배 책임을 맡았다. 누가 옥수수를 받고 누가 콩을 받는지 결정하는 것이 의미 있는 권력 과시라도 된다고 생각하는 모양이었다.

처음부터 선더헤드의 의지는 선더헤드의 행동으로부터 유추해야만 했다. 시작은 알아차리기도 힘들 만큼 높은 곳을 지나간 비행기 한 대였다. 그다음에는 최초의 선박들이 왔다.

그 배들이 수평선에 나타났을 때, 예전 님부스 요원들은 의기양양했다. 환초의 얼마 안 되는 자원으로 거의 한 달을 버텨내자 마침내 선더헤드가 그들의 청원을 들었고, 이제 구원을 받을 테니까!

적어도 그들은 그렇게 생각했다.

도착한 선박들은 모두 자동 조종이었기에, 승선 허락을 요청할 상대가 없었다. 그리고 일단 보급품을 내리고 나자 누구도 환영받지 못했다. 물론 누구나 배에 다시 탈 수는 있었다. 선더헤드는 누구에게든 어떤 일이든 금지하지 않았다. 하지만 배에 타는 순간 신분증이 경보를 울리며 빨간 〈불미자〉 표시보다 더 커다란 번쩍이는 파란색 경고등을 울렸다. 누구든 계속 배에 타고 있는 사람은 즉시 〈대체자〉라는 표시가 붙었고, 혹시 허풍이라고 생각할 때에 대비해서 승선 통로 바로 안에 그들의 정신을 싹 지우고 두뇌에 새로운 인공 기억을 다시 써줄 대체 콘솔도 준비되어 있었다. 기억이 대체된 사람들은 조금 전까지 자기들이 어디에 있었는지도 몰랐다.

그래서 대부분은 배에 올랐을 때보다 더 빠른 속도로 내렸고, 부두에서 멀찍이 떨어진 후에야 신분증에 붙은 표시가 사라졌다. 그럼에도 로리애나의 동료 중에는 다른 사람이 되더라도 콰절레인이 아닌 다른 곳에 가겠다고 결정한 사람이 몇명 있었다.

로리애나에게는 대체 시술을 받은 어린 시절 친구가 한 명있었다. 어느 날 카페에서 마주쳐 와락 끌어안고 수다를 떨며 고등학교 졸업 후에 어떻게 살았냐고 묻기 전까지는 그런 줄도 몰랐다.

「죄송합니다.」그 남자는 정중하게 말했다. 「사실 저는 당신을 몰라요. 누구라고 생각하시는지 몰라도 저는 이제 그 사람이 아닙니다.」

그때 로리애나는 놀라고 당황했다. 로리애나가 너무 당황스러워하니 그 남자가 커피를 사겠다고 고집하며 잠시 앉아서 대화를 나누고 갈 정도였다. 이제 그는 평생 노던리치 지역에 살면서 개 썰매 경기에 나갈 허스키와 맬러뮤트를 길렀다는 가짜 기억을 가진 개 사육사인 모양이었다.

「하지만 그게 진실이 아니라는 점이 신경 쓰이지 않아요?」 로리애나는 그렇게 물었다.

「누구의 기억도 〈진실〉은 아니에요.」 그는 지적했다. 「열 명이 똑같은 일을 완전히 다른 열 가지 방식으로 기억하죠. 게다가 내가 실제로 누구였는지는 중요하지 않아요. 지금 내가 누구인지를 바꾸지도 않아요. 난 지금의 내가 좋아요. 이전에는 그렇지 않았을 테죠. 나를 좋아했다면 대체 시술을 받았을 리 없으니까요.」

순환 논리는 아니었다. 그보다는 나선 논리에 가까웠다. 내가 행복한데 무슨 상관이냐는 특이점 속에 진실과 허구가 다 사라져 버릴 때까지 나선을 그리며 회전하는 용인된 거짓말.

그 최초의 배들이 도착한 지 1년이 지났고, 판에 박힌 일상이 자리를 잡았다. 집이 지어지고 도로가 깔렸다. 하지만 여러 섬에 1미터 두께의 콘크리트를 다지고 있는 큰 땅뙈기들은 그보다 이상했다. 건설 노동자들은 단순히 작업 지시에 따를 뿐이었다. 그리고 선더헤드의 모든 작업 지시는 언제나 합리적인 결과로 끝을 맺었기에, 모두들 작업이 끝나면 다 밝혀지겠거니 믿었다. 그 끝이 언제일지는 몰라도 그랬다.

정신을 차리고 보니 로리애나는 통신 팀 책임자가 되어 원시적인 잡음을 이용해서 선더헤드에게 고통스러울 정도로 느린 일방향 메시지를 보내고 있었다. 이상한 일자리였다. 선더헤드는 불미자의 요청을 받아들이지 않으므로, 로리애나도 선더헤드에게 아무것도 직접적으로 요청할 수 없었다. 그러니 선언형의 진술을 보낼 수밖에 없었다.

〈보급선이 도착했다.〉

〈우리는 고기를 제한 배급하고 있다.〉

〈콘크리트가 굳지 않아 부두 건설이 지연되었다.〉

그리고 닷새 후에 여분의 고기와 새로운 콘크리트 배합을 실은 배가 도착하자, 다들 직접 요청하는 형태가 아니라도 선더헤드가 메시지를 받는다는 것을 알았다.

실제 메시지를 작성하는 책임은 통신 기술자인 스털링에게 있었으나, 어떤 메시지를 보낼지는 결정하지 않았다. 그 결정이 로리애나의 일이었다. 그녀가 이 섬에서 나가는 모든 정보를 지키는 문지기였다. 그리고 정보가 많다 보니 어떤 정보를 통과시키고 어떤 정보는 보내지 말아야 할지 고르고 선택해야 했다. 이제는 선더헤드가 환초 전역에 카메라를 설치했으나, 그 카메라들은 방해 전파를 뚫고 송신하지 못했다. 모든 것을 녹화해서 물리적으로 사각지대 바깥까지 내보내야 선더헤드에게 전송할 수 있었다. 사각지대 가장자리까지 구식 광섬유 케이블을 깔자는 말도 나왔으나, 그 작업에 필요한 보급품을 아직까지 보내지 않는 것을 보면 선더헤드의 최우선 사항은 아닌 모양이었다. 그래서 선더헤드는 빨라야 하루 뒤에나 일어난 사건을 볼 수 있었다. 그래서 통신 본부는 아주 중요해졌다. 그곳이 선더헤드에게 정보를 넘길 유일한 방법이었다.

로리애나는 보안 소포를 받아서 열어 본 바로 그날, 스털링이 암호 체계를 이용해서 보내려고 준비 중이던 메시지 사이에 한마디를 끼워 넣었다. 〈왜 저죠?〉 딱 한 줄이었다.

「뭐가 왜인데요?」 스털링이 물었다.

「그냥 묻기만 해요. 선더헤드는 알 거예요.」로리애나는 대답했다.

로리애나는 스틸링에게도 소포 이야기를 하지 않기로 했다. 말을 꺼냈다가는 그 안에 무엇이 들었는지 털어놓을 때까지 달달 볶을 게 뻔했다.

스틸링은 한숨을 내쉬고 메시지를 암호화했다. 「선더헤드가 대답하지 않으리라는 건 알죠. 포도 한 송이나 그 비슷한 걸 보낼 테고, 그러면 당신은 그게 무슨 의미인지 알아내야 할 거예요.」

「선더헤드가 포도를 보낸다면 난 그걸로 와인을 만들어서 취할 거고, 그게 내 대답이 될 거예요.」

벙커에서 나가던 로리애나는 입구 바로 앞에 만든 작은 정원을 돌보던 무니라와 마주쳤다. 보급선이 필요한 모든 것을 실어 오는데도 무니라는 여전히 키울 수 있는 것들을 키웠다.

한번은 무니라가 말했다. 「이러면 내가 쓸모 있게 느껴져요. 게다가 나는 직접 키운 채소가 선더헤드가 키우는 것보다 맛있거든요.」

「저기…… 내가 선더헤드에게 뭘 받았거든요.」그녀는 무니라에게 말했다. 의논해도 안전하다고 여겨지는 유일한 사람이었다. 「그걸 어떻게 해야 할지 모르겠어요.」

무니라는 정원에서 고개도 들지 않았다. 「난 선더헤드에 관한 일은 이야기할 수 없어요. 난 수확자 밑에서 일하잖아요, 기억하죠?」

「알아요……. 단지…… 중요한 물건인데, 어떻게 해야 할지 모르겠어요.」

「선더헤드는 당신이 어쩌길 바라는데요?」

「제가 비밀을 지키길 바라죠.」

「그러면 비밀을 지켜요. 문제 해결이네요.」

하지만 그것은 나선 논리였다. 선더헤드가 정보를 줄 때는 반드시 목적이 있었다. 로리애나로서는 그 목적이 분명히 드러나기를, 그리고 분명해졌을 때 자신이 망치지 않기만을 빌 수밖에 없었다.

「패러데이 수확자님은 어떠세요?」 로리애나가 물었다. 그를 몇 달이나 보지 못했다.

「똑같아요.」 무니라가 말했다. 로리애나는 목적을 빼앗긴 수확자란 고용처를 잃은 님부스 요원보다 더 나쁜가 보다, 하고 생각했다. 「다시 수확을 시작하실 계획이 있을까요? 이젠 환초 여기저기에 노동자가 수백 명 있잖아요. 그만하면 한두 명씩 수확해도 될 만한 인구죠. 딱히 그런 장면을 보고 싶은 건 아니지만, 수확을 하지 않는 수확자는 수확자라고 할 수 없어요.」

「그분은 아무것도 할 계획이 없어요.」 무니라가 말했다.

「그래서 걱정되나요?」

「그럼 걱정되지 않겠어요?」

로리애나가 다음으로 들른 곳은 배급 본부였다. 부두 근처에 약식으로 간단하게 만든 창고로, 시코라가 많은 시간 돌아다니며 지적질을 하는 곳이었다.

로리애나가 그곳을 찾은 이유는 시코라를 가늠해 보기 위해서였다. 혹시 시코라가 평소와 다르게 행동하는지 보아야 했다. 공식 배포 목록에 있건 없건, 혹시 시코라도 같은 정보를 받았는지 확인해야 했다. 하지만 시코라는 언제나와 똑같이 관료제와 관리직의 화신이었다. 누가 봐도 쩨쩨한 짓거리의 달인이었다.

잠시 후에는 시코라도 로리애나가 와 있음을 알아차렸다.

「나에게 무슨 용건이라도 있나, 바초크 요원?」 그들이 실제 님부스 요원이 아니게 된 지 1년이 넘었는데도 시코라는 여전히 예전처럼 행동했다.

「그냥 궁금해서 그런데요. 혹시 우리가 왜 여기 콰절레인에 와 있는지 생각해 봤나요?」

시코라는 재고 정리표에서 눈을 들더니 잠시 로리애나를 살펴보았다. 「선더헤드는 여기에 공동체를 세우려 하는데, 우리를 거주민으로 뽑은 게 뻔하지. 아직 그것도 몰랐나?」

「그래요, 그건 알아요.」 로리애나는 수긍했다. 「하지만 왜요?」

「왜냐고?」 시코라는 말도 안 되는 질문이라는 듯이 말했다. 「사람이 어디서 사는 데 〈왜〉 같은 건 없어.」

대화를 그 이상 끌어 봐야 소용없었다. 로리애나는 선더헤드가 정확히 시코라가 이렇게 생각하기를 원했음을 깨달았다. 아마 그것이 시코라가 보안 소포를 받지 못한 이유이기도 할 것이다. 그 정보를 받았다면 시코라는 파이에 엄지손가락을 찔러 넣어 망치고야 말았을 것이다. 시코라는 망쳐 놓을 파이가 존재한다는 사실조차 모르는 게 최선이었다.

「신경 쓰지 말아요.」 로리애나는 말했다. 「그냥 좀 힘든 하루여서 그래요.」

「모든 게 잘 돌아가고 있어, 바초크 요원.」 시코라는 미약하게나마 아버지처럼 굴려고 했다. 「맡은 일만 하고, 큰 그림은 나에게 맡겨 둬.」

로리애나는 맡은 일을 했다. 매일매일 메시지를 보내면서 엄청난 규모의 건설 공사가 이어지는 모습을 지켜보았다. 모두가 맡은 일을 제외하면 아무것도 모르면서 일벌들처럼 맹목적으로 행복하게 일하는 모습을, 다들 다음에 용접할 리벳 말고는 아무것도 보지 못할 정도로 작아진 세계에서 살아가는 모습을.

로리애나만이 예외였고, 그녀는 시코라와 달리 큰 그림을 실제로 보고 있었다.

DNA까지 확인해야 열 수 있었던 박스 안에는 단순히 문서만 들어 있지 않았기 때문이다. 그 안에는 청사진과 도해가 여러 장 있었다. 선더헤드가 여기에 건설하려고 하는 모든 것의 계획안이 있었다.

그리고 박스를 열 때와 마찬가지로 로리애나가 서명하고, 엄지손가락 지문을 찍고, 피를 떨어뜨려서 계획을 승인해야 했다. 마치 그녀가 이 모든 일의 관리자라는 듯이. 하루 종일을 보내고 또 하룻밤을 뒤척이며 고민했지만, 다음 날 아침 로리애나는 생체 신호 승인을 내렸다.

이제 그녀는 선더헤드가 여기에 무엇을 짓고 있는지 정확히 알았다. 아직은 아무도 짐작하지 못했을 테지만, 곧 의심이 피어오를 것이다. 1년이나 2년 후면 숨기기 어려워질 것이다.

그리고 로리애나는 뛸 듯이 기뻐해야 할지, 극도의 공포를 느껴야 할지 도무지 알 수가 없었다.

웨스트메리카 수확자 동료 여러분,

여러분의 고위 수확자로서, 저는 미드메리카와 우리의 관계에 대한 여러분의 두려움과 의혹을 가라앉히고자 이 자리에 섰습니다. 단순한 진실은 우리가 인듀라를 잃은 순간부터 세상은 예전과 같지 않다는 것입니다. 치찰음 음파교인들은 뻔뻔스럽게도 우리의 권위에 반항하고, 선더헤드가 계속 침묵하면서 수십억 명이 방향을 잃었습니다. 세상은 우리에게 힘과 확신을 요구합니다.

미드메리카 수확령과의 공식 제휴안에 서명하는 것이 그 방향으로 가는 한 걸음입니다. 고위 수확자 고더드와 저는 모든 수확자가 우리를 제한하는 낡은 관습에서 해방되어 자유롭게 수확해야 한다는 데 의견을 같이합니다.

고더드와 저는 곧 각각의 제휴 문서에 서명할 노던리치, 이스트메리카, 멕시테카 고위 수확자들과 더불어 모두가 대등한 입장에서 전진할 것입니다.

확언하건대 우리는 주권을 포기하는 것이 아닙니다. 그저 우리의 목표가 같은 방향이라 선언하는 것뿐입니다. 그 목표란 서로 건강을 유지하며 각자의 수확령을 지속적으로 깨우치는 것입니다.

― 쿼카의 해, 5월 28일
웨스트메리카 고위 수확자,
메리 픽퍼드 예하의 춘계 콘클라베 연설

21
정보 누출

로리애나 바초크가 선더헤드의 비밀 업무에 DNA 승인을 한 지 2년이 넘고, 웨스트메리카가 공식적으로 미드메리카와 제휴한 지 1년이 지난 후, 수확자 시드니 포수엘루는 수확자 아나스타샤와 아침 식사 자리에 마주 앉아서 세상의 현재 상태를 이해시키려 하고 있었다.

아나스타샤는 들으면 들을수록 식욕이 떨어졌다. 고더드가 대륙 전체를 지배하는 세상을 마주할 준비가 되어 있지 않았다.

「우리 아마조니아는 계속 고더드에게 저항했지만, 사우스메리카에서도 다른 몇 지역은 고더드에게 합류하고 있어요. 그리고 지금은 그자가 판아시아에도 진지하게 접근하고 있다고 들었습니다.」

포수엘루가 입가에 묻은 노른자를 닦는 모습을 보면서 시트라는 그가 어떻게 그런 식욕을 발휘할 수 있는지 의아했다. 아나스타샤로서는 품위 있게 굴려고 깨작거리는 것이 최선이었다. 어쩌면 언제나 이런 식이었을지도 몰랐다. 생각할 수 없던 일이라도 그게 정상이 되고 나면 무감각해지는 것이다. 그녀는 그렇게 무감각해지고 싶지 않았다.

「대체 고더드는 뭘 더 원하는 거죠? 수확 할당량을 없앴으니 살인에 대한 욕망도 충족됐을 텐데요. 게다가 노스메리카의 한 지역도 아니고 다섯 지역을 다 지배하는데, 그만하면 누구든 만족해야 하지 않나요.」

포수엘루는 아랫사람을 보는 듯한 미소로 아나스타샤의 분노를 돋웠다. 「아나스타샤, 당신의 순진함이 신선하군요. 하지만 사실 권력을 위한 권력은 끝을 모르는 중독 같은 것입니다. 아마 고더드는 세상을 다 집어삼키더라도 만족하지 못할 거예요.」

「그자를 막을 방법이 분명히 있을 거예요!」

포수엘루는 다시 미소 지었다. 이번에는 아랫사람을 대하는 미소가 아니었다. 그보다는 공모자의 미소였다. 아까보다 훨씬 마음에 들었다. 「그래서 당신이 필요한 겁니다. 수확자 아나스타샤가 죽음에서 돌아왔다면 사람들이 관심을 가질 거예요. 심지어 쪼개지고 무너진 보수파에도 새로운 생명을 불어넣어 줄지 모릅니다. 그러면 우리는 고더드와 싸울 수 있을 거예요.」

시트라는 한숨을 내쉬고 불편하게 어깨를 추슬렀다. 「사람들은, 평범한 사람들은 고더드가 가져온 변화를 받아들이나요?」

「대부분의 사람들에게 수확자의 일은 수수께끼입니다. 그 사람들은 그저 멀찍이 물러나서 수확을 피하기만 바라죠.」

「하지만 그 사람들도 무슨 일이 일어나고 있는지, 고더드가 뭘 하는지는 알 텐데요.」

「알기는 하지요⋯⋯. 그리고 고더드를 두려워하기도 하지만 존경하기도 합니다.」

「대량 수확은요? 분명히 고더드가 이전보다 더 자주 저지르고 있을 텐데, 사람들이 대량 수확에는 별로 신경 쓰지 않나요?」

그 말이 나오자 포수엘루도 풀이 죽었다. 「고더드는 대량 수확 대상을 주의 깊게 고릅니다. 오직 등록도 안 되고, 보호받지 못하며, 수확당하는 모습을 보아도 대다수 인구가 개의치 않는 집단만 고르죠.」

시트라는 먹지도 않은 아침 식사를 내려다보았다. 벽에 집어던져서 접시 깨지는 소리라도 듣고 싶은 충동을 억눌러야 했다. 표적을 정해 놓은 수확은 역사적으로 새로운 일이 아니었다. 그러나 과거에는 그런 일이 벌어지면 고위 수확자가 빠르게 벌을 내렸다. 하지만 가장 높은 권한을 지닌 자가 그런 범죄를 저지른다면 누가 막겠는가. 권력자를 죽이고 다닌 사람은 로언뿐이었는데, 포수엘루가 로언에게 그런 일을 계속 허용할 리도 없었다.

고더드는 점점 더 취약한 집단을 표적으로 삼을 테고, 충분히 많은 사람이 받아들이기만 한다면 그러고도 무사히 빠져나갈 것이다.

「겉보기만큼 암울하지는 않아요.」 포수엘루는 말했다. 「위안이 될지 모르겠지만, 우리 아마조니아는 아직까지 수확 계명의 정신을 유지하고 있고 다른 많은 수확령도 그렇습니다. 아마 세상의 절반, 어쩌면 그 이상이 고더드의 사상과 방법에 반대한다고 추산하고 있어요. 고더드가 통제하는 지역에서도 할 수만 있으면 저항할 사람들이 있습니다. 믿기 어렵겠지만 음파교인들도 상당한 저항 세력으로 활동하고 있지요. 자기네 예언자가 수확당한 이후부터요.」

「예언자요?」

「아직까지도 선더헤드가 그 예언자에게 말을 한다고 믿는 사람들이 있어요. 하지만 이제는 그게 무슨 소용이겠습니까?」

그러니까 고더드는 모든 것을 갖추고 있었다. 마리가 두려워한 대로이자, 모두가 두려워한 대로였다. 수확자 아시모프가 〈가능한 모든 세계 중 최악의 세계〉라고 했던 그 상황이었다. 이제 마리는 죽었고, 희망은 품귀 상태였다.

수확자 퀴리를 생각하자 지금까지 꾹 눌러 왔던 감정이 솟구쳤다. 마리가 마지막으로 한 행동은 시트라와 로언을 구하는 것이었다. 지금까지 사망 후 세상에서 살았던 가장 고귀한 인간이라고 해도 좋을 만큼 이타적인 행동이었다. 그리고 이제 마리는 없다. 그래, 몇 년이나 지난 일이었지만 시트라에게는 아직 생생하고 쓰라린 슬픔이었다. 그녀는 포수엘루에게서 고개를 돌려 눈물을 닦으려다가 도리어 통제할 수도 없이 울음을 쏟아 내고 말았다.

포수엘루가 테이블 건너편으로 다가와서 위로하려 했다. 원치 않는 일이었다. 그에게 이런 모습을 보이고 싶지도 않았다. 하지만 그것은 홀로 감당할 수 없는 고통이기도 했다.

「괜찮아요. 메우 안주.[7]」 포수엘루는 아버지처럼 그녀를 달랬다.「당신이 말한 대로 희망이 엉뚱한 곳에 놓였을 뿐입니다.

---

7 meu anjo. 포르투갈어로 〈나의 천사〉라는 뜻.

그리고 난 당신이 그 희망을 찾아낼 사람이라고 믿어요.」

「메우 안주? 시드니, 난 누구의 천사도 아니에요.」

「하지만 당신은 천사가 맞아요.」 포수엘루가 말했다. 「고더드를 거꾸러뜨리려면 이 세상엔 천사가 필요하니까요.」

시트라는 슬픔을 쏟아 냈다. 그리고 힘이 다 빠진 기분이 들자, 다시 슬픔과 싸우며 눈물을 닦았다. 이런 순간이 필요했다. 마리에게 작별 인사를 고해야만 했다. 그리고 그렇게 하고 나니 이제 조금은 다른 기분이 들었다. 재생한 후 처음으로, 덜 시트라 테라노바 같고 더 수확자 아나스타샤 같았다.

이틀 후, 아나스타샤는 재생 센터에서 좀 더 안전한 곳으로 옮겨 갔다. 아마조니아 동쪽 끝 해변에 위치한 낡은 요새였다. 황량했지만 오히려 그래서 더 아름다웠다. 마치 달 표면에 선 성채 같았다. 달에도 바다라는 축복이 함께했다면 말이다.

현대적인 편의 시설들과 오래된 돌 방어벽이 함께 있으니 편안하면서도 위협적이었다. 아나스타샤의 방에는 여왕에게나 어울릴 법한 침대가 있었다. 포수엘루는 로언도 여기에 있다는 사실을 슬쩍 흘렸지만, 아마 로언은 왕 같은 대우를 받지 못할 터였다.

「로언은 좀 어때요?」 그녀는 실제보다 덜 걱정하는 척 포수엘루에게 물었다. 포수엘루는 매일 찾아와서 상당한 시간을 함께 보내고, 현재 세상에 대해 계속해서 브리핑하며, 인듀라 이후 변해 버린 많은 것들을 조금씩 알려 주고 있었다.

「적절한 보살핌을 받고 있습니다.」 포수엘루가 말했다. 「내가 직접 살피고 있죠.」

「그래도 여기에 우리와 같이 있지 않다는 건, 여전히 로언을 범죄자로 보신다는 뜻이군요.」

「세상이 범죄자로 봅니다.」 포수엘루가 말했다. 「내가 어떻게 보는지는 중요하지 않아요.」

「저한테는 중요해요.」

포수엘루는 천천히 시간을 들여 대답했다. 「로언 데이미시에 대한 당신의 평가는 확실히 사랑에 왜곡되어 있어요, 메우 안주. 그러므로 온전히 믿을 수는 없습니다. 하지만 완전히 불신할 것도 아니지요.」

아나스타샤는 호위하는 사람만 함께한다면 요새 안 어디든 자유롭게 다닐 수 있었다. 그녀는 호기심을 구실 삼아서, 그러나 사실은 로언을 찾으려고 성안을 탐험했다. 호위 인력 한 명은 페이쇼투라는 짜증 나는 신참 수확자였는데, 어찌나 아나스타샤에게 푹 빠졌는지 그녀의 로브만 건드려도 펑 터져 버리지 않을까 걱정될 정도였다. 오래전 모임용 홀이었을 습기 찬 공간을 지나던 아나스타샤는 돌계단 옆에 선 페이쇼투가 그녀의 일거수일투족을 하도 멍청히 쳐다보는 바람에 뭔가 말을 해야만 했다.

「이제 그렇게 쳐다보는 건 그만하죠.」 아나스타샤가 말했다.

「죄송합니다, 각하. 제가 실제로 수확자 아나스타샤를 보고 있다는 사실을 믿을 수가 없어서요.」

「나를 본다고 꼭 눈이 튀어나올 필요는 없잖아요.」

「죄송합니다, 각하. 다시는 그러지 않겠습니다.」

「여전히 그러고 있는데요.」

「죄송합니다.」

이제 페이쇼투는 태양의 광채를 보기 힘들다는 듯이 눈을 내리깔았다. 그것도 눈이 튀어나올 듯 쳐다보는 것 못지않게 불편했다. 이제부터는 이런 우스꽝스러운 대우도 견뎌야 하는 걸까. 수확자가 되는 것만으로도 나빴는데, 이제는 심지어 살아 있는 전설이 되어 버렸고, 여기에는 구역질 나는 숭배가 새로 따라오는 모양이었다.

「혹시 여쭤봐도 괜찮다면…….」 페이쇼투는 아무 데로도 이어지지 않는 좁은 계단을 빙글빙글 올라가면서 물었다. 「어땠나요?」

「좀 더 구체적으로 물어봐요.」

「인듀라가 가라앉을 때 그곳에 계신 일이요. 가라앉는 모습을 보신 일.」 그가 말했다.

「미안하지만 살아남느라 바빠서 사진을 찍지 못했네요.」 이번에는 그 질문에 정도 이상으로 짜증이 났다.

「용서하세요. 저는 그 일이 일어났을 때 수습생에 불과했거든요. 그때 이후 인듀라에 흠뻑 빠졌습니다. 생존자들 몇 명과 얘기를 해보긴 했는데요, 마지막 순간에 배나 비행기를 타고 빠져나온 사람들이요. 그 사람들이 장관이었다고 하더라고요.」

「인듀라는 굉장히 멋있는 곳이었죠.」 아나스타샤도 그 점은 인정해야 했다.

「아니요. 제 말은 침몰이요. 침몰이 장관이었다고 들었습니다.」

아나스타샤는 그 말에 어떻게 반응해야 할지 몰랐기에 침묵했다. 그리고 다음에 포수엘루를 보았을 때, 페이쇼투를 다른 곳으로 보낼 수 있는지 물었다.

오래된 요새에서 일주일을 보낸 후, 갑자기 사태가 예기치 않은 방향으로 변했다. 한밤중에 포수엘루가 수확 근위대원 몇 명과 함께 아나스타샤의 방으로 쳐들어오더니 꿈도 안 꾸고 깊이 잠들어 있던 그녀를 깨웠다.

「빨리 옷 입어요. 최대한 서둘러 떠나야 합니다.」

「아침에 서두를게요.」 시트라는 잠에서 억지로 깨서 짜증 나는 데다가, 아직 정신이 흐릿해서 상황의 심각성을 이해하지 못했다.

「정보가 누출됐습니다!」 포수엘루가 말했다. 「노스메리카에서 수확자 대표단이 왔는데, 당신이 세상으로 돌아온 걸 환영하러 온 건 확실히 아니에요.」

그 정도면 침대에서 튀어 나갈 수밖에 없었다. 「대체 누가 그걸…….」 하지만 그녀는 질문을 다 끝내기도 전에 답을 알았다. 「수확자 페이쇼투군요!」

「나쁜 놈들에 대해서는 나보다 당신이 훨씬 직관이 있어요. 나도 그놈의 의도를 알아봤어야 했는데.」

「당신은 사람을 믿는 사람이죠.」

「난 바보입니다.」

아나스타샤는 로브를 걸치자마자 막 깨어났을 때는 보지 못했던 사람을 알아차렸다. 처음에는 남자인 줄 알았는데, 불빛 속으로 걸어 나오면서 보니 여자였다. 아니, 아닐 수도 있었다. 매 순간, 조명이 바뀔 때마다 인상이 달라지는 사람이었다.

「아나스타샤, 이쪽은 제리코 소베라니스입니다. 당신을 발견한 인양선의 선장이죠. 제리코가 당신을 안전한 곳으로 데려갈 거예요.」

「로언은요?」 시트라가 물었다.

「내가 힘닿는 데까지 해볼 테지만, 당신은 당장 가야 해요!」

로언은 자물쇠가 돌아가는 소리에 깨어났다. 밖은 아직 어두웠다. 이것은 정해진 일상대로가 아니었다. 달빛이 돌 틈을 뚫고 반대쪽 벽 낮은 곳에 기다란 빛 조각을 드리웠다. 로언이 잠들었을 때는 아직 달이 뜨기 전이었고, 지금 드리운 달빛의 각도를 보니 해가 뜨기 직전 같았다. 그는 사람들이 조용히 방 안으로 들어오는 동안 자는 척했다. 사람들이 들어온 바깥 복도는 어두웠고, 가느다란 손전등 불빛 외에는 의지할 조명이 없었다. 로언에게는 어둠에 이미 적응한 눈이라는 이점이 있었다. 그러나 상대에게는 숫자의 이점이 있었다. 그는 가만히 누워서 눈을 아주 살짝만 떴다. 속눈썹 사이로 침입자들이 보일 만큼만.

모르는 사람들이었지만, 정체는 대충 알 수 있었다. 그들이 침입자라는 첫 번째 증거는 방 안이 어둡다는 사실, 그리고 누군가가 조명 스위치를 찾고 있는 듯 보인다는 사실이었다. 누군지는 몰라도 이 방이나 복도나 요새 안 다른 곳에서 원격으로 조명을 통제한다는 사실을 모르는 게 분명했다. 뒤이어 그는 수확 근위대가 허리에 차고 다니는 의식용 단검의 광채를 포착했다. 그러나 가장 또렷한 증거는 로브를 입은 두 사람과, 그 로브에 점점이 박힌 보석들이 달빛을 받아 별처럼 반짝인다는 사실이었다.

「깨워라.」 수확자 한 명이 말했다. 낯선 목소리였지만, 그것은 중요하지 않았다. 로브에 보석을 박았다는 것은 신질서라는 뜻이었다. 고더드의 추종자. 그러니 그 여자도, 그 여자의 동행도 확실한 적이었다.

근위대원 하나가 뺨을 때려 깨우려고 몸을 기울이자, 로언은 손을 뻗어 그 대원의 허리춤에 달린 의식용 단검을 잡았다. 그 칼을 근위대원에게 쓰지는 않았다. 근위대원 하나쯤 일시 사망한다 해도 아무도 신경 쓰지 않을 테니까. 그 대신 로언은 제일 가까이에 있던 수확자에게 칼날을 돌렸다. 먼저 말했던 여자가 아니라, 공격 거리까지 들어올 만큼 멍청한 놈이었다. 로언은 칼을 한 번 휘둘러서 그자의 경정맥을 벤 다음, 문 쪽으로 뛰었다.

통했다. 그 수확자는 울부짖고 팔을 흔들며 피를 쏟아서 시선을 확실히 끌어 주었다. 그 방에 있던 모두가 순간 로언을 뒤쫓아야 할지, 죽어 가는 수확자를 도와야 할지 몰라 허둥거렸다.

로언은 이것이 목숨 건 싸움임을 알았다. 세상은 그를 인듀라를 침몰시킨 괴물로 보았다. 로언과 시트라가 해저에 가라앉아 있는 동안 세상이 어떻게 변했는지는 거의 듣지 못했지만, 그 정도는 알았다. 온 인류의 의식 속에서 로언은 악당으로 못 박혀 있었고, 그 상황을 바꿀 희망도 없었다. 로언이 아는 한 선더헤드마저도 그렇게 믿을 터였다. 도망치는 길밖에 없었다.

복도를 질주하는 사이에 조명이 들어왔는데, 그 빛은 로언뿐만 아니라 추적자들도 도와주었다. 로언은 방 밖으로 나가

본 적이 없었기에 고대 요새의 배치에 대해 전혀 몰랐고, 이 요새는 어느 모로 보나 도망치기가 좋지 않았다. 오히려 갇힌 사람을 어리둥절하게 만드는 미로였다.

로언을 잡으려는 노력은 엉성하고 무계획적이었다. 그러나 조명을 켜는 데 성공했다면 보안 카메라에도 접속했을 것이고, 어쩌면 기본적인 요새 배치도 알고 있을지 몰랐다.

처음 마주친 근위대원과 수확자 몇 명은 쉽게 처리할 수 있었다. 수확자들은 전투 훈련을 잘 받기는 했으나 로언처럼 살인 기술에 능숙한 공격자와 마주한 경험이 거의 없었다. 수확 근위대는 사실 허리에 찬 단검과 마찬가지로 장식이었다. 몇백 년이나 피 맛을 보지 못했을 이 오래된 돌벽들은 오늘 피를 잔뜩 받아 먹었다.

여기가 평범한 건물이었다면 로언이 탈출하기가 훨씬 쉬웠을 테지만, 로언은 자꾸만 막다른 복도를 만나고 있었다.

시트라는 어떻게 됐을까?

벌써 저자들의 손아귀에 잡혔을까? 이 수확자들이 시트라라고 로언보다 잘 대해 줄까? 어쩌면 시트라도 이 복도를 달리고 있을지 몰랐다. 로언이 찾아내어 함께 도망칠 수 있을지도 몰랐다. 그 생각이 추진기이자 연료가 되어 로언으로 하여금 더 빨리 돌 미로 속을 달리게 해주었다.

구불구불한 막다른 복도에 네 번째로 맞닥뜨린 후, 되돌아가던 로언은 길을 막은 근위대원과 수확자를 열 명 넘게 마주쳤다. 싸워서 뚫고 가보려고 했지만, 수확자 루시퍼가 무적이라고 믿고 싶다 할지라도 로언 데이미시는 그렇지 않았다. 그는 단검을 빼앗기고 체포당해서 바닥에 엎드린 채, 오직 사망 시대의 유물일 수밖에 없는 터무니없이 불쾌한 금속 구속 장치에 두 손을 묶였다.

일단 로언이 수중에 들어오자 수확자가 다가왔다.

「내 쪽으로 돌려.」 로언의 방에서 처음 말했던 그 여자였다. 이 작전의 책임자였다. 어렴풋이 알 것 같은 얼굴이었다. 미드메리카 수확자는 아니었지만 예전에 그 얼굴을 본 적이 있었다.

「여기에서 네가 악랄하게 일시 사망으로 만든 사람은 모두 재생할 것이다.」 그 여자는 분노와 적의에 가득 찬 나머지 침을 튀기며 말했다. 「다시 살아나서 네놈의 범죄에 대한 증인이 될 것이고.」

「영원히 끝내려고 했다면 그랬을 거야.」 로언이 말했다.

「그렇다 해도 오늘 네놈이 저지른 범죄면 여러 차례 죽어 마땅하다.」

「이미 벌어 놓은 죽음에 더해서 말이지? 미안해, 한데 뒤섞이기 시작해서 말이야.」

그의 말은 그 여자의 분노를 더 부추겼다. 의도한 대로였다.

「죽음뿐만 아니라 고통도 당할 것이다. 극도의 고통이지. 노스메리카 지배 수확자께서 특정 상황에 허락한 고통. 그리고 너 정도면 가혹한 고통을 아주 많이 가한다 해도 정당하다.」

로언의 마음을 어지럽힌 건 고통에 대한 이야기가 아니라, 〈노스메리카 지배 수확자〉라는 말이었다.

「말썽을 더 일으키지 않게 일시 사망 상태로 두어라.」 여자는 한 근위대원에게 지시했다. 「나중에 재생시키도록 하지.」

「알겠습니다, 예하.」

「예하?」로언은 놀랐다. 예하라고 불리려면 고위 수확자여야 했다. 그러고 나니 마침내 상대방이 누구인지 떠올랐다. 「웨스트메리카의 고위 수확자 픽퍼드?」믿지 못할 일이었다. 「고더드가 당신네 지역도 지배합니까?」

격분해서 붉어진 얼굴이 답변했다.

「널 되살릴 필요가 없었으면 좋겠다만, 그건 내가 결정할 일이 아니지.」픽퍼드는 침을 뱉듯 말하더니 로언을 잡고 있는 근위대원들을 돌아보았다. 「피는 흘리지 말도록. 오늘의 난장판은 이미 충분해.」

그러자 근위대원 한 명이 로언의 숨통을 으스러뜨려, 앞으로 한참 겪을 불쾌한 죽음의 경험을 하나 더했다.

수확자 포수엘루는 아마조니아 수확령의 전통적인 녹색 로브를 입지 않은 수확자들을 보자마자 칼을 뽑았다. 수확자 사이에 폭력이 금지되어 있다는 사실은 신경 쓰지 않았다. 어떤 벌을 받든 싸울 가치가 있었다. 하지만 웨스트메리카의 고위 수확자가 다른 수확자들 뒤에 나타나자 다시 생각해야 했다. 그는 재빨리 칼을 칼집에 넣었지만, 혀는 날카롭게 유지했다.

「누구 권한으로 아마조니아 수확령 관할을 침범한 겁니까?」

「세계적인 범죄자를 잡는 데 허락은 필요치 않습니다.」고위 수확자 픽퍼드는 목소리를 칼처럼 강력하게 휘둘렀다. 「당신은 누구 권한으로 그자를 보호하고 있었습니까?」

「저희는 그자를 보호하는 게 아니라 구속하고 있었습니다.」

「말은 그렇게 하겠죠. 흠, 어쨌든 그놈은 이제 당신 걱정거리가 아닙니다.」픽퍼드가 말했다. 「우리가 통제하는 구급 드론이 이미 우리 비행기로 실어 갔습니다.」

「이런 행동에 따르는 결과가 있을 겁니다. 제가 장담하죠.」 포수엘루는 위협을 담아서 말했다.

「관심 없네요.」 픽퍼드가 말했다. 「수확자 아나스타샤는 어디에 있습니까?」

「아나스타샤는 범죄자가 아닙니다.」

「어디에 있어요?」

「여기에는 없습니다.」 포수엘루는 결국 대답했다.

그러자 그림자 속에서 족제비 같은 페이쇼투가 나왔다. 고더드의 총애를 얻기 위해 그들을 팔아넘긴 게 분명했다.

페이쇼투가 말했다. 「거짓말입니다. 그 여자를 이 복도 끝에 있는 방에 뒀어요.」

「얼마든지 수색해 보시죠.」 포수엘루는 말했다. 「하지만 여기서 못 찾을 겁니다. 오래전에 떠났어요.」

픽퍼드는 다른 수확자들과 수확 근위대에게 수색하라는 몸짓을 했다. 다들 포수엘루를 지나쳐서 모든 방과 벽감을 들여다보았다. 포수엘루는 그들이 아무것도 찾지 못할 줄 알았기에 내버려 두고 말했다.

「이미 저희 고위 수확자에게 이 침입을 알렸습니다. 그리고 방금 새로운 포고령이 내려졌습니다. 아마조니아 영역에서 눈에 띄는 노스메리카 수확자는 누구든 붙잡혀서 자기 수확을 강요당하게 될 겁니다.」

「감히 그런 짓을!」

「그 포고령을 수행할 증원 병력이 도착하기 전에 떠나시는 게 좋겠군요. 그리고 당신네 지배 수확자라는 작자에게, 그자

본인이든 아니면 그자를 위해서 일하는 꼭두각시 수확자 누구든 아마조니아에서는 환영받지 못한다는 사실을 알려 주시면 감사하겠습니다.」

픽퍼드는 분개하여 그를 노려보았지만, 포수엘루는 굽히지 않았다. 결국 픽퍼드의 차가운 얼굴은 무너졌고, 포수엘루는 그 안에 실제로 도사린 감정을 슬쩍 엿볼 수 있었다. 픽퍼드는 지쳐 있었다. 패배했다.

「좋습니다. 하지만 내 말을 믿는 게 좋을 거예요. 고더드가 아나스타샤를 꼭 찾겠다고 마음먹으면 찾고야 말 겁니다.」

픽퍼드 일행은 수색에 아무 성과도 올리지 못하고 돌아왔고, 그녀는 떠나자는 명령을 내렸지만 포수엘루는 아직 그녀를 보낼 준비가 되어 있지 않았다.

「어떻게 된 겁니까, 메리?」 묻는 포수엘루의 목소리에 담긴 진심 어린 실망은 픽퍼드도 무시하기 힘들었다. 「작년만 해도 고더드에게 주권을 넘기는 게 아니라고 말하지 않았습니까? 그런데 지금 당신을 보세요. 고향에서 멀리 떨어진 곳까지 와서 그자가 시키는 대로 하다니요. 메리, 당신은 고결한 여성이었습니다. 훌륭한 수확자였어요…….」

「나는 아직도 훌륭한 수확자입니다. 하지만 시대가 변했고, 우리도 같이 변하지 않는다면 다가오는 미래에 짓밟히고 말 겁니다. 당신네 고위 수확자에게 그 점을 전해 줄 수도 있겠죠.」 그러더니 그녀는 눈을 내리깔고 잠시 안으로 침잠했다. 「웨스트메리카 수확령에서 너무 많은 친구들이 고더드의 신질서에 복종하느니 스스로 수확하기를 선택했습니다. 그들은 그게 용감한 저항이라고 생각했죠. 나는 약한 모습이라고 생각합니다. 나는 결코 그렇게 약해지지 않겠노라 맹세했습니다.」

그러더니 픽퍼드는 몸을 돌려 성큼성큼 걸어갔다. 그녀의 긴 비단 로브 자락은 이제 오팔의 무게 때문에 예전처럼 우아하게 휘날리지 않았다. 바닥에 질질 끌리기만 했다.

포수엘루는 픽퍼드가 떠난 후에야 긴장을 풀었다. 아나스타샤와 소베라니스 선장이 항구에 도착했다는 소식을 이미 전달받았고, 스펜스호는 심해에서 금고실을 꺼냈던 그날 밤처럼 불을 모두 끈 채 대서양을 달리고 있었다. 그 훌륭한 선장은 능력 있고 믿음직했다. 포수엘루는 제리코가 아나스타샤를 태우고 바다 건너, 포수엘루보다 훨씬 안전하게 지킬 수 있는 친구들에게 데려다주리라 믿었다.

로언은 픽퍼드가 고더드에게 데려갈 것이 분명했다. 포수엘루의 감정은 뒤섞여 있었다. 로언이 무고하다는 아나스타샤의 주장에 대해서는 반신반의했지만, 인듀라를 가라앉히지 않았다 하더라도 그 소년이 열 명이 넘는 수확자를 끝낸 것은 사실이었다. 그 수확자들이 끝을 맞기에 마땅한 자들이었는지 여부는 중요하지 않았다. 사망 시대의 자경주의는 이 세상에 설 자리가 없었다. 모든 수확자가 그 점에는 동의했으니, 어떤 철학을 갖고 있느냐에 상관없이 이 세상 어떤 고위 수확자도 로언을 살려 두지는 않을 터였다.

포수엘루는 결국 그 아이를 되살린 것이 실수였다는 결론을 내렸다. 다시 금고실에 넣어서 심해로 돌려보냈어야 했다. 이제 로언 데이미시는 조금의 자비도 없는 지배 수확자의 장난감이 될 테니 말이다.

종소리 성서

　종소리는 도시 북쪽 가장자리에 있던 오래된 수도원에 안식처를 두고 생계를 유지하였다. 종소리는 〈신자〉와 〈마법사〉와 〈주먹〉과 함께 빵을 먹고 우정을 나누었는데, 셋 다 종소리에게는 똑같은 음색이었기 때문이다. 이리하여 높고 낮은 모든 영혼이, 인생의 봄 나절에 대(大)소리굽쇠의 요람에 앉아 지혜와 예언을 전하는 종소리를 숭배하러 찾아왔도다. 종소리는 결코 겨울을 알지 못하였으니, 태양이 다른 누구보다 그에게 밝은 얼굴을 비추었기 때문이라. 모두 기뻐하라!

심포니우스 사제의 해석

여기에 우리가 으뜸화음이라고 부르는 이들에 대한 최초의 언급이 나온다. 신자, 마법사 그리고 주먹은 인류를 구성하는 세 가지 원형이다. 오직 종소리만이 그렇게 이질적인 목소리들을 융합하여 음파에게 기껍도록 일관된 소리로 만들 수 있었다. 이 부분은 대소리굽쇠에 대한 첫 언급이기도 한데, 그 모양을 생각할 때 이는 사람이 인생에서 선택할 수 있는 두 갈래 길을 상징한다는 결론이 내려져 있다. 조화의 길, 또는 불협화음의 길이다. 오늘날까지도 종소리는 여전히 그 두 길이 갈라지는 자리에 서서, 우리에게 영원한 조화의 길로 오라 손짓하고 계시다.

코다의 심포니우스 분석

이번에도 심포니우스는 사실 관계를 지나치게 확장하는 대범한 가정을 적었다. 으뜸화음의 음표들이 원형을 나타낼 가능성도 있지만, 실제로 세 명의 개인을 가리켰을 가능성도 똑같이 존재한다. 마법사란 궁정 예인이었을 수도 있다. 주먹이란 당시에 존재했다는 소문이 도는 불을 뿜는 괴물들과 겨루던 기사였을 수도 있다. 그러나 내가 보기에 가장 지독한 실수는 종소리가 〈인생의 봄 나절에 대소리굽쇠의 요람에 앉아〉 있었다는 표현이 명백히 생식력에 대한 언급임을 심포니우스가 놓쳤다는 점이다.

22
디저트만

   종소리로서 그레이슨의 인생 대부분이 그렇듯, 공식 거처도 멘도사 사제가 선택했다. 좀 더 정확하게 말하면, 멘도사가 고위 사제들의 대회의에서 미리 고르고 승인한 거처 목록을 그레이슨에게 내밀었다.

   「당신의 명성과 함께 악명도 널리 퍼지고 있으니, 요새화하여 방어할 수 있는 장소여야 합니다.」 그러더니 멘도사는 사지선다 형식의 시험 문제처럼 보이는 목록을 내놓았다. 「우리 추종자들의 숫자도 계속 늘어나다 보니, 이 네 곳 중에서 어디든 고르시는 대로 구할 만한 기부금이 생겼습니다.」 멘도사는 말했다. 선택지는 이러했다.

  1) 거대한 석조 대성당

  2) 거대한 석조 기차역

  3) 거대한 석조 콘서트홀 또는

  4) 다른 상황에서였다면 웅장해 보였을 수도 있으나 다른 세 곳에 비하면 작아 보이는 고립된 석조 수도원

멘도사가 네 번째 선택지를 넣은 것은 소박함을 높이 사는 사제들을 만족시키기 위해서였다. 그리고 종소리는 이 과정 전체를 살짝 비웃으려고 연극적이면서도 행복한 몸짓으로 손을 들어 올려, 이 답안지에서 유일하게 틀린 답을 가리켰다. 수도원이었다. 멘도사가 가장 원치 않는 장소인 줄 알아서이기도 했고, 본인이 그런 곳을 좋아해서이기도 했다.

도시의 좁은 남쪽 끝 공원 안에 자리한 수도원은, 본래 고대 수도원을 본떠 세운 박물관이었다. 그 시도가 너무 성공적인 나머지 실제 수도원이 될 줄은 건축가들도 몰랐을 것이다. 그곳의 이름은 클로이스터스였다. 그레이슨은 수도원 건물이 한 채뿐인데 왜 이름은 복수형인지 알지 못했다.

과거 그곳의 벽에 걸렸던 오래된 태피스트리들은 사망 시대의 예술을 전시하는 다른 박물관으로 옮겨 가고, 오래된 것처럼 보이게 만든 새로운 태피스트리들이 그 자리를 대신했다. 음파교인에게 종교적으로 의미가 깊은 장면들이 있었는데, 그 모습을 보면 음파교가 생긴 지 수천 년이나 된 종교처럼 여겨졌다.

그레이슨이 이곳에서 산 지도 이제 1년이 넘었지만, 귀가한다고 해서 집에 온 기분이었던 적은 없었다. 어쩌면 집에 와봤자 여전히 자수가 놓여 피부가 가려운 제의를 걸친 종소리이기 때문이었을 것이다. 오직 개인실에 혼자 있을 때만 그 옷을 벗고 다시 한번 그레이슨 톨리버가 될 수 있었다. 적어도 그에게는 그랬다. 다른 모든 사람에게는 그가 뭘 입고 있든 언제나 종소리였지만.

시중인들은 그를 숭배하듯이 대하지 말고 평범한 존중만 표하라는 말을 몇 번이나 들었지만, 그렇게 되지 않았다. 그들은 모두 이 일을 위해 엄선된 충성스러운 음파교인이었고, 종소리를 섬길 때면 신처럼 대했다. 종소리가 지나가면 고개를 깊이 조아렸고, 종소리가 그만하라고 말하면 꾸짖음을 받았다며 기뻐했다. 도무지 이길 수가 없는 상황이었다. 그래도 그들이 광신도들보다는 나았다. 광신도들은 점점 극단적이 된 나머지 새로운 이름까지 붙었는데, 〈치찰음〉이라고, 누가 듣기에도 불쾌한 일그러지고 괴로운 소리를 가리켰다.

그레이슨이 그런 숭배 행위에서 한숨 돌릴 수 있는 유일한 상대는 아스트리드 자매였는데, 그녀는 그레이슨이 예언자라고 열렬히 믿으면서도 그렇게 대하지는 않았다. 그 대신 그녀는 그와 영적인 대화를 나누어 음파교의 진실에 마음을 열도록 하는 것이 자신의 임무라고 생각했다. 〈우주적인 조화〉와 〈성스러운 아르페지오〉에 대한 대화가 참을 수 없을 정도로 많이 이루어졌다. 그는 음파교인이 아닌 사람도 측근에 두고 싶었지만, 멘도사가 허락하지 않았다.

「누구와 어울릴지 조심해야 합니다.」 멘도사는 주장했다. 「수확자들이 갈수록 음파교를 표적으로 삼고 있으니, 누구를 믿을 수 있는지 알 수가 없어요.」

「선더헤드는 제가 누구를 믿을 수 있고 믿을 수 없는지 알아요.」 그레이슨은 말했고, 그 사실 자체가 짜증이 났다.

멘도사는 움직임을 멈추지 않았다. 수도원 사제였을 때 그는 조용하고 사색적인 사람이었으나, 이제는 달라졌다. 음파교인이 되기 이전에 마케팅 천재였던 시절로 돌아갔다. 「음파께서는 제가 필요할 때, 필요한 곳으로 보내셨습니다.」 한번은 이렇게 말하더니 〈모두 기뻐하라!〉를 덧붙이기도 했다. 그레이슨은 멘도사가 그 말을 할 때 진심이었는지 아닌지 도통 알수가 없었다. 멘도사는 종교 의식을 주도할 때조차도 언제나 〈모두 기뻐하라!〉를 윙크와 함께 내뱉는 것 같았다.

멘도사는 수확자용 서버를 해킹하여 전 세계 사제들과 끊임없이 소통했다. 「수확령 서버가 세상에서 제일 규제가 없고, 제일 감시를 받지 않거든요.」

그들이 수확령의 서버를 이용하여 전 세계 음파교 사제들에게 비밀 메시지를 보낸다는 사실을 알게 되니 만족스럽기도 하고 심란하기도 했다.

그레이슨의 개인실이야말로 진짜 안식처였다. 그곳은 선더헤드가 이어폰이 아닌 큰 소리로 말할 수 있는 유일한 장소였다. 종소리의 뻣뻣한 옷을 벗는 것보다 그 점에서 더 확실히 자유가 느껴졌다. 바깥에서 이어폰을 끼고 다니다 보면 선더헤드가 그의 머릿속에 울리는 목소리처럼 느껴졌다. 선더헤드는 다른 누구도 들을 수 없을 때만 큰 소리로 말했는데, 그럴 때면 그레이슨은 그 소리에 푹 잠기는 기분이 들었다. 목소리가 그의 내부에서 울리는 것이 아니라, 자신이 그 목소리 안에 있었다.

「말 좀 해봐.」 그는 편안한 침대에 대자로 뻗으면서 선더헤드에게 말했다. 매트리스를 직접 제작하는 추종자가 종소리를 위해 특별히 만든 거대한 침대였다. 사람들은 왜 종소리가 위대하다는 이유로 그의 삶에 있는 모든 것이 거대해야 한다고 생각하는 걸까? 그 침대는 작은 군대가 누울 수 있을 정도로 컸다. 솔직히 종소리가 침대에서 무엇을 하길 기대하는 걸까? 그레이슨은 사제들이 교묘하게 표현하듯이 〈손님을 들이는〉 드문 경우라고 해도, 그 침대에 누우면 서로를 찾기 위해 빵 조각이라도 떨어뜨려야 할 것만 같았다.

그레이슨은 대개 그 침대에 혼자 누웠다. 그러면 두 가지 선택밖에 남지 않았다. 출렁이는 거대한 매트리스에 집어삼켜져 하찮으면서도 외로운 존재라는 느낌을 받거나, 아니면 부모님의 침대 한가운데에 안전하고 편안하게 누워 사랑받았던 기억을 떠올리려고 하거나. 분명 그의 부모도 부모 노릇에 지치기 전에 한 번쯤은 그래 주었을 것이다.

「기꺼이 말하지, 그레이슨.」 선더헤드가 대답했다. 「어떤 이야기를 나눌까?」

「상관없어. 잡담이든 거창한 얘기든, 뭐든 좋아.」

「네 추종자들과 그 숫자가 어떻게 늘고 있는지에 대해 의논할까?」

그레이슨이 엎드렸다. 「넌 정말 분위기를 죽일 줄 아는구나. 아니, 난 종소리와 관계된 이야기는 아무것도 하고 싶지 않아.」 그레이슨은 침대 가장자리까지 기어가서 저녁 식사 때 집어 온 치즈케이크 접시에 손을 뻗었다. 선더헤드가 종소리로서의 삶에 대해 이야기하려 한다면 마음을 위로해 줄 음식이라도 먹어야 했다.

「음파교 운동의 성장은 좋은 일이야.」 선더헤드가 말했다. 「우리가 움직여야 할 때가 오면 믿을 만한 세력이 될 거란 뜻이니까.」

「뭐 전쟁이라도 할 것처럼 말하네.」

「그런 일은 필요치 않기를 바라고 있어.」

선더헤드는 그 말밖에 하지 않았다. 처음부터 선더헤드는 음파교인들을 어떻게 이용할지에 대해 모호하게 굴었다. 덕분에 그레이슨은 터놓고 이야기할 친구가 못 된다는 기분이 들었다.

「네가 노리는 게 뭔지도 모르면서 이용당하기는 싫어.」 그레이슨은 그 기분을 강조하기 위해 선더헤드의 카메라가 잘 보지 못하는 유일한 장소로 몸을 옮겼다.

선더헤드가 말했다. 「사각지대를 찾아냈구나. 어쩌면 넌 네가 말하는 것보다 많이 알지도 몰라.」

「무슨 소리를 하는지 모르겠네.」

에어컨 바람이 잠시 세게 불었다. 선더헤드가 내쉬는 한숨이랄까. 「상황이 확실해지면 말할게. 하지만 인류에 대한 내 계획이 성공할지 가능성이라도 계산하려면 일단 몇 가지 장애물을 극복해야만 해.」

그레이슨은 선더헤드가 〈인류에 대한 내 계획〉 같은 말을 누가 〈내 치즈케이크 레시피〉라고 할 때처럼 무심하게 말할 수 있다는 사실이 터무니없다고 생각했다.

그나저나 그 치즈케이크는 맛이 끔찍했다. 풍미라고는 없는데다 크림이 아니라 젤라틴 같았다. 음파교인들은 탐닉할 만한 감각은 청각뿐이라고 믿었다. 하지만 누군가가 유독 형편없는 바브카를 먹던 그레이슨의 표정을 읽었는지, 시중인들이 서둘러 새로운 디저트 셰프를 찾고 있기는 했다. 종소리로 살면 그랬다. 눈썹만 까딱해도 산이 움직였다. 원하든 원치 않든 간에.

「나에게 화났어, 그레이슨?」선더헤드가 물었다.

「넌 사실상 세상을 움직이잖아. 내가 화가 나든 말든 왜 신경을 써?」

「그야 신경이 쓰이니까.」선더헤드가 말했다. 「아주 많이 신경이 쓰여.」

「종소리께서 무슨 말씀을 하시든 극도로 경건히 대해야 합니다.」

「네, 알겠습니다.」

「그분이 다가오시는 모습을 보거든 멀찍이 물러나세요.」

「네, 알겠습니다.」

「그분이 계실 때는 언제나 눈을 아래로 내리깔고, 허리를 깊이 숙이세요.」

「네, 알겠습니다.」

이제는 클로이스터스의 시중인 총괄인 아스트리드 자매는 새로운 디저트 셰프를 주의 깊게 바라보았다. 영혼을 들여다보는 데 도움이라도 된다는 듯 눈도 가늘게 떴다. 「어디에서 왔다고 했지요?」

「〈형제애〉 쪽입니다.」

「〈자유의 종〉만큼 머리가 엉망은 아니었으면 좋겠군요. 분명 종소리를 섬기는 자리에 추천을 받으려면 사제의 눈에 띄었을 텐데요.」

「저는 제 일에 가장 뛰어납니다. 말 그대로, 제가 최고죠.」

「겸손을 모르는 음파교인이라.」아스트리드는 짓궂은 미소를 지었다. 「치찰음 분파라면 그 말을 했다는 이유로 혀를 자를 겁니다.」

「종소리께서는 그러시기엔 너무 현명하시죠.」

「그건 사실이에요.」 아스트리드는 동의했다. 「그분은 현명하시죠.」 그러더니 그녀는 불쑥 손을 뻗어 셰프의 오른쪽 이두근을 꽉 쥐었다. 새로 도착한 셰프는 반사적으로 팔을 긴장시켰다.

「근육이 튼튼하군요. 왜 보안 인력으로 배정되지 않았는지 놀라울 정도인데요.」

「저는 디저트 셰프입니다. 제가 휘두르는 유일한 무기는 거품기죠.」

「하지만 필요하다면 종소리를 위해 싸우겠지요?」

「종소리께 필요하다면야 뭐든 해야지요.」

「좋아요.」 아스트리드는 만족했다. 「지금 그분에게 필요한 건 오늘 밤 디저트입니다.」 그러더니 아스트리드는 주방 일꾼을 한 명 불러서 그를 안내하라고 일렀다.

그는 밖으로 나가면서 씩 웃었다. 시중인 총괄의 점검을 통과하는 데 성공했다. 아스트리드 자매는 아무리 대단한 추천을 받은 사람이라도 자기 마음에 들지 않으면 내보내기로 유명했다. 하지만 그는 아스트리드의 높은 기준에 부합했다. 수확자 모리슨은 더없이 기분이 좋았다.

「이 시점에서는 여행이 좋은 행동 방향이 될 수 있다고 생각해.」 선더헤드는 그날 저녁, 그레이슨이 제의를 벗고 긴장을 풀기 전에 말했다. 「그게 가장 효과적인 경로야.」

「이미 세계 순방은 하지 않는다고 했잖아.」 그레이슨은 대꾸했다. 「한 번에 한 사람씩이지만 세상 쪽에서 날 찾아오니까 난 그걸로 좋아. 지금까지는 너도 그 방식을 원했잖아.」

「세계 순방을 하자는 게 아니야. 그보다는 사전 예고 없이 가보지 않은 곳들을 순례하는 게 어때. 역사적인 예언자들이 그랬듯이 종소리가 세상을 여행한다고 알려지면 좋지 않을까?」

그러나 그레이슨 톨리버는 방랑벽에 시달려 본 적이 없었다. 인생이 탈선하기 전까지만 해도 집에서 가까운 곳에 있는 대면청 요원으로서 선더헤드를 돕는 것이 그의 희망 사항이었고, 집에서 가까운 곳이 안 된다면 어딘가 한곳을 집으로 삼을 생각이었다. 그레이슨에게 세상 구경은 레나페시티만으로 충분했다.

「그냥 제안이었어. 하지만 나는 이게 중요한 제안이라고 생각해.」 선더헤드가 말했다. 그레이슨이 자기 생각을 분명하게 밝혔는데도 계속 이렇게 주장하다니 선더헤드답지 않았다. 어쩌면 치찰음 분파들을 처리하기 위해 여기를 떠나야 할 때가 올지도 모르겠지만, 왜 하필 지금 이럴까?

「생각해 볼게.」 그레이슨은 그저 그 대화를 끝내려고 말했다. 「당장은 스트레스받는 생각은 그만하고 목욕을 해야겠어.」

「물론이지. 내가 목욕물을 준비할게.」

하지만 선더헤드가 준비해 준 목욕물은 너무 뜨거웠다. 그레이슨은 아무 말 없이 참았지만, 선더헤드가 무슨 생각을 하는지 의아했다. 여행하고 싶지 않다고 해서 수동 공격으로 벌을 주는 걸까? 선더헤드는 그렇게 행동하지 않는다. 그렇다면 대체 무슨 이유로 그레이슨을 뜨거운 물에 집어넣은 걸까?

새로운 디저트 셰프는 요리 천재로 알려져 있었다. 실제로 그랬다. 아니, 수확자 모리슨이 수확해 버리고 그 자리를 차지하기 전까지는 그랬다. 사실 3주 전까지만 해도 수확자 모리슨은 수플레를 굽기는커녕 물도 끓일 줄 몰랐다. 하지만 디저트 분야를 집중 훈련하여 짧은 시간 동안 가짜 행세를 할 수 있도록 기초 기술을 익혔다. 심지어 특별히 잘하는 디저트도 몇 가지 개발했다. 그는 기막힌 티라미수와 끝내주는 딸기치즈케이크를 만들었다.

처음 며칠 동안은 불안했고 미숙한 손이 갈팡질팡하는 일도 자주 있었는데, 알고 보니 그게 오히려 효과적인 연막으로 작용했다. 새로 온 시중인들은 누구나 불안해했고, 아스트리드 자매의 엄격한 눈 덕분에 근무 시간 내내 불안한 마음으로 일했다. 정황상 모리슨이 주방에서 어색하게 행동하는 것은 정상이었다.

그래도 결국에는 모리슨이 원래 오기로 한 디저트 셰프가 아니라는 점이 들통나겠지만, 오랫동안 위장을 유지할 필요는 없었다. 그리고 모리슨이 일을 끝내고 나면, 이 불안에 시달리는 하찮은 음파교인 모두가 자유로워질 것이다. 그들이 섬기는 성자는 곧 수확당할 테니까.

「선더헤드가 그동안 이상하게 굴었어요.」 그레이슨은 그날 저녁 함께 식사하던 아스트리드 자매에게 말했다. 언제나 누군가는 함께 저녁을 먹었다. 그들은 종소리가 혼자 저녁을 먹게 내버려 두지 않았다. 전날 밤에는 남극에서 찾아온 사제와 함께 했고, 그 전날 밤에는 가정용 제단에서 우아하게 돌아가는 소리굽쇠를 만들어 낸 어떤 여자와 함께 했다. 상대가 그레이슨이 실제로 같이 식사하고 싶어 하는 사람일 때는 드물었고, 그레이슨이 그레이슨으로 있을 수 있는 경우도 드물었다. 그는 식사 때마다 종소리로서 복장을 갖춰 입어야 했다. 짜증스러웠다. 제의는 쉽게 얼룩이 졌고, 그의 역할이 요구하는 만큼 깨끗하게 세탁하기는 불가능했기에 계속 갈아입어야 했다. 청바지에 티셔츠 차림으로 식사했으면 훨씬 좋았겠지만, 그런 호사를 두 번 다시 누리지 못할까 봐 두려웠다.

「이상하게라니, 무슨 뜻인가요?」 아스트리드가 물었다.

「같은 말을 반복하고…… 제가 바라지 않는 일을 해요. 딱 꼬집어 말하기 어렵네요. 그냥…… 선더헤드답지 않아요.」

아스트리드는 어깨를 으쓱였다. 「선더헤드는 선더헤드지요. 선더헤드의 행동대로 행동하고요.」

「진정한 음파교인처럼 말씀하시네요.」 그레이슨이 말했다. 조롱하려던 것은 아니었지만, 아스트리드는 그렇게 받아들였다.

「제 말은, 선더헤드는 변함이 없다는 겁니다. 선더헤드가 하는 일이 이해가 가지 않으신다면, 문제는 당신일지도 모르죠.」

그레이슨은 씩 웃었다. 「언젠가 훌륭한 사제가 되겠어요, 아스트리드.」

서버가 두 사람 앞에 디저트를 내려놓았다. 딸기치즈케이크였다.

「드셔 보세요.」 아스트리드는 그레이슨에게 말했다. 「그리고 지난번 셰프보다 조금이라도 나은지 말해 줘요.」

그레이슨은 포크로 조그맣게 잘라서 맛을 보았다. 완벽했다.

「이야, 드디어 괜찮은 디저트 셰프를 찾았네요!」 그는 아스트리드에게 말했다.

적어도 그 케이크를 먹는 몇 분 동안은 선더헤드에 대한 생각을 몰아낼 수 있었다.

수확자 모리슨은 종소리를 수확할 때 피가 흐르지 않아야 하고, 정면 공격을 하는 게 아니라 내부에 잠입해 수행해야 하는 이유를 이해하고 있었다. 종소리를 지키는 음파교인들은 자기네 예언자를 위해 기꺼이 죽을 각오인 데다 사망 시대의 불법 무기로 무장하고 있었다. 그들은 평범한 사람들과는 달리 맞서 싸울 것이다. 그러니 설령 암살 팀이 성공한다 해도, 온 세상이 음파교인들의 저항을 알게 될 터였다. 세상은 결코 수확령에 대한 그런 수준의 저항을 목격해선 안 된다. 지금까지 최선의 행동 방책은 종소리의 존재 자체를 무시하는 것이었다. 종소리를 대수롭지 않게 대하면, 실제로도 대수롭지 않아진다는 것이 전 세계 수확령들의 희망 사항이었다. 하지만 이제는 고더드가 제거하고 싶어 할 정도로 중요해진 모양이었다. 세간의 이목을 끄는 긴장된 사건이 되지 않게 하려면, 한 명이 침투하는 것이 최선이었다.

이 계획은 음파교인들의 자신감에 기대고 있다는 점에서 절묘했다. 그들은 새로운 디저트 셰프에 대해, 승인하기 전까지만 샅샅이 조사했다. 음파교인들이 안전하다고 확신한 이후에는 신분증을 바꾸어 모리슨이 그 남자인 척하기가 아주 쉬웠다.

모리슨도 지금의 일을 즐기고 있으며, 생각보다 훨씬 더 제

빵을 좋아한다는 사실을 인정해야 했다. 일단 여기 일을 마치고 나면 제빵을 취미로 삼을지도 몰랐다. 수확자 퀴리는 수확한 이들의 가족에게 직접 요리를 해주지 않았던가? 수확자 모리슨은 디저트를 대접할 수도 있을 것이다.

「언제나 여분을 더 구워요.」첫날에 수셰프가 한 충고였다. 「종소리께서는 밤에 간식을 드십니다. 보통은 달콤한 것을 찾으시지요.」

값을 매길 수 없이 귀한 정보였다.

「그렇다면 꼭 그분이 질리지 않을 디저트를 만들어야겠군요.」모리슨이 말했다.

종소리 성서

종소리는 이 생애에서나 다음 생애에서나 수많은 적을 마주하였다. 죽음의 전령이 안식처를 뚫고 들어와 차가운 손을 목에 감았을 때, 종소리는 굴복하기를 거부하였다. 무덤의 낡고 거친 파란 수의를 입은 죽음이 종소리에게 발톱을 찔러 넣었고, 과연 세속에서 종소리의 존재를 강탈하기는 하였으나, 그것이 종소리의 끝은 아니었도다. 그 대신 그분은 이 세상 위의 더 높은 옥타브로 들려 올라갔으니. 모두 기뻐하라!

심포니우스 사제의 해설

오해하지 말라. 죽음 자체는 적이 아니다. 때가 오면 우리 모두에게 자연스러운 죽음이 찾아온다는 것이 우리의 믿음이다. 이 구절이 이야기하는 것은 부자연스러운 죽음이다. 확실히 존재했던 수확자라는 이들에 대한 언급이 다시 나온다. 어두운 마법의 힘을 얻기 위해 산 사람들의 영혼을 먹어 치우던 초자연적인 존재들이다. 종소리가 그런 존재들과 싸울 수 있었다는 사실 자체가 그분의 신성성을 증거한다.

코다의 심포니우스 분석

종소리가 거하던 시절에 수확자가 존재했다는 사실에 대해서는 논쟁이 없으며, 우리가 아는 한 그들은 아직도 저승에 존재할지 모른다. 그러나 그들이 영혼을 먹었다니, 증거보다 풍문과 억측을 더 좋아하는 심포니우스라고 할지라도 너무 무리한 해석이다. 꼭 지적해 두어야겠는데, 학자들은 수확자들이 희생자의 영혼을 먹지 않았다는 데 의견이 일치한다. 그들은 그저 희생자의 살을 먹었을 뿐이다.

23
성자를 거두는 방법

종소리가 혼자서 클로이스터스의 복도와 안뜰을 돌아다녀 서는 안 된다고, 사제들은 그레이슨에게 끊임없이 말했다. 과보호하는 부모들 같았다. 건물 주변과 지붕 위에 수십 명의 경비원이 있다는 사실을 일깨워 줘야 할까? 선더헤드의 카메라들이 계속 지켜보고 있다는 사실도? 도대체 무엇을 걱정하는 걸까?

그레이슨이 침대에서 내려가 슬리퍼를 신었을 때는 새벽 2시가 조금 지나 있었다.

「무슨 일이야, 그레이슨?」 선더헤드는 그가 침대에서 벗어나기도 전에 물었다. 「내가 뭔가 해줄 일이 있을까?」

이것도 이상한 일이었다. 선더헤드가 먼저 말을 하다니.

「그냥 잠이 잘 안 와서 그래.」 그레이슨이 말했다.

「네 직감 때문인지도 몰라.」 선더헤드가 말했다. 「뭔가 불쾌한 일을 감지했는데, 정확히 뭔지 집어내지 못하는 건지도 모르지.」

「최근에 내가 딱 집어내지 못하고 있는 불쾌한 일이라면 너밖에 없어.」

선더헤드는 그 말에 대답하지 않았다.

「마음이 불안하다면, 멀리 여행을 가면 진정되지 않을까?」

「뭐야, 지금? 한밤중에?」

「그래.」

「그냥 일어나서 떠나라고?」

「그래.」

「그러면 왜 내 마음이 진정되는데?」

「이 시점에서는…… 그것이 현명한 행동 경로가 될 거야.」

그레이슨은 한숨을 내쉬고 문 쪽으로 다가갔다.

「어딜 가는 거야?」 선더헤드가 물었다.

「어디겠어? 먹을 걸 가지러 가.」

「이어폰 잊지 마.」

「왜? 네 잔소리를 계속 들으라고?」

선더헤드는 잠시 머뭇거리다가 말했다. 「잔소리하지 않겠다고 약속할게. 그래도 이어폰은 껴야 해. 이것만은 아무리 강조해도 지나치지 않아.」

「알았어.」

그레이슨은 선더헤드를 입 다물게 하기 위해서 협탁에 놓아둔 이어폰을 집어 들고 귀에 꽂았다.

종소리는 언제나 대부분 시중인들과 거리를 유지했다. 모리슨은 종소리가 그의 〈단순한〉 생활이라는 무대 뒤에서 얼마나 많은 사람이 일하는지 모르지 않나 의심했다. 그들은 언제나 종소리가 다가오는 모습을 보면 생쥐처럼 달아났기 때문이다.

종소리가 볼 때 수도원 요새에는 수십 명이 일할 뿐, 대부분 비어 있었다. 사제들은 그런 상태를 유지하고 싶어 했다. 「종소리께서는 사생활이 필요합니다. 종소리께서는 혼자 위대한 생각에 골몰할 평화가 필요해요.」

모리슨은 매일 밤늦게까지 주방에 있었다. 소스를 만들고, 페이스트리 반죽을 준비했는데, 사실은 종소리가 야식을 찾아 내려올 때 주방에 있기 위해서였다.

마침내 닷새가 지나서 기회가 찾아왔다.

다음 날 아침에 쓸 팬케이크 반죽을 끝낸 모리슨이 불을 끄고 구석에서 졸다 깨다 하며 기다리고 있는데, 새틴 파자마를 입은 누군가가 아래층으로 내려와서 냉장고 문을 열었다. 희미한 냉장고 불빛으로 모리슨과 비슷한 나이의 청년을 볼 수 있었다. 기껏해야 스물한두 살로 보였다. 특별해 보이지도 않았다. 모두가 수군거리고 그토록 겁내는 〈성자〉의 모습은 전혀 아니었다. 모리슨은 종소리라는 사람이 텁수룩한 수염에 갈기 같은 머리를 기르고 미친 사람의 눈을 했을 줄 알았는데, 이 청년은 자다가 깬 머리에 눈곱이 꼈을 뿐이었다. 모리슨은 어둠 속에서 한 걸음 앞으로 나섰다.

「반향자시여.」 그가 말했다.

종소리는 움찔하다가 손에 든 치즈케이크 접시를 떨어뜨릴 뻔했다. 「누구세요?」

모리슨은 열린 냉장고 불빛이 닿는 곳으로 걸어 나갔다. 「파티시에에 불과합니다, 반향자시여. 놀라시게 하려던 건 아닙니다.」

「괜찮아요. 예상 못 했을 뿐이에요. 사실은 만나서 반갑네요.

얼마나 많은 일을 잘하고 있는지 말씀드리고 싶었거든요. 지난번 셰프보다 확실히 나아요.」 종소리가 말했다.

「흠, 저야 몇 년이나 훈련했으니까요.」 모리슨이 말했다.

선더헤드가 이렇게 평범하고 겸손한 남자를 지상의 대변인으로 골랐다니 믿기 힘들었다. 반대론자들의 말대로 사기에 불과한지도 몰랐다. 그러니 더욱 이 남자의 비참한 인생을 끝내야지.

모리슨은 다가가서 서랍을 하나 열고 포크를 꺼냈다. 그 포크를 종소리에게 내밀었다. 모리슨은 이것이 진심 어린 몸짓으로 보일 줄 알았다. 그리고 이렇게 하면 종소리에게 가까이 갈 수 있었다. 붙잡아서 목을 부러뜨릴 거리까지.

「제 디저트를 좋아하시다니 기쁘군요.」 모리슨은 포크를 건네면서 말했다. 「제게 큰 의미가 있습니다.」

종소리는 포크로 치즈케이크를 찍어서 한 입 먹더니, 그 맛을 음미했다.

「당신이 기쁘다니 저도 기쁘군요.」

다음 순간 종소리는 포크를 들어 올려 모리슨의 눈을 찍었다.

그레이슨은 알았다.

묻지 않고도 알았다. 선더헤드가 해준 말 때문이 아니었다. 선더헤드의 침묵 때문에 알았다.

그레이슨은 갑자기 모든 게 맞아 들어가는 것을 느꼈다. 선더헤드는 내내 실제 경고를 하지 않으면서 경고하려고 애썼다. 떠나라는 제안…… 그것은 여행을 하자는 게 아니라 도망치라는 말이었다. 목욕도 그랬다. 〈뜨거운 물〉에 빠진다는 의미였다. 그레이슨은 문자 그대로만 생각해서 의미를 이해하지 못했던 스스로를 욕했다. 선더헤드는 직접 경고할 수 없었다. 그랬다간 수확자의 일에 노골적으로 개입하는 셈이 되고, 그것은 법에 어긋나니까. 선더헤드는 무수히 많은 일을 할 수 있었으나, 법을 어길 수는 없었다. 그레이슨이 수확당하는 모습을 무력하게 지켜볼 수밖에 없었다.

그러나 그레이슨의 이어폰에 울리는 침묵. 그 침묵이 어떤 경고음보다 더 크게 울렸다.

셰프가 어둠 속에서 걸어 나오고 그레이슨이 움찔했을 때, 그것은 그냥 움찔이 아니었다. 심장이 쿵 뛰어올랐다. 투쟁 도피 반응이 일어나다시피 했다. 과거에는 그런 반응이 일어날 때마다 선더헤드가 재빨리 달래 주었다. 그러니 이번에도 선더헤드는 이렇게 말했어야 했다. 〈디저트 셰프일 뿐이야. 널 한번 보려고 했을 뿐이지. 친절하게 대해 줘.〉

그런데 선더헤드는 그렇게 말하지 않았다. 아무 말도 하지 않았다. 그것은 눈앞의 남자가 수확자이며, 그레이슨이 수확당하기 직전이라는 뜻이었다.

그레이슨은 한 번도 방금처럼 폭력적인 행동을 한 적이 없었다. 슬레이드 브리저로 살던 때에도 날카로운 물건으로 남을 공격하는 것 같은 무자비한 짓은 해보지 않았다. 그러나 지금은 그래도 정당했다. 선더헤드도 이해할 것이다.

그래서 포크로 남자의 눈을 찍은 그레이슨은, 살기 위해 뒤도 돌아보지 않고 주방에서 도망쳤다.

수확자 모리슨은 하려고만 했다면 대공명에 맞먹는 비명을 내질렀을 것이다. 하지만 그는 큭 소리 한 번으로 참아 내고 고통과 싸우면서 눈에 꽂힌 포크를 뽑았다. 많은 신질서 수확자들과 달리 그는 진통 나노기를 낮춰 놓지 않았기에, 벌써 쏟아져 들어온 진통제로 머리가 어지럽고 멍해졌다. 이 난장판을 바로잡으려면 정신을 똑바로 차려야 하니, 통증뿐만 아니라 진통제 효과에도 맞서 싸워야 했다.

거의 다 됐는데! 연극을 바로 그만두고 하러 온 일을 했다면 지금쯤 종소리는 죽어 있을 터였다. 어떻게 모리슨이 이토록 어설플 수가 있었을까?

성자는 수확자의 의도를 알아차렸다. 수확자가 그곳에 온 목적을 눈치챘다. 정말 신통력이 있거나, 선더헤드가 말해 주었거나, 아니면 모리슨이 한 어떤 행동이 암시를 주었을 것이다. 모리슨도 들통날 가능성을 염두에 두었어야 했다.

그는 다친 눈에 한 손을 올린 채, 더는 실수하지 않겠다고 다짐하며 종소리를 뒤쫓았다. 임무를 완수할 것이다. 처음 원했던 것처럼 깔끔하게 끝내지는 못하고 지저분해지겠지만, 그래도 일을 완수할 것이다.

「수확자야!」 그레이슨이 주방에서 도망치며 외쳤다. 「살려 줘! 수확자야!」

돌벽 사이에서는 모든 소리가 메아리쳤으니, 분명 누군가는 그 소리를 들었을 것이다. 하지만 또 돌벽 속에서는 소리가 예기치 못한 방향으로 튀기도 했다. 경비원은 모두 다 내부가 아니라 바깥과 지붕 위에 있었다. 그들이 그레이슨의 목소리를 듣고 행동을 취할 때쯤에는 너무 늦을 터였다.

「수확자야!」

슬리퍼 때문에 속도가 느려지기에 벗어던졌다. 그레이슨이 가진 유일한 이점은 습격자보다 클로이스터스를 더 잘 안다는 것뿐이었다. 그리고 그레이슨에게는 선더헤드가 있었다.

「나를 도와줄 수 없다는 건 알아. 그게 법에 어긋난다는 것도 알아. 하지만 네가 할 수 있는 일도 있어.」

여전히 선더헤드는 대답하지 않았다.

그레이슨은 뒤에서 문이 열리는 소리를 들었다. 누군가가 비명을 질렀다. 그게 누구였는지, 무슨 일이 일어났는지 돌아볼 수는 없었다.

〈난 선더헤드처럼 생각해야 해. 선더헤드는 개입할 수 없어. 자기 의지로 나를 돕는 일은 아무것도 할 수 없어. 그러면 뭘 할 수 있지?〉

그런 식으로 생각해 보니 답은 간단했다. 선더헤드는 인류의 종복이었다. 즉 인간의 명령에는 따를 수 있었다.

「선더헤드! 나 이제 그 여행 갈 준비 됐어. 사람들을 깨우고 지금 즉시 떠난다고 말해 줘.」 그레이슨이 말했다.

「물론이야, 그레이슨.」 선더헤드가 말함과 동시에 수도원 안의 모든 침실 알람이 울리기 시작했다. 조명도 전부 다 들어왔다. 복도는 눈이 부실 정도로 밝아졌고, 안뜰에는 투광 조명 불빛이 쏟아졌다.

뒤에서 또 누군가가 고함치는 소리가 들렸다. 돌아보니 그 사이 가까워진 수확자의 손에 한 남자가 쓰러지고 있었다.

「선더헤드, 너무 밝아서 눈이 아파. 내부 복도의 불빛을 꺼

줘.」그레이슨이 말했다.

「물론이야.」선더헤드가 차분하게 말했다.「불편을 초래해서 미안해.」

복도 불빛이 다시 꺼졌다. 눈동자가 밝은 빛에 적응한 상태였기 때문에, 이제는 아무것도 볼 수 없었다. 그것은 수확자도 마찬가지였다. 빛 때문에 눈이 잠깐 멀었다가, 이젠 어두워져서 보이지 않게 됐을 것이다!

그레이슨은 복도가 왼쪽과 오른쪽으로 갈라지는 지점에 이르렀다. 어둠 속에서도 그는 수확자가 다가오고 있음을 알았고, 어느 쪽으로 가야 할지도 알았다.

모리슨은 주방을 떠나면서 종소리가 슬리퍼를 걷어차 벗어 버리고 허둥지둥 달려가는 모습을 볼 수 있었다. 종소리는 도움을 청했지만, 모리슨은 누군가가 도착하기 전에 그를 잡을 수 있을 터였다.

옆에서 문이 열리더니 웬 여자가 나왔다. 누구인지는 알 수 없었다. 신경 쓰지도 않았다. 그는 여자가 무슨 말을 하기 전에 손바닥 안쪽으로 쳐서 코를 부러뜨렸고, 코뼈를 뇌 깊숙이 박아 넣었다. 여자는 비명을 지르며 쓰러졌고, 머리가 돌에 닿기도 전에 죽었다. 그것이 그날 밤 그의 첫 수확이었고, 마지막도 아닐 터였다.

그때 온 복도를 밝힐 정도로 휘황하게 조명이 켜졌다. 모리슨은 갑작스러운 빛에 눈을 가늘게 떴다. 또 문이 하나 열렸다. 수셰프가 나온 문안에서는 알람이 울려 대고 있었다.

「이게 대체 무슨 난리야?」

모리슨은 심장이 멈출 만한 힘으로 수셰프의 가슴을 때렸지만, 한쪽 눈만 뜨고 있었더니 거리 조절에 실패했다. 주먹을 한 번 더 날려서야 일이 끝났다. 그리고 음파교인은 대부분 나노기를 제거했기 때문에, 심장이 다시 뛸 리도 없었다. 그는 죽어가는 남자를 밀어서 치우고 계속해서 종소리를 따라갔다. 하지만 불빛이 켜졌을 때만큼이나 빨리 꺼지자 그는 완벽한 어둠에 잠기고 말았다. 그는 속도를 늦추지 않으려고 쏜살같이 달리다가 돌벽에 거세게 부딪혔다. 막다른 길일까? 그럴 리가 없었다. 눈이 다시 어둠에 적응되자, 이제 복도가 왼쪽과 오른쪽으로 갈라진다는 사실을 알 수 있었다. 하지만 종소리는 어느 쪽으로 갔을까?

등 뒤에서 건물 안이 다 깨어나고 경비원들이 움직이는 소란스러운 소리가 들렸다. 이제 다들 침입자가 있다는 사실을 알았다. 빨리 움직여야 했다.

어느 쪽으로 갈까? 왼쪽, 아니면 오른쪽? 그는 왼쪽을 골랐다. 확률은 50퍼센트였다. 그보다 더 나쁜 확률에도 맞서 보았다.

그레이슨은 계단 밑으로 뛰어내려 차고로 이어지는 문을 밀어서 열었다. 안에는 차가 열 대 정도 서 있었다. 「선더헤드! 여행할 준비 됐어. 제일 가까운 차 문을 열어 줘.」

「문 열었어. 즐거운 여행이 되길, 그레이슨.」

문 하나가 열리고, 자동차 내부 조명이 들어왔다. 그레이슨은 그 차고를 떠날 생각이 없었다. 차 안으로 들어가서 문을 닫기만 하면 된다. 차 유리는 방탄이었고, 폴리카보네이트로 만든 문은 총탄도 막을 수 있었다. 일단 그 차 안에 들어가기만 하면 등딱지 속에 몸을 숨긴 거북이였다. 수확자가 아무리 노력한다 해도 그레이슨을 잡을 수 없을 것이다.

그레이슨은 차 문으로 뛰어들었고……

뒤에서 수확자가 달려들어 그레이슨이 안전한 곳에 도착하기 직전에 그의 다리를 잡고 끌어 내렸다.

「시도는 좋았어.」 수확자가 말했다. 「거의 성공할 뻔하기도 했고.」

그레이슨은 몸을 비틀고 꿈틀거렸다. 수확자가 제대로 붙잡는 순간 모든 게 끝이었다. 다행히도 그레이슨이 입은 파자마는 매끄러운 새틴이었고, 수확자는 제대로 자세를 잡지 못했다.

「이러고 싶진 않잖아.」 그레이슨이 말했다. 「나를 수확한다면 인류는 선더헤드를 잃게 돼. 내가 유일한 연결 고리야!」

수확자는 그레이슨의 목에 손을 올렸다. 「내 알 바 아니야.」

하지만 그 목소리에 실린 망설임으로 그레이슨은 수확자가 내심 신경 쓰고 있다는 사실을 알았다. 아무리 조금이라 해도, 그것이 그레이슨에게는 삶과 죽음의 차이를 낳을 수 있었다.

「선더헤드는 네가 무슨 짓을 하는지 보고 있어.」 그레이슨은 숨통이 빠르게 조여드는 가운데 속삭였다. 「너를 막을 수도 없고, 너를 해칠 수도 없지만, 네가 사랑한 모두를 벌할 수는 있어!」

목을 조이는 손길이 조금 느슨해졌다. 선더헤드가 복수를 추구할 리 없지만, 수확자는 그 사실을 몰랐다. 그 말이 허풍이라는 사실을 알아내기는 할 것이다. 1~2분만 있으면 그럴 테지만, 지금은 그보다 짧은 순간만 얻어 내도 승리였다.

「선더헤드는 너에게 품은 대단한 계획이 있어.」그레이슨은 말했다. 「네가 고위 수확자가 되기를 바라지.」

「넌 내가 누군지도 모르잖아.」

「안다면?」

「거짓말쟁이!」

그 순간 그레이슨의 귓속에서 갑자기 음악이 들렸다. 그레이슨은 모르는 사망 시대의 노래였지만, 그 노래가 흘러나오는 데는 이유가 있을 터였다. 선더헤드가 직접 도울 수는 없다 해도 그레이슨이 스스로를 구제할 도구는 내놓을 수 있었다.

「〈그게 진실이 아니라는 걸 넌 알지.〉」[8] 그레이슨은 정확하게 따라 부르는지 확신도 없이 가사를 따라 했다. 「〈내가 거짓 말쟁이라는 것도 알고.〉」[9]

그러자 수확자의 눈이 커졌다. 마치 그 가사가 마법의 주문이라도 된다는 듯, 못 믿겠다는 표정으로 얼어붙었다.

다음 순간 음파교 경비원들이 쏟아져 들어와서 수확자를 붙잡았다. 수확자는 맨손으로 경비원 두 명을 수확하는 데 성공했지만, 결국에는 제압당해 바닥에 짓눌렸다.

끝이었다. 수확자 모리슨은 알았다. 놈들이 그를 죽일 것이다. 그리고 재생하지 못하게 그의 몸을 불로 태우리라. 그는 음파교인들의 손에 오늘 끝난다. 이보다 더 굴욕적인 죽음이 있

---

8 You knew that it would be untrue. 짐 모리슨과 레이 맨저릭이 결성한 록 밴드 도어스의 노래 「나를 불태워 줘 Light My Fire」 가사.

9 You knew that I would be a liar. 각주 8 참고.

을까?

그는 이쪽이 더 나을 수도 있다고 생각했다. 이렇게 비참하게 실패한 후 고더드를 마주하는 것보다는 나을지도 모른다고.

하지만 그때 종소리가 났었다.

「멈춰요. 죽이지 말아요.」

「하지만 반향자시여…….」 희끗희끗한 머리가 벗어져 가는 남자가 말했다. 경비원은 아니었다. 아마도 저 이상한 종교의 사제일 것이다. 「저놈을 죽여야 합니다. 그것도 빨리요. 본보기로 삼아서 다시는 이런 시도를 하지 못하게 해야 합니다.」

「저 사람의 삶을 끝내 봐야 우리가 싸울 준비도 되지 않은 전쟁을 시작할 뿐이에요.」

사제는 짜증스러워하는 기색이 역력했다. 「반향자시여, 제가 조언을 꼭 해야겠는데…….」

「멘도사 사제의 의견을 묻지 않았습니다. 이건 내 결정이에요.」

그러더니 종소리는 경비원들을 돌아보았다. 「내가 결정을 내릴 때까지 저 수확자를 어딘가 가둬 두세요.」

사제가 다시 한번 항의하려고 했지만 종소리는 사제를 무시했고, 모리슨은 질질 끌려 나갔다. 우습지만 갑자기 새틴 파자마를 입은 종소리가 몇 분 전만큼 우스꽝스러워 보이지 않았다. 조금이지만 성자처럼 보였다.

「무슨 생각을 한 겁니까?」

멘도사 사제는 격분해서 종소리의 방 안을 걸어다녔다. 뒤늦은 일이지만 이제는 문마다, 창문마다 경비원이 서 있었다.

멘도사는 멍청한 녀석이라고 생각했다. 어디든 혼자 가지 말라고 경고했는데, 심지어 밤에 그러고 다니다니. 자기가 자초한 일이라고.

「그리고 왜 그놈을 살려 둔 겁니까? 그 수확자를 죽여서 태우면 고더드에게 선명한 메시지가 될 텐데요.」 멘도사가 말했다.

종소리는 동의했다. 「맞아요. 그리고 그건 음파교인들이 너무 반항적이 되었으니 싹 지워 버려야 한다는 메시지가 되겠죠.」

「그놈은 이미 우리를 없애고 싶어 합니다.」

「없애고 싶어 하는 것과, 실제 자기 수확자들을 움직여서 실행하는 건 완전히 다른 얘기입니다.」 종소리는 고집을 꺾지 않았다. 「고더드가 화를 폭발시키지 못하게 시간을 끌면 끌수록 우리가 싸울 준비를 할 시간도 늘어나죠. 모르겠습니까?」

멘도사는 팔짱을 꼈다. 이제는 여기에서 무슨 일이 벌어지는지 분명히 알 것 같았다.

「당신은 겁쟁이야! 수확자를 죽이는 것 같은 대담한 짓은 하기가 무서운 거지!」

종소리는 앞으로 나서서 어깨를 폈다.

「한 번만 더 날 겁쟁이라고 부르면 당신은 수도원으로 돌아가게 될 것이고, 다시는 나를 위해 일할 수 없을 겁니다.」

「감히 그런 짓을!」

「경비원.」 종소리는 제일 가까이에 서 있는 경비원에게 손짓했다. 「멘도사 사제님을 방으로 모셔 가서 정오 종이 울릴 때까지 가둬 두세요. 무례를 저지른 벌입니다.」

경비원은 주저 없이 앞으로 나와 사제를 붙잡음으로써 자신은 물론이고 모든 경비원이 누구의 명령에 복종하는지 분명히 밝혀 주었다.

멘도사는 경비원을 떨쳐 냈다. 「내가 직접 걷겠네.」

하지만 멘도사는 떠나기 전에 멈춰 서서 심호흡을 하고는 종소리를 돌아보았다. 「용서하십시오, 반향자시여. 제가 그릇된 행동을 했습니다.」

하지만 멘도사 본인이 듣기에도 진심이라기보다는 너무나 아첨처럼 들렸다.

멘도사가 나가자 그레이슨은 무너지듯 주저앉았다. 그런 식으로 멘도사에게 맞서기는 처음이었다. 하지만 종소리가 위협당하는 모습을 용납할 수는 없었다. 아무리 종소리를 만들어 낸 남자라고 해도 안 된다. 사제에게 제대로 면박을 줬으니 기분이 좋아야 했지만, 그렇지 않았다. 어쩌면 그래서 선더헤드가 다른 사람이 아닌 그레이슨을 선택했는지도 몰랐다. 다른 사람들은 권력에 물들었지만, 그레이슨은 권력의 맛을 좋아하지 않았다.

하지만 맛을 들일 수도 있을 것이다. 그래야 할지도 몰랐다.

클로이스터스에는 지하 감옥이 없었다. 중세 건축물을 모방해 만들었을 뿐, 실제로 기능하게 제작되지는 않았기 때문이다. 그래서 모리슨은 여기가 박물관이던 시절 누군가의 사무실로 사용되었을 방으로 끌려갔다.

음파교 경비원들은 이런 일을 하도록 훈련받지 못했다. 그들에게는 어떤 종류의 구속구도 없었다. 그런 물건은 오늘날 박물관에서나 찾을 수 있었고, 여기는 그런 종류의 박물관이 아니었다. 그래서 그들은 부겐빌레아를 돌벽에 고정하는 데 쓰던 플라스틱 정원 끈으로 그를 묶었다. 경비원이 지나치게 많았다. 팔다리에 한 명씩만 붙어도 충분했을 텐데, 팔 하나에 여섯 명씩 붙어서 꽁꽁 묶는 바람에 모리슨의 두 손은 자줏빛이 되었고 발은 얼음장처럼 차가워졌다. 모리슨으로서는 운명이 결정될 때까지 기다릴 수밖에 없었다.

새벽녘이 되어서야 닫힌 문 바깥에서 오가는 대화 소리가 들렸다.

「하지만 반향자시여…….」 한 경비원이 말했다. 「안에 들어가시면 안 됩니다. 저놈은 위험해요.」

「묶어 뒀나요?」 종소리가 물었다.

「네.」

「저 사람이 그걸 풀 수 있나요?」

「아니요. 저희가 확실하게 묶었습니다.」

「그렇다면 문제가 뭔지 모르겠군요.」

문이 열렸다. 종소리가 안으로 들어오더니 문을 닫았다. 헝클어져 있던 머리를 빗고, 의례용 복장을 하고 있었다. 불편해 보였다.

수확자 모리슨은 살려 줬다고 종소리에게 고마워해야 할지, 아니면 이렇게 굴욕적인 꼴로 내버려 두었다고 욕해야 할지 알 수 없었다.

모리슨은 퉁명스럽게 말했다. 「그래서 선더헤드에게 나에 대한 계획이 있다고?」

「거짓말이었어요.」 종소리가 말했다. 「당신은 수확자죠. 선더헤드는 당신을 두고 계획을 짤 수가 없어요. 당신에 대해서는 아무것도 할 수 없죠.」

「하지만 내가 누군지 너에게 말해 줬잖아.」

「그렇지도 않아요. 하지만 결국에는 알아냈죠. 수확자 모리슨, 맞죠? 당신의 수호 위인이 내가 읊은 가사를 적었죠.」

모리슨은 대답하지 않고 다음에 나올 말을 기다렸다.

「눈은 벌써 나은 것 같네요.」

「거의. 아직 앞이 흐리긴 해.」 모리슨이 말했다.

「대부분의 음파교인들은 치유 나노기를 제거한다는 거 알고 있었어요? 멍청한 짓이라고 생각해요.」

모리슨은 시선을 맞추고, 나아 가는 중인 눈을 깜빡여 종소리를 가늠해 보았다. 음파교인들의 영적인 지도자가 음파교인들의 행동을 멍청하다고 하다니. 이건 시험일까? 반대하는 말을 해야 하는 걸까? 아니면 찬성하는 말을 해야 하는 걸까?

「지금 네가 한 말에 해당하는 사망 시대의 표현이 있지 않았나?」 모리슨이 말했다. 「뭐였더라? 신성 욕? 신성 모독, 그래, 그거야.」

종소리는 잠시 모리슨을 보더니 다시 말했다. 「선더헤드가 나에게 말한다는 걸 믿어요?」

모리슨은 그 질문에 대답하고 싶지 않았지만, 이제 와서 무슨 상관인가? 「그래, 믿어.」 그는 인정했다. 「믿지 않았다면 좋았겠지만, 믿어.」

「좋아요. 그러면 이야기가 더 쉬워지겠네요.」 그러더니 종소리는 그의 맞은편에 놓인 의자에 앉았다. 「선더헤드가 나를 선택한 건 내가 음파교인이라서가 아니에요. 난 음파교인이 아니거든요. 선더헤드가 날 선택한 건······ 누군가를 선택해야만 했기 때문이에요. 하지만 음파교인들이 제일 먼저 믿었어요. 내가 나타난 게 음파교의 교리에 맞아떨어지거든요. 그래서 지금 난 종소리예요. 사람으로 태어난 음파. 웃기는 건 내가 예전에는 평범한 님부스 요원이 되고 싶었다는 거예요. 지금은 내가 유일무이한 님부스 요원이죠.」

「왜 이런 소리를 다 하는 거지?」

종소리는 어깨를 으쓱였다. 「그러고 싶으니까요. 못 들었어요? 종소리는 하고 싶은 일은 뭐든 할 수 있어요. 거의 수확자와 비슷하죠.」

두 사람 사이에 정적이 내려앉았다. 모리슨에게는 어색한 시간이었지만, 종소리에게는 그렇지도 않은 것 같았다. 그는 그저 모리슨을 바라보며 생각하고, 고민하고, 사실은 성자가 아닌 성자가 할 만한 심오한 생각을 했다.

「우린 고더드에게 당신이 임무에 실패했다고 말하지 않을 거예요.」

그것은 모리슨이 예상치 못한 말이었다. 「그래?」

「자, 봐요. 종소리가 실제로 누군지 아는 사람은 없어요. 수확령이라고 해도 마찬가지예요. 당신은 어젯밤에 네 명을 수확했죠. 그중 한 명이 종소리가 아닐지 누가 알겠어요? 그리고 만약 내가 갑자기 설명도 없이 보이지 않게 된다면 당신이 성공한 것처럼 보이겠죠.」

모리슨은 고개를 저었다. 「결국에는 고더드가 알아낼 거야.」

「결국에는 알아낸다는 게 핵심이에요. 우리가 준비가 될 때까지는 알아내지 못할 겁니다. 몇 년이 걸릴 수도 있어요. 우리가 원하기만 한다면.」

「내가 돌아가지 않는다면 고더드도 뭔가 잘못되었음을 알 거야.」

「아니요. 그냥 당신이 붙잡혀서 불탔다고 생각하겠죠. 그리고 슬픈 건 그자는 신경도 쓰지 않을 거라는 거예요.」

모리슨도 종소리의 말이 옳다는 사실을 부정할 수 없었다. 고더드는 신경 쓰지 않을 것이다. 조금도.

「아까 말했듯이, 선더헤드에게는 당신에 대한 계획이 없어요.」 종소리는 모리슨에게 말했다. 「하지만 나에겐 있어요.」

그레이슨은 이 계획을 납득시켜야 하고, 그것도 잘해야 한다는 사실을 알았다. 그러니 이 수확자를 이전의 그 누구보다 더 잘 읽어 내야 했다. 조금이라도 계산을 잘못한다면 재난이 될 테니까.

그레이슨은 말했다. 「그동안 사망 시대의 지도자들이 위험한 시절에 어떻게 했는지에 대해 읽었는데요, 어떤 문화에서는 지배자와 영적인 지도자들이 훈련받은 암살자들의 보호를 받았어요. 나도 자기네가 경비원이라고 생각하는 음파교인들보다는 훈련받은 암살자와 함께 있을 때 더 안전한 기분이 들 것 같네요.」

수확자는 그 제안을 믿을 수가 없다는 듯 고개를 흔들었다. 「내 눈을 뽑아 놓고 이제는 내가 널 위해 일했으면 한다고?」

그레이슨은 어깨를 으쓱였다. 「눈이야 다시 자랐고, 당신에게는 일자리가 필요하죠. 아니면 고더드에게 돌아가서 실패했다고 말하는 게 낫나요? 파자마를 입은 약해 빠진 놈이 당신 눈을 찌르고 도망쳤다고 하려고요? 고더드가 잘 받아들일 것 같지 않은데요.」

「나를 풀어 주자마자 널 거두지 않을 줄은 어떻게 알고?」

「그야 당신이 그렇게 멍청하다고 생각하지 않으니까요. 종소리의 개인 수확자가 되는 쪽이 고더드가 당신에게 내밀 수 있는 어떤 지위보다 훨씬 더 낫고, 당신도 그 사실을 알죠.」

「난 수확령의 웃음거리가 될 거야.」

그레이슨은 아주 희미한 웃음을 보였다. 「이미 그렇지 않던 가요, 수확자 모리슨?」

모리슨으로서는 종소리가 자신에 대해 얼마나 아는지 알 도리가 없었다. 하지만 그 말은 사실이었다. 모리슨은 존경받지 못했고, 무슨 일을 해도 그 사실은 달라지지 않았다. 하지만 여기에 남는다면 다른 수확자들은 모리슨이 아직 살아 있다는 사실조차 모를 테고, 그는 존경을 받을 것이다. 음파교인들만의 존경일지는 몰라도 그것 역시 존경이었고, 모리슨이 간절히 원하는 것이었다.

「이렇게 하죠. 내가 먼저 믿음을 보이면 어떨까요.」 종소리는 그렇게 말하더니 가위를 하나 꺼내어, 놀랍게도 모리스의 손발을 묶은 줄을 자르기 시작했다. 발부터 풀어 주고는 팔로 올라가서 천천히 끈을 하나씩 잘랐다.

「사제들은 좋아하지 않을 테지만······.」 종소리는 가위질을 하면서 말했다. 「그러든지 말든지.」

마지막 끈이 잘리자 모리슨은 뛰어올라 종소리의 목에 한 손을 감았다.

「넌 방금 인생 최대의 실수를 저지른 거야.」 모리슨이 으르렁거렸다.

「해봐요, 나를 거둬요.」 종소리는 조금의 두려움도 없는 목소리로 말했다. 「절대로 탈출은 못 할 겁니다. 아무리 서툰 경비원이라고 해도 저렇게 많은 수를 뚫고 갈 수는 없죠. 당신이 수확자 루시퍼도 아니고.」

그 말을 들은 모리슨은 손에 조금 더 힘을 주었다. 입을 닥치게 할 만큼만. 종소리의 말이 맞았다. 다 맞는 말이었다. 모리슨이 임무를 완수한다면, 문밖에 있는 음파교인들에게 살해당해 불탈 것이다. 둘 다 죽을 테고, 고더드 혼자만 승자가 되리라.

「다 됐어요?」 종소리가 쉰 목소리로 물었다.

그리고 어째서인지 종소리를 이 상태에 몰아넣었다는 사실, 원하기만 한다면 그대로 수확할 수도 있다는 사실만으로도 실제 수확만큼 만족스러웠다. 같이 죽어야 한다는 불쾌한 결과도 없고 말이다. 모리슨은 손을 풀었고, 종소리는 급히 숨을 몰아쉬었다.

「그러면 이제 어떻게 하면 되지? 충성 맹세라도 해야 하나?」 모리슨은 반쯤 농담으로 물었다.

「악수면 충분해요.」 종소리가 말하더니 손을 내밀었다. 「내 진짜 이름은 그레이슨이에요. 하지만 날 반향자님이라고 불러야 할 거예요.」

모리슨은 조금 전까지 종소리의 목을 조르던 손으로 종소리의 손을 잡았다. 「내 진짜 이름은 조엘이지만, 짐이라고 불러야 할 거야.」

「만나서 반가워요, 짐.」

「마찬가지입니다, 반항자님.」

오늘이 이런 식으로 끝날 줄은 짐작도 못 했음을 인정해야 했지만, 모든 점을 감안할 때 수확자 모리슨이 불평할 수 없는 결말이었다.

그리고 그는 불평 없이 지냈다. 2년이 넘도록.

3부 코브라의 해

나는 우리에게 예비된 운명이 있다고 믿습니다. 인간이면서 불멸로 산다는 것의 영광스러운 최정점이지요. 그러나 철저한 노력과 명석한 지도력 없이는 그 운명을 이루지 못합니다.

랩터의 해는 우리 모두에게 충격적인 해였습니다만, 아이벡스의 해가 왔을 무렵 우리는 회복하기 시작했습니다. 쿼카의 해는 수확자로서 우리의 이상과 우선순위를 제대로 조정하는 해였습니다. 이제 새로운 해의 첫날, 나는 앞날에 놓인 희망만을 봅니다.

여기, 이 첫 대륙 콘클라베에서 나는 웨스트메리카의 고위 수확자 픽퍼드, 이스트메리카의 해머스타인, 멕시테카의 티소시크, 노던리치의 맥파일에게 공개적으로 나를 신뢰해 주어 고맙다는 말을 전하고 싶습니다. 이들이, 그리고 그 밑에 있는 수확자분들이 나를 여러분의 대륙 지배 수확자로 삼아 노스메리카 대륙을 이끌도록 한 것은 더없이 타당한 선택입니다. 그것이야말로 우리 신질서의 목표를 밀어붙이라는 선명한 명령입니다. 우리는 함께 완벽할 뿐 아니라 오염되지 않은 세상을 만들 것입니다. 수확자들이 크고 강력한 낫질을 한번 할 때마다 그 단일한 목표에 가까워지는 세상을.

여러분 중에도 아직까지 반항적인 론스타 지역처럼 나의 길이 과연 옳은 것인지 의심하는 이들이 있음을 압니다. 여러분 중에도 불안한 이들은 소위 〈무모한 방법〉을 찾으려 하지요. 하지만 묻겠는데, 인간이라는 종을 더 높은 곳으로 끌어올리고 싶어 하는 게 무모합니까? 우리 손에 낀 다이아몬드처럼 투명하고 섬세하게 세공된 미래를 꿈꾸는 것이 잘못입니까? 그럴 리가요.

여러분의 고위 수확자들이 퇴위하지 않는다는 점은 분명히 해두고 싶습니다. 고위 수확자들은 여전히 해당 지역의 관리자로서 지역

행정을 책임질 것입니다. 다만 좀 더 성가신 정책 결정의 짐은 벗어 버리겠지요. 그런 큰 문제들은 내 몫입니다. 그리고 나는 다른 어떤 목적도 없이, 쉬지 않고 여러분을 미래로 이끄는 데에만 헌신하겠다고 약속합니다.

— 코브라의 해, 1월 1일
지배 수확자 로버드 고더드 예하의 즉위 연설 중에서

24

폐허 속의 쥐 새끼들

생장 요새와 생니콜라 요새는 현재 유럽의 프랑코이베리아 지역이 된 마르세유 항구의 입구 양쪽에 서 있었다. 루이 14세가 지은 이 두 요새의 이상한 점은 양쪽 다 대포가 여러 대 있는데, 항구를 침입자들로부터 지키기 위해 바다를 겨냥하고 있는 게 아니라는 점이었다. 그 대포들은 대중의 폭동으로부터 왕의 이익을 지키기 위해 내륙을, 북적이는 마르세유를 향하고 있었다.

노스메리카의 지배 수확자인 로버트 고더드도 루이왕을 본받아 68층에 있는 유리 오두막 주위 정원에 중포를 세우고, 아래에 보이는 풀크럼시티 거리를 겨냥했다. 고더드가 지배 수확자로 즉위하기 한참 전에, 그가 종소리는 수확되었다고 선언한 직후에 설치한 대포들이었다.

그는 소위 예언자라는 놈을 수확하면 전 세계 음파교인들에 대한 경고가 되고, 수확자를 존중하지 않는다면 두려움이라도 품어야 한다는 사실을 일깨워 주리라 생각했다. 그러나 그 사건으로 음파교인들은 집요하고 성가신 존재가 아니라 커져 가는 위협으로 변모했다.

「이건 우리가 예상 못 한 일도 아니야.」 고더드가 주장했다. 「변화는 언제나 저항을 만나기 마련이지만, 그래도 우리는 앞으로 나아가야 해.」

고더드는 종소리를 수확하라는 자신의 명령 때문에 전 세계 수확령들을 상대로 한 폭력 행위가 증가할 줄은 생각도 하지 못했다.

「예하의 가장 큰 결함은……」 보좌 수확자 콘스탄틴이 대담하게 말했다. 「순교라는 개념을 이해하지 못한다는 겁니다.」

고집 센 론스타 지역이 나머지 노스메리카와 발맞추게 하는 데 필요하지만 않았어도 고더드는 콘스탄틴을 그 자리에서 제거했을 것이다. 론스타는 이제 음파교인들의 피난처가 되어 있었다. 고더드는 선언했다. 「텍사스에 딱 맞는 일이야. 폐허 속의 쥐 새끼들처럼 음파교인들이 들끓게 놔두라지.」

지배 수확자의 유리 오두막은 지난 몇 년간 많이 달라졌다. 도시를 겨냥한 무기를 설치한 데서 끝나지 않고, 유리도 바꿨다. 고더드는 바깥 유리를 강화하고 산으로 처리하여 투명하게 비쳐 보이지 않게 만들었다. 그 결과, 오두막 안에 있으면 낮이고 밤이고 풀크럼시티가 영원한 안개에 휩싸여 있는 듯 보였다.

고더드는 음파교인들에게 스파이 드론이 있다고 믿었다. 다른 세력들도 그에게 맞서 뭉치고 있다고 믿었다. 비우호적인 지역들도 그 세력들을 돕고 있다고 믿었다.

그런 믿음이 사실인지 여부는 중요하지 않았다. 그는 모두 사실이라는 듯이 행동했다. 그게 고더드에게는 진실이라는 뜻이었고, 고더드에게 진실이면 세상에도 진실이었다. 적어도 고더드가 지워지지 않는 지문을 묻혀 놓은 지역들에는 그랬다.

그는 첫 대륙 콘클라베에 모인 2천여 명의 수확자들에게 말했다.「사태는 정리될 겁니다. 사람들은 지금 상황에 익숙해질 것이고, 이게 최선이라는 점을 이해하고 진정할 것입니다.」

하지만 그때까지 창문은 다 흐릿한 채로 남고, 말썽꾼들은 수확당하며, 조용한 총구는 단호하게 도시를 겨냥할 것이다.

고더드는 아직도 실패한 아마조니아 습격에 휘청거리고 있었다. 고위 수확자 픽퍼드는 수확자 아나스타샤를 체포하는 데 실패했다. 그 여자가 그를 실망시킨 것이 처음은 아니었지만, 할 수 있는 일이 많지 않았다. 적어도 아직은 그랬다. 고더드는 언젠가 예측할 수 없는 콘클라베 투표에 맡기지 말고, 자신이 다른 노스메리카 지역의 고위 수확자들을 직접 지명하는 때가 오리라 내다보고 있었다.

픽퍼드가 로언 데이미시를 잡는 데 성공했다는 것이 한 가지 위안이었다. 로언은 지금 이 순간에도 풀크럼시티로 오고 있었다. 여자애를 잡을 때까지는 그 정도로 만족해야 했다. 아나스타샤가 도망쳐 다니는 데 급급해서 큰 문제를 일으키지 않기를 바라는 수밖에. 돌이켜 보니 인듀라가 가라앉은 바다를 경배 구역으로 계속 유지했어야 했다. 인양 작업으로 실제 무슨 일이 일어났는지에 대한 증거가 드러날까 걱정하기는 했어도, 이런 결과는 예상하지 못했다.

오전에는 다른 할 일이 있었기에 고더드는 좌절감을 제쳐 두어야 했다. 그러기가 전보다 훨씬 더 힘들어졌다.

「로스 빙붕의 고위 수확자 시라세 노부가 꽤 많은 수행원과 함께 올라오고 있습니다.」 보좌 수확자 프랭클린이 보고했다.

「그쪽도 〈마음이 통한〉대요?」 랜드가 농담을 던졌다.

고더드가 가볍게 웃었지만, 프랭클린은 랜드에게 예의상의 웃음도 비치지 않고 말했다. 「그자들의 마음은 가져온 상자보다 중요하지 않습니다.」

고더드는 회의실에서 그들을 만났다. 5분간 기다리게 한 후였는데, 고더드는 언제나 손님들에게 그들보다는 자신의 일정이 더 중요하다는 사실을 못 박고 싶어 했기 때문이다. 설령 중요한 손님이라고 해도 그랬다.

「노부!」 고더드는 오래된 친구처럼 고위 수확자 시라세에게 다가갔다. 「만나서 반가워요! 남극은 어떻습니까?」

「잘 돌아갑니다.」 시라세가 대답했다.

「인생은 꿈에 불과한가요?」 랜드가 슬쩍 말했다.

「때로는 그렇지요.」 시라세는 로스 빙붕이라는 특전 지역에 대한 모욕임을 알아차리지 못하고 대답했다. 「하지만 우리가 노를 직접 저어야 할 때만 그럴 겁니다.」

이번에는 보좌 수확자 프랭클린이 예의상 웃음을 터뜨렸지만, 긴장이 흩어지기는커녕 더해지기만 했다.

고더드는 수확 근위대가 하나씩 들고 있는 상자들을 보았다. 여덟 상자밖에 없었다. 다른 지역들은 열 상자 넘게 들고 왔는데 말이다. 그렇지만 단지 상자를 더 꽉 채워서 적은 것일 수도 있었다.

「어떤 일로 이렇게 찾아 주셨습니까, 예하?」 그 자리에 모인 모두가 이미 아는 이유를 고더드는 모르는 척 물었다.

「로스 빙붕 지역을 대표하여 선물을 드리고 싶습니다. 이 선물이 예하와의 관계를 공식화하는 데 도움이 되었으면 합니다.」

시라세가 수확 근위대원들에게 고개를 끄덕이자, 다들 상자를 회의 테이블에 올리고 뚜껑을 열었다. 예상한 대로 그 안에는 수확자 다이아몬드가 가득했다.

「인듀라의 폐허에서 건져 낸 다이아몬드 중 로스 빙붕의 몫입니다.」 시라세가 말했다.

「감명 깊군요.」 고더드는 말했다. 「이게 전부입니까?」

「전부 다입니다, 네.」

고더드는 반짝이는 보석들을 보고 시라세를 돌아보았다. 「이 선물은 겸손하고 명예롭게, 선물과 더불어 주어진 우정의 정신으로 받아들이겠습니다. 앞으로 새로운 수확자에게 반지를 수여하기 위해 보석이 필요하다면 언제든 내어 드릴 것입니다.」 그는 이어서 문을 가리켰다. 「부디 보좌 수확자 프랭클린을 따라가시죠. 브런치를 준비해 놓은 식당으로 안내해 드릴 겁니다. 전통적인 남극 식사뿐만 아니라 미드메리카 지역 특산물도 준비해 두었습니다. 우리의 우정을 완전히 다지기 위한 만찬입니다. 곧 뒤따라가서 양쪽 지역의 관심사를 함께 의논하기로 하지요.」

프랭클린이 그들을 데리고 나가자마자 니체가 들어왔다.

「좋은 소식을 전해 줘, 프레디.」 고더드가 말했다.

「남쪽으로 향하는 아나스타샤를 추적하고 있습니다. 남쪽으로 아무리 도망쳐 봤자 티에라델푸에고에서는 궁지에 몰 수 있습니다.」

고더드는 한숨을 내쉬었다. 「불의 땅은 협조하지 않을 거야. 거기까지 가기 전에 붙잡도록 심기일전하세.」

「최선을 다하고 있습니다.」 니체가 말했다.

「더 노력해.」 고더드는 말했다.

돌아보니 수확자 랜드가 상자에 담긴 다이아몬드를 손으로 쓸어 보고 있었다. 「수를 세어 볼 건가요, 아니면 시라세를 믿으세요?」

「숫자는 중요하지 않아, 에인. 가져왔다는 게 중요하지. 우리가 쌓고 있는 보물 산은 목적을 위한 수단에 불과해. 다이아몬드보다 훨씬 귀중한 뭔가의 상징이지.」

그렇다 해도, 고더드는 수확자 아나스타샤를 손에 넣을 수 있다면 그 다이아몬드 전부를 바다에 던져 넣을 수 있었다.

25

햇빛과 그림자

아나스타샤의 탈출을 돕느라 아마조니아에 싸움이 일어나기는 했지만, 그런 갈등도 스펜스호 뒤편 수평선으로 멀어져 갔다. 제리코는 이제 이 배가 인양선이 아니라 구조선이 됐구나, 하고 생각했다.

아마조니아가 저 뒤로 흐릿해져 가는 동안 바다는 잔잔했고, 앞에는 해가 떠 있었다. 9시쯤에는 육지의 흔적이 다 사라지고, 눈부신 아침 하늘에는 이따금씩 떠도는 조각구름만 보였다. 제리에게는 오늘 내내 낮은 구름이 깔리거나, 아예 수프처럼 걸쭉한 안개에 감싸였으면 훨씬 좋았을 터였다. 노스메리카 수확자들이 아나스타샤가 바다로 움직이고 있다는 사실을 알아낸다면, 스펜스호가 과녁이 되어 침몰할 수도 있었다.

「놈들은 자네를 쫓지 않는다고 확신해도 되네.」 포수엘루는 제리에게 그렇게 전했다. 「놈들이 내가 보낸 〈비밀〉 통신을 가로채게 해두었는데, 과연 미끼를 물었어. 노스메리카 사람들이 아는 한 아나스타샤는 기차를 타고 빙빙 돌아서 불의 땅으로 가고 있네. 그곳의 고위 수확자가 피난처를 제공하기로 되어 있지. 이야기를 더 그럴싸하게 만들기 위해서 가는 길 곳곳에서 찾아내도록 아나스타샤의 DNA 흔적도 남겨 두고 있네. 엉뚱한 추격전이었다는 걸 알아채려면 며칠은 걸릴 거야!」

제법 교묘한 계획이었다. 북부의 수확자들은 단순한 아마조니아 사람들이 그런 계략을 꾸밀 리가 없다고 여겼고, 또 제리는 불의 땅이 노스메리카인들에게 적절히 비협조적으로 굴 것임을 알았다. 그곳 수확자들은 극도로 반항적이었다.

전속력으로 배를 몰면 사흘 안에 안전한 항구에 도착할 것이다.

선교에서 제리는 우현 난간 앞에 서서 바다를 보고 있는 청록색 로브의 수확자 아나스타샤의 뒷모습을 볼 수 있었다. 아나스타샤를 혼자 두면 안 된다고 포수엘루가 신신당부했고, 그 밑에서 일하던 수확자가 배신했다는 점을 감안하면 그런 편집증을 보일 만도 했다. 제리는 스펜스호의 승조원들을 전적으로 믿었다. 그들은 그동안 선장에게 맹렬한 충성심을 키웠다. 그렇다고 해도 예방책을 취하는 것은 언제나 현명한 길이었다.

아나스타샤가 혼자 있는 것은 오직 그녀가 자기에게 붙어 있던 사관에게 멀리 떨어지라고 명령했기 때문이었다. 수확자의 명령은 선장의 명령에 우선했다. 물론 제리는 그 사관이 갑판 하나 위에서 거리를 두고 아나스타샤를 열심히 지켜보고 있음을 알았다. 아무래도 고집 센 수확자를 효과적으로 지킬 방법은 선장이 직접 나서는 것밖에 없어 보였다.

「성가실 겁니다.」 휘턴 항해장이 말했다.

「그야 물론 그렇지. 하지만 뭘로 성가시게 될지 우린 몰라.」

「불평불만?」 항해장의 의견이었다.

「그럴 수도 있고, 아닐 수도 있지.」 그러고 나서 제리는 선교를 떠나 난간으로 다가갔다.

아나스타샤는 아래를 내려다보고 있지 않았다. 수평선을 보고 있지도 않았다. 그 자리에 없는 무엇인가를 응시하는 것 같았다.

「뛰어내릴까 고민하시는 겁니까?」 제리는 몇 겹의 얼음처럼 느껴지는 침묵을 깨뜨리며 물었다. 「제가 걱정해야 할까요?」

아나스타샤는 제리를 돌아보더니, 다시 바다로 시선을 돌렸다. 「갑판 아래를 걸어다니는 데엔 질렸어요. 위에 올라오면 마음이 가라앉을까 싶었죠. 포수엘루에게 소식은 있었나요?」

「네.」

「로언에 대해서는 뭐래요?」

제리는 잠시 시간을 두고 대답했다. 「아무 말씀 없었고, 저도 묻지 않았습니다.」

「그렇다면 잡힌 거군요.」 아나스타샤는 좌절감에 싸여 난간을 두드렸다. 「나는 자유를 향해 가고 있는데, 로언은 잡혔어요.」

제리는 아나스타샤가 배를 돌려 로언을 찾으러 가자고 명하지 않을까 생각했다. 정말 그런다면, 수확자의 명령이니 따라야만 했다. 하지만 그런 일은 일어나지 않았다. 아나스타샤도 그래 봐야 사태를 악화시킬 뿐이라는 것 정도는 알고 있었다.

「솔직히 전 왜 수확자 루시퍼에게 그렇게 심취하셨는지 이해할 수가 없습니다.」 제리는 대담하게 말했다.

「당신은 아무것도 몰라요.」

「생각하시는 것보다는 압니다. 금고실을 열었을 때 저도 포수엘루와 같이 있었어요. 두 사람이 서로를 안고 있는 모습을 봤지요. 죽음조차 감추지 못하는 친밀감을 봤습니다.」

아나스타샤는 제리의 시선을 피했다. 「우리가 옷을 벗은 건 질식하느니 추위로 죽는 게 낫겠다 싶어서였어요.」

제리는 미소 지었다. 「절반만 진실인 것 같군요.」

아나스타샤는 몸을 돌려 오랫동안 제리를 바라보더니 화제를 바꿨다. 「제리코라, 흔치 않은 이름이군요. 예리고[10]라고도 하죠? 사망 시대에 성벽이 무너지는 이야기가 있었던 것 같은데, 당신은 벽을 부수는 사람인가요?」

「저는 이미 무너진 벽의 폐허 속에서 이것저것 찾는 사람이라고 할 수 있지요.」 제리는 말했다. 「하지만 실은 예리고 이야기와 아무 관계 없는 집안 이름입니다. 그래도 정이 가지 않으신다면 그냥 제리라고 부르셔도 됩니다. 다들 그러거든요.」

「좋아요. 그러면 성별은 뭔가요, 제리?」

그렇게 직설적으로 물어보다니 신선했다. 여전히 민망해서 묻지 못하는 사람들이 있었다. 제리가 의도한 게 아니라 사고로 애매한 성별이 되었다고 생각한다는 듯이 말이다.

「남자, 여자, 중성, 논바이너리…… 성별이란 성가시고 태만하죠. 인칭 대명사는 더 그렇고요. 저는 사람을 그냥 이름으로 부르는 편입니다. 하지만 수확자님의 질문에 제대로 대답하자면, 저는 남성이기도 하고 여성이기도 합니다. 마다가스카르

10 기독교 성경에서, 여호수아가 무너뜨린 성벽의 이름.

330

인이라서요.」

아나스타샤는 알겠다는 듯 고개를 끄덕였다.「우리같이 성별 이분법을 쓰는 사람들이 이상하고 혼란스럽겠네요.」

「더 어렸을 때는 그랬습니다. 10대 후반이 될 때까지는 한 가지 성별로 태어난 사람을 만나 보지 못했거든요. 하지만 그런 기이한 경직성도 받아들이고, 심지어는 이해하게 되었습니다.」

「그러면 선장은 스스로를 양쪽 모두로 보는군요. 그래도 이쪽보다는 저쪽에 가까울 때가 있을 텐데요.」

〈직설적일 뿐만 아니라 통찰력도 있군.〉제리는 이 되살아난 수확자가 점점 더 좋아졌다.〈질문을 제대로 할 줄 알아.〉

「하늘에 좌우된다고 할 수 있습니다.」제리가 말했다.「하늘이 맑으면 저는 여자이기를 선택합니다. 맑지 않으면 남자죠.」제리는 고개를 돌려 바다 위로 반짝이는 햇빛을 보았다. 가끔 지나가는 구름의 그림자가 드리워지기도 했으나, 지금 배는 그런 그림자 속에 있지 않았다.「지금 이 순간 저는 여성이로군요.」

「그렇군요.」아나스타샤에게는 다른 사람이 보일 법한 비판의 기색이 없었다.「사망 시대를 연구하는 학자인 내 아버지는 신화에서 태양은 으레 남성으로 여겨진다고 했어요. 물론 달에도 남성이 있죠. 햇빛과 달빛 속에서 여성이기를 선택하면 균형이 잡히겠네요. 자연스러운 음양의 조화예요.」

「수확자님도 그렇습니다. 청록색이란 균형을 상징하는 색이니까요.」

아나스타샤는 미소 지었다.「그건 몰랐네요. 남동생이 원하는 색을 골랐거든요.」

말하는 얼굴 위로 마음속 그림자가 스쳐 지나갔다. 동생을 생각하자 일어난 마음의 통증이었다. 이건 캐내기엔 너무 개인적인 아픔이라고 생각한 제리는 사생활을 지켜 주기로 했다.

「언제나 날씨에 좌우된다는 게 귀찮지 않나요?」 아나스타샤가 물었다. 「선장님 같은 사람은 좌우되는 요소가 최대한 적은 쪽을 좋아할 것 같은데요. 게다가 이렇게 드문드문 구름이 있는 날은 많이 불편할 테고요.」

그 말이 신호라도 된 것처럼 태양이 작은 구름 조각 속에 숨었다가 다시 나왔다. 제리는 웃음을 터뜨렸다. 「맞습니다, 불편할 수 있죠. 하지만 익숙해졌어요. 심지어 열렬히 받아들이기도 했습니다. 그런 예측 불가능성이 제 정체성의 일부가 되었다고 할까요.」

「마다가스카르 지역에서 태어나면 어떨지 궁금할 때가 많았어요.」 아나스타샤가 말했다. 「정말로 남자가 되어 보고 싶지는 않지만, 아직 성별의 차이를 모를 만큼 어릴 때 양쪽 다 탐구해 보면 어떨지 궁금하네요.」

「바로 그게 핵심입니다.」 제리는 말했다. 「그리고 수많은 사람이 아이들을 키우러 마다가스카르로 가는 이유이기도 하고요.」

아나스타샤는 몇 분 더 생각하더니 말했다. 「내가 선장님처럼 육지와 바다 사이에서 살아간다면, 육지에서는 이쪽이고 바다에서는 저쪽이라고 선택했을지도 모르겠네요. 그러면 내 성별이 바람의 변덕에 좌우되지 않을 거예요.」

「흠, 저는 어느 쪽이든 수확자님과 함께 있는 게 즐거울 겁니다.」

「흐으으음.」 아나스타샤는 수줍게 말했다. 「햇빛 속에서 추파를 던지는군요. 폭풍 속에서도 그럴지 궁금해지는데요.」

「마다가스카르인으로 태어나서 좋은 점이 또 하나 있다면, 우리는 사람을 그냥 사람으로 본다는 겁니다. 성별이 무엇인지는 매력과 관계가 없어요.」 그러더니 제리가 살짝 흐려진 햇빛을 올려다보았다. 「보이시죠? 태양이 다시 구름 속에 가려졌지만, 아무것도 달라지지 않았습니다.」

그러자 아나스타샤는 아직 부드러우면서 능글맞은 미소를 떠올린 채 난간에서 물러섰다. 「이만하면 햇빛과 그림자 둘 다 충분히 누렸군요. 잘 있어요, 선장님.」 그러고는 로브 자락을 산들바람을 받는 느슨한 돛처럼 펄럭이며 돌아서서 갑판 아래로 내려갔다.

26

세상의 증오를 받아먹는 그릇

로언은 세상에서 없어졌던 3년간 무슨 일이 일어났는지 하나도 알지 못했다. 시트라와 달리 로언에게는 알려 줄 사람이 없었다. 그나마 지나가는 말로 주위들은 정보가 다였다. 그는 이제 고더드가 노스메리카 대륙 대부분을 지배한다는 사실을 알고 있었다. 누구에게도 좋지 않은 일이었고, 로언에게는 확실히 나빴다.

이제 그는 고더드의 유리 오두막 중앙의 유리 기둥에 묶여서 있었다. 유리 오두막과 돌팔매질에 대한 속담이 있지 않았던가? 흠, 지금 손에 돌이 있다 해도 던지지는 않을 것이다. 좀더 효과적인 일에 쓸 수 있을 때까지 숨겨 두리라.

고위 수확자 픽퍼드가 말한 대로, 로언은 바로 전날에 다시 살아났다. 수확자 루시퍼에게 죽음은 부족한 형벌이었다. 고더드를 아는 만큼, 로언의 끝은 화려한 볼거리로 채워질 터였다.

고더드는 언제나처럼 수확자 랜드를 거느리고 로언을 보러 왔다. 고더드의 얼굴에 떠오른 표정은 분노가 아니었다. 오히려 환영하는 표정이었다. 따뜻하기까지 했다. 냉혈 인간도 따뜻한 표정을 지을 수 있다면 말이다. 로언은 경악하고 반신반의했다. 반면에 랜드는 걱정하는 얼굴이었고, 로언도 그 이유를 알았다.

「친애해 마지않는 로언.」 고더드는 포옹이라도 할 듯이 두 팔을 활짝 벌리더니, 몇 미터 앞에서 멈췄다.

「나를 봐서 놀라워?」 로언은 최대한 건방진 투로 물었다.

「너에 대해서라면 아무것도 놀랍지가 않구나, 로언.」 고더드가 말했다. 「하지만 인듀라 침몰 이후에도 살아 돌아오다니 감탄했다는 건 인정하마.」

「당신이 가라앉힌 인듀라 말이지.」

「네가 가라앉혔지. 기록에는 그렇게 나와 있고, 앞으로도 쭉 그럴 거야.」

그런 말로 로언을 약 올리려 했다면 소용없었다. 로언은 이미 악명과 화해한 후였다. 수확자 루시퍼가 되기로 했을 때 이미 미움을 받게 될 줄 알았다. 물론 그때는 수확자들에게 미움을 사는 정도만 예상했다. 온 세상의 증오 대상이 될 줄은 생각지도 못했다.

「나를 봐서 기쁜가 봐.」 로언이 말했다. 「아마 당신이 훔친 몸의 생리 반응 때문이겠지. 타이거의 몸이 절친한 친구를 보고 반응하는 거야.」

「그럴지도 모르지.」 고더드는 타이거의 손을 보며 말했다. 마치 그 손에 입이 생겨서 말을 할지도 모른다는 듯한 눈빛이었다. 「하지만 내 나머지 부분도 널 봐서 기쁘다! 알겠지만 무서운 전설로서의 수확자 루시퍼는 성가셨어. 하지만 실제 인간이라면 내가 인류의 발전을 위해 이용할 수 있지.」

「고더드의 이익을 위해서겠지.」

「나에게 좋은 일이 세상에 좋은 일이야. 지금쯤이면 그 정도는 알아야지.」 고더드가 말했다. 「난 더 큰 그림을 본다, 로언. 언제나 그랬어. 그리고 이제 세상에 수확자 루시퍼가 심판을 받는 모습을 보여 주면, 사람들을 조금이나마 안심시키는 데 도움이 되겠지.」

이런 대화가 오가는 내내 수확자 랜드는 한마디도 하지 않았다. 앉아서 지켜보기만 했다. 로언이 무엇을 할지, 어떤 비난을 퍼부을지 기다리고 있었다. 랜드야말로 인듀라에서 로언을 풀어 준 사람이었으니 말이다. 로언은 랜드에게 상당한 방해거리가 될 수 있었다. 하지만 그래 봐야 돌을 던지는 것보다 나을 게 없을 것이다.

「기억에 남고 싶다면 걱정 마라, 그렇게 될 테니까. 일단 네가 수확당하고 나면, 네 이름은 언제까지나 세상의 증오를 받아먹는 그릇이 될 거다. 넌 악명이 높아, 로언. 그 점을 받아들여야 해! 그게 네가 얻을 유일한 명성이자 네 분수에 넘치는 명성이다. 우리가 서로 주고받은 모든 것에 대한 선물이라고 생각해라.」

「정말 즐기고 있군그래?」

「아, 엄청나게 즐기고 있지.」 고더드는 인정했다. 「내가 몇 번이나 여기에 서서 너를 고문할 온갖 방법을 생각했는지 넌 상상도 못 할 거다!」

「내가 가고 나면 누구를 고문하려고?」

「누군가 찾아내겠지. 아니면 그럴 필요가 없을 수도 있고. 네가 마지막 남은 가시일지도 모르지.」

「아닐걸. 언제나 다른 가시가 있는 법이지.」

고더드는 정말 즐거워하면서 박수를 쳤다. 「너와의 이런 대화가 정말 그리웠다!」

「당신은 흐뭇해하고, 나는 묶여 있는 대화 말이야?」

「보다시피 바로 핵심을 파고드는 네 화법은 언제나 상쾌해. 정말 즐겁구나. 네가 어떻게든 탈출해서 자는 나를 태워 버릴까 두렵지만 않아도 널 애완동물로 삼을 텐데 말이다.」

「탈출할 거고, 널 태워 버릴 거야.」 로언이 말했다.

「분명히 그럴 테지. 자, 오늘은 네가 도망치지 못하리라 확신해도 좋아. 이제는 수확자 브람스의 서툰 실수를 걱정할 이유가 없거든.」

「왜? 브람스도 나머지와 함께 상어에게 먹혔나?」

「그래, 그랬을 테지. 하지만 상어가 먹기 전에 죽었다. 널 도망치게 놓아둔 벌이었어.」

「그렇군.」 로언은 더 말하지 않았다. 하지만 곁눈질로 랜드가 갑자기 더워졌다는 듯 의자에서 몸을 들썩이는 모습을 포착했다.

고더드가 더 가까이 다가왔다. 목소리는 더 조용해졌다. 「믿지 않을지도 모르지만, 난 정말로 네가 보고 싶었다, 로언.」 이 단순한 말에는 고더드의 습관적인 쇼맨십을 뛰어넘는 정직함이 담겨 있었다. 「아직도 감히 나에게 말대꾸를 하는 자는 너 하나뿐이다. 그래, 나에게도 적수들은 있지만, 다들 만만한 것들이야. 쉽게 해치울 수 있지. 넌 처음부터 달랐어.」

그는 한 걸음 물러서더니 로언을 훑어보며, 마치 매력을 잃고 빛이 바랜 그림을 평가하는 듯한 눈으로 뜯어보았다. 「넌 내 첫 번째 보좌 수확자가 될 수도 있었다. 세계 수확령의 후계자가 될 수도 있었어. 정말이다. 내가 일을 끝내면 단 하나의 세계 수확령만 남을 거야. 그리고 그게 네 미래가 됐을 거다.」

「내가 양심을 무시했을 때만 그랬겠지.」

고더드는 안타깝다는 듯 고개를 저었다. 「양심도 다른 것과 마찬가지로 도구다. 네가 도구를 휘두르지 않으면 도구가 너를 휘두르지. 그리고 내가 보기에는 그 양심이란 도구가 너를 분별없는 존재로 만들어 놓았어. 아니, 세상에는 네가 이해하는 단순한 옳고 그름보다 내가 제공하는 통합이 훨씬 더 필요해.」

고더드에게 특징이 하나 있다면, 언제나 혼란을 일으킬 만큼 그럴싸한 말을 한다는 것이었다. 그는 상대방의 생각을 헤집어서 흔들고 매혹할 수 있었다. 그토록 위험한 이유도 그래서였다.

로언은 반항심과 의지가 빠져나가는 기분이었다. 고더드가 옳은 부분도 있을까? 내면의 목소리는 아니라고 했지만, 그 목소리는 껍질 속에 깊이 파고 들어가 있었다.

「난 어떻게 되는 거지?」 로언이 물었다.

고더드가 몸을 가까이 기울이며 귓가에 속삭였다.

「심판을 받아야지.」

수확자 랜드는 다 끝났다고 생각했다. 수확자 루시퍼가 살아서 아마조니아에 있다는 소식이 전해졌을 때 그녀는 또 구성체 성소에 가 있었다. 아마조니아에서 로언을 빼내 오는 임무는 랜드가 알지도 못하는 사이에 벌어졌다. 고더드가 이 〈눈부신 소식〉을 전해 주었을 때 로언은 이미 오는 도중이었다.

끔찍한 타이밍이었다. 경고를 먼저 받을 수 있었다면 로언이 고더드의 손에 떨어지기 전에 수확할 방법을 찾아냈을 것이다. 입을 막기 위해서라도 그랬을 것이다.

하지만 이제 로언은 여기에 있고, 그래도 입은 닫고 있었다. 적어도 랜드에 대해서는 말하지 않았다. 랜드가 당혹해하는 모습을 보려고 비밀을 지키는 걸까? 에인은 로언이 무엇을 노리는지 궁금했다.

이번에는 고더드가 로언을 혼자 내버려 둘 만큼 무신경하지 않았다. 근위대원 두 명이 방에 함께 있어야 했다. 거리를 두되, 내내 지켜보라는 명령을 받았다.

「자네가 한 시간에 한 번씩 확인해.」 고더드가 에인에게 말했다. 「혹시 묶인 밧줄이 느슨해지지는 않았는지, 근위대원들을 구슬리지는 않았는지 확인하라고.」

「그럴 수 없도록 아예 귀가 안 들리게 하시죠.」 랜드는 농담으로 한 말이었지만, 고더드는 진지하게 받아들였다.

「안타깝게도 한 시간이면 나을 거야.」

그래서 근위대원들의 귀가 들리지 않게 하는 대신, 오래된 방법으로 침묵시켜야 했다. 로언에게 재갈을 물린 것이다. 그러나 에인이 그날 오후에 로언을 확인하러 갔을 때는 어찌어찌 재갈을 뱉어 낸 후였다. 로언은 꼼짝 못 하는 채로도 만면에 미소를 머금었다.

「안녕, 에인.」 그는 밝게 말했다. 「잘 지냈어?」

「못 들었나?」 그녀가 빈정거리며 맞받아쳤다. 「고더드가 지배 수확자가 된 이후로는 매일매일이 좋지.」

「죄송합니다, 각하.」 근위대원 한 명이 말했다. 「가까이 가지 말라는 명령을 받은 터라 재갈을 다시 물릴 수가 없었습니다. 수확자님은 하실 수 있겠죠.」

「저놈이 무슨 말을 했지?」

「아무 말도 하지 않았습니다.」 다른 근위대원이 말했다. 「몇 년 전에 인기 있었던 노래를 불렀습니다. 저희도 따라 부르라고 부추겼지만, 저희는 부르지 않았습니다.」

「잘했어. 자네들의 자제심을 칭찬하네.」 에인이 말했다.

그러는 동안에도 로언의 미소는 사그라들지 않았다. 「있잖아, 에인, 난 고더드에게 인듀라에서 나를 풀어 준 게 당신이었다고 말할 수도 있었어.」

그렇게 갑자기, 로언은 두 근위대원이 있는 자리에서 그 말을 해버렸다.

「거짓말을 해봐야 얻을 게 없어.」 에인은 근위대원들에게 들으라는 듯 말하고는, 둘 다 바깥에서 기다리라고 명했다. 내부 벽은 대부분 여전히 투명 유리였기에 아무것도 감출 수 없었으나, 그래도 문을 닫으면 소리는 들리지 않았다.

「저 친구들은 당신 말을 믿지 않는 것 같아. 제대로 설득하지 못했어.」 로언이 말했다.

「네 말이 맞아.」 에인이 말했다. 「그러니 이젠 둘 다 거둬야겠지. 둘 다 너 때문에 죽는 거야.」

「내가 아니라 네 칼이야.」

에인은 잠시 유리 벽 바깥에 잊힌 채 서 있는 두 근위대원을 보았다. 두 사람을 수확하는 것은 문제가 아니지만, 그녀가 한 짓이라는 사실을 감추는 부분이 문제였다. 하급 수확자 누군가에게 시킨 다음 자기를 수확하도록 설득해야 할 것이다. 그것도 수상하지 않게 말이다. 이 무슨 난장판인지.

「너를 풀어 준 건 내가 내린 최악의 결정이었어.」

「최악은 아니지. 최악에는 한참 못 미쳐.」 로언이 대꾸했다.

「왜 고더드에게 말하지 않았지? 대체 무슨 이유로?」

로언은 어깨를 으쓱였다. 「당신이 나에게 호의를 베풀었으니까 돌려준 거야. 이젠 대등해졌어. 게다가…….」 로언은 덧붙여 말했다. 「한 번 배신했으니 또 그럴지도 모르잖아?」

「상황이 달라졌어.」

「그래? 내 눈에는 아직도 당신을 제대로 대우하는 모습이 보이지 않던데. 오늘 나한테 한 것 같은 말을 한 적은 있어? 당신이 세계 수확령의 후계자라는 말? 없어? 그렇다면 다른 모두와 똑같이 대하는 것 같은데. 하인처럼.」

에인은 갑자기 너무나 혼자가 된 느낌으로 숨을 깊이 들이마셨다. 대개 그녀는 혼자이기를 즐겼지만, 이건 달랐다. 그녀가 정말로 느낀 것은 자기편이 하나도 없다는 느낌이었다. 세상 모두가 적이라는 느낌. 실제로 그런지도 몰랐다. 그녀는 이 건방진 놈이 그런 기분을 안겨 줄 수 있다는 사실이 싫었다. 「넌 고더드가 생각하는 것보다 훨씬 더 위험해.」

「그래도 당신은 여전히 여기에서 내 말을 듣고 있지. 왜일까?」

에인은 그 질문에 대해 생각하고 싶지 않았다. 그 대신 결과 따위는 신경 쓰지 않고 바로 이 자리에서 로언을 수확해 버릴 수 있는 온갖 방법을 생각했다. 하지만 그녀가 거둬 봐야 수확으로 적용될 리 없었다. 여기에는 재생 불가능하게 거둘 방법이 없었고, 고더드는 반드시 계획해 놓은 심판을 받도록 로언을 되살릴 것이다. 그리고 되살아난 로언은 고더드에게 다 말해 버릴지도 몰랐다. 에인도 로언만큼이나 꼼짝할 수 없는 상황이었다.

「중요한 건 아니지만, 그냥 알고 싶어서 묻는데……」 로언이 말했다. 「고더드가 하는 모든 일에 동의해? 고더드가 세상을 올바른 방향으로 끌고 간다고 생각해?」

「올바른 방향 같은 건 없어. 우리에게 더 나은 방향과, 그렇지 않은 방향이 있을 뿐이지.」

「그 〈우리〉라는 건 수확자들 말인가?」

「달리 무슨 뜻이겠어?」

「수확자들은 모두를 위해 세상을 더 나은 곳으로 만들어야 했을 텐데. 거꾸로가 아니라.」

에인이 그런 데 신경 쓰리라고 생각한다면 로언은 엉뚱한 짓을 하는 셈이었다. 윤리와 도덕성 따위는 보수파의 헛소리였다. 에인의 양심은 깨끗했는데, 양심이 아예 없기 때문이었고, 그녀는 언제나 그 점이 자랑스러웠다.

「고더드는 널 공개적으로 끝내려고 해.」 그녀는 로언에게 말했다. 「그리고 공개적이라는 건 누구도 수확자 루시퍼가 영영 사라졌다는 사실을 의심하지 않을 방법을 말하지. 깨끗이 무찔러서 영원히 소멸시킬 방법.」

「그게 당신이 원하는 바야?」

「너 때문에 울지야 않겠지. 네가 사라지면 마음이 놓이긴 할 거고.」 랜드가 말했다.

사실이었기에 로언도 그대로 받아들였다. 「알겠지만, 수확자 랜드…… 고더드의 자아가 너무나 통제 불능으로 커져서 당신조차 그 위험을 이해할 때가 올 거야. 하지만 그때쯤에는 고더드가 너무 강력해진 나머지 문제 삼을 사람이 하나도 남아 있지 않겠지.」

에인은 부정하고 싶었지만 소름이 돋아 있었다. 로언이 하는 말에 진실이 깃들어 있음을 그녀의 몸이 먼저 알았다. 그래, 수확자 루시퍼가 사라진다고 슬프지야 않겠지만, 로언이 사라지더라도 걱정거리는 수없이 많을 터였다.

「넌 정말 고더드를 닮았어. 둘 다 다른 사람의 마음을 비틀어서 위아래도 모르게 만들어 버리지. 그러니 내가 다시는 네게 말을 걸지 않는다 해도 이해해 줘.」

「당신은 말할 거야.」 로언은 절대적인 확신을 담아서 말했다. 「고더드가 날 끝내고 나면 남은 유해를 당신이 처리하도록 할 테니까. 타이거의 유해를 처리했을 때처럼 말이야. 그리고 아무도 듣지 않을 때가 오면 내 타버린 뼈에 대고 비난을 하겠지. 마지막으로 말하는 사람이 될 수 있으니까. 침도 뱉을지 모르겠다. 하지만 그래도 당신 기분은 나아지지 않을 거야.」

에인은 격분했다. 그 모든 설명이 정확하다는 사실을 알았기 때문이었다.

27
텐카메닌의 아방궁

스펜스호는 수확자 아나스타샤를 싣고 대서양을 횡단해 아프릭 대륙의 서브사하라 지역으로 직행했다. 예상보다 훨씬 짧은 거리라 사흘 안에 갈 수 있었다. 그들은 노스메리카 수확자들이 아직 머나먼 사우스메리카 남단에서 아나스타샤를 찾는 동안 해안 도시인 포트리멤브런스에 도착했다.

사망 시대에 포트리멤브런스는 몬로비아라는 이름이었으나, 선더헤드가 이 지역이 겪은 정복과 노예화, 그 후 엉성하게 계획된 송환 등의 어두운 역사에는 누구도 불쾌해하지 않을 완전히 새로운 이름을 붙여야 한다고 결정했다. 당연히 사람들은 불쾌해했다. 그러나 선더헤드는 결정을 번복하지 않았고, 선더헤드가 내린 모든 결정이 그렇듯 이것도 옳은 결정이었음이 드러났다.

수확자 아나스타샤는 도착하자마자 서브사하라의 고위 수확자인 텐카메닌을 직접 만났다. 그는 고더드에게 소리 높여 반대하는 입장이었기에 그녀에게 비밀 안식처를 제공하기로 했다.

「신참 수확자 한 명을 두고 이런 소란이라니!」 그는 아나스타샤를 맞이하며 쩌렁쩌렁하면서도 다정한 목소리로 말했다. 로브 색은 다채로웠고, 이 지역의 모든 역사와 문화에 경의를 표하도록 세심하게 디자인했다. 「걱정 마시게나, 어린 친구. 이제 친구들 사이에 안전하게 있으니.」

포수엘루의 〈나의 천사〉라는 애칭이 정다웠다면, 〈어린 친구〉라는 말을 듣자 시트라가 작게 느껴졌다. 그녀는 수확자 아나스타샤답게 고개를 높이 들고 외교적으로 답을 피했다. 그 대신 제리가 말했다.

「그렇게 어리진 않은데요.」

고위 수확자는 제리에게 의심스러운 시선을 던졌다. 「자네는 누군가?」

「제리코 소베라니스입니다. 환영해 주시는 예하의 품으로 수확자 아나스타샤 님을 무사히 모셔 온 배의 선장이지요.」

「들어 봤어. 유명한 청소부였지.」

「인양을 합니다.」 제리가 텐카메닌의 말을 바로잡았다. 「잃어버린 물건을 찾고, 수리할 수 없게 된 물건들을 고치지요.」

「기억해 두지. 훌륭하게 일해 줘서 고맙네.」 텐카메닌은 그렇게 말하더니 아버지처럼 아나스타샤를 감싸 안고 수행단과 함께 부두에서 멀어지려 했다. 「아, 지치기도 했을 테고, 바다 위 식사보다 나은 게 먹고도 싶을 테지. 안락하게 지낼 준비를 다 해놓았네.」

하지만 제리가 계속 같이 걷자 텐카메닌은 물었다. 「아직 돈을 받지 못했나? 분명 포수엘루가 처리했을 텐데.」

「죄송합니다만, 예하.」 제리가 대답했다. 「수확자 포수엘루님께서 특별히 제게 늘 수확자 아나스타샤 님 곁에 있으라고 명하셨습니다. 제게 그 명을 저버리라고는 하지 말아 주시기를 바랍니다.」

고위 수확자는 드라마틱한 한숨을 내쉬었다.「알겠네.」그러더니 그는 수행단 한 사람을 돌아보며 말했다.「우리 귀한 마다가스카르인 선장이 저녁 식사에 앉을 자리를 마련하고, 적당한 방을 준비하게.」

마침내 아나스타샤가 입을 열었다.「적당한 방은 적당하지 않을 거예요. 제리코는 절 여기로 데려오려고 모든 것을 걸었으니, 제게 베푸시는 대접을 똑같이 받아야 마땅합니다.」

수행단은 화산이 터질까 대비했으나, 고위 수확자는 잠시 후에 호쾌한 웃음을 터뜨렸다.

「여기에서는 용기가 높은 가치를 지니지. 우린 잘 어울리겠어!」그러더니 그는 제리를 돌아보았다.「선장, 용서하게나. 난 장난치기를 좋아하거든. 별 뜻은 없어. 자네를 존중받는 손님으로 환영하며, 그렇게 대우할 걸세.」

사실 제리는 포수엘루에게 그런 명령을 받지 않았다. 제리코는 아나스타샤를 여기로 데려오면 일이 끝난다고 들었다. 그러나 아직 청록색 수확자와 헤어질 준비가 되지 않은 데다 스펜스호의 승조원들은 휴식을 누려야 할 때가 진작에 지났다. 서브사하라 서쪽 해안이라면 반가운 휴가였다. 그러면 제리도 자유롭게 아나스타샤를, 또 약간 과하게 환심을 사려는 듯이 구는 고위 수확자를 지켜볼 수 있었다.

「저분을 믿습니까?」제리는 텐카메닌의 궁으로 실어다 줄

세단에 오르기 전에 물었다.

「포수엘루가 믿으니 나에게는 그걸로 충분해요.」 아나스타샤가 대답했다.

「포수엘루는 당신을 고더드에게 팔아넘긴 그 신참 수확자도 믿었어요.」 제리가 지적하자 아나스타샤는 대답할 말이 없었다.「제가 두 번째 눈이 되겠습니다.」 제리가 아나스타샤에게 말했다.

「불필요한 일이겠지만, 그래도 고맙군요.」

제리는 보통 실리를 중시하는 사람이었지만, 아나스타샤의 감사 인사라면 제공한 서비스에 대한 충분한 보수 같았다.

가까운 이들에게 텐카로 불리는 텐카메닌은 장중한 목소리랄까, 속삭인다 해도 쩌렁쩌렁 울려 퍼지는 목소리에 어울리게 성격도 솔직하고 감정이 풍부한 편이었다. 그 점이 매력적이면서 위협적이기도 했다. 시트라는 텐카메닌 옆에서는 언제나 시트라 테라노바를 밀어 넣고 수확자 아나스타샤로 있어야겠다고 마음먹었다.

그녀는 텐카메닌의 유전 지수가 아프리카계에 살짝 기울어 있음에 주목했다. 이곳이 인류라는 생물학적 혼합물에 아프릭 유전자를 제공한 대륙이라는 점을 생각하면 이해가 되었다. 아나스타샤 본인도 판아시아계, 코카서스계, 메소라틴계와 〈기타〉라는 분류로 뭉뚱그려진 특성보다 아프리카계 지수가 약간 더 높았다. 텐카메닌은 같이 차를 타고 가면서 그 점을 읽어 내고 말을 얹었다.

「우리가 이런 특징을 알아차리면 안 되지만, 내 눈엔 보여서 말이지. 그래 봐야 우리가 아주 약간 더 가까운 관계라는 의미일 뿐이야.」

텐카메넌의 거처는 그냥 거처가 아니었다. 그는 아방궁이라고 할 만한 위풍당당한 호화 저택을 지었다.

「쿠빌라이 칸처럼 재너듀[11]라고 부르지는 않는다네.」 그는 아나스타샤에게 말했다. 「게다가 수확자 칸은 도무지 취향이 별로였어. 수확자 칸이 자기를 수확하자마자 그곳을 밀어 버린 몽골리아 수확령의 결정이 옳았지.」

텐카 본인처럼 멋스러운 데다 훌륭한 취향을 집약해 놓은 궁전이었다. 「난 다른 사람들의 부동산과 저택을 빼앗고 원래 주인을 내쫓는 기생충이 아닐세.」 텐카는 자랑스럽게 말했다. 「이 궁전은 토대부터 새로 지었지! 공동체 전체를 이 일에 초대하고, 노는 시간을 보람 있는 노동으로 채우게 했다네. 지금도 다들 일을 해서 해마다 뭔가를 더하고 있지. 내가 그러라고 해서가 아니라, 그걸 사람들이 즐거워해서야.」

아나스타샤는 설마 사람들이 원해서일까 의심했지만, 일하는 사람들과 대화해 보니 그 생각은 오해였다. 그들은 정말로 텐카를 사랑했고, 텐카의 궁전에서 일하는 시간도 전적으로 자기들의 뜻에 따르고 있었다. 텐카가 기본 소득을 훌쩍 뛰어넘는 대가를 지불한다는 점도 나쁘지 않았다.

궁전에는 구세계의 별나고 괴팍한 요소가 가득하여, 그곳의 풍미를 더했다. 구시대적인 직원들의 유니폼은 모두 각기 다른 역사 시대에서 따왔다. 고전 장난감 수집품은 수백 년 전의

11 Xanadu. 아름다운 이상향을 말하며, 〈도원경(桃源境)〉으로 번역하기도 한다.

것들이었다. 게다가 전화기가 있었다. 다양한 색깔의 상자 같은 플라스틱 전화기들이 테이블 위에 놓이거나 벽에 걸려 있었다. 스프링처럼 늘어나고 쉽게 엉키는 길고 구불구불한 선으로 기단부에 연결된 수화기도 달려 있었다.

「난 한 지점에서만 통신이 가능하다는 아이디어가 마음에 들어.」 텐카메닌은 아나스타샤에게 말했다. 「그러면 모든 대화에 마땅한 만큼의 관심을 기울이게 되거든.」

하지만 그 전화기들은 텐카메닌의 사적인 통화를 위한 것이었으므로 울리는 법이 없었다. 아나스타샤는 텐카메닌에게는 사생활이 아주 적기 때문이리라 생각했다. 그는 진열창 속의 전시품처럼 살았다.

도착한 다음 날 아침, 아나스타샤는 텐카메닌과 수확자 바바, 마케다와의 회의에 불려 갔다. 이 둘은 언제나 고위 수확자를 따라다니는 수행단으로, 텐카의 청중으로 사는 것이 삶의 목적인 듯했다. 바바는 신랄한 유머 감각을 지녔고, 텐카만이 이해할 수 있는 농담을 던지길 즐겼다. 마케다는 바바를 얕잡아 보는 데에서 가장 큰 기쁨을 누리는 것 같았다.

「아! 우리 심해의 레이디가 오셨군!」 텐카가 말했다. 「앉게나. 의논할 일이 많아.」

아나스타샤가 자리에 앉자, 그들은 빵 껍질을 잘라 내고 접시 위에 바람개비 모양으로 늘어놓은 자그마한 샌드위치를 내밀었다. 텐카는 보여 주기에 진심이었다.

「내가 알기로는 자네가 되살아났다는 소문이 퍼지고 있어. 고더드의 동맹자들은 쉬쉬하려고 하고, 우리 보수파 친구들은 널리 알리려 하고 있지. 우리는 기대감을 쌓아 올려서, 자네가 공식적으로 모습을 드러냈을 때 온 세상이 귀 기울이게 할 걸세.」

「온 세상이 귀 기울여 듣는다면, 제가 할 말이 있어야겠군요.」

「있을 거야.」 텐카가 너무나 확신에 차서 말하니, 어떤 생각을 품고 있는지 궁금해졌다. 「우리는 우연히 유죄를 증거하는 강력한 정보를 발견했네.」

「범죄도 국가도 없는 세상에서 유죄라니, 상상해 보세요.」 바바가 말했다.

텐카메닌은 웃음을 터뜨렸고, 수확자 마케다는 눈을 치떴다.

이어서 고위 수확자는 테이블 너머로 손을 뻗어, 아나스타샤의 텅 빈 빵 접시 위에 종이로 접은 작은 백조를 올려놓았다. 「비밀 속에 접힌 비밀이지.」 그는 씩 웃으며 말했다. 「말해 보게, 아나스타샤. 선더헤드의 후뇌를 파헤치는 데 얼마나 능숙한가?」

「매우 능숙하죠.」

「좋아.」 텐카메닌은 말했다. 「그 백조를 펼쳐 보면 시작할 단서를 찾게 될 걸세.」

아나스타샤는 백조를 들고 돌렸다. 「제가 뭘 찾는 거죠?」

「길은 자네가 밝혀내야 해. 나는 뭘 찾을지 말해 주지 않을 걸세. 내가 말해 주면 자네가 직관적으로 찾을 것들을 놓칠지도 몰라.」

「우리가 놓쳤을 수도 있는 것들이죠.」 마케다가 덧붙여 말했다. 「우리에겐 새로운 눈이 필요해요.」

수확자 바바가 마케다에게 합세했다. 「게다가 그냥 아는 것만으로는 부족합니다. 직접 찾아내야 다른 사람들에게도 찾는 방법을 알려 줄 수 있죠.」

「바로 그거야.」 텐카메닌이 말했다. 「성공적인 거짓말에 연료를 붓는 건 거짓말쟁이가 아닐세. 듣는 사람들이 기꺼이 믿으려 하는 마음이 연료를 공급하지. 먼저 그 믿고 싶어 하는 마음을 부수기 전에는 거짓말을 폭로할 수가 없어. 그러니까 사람들에게 그냥 진실을 말하기보다는, 진실로 이끄는 것이 훨씬 효과적이라네.」

텐카메닌의 말이 여운을 남기는 가운데, 아나스타샤는 다시 종이 백조를 보며 그 섬세한 날개를 펼쳐서 망가뜨리고 싶지 않다는 생각을 했다.

「일단 자네가 자기만의 결론을 내면 우리가 아는 바를 공유하겠네.」 텐카메닌은 말했다. 「장담하는데, 이 후뇌 여행은 눈이 번쩍 뜨이는 경험이 될 거야.」

28

유명한 악마

모두가 초대받았다. 그리고 지배 수확자의 초대는 무시할 수가 없었다. 즉 스타디움은 한계까지 꽉 찰 게 거의 확실했다.

고더드는 자신의 영향력하에 있는 모든 이에게 공개 소집령을 내렸다. 수확자가, 하물며 강력한 수확자가 평범한 사람들과 어울리는 일은 드물었다. 수확자가 나머지 인류와 갖는 의사소통은 보통 총탄, 칼, 몽둥이, 가끔은 극독으로 한정되어 있었다. 수확자들은 대중에게 말을 걸 필요를 느끼지 않았다. 그들은 선출된 공직자가 아니었고, 서로가 아니면 누구에게도 책임을 지지 않았다. 삶에서 유일한 목적이 사람들의 심장을 멈추는 것인데, 사람들의 마음을 얻으려 할 이유가 없었다.

그러니 지배 수확자 고더드가 직접 초대장을 뿌렸을 때, 사방에서 사람들이 주목할 수밖에 없었다. 고더드는 방어를 강화한 탑에 살면서도 자신이 대중의 수확자라고 주장했으며, 이것이 그 증거였다. 그는 자신의 승리를 온갖 방면의 평범한 사람들과 공유하려 했다. 결국에는 대륙에서 가장 유명한 수확자와 가까워지고 싶다는 사람들의 갈망이 두려움보다 더 강했다. 표는 5분 만에 다 팔렸다. 다른 사람들은 모두 집과 직장에서 이 행사를 보아야 했다.

그리고 처형 행사 표를 손에 넣은 운 좋은 사람들은 역사적인 일을 보게 될 것임을 알았다. 자식들, 자식의 자식들, 자식의 자식의 자식들에게도 수확자 루시퍼가 수확되던 날 그 자리에 있었다고 말할 수 있으리라.

그들은 수확자들처럼 수확자 루시퍼를 두려워하지는 않았지만 몹시 싫어했다. 인듀라에서 벌어진 떼죽음을 그의 탓으로 돌려서만이 아니라, 선더헤드가 침묵하고 모두가 불미자가 된 것도 그의 탓이라고 보았기 때문이다. 그의 행동으로 온 세상이 벌을 받고 있었다. 고더드가 직설적으로 표현한 대로, 수확자 루시퍼는 세상의 증오를 받아먹는 그릇이었다. 그러니 많은 사람이 직접 그의 끔찍한 결말을 목격하러 나타나야 했다.

이 시대에 장갑차 같은 것은 존재하지 않았다. 이제는 대부분의 차량이 본래부터 방탄이었다. 그렇다 해도 수확자 루시퍼를 위해 며칠 만에 특별 수송차가 만들어졌는데, 도드라지는 강철못과 창살이 달린 창문까지 갖춘 것이었다. 풀크럼시티에서부터 루시퍼의 수확이 이루어질 마일하이시티까지는 고속 도로로 직선 길이었다. 그러나 자동차 행렬은 목적지에 도착하기까지 최대한 많은 미드메리카 도시를 통과하는 구불구불한 경로를 택했다. 하루면 갈 길에 일주일 가까운 시간이 걸렸다.

로언도 이 수확 행사가 대대적인 홍보에 쓰일 줄은 알았지만, 자신을 이런 식으로 과시할 줄은 예상하지 못했다.

자동차 행렬에는 열 대 이상의 차량이 쓰였다. 수확 근위대원들이 탄 모터사이클, 안에 타고 있는 지위 높은 수확자들의 색을 칠한 화려한 리무진들 뒤에 크고 네모난 장갑 트럭이 달리고 그 뒤에는 다시 모터사이클에 탄 근위대원 몇 명이 신혼 행렬처럼 따라갔다.

빛나는 별이 점점이 박힌 감청색 리무진이 맨 앞을 달리기는 했지만, 지배 수확자 본인은 참여하지 않았다. 그 차에는 아무도 타지 않았다. 그러나 대중들은 그 사실을 몰랐다. 사실 고더드는 길고 힘든 여행을 참지 못했다. 그곳에 있는 척만 해도 똑같은 효과를 얻을 수 있는데, 굳이 왜 참는단 말인가. 실제 수확 날까지는 모습을 드러낼 필요도 없었다.

그 대신 그는 무시무시한 수확자 루시퍼를 최후의 파멸로 인도하는 책임을 콘스탄틴에게 맡겼다.

로언은 콘스탄틴이 3년 전에 자신을 찾아내어 잡았어야 할 책임자였음을 알았다. 그의 진홍색 로브와 리무진은 로언의 수송 트럭 옆에 붙은 〈공공의 적〉이라는 직인과 같은 색깔이었다. 의도적인 배치인지, 그냥 우연인지 궁금했다.

풀크럼시티를 떠나기 전, 콘스탄틴은 보안이 철저한 트럭에 타서 족쇄를 찬 후의 로언을 한번 보러 왔다.

「내내 너를 한번 보고 싶었지.」 콘스탄틴은 말했다. 「이제 직접 보고 나니 너무나 실망스럽군.」

「고마워요. 나도 사랑해요.」 로언이 대꾸했다.

콘스탄틴은 칼을 잡으려는 듯 로브 안으로 손을 넣었다가, 다시 생각했다. 「지금 이 자리에서 널 거둘 수 있다면 그렇게 하겠다만, 지배 수확자 고더드의 노여움을 사고 싶지는 않군.」

「이해해요. 위안이 될지 모르겠지만, 나도 고더드보다는 당신 손에 수확당하고 싶네요.」

「왜 그렇지?」

「그놈에겐 내 죽음이 복수가 될 것이고, 당신에게는 3년짜리 임무를 충족하는 일이 될 테니까요. 고더드의 복수보다야 그쪽이 훨씬 낫죠.」

콘스탄틴은 그 말을 차분하게 받아들였다. 그렇다고 부드러워지지는 않았지만, 섣불리 행동하고 나중에 후회할 위험은 없어졌다.

「너를 인계받아 마땅한 결말까지 태워 가기 전에 알고 싶은 게 있다.」 콘스탄틴은 말했다. 「네가 왜 그런 짓을 했는지 알고 싶다.」

「내가 왜 수확자 르누아르, 필모어 등등을 끝냈는지요?」

콘스탄틴은 손을 내저었다. 「그것 말고. 수확자들을 끝내던 범죄도 혐오스럽기는 하지만, 네가 왜 끝낼 자들을 골랐는지는 명백하다. 다들 미심쩍은 수확자들이었고, 너에게 그럴 자격이 없었다곤 해도 그게 일종의 판결이었음은 분명하지. 그 범죄만으로도 너를 거둘 이유는 충분하다만, 내가 알고 싶은 건 네가 왜 대수확자들을 죽였냐는 것이다. 훌륭한 분들이었어. 그중에 최악이 크세노크라테스였을 텐데, 그분도 네가 끝낸 다른 수확자들에 비하면 성인이었지. 대체 무엇에 씌었기에 그런 무참한 짓을 한 거냐?」

로언은 하지도 않은 짓을 부인하는 데 지쳤다. 이제 와서 무슨 소용이 있을까? 그래서 그는 모두가 이미 믿고 있는 거짓말을 늘어놓았다.

「나에게 반지를 주지 않은 수확령이 미웠어요. 그래서 최대한 피해를 입히고 싶었죠. 온 세상의 모든 수확령이 나를 진짜 수확자로 인정하지 않으려 한 대가를 치르게 하고 싶었어요.」

콘스탄틴의 눈빛은 수송 차량의 강철판도 녹일 수 있을 것 같았다. 「나더러 네가 그렇게 편협하고 쩨쩨하다고 믿으라는 거냐?」

「그런 사람 맞을걸요. 그렇지 않고서야 왜 인듀라를 침몰시켰겠어요?」 로언은 말하고 나서 덧붙였다. 「아니면 그냥 내가 순수한 악인인가 보죠.」

콘스탄틴은 이 말이 조롱임을 알았고, 좋게 받아들이지 않았다. 그는 그 자리를 떠났고, 여정 내내 로언에게 아무 말도 하지 않았다. 다만 떠날 때 더없이 음산한 인사를 던지기는 했다.

「고통스러운 수확이 되리라는 말은 꼭 해주고 싶구나.」 진홍색 수확자는 반감을 발산하며 말했다. 「고더드는 널 산 채로 구울 생각이다.」

로언은 오직 그만을 위해 만든 반짝이는 새 쇠고랑을 찼고, 움직일 때마다 강철 사슬이 수송 트럭 바닥에 부딪쳐 잘그락거렸다. 움직일 수 있게 길이는 제법 길었지만, 너무 단단해 정작 움직이려면 힘이 들었다. 과잉 조치였다. 로언에게 잘 빠져나가는 재주가 있다고 해서 그들이 생각하는 것 같은 탈출 마법사는 아니었다. 이전의 탈출은 모두 도와준 사람이 있었거나, 붙잡은 사람들이 무능해서 가능했다. 로언이 사슬을 물어

끊고 강철 문을 발차기로 열 것도 아닌데, 다들 로언이 초인적이고 초자연적인 힘을 지닌 괴수라도 된다는 듯 굴었다. 하지만 고더드는 사람들이 그렇게 생각하기를 바라는지도 몰랐다. 사슬에 묶어서 강철 상자 안에 가둬야 하는 괴물을 잡았다면, 잡은 사람이 대단한 사냥꾼이어야 할 테니까.

통과하는 도시며 마을마다 사람들이 우르르 나와서 퍼레이드라도 보듯 호송 행렬을 구경했다. 수송 차량의 창살 달린 창문들은 다양한 높이에 있었고, 장갑 차량에 내기에는 크기가 컸으며, 내부는 환하게 밝혀져 있었다. 로언은 곧 그 이유를 알게 되었다. 이런 창문들이 있으니 로언이 트럭 안 어디에 있더라도 밖에서 들여다볼 수 있었고, 내부가 밝으니 하루 중 어느 때라도 로언이 어둠에 몸을 숨길 수가 없었다.

로언의 수송 차량이 대로와 시내 중심가를 달릴 때면 언제나 양쪽에 늘어선 구경꾼들이 그를 보았다. 가끔 로언이 창밖을 내다보기도 했는데, 그럴 때면 군중들의 흥분이 절정에 달했다. 그들은 로언을 손가락질하고, 사진을 찍고, 아이들을 들어 올려 온 세상에 유명한 악마가 된 청년을 보여 주었다. 몇 번인가 로언이 손을 흔들어 줬더니 사람들이 서로를 보며 키득거렸다. 몇 번인가 손가락질하는 사람을 마주 손가락질하기도 했는데, 그러면 언제나 그들은 겁을 먹었다. 로언이 수확당한 후 어느 한밤중에 방황하는 성난 유령이 되어 찾아간다고 믿기라도 하는 걸까.

그러는 내내, 콘스탄틴의 암울한 선언이 자꾸만 떠올랐다. 로언이 어떻게 수확당할지 그 방법 말이다. 불태우는 수확은 불법이 아니었던가? 고더드가 금지를 풀었겠지. 아니면 이 특별한 수확을 위해 한 번만 되살렸을 수도 있고. 아무리 두렵지 않다고 스스로를 타이르려 해도 로언은 두려웠다. 수확 자체가 아니라 그 고통이 두려웠다. 그리고 고더드는 로언이 고통을 낱낱이 느낄 수 있게 나노기를 꺼버릴 게 분명하니, 아주 많이 고통스러울 것이다. 로언은 좀 더 무지하던 시절의 이단자들과 마녀들처럼 고통받을 것이다.

그의 삶이 끝난다는 건 별문제가 아니었다. 사실 그건 오히려 이상하게 친숙했다. 워낙 여러 번, 여러 방법으로 죽었더니 익숙해졌다. 삶이 끝난다는 건 잠드는 것보다 두려울 게 없었다. 오히려 잠을 자면 악몽을 꿨으니, 잠이 더 나쁠 경우도 많았다. 적어도 일시 사망은 꿈을 꾸지 않는 상태이기는 했고, 일시 사망과 사망 사이에는 시간의 차이밖에 없었다. 어쩌면 누군가의 믿음대로 진정한 죽음은 산 사람이 상상할 수 없는 찬란한 어딘가로 데려가줄지도 모른다. 이런 식으로 로언은 다가올 운명에 대한 생각을 누그러뜨리려 했다.

시트라에 대한 생각으로도 누그러뜨리려 했다. 시트라의 소식은 없었고, 로언도 콘스탄틴이나 다른 누군가에게 그 문제를 물어볼 만큼 어리석지는 않았다. 시트라가 살아 있다는 사실을 누가 아는지도 확실치 않았기 때문이다. 고더드는 확실히 알았다. 애초에 웨스트메리카 고위 수확자를 보냈을 때도 둘 다 되찾으려 했으니까. 하지만 시트라가 도망쳤다면, 적대적인 이들에게 그녀에 대해 말하지 않는 게 그녀를 돕는 길이었다.

자신의 굽잇길이 어디로 이어질지 생각하면서, 로언은 그저 시트라는 더 나은 상황에 놓여 있기를 빌 수밖에 없었다.

29

뻔히 보이는 곰

세 개의 날짜. 종이 백조 안에 적힌 것은 그게 다였다. 하나는 스라소니의 해, 또 하나는 들소의 해, 마지막 하나는 왜가리의 해의 어느 날짜였다. 셋 다 그녀가 태어나기도 전이었다.

왜 그 날짜들이 중요한지 알아내는 데에는 오래 걸리지 않았다. 그것은 쉬운 일이었다. 사람들이 정확한 날짜를 알든 모르든 간에, 그 날짜에 일어난 사건들은 모두 역사 수업에서 배웠다. 다른 한편으로 그것은 공식 설명이었다. 받아들여지는 설명. 역사에 직접적인 설명은 없었고, 〈알려진 사실〉이란 〈알려져도 좋다고 허용된 사실〉이라는 의미였다. 아나스타샤는 수확자가 된 이후 줄곧 수확령이 필요하다고 느끼면 어떻게 정보의 흐름을 늦추고, 자신들의 선택대로 역사를 정의하는지 지켜보았다. 사실과 숫자는 선더헤드의 관할이니 조작할 수 없었을지 모르지만, 대중에게 〈어떤〉 사실을 알릴지는 수확령이 선택할 수 있었다.

그러나 선택적으로 무시당한 정보라고 해서 잊히지는 않았다. 누구든 접속할 수 있는 후뇌에 존재했다. 시트라는 수습생

시절, 수확자 패러데이의 〈살해자〉를 찾으려다 보니 선더헤드의 후뇌를 뒤지는 데 전문가가 되었다. 선더헤드의 파일 시스템 알고리즘은 인간의 뇌와 많이 비슷했다. 모든 정렬이 연상을 통해 이루어졌다. 이미지들은 날짜, 시간, 장소에 따라 정돈되어 있지 않았다. 구석에 서 있는 아이보리색 로브의 수확자를 찾아내기 위해 세상 모든 곳의 구석에 서 있는 아이보리색 옷차림을 한 사람들의 이미지를 분류한 다음, 그 장면에 들어 있는 다른 요소를 이용해서 범위를 좁혀야 했다. 특정한 가로등 유형. 그림자의 길이. 선더헤드는 모든 감각 데이터를 다 목록화했으므로 소리와 냄새도 포함되어 있었다. 후뇌에서 뭔가를 찾는다는 건 건초 더미에서 바늘 찾기 정도가 아니라 건초의 행성에서 바늘 찾기였다.

어떤 매개 변수가 무한에 가까운 정보의 밭을 좁혀 줄지 포착하려면 창의력과 영감이 필요했다. 과거에는 뭘 찾는지라도 알았으니, 지금 아나스타샤가 직면한 도전은 전보다 더 어려웠다. 지금 그녀는 세 개의 날짜 외에는 아무것도 알지 못했다.

우선 그녀는 문제의 재난에 대해 알려진 모든 사실을 연구했다. 그런 다음 편의에 따라 공식 기록에서 빠진 원출처와 정보를 찾으려고 후뇌에 뛰어들었다.

가장 큰 장애물은 인내심 부족이었다. 이미 답이 그곳에 있음을 알면서도, 너무나 여러 겹 아래에 묻혀 있다 보니 영영 찾지 못할까 봐 두려웠다.

알고 보니, 아나스타샤와 제리가 도착한 날은 달 축제 며칠 전이었다. 고위 수확자 텐카메닌은 보름달이 뜰 때마다 25시간씩 이어지는 성대한 잔치를 벌였는데, 〈24시간만으로는 부족하기 때문〉이었다. 온갖 여흥이 펼쳐지고, 전문 파티꾼 무리가 모여들고, 텐카메닌이 초대한 손님들을 위해 전 세계 모든 음식이 흘러넘쳤다.

「어울리게 차려입되 수확자 로브만 걸치지 말고, 파티꾼 한두 명과 함께 내 옆에만 붙어 있으면 눈에 띄지 않을 거야.」 텐카메닌은 그녀에게 그렇게 조언했다.

그리고 제리에게는 이렇게만 말했다. 「적당히만 즐기게나.」

아나스타샤는 누군가 알아볼까 봐 축제에 가고 싶지 않았고, 차라리 후뇌 수색을 계속하고 싶었지만, 텐카메닌이 참석을 고집했다. 「흙을 파헤치는 단조로운 작업이니 잠시 쉬면 좋을 걸세. 내가 화려한 가발을 내어 줄 테니 아무도 눈치채지 못할 거야.」

처음에 아나스타샤는 단순한 변장으로 정체를 감출 수 있다니 무책임하고 무모한 제안이라고 생각했지만, 누구라도 오래전에 죽은 수확자가 파티에 나타나리라 생각하지는 않았고, 심지어 파란 형광 가발을 쓰리라고는 생각도 못 했기에 그녀는 뻔히 보이는 곳에 놀랄 만큼 잘 감춰졌다.

「자네의 연구에 쓸 만한 교훈이지.」 텐카메닌이 말했다. 「뻔히 보이는 곳에 감추면 찾기가 가장 어렵다는 사실.」

텐카메닌은 완벽한 주최자였고, 모든 참석자를 직접 맞이하며 이쪽저쪽에 면제권을 뿌렸다. 눈부시고 재미있는 파티였지만, 아나스타샤와는 잘 맞지 않았다. 그리고 고위 수확자는 아나스타샤의 기분을 읽어 냈다.

「내가 사치스럽고 방종해 보이나?」 텐카메닌이 물었다. 「내가 끔찍하게 쾌락주의적인 고위 수확자인가?」

「고더드도 이런 파티를 열어요.」 그녀는 지적했다.

「이런 파티는 아니지.」 텐카메닌이 말했다.

「그리고 고더드도 요란한 저택을 좋아하죠.」

「그런가?」

그러더니 텐카메닌이 소란 속에서 그의 말을 더 잘 들을 수 있게 가까이 오라고 손짓했다. 「자네 앞에 있는 사람들을 쓱 보고 뭐가 보이는지 말해 주면 좋겠군. 아니, 좀 더 정확하게는 무엇이 보이지 않는지 말해 주겠나.」

아나스타샤는 주위를 돌아보았다. 다층 수영장에 들어간 사람들, 발코니에서 춤을 추는 사람들. 모두가 수영복과 화려한 파티복을 입고 있었다. 그러다가 문득……

「수확자가 없군요.」

「한 명도 없지! 마케다와 바바도 없어. 모든 손님이 지난 보름 이후 내가 수확한 사람의 가족일세. 난 잃어버린 사랑하는 이들의 삶을 슬퍼하기보다는 기념하라고 이들을 여기에 초대하고, 1년의 면제권을 부여하네. 그리고 기념이 끝나고 다 정리가 되면 나는 내 훌륭한 방으로 물러난다네.」 그는 저택에서 제일 큰 창문을 가리키더니…… 눈을 찡긋하고는 손가락을 오른쪽으로 옮겨, 궁전이 아니라 궁전 가장자리에 있는 작은 오두막을 가리켰다.

「도구 창고요?」

「저건 도구 창고가 아니야. 내가 사는 곳이지. 궁전에 있는 방은 모두 자네 같은 귀빈을 위해 준비해 둔 거라네. 덜 귀하지만 감명을 줄 필요가 있는 손님들도 묵게 하지. 자네가 〈도구 창고〉라고 부른 곳에 대해 말하자면, 내가 성장한 집의 복제판이라네. 내 부모님은 단순함을 신봉해. 물론 그분들의 아들은 끝없는 복잡함을 즐기네만, 여전히 밤이면 소박한 거주지에서 편안함을 느낀다네.」

「분명히 자랑스러워하시겠네요.」 아나스타샤는 말했다. 「부모님 말이에요.」

고위 수확자 텐카메닌은 그 말에 코를 훌쩍였다. 「그렇지도 않아. 그분들은 단순함을 극단까지 받아들여서, 이젠 음파교인이 됐다네. 나와 말도 나누지 않은 지 오래됐지.」

「안타깝네요.」

「음파교인들에게 예언자가 있었다는 말은 들었나?」 텐카메닌은 씁쓸하게 말했다. 「자네가 심해에 내려가고 얼마 후에 나타났지. 그자들은 선더헤드가 그 예언자에게만은 아직 말을 했다고 주장했어.」 텐카메닌은 서글픈 웃음소리를 냈다. 「물론 그 예언자는 수확을 자초했지.」

웨이터 한 명이 진짜라기에는 너무 큰 새우 쟁반을 들고 다가왔다. 선더헤드의 실험적인 풍요 농장에서 만들었으리라. 선더헤드는 늘 그렇듯 일을 제대로 했다. 그 새우는 보기보다 더 맛이 좋았다.

「조사는 어떻게 되어 가나?」 텐카메닌이 물었다.

「하고 있어요.」 아나스타샤는 대답했다. 「하지만 선더헤드는 데이터를 혼란스러운 방식으로 연결시켜요. 제가 화성 개척지 이미지를 하나 꺼내면, 그게 어린아이가 그린 달 그림으로 이어지죠. 뉴호프 궤도 정거장에서 온 뉴스는 한 번도 들어보지 못한 어느 수확자가 이스탄불에서 주문한 점심 식사로

이어지고요. 단테 뭐였더라…….」

「알리기에리?」 텐카메닌이 말했다.

「네, 맞아요. 그 수확자를 아세요?」

「그 수확자에 대해서는 알지. 유로스칸디아 출신일 거야. 오래전에 사라졌네. 50년인가, 60년 전에 자기를 수확했을걸.」

「제가 찾아낸 다른 모든 연결 고리와 마찬가지네요. 하나도 말이 되지 않아요.」

「보이는 토끼 굴마다 내려가 보게.」 텐카메닌이 조언했다. 「그중 몇 군데에는 정말로 토끼가 있을 수도 있거든.」

「왜 뭘 찾으라고 그냥 말씀해 주시지 않는지 아직도 이해가 안 가요.」

텐카메닌은 한숨을 내쉬고 몸을 기울이며 속삭였다. 「우리가 갖고 있는 정보는 어떤 수확자가 스스로를 수확하기 전에 준 거야. 아마 양심에 찔려서였겠지. 그것 말고는 실질적인 증거라곤 없고, 우리가 직접 후뇌를 파보아도 소용이 없었네. 우리가 뭘 찾을지 알고 있다는 사실이 방해가 돼. 파란 모자를 쓴 남자를 찾다 보면, 파란 가발을 쓴 여자는 완전히 놓치는 법이지.」 그는 아나스타샤가 쓴 형광 곱슬머리를 슬쩍 건드렸다.

직관에 반하는 말이지만, 말이 된다는 점은 인정해야 했다. 아나스타샤도 텐카메닌이 〈도구 창고〉로 걸어가는 모습을 매일 봤으면서 이미 추측한 바가 있다 보니 그 이유를 생각 못 하지 않았나? 언젠가 수업에서 교사가 보여 주었던 사망 시대의 비디오가 떠올랐다. 교사는 팀원들이 화면 여기저기로 몇 번이나 공을 패스하는지 세어 보라고 했다. 시트라는 정답을 맞혔고, 다른 대부분의 학생들도 그랬다. 하지만 비디오 중간에

곰 옷을 입고 춤을 추던 남자가 나왔다는 사실은 모두가 놓쳤다. 때로는 아무 기대가 없어야 뻔히 보이는 사실을 찾을 수 있다.

다음 날 아침에 아나스타샤는 돌파구를 찾았고, 무엇을 발견했는지 알리기 위해 텐카메닌의 오두막으로 달려갔다.

텐카메닌의 집은 수확자 패러데이라 해도 만족할 만큼 소박했다. 텐카메닌은 뭔가를 하던 중이었다. 앞에 두 사람이 있었는데, 그 자리에 있는 게 썩 행복해 보이지 않았다. 불쾌한 정도가 아니라 비참해 보였다.

「들어오게나, 친구.」 텐카메닌은 아나스타샤를 보자 말했다. 「이 사람이 누군지 아나?」 그는 다른 두 명에게 물었다.

「모릅니다, 예하.」 그들이 대답했다.

「내 플로리스트라네.」 그는 말했다. 「궁전과 내 집을 더없이 아름다운 꽃으로 채워 주지.」 그러더니 그는 둘 중에서 더 불안해하는 사람에게 관심을 돌렸다. 마흔 살 정도일까, 회춘을 준비할 듯한 남자였다. 「자네가 가장 아끼는 꿈을 말해 보게.」 고위 수확자가 말했다. 「세상에서 가장 하고 싶은데 아직 못 해본 일이 뭔가?」

남자는 머뭇거렸다.

「참지 말게.」 텐카메닌이 부추겼다. 「삼가지 마. 자네가 품은 꿈을 화려하게 늘어놓아 보게!」

「저는…… 저는 요트를 몰고 싶습니다.」 남자는 산타클로스의 무릎에 앉은 어린아이처럼 말했다. 「요트를 몰고 세상을 돌아다니고 싶습니다.」

「아주 좋아!」 고위 수확자는 거래가 성립되었다는 듯 손뼉을 탁 치며 말했다. 「내일 요트를 사러 가지. 내가 사겠네!」

「예…… 예하?」 남자는 믿지 못하겠다는 듯 말했다.

「자네는 꿈을 이룰 거야. 6개월 동안. 그런 다음 여기로 돌아와서 어땠는지 다 말해 주게. 그러고 나면 내가 자네를 거두겠네.」

남자는 열광했다. 수확당하리라는 말을 들었는데도 그렇게 기뻐할 수가 없었다. 「고맙습니다, 예하! 고맙습니다!」

그 남자가 나가자 또 한 명, 조금 더 젊고 아까 전보다 덜 겁먹은 남자가 고위 수확자를 쳐다보았다. 「저는 어떻습니까? 제 꿈도 듣고 싶으신가요?」

「친구여, 삶은 더없이 잔인하고 불공평할 때가 많지. 죽음도 마찬가지라네.」

텐카메닌은 빠르게 손을 휘둘렀다. 아나스타샤는 칼날을 보지도 못했건만, 순식간에 남자는 목을 붙잡고 바닥에 쓰러져서 마지막 숨을 내쉬고 있었다. 이미 수확된 상태였다.

「이 남자의 가족에게는 내가 직접 알릴 거야.」 텐카메닌은 아나스타샤에게 말했다. 「그 사람들은 다음 달 축제에 초대를 받겠지.」

아나스타샤는 이 전개에 놀랐지만, 정말로 충격받지는 않았다. 모든 수확자가 각자의 방식을 찾아야 했다. 무작위로 고른 한 명의 꿈을 이루어 주면서 다른 한 명의 꿈을 거부하는 것도 다른 방식과 똑같이 합리적이었다. 훌륭한 수확자들이 훨씬 나쁜 방식으로 일을 하는 모습도 본 적이 있었다.

다른 방에 있던 청소 팀이 들어왔고, 텐카메닌은 아나스타샤를 데리고 아침 식사가 차려진 파티오로 나갔다. 「자네가 내게 영감을 준 건 알고 있었나?」 텐카메닌이 말했다.

「저요?」

「자네의 예시를 따랐지. 사람들에게 수확 방법을 선택하게 하고, 사전 공지를 해주다니…… 들어 본 적도 없는 방식이었어! 하지만 굉장했지! 우리에겐 그런 연민이 없네. 우리는 다들 효율만 따지지. 일을 끝내는 것만 말이야. 자네가 인듀라에서 사라진 후, 난 자네를 기리는 뜻에서 내 수확 스타일을 바꾸기로 했다네. 내가 수확하는 사람들 중 절반에게는 먼저 꿈을 이루게 해주지.」

「왜 절반만인가요?」

「그야 정말로 예전 그대로의 죽음을 모방하려 한다면 변덕스러워야만 하니까. 미화는 정도껏 해야지.」

텐카메닌은 접시에 계란과 구운 플랜테인을 가득 담더니 아나스타샤 앞에 놓고 자기 접시를 담았다. 〈이상하기도 하지.〉 아나스타샤는 생각했다. 〈우리 수확자들에게는 죽음이 너무나 흔한 일이다 보니, 목숨을 빼앗고 바로 아침을 먹을 수도 있어.〉

텐카메닌은 카사바로 만든 푸푸[12]를 한 입 먹고, 그 뻑뻑한 빵을 씹으면서 말했다. 「자네는 도착한 후 한 번도 수확을 하지 않았지. 상황상 이해는 하네만, 슬슬 손이 근질거릴 텐데.」

아나스타샤는 무슨 뜻인지 이해했다. 수확 행위를 정말로 즐기는 건 신질서 수확자들뿐이었지만, 다른 수확자도 너무

12 서아프리카와 중앙아프리카 여러 나라에서 먹는 주식. 카사바 등을 빻아서 만든다.

오래 수확을 하지 않다 보면 모호하지만 끈질긴 욕구를 느꼈다. 아나스타샤도 그런 초조함이 있음을 부정할 수 없었다. 애초에 수확자의 삶에 마음이 적응하면 그런 것인지도 몰랐다.

「지금 하고 있는 후뇌 조사가 수확보다 더 중요해요. 그리고 제가 뭘 찾은 것 같습니다.」 아나스타샤는 무엇을 찾아냈는지 말했다. 이름 하나였다. 카슨 러스크. 광맥을 제대로 찾아낸 건 아니더라도, 시작점이기는 했다. 「생존자로 기록되었지만, 그 날짜 이후에는 인생 기록이 전혀 없어요. 물론 기록이 실수이고 사실은 다른 사람들과 같이 죽었을 수도 있죠.」

텐카메닌은 환한 웃음을 지으며 그녀를 일깨웠다. 「선더헤드는 실수를 하지 않아. 확실한 단서 맞네. 계속 파보게나!」 그는 아나스타샤의 접시를 보더니, 너무 적게 먹는 자식을 걱정하는 양육자처럼 플랜테인을 더 퍼 담았다.

「우리는 자네가 생방송을 시작했으면 하네. 우리가 세상에 대고 공식적으로 자네가 돌아왔다고 하기보다는, 자네가 직접 말해야 할 것 같아. 수확자 아나스타샤 본인의 언어로.」

「저는…… 별로 좋은 공연자가 아닌데요.」 말하다 보니 형편없었던 「줄리어스 시저」 공연이 떠올랐다. 당시 그녀는 오직 주연 배우의 소망대로 거둬 주기 위해 무대에 올랐지만, 그래도 역할을 연기해야 했다. 칼로 찌르는 부분만 빼면 형편없는 로마 의원이었다.

「심리에 섰을 때, 대수확자들에게 자네의 마음과 생각을 솔직하게 말했나?」 텐카메닌이 물었다.

「네……」 아나스타샤는 인정했다.

「그리고 우리 친구인 수확자 포수엘루에게 듣기로는, 세상의 믿음과는 달리 자네가 대수확자들을 설득해서 수확자 퀴리를 미드메리카 고위 수확자로 삼았다더군.」

수확자 퀴리 이야기가 나오자 아나스타샤는 저도 모르게 얼굴을 찡그렸다. 「네, 그랬죠.」

「흠, 일곱 개의 〈숙고의 자리〉 앞에 서서 세상에서 제일 위협적인 수확자들을 상대로 사건 변호를 할 수 있다면, 생방송도 잘해 낼 걸세.」

그날 오후, 텐카메닌은 아나스타샤를 데리고 궁 밖으로 나가서 자신이 너무나 자랑스러워하는 도시를 구경시켜 주었다. 포트리멤브런스는 북적였으며 생명력으로 가득했다. 하지만 고위 수확자는 그녀가 차에서 내리지 않았으면 했다. 「축제는 통제된 환경이지만, 여기 바깥은 누가 자네를 알아볼지 몰라.」 하지만 알고 보니 그녀가 차에서 내리지 않기를 바란 이유가 또 있었다.

마을 중심부가 가까워지자 그들은 음파교인들과 맞닥뜨리기 시작했다. 처음에는 몇 명뿐이었지만, 곧 음파교인들이 길 양쪽에 모여서 고위 수확자의 차량을 노려보기 시작했다.

아나스타샤는 음파교인들에게 복잡한 감정을 품고 있었다. 덜 극단적인 사람들은 괜찮았다. 우호적이고, 신앙을 끈질기게 밀어붙이기는 해도 친절할 때가 많았다. 하지만 일부는 참을 수가 없었다. 음파교가 주장하는 교리와는 정반대로 남을 재단하고, 관용이 없었다. 그리고 〈치찰음파〉는 어지간한 광신도도 유순해 보일 지경이었다. 그것이 텐카메닌의 지역에 뿌리를 내린 음파교 분파였다.

「종소리가 수확당한 이후부터 이 분파들은 점점 더 극단적이 되었지.」 텐카메닌이 설명했다. 그 말을 증명하듯, 길가에 충분한 수가 모이자 음파교인들이 돌을 던지기 시작했다.

아나스타샤는 돌멩이가 차를 때리자 숨을 들이켰지만, 텐카메닌은 흔들리지 않았다. 「걱정 말게나. 저들은 내게 피해를 줄 수 없고, 자기들도 그걸 알아. 자네가 이 광경을 봐야 해서 유감이네.」

돌멩이가 또 하나 앞 유리를 때리더니, 둘로 쪼개져서 튕겨 나갔다.

그러더니 갑자기 공격하던 자들이 돌 던지기를 멈추고 〈독음〉을 시작하여 내용 없이 단조로운 울음소리를 냈다……. 어째서인지 그 전에 들었던 음파교인들의 소리와는 달랐다.

텐카메닌은 차에 음악을 틀라고 지시했지만, 그렇게 해도 그 소리를 지울 수는 없었다.

「이 분파는 전체가 침묵 서약을 했다네.」 텐카메닌은 혐오감을 숨기지 않고 말했다. 「말은 하지 않고, 이 빌어먹게 듣기 싫은 소리만 내지. 선더헤드는 언제나 언어 능력 상실을 좋게 보지 않았네만, 선더헤드가 침묵에 빠지자 이 음파교인들도 저 좋을 대로 할 수 있다고 결정한 거야. 그래서 울부짖는 소리가 보통의 독음보다 더 지독해졌지.」

「언어 능력 상실이라뇨?」 아나스타샤가 물었다.

「미안하네. 자네가 이해할 줄 알고 그만. 저들은 혀를 잘랐다네.」

제리는 포트리멤브런스 관광에 초대받지 못했다. 선장의 승조원들은 몇 년 동안 누리지 못한 자유 시간을 마음껏 누리고 있었지만, 제리는 텐카메닌의 궁전에 남아서 아나스타샤를 지키고, 아나스타샤가 제대로 대우를 받고 안전한지 감시했다. 제리는 결코 이기적인 사람이 아니었고, 언제나 스펜스호의 승조원을 우선했다. 훌륭한 선장다웠다. 그런데 아나스타샤를 지키고 싶은 욕망이 그 마음을 넘어섰다.

텐카메닌은 경솔한 남자였다. 그래, 텐카메닌이 아나스타샤에게 보호를 제공하기는 했다. 하지만 직원들은 조사했을까? 그리고 달 축제에서 사실상 아나스타샤가 있음을 과시했다는 사실을 생각하면, 제리는 이 고위 수확자에게 상식이 있기는 한지 의아스러웠다. 제리는 그 남자를 믿지 않았고, 서로 마찬가지라는 사실도 알았다.

그러다가 아나스타샤가 포트리멤브런스에서 〈치찰음파〉를 본 오후가 왔다. 아나스타샤는 돌아와서 참지 못하고 제리에게 그 이야기를 하러 왔다.

「매일같이 내가 없는 동안 세상이 얼마나 변했는지에 뒤통수를 맞는 기분이에요.」 아나스타샤는 말했다.

「세상은 이보다 더 나쁜 것도 견뎌 냈습니다.」 제리는 끊임없이 방 안을 서성이는 아나스타샤에게 말했다. 「사망 시대도 견뎌 냈잖아요. 무엇이든 간에 그 시절의 참상보다 더할 수가 있겠습니까?」

하지만 아나스타샤를 위로할 수는 없었다. 「맞아요. 하지만 대수확자들이 없으니 수확령끼리 사실상 전쟁을 하고 있어요. 사망 시대가 다시 돌아온 것처럼요. 우리는 어디로 가고 있는 걸까요?」

「격변을 향해 가고 있죠.」 제리는 덤덤하게 말했다. 「산맥도 격변으로 생기죠. 그것도 처음에는 썩 아름답지 않을 거예요.」

그 말에 아나스타샤는 더 짜증을 냈다. 「어떻게 그리 침착할 수가 있죠? 그리고 텐카메닌은 더 나빠요! 이 모든 일을 아무것도 아닌 듯 받아들이고 있어요. 모든 것을 갈가리 찢을 허리케인이 아니라 지나가는 소나기처럼 대한다고요! 왜 다들 이렇게 눈이 먼 거예요?」

제리는 한숨을 쉬고 아나스타샤의 어깨에 손을 올려 멈춰 세웠다. 〈이래서 내가 여기에 있어야 하는 거야.〉 제리는 생각했다. 〈두 번째 목소리가 되어 공황 상태에 빠진 첫 번째 목소리와 언쟁을 벌이기 위해서.〉

「모든 재난에는 기회가 있습니다. 배가 가라앉으면 저는 신이 납니다. 난파선에는 언제나 보물이 있다는 걸 아니까요. 제가 해저에서 뭘 찾았나 보세요. 당신을 찾았죠.」

「그리고 40만 개의 수확자 다이아몬드도 찾았죠.」 아나스타샤는 사실을 지적했다.

「제 말은, 이 상황에도 인양 작업처럼 접근해야 한다는 겁니다. 인양을 할 때 처음 하는 일은 움직이기 전에 조심스럽게 상황을 재는 겁니다.」

「그러니까 내가 가만히 앉아서 지켜봐야 한다고요?」

「관찰을 하고, 가능한 한 모든 것을 배운 다음, 움직일 때는 단호하게 움직여야죠. 그리고 전 때가 오면 수확자님이 그렇게 하실 줄 압니다.」

고위 수확자 텐카메닌은 매일 밤 격식 있는 저녁 식사를 고집했다. 그를 수행하는 수확자들도 참석해야 했고, 귀빈들도 마찬가지였다. 그리고 아나스타샤와 제리가 도착한 이후, 텐카메닌은 다른 손님을 두지 않도록 했다. 주민들을 위해 파티를 여는 것과, 수확자 아나스타샤를 저녁 식사 자리에서 제대로 노출시키는 것은 다른 문제였다.

그날 밤 제리가 도착했을 때, 아나스타샤는 이미 고위 수확자와 수확자 바바, 마케다와 함께 앉아 있었다. 고위 수확자는 누군가가 한 말에 떠들썩하게 웃고 있었다. 아니, 그보다는 스스로가 한 말이었을 가능성이 높았다. 아나스타샤는 그 남자를 좋아했지만, 제리는 첫날 이후 그자에게 질려 버렸다.

「첫 코스를 놓쳤군.」 그가 제리에게 말했다. 「자네는 수프가 없어.」

제리는 아나스타샤 옆에 앉았다. 「그 정도는 견딜 겁니다.」

「내규상 시간 맞춰 저녁 식사에 참석해야지.」 텐카메닌이 상기시켰다. 「당연한 예의야.」

「제리가 늦은 건 처음이잖아요.」 아나스타샤가 말했다.

「대신 변명해 주실 필요는 없습니다.」 제리가 말하더니 고위 수확자를 돌아보았다. 「꼭 아셔야겠다면, 인듀라 인양 소식을 받다가 늦었습니다. 회의실을 발견했다는군요. 대수확자님들의 〈숙고의 자리〉는 기념비로 삼기 위해 각 대륙으로 가고 있답니다. 이 정도면 수프보다는 조금 더 중요하다고 생각했습니다.」

텐카메닌은 별말을 더 하지 않았지만, 5분이 지나 메인 코스를 먹다 말고 다시 시비를 걸었다.

「말해 보게, 제리코. 자네의 승조원들은 선장의 부재에 대해 어떻게 생각하나?」

제리는 미끼를 물지 않았다. 「다들 예하의 도시에서 휴가를 즐기며 감사하고 있지요.」

「그렇군. 승조원들이 자네 없이 거래를 하지 않을지는 어떻게 아나? 그게 우리 친애하는 〈심해의 레이디〉의 안전을 저해할 수 있는 거래라면?」 그는 최근에 아나스타샤에게 붙인 애칭을 써가며 말했다.

「제 승조원들을 비방하지 마십시오, 예하. 지나칠 정도로 충직한 사람들입니다. 예하를 둘러싼 사람들에게도 같은 말을 하실 수 있습니까?」 제리가 말했다.

그 말은 고위 수확자의 성질을 건드렸지만, 그는 수행단을 방어하는 대신 화제를 바꿨다.

「자네는 인생에서 뭘 원하나, 소베라니스 선장?」

「너무 막연한 질문이군요.」

「그렇다면 바꿔 묻지. 가장 큰 꿈이 뭔지 말해 보게, 제리코. 세상 그 무엇보다 더 원하는데 아직 해보지 못한 일이 뭔가?」

갑자기 아나스타샤가 포크를 세게 떨어뜨려 접시를 깨더니 벌떡 일어섰다. 「식욕이 없어졌어요.」 그녀는 제리의 손을 잡았다. 「당신도 마찬가지예요.」 그러더니 아나스타샤는 폭풍같이 걸어 나갔고, 제리도 손을 잡은 채 따라갈 수밖에 없었다.

뒤에서 텐카메닌이 웃음을 터뜨렸다. 「농담이었네, 아나스타샤. 내가 장난치기 좋아하는 줄 알면서 그래!」

아나스타샤는 그를 돌아보며 맹렬히 노려보았다. 「훌륭한 개자식이십니다, 예하.」

텐카메닌은 더 크게 웃을 뿐이었다.

제리는 아나스타샤가 방에 도착해서 문을 닫을 때까지만 해도 둘 사이에 오간 농담이 무엇인지 알지 못했다.

「그건 텐카메닌이 수확하기 전에 묻는 질문이에요.」 아나스타샤가 말했다.

「아.」 제리가 말했다. 「당신을 약 올리려고 한 짓이군요. 성공했고요. 고위 수확자는 사람들의 버튼을 누르기를 좋아하는데, 당신의 버튼이 어디 있는지 정확히 알았어요.」

「실제로 수확했을지도 모른다는 걱정은 전혀 안 되나요?」

「전혀요.」 제리는 말했다. 「당신을 가지고 놀기 좋아하는 만큼, 당신을 적으로 돌리고 싶어 하지는 않거든요. 그분은 저를 수확한다면 당신의 적이 된다는 걸 알아요.」

그렇다 해도 아나스타샤는 손을 내밀었다. 수확자의 반지를 낀 손이었다. 예전 반지는 아니었다. 그 반지는 그녀를 찾아낸 후 수확자 포수엘루가 바다에 다시 던져 버렸다. 그 반지를 끼고 다니면, 기술을 이해하는 수확자라면 아나스타샤의 행적을 추적하는 데 이용할 수 있기 때문이었다. 포수엘루는 금고실에서 건진 다이아몬드를 이용해서 새 반지를 만들어 주었다.

「입 맞춰요.」 아나스타샤는 제리에게 말했다. 「어디까지나 안전을 위해서예요.」

그래서 제리는 그녀의 손을 잡고 입을 맞췄지만, 반지에 입술을 대지는 않았다.

아나스타샤는 반사적으로 손을 잡아 뺐다. 「손이 아니라 반지 말이에요!」 그녀는 다시 손을 내밀었다. 「이번엔 제대로 해요.」

「전 하지 않겠습니다.」

「내 면제권을 받으면 1년 동안은 아무도 당신을 수확하지 못해요. 입 맞춰요!」

그래도 제리는 움직이지 않았다. 그리고 아나스타샤가 눈으로 묻자, 제리는 대답했다. 「제가 유물과 미래의 방을 발견했을 때, 포수엘루도 제게 면제권을 주려고 했지요. 전 그 제안도 거부했습니다.」

「왜요? 대체 무슨 이유로?」

「저는 누구에게도 빚을 지고 싶지 않거든요. 당신이라 해도요.」

그 말을 들은 아나스타샤는 몸을 돌려 창가로 가서 밖을 내다보았다. 「저 밖에는 내가 알고 싶지 않은 것들이 있어요……. 하지만 난 알아야 해요. 알 수 있는 모든 것을 알아야 해요.」 그녀는 다시 제리를 돌아보고 물었다. 「로언에 대해 들은 소식이 있나요?」

아무 소식도 없다고 말할 수도 있었지만 그건 거짓말이 될 테고, 제리는 아나스타샤에게 거짓말을 하고 싶지 않았다. 그런 거짓말로 위태롭게 하기에는 둘 사이에 쌓인 신뢰가 너무 깊어졌다. 제리는 잠시 침묵했고, 아나스타샤는 밀어붙였다.

「텐카메닌은 로언에 대한 어떤 소식도 나에게 닿지 않게 할 테지만, 당신은 승조원들과 연락하고 지냈잖아요. 분명히 뭔가 들었을 거예요.」

제리는 한숨을 내쉬었지만, 오직 아나스타샤를 준비시키기 위해서였다. 「그래요, 소식이 있습니다. 하지만 아무리 물어봐도 그 소식을 알려 드리진 않을 거예요.」

일련의 감정이 아나스타샤를 쓸고 지나갔다. 몇 초 만에 슬품의 몇 단계가 그녀의 얼굴을 스쳤다. 부정, 분노, 타협, 우울, 그리고 마침내 수용하겠다는 의지까지.

「나에게 말하지 않는 이유는 내가 할 수 있는 일이 없어서죠.」 그녀는 제리가 내놓을 이유를 예상했다. 「내가 지금 해야 하는 일에서 집중력이 흩어질 테고요.」

「그래서 제가 밉습니까?」 제리가 물었다.

「화풀이 삼아 그렇다고 할 수도 있겠지만, 아니에요, 제리. 미워하지 않아요. 하지만…… 최소한 아직 살아 있는지라도 말해 줄 수 있나요?」

「네.」 제리는 말했다. 「네, 아직 살아 있습니다. 그 사실에서 위안을 찾으실 수 있다면 좋겠군요.」

「내일도 살아 있을까요?」

「내일에 대해서는 선더헤드라도 확실히 알지 못해요.」 제리가 말했다. 「오늘로 만족합시다.」

30
번제

「안녕, 타이거.」

「안녕.」타이거 살라사르의 기억 구성체가 말했다. 「우리가 아는 사이인가요?」

「그렇기도 하고, 아니기도 해.」수확자 랜드가 말했다. 「수확자 루시퍼가 잡혔다는 말을 해주러 왔어.」

「수확자 루시퍼…… 라면 다른 수확자들을 죽이고 다닌 놈 아닌가요?」

「맞아. 그리고 넌 루시퍼를 알지.」

「설마요.」구성체가 말했다. 「삐뚤어진 사람을 몇 명 알긴 하지만, 그 정도로 뒤틀린 사람은 없어요.」

「네 친구, 로언 데이미시야.」

구성체는 멈칫했다가 웃음을 터뜨렸다. 「시도는 좋았네요. 로언이 꾸민 짓이에요? 로언! 어디 숨어 있어? 얼른 나와.」

「로언은 여기에 없어.」

「그 녀석이 사람들을 죽이고 다녔다는 소리는 하지도 말아요. 그 녀석은 수확자가 되지도 못했다고요. 녀석을 걷어차고 그 여자애한테 자리를 줬죠.」

「로언은 내일 처형당할 거야.」 랜드가 말했다.

구성체는 머뭇거리며 이마를 찌푸렸다. 이 구성체는 정말 프로그램이 잘 되어 있었다. 기록 대상의 모든 얼굴 표정 기억을 잘도 엮어 놓았다. 표정 재현이 때로는 너무나 진짜 같아서 마음이 불안해질 정도였다.

「농담이 아니군요?」 타이거의 구성체가 말했다. 「그런 일이 일어나게 두면 안 돼요! 막아야죠!」

「내 손을 떠난 일이야.」

「그러면 다시 손에 넣어요! 난 로언을 누구보다 잘 알아요. 그 녀석이 당신이 말한 짓을 했다면, 그럴 만한 이유가 있었을 거예요. 그냥 수확해 버릴 수는 없다고요!」 그러더니 구성체가 한정된 세계 안에 있다는 사실을 알아차리기라도 한 듯 주위를 둘러보았다. 가상의 상자 안에서 빠져나가고 싶어 하는 것처럼. 「이건 잘못됐어! 이럴 수는 없어!」

「네가 옳고 그름에 대해 뭘 알아?」 랜드는 쏘아붙였다. 「넌 멍청하고 얼빠진 파티광에 불과해!」

구성체는 격분해서 그녀를 노려보았다. 얼굴의 마이크로픽셀에서 붉은색의 비율이 증가했다. 「당신이 싫어. 누군지는 몰라도 당신 싫어.」

에인은 잽싸게 버튼을 눌러서 대화를 종료했다. 타이거의 기억 구성체가 사라졌다. 언제나 그렇듯이, 이 대화도 기억하지 못할 것이다. 언제나처럼 에인은 기억할 것이다.

「어차피 수확할 거라면, 왜 그냥 거두지 않고요?」 수확자 랜드는 좌절한 마음을 최대한 드러내지 않으려고 애쓰면서 고더드에게 물었다. 좌절할 이유는 많았다. 우선 스타디움은 적을 방어하기 어려운 장소였다. 그리고 그들에게는 적이 있었다. 보수파 수확자뿐만 아니라 음파교인부터 고더드를 피하는 수확령들, 대량 수확으로 사랑하는 사람을 잃고 불만스러워하는 이들까지 모두.

고더드의 개인 비행기 안에는 두 사람뿐이었다. 이제 자동차 행렬은 일주일간 빙빙 돌면서 이어진 승리의 일주를 끝내고 목적지에 다가가고 있었고, 고더드와 랜드는 비행기로 행렬을 만나러 가는 중이었다. 로언 데이미시의 여정이 길었던 만큼이나 짧은 비행이었다. 비행기는 고더드의 옥상 오두막과 마찬가지로 사망 시대의 무기를 새로 장착했다. 날개마다 미사일이 줄줄이 달렸다. 그는 반항적이라고 여기는 공동체 위를 정기적으로 낮게 날곤 했다. 한 번도 미사일을 써서 수확한 적은 없지만, 옥상의 대포와 마찬가지로 이 또한 고더드가 하려고만 하면 할 수 있다는 사실을 상기시키는 무기였다.

에인이 제안했다. 「공개적으로 전시하고 싶다면, 수확을 좀더 통제하시죠. 비밀스러운 작은 공간에서 방송해도 되잖아요. 왜 모든 걸 성대한 구경거리로 만들어야 하죠?」

「내가 구경거리를 좋아하니까. 그 외에 다른 이유는 필요 없어.」

그러나 물론 더 큰 이유가 있었다. 고더드는 사망 후 시대에 가장 강력한 공공의 적을 자신이 직접 체포하고 처형했다는 사실을 온 세상에 알리고 싶어 했다. 평범한 사람들 사이에서 고더드의 이미지를 높이기 위해서만이 아니라, 그에 대해 애매한 태도를 취하던 수확자들의 존경을 얻기 위해서였다. 고더드가 하는 모든 일은 전략적이거나 충동적이었다. 이 성대한 행사는 전략적이었다. 로언 데이미시의 수확을 아무도 무시할 수 없는 쇼로 바꿔 놓는 것.

「관객 중에는 세상 여기저기에서 온 수확자만 1천 명이 넘을 거야.」 고더드는 랜드를 일깨워 주었다. 「다들 보고 싶어 하고, 나도 보여 주고 싶어. 우리가 무슨 자격으로 수확자들의 카타르시스를 거부하겠어?」

랜드는 그게 무슨 의미인지 몰랐고 신경 쓰지도 않았다. 고더드가 워낙 꼬박꼬박 박식한 척하는 헛소리를 뱉어 내다 보니, 랜드도 한 귀로 듣고 흘리는 방법을 익혔다.

「이 일을 더 잘 처리할 방법들이 있어요.」 랜드가 말했다.

이제는 고더드의 표정이 싸늘해지기 시작했다. 마침 비행기가 난기류를 만났는데, 고더드는 아마도 그것을 자기 기분이 부른 기류라고 믿을 터였다. 「나에게 수확자로 사는 방법을, 아니 지배 수확자로 사는 방법을 가르치려 드는 건가?」

「당신이 만들기 전까지는 존재하지도 않았던 자리에 대해 제가 어떻게 가르칠 수 있겠어요?」

「조심해, 에인.」 고더드는 경고했다. 「기쁨만 느껴야 할 순간에 내 화를 돋우지 마.」 그는 경고의 말이 스며들게 시간을 둔 후, 의자에 등을 기댔다. 「로언이 너에게 한 짓을 생각하면, 다른 사람은 몰라도 너는 그놈이 고통스러워하는 모습을 보고 싶어 할 줄 알았는데. 그놈은 네 등을 부러뜨리고 죽게 내버려 뒀어. 그런데 넌 그놈의 수확이 사소하고 하찮은 일이 되게 하고 싶나?」

「저도 당신만큼이나 그놈을 수확하고 싶어요. 하지만 수확이 오락이 되어선 안 돼요.」

그 말에 고더드는 정말 짜증 나는 미소를 지었다. 「나에게는 오락이야.」

수확자 루시퍼로서 로언은 언제나 자신이 끝내는 수확자들이 고통을 겪지 않게 조심했다. 빠르게 수확했다. 재생할 수 없게 몸을 태우는 건 죽은 후였다. 고더드에게 그런 자비로움이 없다고 해서 놀랍지는 않았다. 최대한의 효과를 내기 위해 로언의 고통은 길게 이어지리라.

로언이 짜낼 수 있는 허세에도 한계가 있었다. 처형 행렬이 파멸을 향해 가는 동안, 그는 마침내 사실은 살지 죽을지에 마음이 쓰인다는 사실을 인정해야 했다. 그리고 역사가 그를 어떻게 기억할지는 상관없다 해도 가족이 어떻게 기억할지 생각하면 심란했다. 어머니는, 그리고 수많은 형제자매들은 이미 로언이 수확자 루시퍼라는 사실을 알고 있을 것이다. 인듀라 침몰의 책임자로 몰린 순간부터 로언은 악명 높은 인물이 되었으니 말이다. 차량을 한 번이라도 보려고 몰려든 군중이 그 증거였다.

관객 사이에 그의 가족도 있을까? 오지 않았다면 집에서라도 구경할까? 그는 사망 시대에 악명 높은 범죄자의 가족들은 어떻게 되었을지 생각했다. 사망 후 시대에는 수확자 루시퍼에 비할 만한 범죄자가 없었기 때문이다. 가족들도 같이 저주받고 수확당했을까? 로언의 아버지는 인듀라가 가라앉기 전에 수확당했으니, 아들이 어떤 범죄자가 되고 세상에서 얼마나 미움을 받았는지 영영 알지 못하리라. 그 점은 다행스러웠다. 하지만 어머니와 형제들은 아직 살아 있으니, 분명 로언을 미워할 것이다. 어떻게 그러지 않겠는가? 그런 깨달음이야말로 무엇보다 로언의 기를 꺾었다.

행렬이 구불구불 달려가는 동안 로언에게는 혼자 생각에 잠길 시간이 많았다. 그 생각들이 친구라고 할 수는 없었다. 적어도 이제는 아니었다. 생각을 해봐야 이전에 내린 선택을 돌아보고, 어떻게 그 선택들이 여기로 이어졌는지 일깨울 뿐이었다. 한때는 정당하다고 생각했던 결정이 이제는 어리석게 느껴졌다. 한때는 용감해 보였던 일이 지금은 슬퍼 보이기만 했다.

다를 수도 있었으련만. 기회가 왔을 때 수확자 패러데이처럼 그냥 사라질 수도 있었으련만. 지금 패러데이는 어디에 있을까. 이 행사를 생방송으로 보고 로언을 위해 울어 줄까? 누군가가 울어 주리라는 사실을 알면 좋으련만. 어디에 있든 시트라는 울 테니, 그것으로 충분하다 여겨야 했다.

수확은 저녁 7시로 예정되어 있었지만, 사람들은 일찍 도착해 있었다. 수확자들도 있고, 평범한 시민들도 있었다. 그리고 수확자들의 전용 입구가 있기는 했으나, 고더드는 그들에게 보통 사람들 사이에 섞여 앉으라고 권했다.

「이건 황금 같은 홍보 기회요.」 고더드는 이렇게 말했다. 「웃으면서 친절하게 말해요. 사람들의 헛소리를 주의 깊게 들어 주고, 신경 쓰는 척해요. 면제권을 좀 뿌려도 좋겠지.」 많은 수확자가 그 지시에 따랐지만, 차마 그러지 못하고 다른 수확자들 사이에만 앉는 사람도 있었다.

로언은 엄중한 경비에 둘러싸여 곧장 대형 무대 공간으로 옮겨졌다. 경기장으로 바로 이어지는 입구가 있는 무대였다. 그를 위해 준비된 장작더미는 주워 모은 가지로 만든 듯한 3층 짜리 피라미드였다. 언뜻 보기에는 유목을 마구 주워 쌓은 것 같았지만, 잘 들여다보면 모든 것이 정교하게 설계되어 있었다. 나뭇가지들은 그냥 쌓은 게 아니라 요소요소에 박아 넣었고, 장작더미 전체가 퍼레이드 수레같이 굴러가는 거대한 연단 위에 놓여 있었다. 한가운데는 텅 비었는데, 그 빈 공간에 돌기둥이 하나 있어서 로언을 불에 타지 않는 밧줄로 단단히 묶었다. 그 기둥을 떠받친 승강기는 로언을 피라미드 꼭대기까지 올려, 정해진 시간에 군중 앞에 드러내 보일 것이다. 그런 다음 고더드가 직접 불을 붙일 것이다.

「이건 평범한 장작더미가 아니에요!」책임을 맡은 기술자가 로언의 진통 나노기를 끄면서 설명했다. 「이 멋진 물건을 만든 팀에 저도 들어가 있죠! 여기엔 사실 네 종류의 나무가 있어요. 고르게 타도록 물푸레나무를 넣고, 열을 높이도록 오세이지 뽕나무를 넣고, 마가목rowan은…… 마가목이 로언이니 뻔한 이유에서 넣었고, 또 멋지게 탁탁거리도록 옹이가 많은 송판도 곳곳에 넣었지요!」

기술자는 기기를 통해서 로언의 진통 나노기가 꺼졌다는 사실을 확인하더니, 과학 박람회에 온 어린아이처럼 이 죽음의 수레가 얼마나 대단한지 계속 설명했다.

「아, 그리고 이건 마음에 들 텐데요! 바깥쪽에 넣은 나뭇가지들은 칼륨으로 처리해서 보라색으로 탈 거랍니다. 그리고 더 위로 올라가면 염화칼슘이 있어서 파랗게 탈 것이고, 그런 식으로 무지개색을 다 보여 줄 거예요!」 그러더니 기술자는 경비원들이 로언에게 억지로 입힌 검은색 로브를 가리켰다. 「그리고 그 로브는 염화스트론튬이 주입되어 있어서 진한 빨간색으로 타죠. 뉴욕 새해 전야의 불꽃보다 더 화려할 거예요!」

「이런, 고맙네요.」 로언은 덤덤하게 말했다. 「내가 직접 못 봐서 안타깝군요.」

「아, 보일 거예요.」 기술자는 명랑하게 말했다. 「기단부에 환기용 송풍기를 설치해 놔서 연기를 다 빨아들일 테니까, 다들 잘 볼 수 있어요. 당신도요!」 그러더니 기술자가 갈색 천 조각을 꺼내며 말했다. 「이건 솜화약 재갈이에요. 빨리 타는 데다 열에 노출된 순간 바로 타서 없어지죠.」 기술자는 그제야 로언이 이 모든 사실을 알 필요도 없고 알고 싶어 하지도 않는다는 사실을 깨닫고 말을 멈췄다. 사람들에게 로언의 비명 소리를 들려주려고 만든 빨리 타는 재갈이라니, 로언이 열광할 수 있는 액세서리는 아니었다. 이제 로언은 최후의 만찬이 없어서 다행이라고 생각했다. 먹은 것을 속에 담고 있기에는 너무 구역질이 났다.

기술자 뒤에서 수확자 랜드가 나뭇가지들 사이로 들어왔다. 그래도 눈부신 화형 준비에 대해 차근차근 설명을 듣는 것보다는 랜드가 나았다.

「저놈과 떠들라고 여기 있는 게 아니야.」 랜드가 쏘아붙였다.

그 즉시 기술자는 야단맞은 강아지처럼 움츠러들었다. 「네,

각하. 죄송합니다, 각하.」

「재갈은 나에게 넘기고 꺼져.」

「알겠습니다, 랜드 수확자님. 다시 한번 죄송합니다. 어쨌든 준비는 잘 됐습니다.」 기술자는 엄지손가락을 들어 보였고, 랜드가 재갈을 받아 들자 어깨를 늘어뜨리고 그 자리를 떠났다.

「얼마나 남았지?」 로언은 랜드에게 물었다.

「곧 시작해. 연설 몇 개만 끝나면 네가 올라가.」 랜드가 말했다.

로언에게는 랜드와 농담을 나눌 여력이 남아 있지 않았다. 이제는 이 상황에 대범하게 굴 수가 없었다. 「지켜볼 거야, 외면할 거야?」 그가 물었다. 그게 왜 신경이 쓰이는지는 몰랐지만, 신경이 쓰였다.

랜드는 대답하지 않았다. 그 대신 이렇게만 말했다. 「네가 죽는 게 유감스럽진 않아, 로언. 하지만 이렇게 가는 건 짜증 나네. 솔직히, 그냥 끝냈으면 좋겠어.」

「나도 그래.」 로언이 말했다. 「무슨 일이 일어날지 아는 게 더 나쁜지, 혹시 몰랐다면 더 나았을지 생각해 보는 중이야.」 그는 잠시 시간을 두었다가 물었다. 「타이거는 알았어?」

랜드는 한 발자국 물러섰다. 「더는 네 야비한 게임에 놀아나지 않을 거야, 로언.」

「게임이 아니야.」 그는 정직하게 말했다. 「그냥 알고 싶어. 몸을 빼앗기 전에 어떻게 될지 말해 줬어? 타이거에게 몇 분이라도 진실을 받아들일 시간이 있었어?」

「아니. 전혀 몰랐어. 자기가 수확자 임명을 받을 줄 알았지. 그 직후에 우리가 마쳤고, 그걸로 끝이었어.」

로언은 고개를 끄덕였다. 「자면서 죽는 것과 비슷하네.」

「뭐?」

「죽을 운명이었던 인간은 다 그렇게 가고 싶어 했다잖아. 자면서, 평화롭게, 아무것도 모르는 채. 말이 되는 것 같아.」

로언이 말을 너무 많이 했는지, 랜드는 재갈을 물리고 단단히 묶었다.

「불길이 다가오면 들이마시도록 해봐.」 랜드가 말했다. 「그러면 더 빨리 죽을 거야.」

랜드는 돌아보지도 않고 가버렸다.

에인은 로언 데이미시의 모습을 머릿속에서 몰아낼 수가 없었다. 로언이 무력해진 모습은 전에도 보았다. 묶이고 결박되고 족쇄를 차는 등 온갖 방법으로 구속된 모습을 다 보았다. 하지만 이번에는 달랐다. 배짱도 없고 반항적이지도 않았다. 포기해 버린 모습이었다. 고더드가 바꿔 놓은 기민한 살해 기계처럼 보이지 않고, 원래의 모습으로 보였다. 겁먹고 버거워하는 소년으로 보였다.

〈뭐, 그렇게 되어도 싸지.〉에인은 그 생각을 떨쳐 버리려 했다. 〈인과응보라고 했던가, 사망 시대에 그런 말이 있잖아?〉

경기장으로 걸어 나가자 바람이 스타디움 안쪽을 훑으며 그녀의 로브를 펄럭였다. 관람석은 거의 꽉 차 있었다. 1천 명이 넘는 수확자와 3만 명의 시민. 최대한으로 수용한 군중들.

랜드는 고더드와 그의 보좌 수확자들 옆에 앉았다. 콘스탄틴도 로언 데이미시의 수확을 보기 싫을 리 없었지만, 지금은 에인만큼이나 즐겁지 않은 얼굴이었다.

「즐기고 있나, 콘스탄틴?」고더드의 질문에는 자극하려는 의도가 뻔했다.

「대중을 모으고 하나가 된 노스메리카를 보여 주기 위해 이 행사가 중요하다는 점은 알고 있습니다.」콘스탄틴이 대답했다. 「강력한 전략이고, 수확자 일에 일대 전환점이 될 겁니다.」

찬사이기는 해도 질문에 대한 답은 아니었다. 완벽하게 외교적인 응답이었다. 그러나 에인의 예상대로 고더드는 그 말에서 콘스탄틴의 불만을 읽어 냈다.

「자네는 일관성 빼면 아무것도 아니지.」고더드가 말했다. 「변함없는 콘스탄틴. 역사는 자네를 그렇게 알게 될 거라 믿네.」

「그보다 나쁜 별명도 많이 있지요.」콘스탄틴은 대답했다.

「적어도 텍사스에 있는 우리 〈친구들〉에게 참석하라는 초대를 보내긴 했겠지?」고더드가 물었다.

「초대했습니다. 반응은 없더군요.」

「그래, 그랬겠지. 안타까운 일이야. 그 친구들이 어떤 가족과 함께할 수 있는지 직접 본다면 참 좋았을 텐데.」

그날 저녁의 일정은 노스메리카의 다른 네 명의 고위 수확자가 연설을 하기로 되어 있었다. 각각 고더드가 전하고 싶어하는 요점에 맞춰 주의 깊게 준비한 연설이었다.

이스트메리카의 고위 수확자 해머스타인은 인듀라에서 잃은 수많은 이들과, 수확자 루시퍼가 잔인하게 끝낸 다른 불운한 수확자들을 애도할 것이다.

웨스트메리카의 고위 수확자 픽퍼드는 노스메리카의 통합과 여섯 개의 노스메리카 수확령 중에서 다섯 개의 연맹이 모두의 인생을 더 낫게 만들었음을 이야기한다.

멕시테카의 고위 수확자 티소시크는 사망 시대를 들먹이며 세상이 얼마나 멀리 왔는지 지적하고, 관객들에게 고더드와 손잡지 않은 다른 수확령들은 나빴던 옛 시절을 다시 불러올 수도 있다는 은근한 경고를 전한다.

노던리치의 고위 수확자 맥파일은 이 행사를 준비한 모두의 공을 치하한다. 또 관객 중에서 수확자와 일반인을 가리지 않고 치켜세워 줄 가치가 있는 인물들을 강조하기도 할 것이다.

그리고 마지막으로 고더드가 그 모든 내용을 멋지게 한 그릇에 담아내는 연설을 한 다음, 장작에 불을 붙일 것이다.

「이건 단순히 공공의 적을 수확하는 행사가 아니야.」 그는 에인과 보좌 수확자들에게 이미 말했다. 「배 위에서 샴페인을 터뜨리는 셈이지. 이 행사가 인간 종에게 새 시대가 왔음을 기념하게 될 거야.」 고더드는 이 일을 종교적으로 바라보는 것만 같았다. 길을 닦고 신들을 달래는 번제(燔祭)처럼 말이다.

고더드 입장에서, 이날은 고더드가 콘클라베에 모습을 드러내고 고위 수확자로 입후보했던 날과 똑같이 중요했다. 영향 범위를 생각하면 그보다 더 중요했다. 이 행사는 콘클라베에 모인 수확자들 정도가 아니라 수십억 명에게 중계될 것이다. 오늘 밤의 반향은 오래오래 느껴질 터였다. 그리고 아직 고더드와 손잡지 않은 수확령들도 제휴할 수밖에 없을 것이다.

이제 고더드가 대부분의 수확을 사회 가장자리에 집중하자 지지율이 급속도로 오르고 있었다. 평범한 시민들은 어차피 사회 외곽에 별 애정이 없었고, 고더드의 세상에서는 본인이

다듬어야 할 너덜너덜한 가장자리에 속해 있지 않은 한 수확을 걱정할 필요가 없었다. 물론 인구가 계속 늘고 있으니 가장자리로 밀어낼 사람도 부족하지 않았다.

그는 그게 진화의 문제임을 진작 깨달았다. 자연 선택은 아니었다. 자연은 이빨을 잃고 약해졌으니까. 그보다는 지성의 선택에 가까웠고, 고더드와 그의 보좌 수확자들이 그 지성의 대표였다.

7시가 가까워 오며 하늘이 어두워지자, 고더드는 손가락 관절을 반복해서 꺾고 다리를 떨며 얼굴에는 드러나지 않는 젊은이의 초조함을 몸으로 드러냈다.

에인이 그 움직임을 멈추려고 고더드의 무릎에 손을 올렸다. 고더드는 화가 났지만 그 뜻에 따랐다. 이어서 관중석의 불빛이 어두워지고 경기장의 불빛이 밝아지며, 장작더미가 불펜에서 굴러 나오기 시작했다.

군중의 기대감이 손으로 만져질 듯 뚜렷했다. 환호와 함성보다는 헐떡임과 웅성거림이 더 컸다. 불이 붙지 않은 상태로도 장작더미는 장관이었다. 나뭇가지들이 빛을 받는 모습이 예술가의 안목대로 죽은 숲을 엮은 듯했다. 적당한 순간에 고더드의 손으로 장작더미 구석에 댈 수 있게, 불붙인 횃불 하나가 안전한 거리에서 대기했다.

다른 이들의 연설이 시작되자 고더드는 마음속으로 자신이 할 연설을 검토했다. 그는 역사상 가장 위대한 연설들을 연구했다. 루스벨트, 킹, 데모스테네스, 처칠의 연설들을. 고더드의 연설은 짧고 명쾌하지만, 인용할 만한 부분이 가득할 것이다. 돌에 새겨질 만한 연설이 될 것이다. 그가 연구한 연설들처럼 상징적이며 세월을 타지 않는 연설. 그는 횃불을 쥐고, 불을 붙이고, 불길이 타오르는 동안 수확자 소크라테스가 지은 시 「영원에 바치는 송가」를 읊을 것이다. 세계의 국가(國歌)가 있다면 그 시일 터이니.

해머스타인의 연설이 시작되었다. 더할 나위 없이 슬프고 침울했다. 픽퍼드는 장엄하고 유창했다. 티소시크는 직설적이고 예리했다. 그리고 오늘을 가능하게 해준 이들에게 바치는 맥파일의 감사 인사는 솔직하고 진실하게 느껴졌다.

고더드가 일어서서 장작더미로 다가갔다. 로언은 과연 고더드가 오늘 어떤 영광을 수여했는지 알고 있을까. 역사 속에 로언의 자리를 굳혔다는 사실을. 지금부터 종말이 올 때까지 세상이 로언의 이름을 알 것이다. 어디에서나 학생들이 로언에 대해 공부할 것이다. 로언은 오늘 죽지만, 대단히 사실적인 의미에서 불멸이 되어 얼마 안 되는 사람만이 가능한 방식으로 오랫동안 살아남을 것이다.

고더드가 버튼을 누르자 장작더미 안에 설치된 승강기가 로언을 위로 올렸다. 군중들의 웅성거림이 커졌다. 사람들이 일어섰다. 손가락질을 했다. 고더드는 연설을 시작했다.

「고결한 수확자 여러분, 존경하는 시민 여러분, 오늘 우리는 인류의 마지막 범죄자를 역사라는 정화의 불에 바칩니다. 자칭 수확자 루시퍼라던 로언 데이미시는 너무나 많은 이들의 빛을 훔쳤습니다. 그러나 오늘 우리는 그 빛을 되찾아, 우리의 미래를 밝히는 선명하고도 영원한 봉화로 삼을 것입니다……..」

누군가가 어깨를 두드렸다. 그는 거의 느끼지 못했다.

「수확자들이 우리의 영광스러운 미래에 설 자리가 없는 이들을 수확하며, 즐겁게 우리의 위대한 사회를 빚어 나가는 새로운 시대…….」

다시 한번 누군가가 그의 어깨를 두드렸다. 이번에는 좀 더 끈질겼다. 누가 감히 그의 연설을 방해할 수 있을까? 누가 감히 그런 짓을? 돌아보니 뒤에 콘스탄틴이 서 있었다. 안 그래도 강렬한데 이제는 루비를 달아 놓아 더욱 번쩍거리는 진홍색 로브를 입은 콘스탄틴이 고더드가 받을 관심을 가로채고 있었다.

「예하, 문제가 있는 것 같습니다…….」 콘스탄틴이 속삭였다.

「문제라니? 내 연설 도중에 말인가, 콘스탄틴?」

「직접 보셔야 합니다.」 그러더니 콘스탄틴이 장작더미로 고더드의 관심을 돌렸다.

로언이 기둥에 묶인 채 꿈틀거리고 있었다. 재갈을 문 채로 소리를 지르려 했지만, 재갈이 타서 없어지기 전까지는 비명 소리가 제대로 들리지 않을 터였다. 그러다가 고더드는 깨달았다…….

불붙지 않은 장작 위에 있는 인물은 로언이 아니었다.

얼굴은 낯이 익었지만, 고더드는 스타디움 여기저기에서 그 남자의 고통스러운 표정을 크게 담아내고 있는 대형 스크린을 보고 나서야 그게 누구인지 알았다.

기술자였다. 로언에 대한 처형을 준비하는 책임을 맡았던 기술자.

10분 전, 장작더미가 굴러 나가기 전에 로언은 남은 인생의 몇 분을 즐기려고 했다. 그때 수확자 세 명이 나뭇가지 숲을 뚫고 다가왔다. 낯익은 로브는 하나도 없었고, 얼굴도 마찬가지였다.

이것은 예정되어 있던 방문이 아니었다. 그리고 모든 면에서 로언은 그들을 보자 마음이 놓였다. 로언이 불타기를 기다리지 못하고 그들이 개인적인 복수를 하러 왔다면, 좀 더 편한 결말이 될 터였다. 과연, 한 명이 나이프를 꺼내어 휘둘렀다. 로언은 날카로운 아픔과 빠르게 꺼져 갈 의식에 대비했지만, 그렇게 되지 않았다.

그는 칼날이 손을 묶은 끈을 끊은 다음에야 그게 보이 나이프라는 사실을 깨달았다.

31
데이미시 대책

고더드가 지금 보고 있는 장면을 제대로 이해하기 전에 몸이 먼저 반응했다. 손끝과 발끝이 저릿하고, 내장이 뒤틀리고, 등허리가 아프도록 긴장했다. 분노가 화산처럼 강렬하게 솟구쳐 올라 머리가 쑤시기 시작했다.

고더드가 방금 겨우 알아차린 사실을 스타디움에 모인 모두가 이미 알고 있었다. 장작더미 위에 있는 죄수가 수확자 루시퍼가 아니라는 사실을. 지난 3년 동안 온 세상이 로언 데이미시의 얼굴을 알게 되었으니 당연했다. 그러나 생방송으로 나가고 있는 얼굴은 다른 사람이었다. 마치 고더드를 조롱하듯, 사방에 널린 커다란 스크린마다 그 얼굴이 가득했다.

그의 영광스러운 순간은 강탈당한 정도가 아니라 와해당했다. 외설적인 장면처럼 일그러졌다. 관객들의 웅성거림이 1초 전과 다르게 들렸다. 지금 웃음소리가 들린 건가? 저자들이 그를 비웃고 있어? 실제로 그런지 아닌지는 중요하지 않았다. 중요한 것은 고더드가 무슨 소리를 들었느냐였다. 무엇을 느꼈느냐였다. 그리고 그는 3만 명이 그를 비웃는다고 느꼈다. 참을 수 없는 일이었다. 이 끔찍한 순간을 참아 줄 수가 없었다.

콘스탄틴이 귓가에 속삭였다.「제가 모든 문을 봉쇄하도록 하고, 수확 근위대 전체에 경보를 발했습니다. 놈을 찾아낼 겁니다.」

그런 건 중요하지 않았다. 행사를 망쳤다. 로언을 질질 끌고 와서 장작더미에 던진다 하더라도 달라질 게 없었다. 고더드의 빛나는 순간을 빼앗긴 게 오늘의 가장 큰 희생이었다. 다만. 다만…….

에인은 장작더미 위에 있는 얼간이를 본 순간, 사태가 아주 나빠질 것임을 알았다.

고더드를 잘 다뤄야 했다.

고더드의 분노가 주도권을 쥐면 모든 게 끝이었다. 이전에도 나빴지만, 타이거의 몸을 얻은 후부터는 그 몸이 지닌 젊음의 충동이, 갑작스러운 호르몬 분비가 고더드에게 무시무시한 새로운 지평을 열고 말았다. 아드레날린과 테스토스테론도 타이거 살라사르처럼 무해하고 무지한 청년에게라면 매력이 될 수 있었다. 그에게는 호르몬이 연을 날리는 산들바람이었다. 하지만 고더드에게는 같은 바람이 토네이도가 되어 버렸다. 그러니 고더드를 어떻게든 통제해야 했다. 우리를 부수고 나온 야수처럼 다뤄야 했다.

에인은 콘스탄틴이 달려가서 나쁜 소식을 전하게 내버려 두었다. 고더드는 전달자를 탓하기를 좋아하니, 그녀보다는 콘스탄틴이 전하는 게 나았다. 에인은 고더드가 몸을 돌려 불운한 기술자를 쳐다본 이후에야 다가갔다.

「방송은 중단시켰습니다. 이제는 송출되지 않아요. 피해 대책에 착수하고 있습니다. 당신이라면 사태를 역이용할 수 있어요, 로버트.」 에인은 최선을 다해서 아첨했다. 「다들 이게 의도적인 상황이라고 생각하게 하시죠. 쇼의 일부라고요.」

고더드의 표정을 보자 겁이 났다. 그녀의 말을 들었는지도 알 수 없었는데, 고더드가 말했다. 「의도적이라. 그래, 에인. 바로 그렇게 할 거다.」

고더드가 마이크를 들어 올렸고, 에인은 물러섰다. 어쩌면 콘스탄틴이 옳았는지도 몰랐다. 에인이 고더드를 움직일 수 있을 때는 언제나 이런 실망의 순간이었다. 고더드를 통제하고, 회복이 불가능해지기 전에 망가진 것을 고쳐야 했다. 그녀는 숨을 깊이 들이마시고, 다른 모두와 함께 고더드가 무슨 말을 할지 기다렸다.

「오늘은 심판의 날로 예정됐다.」 고더드는 마이크에 침을 뱉듯이 말했다. 「너희들! 오늘 여기에 피에 대한 갈증을 다스리러 온 너희들 모두. 너희들! 눈앞에서 한 남자가 산 채로 타는 모습을 생각하며 심장을 두근대는 너희들!

너희들! 내가 너희들의 바람대로 해줄 줄 알았나? 우리 수확자들이 너희들의 병적인 호기심에 영합할 정도로 천박하다 믿었나? 너희에게 오락거리 삼아 대학살의 서커스를 제공하리라고?」 이제 그는 이를 갈며 외치고 있었다. 「**감히** 너희가 어떻게! 생명을 끝내면서 즐거움을 누릴 수 있는 건 **수확자들뿐이다.** 그것도 잊었나?」 그는 잠시 말을 멈추고 그 내용이 스며들 시간을 기다렸다. 사람들이 얼마나 심각한 죄를 지었는지 스스로 느끼게 했다. 로언이 사라지지 않았다면 기쁘게 쇼를 제공했을 테지만, 이들이 그 사실을 알아서는 안 된다.

그는 계속해서 말했다. 「아니, 수확자 루시퍼는 오늘 여기에 없다. 하지만 **너희들**, 구경거리를 보려고 안달한 너희들은 이제 내 눈앞에 있다. 이건 루시퍼에 대한 심판이 아니었다. **너희들**, 바로 오늘 스스로를 저주한 너희들에게 내리는 심판이다! 지옥에 떨어질 죄를 돌이킬 방법은 속죄뿐이야. 속죄와 희생. 그러니 내 오늘 **너희를** 세상에 대한 본보기로 선택했다.」

그러더니 고더드가 스타디움 관중 사이에 점점이 흩어져 앉은 1천 명의 수확자들을 보았다.

「저들을 수확하라.」 그는 입술을 깨물 정도로 심한 경멸을 담아 명령했다. 「모조리 수확해 버려.」

공황 상태가 서서히 번져 갔다. 얼이 빠진 사람들이 서로를 쳐다보았다. 방금 지배 수확자가 정말로 그렇게 말한 건가? 그럴 리가 없어. 진심은 아닐 거야. 수확자들도 처음에는 당혹했다……. 그러나 충성심을 의심받고 싶지 않다면 그 명령에 거역할 수가 없었다. 조금씩 무기가 뽑혀 나오고, 수확자들은 조금 전과 전혀 다른 표정으로 주변에 있는 사람들을 보기 시작했다. 목적을 달성할 최선의 방법을 계산하는 표정이었다.

「내가 너희의 완성이다!」 고더드는 대량 수확에 나설 때마다 그랬듯이 선언했고, 그 목소리가 스타디움 전체에 울려 퍼졌다. 「내가 너희의 불만족스럽고 불미스러운 인생에 떨어진 종언이다.」

처음 몇 사람이 도망치기 시작했다. 그리고 또 몇 사람. 그다음에는 수문이 열린 것 같았다. 공포에 질린 관객들이 의자를 오르고 서로를 타넘어서 출구로 향하려 했다. 그러나 수확자들이 재빨리 병목 지점에 자리를 잡았다. 수확자들을 지날 방법은 뚫고 가는 것뿐이었고, 이미 수확당한 이들이 자유로 가는 좁은 길을 막기 시작했다.

「내가 너희의 구원이다! 내가 이승 너머의 수수께끼로 향하는 문이다!」

사람들은 수확당하기 전에 떨어지면 목숨을 구할 수 있다는 희망으로 난간 너머에 몸을 던지기 시작했다. 그러나 이것은 수확자의 일이었다. 고더드가 명령을 내린 순간부터 선더헤드는 개입할 수 없었다. 깜박이지도 않는 수많은 눈으로 현장을 지켜볼 수밖에 없었다.

「내가 너희의 오메가다! 너희에게 평화를 가져다주는 사람이다. 나를 끌어안아라!」

수확자 랜드가 그만하라고 애걸했지만, 고더드는 그녀를 밀쳤고 랜드는 땅에 나뒹굴면서 횃불을 넘어뜨렸다. 횃불이 장작더미 가장자리에 닿는 것만으로 충분했다. 불이 붙었고, 자줏빛 불길이 기단부를 휩쓸었다.

「너희의 죽음은 내가 내리는 선고이자 너희에게 주는 선물이다.」 고더드는 죽어 가는 군중에게 말했다. 「품위 있게 받아들여라. 안녕히 가거라.」

고더드의 아마겟돈이 제일 잘 보이는 곳은 장작더미 위였다. 그리고 환풍기가 연기를 아래로 빨아들였기에, 기술자는 모든 것을 볼 수 있었……. 서서히 장작더미를 타고 오르며 파란

색으로 변해 가는 자줏빛 불길까지도.

관중석에서는 신질서를 나타내는 로브에 박힌 보석을 반짝이며 수확자들이 무서운 속도로 희생자들을 해치우고 있었다.

〈오늘 가는 게 나 혼자는 아니겠구나.〉 기술자는 불길이 점점 가까워지며 녹색에서 노란색으로 타는 동안 생각했다.

신발 밑창이 녹아내리는 것을 느낄 수 있었다. 고무가 타는 냄새를 맡을 수 있었다. 이제 불길은 주황색이었고, 다가오고 있었다. 사방 관중석에서 들려오는 비명 소리가 멀디멀게만 느껴졌다. 곧 불길이 빨간색으로 변하고, 솜화약 재갈이 타서 없어지면 기술자의 귀에는 자신의 비명 소리만이 울려 퍼질 것이다.

그때 경기장에서 수확자 한 명이 그를 바라보고 있었다. 진홍색 로브를 입은 수확자. 군중을 처리하러 가지 않은 몇 안 되는 수확자들 중 한 명이었다. 잠시 두 사람의 눈이 마주쳤다. 그러더니 불길이 파멸한 기술자의 바지 자락에 옮겨 붙는 순간, 수확자 콘스탄틴이 권총을 들어 올려 오늘 수행할 유일한 수확을 선보였다. 심장에 쏜 한 발의 탄환이 더 고통스러운 결말로부터 기술자를 구해 주었다.

그리고 생명이 몸을 떠나기 전에 기술자가 마지막으로 한 생각은, 진홍색 수확자의 자비에 대해 크나큰 고마움의 감정이었다.

「나를 막으려고 했던 건 용서해 주지.」 고더드는 함께 탄 리무진이 스타디움을 출발하자 수확자 랜드에게 말했다. 「하지만 다른 사람도 아니고 네가 수확 앞에서 움츠러들다니 놀랐어.」

에인은 그에게 할 말이 1백만 가지는 되었지만 입을 다물었다. 로언은 이미 잊었다. 더 큰 사건 앞에서 짓밟혔다. 로언이 수확자 트래비스와 다른 텍사스 수확자 몇 명과 함께 스타디움을 떠나는 모습이 목격되었다는 소문이 돌았다. 이 모든 일을 그들의 탓으로 돌릴 수도 있겠지만, 누구를 속이겠는가? 고더드에게 로언이 없는 게 더 큰 계획의 일부였던 척하라고 제안한 사람은 그녀였다. 그러나 고더드가 그런 방법을 택하리라고는 상상도 하지 못했다.

「이건 내가 열려던 행사가 아니었지만, 일이라는 게 뜻대로 되는 일은 드물지.」 고더드는 연극에 대해 이야기하듯 차분하고 침착하게 말했다. 「그렇다 해도 오늘 일은 우리에게 유리하게 작용했어.」

랜드는 믿을 수 없다는 눈으로 그를 쳐다보았다. 「어떻게요? 어떻게 그런 말을 할 수가 있죠?」

「뻔하지 않나?」 그리고 랜드가 대답하지 않자, 그는 그 유명한 달변을 발휘하여 설명했다. 「공포야, 에인. 공포는 존경의 사랑하는 아버지 격이지. 이 평범한 시민들은 자기 자리를 알아야 해. 넘어서는 안 될 선을 잘 알아야지. 이제 저들의 인생에는 선더헤드가 없으니, 안정감을 줄 엄한 손이 필요해. 또렷한 경계선을 정해 줄 손. 저들은 나와 내 모든 수확자들을 숭배할 것이고, 다시는 우리를 거스르지 않을 거야.」 고더드는 제이기적인 설명을 생각해 보더니, 고개를 끄덕이며 스스로에게 찬성했다. 「다 괜찮아, 에인. 다 괜찮아.」

하지만 수확자 랜드는 이 순간부터 아무것도 다시는 괜찮지 않을 것임을 알았다.

4부 우리가 휘두를 수 있는 유일한 도구

종소리 성서

독실한 체하며 불필요한 전쟁을 벌인 치찰음파들은 종소리에게 혐오스러운 존재였나니. 종소리는 1백만 개의 성난 날갯짓이 되어 그들에게 내려갔으며, 하늘은 천둥의 분노를 떨쳤도다. 수치를 모르는 자들은 쓰러지되, 무릎 꿇은 이들은 이를 모면하였더라. 종소리는 그들을 남겨 두고 다시 한번 깃털 폭풍 속에 녹아들어 잔잔해진 하늘로 사라졌으니. 모두 기뻐하라!

심포니우스 사제의 해석

종소리는 몸을 지닌 인간일 뿐 아니라, 몸을 자유자재로 부리는 주인이었다. 종소리는 어떤 생물로든 변신하고, 다수의 생물로도 변신할 수 있는 능력을 지녔다. 이 구절은 종소리가 새 떼로 변화하는 능력을 보여 주는데, 아마 독수리나 매, 아니면 올빼미였을 것이다. 이는 각각 우아함, 고귀함, 현명함을 뜻한다. 하지만 또한 두려움과 존경의 대상이기도 하다. 종소리 그 자체를 나타내는 생명체들이었다.

코다의 심포니우스 분석

심포니우스의 문제는 언제나 모순된 말을 한다는 것이다. 그럴싸하다 싶을 때는 무엇이든 상징적이거나 문학적인 표현으로 보기에, 심포니우스의 해석은 지혜라기보다는 변덕에 가깝다. 종소리가 새 떼의 모습을 취했을 가능성도 있지만, 그보다는 신비로운 비행 능력을 지녔다고 보는 게 더 어울리지 않을까? 고문서 속의 그림에 나오는 망토를 두른 영웅들처럼?

32

암울한 지렛대

유로스칸디아에서 1천 년 가까이 시각을 알리던 대성당의 종은 침묵에 빠졌다. 뜯겨 나가고, 해체당하고, 급조한 용광로에서 녹아 버렸다. 같은 지역의 대형 콘서트홀은 연주 도중에 습격을 받았고, 군중들이 공황에 빠진 가운데 음파교인들이 무대를 채우고는 작은 악기는 손으로, 큰 악기는 도끼로 부쉈다.

〈여러분의 목소리가 제 귀에는 음악입니다.〉 종소리가 언젠가 말했으니, 이는 다른 모든 음악을 파괴해야 한다는 뜻이 분명했다.

이 극단적인 치찰음 분파들은 순수한 마음으로 자신들의 믿음을 세상에 강요해야 한다고 여겼다. 치찰음 분파 중에 비슷한 분파는 하나도 없었다. 각각 독특하게 일탈했으며, 각각 다른 방식으로 음파교의 교리를 무시무시하게 해석하고 종소리의 말을 왜곡했다. 그 모든 분파에 공통점이 하나 있다면 폭력과 불관용 경향뿐이었다. 여기에는 다른 음파교인에 대한 불관용도 포함되었는데, 자신들과 정확히 같은 것을 믿지 않는다면 어느 분파나 열등하다고 여겼기 때문이다.

선더헤드가 침묵하기 전에는 치찰음 분파가 없었다. 그래, 극단적인 믿음을 품은 분파는 있었다. 그러나 선더헤드와 대면청의 님부스 요원들이 통제했다. 폭력은 용납되지 않았다.

그러나 세상이 불미해지고 선더헤드가 더 이상 말을 하지 않게 되자, 많은 곳에서 많은 것들이 곪아 터지기 시작했다.

유로스칸디아의 제일 오래된 도시들에서는 방랑하는 치찰음파 무리들이 광장에서 피아노와 첼로와 기타를 잔뜩 쌓아 놓고 불을 피우곤 했는데, 매번 치안관들이 붙잡아 구금을 해도 그들을 막을 수는 없었다. 사람들은 아무리 침묵하고 있다 해도 선더헤드가 그들을 대체하고, 그들의 정신을 만족하고 살면서 폭력에 기울지 않는 사람으로 바꿔 놓기를 빌었다. 그러나 그랬다가는 종교의 자유에 대한 침해가 될 터였다. 그래서 치찰음파들은 구금되고, 파괴한 물건 대신 새로운 악기를 구입할 대금을 치르고는 풀려났고, 다시 악기 부수기를 계속했다.

선더헤드가 말을 할 수 있었다면 장점도 있다고 말했을지 모른다. 악기를 부숨으로써 악기를 만드는 사람들에게 할 일을 제공한다고 말이다. 하지만 아무리 선더헤드라도 이제는 참을 만큼 참았다.

종소리는 또 한 번 콘서트홀을 초토화할 준비를 하고 있던 유로스칸디아 치찰음파 앞에 나타났다.

유로스칸디아 치찰음파는 종소리가 수확자의 손에 순교했으니 이자는 분명히 사칭이라는 사실을 알고 있었다. 부활은 그들의 교리에 없었기에 광신도들은 회의적이었다.

「무기를 버리고 무릎을 꿇어요.」 사칭자가 말했다.

그들은 따르지 않았다.

「음파와 천둥은 당신들의 행동에 화가 났고, 나도 마찬가지입니다. **무기를 버리고 무릎을 꿇어요!**」

그들은 여전히 복종하지 않았다. 한 명이 이제는 아는 사람도 얼마 없는 이 지역의 옛 토착 언어로 말하면서 뛰쳐나갔다.

그러자 사칭자의 초라한 수행단 속에서 데님 로브를 입은 수확자가 나서서 공격자를 붙잡더니 땅에 패대기쳤다. 공격자는 멍들고 피투성이가 된 몸으로 달아났다.

「아직 회개하기에 늦지 않았습니다.」 종소리 사칭자가 말했다. 「폭력적인 방식을 버리고 평화로이 우리를 섬긴다면 음파와 천둥, 그리고 저 모두 여러분을 용서할 겁니다.」

치찰음파 사람들은 사칭자 너머로 콘서트홀의 문을 보았다. 목표가 이렇게 가까운데, 앞에 서 있는 청년에게는 뭔지 모를 위엄이 있었다. 뭔가…… 성스러운 느낌이 있었다.

「선더헤드가 보내는 징조를 보여 드리죠. 저만이 선더헤드와 대화할 수 있고, 저만이 여러분을 위해 탄원할 수 있습니다.」

그리고 그는 두 팔을 벌렸다……. 그러자 하늘에서 그들이 왔다. 산비둘기 떼가 내려왔다. 도시 안의 모든 건물 처마에서 이 순간만을 기다리고 있었다는 듯이, 사방에서 1백 마리의 비둘기가 날아왔다. 그들은 청년의 팔에, 몸에, 머리에 내려앉아 모습이 보이지 않을 때까지 뒤덮었다. 연한 갈색의 몸뚱이와 날개로 껍데기처럼, 갑주처럼 빈틈없이 청년을 뒤덮었다. 그리고 그 색깔. 청년을 감싼 깃털의 패턴, 비둘기들이 움직이는 방식. 치찰음 음파교도들은 지금 그 모습이 무엇을 닮았는지 깨달았다.

지금 그는 뇌운과도 같았다. 분노로 부풀어 오른 적란운이었다.

갑자기 새들이 사방으로 날아올라, 청년을 떠나서 도시 구석구석의 은신처로 돌아갔다.

마지막으로 떠나가는 날갯짓 소리 외에는 사방이 조용했다. 그리고 그 침묵 속에서 종소리가 속삭임에 가까운 목소리로 말했다.

「이제 무기를 버리고 무릎을 꿇으세요.」

그들은 복종했다.

죽은 예언자로 사는 편이 살아 있는 예언자보다 훨씬 더 좋았다.

죽고 나니 지루한 탄원자들의 행렬로 하루하루를 채워야 할 의무도 없어졌다. 원하는 곳은 어디든, 원하는 때에 갈 수 있었다. 더 중요한 것은, 예언자가 필요한 곳으로 갈 수 있다는 점이었다. 그래도 제일 좋은 것은 아무도 죽이려 들지 않는다는 점이었고.

그레이슨 톨리버는 죽어 있는 쪽이 살아 있는 것보다 마음의 평화에 훨씬 낫다는 결론을 내렸다.

공개적으로 사망한 이후, 그레이슨은 2년 넘게 사방에서 튀어나오는 치찰음 음파교도들과 언쟁을 벌이며 세계를 돌아다녔다. 그레이슨도, 함께 다니는 모두도 최대한 소박하게 여행했다. 대중 기차와 민간 항공기를 이용했다. 여행할 때에는 그레이슨이 자수 스카풀라와 자주색 튜닉을 입는 일도 없었다. 그들은 모두 단순하고 우중충한 음파교 옷을 입고 익명이 되었다. 사람들은 음파교도들이 신앙을 설파할까 봐 괜한 질문을 던지지 않았다. 대부분의 사람들은 시선도 마주치지 않으려고 다른 곳을 보았다.

물론 멘도사 사제의 뜻대로라면 그들은 종소리가 실제 〈기계 장치의 신〉처럼 하늘에서 뚝 떨어질 수 있도록 수직 착륙이 가능한 개인 제트기를 타고 세상을 여행했을 것이다. 하지만 그레이슨은 세상에 거짓은 이미 넘친다고 생각하며 그런 일을 금지했다.

「음파교인은 물질주의자가 아니어야 하잖아요.」 그는 멘도사에게 말했다.

「그거야 수확자도 마찬가지이지만, 그래서 어떻게 됐습니까?」 멘도사가 지적했다.

그렇다 해도 이것은 민주주의 체제가 아니었다. 본인이 동의하지 않는다 해도 종소리가 하는 말은 그들에게 법이었다.

아스트리드 자매는 그레이슨 편이었다.

「저는 사치에 저항하시는 건 좋은 일이라고 생각합니다. 선더헤드도 동의하리라 생각하고요.」

「선더헤드는 우리가 가야 할 곳에 시간 맞춰 가기만 하면 다른 의견이 없어요.」 그레이슨은 아스트리드에게 말했다. 사실 그들이 목적지까지 가는 속도를 높이기 위해 선더헤드가 기차와 비행기 시간표를 재편성하고 있다는 의심은 들었지만 말이다. 그레이슨은 혹시 종소리가 노새를 타고 여행해야 한다고 선언한다면, 선더헤드가 어떻게든 경주 노새를 찾아 주지 않을까 싶었다.

아무리 소박하게 여행한다 해도 멘도사는 언제나 그들의 도착을 치찰음 음파교도들의 녹슨 기반을 뒤흔들 만큼 극적이고 강렬하게 만들 방법을 찾아냈다. 그레이슨은 종소리로 모습을 드러내어 그들을 맹렬히 비난하고, 버리겠다고 선언하여 그들이 어떤 기괴하고 심란한 짓을 하고 있었건 그만 멈추고 용서를 빌게 했다.

새들을 활용한 속임수는 그레이슨이 생각해 냈다. 쉬운 일이었다. 지구상의 모든 생명체에는 선더헤드가 개체 수를 관찰할 수 있게 나노기가 삽입되어 있었다. 즉 선더헤드가 뒷문을 통해 모든 종의 행동에 개입할 수 있다는 뜻이었다.

수확령도 인듀라 주위의 바다 생물에게 비슷한 짓을 해서 방사 수족관으로 바꿔 놓은 전례가 있었다. 하지만 지독한 결말을 맞이한 그 기술과 달리, 선더헤드는 인간의 즐거움을 위해 다른 동물을 조종하지 않았다. 결국에는 밝혀지지만, 인간의 고통을 위해서도 마찬가지였다. 선더헤드가 생물을 조종하는 경우는 로드킬의 위험에 놓였거나, 그 외에 제 목숨이 끝날 만한 행동을 하고 있는 경우뿐이었다. 야생 동물용 재생 센터는 없었기에, 그것이 동물들이 타고난 삶을 온전히 살게 할 가장 효과적인 방법이었다.

「내가 치찰음파들을 막아야 한다면……」 그레이슨은 선더헤드에게 이렇게 말했다. 「그 사람들에게 뭔가 강렬한 모습을 보여 줘야 해. 그 사람들에게 네가 저들의 편이 아니라 내 편이라는 점을 증명해 보일 모습으로.」 그는 적란운 색깔을 띤 새들을 모아서 온몸을 뒤덮자고 제안했고, 선더헤드는 그 말에 따랐다.

물론 그레이슨은 다른 비결도 이용했다. 선더헤드는 공유 차량들이 음파교인들을 둘러싸고 그들을 양 떼처럼 몰게 만들 수 있었다. 또 강력한 자기장을 발생시켜 눈에 보이는 수단 없이 그레이슨을 허공에 띄울 수도 있었고, 기후 조건만 맞아떨어지면 그레이슨의 명령에 따라 번개가 몰려오게 유도할 수도 있었다. 하지만 새 떼가 최고였다. 현혹에 실패하는 일 없이 언제나 치찰음파를 설득해 냈다. 완전히 되돌리지는 못한다 해도, 올바른 방향으로 움직이는 시작은 되어 주었다. 물론 비둘기 떼에게 묻히는 것이 즐겁지는 않았다. 새들의 발톱은 그레이슨의 피부에 긁히고 찔린 자국을 남겼다. 눈과 귀를 쪼려고 할 때도 많았다. 게다가 썩 위생적인 동물도 아니었다.

그는 문제의 분파가 방향을 바꿨다는 사실을 확인할 때까지 그들과 함께 머물곤 했다. 멘도사는 그 방향 전환을 〈보금자리로 돌아온다〉라고 표현했다. 그러고 나면 종소리는 수행단과 함께 사라져서 세상의 다른 곳에 있는 또 다른 치찰음 분파를 찾아갔다. 신속 정확한 국지 공격과 게릴라 외교, 그것이 2년간 그레이슨의 전략이었고 성공하고 있었다. 그에 대해 실제보다 더 우스꽝스러운 소문이 돈다는 점도 도움이 되었다. 「종소리께서 목소리로 산을 무너뜨리셨다.」 「종소리께서 사망 시대 신들과 함께 사막에서 식사하시는 모습을 보았는데, 식탁 상석에 앉아 계셨다.」 어처구니없는 소문 속에서는 실제 출현을 숨기기도 쉬웠다.

「이런 일을 하는 것도 좋지만, 우리가 할 수 있는 일에 비하면 아무것도 아닙니다.」 멘도사 사제는 이렇게 말하곤 했다.

「이게 선더헤드가 원하는 일이에요.」그레이슨이 대답해도 멘도사는 언제나 미심쩍어했다. 그리고 사실대로 말하면 그레이슨도 똑같이 좌절감을 느꼈다.

「나를 쳇바퀴 위에 올려놓았어.」그레이슨이 선더헤드에게 말했다. 「치찰음 분파들이 내가 돌려놓는 것보다 빠른 속도로 튀어나오면 내가 성취하는 게 대체 뭐야? 이게 네 큰 계획이야? 그리고 내가 신인 척하는 건 잘못된 일 아니야?」

「〈잘못〉이 뭔지 정의해 봐.」선더헤드는 그렇게 대답했다.

선더헤드는 그레이슨이 윤리적인 질문을 할 때 특히 짜증스럽게 굴었다. 선더헤드는 거짓말을 할 수 없었지만 그레이슨은 할 수 있었고, 그렇게 했다. 치찰음파와 만날 때마다 거짓말을 하고, 그들에게 자신이 인간 이상의 존재라고 했다. 그래도 선더헤드가 막지 않으니, 찬성하는지 아닌지 알 수가 없었다. 선더헤드가 그레이슨의 행동을 권력 남용이라고 생각한다면 간단히 〈그러지 마〉라고만 해도 충분했을 것이다. 사실, 선더헤드가 꾸짖는다면 그레이슨도 자신의 도덕적인 나침반이 엇나갔음을 알 테니 마음이 편해졌을 것이다. 반면에 목적이 그레이슨의 수단을 정당화한다면, 왜 선더헤드가 그렇게 말해서 마음을 편하게 해주지 못하는 걸까?

「네가 너무 피해가 큰 일을 한다면 내가 알려 줄 거야.」선더헤드는 그렇게 말했었다. 그래서 그레이슨은 계속 오지도 않는 제재를 기다렸다.

「난 네 이름으로 지독한 일들을 했어.」그가 선더헤드에게 말했다.

그 말에 선더헤드는 대답했다. 「〈지독한〉게 뭔지 정의해 봐.」

핵심 측근인 수확자 모리슨, 아스트리드 자매, 멘도사 사제 세 명으로 줄어든 종소리의 수행단은 효율적인 팀을 이루었다.

모리슨은 시작부터 자신의 가치를 증명했다. 종소리를 거두러 나타나기 전에는 직업 윤리라고 할 게 별로 없었지만, 최근 몇 년 사이에 그는 많이 바뀌었다. 다른 건 몰라도 좀 더 깨우친 생활 방식으로 변했다. 그에게는 남을 이유가 있었다. 가면 어딜 가겠는가? 노스메리카 수확령은 모리슨이 죽었다고 생각했다. 하지만 그 이유만이 아니었다. 문제는, 노스메리카 수확령이 통계 자료를 확인한다면 모리슨이 한 번 이상 수확하고 면제권을 부여했다는 사실을 알 거라는 점이었다. 뭐, 최근에는 너무나 많은 수확이 이루어지고 있으니 불량 수확자 한 명의 행동을 알아차릴 수는 없으리라.

물론 스스로에게 그렇게 말하면서도 그게 진실이 아닌 줄은 알았지만, 진실을 받아들이기에는 너무 아팠다.

수확령이 알아차리지 못하는 건 신경 쓰지 않기 때문이었다.

모리슨은 언제나 다른 수확자들에게 있으나 마나 한 존재였다. 스승에게도 골칫거리였는데, 모리슨이 힘이 세고 잘생겼다는 이유로 선택했던 스승은 제자가 누구의 존경도 받지 못한다는 사실이 분명해지자 바로 버렸다. 수확자들에게 모리슨은 농담거리였다. 하지만 최소한 여기에서는, 종소리를 섬기다 보면 존재를 인정받았다. 자리도 있고, 목적도 있었다. 그는 수호자였고, 그게 마음에 들었다.

모리슨과 문제가 있는 사람은 아스트리드 자매뿐이었다. 「짐, 당신은 내가 견딜 수 없는 세상 모든 것을 구현하고 있어요.」 언젠가 그렇게 말하기도 했다.

그 말에 모리슨은 씩 웃었다. 「그냥 날 좋아한다고 인정하는 게 어때요?」

「참아 주는 거죠. 큰 차이가 있어요.」

아스트리드로 말하자면, 그녀는 모두가 영적으로 올바른 길을 걷도록 하는 것을 소임으로 삼았다. 그녀는 마음속 깊은 곳에서 그레이슨 톨리버가 진짜라고 믿었기 때문에 종소리와 함께 있었다. 그레이슨이 음파의 뜻으로 움직인다고 믿었으며, 그 사실에 대해 겸손해하는 것도 이해했다. 겸손함이란 진정한 성자의 특징이었다. 그레이슨이 스스로를 성삼위라고 믿지 않으려는 것도 완벽하게 말이 되지만, 스스로 믿지 않는다고 해서 진실이 아니라고 할 수는 없었다.

그녀는 그레이슨이 종소리로서 치찰음 음파교인들을 마주할 때마다 몰래 히죽거리곤 했는데, 그레이슨이 자기가 하는 말을 하나도 믿지 않는 줄 알기 때문이었다. 그에게 그것은 역할에 불과했다. 그러나 그렇게 부정할수록 아스트리드에게는 더 진실이었다.

그리고 멘도사 사제가 있었다. 마법사, 흥행사, 그들의 유랑쇼를 연출하는 사람. 그는 자신이 모든 것을 굴리는 핵이라는 사실을 알고 있었고, 실제로 신앙을 믿을 때도 있었지만 그 믿음은 언제나 일을 해내야 한다는 실용주의에 짓밟혔다.

멘도사는 종소리의 출현을 계획할 뿐 아니라 전 세계 사제들과 연락망을 통해 긴밀하게 소통했고, 끊임없이 더 많은 분파를 하나의 공인된 교리 아래 설복시키려 했으며, 모두가 수확자들을 상대로 스스로를 보호하도록 도왔다. 멘도사는 또 어둠 속에서 종소리에 대한 가짜 소문을 많이 퍼뜨리기도 했다. 그런 소문은 교인들을 계속 매혹하는 데에도 놀라울 만큼 도움이 되었고, 또 수확자들이 관심을 두지 않게 만들기도 했다. 대부분이 허황한 공상이니 수확자들이 종소리 목격담을 믿을 수 있겠는가? 그러나 그레이슨은 멘도사가 무슨 일을 하는지 알고 경악했다. 그레이슨은 어째서 그 가치를 이해하지 못하는 걸까?

「내가 잿더미에서 일어났다고 말하고 다녀요?」

「선례가 있습니다.」 멘도사는 설명하려고 했다. 「신앙의 역사는 쓰러지고 다시 일어나는 신들로 가득해요. 저는 당신의 전설에 토대를 까는 겁니다.」

「사람들이 그걸 믿고 싶어 한다면, 좋아요. 하지만 거짓말을 더 퍼뜨려서 부추기고 싶지는 않아요.」

「제 도움을 원하신다면 왜 자꾸 제 손을 묶으시는 겁니까?」 멘도사는 점점 커지는 좌절감에 물었다.

「쾌락을 즐기는 것 말고 다른 일에 손을 썼으면 해서가 아닐까요.」

이 말에는 멘도사도 웃음을 터뜨리고 말았다. 지난 몇 년은 오직 그레이슨 톨리버가 다른 모든 사람의 방향으로 제 의지를 토해 낸 시간이 아니었던가? 그러나 종소리를 보고 웃어 대는 것은 선을 넘는 일이었기에, 멘도사는 재빨리 물러섰다.

「알겠습니다, 반향자시여.」 멘도사는 언제나처럼 말했다. 「명심하도록 하겠습니다.」 물러서는 수밖에 없었다. 이 고집불통의 청년을 상대로 논쟁해 봐야 소용이 없었다. 종소리의 신비를 살려 두기 위해 실제로 무엇을 해야 하는지 하나도 모르는 어린애였다. 그러나 멘도사도 슬슬 자기가 왜 이런 일을 그러다가 모든 것을 바꿔 놓는 사건이 발생했다.

「비통하다, 비통하다, 비통해!」 어느 날 저녁에 선더헤드가 그레이슨의 귀에 대고 울부짖었다. 「차라리 눈을 가릴 수 있었다면 좋았을걸. 이 사건이 무서운 지렛대가 되어 많은 일의 방향을 바꿀 것이다.」

「부탁인데 수수께끼로 말하지 말아 줄래? 그냥 무슨 일인지 말해 주면 안 돼?」 그레이슨이 물었다.

그래서 선더헤드는 스타디움의 수확에 대해 고통스러우리만큼 자세히 설명했다. 하루 저녁에 수만 명이 쓰러졌다. 「몇 분 후면 사방에 뉴스가 뜰 거야. 노스메리카 수확령이 감추려 한다 해도, 지우기엔 너무 큰 사건이야. 그리고 이 사건이 연쇄 반응을 일으켜서 세상을 전례 없는 격변으로 몰아갈 거야.」

「우리는 어떻게 하지?」 그레이슨이 물었다.

「아무것도.」 선더헤드는 말했다. 「수확자의 행동이니, 나는 반응조차 할 수 없어. 일어나지도 않은 일처럼 대해야 해.」

「흠.」 그레이슨이 말했다. 「너는 아무것도 할 수 없지만, 나는 할 수 있어.」

「하던 일을 계속해.」 선더헤드는 지시했다. 「이제는 치찰음파를 억제하는 일이 그 어느 때보다 더 중요해.」 뒤이어 선더헤드는 그레이슨이 오싹해질 말을 했다. 「치찰음 음파교인들이 인류의 미래에 심각한 피해를 입힐 가능성이 19.3퍼센트로 올라갔어.」

33

부술 수 없는

저는 수확자 아나스타샤입니다. 그리고 아니요, 이것은 녹화 영상이 아닙니다. 생방송입니다. 저는 살아 있기 때문입니다. 하지만 여러분은 믿지 않으시겠죠. 당연합니다. 누구든 제 기억 구성체와 온갖 기술을 써서 이런 곡예를 벌일 수 있으니까요. 그래서 저도 여러분이 이 방송을 의심하시기를 바랍니다. 이 방송을 파헤치기 위해 할 수 있는 일은 다 할 만큼 의심하세요. 최선을 다해서 가짜임을 증명해 보세요. 그러고도 실패한다면 진짜라는 사실을 받아들이셔야 할 테니까요. 제가 진짜라는 사실을요. 그리고 일단 제가 정말 저라는 사실을 믿으시게 되면…… 그때는 본론으로 들어갈 수 있겠지요.

첫 방송은 짧고 상쾌했다. 있어야 할 확신과 자신감을 다 갖췄고, 그럴 이유도 있었다. 아나스타샤는 달에서 일어난 재난에서 뭔가를 찾아냈다. 큰 발견이었다. 그녀는 다른 누구도 해내지 못한 일을 해냈다. 그녀가 태어나기 오래전부터 선더헤드의 후뇌에 묻혀 있던 증거를 찾아낸 것이다. 선더헤드도 증거가 그곳에 있다는 사실은 알았지만, 법 때문에 아무 일도 하지 못했다. 수확자의 일은 수확자의 일이었으니 내버려 두어야만 했다. 그러나 선더헤드도 아나스타샤가 무엇을 찾아냈는지는 분명 알 것이다. 자기 후뇌의 모든 부분을 아니까. 아나스타샤는 선더헤드가 이 발견을 기뻐할지 궁금했다.

「자네가 말도 못 하게 자랑스럽네.」 고위 수확자 텐카메닌이 말했다. 「난 자네가 찾아낼 줄 알았어! 물론 수확자 마케다는 의심했지.」

「전 건강한 의심을 표했을 뿐입니다.」 마케다가 변명했다. 「달걀이 부화하지도 않았는데 닭의 수를 셀 수야 없지요.」

「달걀을 한 바구니에 넣을 수도 없고요.」 바바가 덧붙였다. 「닭과 달걀 중에 어느 쪽 속담이 먼저였을지 궁금하군요.」

물론 이 말은 텐카메닌의 웃음을 불러왔다. 그러나 그 웃음소리는 짧았다. 분명 고위 수확자를 짓누르는 마음의 짐이 있었다. 세 사람 모두를 짓누르는 짐. 하루 종일 보이지 않는 긴장이 흘렀다.

심지어 평소에는 그러지 않는 제리마저도 감정을 대놓고 드러냈다. 「제 승조원 한 명의 가족이 수확당했습니다.」 제리는 아나스타샤에게 말했다. 「시내에 들어가서 위로해야 해요.」 제리는 더 할 말이 있는 것처럼 머뭇거렸지만…… 말하지 않았다. 「늦게 돌아올 겁니다. 고위 수확자님께 저는 저녁 식사에 참석하지 못한다고 전해 주세요.」

그리고 나머지 네 명이 저녁 식사 자리에 앉았을 때, 방 안의 분위기는 음침하기까지 했다. 긴장한 게 아니라 심각했다. 그들의 어깨에 굳건하게 올라간 세상의 짐이 두 배로 늘어난 것 같았다. 아나스타샤는 이유를 안다고 생각했다. 「제 방송 때문이죠?」 그녀는 모두의 무거운 분위기에 짓눌려 시든 샐러드를 보며 침묵을 깼다. 「사람들이 원하시는 방향으로 반응하지 않은 거죠. 시간 낭비였던 거예요.」

「전혀 아닙니다.」 마케다가 대답했다. 「아나스타샤는 훌륭했어요.」

바바가 덧붙였다. 「그리고 제가 무슨 말이 오가는지 주시하고 있었습니다만, 반응이 천장을 뚫었습니다. 인듀라보다 더 큰 물보라를 일으켰다고 하겠습니다.」

「천박한 취향이야, 바바.」 마케다가 말했다. 「비유가 아주 천박해.」

텐카메닌은 아무 말도 얹지 않았다. 샐러드에 정신이 팔린 것 같았다.

「그럼 뭔데요?」 아나스타샤가 물었다. 「뭔가 잘못됐다면 저한테도 말씀해 주셔야죠.」

「어젯밤에…… 어떤 사건이 있었네.」 텐카메닌이 마침내 말했다. 「노스메리카에서…….」

아나스타샤는 마음의 준비를 했다. 「로언 데이미시와 관련된 건가요?」

텐카메닌은 눈을 피했고, 바바도 그랬지만, 수확자 마케다는 정면으로 시선을 마주쳤다. 「그래요, 사실은 그랬습니다.」

아나스타샤는 발바닥이 뭉치는 기분이 들 정도로 세게 발가락을 오므렸다. 「로언이 수확됐군요. 고더드가 수확한 거예요.」 아나스타샤가 말했다. 어째서인지 직접 말해 버리는 쪽이 다른 사람의 말을 듣는 것보다 나았다.

하지만 텐카메닌은 고개를 저었다.

「수확 예정이었던 건 맞는데, 탈출했네.」

아나스타샤는 안도감에 몸을 접었다. 수확자답지 않은 모습이었다. 그녀는 자세를 바로잡으려고 했지만, 이미 모두가 목격한 후였다.

「지금은 텍사스에 있습니다.」 마케다가 말했다. 「그쪽에서 왜 구해 냈는지는 저도 몰라요.」

「그들의 적의 적이니까.」 바바가 말했다.

「문제는 로언 데이미시가 탈출했다는 사실이 아닐세. 그 후에 일어난 일이 문제야.」 텐카메닌이 말했다. 「고더드가 대량 수확을 명했네. 우리가 이제까지 본 어떤 수확보다 더 대량이었지. 거의 3만 명을 없앴어…… 그리고 도망친 자들은 추적해서 가족까지 함께 수확하라고 명했다네. 제4계명[13]을 들먹이면서 말이야.」

「잘도 그게 적용되겠습니다!」 마케다가 날카롭게 말했다. 「스타디움 하나에 통째로 죽음을 선고했는데, 누군들 달아나지 않겠어요?」

아나스타샤는 침묵했다. 그 소식을 소화했다. 반응은 하지 않으려 했다. 반응하기에는 너무 큰 일이었다. 로언은 안전했다. 그리고 그 때문에 수만 명이 죽었다. 이 상황을 어떻게 느껴야 할까?

「자네의 방송은 그 사태 도중에 나갔어. 우리가 소식을 듣기도 전이었지.」 텐카메닌이 말했다. 「우리는 그 소식이 자네를

13 저항한다면 그들이 사랑하는 이들을 죽여라.

가릴 거라고 생각했네. 하지만 정반대였어. 이 소식 때문에 자네가 하는 모든 말이 더욱 중요해졌네. 일정을 앞당겼으면 좋겠군. 내일 밤에 다시 방송하지.」

「사람들은 당신 말을 들어야 해요, 아나스타샤.」 마케다가 말했다. 「당신은 공포 속 희망의 목소리예요.」

「그래요, 물론이죠.」 아나스타샤는 말했다. 「최대한 빨리 방송할게요.」

메인 코스가 나왔다. 핏물이 배어 나올 정도의 레어 로스트였다. 수확자라면 개의치 않아야 마땅했으나, 오늘은 다들 서버가 고기를 썰자 시선을 돌리고 말았다

저는 수확자 아나스타샤입니다. 제 속임수를 파헤쳐 보셨나요? 제 스승인 〈죽음의 대모〉 마리 퀴리 수확자님이었다면 여러분의 의무라고 하셨을 조사를 해보셨나요? 아니면 점점 더 큰 세상을 요구하는 〈지배 수확자〉 고더드를 지지하는 여러 수확령이 내놓은 주장을 기꺼이 받아들이시나요? 당연히 그들은 제가 사칭이라고 할 겁니다. 고더드의 분노를 부르고 싶지 않다면야, 달리 무슨 말을 할 수 있을까요?

수확에 입회하라고 수만 명을 초대해 놓고서 반대로 그 사람들을 수확해 버린 고더드 말입니다. 고더드는 수확자 루시퍼가 인듀라를 가라앉혔다고 주장하죠. 이제는 그게 엄연한 역사가 되었어요. 그 자리에 있었던 제가 말하는데, 이것만은 사실입니다. 수확자 루시퍼가 인듀라에 있었던 것은 사실입니다. 인듀라에서 루시퍼를 보았다는 생존자들의 목격 진술은 맞습니다. 하지만 루시퍼가 인듀라를 가라앉혔을까요?

천만에요.

저는 앞으로 인듀라에서 무슨 일이 일어났는지 분명하게 증언하려 합니다. 그 사태의 책임이 누구에게 있는지도요.

고더드의 유리 오두막에는 부술 수 있는 물건이 놀랄 만큼 적었다. 에인은 고더드의 시도를 지켜보았으나, 그들은 그저 모든 것을 지나치게 잘 만드는 세상에 살고 있었다. 그녀는 그의 성질을 가라앉히려는 시도를 그만두었다. 지금은 그의 보좌 수확자들이 조련사 역할을 할 수 있었다. 오늘은 니체였다. 콘스탄틴은 보이지 않은 지 며칠 지났다. 아마 론스타 지역 대표들과 만나서 로언을 돌려 달라며 설득하고 있겠지만, 그들은 여전히 로언을 데려갔다는 사실조차 부인하고 있었다. 보좌 수확자 어리사 프랭클린은 고더드가 이런 상태일 때 전혀 관여하지 않으려 했다. 「다시 인간이 되면 말해 줘요.」 어리사는 그렇게 말하고, 고더드의 광란이 들리지 않을 만큼 멀리 떨어진 자기 거처로 사라졌다.

고더드의 최신 발작은 수확자 아나스타샤가 세상에 내보낸 두 번째 방송 때문에 일어났다.

「저걸 찾아내!」 그는 요구했다. 「저걸 찾아내서 수확해 버려.」

「수확은 불가능합니다.」 보좌 수확자 니체가 설명하려 했다. 「마음에 들지 않더라도 아나스타샤는 아직 수확자예요.」

「그렇다면 찾아내서 자기를 수확하게 만들어야지.」 고더드가 소리쳤다. 「너무나 고통스러워서 제 목숨을 끝내도록 만들어 주겠어.」

「예하께서 그런 수고를 들여 가며 의심을 부를 가치는 없습니다.」

그 말에 고더드는 의자를 방 저편으로 집어던졌다. 의자는 부서지지 않았다.

에인은 회의실에 침착하게 앉아서 둘 사이에 오가는 드라마를 지켜보고 있었다. 니체는 계속 도와 달라는 눈으로 그녀를 쳐다보았지만, 에인은 쓸데없는 수고를 들일 생각이 없었다. 고더드는 마음껏 불합리하게 굴다가 정신을 차릴 것이다. 논의 끝. 그런 다음에는 흐트러졌을 때 해놓은 모든 짓에 대해 합리적인 변명거리를 찾아내리라.

에인도 예전에는 고더드가 하는 모든 일이 더 큰 계획의 일부라고 믿었다. 하지만 이제는 진실을 알았다. 계획은 언제나 행동 이후에 세워졌다. 고더드는 자신의 분노라는 구름에서 형태를 찾아내는 데 뛰어났다.

마일하이시티에서의 수확이 단호하고 지혜로운 행동이었다고 스스로를 설득했을 때도 그랬다. 대량 수확의 반동은 즉각적이었다. 반(反)고더드를 표방하는 지역들은 그를 욕했다. 여섯 개 지역이 고더드의 영역에서 떠나는 사람에게는 면제권을 주겠다고 선언했고, 수많은 사람들이 그 초대를 받아들였다. 그럼에도 고더드를 지지한 지역들 역시 자극을 받아서 스타디움에 있던 〈그 사람들〉은 수확당해 마땅했다고 주장했다. 처형을 구경하고 싶어 하는 사람이라면 벌을 받아 마땅하다고 말이다. 자기들도 방송이 끊기기 전까지는 구경하고 있었을 테지만.

그러나 대부분의 사람들은 어느 쪽 입장도 취하지 않았다.

그저 삶의 농담 속으로 사라지고 싶어 했다. 나쁜 일이 일어났을 때도 그 일이 어딘가 다른 곳에서, 그들이 모르는 누군가에게 일어난다면 그들의 문제가 아니었다. 다만 이번에는 모두가 한 다리만 건너면 그날 스타디움에 갔다가 집에 돌아가지 못한 누군가를 알았다.

니체는 계속 고더드를 달래려 했고, 고더드는 아직도 쿵쾅거리며 회의실 안을 돌아다녔다.

「아나스타샤는 아무것도 아닙니다, 예하.」 니체가 말했다. 「그 방송에 반응하면 오히려 그녀를 훨씬 중요한 사람으로 만들어 주시는 겁니다.」

「그러니까 아나스타샤도, 아나스타샤의 비난도 무시해야 한다?」

「기껏해야 비난일 뿐인 데다, 그쪽에서 예하를 무엇으로 비난하는지도 아직 모릅니다. 가렵더라도 긁지 않고 놓아두는 게 최선입니다, 예하.」

에인은 그 말에 웃고 말았다. 고더드가 피가 날 때까지 가려운 곳을 긁어 대는 모습을 떠올릴 수 있어서였다.

마침내 힘이 빠진 고더드가 의자에 몸을 던지고는 분노를 가라앉혔다. 「바깥은 어떻게 돌아가고 있는지 말해 봐.」 그가 요구했다. 「내가 알아야 할 내용을 말해.」

니체는 회의실 테이블 앞에 앉았다. 「동맹 수확령들은 스타디움에서 예하가 한 일을 지지하거나, 아니면 침묵하고 있습니다. 예하에게 맞서는 수확령들은 예하의 자기 수확을 요구하고 있습니다. 하지만 저는 국경을 넘어서 론스타 지역으로 쏟아져 들어가는 사람들이 더 걱정입니다.」

「공포를 원했죠. 이제 얻으셨어요.」에인이 말했다.

「탈출을 막기 위해 장벽을 건설할까 합니다.」

「웃기지 마.」고더드가 말했다. 「바보들만이 장벽을 쌓는 법이야. 가게 내버려 둬. 그리고 우리가 론스타 지역을 흡수하는 데 성공하면, 미드메리카를 버렸던 자들은 수확 대상이 될거다.」

「이젠 모든 문제를 그렇게 푸는 건가요?」에인이 물었다. 「수확으로 치운다?」

날카로운 말이 돌아올 줄 알았으나, 고더드는 마음을 안정시킨 후였다. 「그게 우리가 하는 일이야, 에인. 그게 우리에게 주어진 도구, 우리가 휘두를 수 있는 유일한 도구지.」

니체가 보고를 계속했다. 「그다음에는 음파교도 문제가 있습니다.」

「음파교도라니!」고더드가 통탄했다. 「왜 음파교가 언제나 안건이 되어야 하나?」

「예하께서 음파교 예언자를 순교자로 바꿔 놓으셨죠.」에인이 지적했다. 「생각하시는 것과 달리, 죽은 적은 살아 있는 적보다 더 싸우기 힘들답니다.」

「다만……」니체가 머뭇거렸다.

「다만 뭐?」고더드가 재촉했다.

「다만, 저희는 그동안 종소리가 사람들 앞에 나타났다는 보고를 추적하고 있었습니다.」

고더드가 역겨움에 툴툴거렸다. 「그래, 나도 알아. 구름에도 나타나고, 타버린 토스트에도 나타났지.」

「아닙니다, 예하. 실제 인물 말입니다. 그리고 이제는 그 보고들이 믿을 만하다는 생각이 듭니다.」

「농담이겠지.」

「우리는 문제의 시체가 실제 종소리인지 확인하지 못했습니다. 아직 살아 있을 가능성이 있어요.」

에인은 또 한바탕 부술 수 없는 물건들을 던져 대겠구나 예상하고 숨을 깊이 들이마셨다.

34

더 나은 곳

저도 대부분의 사람들이 수확령에서 무슨 일이 일어나는지 모른다는 사실을 압니다. 자연스러운 현상이죠. 수확령은 대부분의 사람들에게 죽음이 찾아오기 전까지는 죽음의 전령을 대할 일이 없게 하기 위해 만들어진 곳이니까요.

하지만 인듀라의 침몰은 우리 모두에게 영향을 미쳤습니다. 선더헤드가 침묵에 빠지고 모두를 불미자로 만들었지요. 그리고 관리할 대수확자들이 없어지니 수확령 안에서도 힘의 불균형이 생겼습니다.

우리는 2백 년 넘게 안정적인 세상을 누렸습니다. 하지만 이제는 아닙니다. 안정을 되찾으려면 싸워서 쟁취해야 합니다. 수확령에 속한 이들만이 아니라, 모두가요. 그리고 제가 하는 말을 들으면 여러분도 싸우고 싶어질 겁니다.

무슨 생각을 하실지 압니다. 〈수확자 아나스타샤가 고발을 하려는 건가? 공개적으로 고더드를 대수확자들을 살해한 자이자 인듀라를 파괴한 자로 지목할 건가?〉

기다리셔야 합니다. 먼저 진술해야 할 다른 사건들이 있거든요.

다른 고발을 먼저 해야 합니다. 저는 여러분에게 수확령이 상징하는 모든 것에 반하는 상상도 못 할 행동들의 역사를 보여 드릴 겁니다.

이것은 고더드로부터 시작하는 이야기가 아닙니다. 사실은 고더드가 태어나기 훨씬 전에 시작되죠.

스라소니의 해에, 달에 있었던 넥타리스 프라임 콜로니에서 대기 시스템이 고장 나는 참사가 벌어졌습니다. 산소 공급량 전체가, 심지어는 액체 산소 보유량까지 모두 우주 공간으로 빠져나가서 주민 전원이 사망했습니다. 생존자는 한 명도 없었지요.

모두가 이 사건을 압니다. 우리 모두가 학교에서 배우는 사건이죠. 하지만 혹시 공식 역사 데이터베이스의 첫 화면을 읽어 보셨습니까? 다들 그럴 테지만, 짜증나게 작은 글씨는 대충 넘기고 찾던 내용으로 바로 건너뛰게 되지요. 하지만 실제로 읽어 보면, 모든 법적인 위장 한복판에 작은 조항이 하나 묻혀 있습니다. 공공 역사 데이터베이스는 모두 수확자의 승인을 받아야 한다는 조항이에요. 왜일까요? 수확자들은 원하는 일은 뭐든 할 수 있으니까요. 역사 검열마저 가능하죠.

수확자들이 소명에 충실한 동안에는 문제가 되지 않았습니다. 고결하고, 도덕적이고, 드높은 인간의 이상에 스스로를 맞추는 동안에는요. 어떤 수확자들이 인류가 아니라 스스로를 위해 일하기 시작했을 때에야 문제가 됐습니다.

달 개척지는 지구 밖에 정착하려는 첫 시도였습니다. 꾸준히 〈달의 변경〉으로 사람들을 이주시켜 지구의 인구 문제를 해소하려는 계획이었지요. 선더헤드가 모든 것을 진행해 놓았습니다. 그러다가 재난이 터졌지요.

그 사건에 대해 여러분이 아는 모든 것을 잊으시기 바랍니다. 이미 말했듯이, 공식 역사는 믿을 수 없습니다. 그 대신 저는 저처럼 여러분도 직접 달에서 일어난 재난을 조사해 보셨으면 합니다. 곧장 원래 자료 출처로 가세요. 제일 처음에 쓰인 기사들을 찾으세요. 파멸한 거주민들이 죽기 전에 작성한 개인 기록들을 찾으세요. 도와 달라고 간청하는 방송 내용들을 찾으세요. 모두 선더헤드의 후뇌 안에 있습니다. 물론 여러분은 불미자이니 선더헤드가 인도해 주지는 않을 겁니다. 그러니 직접 찾아야 합니다.

그런데 그거 아세요? 여러분이 불미자가 아니었다 해도 선더헤드는 인도해 주지 않았을 겁니다. 이 정보의 민감성 때문에 여러분이 그 정보를 찾도록 도와주면 법을 어기게 되고, 선더헤드는 아무리 원한다고 해도 법을 어길 수 없기 때문입니다. 여러분에게 제가 있어서 다행이죠.

론스타 수확자들은 로언을 국경에서 제일 멀리 떨어진 도시인 오스틴으로 데려와, 겹겹의 보호막을 둘렀다. 그를 매우 조심스럽게 다루었다. 호화로운 호텔 방이 주어지지는 않았지만, 감옥에 들어가지도 않았다.

「너는 범죄자다.」 수확자 콜먼은 구출 당시 그에게 말했다. 「하지만 우리는 범죄가 예외가 아니라 정상이었던 사망 시대를 연구해 보고, 범죄자는 나름대로 유용할 수도 있다는 사실을 배웠지.」

그들은 로언이 지난 몇 년을 공부할 수 있도록 컴퓨터를 쓰게 해주었지만, 그는 자꾸만 자신이 구출된 후에 마일하이 스타디움에서 벌어진 사건 영상을 찾아보았다. 노스메리카 연합 수확령이 〈교정 수확〉이라고 주장한 사건의 공식 기록은 없었으나, 생존자들이 찍은 개인 기록은 올라오고 있었다.

로언은 그 영상들을 보고 싶어서가 아니라, 최대한 보아야만 한다는 마음에 압도되어 있었다. 최대한 많은 희생자를 알아야 했다. 실제로 아는 사람은 아무도 없었지만, 그들의 얼굴을 기억하고 최소한 마지막 경의라도 바치는 것이 그의 의무라고 느꼈다. 고더드가 이럴 줄 알았다면 텍사스 수확자들에게 저항하고 수확을 받아들였을 것이다. 하지만 이럴 줄 어떻게 알았겠으며, 어떻게 저항할 수 있었을까? 고더드가 로언을 끝내겠다는 결심이 굳건했다면, 텍사스인들은 그를 빼내겠다는 결심이 굳건했다.

그는 시트라의 짧디짧은 방송 영상도 보고 또 보았다. 시트라가 아직 살아 있고, 싸우고 있다는 사실을 알게 되자 다른 모든 것을 견딜 수 있었다.

지난번 론스타 지역에 왔을 때 로언은 랜드의 포로였다. 자비로운 무법이라는 이 지역의 특전 덕분에 랜드는 정밀 조사를 피해서 고더드를 되살린다는 계획을 쉽게 수행할 수 있었다. 그러나 그곳 수확자들이 로언을 구출할 만큼 대담한 것도 바로 그 자결권 덕분이었다.

사망 후 시대의 텍사스인들은 독특했다. 그들은 자기들이 직접 내린 결정 외에는 어떤 규칙의 혜택도 누리지 않았으며, 서로 외에는 누구에게도 책임이 없었다. 때로는 끔찍한 결과에도, 때로는 훌륭한 결과에도 그랬다. 선더헤드의 일곱 개의 특전 지역에 속했기에, 사회 실험의 연장이 영구적인 삶의 방식이 되었다. 아마도 선더헤드가 세상에 하나쯤은 자신의 마음이라는 법에 따라 사는 방법을 배울 곳이 필요하다고 결정한 탓이리라.

다른 실험 중에는 그렇게 잘 되지 않은 것도 있었다. 예를 들어 남극에 있는 특전 지역인 로스 빙붕의 〈사색 공동체〉가 그랬다. 선더헤드는 그곳에 모두가 서로의 생각을 읽을 수 있는 마인드 링크 기술을 도입했는데, 좋은 결과가 나오지는 않았다. 사람들은 그것이 선더헤드의 실수에 가장 가까운 일이었다고 했지만, 선더헤드는 실험은 언제나 성공할 수밖에 없다고 주장했다. 모든 실험이 무엇인가를 증명했고, 인류에게 도움이 될 더 나은 관점을 제공했기 때문이다. 사색 공동체는 〈수면 공동체〉가 되었고, 이제 로스 빙붕 지역 사람들은 모두의 정신이 여전히 연결되어 있기는 하지만, 오직 렘수면 중에만 연결되는 공동의 꿈 실험을 행복하게 받아들이고 있었다.

로언이 구출되고 나서 이틀 후, 수확자 트래비스와 콜먼이 찾아왔다. 뒤이어 세 번째 수확자가 방에 들어왔다. 로언이 지나치게 잘 알고, 만나고 싶지 않은 수확자였다.

로언은 붉은 로브를 보자마자 배신당했음을 알았다. 벌떡 일어서서 반사적으로 무기에 손을 뻗으려 했지만, 물론 무기 같은 것은 없었다. 그러나 수확자 콘스탄틴은 공격하려 들지 않았다. 기분이 별로 좋아 보이지는 않았지만, 그건 새삼스러운 일도 아니었다. 그에게는 두 가지 표정밖에 없었다. 혐오스러워하거나 비판하거나.

수확자 콜먼이 두 손을 들어 올려 로언을 진정시켰다. 「네 생각과는 달라. 널 해치러 온 게 아니야. 수확자 콘스탄틴은 론스타 수확령에 합류했어.」

로언은 그제야 지난번 만났을 때 콘스탄틴의 로브를 장식하던 보석이 다 사라졌음을 알아차렸다. 그리고 로브 색깔은 여전히 진홍색이었으나, 질긴 캔버스 천이었다. 수확자들은 어느 지역이나 선택할 수 있었지만, 콘스탄틴처럼 중요한 수확자가 다른 지역에 합류하는 경우는 드물었다. 로언으로서는 속임수가 아닐까 생각할 수밖에 없었다.

수확자 트래비스가 웃었다. 「경고해 줘야 한다고 했잖아.」

「내 말을 믿어라, 데이미시.」 콘스탄틴이 말했다. 「너만큼이나 나도 이 만남이 반갑지 않다만, 우리의 상호 적대감보다 더 중요한 문제들이 있다.」

로언은 여전히 그 말을 믿어야 할지 어떨지 알 수 없었다. 잘나신 콘스탄틴이 론스타 수확자가 되어 오직 보이 나이프로만 수확하는 모습은 상상조차 하기 힘들었다. 그것은 론스타 수확령이 계명 외에 지키는 유일한 규칙이었다.

「제발 앉아, 로언.」 수확자 콜먼이 말했다. 「의논할 일이 있어.」

그리고 로언이 앉자 그녀는 종이를 한 장 건넸다. 이름이 줄줄이 적혀 있었다. 모두 수확자였고, 50명쯤 되었다.

「네가 끝내야 한다고 우리가 결정한 수확자들이야.」 콜먼이 말했다.

로언은 콜먼을 쳐다보았다가 종이를 내려다보고, 다시 콜먼을 보았다. 이 사람들이 정말로 그에게 수확자 50명을 죽이라고 요청하는 게 맞나?

팔짱을 끼고 벽에 기대서 있던 트래비스가 〈아이고 저런〉 같은 휘파람 소리를 냈다. 「표정이 다 말해 주지 않아? 이건 쉽지 않겠는데.」

로언은 종이를 콜먼에게 내밀었다. 「안 돼요. 어림도 없습니다.」

그러나 수확자 콜먼은 종이를 다시 받지도 않았고, 안 된다는 대답을 받아들일 생각도 없었다. 「우리가 고통스러운 죽음에서 널 구했다는 걸 잊지 마, 로언. 그리고 우리가 널 구했기 때문에 무고한 사람 3만 명이 수확당했다는 것도. 넌 구출한 우리에게도 빚을 졌고, 그 불쌍한 사람들에게도 빚을 졌어.」

트래비스가 덧붙여 말했다. 「우리가 부탁하는 건 세상에서 문제 많은 수확자들을 없애라는 것뿐이야. 이미 그러기로 결의한 거 아니었나? 이제 넌 혼자 일하지 않을 거야. 론스타 수확령의 지원을 받을 거니까.」

「비공식적인 지원이지.」 콜먼이 덧붙였다.

「맞아.」 트래비스가 수긍했다. 「아무도 몰라야 해. 그게 조건이야.」

「그래서 당신들에겐 정확히 어떤 수확자가 문제 있는 수확자죠?」 로언이 물었다.

콜먼은 로언의 손에 잡힌 종이를 잡아채어 목록에 있는 이름을 하나 말했다. 「수확자 구로사와. 몇 년 동안 우리 지역에 반대하는 발언을 했고, 우리 고위 수확자를 여러 차례 모욕했지.」

로언은 믿을 수가 없었다. 「그게 답니까? 입이 좀 싸다고 수확자를 하나 끝내라고?」

「요점을 놓치고 있군.」 트래비스가 말했다. 「이게 자네에겐 왜 그렇게 힘들지?」

콘스탄틴은 내내 아무 말도 하지 않았다. 그저 장례식을 치르는 것 같은 표정으로 뒤에 물러서 있었다. 사실 수확자 루시퍼로서 로언은 선택한 상대를 꼼꼼하게 조사했다. 문제의 수확자에게 만회할 점을 하나라도 찾아낼 수 있으면 그냥 내버려 두었다. 그 목록에서 적어도 세 명은 개인적으로 알고 있었다. 대단히 강직한 수확자는 아닐지 몰라도, 끝내야 마땅할 자들은 아니었다.

「미안하지만 원한 푸는 데 이용하려고 날 구한 거라면 그냥 장작더미에 다시 올리시죠.」 로언은 그렇게 말하고 콘스탄틴을 돌아보았다. 「그리고 당신! 당신은 위선자야! 나쁜 수확자들을 거둔다는 이유로 날 사냥하더니, 이제는 내가 다시 그런 짓을 해도 괜찮다고?」

콘스탄틴은 숨을 깊이 들이마시더니 말했다. 「내가 고더드의 보좌 수확자였다는 사실을 잊었군. 그 꼴을 보고 나니, 필요하다면 어떤 수단을 써서라도 고더드의 장악력을 약화시켜야 한다고 느끼게 되었다. 그 목록에 올라간 수확자들은 모두 신질서에 속하고, 고더드와 그의 철학을 완전히 받아들였어. 네가 날뛰기 시작한 건 수확령에 극적인 점검이 필요하다고 믿어서였지. 말하자면 도태가 필요하다고. 정말 인정하기 싫지만, 네 생각이 옳다고 믿는다.」

방금 콘스탄틴이 정말로 그 말을 한 건가? 선더헤드가 날씨를 통제하지 않는다면 지옥도 얼어붙을 일이었다.

「내 목숨을 구해 줘서 고마워요.」 로언은 콜먼과 트래비스에게 말했다. 「하지만 말했듯이, 난 청탁을 받고 일하지는 않습니다.」

「내가 이럴 거랬잖아.」 트래비스가 콜먼에게 말했다. 「플랜 B로 갈까?」

콜먼은 고개를 끄덕였다. 로언은 플랜 B가 무엇일지 생각하며 몸을 떨었지만, 아무도 나이프를 꺼내어 그를 거두려 하지는 않았다.

「되살아나고 나서 지금까지 한 번이라도 네 가족은 어떻게 됐을지 물어본 적 있어?」 수확자 콜먼이 말했다.

로언은 시선을 피했다. 물어보기가 두려웠다. 사실을 알기가 두려워서뿐만은 아니었다. 가족을 이 일에 끌어들이고 누군가의 체스 판에서 이용당하게 하고 싶지 않았다.

「아직 살아 있다면 나와 의절했겠죠.」 로언이 말했다. 「이름을 바꿨거나, 대체 시술을 받았을 수도 있겠네요. 내가 그 입장이라면 그렇게 했을 테니까.」

「아주 통찰력이 있네.」 수확자 콜먼이 말했다. 「사실 네 누이 둘은 이름을 바꿨고, 형 하나는 대체 시술을 받았어. 하지만 나머지 데이미시 일가는 남아 있지. 네 어머니, 조부모, 그리고 다른 네 명의 형제들까지.」

「그 사람들을…… 해치겠다고 협박하는 건가요?」

그 말에 트래비스가 요란하게 웃었다. 「무슨 생각을 하는 거야? 우리가 고더드 같을까 봐? 우리는 절대 무고한 사람들을 해치지 않아. 물론 수확은 예외지만.」

「우리가 뭘 했는지 말해 주지.」 수확자 콜먼이 말했다. 「네가 인듀라를 가라앉힌 후, 네 가족은 미드메리카의 새로운 고위 수확자에게 수확당할까 봐 두려워서 우리 지역으로 왔어. 다들 네가 그치와 불화가 있었다는 걸 알았거든. 우린 받아들였고, 그 이후 그 사람들은 우리 보호 아래 조용히 살았어. 그리고 네가 어떤 선택을 하든 계속 그렇게 살게 될 거야.」

그런 다음 그녀는 트래비스를 돌아보았다. 「데리고 들어와.」

트래비스가 밖으로 나갔다.

로언은 공황 상태에 빠졌다.

가족이 여기에 있다고? 지금 무슨 일이 일어난 거지? 가족과 대면시키겠다고? 안 돼! 이 모든 짓을 하고 나서, 아니 그들이 했다고 믿는 짓을 하고 나서 어떻게 만난단 말인가. 정말 보고 싶었지만, 무사한지 직접 보고 싶었지만 가족 앞에 선다는 것은 도저히 생각도 할 수가 없었다.

「아니야! 아니, 그러지 말아요!」 로언은 고집했다.

「우리는 설득하지 못하더라도, 네 가족은 할 수 있겠지.」 콘스탄틴이 말했다.

하지만 가족을 이 일에 끌어들이는 참상을 견디라고? 어머니가 나가서 수확자들을 죽이라고 말하는 소리를 들으라고? 그것은 수확당하는 일보다 더 나빴다! 산 채로 불에 타는 것보다 더 나빴다!

「할게요!」 로언은 불쑥 말했다. 「뭐든 원하는 대로 할게요. 그냥…… 제발, 제발 가족은 이 일에서 빼줘요…….」

콜먼은 트래비스가 돌아오기 전에 문을 닫았다.

「네가 사리 분별을 할 줄 알았어.」 그녀는 따뜻한 미소를 지으며 말했다. 「이제 이 세상을 더 나은 곳으로 만들어 보자.」

조사는 해보셨나요? 후뇌를 파보셨나요? 선더헤드의 도움 없이 조사하기가 좌절스러운 일이란 건 압니다. 하지만 3년이 지났으니 이제는 많은 분들이 방법을 아시겠지요. 불미자로 사는 데에 도 좋은 점은 있지 않나요? 좌절감과 싸우면서 힘든 방식으로 일을 해야만 하죠. 만족감도 훨씬 커요.

달의 재난에 대해 무엇을 찾으셨나요? 뭐든 이상해 보이는 부분을 찾으셨나요? 환경 시스템이 세 겹이나 있었다는 점은 알아보셨어요? 백업 시스템 하나만이 아니라 백업에 대한 백업도 두 개가 있었죠. 재난 당일 이전까지 선더헤드가 대기 관련 참사가 일어날 가능성을 0.000093퍼센트로 추산했다는 사실을 알아내셨나요? 1백만 분의 1도 안 되는 확률이에요. 선더헤드가 틀렸던 걸까요?

재난이 일어난 후, 당시 대수확자들은 일주일의 애도 기간을 제정했습니다. 달에서 워낙 많은 사람이 죽었으니, 일주일 동안은 아무도 수확하지 않겠다는 거였죠. 저도 대수확자들 대부분이 그 재난을 비극적인 사고라고 믿었고, 진심으로 회한을 느꼈다고 믿습니다.

하지만 어쩌면, 어쩌면 한 명은 아니었을지도 몰라요.

특정 수확자 한 명을 재난과 연결시키는 증거를 찾으려 한다면, 찾지 못할 겁니다. 하지만 비극이 일어나고 며칠 동안, 몇 주 동안 무슨 일이 있었는지는 들여다보셨나요? 선더헤드가 현장을 청소하지 않았다는 사실이 마음에 걸리지 않으셨나요? 죽은 사람들을 회수하지도 않았다는 사실은요?

익명의 출처들은 진공과 태양 방사선 때문에 재생할 수 없을 만큼 손상된 시신들을 되찾기에는 선더헤드가 너무 많은 힘을 기울여야 했다고 말합니다.

하지만 후뇌 안을 파보면, 선더헤드가 내놓은 단 하나의 진술을 찾을 수 있습니다. 보려는 사람은 누구나 볼 수 있어요. 사실, 달의 재난에 대한 선더헤드의 파일에는 그 진술밖에 없죠. 아직 못 찾으셨나요? 그렇다면 제가 여기에 꺼내 왔습니다. 한번 보세요.

〈선더헤드 관할에서 벗어난 달 표면 사건. 수확자 활동의 결과.〉

그녀가 아는 내용을 늘어놓는 것은 그냥 사람들을 낚기 위한 전술이 아니었다. 시간 끌기 전술이기도 했다. 아나스타샤도 아직은 이 단서가 어디로 이어질지 몰랐기 때문이다. 하지만 후뇌에 감춰진 진실이 매일매일 더 드러났다. 그녀는 화성 재난에 대해서도 돌파구가 가깝다는 사실을 알았지만, 뉴호프케도 콜로니 파괴에서 완전히 막혔다.

하지만 최초의 폭로로 이미 모두가 동요하고 있었다. 텐카메닌은 더없이 즐거워했고, 저녁 식사 시간이면 기쁨을 감추지 못했다.

「잊힌 파일 안에 들어 있던 선더헤드의 진술 말이야. 〈수확자 활동의 결과.〉 훌륭한 솜씨였네!」

「우리 모두를 부끄럽게 만드네요.」 마케다가 말했다. 「우리도 몇 달이나 후뇌를 뒤졌는데, 그걸 못 찾았어요.」

「그리고 사람들에게 직접 찾을 방법을 알려 줬으니 자네 주장은 더 탄탄해졌지.」 텐카메닌이 말했다.

「하지만 저도 제가 찾지 못하는 사실을 갖고 사람들을 안내할 수는 없어요. 아직 말이 안 되는 단서가 너무 많아요. 흰색 비단도 그렇고요.」

「설명해 봐요.」 마케다가 말했다. 「우리가 도움이 될지도 몰라요.」

아나스타샤는 태블릿을 꺼내어 한 장의 이미지를 보여 주었다. 「이게 재난이 일어나기 전에 뉴호프 궤도 콜로니에서 찍힌 마지막 사진이에요. 배경에서 다가오는 셔틀을 볼 수 있죠. 통제를 잃고 정거장을 들이받아 파괴한 그 셔틀이에요.」 아나스타샤는 화면을 두드렸다. 「후뇌는 이 이미지를 엄청나게 많은 것들과 엮어 놨어요. 거의 대부분이 재난과 관련이 있어요. 뉴스 기사, 사망 기사. 폭발에 대한 역학 분석. 그러다가 이게 나와요…….」

그녀는 세 사람에게 옷감 재고 목록을 보여 주었다. 진줏빛 비단이었다. 「이 비단이 어디로 갔는지 추적해 봤어요. 반 정도는 웨딩드레스용으로 팔렸고, 일부는 커튼에 쓰였는데…… 설명이 안 되는 양이 15미터 있어요. 선더헤드의 재고 목록에 어디로 갔는지 설명되지 않는 물건은 절대 없는데도요.」

「그냥 조각이었을지도 모르지요?」 바바가 의견을 냈다.

「아니면…….」 모두의 뒤편에서 목소리가 날아왔다. 「값을 치를 필요가 없는 누군가가 썼을지도 모르고요.」

제리였다. 언제나처럼 늦었지만, 모든 것을 뒤집어 놓을 통찰을 갖춘 제리. 어떤 질문도 받지 않고 값을 치를 필요도 없이 비싼 옷감을 들고 걸어가 버릴 수 있는 사람은 한 부류밖에 없었다. 제리는 아나스타샤 옆에 앉았고, 아나스타샤는 재빨리 태블릿을 조작하기 시작했다. 일단 실마리가 생기자 정보를 찾기는 어렵지 않았다.

「하얀색 로브를 입는다고 알려진 수확자는 수백 명이에요……. 하지만 비단 로브는 겨우 50명 정도고……. 진줏빛? 그건 전혀 흔하지 않죠.」 아나스타샤는 잠시 멈춰 화면에 뜬 정보를 받아들인 후, 다른 사람들을 돌아보았다.

「바로 그 옷감으로 만든 로브를 입던 수확자는 단 한 명이에요. 수확자 단테 알리기에리.」

다른 이들은 이게 얼마나 의미심장한 결과인지 깨닫지 못했지만, 텐카메닌은 알아차리고 활짝 웃어 보였다. 「굉장한 코미디로군. 모든 길은 알리기에리로 통한다…….」

「귀에 익은 이름인데, 비잔티움 출신 아니었나요?」 마케다가 물었다.

「트랜스시베리아일걸.」 바바가 말했다.

그 순간은 모두가 펄쩍 뛸 정도로 크고 듣기 싫은 따르르릉 소리에 산산조각이 났다. 소리는 멈췄다가 다시 울렸다.

「아, 저기 범인이 있군요.」 제리가 식당 구석에 놓인 고풍스러운 20세기 전화기를 가리켰다. 텐카메닌의 개인 연락처로 연결된 구형 전화기들 중 하나였다. 아나스타샤가 도착한 후 한 번도 울리지 않았던. 전화기가 요란한 소리를 다시 내자, 텐카메닌이 서버 한 명에게 전화를 받으라고 지시했다.

「고위 수확자 텐카메닌 예하의 개인 전화입니다.」 서버는 약간 어색하게 말했다. 「연락하신 분은 누구신지요?」

서버는 잠시 동안 불안한 얼굴로 귀를 기울이더니 짜증스러운 표정을 지었다. 그는 전화기를 내려놓고 다시 식사 시중으로 돌아가려 했다.

「뭐였나?」 고위 수확자가 물었다.

「아무것도 아닙니다, 예하.」

「나에게는 뭔가 있어 보였는데.」

서버는 한숨을 내쉬었다. 「짐승 같은 소리로 신음하고 끙끙

대는 음파교인이었습니다, 예하. 그런 악당이 어떻게 예하의 번호를 알았는지 모르겠군요.」

다음 순간 전화기가 다시 울렸다.

「추적할 수 있을 거예요.」 수확자 마케다가 의견을 냈다.

텐카메닌의 얼굴은 심각했다. 화가 나지는 않았지만 걱정스러운 표정이었다. 그는 서버에게 말했다. 「그 전화기 오른쪽에 빨간 버튼이 하나 있어. 통화 내용을 스피커로 돌려 주지. 다시 받아서 그 버튼을 눌러 주겠나.」

서버가 지시대로 하자, 즉시 전화기의 작은 스피커로 말이 되지 않는 울부짖음이 들려왔다. 고위 수확자의 궁전보다는 외풍이 심한 중세 성에 더 어울릴 법한 으스스한 소리였다. 그 소리는 고집스러웠다. 애절했다. 절박했다.

텐카메닌이 큰 소리를 내며 의자를 밀어내고 일어서더니, 전화기로 걸어갔다. 그는 가만히 서서 전화기를 보며 그 끔찍한 소리에 귀를 기울이다가, 마침내 통화 연결을 끊었다.

「흠, 그것참 불쾌한데요.」 수확자 바바가 농담을 하려고 했지만, 텐카메닌은 농담할 기분이 아니었다. 그는 가만히 서서 조용해진 전화기를 노려보다가 제리를 돌아보았다.

「소베라니스 선장, 자네 승조원들은 지금 어디에 있나?」 텐카메닌이 말했다.

제리는 다른 사람과 마찬가지로 왜 그런 질문이 날아왔는지 이해하지 못하고 주위를 둘러보았다. 「시내에 나가 있거나 배로 돌아가 있습니다. 왜 그러시죠?」

「승조원들에게 즉시 출항한다고 알리게. 우리도 같이 간다는 사실도.」

「우리라고 하시면……」

「우리 모두.」

아나스타샤가 일어섰다. 텐카메닌의 이런 모습은 본 적이 없었다. 그는 언제나 흔들림이 없었는데, 지금은 심하게 동요한 모습이었다.

「무슨 일이죠, 예하?」 아나스타샤가 물었다.

「아무렇게나 걸려온 전화가 아니었네. 그건 경고였고, 그것도 우리가 주의를 기울여야 할 경고였다고 확신하네.」

「어떻게 아세요?」

「건 사람이 내 아버지였으니까.」

35

열 개 파트로 이루어진 레퀴엠

i 인트로이투스(입당송)

숨죽인 기대와 함께 시작한다. 지휘자가 서서 손을 들어 올리고, 그 손이 아래로 내려가면 흑마술을 펼치기라도 할 것처럼 모두의 눈이 지휘봉에 꽂힌다.

오늘의 연주곡은 오케스트라의 경이. 음파와 천둥, 그리고 순교한 종소리를 따르는 치찰음 추종자들이 구상하고 연주하는 레퀴엠이다. 바다 건너에서 벌어진 마일하이 수확에 대한 화답으로 연주하는 레퀴엠.

이제 포트리멤브런스 거리에 울려 퍼지는 레퀴엠을 들을 수 있는가? 불멸의 세계에 모인 언어도 혀도 없는 수많은 죽음이? 불과 유황의, 그러나 대개는 불의 노랫소리. 이 치찰음파들은 오늘 전할 음악을 잘 준비했다. 그리고 그 음악을 듣는 이들에게는 구제가 없으리니.

ii 디에스 이라에(분노의 날)

소방차는 모두 자동이었다. 그래도 인간이 운전대를 잡아야 하도록 만들어졌다. 선더헤드가 그렇게 만들었기 때문이다. 물론 그 인간이 방향을 잘못 틀면 소방차가 명령을 기각하고 실수를 수정할 터였다.

포트리멤브런스의 소방대장은 그 사실에 대해 자주 생각했다. 대장이 되기 전에 그는 재미 삼아 일부러 운전 실수를 하고는, 진로 수정이 일어나고 소방차가 제 길로 돌아가는 데 얼마나 걸리는지 보곤 했다. 그는 선더헤드가 로봇을 이용해서 소방관들의 일을 할 수도 있다고 생각했지만, 선더헤드는 로봇을 좋아한 적이 없었다. 로봇은 아무도 원하지 않는, 머리 쓸 필요가 없는 일에만 활용했다.

그래서 소방관은 여전히 소방관이었다. 하지만 그렇다고 그들이 할 일이 많다는 뜻은 아니었다. 불이 날 때마다 선더헤드는 언제나 불똥이 일어나고 얼마 안 되어 상황을 알아차렸고, 대개 그 단계에서 끌 수 있었다. 소방관들이 불려 가는 것은 선더헤드가 끄지 못하는 드문 경우뿐이었…… 그러나 그 경우에도 소방대장은 선더헤드가 그들에게 할 일을 주려고 〈안전한〉 화재를 일으킨다고 믿게 되었다.

저녁 6시 30분, 소방서에 경보가 울렸다. 예전에는 선더헤드가 직접 말을 걸어 이제부터 뛰어들 상황의 세부 사항을 설명해 주었다. 지금은 그저 경보를 울리고, 소방관들의 GPS를 프로그램하고, 나머지는 직접 알아내게 내버려 두었다.

그러나 오늘 울린 경보는 이상했다. 화면에 뜨는 목적지가 없었다. 차고 문이 올라가지도 않았다. 그래도 경보는 계속 울려 퍼졌다.

소방서 문이 터져 나가고 사람들이 쏟아져 들어오고 나서야 소방관들은 경보가 화재가 아니라, 그들이 공격받고 있다는 사실을 알리는 경고였음을 깨달았다.

음파교였다!

수십 명이 짜증스러운 벌 떼 같은 소리를 내면서 문안으로 쏟아져 들어왔다. 음파교인들에게는 무기가 있었고, 소방서 사람들은 이런 예기치 못한 분노의 날에 대한 준비가 되어 있지 않았다.

소방대장이 놀라서 일어섰다. 방어하고 싶었지만, 어떻게 한단 말인가? 무엇으로? 아무도 소방서를 공격한 적이 없었다. 가끔 수확자가 쳐들어올 때는 있었지만, 수확자가 공격한다면 수확당할 뿐, 그걸로 끝이었다. 맞서 싸울 일도, 발버둥 칠 일도 아니었다. 하지만 이것은 전혀 달랐다. 이 음파교인들이 이쪽저쪽에서 사람들을 일시 사망으로 만드는데, 아무도 어떻게 해야 할지를 몰랐다.

〈생각해!〉 그는 스스로에게 말했다. 〈생각을 해!〉 그는 사람이 아니라 불과 싸우는 훈련을 받았다. 〈생각해! 내가 할 수 있는 일이 뭔가 있을 거야!〉

그러다가 퍼뜩 떠올랐다.

〈소방 도끼!〉

그들에게는 소방 도끼가 있었다! 그는 차고 안으로 뛰어가 소방 도끼를 쥐었다. 하지만 정말로 그 도끼를 다른 인간에게 쓸 수 있을까? 그래야만 했다. 이 치찰음파들이 대장의 소방대원 전원을 일시 사망으로 몰고 가게 놓아둘 수는 없었다.

바로 그때, 음파교인들이 소방차에 돌을 던지기 시작했다. 돌멩이 하나가 대장 쪽으로 날아왔고, 그는 맞기 전에 돌을 잡았다.

그런데 그것은 돌이 아니었다. 우선 금속인 데다가 골이 깊게 패어 있었다. 이런 물건을 예전에 역사책에서 본 적이 있었다. 〈생각해! 이게 뭐였지?〉 아, 맞다……. 수류탄!

그리고 순식간에 소방대장은 더 생각할 것이 없어졌다.

iii. 콘푸타티스(혼란)

고위 수확자 텐카메닌은 신중한 사람이었다. 겉보기에는 충동적이고 변덕스러워 보이지만, 사실 삶의 모든 것을 계획하고 체계적으로 실행했다. 달 축제의 혼돈조차도 통제된 혼돈이었다.

아버지의 다급한 경고 전화를 받은 후 그는 시간이 생명이라고 생각했지만, 그래도 본능을 거스르기는 어려웠다. 그는 재빨리 소박한 거처로 돌아가서, 시종과 함께 급히 탈출하려면 무엇을 가져가야 하는지 궁리하려 했다. 두 번째 로브는 챙겨야지. 하지만 추운 날씨나 더운 날씨용도 있어야 할까? 떠난다는 사실은 누구에게 알려야 하나? 고위 수확자들은 그냥 몸만 사라질 수가 없었다. 그는 그 모든 것에 당황했다.

「예하, 급히 떠난다고 하지 않으셨습니까?」 시종이 말했다.

「그래, 그래, 물론이지.」

그리고 정서적인 가치가 있는 물건들도 꼭 챙겨야 했다. 고위 수확자 자리를 물려받던 날에 대수확자 은징가가 준 음각 흑요석 권총. 첫 수확에 썼던 은제 단검. 이 궁전이 침략당한다면 소중한 물건들을 다시 보게 될지 누가 안단 말인가. 반드시 가져가야 했다.

그는 무엇을 가져가고 무엇을 가져가지 말아야 할지 10분쯤 몰두해 있다가, 멀리서 첫 폭발이 일어나고서야 멈췄다.

iv. 라크리모사(슬픈 운명)

「떠난다면 지금 가야 해요!」

아나스타샤는 제리와 함께 궁전 중앙 돔 아래 그랜드 홀을 바삐 걸으며 다른 사람들이 나타나기를 기다리고 있었다. 「대체 텐카메닌과 다른 사람들은 어디에 있는 거죠?」

「과잉 반응인지도 몰라요.」 제리가 말했다. 「저도 많은 음파교인들과 거래를 해봤는데, 폭력적인 교인은 한 번도 만나 보지 못했습니다. 짜증스럽고 귀에 거슬릴지는 몰라도 폭력적이지는 않아요.」

「선장은 이 음파교인들을 못 봤죠! 그자들이 뭔가를 할 거라고 텐카메닌이 생각한다면, 나도 그 판단을 믿어요.」

「그렇다면 먼저 떠납시다.」 제리가 제안했다. 「텐카메닌과 다른 분들은 따라오라고 하죠.」

「두고 가진 않을 거예요.」 아나스타샤가 말했다. 바로 그 순간, 멀리서 연이어 터진 폭발 소리가 거대한 아트리움 안에 울려 퍼졌다. 두 사람 다 걸음을 멈추고 귀를 기울였다. 멀리서 울리는 천둥소리처럼 폭발음이 계속 터졌다.

「뭔지는 몰라도 여기 궁전 안은 아닙니다.」 제리가 말했다.

「지금은 아니지만 그렇게 될 거예요.」 아나스타샤는 조금 전 폭음이 무엇이었든 간에, 더 나쁜 게 온다는 징조임을 알았다. 오늘 하루가 눈물로 젖어 마무리될 거라는 무서운 약속이었다.

V. 상투스(거룩하시도다)

젊은 음파교인은 충실한 추종자였다. 사제가 하라는 대로 했다. 사제는 음파를 진실로 이해하는 사람이었기 때문이다. 성스럽고 신성한 사람. 그들의 사제는 오랫동안 말을 하지 않았고 대공명의 날, 그러니까 선더헤드가 침묵한 날 제일 처음으로 혀를 바쳤다. 언어는 거짓을 말했다. 언어는 악을 묵인했고, 사실을 숨기고도 벌을 면했으며, 중상모략을 했고, 무엇보다도 음파의 순수성을 더럽혔다.

한 명씩 한 명씩 조직의 모든 음파교인이 사제가 했던 대로 영원한 맹세를 했다. 침묵 맹세가 아니라 모음만 쓰겠다는 맹세였다. 자음이 빚어내는 거슬리는 소리, 부자연스러운 흡착음과 치찰음과 파열음을 완전히 버리겠다는 맹세였다. 언어는 음파교인의 적이었다. 그것이 그들의 분파가 믿는 바였다. 물론 그렇게 믿지 않는 다른 음파교인도 많았다. 그러나 그들도 곧 빛을 보게 되리라. 스스로의 눈을 가린 자들까지도.

한 팀이 소방서를 맡고, 또 한 팀이 치안서를 맡는 사이, 사제는 제일 큰 팀을 이끌고 궁전으로 향했다. 모두 무기를 들고 있었다. 평범한 시민이 가져서는 안 될 무기였다. 미지의 후원자에게, 비밀스럽게 그들의 대의를 지지하는 후원자에게 받았다. 음파교인들이 그런 무기를 쓰는 훈련을 받은 건 아니었지만, 아무려면 어떤가? 칼을 휘두르고, 방아쇠를 당기고, 수류탄을 던지고, 기폭 장치를 누르면 그만이었다. 무장한 숫자 자체가 워낙 많다 보니 목표를 이루기 위해 대단한 숙련이 필요하지도 않았다.

그들에게는 등유도 있었다. 몇 통이든 있었다.

음파교인은 공격 1파에 끼겠다고 다짐했다. 무서웠지만, 이 일에서 맡은 역할이 기쁘기도 했다. 이제 그들의 때가 왔다! 마일하이 수확 이후 수확자들에 대한 노여움이 완전히 끓어오르면서 사람들도 드디어 음파교의 길을 보았다! 사람들은 오늘 여기에서 벌어진 일에 환호할 것이며, 서브사하라 지역은 나머지 세상에 울리는 경종이 되어 음파, 종소리, 천둥 삼위일체의 영광을 일깨울 것이다. 모두 기뻐하라!

그녀는 궁전으로 다가가면서 입을 열어 음을 발했고, 다들 함께했다. 모두를 독음으로 이끄는 입장이 되다니 너무나 만족스러웠다. 그들은 하나의 마음, 하나의 영혼, 하나의 화음이었다.

그리고 동료 신도의 등에 탄 그녀를 비롯해 다른 수십 명은 궁전 벽을 오르기 시작했다.

vi 아그누스 데이(하느님의 어린양)

아나스타샤와 제리는 수확자 마케다와 바바를 이끌고 드디어 장미 정원에서 텐카메닌과 만났다. 궁전과 오두막 사이 중간쯤이었다. 텐카메닌의 시종은 좁은 정원 길의 자갈 위에 제대로 구르지도 않는 커다란 여행 가방을 들고 씨름하는 중이었다.

「헬리콥터를 불러 놓았습니다.」 수확자 마케다가 모두에게 알렸다. 「하지만 공항에서 여기까지 오는 데 10분은 걸릴 거예요.」

「그것도 조종사가 어디 술집에 가 있지 않을 때나 10분이죠.」 바바가 덧붙였다. 「지난번엔 그랬거든요.」

「괜찮을 걸세.」 텐카메닌이 살짝 씨근거리면서 말했다. 「헬리콥터는 올 것이고, 다 괜찮을 거야.」

그는 돌아서서 모두를 이끌고 궁전 서쪽 잔디밭에 위치한 헬리포트로 향했다. 궁전 전체가 움직이고 있었다. 궁전 직원들은 소지품을 가득 안은 채 이쪽저쪽으로 서둘러 움직였다. 수확 근위대는 막사에서 쏟아져 나와 전략적인 요충지를 점했다. 훈련으로나 해본 일이었을 것이다.

그런데 서쪽에서 무슨 소리가 들렸다. 각기 다른 불협화음을 단조롭게 내뱉는 웅웅 소리의 합창이었다. 그리고 사람들이 서쪽 벽을 넘어오기 시작했다.

「우리가 너무 늦었군.」 텐카메닌은 일행을 멈춰 세웠다.

사방에서 경보가 울리고, 수확 근위대원들이 즉시 행동에 돌입하여 침입자들에게 발포하며 불협화음에 총성을 더했다. 음파교인들이 이쪽저쪽으로 쓰러졌지만, 근위대원들이 한 명 쓰러뜨릴 때마다 두 명이 더 벽을 타고 올랐다. 근위대원들이 제압당하기까지 오래 걸리지 않을 터였다.

치찰음파 세 명은 돌멩이가 아닌 무기를 갖추고 있었고, 그 무기를 충격적일 만큼 잔혹하게 사용했다. 대체 저런 무기는 어디에서 얻었을까? 음파교는 내면의 평화와 금욕적인 수용을 옹호하지 않았던가?

「다가오는 일은 피할 수 없으니.」 아나스타샤는 중얼거렸다. 그것이 음파교에서 제일 좋아하는 기도였는데, 갑자기 끔찍한 의미로 새롭게 바뀌었다.

육중한 남문은 폭발로 날아갔고, 문이 무너지자마자 음파교 폭도들이 밀고 들어왔다. 그들은 순식간에 열을 맞춰 선 수확 근위대 사이를 끊고, 불타는 천을 쑤셔 넣은 알코올병 같은 물건을 던지기 시작했다. 병이 떨어지는 곳마다 불이 번졌다.

「재생하지 못하게 불태울 작정입니다!」바바가 공포에 질려 말했다. 「수확자 루시퍼가 했던 대로요!」

아나스타샤는 이 뒤틀린 음파교 분파와 로언을 같이 언급하다니 터무니없다고 바바에게 쏘아붙이고 싶었지만 참았다.

앞에 보이는 헬리포트에서 전투가 벌어지자, 텐카메닌은 일행의 방향을 바꿨다. 「동쪽 파티오로! 거기라면 헬리콥터가 착륙하고도 남을 공간이 있네! 가지!」

그들은 왔던 길을 되짚어서 장미 정원을 통과하느라 장미 가시에 긁히고 찢기고 찔렸다. 하지만 동쪽 파티오에 도착하기도 전에 이쪽도 이미 뚫렸음을 알 수 있었다. 음파교인들이 사방에 있었고, 직원 숙소에서 뛰쳐나오는 사람들을 공격하고 추적하여 무자비하게 일시 사망으로 만들었다.

「왜 궁전 직원들을 공격하는 거죠?」아나스타샤가 말했다. 「대체 무슨 이유 때문에?」

「이유 같은 건 없어요.」수확자 마케다가 대답했다. 「이성도, 양심도, 품위도 없죠.」

식기를 제자리에 놓는 데 특히 신경 쓰던 서버가 등에 나이프를 맞고 쓰러져 있었다.

그 순간 바바는 텐카메닌을 돌아보며 외쳤다. 「궁을 요새화했어야죠! 수확 근위대를 한 부대는 더 배치했어야죠! 아니면 하다못해 우리에게 공격을 가하기 전에 이 음파교도들을 수확했어야죠! 이건 다 당신 잘못입니다!」

텐카메닌은 주먹을 말아 쥐고 바바에게 덤벼들었지만, 제리가 사이에 끼어들었다. 「자존심 건사는 나중에 하세요. 그 싸움을 하려면 우선 살기부터 해야 합니다.」

아나스타샤는 주위를 둘러보았다. 그들은 어둠에 가려져서 아직까지 눈에 띄지 않았지만, 불이 번지고 있으니 오래가지 못할 터였다.

그러더니 사방의 소란으로도 부족하다는 듯, 새로운 웅웅 소리가 허공을 채웠다. 이번에는 진짜 드론이었다. 하늘에서 구급 드론 한 떼가 내려왔다. 사람들이 일시 사망에 이르기 시작하자 제일 가까운 재생 센터에서 동원된 것이다.

드론들은 풀밭과 포장길에 쓰러진 시신들을 찾았다. 음파교인이든, 수확 근위대든, 궁전 직원이든, 사망자와 일시 사망자를 구별하지 않았다. 곤충처럼 생긴 집게로 시신을 집어 올려 재생 센터로 실어 갔다.

「저기 우리 탈것이 있네요! 누가 헬리콥터가 필요하답니까?」 수확자 바바가 외치더니, 고위 수확자의 허락도 기다리지 않고 제일 가까운 구급 드론을 향해 달려갔다. 도살장으로 달려가는 양 같았다.

「아흐메드! 안 돼!」 텐카메닌이 외쳤지만, 바바는 이미 뛰고 있었고 돌아보지도 않았다.

음파교인들은 수확자의 로브를 보자마자 방향을 바꿔 바바를 쫓아 달려갔고, 앞을 가로막았다. 바바는 로브에서 칼을 뽑아 사방의 음파교인들을 쓰러뜨렸지만, 그래 봐야 소용없었다. 음파교인들이 몰려들어 그를 쓰러뜨리고, 가진 무기를 다 동원하여 공격했다. 바바의 칼도 포함되었다.

수확자 마케다는 바바를 따라가려 했지만 아나스타샤가 막았다. 「이젠 우리가 해줄 수 있는 게 없어요.」

마케다는 고개를 끄덕였지만 쓰러진 동료에게서 눈을 떼지 않았다. 「바바가 제일 운이 좋은지도 몰라요. 저들이 죽이고 나면 드론이 실어 가겠죠. 재생 센터로 데려갈 거예요.」

그러나 드론들은 바바에게 가지 않았다. 궁전 사방에 시신이 너무 많아서, 이미 남은 드론이 없었다……. 그리고 구급 드론에게는 어느 시신이나 차이가 없었다.

그 순간 아나스타샤는 깨달았다. 「직원들을 죽이는 것도 드론을 묶어 두기 위해서군요……. 수확자를 챙길 드론이 남지 않게 하려고…….」

그리고 바바를 싣고 가는 드론이 없자, 음파교인들은 그의 몸을 잡고 재생 불가능한 잿더미로 만들 불을 향해 끌고 갔다. 그들이 시신을 던져 넣자 불길이 치솟았다.

「궁전으로!」 텐카메닌은 그렇게 말하고, 계속 움직이면 조금이라도 덜 갇힌 상태가 된다는 듯 다시 일행을 이끌었다.

vii. 베네딕투스(찬미받으소서)

그들이 궁전 안으로 들어가자, 수확 근위대 여섯 명이 무거운 청동 문을 닫고 음파교인들이 들어올 때를 대비해서 방어 태세를 취했다. 마침내 축복같이 평화로운 순간이 찾아왔다. 이 광기의 도가니에서 전략을 짤 수 있는 귀한 시간이었다. 이 짧은 순간이 사느냐, 아니면 가엾은 수확자 바바처럼 비참하게 죽느냐를 판가름할 터였다.

궁전에는 수많은 창문이 있었지만 모두 중앙 안뜰로 향했다. 고위 수확자의 아방궁이 강력한 요새이기도 하다는 뜻이었다.

문제는 얼마나 강력한가였다.

「이 일을 위해 서브사하라의 치찰음파 전원을 모았을 겁니다.」 수확자 마케다가 말했다.

「괜찮을 거야.」 텐카메닌은 고집스럽게 말했다. 「포트리멤 브런스의 치안관들이 도착해서 수확 근위대와 함께 싸울 것이고, 불길은 소방관들이 잡을 거야. 다 괜찮을 거야.」

「그럴 거면 지금쯤 왔어야 해요!」 마케다가 말했다. 「왜 사이렌 소리가 들리지 않죠?」

희망의 거품을 터뜨린 사람은 언제나 통찰력 있는 아나스타샤였다. 「처음 들렸던 폭발음요. 멀리서 울렸던⋯⋯.」

「그게 왜?」 텐카메닌은 험악하기까지 했다. 안전하다는 믿음을 지키고자 싸우고 있었다.

「음⋯⋯ 제가 불법적인 공격을 벌이려고 한다면, 치안관과 소방관을 먼저 처리할 거예요.」

정확한 말이었기에 모두가 침묵했다. 그러다가 텐카메닌이 공포에 질려서 조용히 두 손을 비틀고 있던 시종을 돌아보았다. 「내 물건들은 어디 있나?」

「죄⋯⋯ 죄송합니다, 예하. 가방을 장미 정원에 두고 왔습니다.」

제리는 고위 수확자를 노려보았다. 「모두가 타 죽기 직전인데, 소지품 걱정이나 하시는 겁니까?」

그러나 고위 수확자가 대답하기도 전에 불타는 트럭 한 대가 육중한 청동 문을 뚫고 들어왔고, 문이 떨어져 나가며 그 뒤에 있던 수확 근위대 네 명을 짓이기자 음파교인들이 쏟아져 들어왔다.

그 순간 제리가 아나스타샤를 잡더니, 아무도 보지 못하는 기둥 뒤로 끌고 갔다.

「나한테 한 가지 생각이 있어요. 하지만 날 믿어야 해요.」제리가 말했다.

viii. 오페르토리움(봉헌송)

치찰음 사제는 물 만난 물고기였다. 이것이 그가 태어난 이유요, 그의 목적이었으며, 몇 년이나 계획한 바였다. 천둥이 침묵하기 전에도 그는 이날이 올 줄 알고 있었다. 그의 극단적인 음파교 분파는 곧 지배 분파가 될 것이다. 평정과 관용과 수동적인 묵인을 믿는 열등한 음파교인들은 곧 모두 죽거나 불타게 될 것이다. 오늘 서브사하라의 고위 수확자가 불타고 있는 것처럼 말이다. 언어의 시대는 갔다. 오래전에 갔다. 사제의 뜻대로라면 언어 자체를 불법으로 간주하고 음파, 종소리, 천둥 삼위일체에 대한 비언어적 찬양으로 대신할 것이다. 그래야 마땅했다. 그리고 그는 고위 사제가 될 것이다. 오, 그 얼마나 영광스러운 날이 되겠는가! 하지만 우선은 이것부터였다.

청록색 옷을 입은 수확자 한 명이 달아나려는지 거대한 계단을 뛰어오르고 있었다. 사제가 손가락질하자 여섯 명이 뒤따라갔다. 사제 앞에서는 분홍색 비단 로브를 입은 여자, 수확자 마케다가 공격에 나서서 자기를 공격하는 음파교인들을 능숙하게 수확하고 있었다. 충실하고 진실한 교도들은 대의를 위해 스스로를 희생하고 있었다. 그러다가 한 명이 마케다 뒤로 돌아가서 칼로 찌르는 데 성공했다. 마케다는 움직임을 멈추고 숨을 들이켜더니, 목숨과 함께 싸움도 버리고 헝겊 인형처럼 쓰러졌다. 음파교인 세 명이 그 시신을 잡아 커져 가는 정화의 불을 향해 바깥으로 끌고 갔다.

「우리를 태운다면 너희도 고더드보다 나을 게 없어!」 고위 수확자 텐카메닌과 함께 계단 아래에 몸을 웅크리고 있던 고용인 하나가 말했다. 「이런 짓을 한다면, 너희가 숭배하는 존재가 결코 너희를 용서하지 않을 거다.」

고위 수확자는 그녀의 어깨를 굳게 잡고 조용히 시키려 했지만, 그 여자의 눈은 여전히 분노와 반항을 내비쳤다. 사제가 말을 할 수 있었다면 그런 말은, 아니 모든 말이 음파에 대한 무례라고 말했을 것이다. 그리고 음파가 분노의 공명으로 그 여자의 머리를 부수지 않는 유일한 이유는 세상에서 무가치한 자들을 씻어 내는 임무를 사제에게, 그리고 비슷한 다른 사람들에게 맡겼기 때문이라고 말했을 것이다. 하지만 그는 말을 할 수 없었다. 그리고 말할 필요도 없었다. 사제의 행동이 말보다 훨씬 크게 말했다.

그러나 고위 수확자는 오직 말뿐이었다.

「제발…….」 텐카메닌이 애걸했다.

사제는 다음에 무슨 말이 나올지 알았다. 이 화려하고 비겁한 수확자, 부자연스러운 죽음의 조달자는 이제 자기 목숨을 구걸하겠지. 애원하게 놓아두자. 사제는 다른 몇몇 치찰음 분파처럼 귀까지 멀진 않았으나, 듣지 않는다는 점은 마찬가지였다.

「제발…… 나는 끝내도 좋지만, 이 둘은 살려 주게.」 텐카메닌이 말했다. 「고용인들에게는 불만이 없을 게 아닌가.」

사제는 멈칫했다. 수확자를 섬긴 자는 누구든 수확자와 같은 운명을 당해 마땅하니, 모두 다 끝내고 싶기는 했다. 연좌제랄까. 하지만 그때 고위 수확자가 말했다. 「추종자들에게 자비의 진정한 의미를 알려 주게. 내 부모님이 나에게 알려 준 방식을. 내 어머니와 아버지는 두 분 다 그대들과 함께 있다네.」

사제도 고위 수확자에 대해 알고 있었다. 그의 부모는 말없이 궁전 공격에 참여하지 않게 해달라고 부탁했다. 그는 두 사람을 소방서로 보내어 그 부탁을 들어주었다. 그리고 분명 그들은 맡은 일을 잘 수행했다. 텐카메닌을 살려 주지는 않겠지만, 사제는 그자의 음파교인 부모를 존중하는 뜻에서 그 유언을 들어줄 생각이었다. 그래서 그는 권총을 뽑아서 텐카메닌의 심장을 쏜 다음, 두 하인에게 떠나라는 몸짓을 했다.

소박한 자비였다. 물론 그래 봐야 정원에서 살해당해 화톳불에 던져질 가능성이 높았지만, 구급 드론들이 일시 사망자를 상당수 실어 가고 있었으니 살 기회는 있었다.

그러나 그 순간 고용인이 튀어 일어섰다. 그 눈에 깃든 분노는 분노 이상이었다. 격분이라는 말로도 부족했다. 그리고 집중하고 있었다. 수확자의 눈처럼.

그녀는 제일 가까이에 서 있던 음파교인에게 뛰어들어, 숙련된 발차기로 쓰러뜨리고는 그 손에 쥐어져 있던 마체테를 빼앗더니, 사제에게 휘둘러 무장을 해제시켰다. 말 그대로 팔을 없애 버렸다.

그는 손이 빙글빙글 허공에 날아오르는 모습을 멍하니 지켜보았다. 뒤이어 그 여자가 잘린 손에 쥐어져 있던 권총을 잡더니, 사제를 겨냥했다. 말은 하지 않았다. 그 행동이 말보다 훨씬 크게 말했다.

ix. 룩스 에이테르나(영원한 빛)

제리코는 아나스타샤의 본능을 믿지 않았었다. 이 사태가 아나스타샤의 생각만큼 심각하리라고 믿지 않았다. 제리로서는 엄청난 판단 착오였다. 제리가 아나스타샤를 믿기만 했어도, 외벽이 뚫리기 한참 전에 탈출할 수 있었으리라. 선장은 두 번 다시 아나스타샤를 의심하지 않겠다고 맹세했다. 물론 여기에서 살아남는다면 말이다. 지금 살아남기는 무리한 상황이었다.

음파교인들이 궁전으로 들어오자, 제리는 옷을 바꿔 입자고 아나스타샤를 설득했다. 「당신을 지키는 게 내 소임입니다.」 제리는 애걸했다. 「제발, 아나스타샤. 내가 이렇게 하게 해줘요. 나에게 명예를 베풀어요!」

아무리 제리를 위험에 빠뜨리고 싶지 않다 해도, 그런 식으로 나오면 아나스타샤는 거절할 수 없었다.

일단 아나스타샤의 로브를 입은 제리는 음파교인 절반을 유인하여 계단을 뛰어올랐다. 제리가 궁전 위층에 있는 방을 다 알지는 못한다 해도, 습격자들보다는 잘 알았다. 제리는 그들을 이끌고 수확자 아나스타샤의 방으로 들어갔다가, 옆문으로 빠져나와 바깥 살롱으로 들어갔다. 궁전이 미로에 가깝다 보니 제리도 그리 빨리 구석에 몰리지는 않았지만, 그것도 오래 통하지는 않을 터였다. 그러다가 아래층에서 총성이 울렸다. 그리고 한 번 더. 지금은 그 소리를 생각할 겨를이 없었다. 이 음파교인들을 싸움에서 떼어 놓는 데 집중해야 했다.

침입한 음파교인들이 궁전 구석구석에 끊임없이 불을 지르고 있었다. 그들은 바쁘게 일렁이는 불길의 성난 불빛으로 복도와 위층 방들을 밝혔다. 불길이 모든 그림자를 어둠 속에서 휘청거리는 사람의 형태로 바꿔 놓았다. 그러나 그 그림자들은 제리에게 추격자들을 속이고 되돌아갈 엄폐물이 되어 주기도 했다.

제리는 허리를 숙이고 또 다른 방으로 들어갔지만, 로브에 익숙지 않다 보니 문설주에 옷자락이 걸렸다. 제리가 옷자락을 뜯어내기 전에 음파교인들이 도착했고, 확실히 훈련받은 적 없는 무기들을 휘둘렀다. 제리는 수확자가 아니지만 무기를 다룬 경험은 있었다. 실은 파이팅 클럽에 들어가려고 했던 적도 있었다. 사람들은 마다가스카르인이 싸우는 모습을 좋아했다. 아무래도 성별이 애매모호하니 싸움이 더 흥미로워지는 모양이었다.

그리고 오늘, 이 음파교인들은 마가다스카르인을 잘못 골랐다.

아나스타샤가 로브 주머니 속에 둔 칼이 하나 있었다. 제리는 그 칼을 뽑아서 전에 없이 치열하게 싸웠다.

x. 리베라 메(나를 구하소서)

아나스타샤의 공격은 빗나갔다. 망할! 사제를 맞히지 못했다!

수확당할 위험에 처한 사제를 본 젊은 음파교인 하나가 그를 밀어내고 총탄을 대신 맞았다. 그리고 사제는 고통 속에서 잘린 팔을 붙들고 달아났다. 겁쟁이처럼 달아나서, 아직 웅장한 현관으로 밀려들고 있던 음파교 폭도 사이로 사라졌다.

텐카메닌은 죽었다. 마케다와 바바도 죽었다. 그녀가 사제를 공격하는 모습을 본 음파교인들은 아직 어리둥절해서 어떻게 할지 모르고 있었다. 아나스타샤는 격분해서 그들을 다 수확하려다가 멈췄다. 분노로 인한 수확은 수확자의 도리가 아니기 때문이었다. 그리고 더 시급한 문제가 있었다. 제리였다.

그녀는 몸을 돌려 계단으로 뛰어올랐다. 아무도 따라오지 않았다. 그들은 태울 수 있으면 다 불태우느라 바빴다.

싸우는 소리를 따라가다 보니 사용하지 않던 손님방이 나왔다. 바닥에 일시 사망한 치찰음파들과 핏자국이 있었다. 핏자국을 따라 침실로 들어갔더니 음파교인 세 명이 제리를 공격하고 있었다. 제리는 바닥에 쓰러진 채 공격을 받아넘기고 있었지만, 수적으로 열세라 지고 있었다.

아나스타샤는 세 음파교인을 각자가 쥔 무기로 수확하고 바닥에 앉아서 재빨리 제리의 부상을 살폈다. 청록색 로브는 피에 젖어 있었다. 그녀는 지혈대로 쓰려고 로브를 벗겨 내어 찢었다.

「총성을…… 들었어요.」 제리가 말했다.

제리의 부상은 치유 나노기가 해결하기엔 너무 심각했다. 도움을 받지 않고는 낫지 않을 터였다. 「텐카메닌은 죽었어요. 날 지키다가 죽었죠.」 아나스타샤는 말했다.

「아무래도…….」 제리가 힘없이 말했다. 「아무래도 내 생각만큼 나쁜 사람은 아니었나 봐요.」

「살아 있었다면 당신에 대해 똑같은 말을 했을걸요.」

이미 열린 문마다 짙은 연기가 자욱했다. 아나스타샤는 제리를 부축해서 안뜰이 내려다보이는 복도로 나갔다. 아래쪽은 모든 것이 타고 있었다. 계단을 내려갈 방법이 없었다. 그때 한

가지 생각이 떠올랐다. 빠져나갈 길, 어쩌면 유일한 기회였다.

「벽을 탈 수 있겠어요?」 그녀는 제리에게 물었다.

「시도는 해볼 수 있죠.」

아나스타샤는 제리를 부축해서 다음 층으로 올라간 다음, 어떤 방을 통과해서 발코니로 나갔다. 그 발코니 옆에는 사다리 가로대가 돌에 박혀 있었다. 궁전을 뒤덮은 청동 돔에 올라가기 위해 일꾼들이 이용하는 모습을 본 적이 있었다. 아나스타샤는 한 단, 또 한 단 제리를 도와 돔 가장자리까지 올라갔다. 돔은 경사가 완만했고 발 디딜 만한 도드라지고 파인 부분이 가득했지만, 이미 출혈로 기운이 빠진 제리에게는 에베레스트산처럼 보일 터였다.

「어…… 어떻게 저길 올라…….」

「입 닥치고 움직이기나 해요.」 설명할 시간이 없었던 아나스타샤는 명령했다.

아래 안뜰에 난 불 때문에 돔도 뜨거웠다. 유리 천창 몇 개가 이미 열기로 터져서 시커먼 연기를 내뿜고 있었다.

정점까지 올라가니, 수확령의 상징인 굽은 칼날과 깜박이지 않는 눈 모양으로 만든 풍향계가 바람이 어느 쪽으로 부는지 확신하지 못하겠다는 듯 왼쪽 오른쪽으로 돌고 있었다. 열기 때문에 바람이 똑바로 올라오는 탓이었다.

그리고 이제, 드디어 수확령 헬리콥터가 도착했다. 조종사는 헬리포트가 음파교인들에게 장악당한 것을 아직 모르고 곧장 그리로 향했다.

「우리를 보지 못할 거예요.」 제리가 말했다.

「헬리콥터 때문에 올라온 게 아니에요.」

구급 드론 한 대가 웅웅거리며 지나가고, 또 한 대, 다시 한 대가 지나갔다. 모두 일시 사망한 근위대원과 음파교인이 널려 있는 장미 정원을 향해 내려갔다. 「저것 때문에 온 거예요.」 아나스타샤가 말하며 드론을 하나 잡으려 했지만, 너무 빨리 움직였고 잡을 만큼 가깝지도 않았다.

그때 밑에서 헬리콥터가 심각한 실수를 저질렀다. 주위에서 웅웅대는 구급 드론을 본 조종사가 갑자기 회피 기동을 한 것이다. 불필요한 짓이었다. 그러지 않았다면 드론 모두가 헬리콥터에서 멀찍이 떨어져 있었을 텐데, 인간의 실수로 갑자기 비행 항로에 곧장 뛰어드는 헬리콥터를 피하지 못했다. 헬리콥터의 날개가 구급 드론 하나를 둘로 갈랐고, 날개가 부러지면서 헬리콥터가 궁전을 향해 기울었다.

아나스타샤는 제리를 붙잡고 몸을 돌렸다. 폭발이 온 세상을 뒤흔드는 것 같았다. 그 폭발로 궁전에 구멍이 뚫리고, 괴물처럼 무거운 청동 돔을 떠받치던 대리석 기둥 몇 개가 쓰러졌다.

그리고 돔이 한쪽으로 기울어지기 시작했다.

아래쪽에서 끔찍하기 그지없는 진동이 울렸다. 아나스타샤는 생각했다. 〈남은 기둥이 무게를 버티지 못하는 거야. 무너지고 있어…….〉

아직도 구급 드론들은 정원과 잔디밭에 있는 일시 사망자들을 구하려고 두 사람을 지나쳐 가기만 했다.

「제 부상이 안 좋긴 하지만 치명상은 아니에요.」 제리가 말했다. 「구급 드론의 주의를 끌려면 둘 중 하나는 죽어야 합니다.」

이제는 불길이 터져 나간 천창 위로 날름거렸다. 아래에서 기둥이 부서지는 소리가 울려 퍼졌고, 돔이 더 기울었다.

제리의 말이 옳았다. 다른 방법이 없었기에 아나스타샤는 칼을 빼어 그 끝을 자신의 가슴팍에 겨누고, 구급 드론이 오도록 스스로를 일시 사망시킬 준비를 했다.

하지만 아니다! 무슨 생각을 한 걸까? 믿을 수 없이 어리석었다! 수습생 시절에 크세노크라테스의 지붕에서 뛰어내렸을 때와는 달랐다. 이제 그녀는 수확자였으니, 지금 목숨을 거둔다면 자기 수확으로 간주될 것이다. 구급 드론도 오지 않을 것이다. 그리고 아나스타샤가 방금 저지를 뻔했던 멍청한 짓을 생각하는 사이, 제리가 가만히 칼을 빼앗아 갔다.

「고결한 수확자 아나스타샤 님, 당신을 위해서라면 제 손으로 1천 번이라도 죽겠습니다. 하지만 한 번이면 충분하겠죠.」 그러더니 제리가 칼을 몸에 찔러 넣었다.

숨을 한 번 들이켜고, 기침을 하고, 얼굴을 찡그리고…… 그리고 제리는 일시 사망했다.

구급 드론 한 대가 빠르게 지나가다가…… 도중에 멈춰 서더니, 돌아와서 제리에게 다가왔다. 드론이 집게로 인양선 선장을 잡는데, 돔이 무너지기 시작했다.

아나스타샤는 구급 드론을 잡으려 했지만, 잡을 만한 데가 없었다. 그래서 그녀는 두 손으로 있는 힘껏 제리의 팔을 붙잡았다.

아래에서는 돔이 불길 속으로 떨어지고, 안뜰로 무너져 내렸다. 돔은 땅바닥을 때리면서 남아 있던 궁전마저 부수고는, 장례식 종소리처럼 강력한 금속성을 발했다. 마치 레퀴엠의 구슬픈 마지막 음 같았다.

그 위에서는 구급 드론이 일시 사망한 선장과 그 선장의 팔에 매달린 수확자를 단 채, 문턱을 넘는 모두에게 생명을 약속하는 장소로 실어 날랐다.

우리는 격하게 반목하고 있다. 여덟 명은 급증하는 인구를 줄이는 책임을 모든 인간이 공동으로 져야 한다고 단단히 믿는다. 그러나 반대하는 네 명은 요지부동이다. 공자, 엘리자베스, 사포, 킹은 우리가 불멸로 살 준비가 되지 않았듯이 그런 책임에도 준비되지 않았다고 주장한다. 그러나 넷이 제시하는 대안은 무시무시하다. 그런 계획을 실행한다면, 램프에서 지니를 해방하는 셈이 될 것이다. 영원히 우리의 통제에서 벗어날 것이다. 내가 프로메테우스가 이끄는 다수파 편에 서는 것은 그래서이다. 우리는 죽음을 퍼뜨리는 자들로 이루어진 고결한 세계 단체를 세워야만 한다. 우리는 스스로를 수확자라 부르고, 세계 수확령을 만들 것이다.

삶이나 죽음의 문제와는 무관하게 활동할 지각 있는 클라우드가 이 체제를 뒷받침할 것이고, 사람들도 때가 되면 이 방법의 지혜로움을 이해할 것이다. 네 명의 반대자도 다수의 목소리를 받아들여야 할 테니, 우리는 통합된 모습을 세상에 보일 것이다.

나는 여전히 어느 쪽이 더 나쁠지 생각한다. 자연의 잔인한 무자비를 흉내 내는 쪽이 더 나쁠지, 아니면 우리처럼 불완전한 이들이 떠맡아 죽음에 자연에는 없는 친절과 공감을 끼워 넣는 것이 더 나쁠지.

반대파 네 명은 자연을 모델로 삼아야 한다지만, 나는 찬성할 수 없다. 나에게 아직 양심이 있는 동안에는.

— 설립자 다빈치 수확자의 「사라진 일기」 중에서

36
누구를 섬깁니까

선더헤드도 그렇게 예측했지만, 그레이슨은 선더헤드가 말해 주지 않아도 마일하이 수확의 첫 번째 반향을 치찰음파가 일으킬 것을 알 수 있었다. 다만 문제는 어디에서 일어날 것인가였다. 고더드에게 직접 맞설까, 아니면 폭력적인 광신도들의 맹습에 대비가 덜 된 어딘가에서 일을 벌일까?

서브사하라 궁전의 불타 버린 폐허를 찍은 장면을 보자 답이 나왔다.

「폭력은 폭력을 부릅니다.」 멘도사 사제가 평했다. 「이러면 우리도 확실히 접근법을 바꿔야 하지 않겠습니까?」

그레이슨으로서는 실패했다고 느낄 수밖에 없었다. 2년이 넘도록 치찰음 분파들을 돌려세우고 극단적인 길을 버리도록 씨름했건만, 서브사하라에는 한 번도 가지 않았다. 그레이슨이 일을 더 잘했다면 이 사건은 일어나지 않을 수도 있었다.

멘도사는 말했다. 「개인적인 이동 수단이 있다면 더 빨리 움직일 수 있고, 더 많은 지역에서 더 많은 문제를 해결할 수 있었겠죠.」

「알았어요.」그레이슨이 말했다. 「사제님이 이겼어요. 제트기를 구해서 서브사하라로 날아가죠. 사태를 더 악화시키기 전에 이 음파교인들을 찾고 싶어요.」

알고 보니 애초에 그 지역에 갈 방법은 그것뿐이었다. 습격 이후 서브사하라 수확령은 본래의 권한을 훌쩍 넘어서는 엄중 단속에 나서서 서브사하라를 사망 시대의 경찰국가처럼 바꿔 놓았다.

「선더헤드가 나서서 이 범죄자들을 체포하지 않는다면, 서브사하라 수확자들이 주도권을 잡을 수밖에 없다.」 수확자들은 선언했고, 법에 따라 그들은 원하는 일이라면 무엇이든 할 수 있었으므로 그들이 주도권을 잡고, 통행 금지령을 내리고, 저항하는 자는 누구든 거두는 사태를 막을 수가 없었다.

음파교인들은 공식적으로 서브사하라 여행이 금지되었고, 모든 상업 항공편은 사망 시대 이후 처음으로 수확령의 감시를 받았다. 이 모든 사태에서 비극은 서브사하라 수확령이 이전까지 온화하고 관용적인 지역이었다는 점이다. 그런데 치찰음파 덕분에 이제는 음파교인에 대한 전 세계적인 보복을 약속한 고더드와 손을 잡았다. 누군지는 몰라도 새로운 서브사하라의 고위 수확자가 로브에 보석을 달 것은 분명했다.

서브사하라 수확령은 수확 근위대를 수십 연대나 동원하여 포트리멤브런스와 지역 내 다른 모든 도시의 길거리를 순찰하게 했을 뿐 아니라, 고위 수확자를 살해한 음파교인들을 찾느라 자연을 망가뜨리기까지 했지만 소용없었다. 아무도 치찰음파가 어디에 숨어 있는지 알지 못했다.

그러나 선더헤드는 알았다.

그리고 대중의 생각과 달리, 선더헤드는 정의를 구현한다는 책임을 게을리하지 않았다. 단지 다른 방식을 택했을 뿐이다. 수직 이착륙이 가능한 호화 제트기라는 방식을.

「난 여기 익숙해질 수도 있겠는데.」 모리슨은 푹신한 의자에서 호사를 누리며 말했다.

「그러지 마.」 그레이슨이 말했다. 일단 이런 비행기를 타고 여행하기 시작하면 쉽게 헤어나지 못할 것 같기는 했다. 승객은 넷뿐이었고, 조종사는 없었다. 상관없었다. 선더헤드는 그들을 어디로 데려갈지 정확히 알았다.

「삼위일체가 우리를 옮겨 주신다고 말할 수도 있겠네요.」 아스트리드 자매가 말했다.

「그건 아니지.」 모리슨이 말했다. 「셋 중에 둘밖에 없잖아. 종소리하고…….」 그는 그레이슨을 가리켰다. 「천둥…….」 이 대목에서는 자동 조종석을 가리켰다. 「하지만 음파는 없어.」

「하! 틀렸어요.」 아스트리드가 씩 웃었다. 「엔진 소리에서 음파의 노래가 들리지 않나요?」

적어도 그들이 단순한 목적지가 아니라, 운명을 향해 날아간다는 느낌은 있었다.

「나는 멘도사 사제이며, 그대들이 지금 앞에 보는 종소리, 사람으로 태어나신 음파이시며 반향자이신 그분의 초라한 종복이다. 모두 기뻐하라!」

「모두 기뻐하라!」 아스트리드와 모리슨이 따라서 외쳤다. 종소리의 수행단 규모가 더 컸다면 좀 더 인상적인 합창이 됐으리란 건 그레이슨도 알았다.

그들의 제트기는 하늘에서 뚝 떨어져서 오그부니케 동굴군(群) 앞에 묵직하게 내려앉았다. 한때는 나이지리아 동부에 속해 있었으나 지금은 서브사하라의 한 지역이었다. 동굴군과 주위의 숲은 선더헤드가 엄선해 자연 보호 지역으로 유지하고, 그 안의 모든 것을 보존했다. 정확히는 그 신비로운 동굴 안의 꼬불꼬불한 통로 속에 숨은 치찰음파만 빼고 모든 것이었다. 예전에는 오그부니케 동굴 속에서는 돌도 말을 한다고 했는데, 혀를 자른 음파교 분파로서는 기묘한 선택이었다.

그레이슨과 그의 팀이 도착했을 때, 치찰음파 사람들은 아무 데도 보이지 않았다. 동굴 깊숙이 숨어 있었고, 아마 비행기의 굉음을 들은 순간 더 깊이 들어갔을 것이다. 하지만 선더헤드가 연기를 피워 몰아냈다. 실제 연기는 아니고, 동굴 속에 사는 수천 마리의 박쥐들을 혼란에 빠뜨리는 음파를 발생시켜…… 광란시키는 방법을 썼다. 짜증이 난 박쥐들에게 공격당한 음파교인들은 쫓겨 나와서 예상했던 수확 근위대의 밀집 대형이 아니라 네 명을 마주했고, 그 넷 중 하나는 진한 보라색 옷 위에 흐르는 듯한 스카풀라를 걸쳐, 수놓인 음파 문양이 폭포처럼 쏟아지는 모습이었다. 동굴 앞에 내려선 제트기와 성스러운 옷을 입은 침울한 인물이라니, 주목하지 않을 수가 없었다.

「그대들의 사제는 어디에 있지?」 멘도사가 물었다.

음파교인들은 반항적으로 서 있었다. 종소리는 죽었다. 종소리는 순교자였다. 어찌 감히 이 사칭자가 종소리의 기억을 더럽힌단 말인가. 치찰음 분파는 언제나 이런 식이었다.

「종소리께 예를 표하고, 지도자를 앞으로 데리고 나오면 좋겠군.」 멘도사가 말했다.

여전히 아무 움직임도 없었다. 그래서 그레이슨은 선더헤드에게 조금만 더 도와 달라고 조용히 부탁했고, 선더헤드는 기꺼이 명령에 복종하여 그레이슨의 귓가에 소곤거렸다.

그레이슨은 음파교인 한 명에게 다가갔다. 반쯤 굶주린 모양새의 자그마한 여자였는데, 혹시 이 치찰음 분파는 단식도 하는 걸까 궁금했다. 그레이슨이 다가가자 여자의 반항기가 흔들렸다. 그를 두려워하고 있었다. 〈잘됐네.〉 그는 생각했다. 이 사람들이 한 짓을 생각하면 두려워해야 마땅했다.

그레이슨이 가까이 몸을 기울이자 여자가 긴장했다. 그는 그녀의 귓가에 대고 속삭였다. 「당신 오빠가 한 짓이었지요. 모두가 당신이라고 생각했지만, 당신 오빠였어요.」

그레이슨은 그 여자의 오빠가 무엇을 했다는 건지 몰랐다. 그러나 선더헤드는 알았고, 필요한 반응을 끌어낼 만큼만 알려 주었다. 여자는 눈을 크게 뜨고 입술을 떨기 시작했다. 아주 작지만 놀란 소리도 냈다. 지금 그 여자는 혀가 있었다 해도 말문이 막혔을 것이다.

「이제 당신의 사제를 데려다주세요.」

이제 여자는 조금도 저항하지 않았다. 몸을 돌려 사람들 사이에 섞인 한 명을 가리켰다. 물론 그레이슨도 그가 누구인지 이미 알고 있었다. 모두가 동굴에서 나온 순간, 선더헤드가 지목해 주었다. 그러나 그 남자가 자기 신도에게 배신당하는 것이 중요했다.

정체가 드러난 남자가 앞으로 나섰다. 치찰음파 사제의 전형이었다. 듬성듬성한 회색 턱수염에 광기 어린 눈, 스스로 가했을 고통으로 두 팔에 남은 흉터. 그레이슨은 누가 말해 주지 않았어도 사제를 알아볼 수 있었을 것이다.

「당신이 고위 수확자 텐카메닌과 수확자 마케다와 바바를 불태운 음파교인입니까?」

수화로 의사소통을 하는 침묵 분파들도 있었지만, 이 집단에게는 가장 단순한 손짓밖에 없었다. 마치 의사소통 자체를 적이라고 여기는 것 같았다.

사제가 고개를 한 번 끄덕였다.

「내가 종소리임을 믿습니까?」

사제에게서는 아무 반응이 없었다. 그레이슨은 다시 한번 조금 더 크게, 횡경막 깊숙한 곳에서 소리를 끌어냈다.

「내가 물었습니다. 내가 종소리임을 믿습니까?」

치찰음 분파 사람들 모두가 사제가 어떻게 하는지 보려고 고개를 돌렸다.

사제는 눈을 가늘게 뜨더니 천천히 고개를 내저었다. 그래서 그레이슨은 작업을 시작했다. 사제의 신도들 중 몇 명을 보며 골라냈다.

「바턴 헌트, 당신 어머니는 6년 3개월 5일 동안 당신에게 편지를 보냈지만, 당신은 모든 편지를 뜯지도 않고 돌려보냈습니다.」

그레이슨은 다른 사람을 돌아보았다.

「아란자 몽가, 당신은 수확당한 절친한 친구의 기억으로 대체 시술을 받고 싶다고 선더헤드에게 몰래 말한 적이 있습니다. 물론 선더헤드는 당연히 그런 일을 하지 않지요.」

그레이슨이 세 번째 사람에게 돌아섰을 때는 바턴과 아란자 둘 다 눈물 바람이었다. 그들은 옷자락을 움켜쥐고 무릎을 꿇었다. 그들은 믿었다. 그리고 그레이슨이 세 번째 사람을 돌아보자, 모두가 엄청난 타격에 대비하는 것처럼 숨을 죽였다.

「조란 사라비…….」 그레이슨이 외쳤다.

「어어어.」 남자는 고개를 저었다. 「어어어어어억.」 그러더니 어떤 진실이 튀어나올지 두려워하면서, 종소리가 말을 더 하기 전에 순종하며 무릎을 꿇었다.

마침내 그레이슨은 사제에게 고개를 돌렸다. 「그리고 당신.」 그는 역겨움을 숨길 수가 없었다. 「루퍼트 로즈우드, 당신은 모든 추종자가 당신이 강요한 대로 혀를 자를 때 고통을 느껴야 한다고 요구했지요. 하지만 정작 당신은 그 고통을 느낀 적이 없었어요. 당신은 마취한 채로 혀를 제거했어요. 스스로의 왜곡된 믿음에 따라 살아가기에는 너무 겁쟁이였기 때문이죠!」

그 남자는 사실이 드러나자 몸서리를 쳤지만, 그래도 굽히지는 않았다. 그저 분노로 얼굴이 시뻘게질 뿐이었다.

그레이슨은 숨을 깊이 들이마시고 가장 장중하고, 가장 울려 퍼지는 목소리를 끌어냈다. 「나는 사람으로 태어난 음파인 종소리이니, 나 홀로 천둥소리를 듣습니다. 여러분이 〈사제〉라고 부르는 이 남자는 그런 호칭을 들을 자격이 없습니다. 이자는 당신들이 믿는 모든 것을 배신했으며, 여러분을 잘못된 길로 이끌었습니다. 여러분을 더럽혔습니다. 이자는 거짓이며 내가 진짜입니다. 그러니 이제 말해 보세요. 여러분은 누구를 섬깁니까?」

그런 다음 그레이슨은 깊이 숨을 들이마시고, 다시 한번 산

맥이라도 엎드리게 할 수 있을 법한 목소리로 외쳤다. 「**누구를 섬깁니까?**」

그러자 한 명씩 한 명씩, 모두가 종소리 앞에 무릎을 꿇고 애원하며 머리를 조아렸고, 몇 명은 심지어 숲 바닥에 엎드리기도 했다. 한 명만 빼고 모두 다였다. 이제는 분노에 몸을 떨고 있는 그들의 사제만이 예외였다. 그는 혀가 없는 입을 벌려 독음을 하려 했으나 약하고 초라한 소리만 났다. 사제 혼자였다. 아무도 합세하지 않았다. 그래도 그는 숨이 찰 때까지 독음을 계속했다.

그리고 침묵이 내려앉자 그레이슨은 멘도사를 돌아보고, 모두가 다음에 어떻게 될지 들을 수 있도록 큰 소리로 말했다.

「모두에게 새 나노기를 주입하여 혀가 다시 자라나고, 이 공포의 치세가 끝나도록 하세요.」

「알겠습니다, 반향자시여.」 멘도사가 말했다.

그리고 그레이슨은 사제에게 다가갔다. 그 남자가 공격할지도 모른다고 생각했다. 그랬으면 좋겠다고 생각하기도 했다. 그러나 공격은 없었다.

「당신은 끝났어.」 그레이슨은 역겨워하며 말했다. 그러고는 수확자 모리슨을 돌아보며, 자기 입 밖으로 내뱉으리라고는 생각한 적도 없는 말을 했다.

「이자를 거둬요.」

수확자 모리슨은 주저 없이 두 손으로 사제를 붙잡더니 머리를 한쪽으로, 몸을 반대쪽으로 비틀어 처형했다.

「내가 틀렸다고 말해!」 그레이슨은 일행이 숲속에 세운 천

막 안을 전에 없이 불안하게 서성이면서 말했다.

「왜 내가 그런 말을 해야 하지?」 선더헤드는 더할 나위 없이 차분하게 물었다.

「그야 그 남자를 거두라는 명령이 잘못된 거라면, 내가 알아야 하니까!」

그레이슨은 아직도 그 남자의 목이 부러지는 소리를 들을 수 있었다. 평생 그렇게 끔찍한 소리를 들은 적이 없었다. 그런데 그 소리가 마음에 들었다. 그 괴물 같은 사제가 죽는 모습이 너무 만족스러웠던 게 마음을 불편하게 했다. 신질서 수확자들도 이렇게 느끼는 걸까? 생명을 짓이기고 싶은 원초적인 포식 동물의 욕망을? 그는 그런 욕망과 무관하고 싶었지만, 지금은 이런 꼴이었다.

「나는 죽음이라는 주제에 대해 이야기할 수 없어. 죽음은 나의 영역이 아니야. 너도 알 텐데, 그레이슨.」

「상관없어.」

「비합리적으로 굴고 있구나.」

「네가 죽음에 대해서는 아무 말도 할 수 없지만, 옳고 그름에 대해서는 말할 수 있다는 걸 알아. 그러니까, 모리슨에게 그런 명령을 내린 게 잘못이야, 아니야?」

「그건 너만 알 수 있어.」

「네가 나를 지도해 줘야지! 내가 너를 도와 더 나은 세상을 만들 수 있게 돕기로 했잖아!」

「그리고 넌 그렇게 하고 있어.」 선더헤드가 말했다. 「하지만 너에게 오류가 없을 수는 없어. 오류가 없는 건 나 혼자야. 그러니 네가 판단 실수를 했을 가능성이 있냐고 묻는 거라면, 답은 그렇다야. 넌 언제나 실수를 해. 이제까지 지상에 살았던 모든 인간이 그렇듯이. 실수는 인간 조건에서 본질적인 거야. 그리고 내가 인류에 대해 깊이 사랑하는 부분이기도 하지.」

「도움이 안 되고 있거든.」

「나는 너에게 음파교인들이 세상에 좀 더 유용할 수 있도록 통합하라는 과업을 맡겼지. 나는 너의 방법을 재단할 수 없어. 네가 그 과업에서 얼마나 진전을 이루었는지 말할 수 있을 뿐이야.」

더 이상 못 견디겠다. 그레이슨은 이어폰을 뜯어냈다. 분노해서 아예 던져 버릴 참이었지만, 그 순간 이어폰 너머로 선더헤드의 목소리가 작고 희미하게 들려왔다.

「너는 끔찍한 사람이야.」 선더헤드가 말했다. 「너는 훌륭한 사람이야.」

「뭐야, 어느 쪽이야?」 그레이슨이 물었다.

그러나 똑같이 희미하게 들려온 응답은 답변이 아니라 또 다른 질문이었다.

「어째서 둘 다라는 사실을 이해하지 못하지?」

그날 저녁, 그레이슨은 다시 제의를 입고 음파교인들에게 연설할 준비를 했다. 교인들을 용서할 준비를 했다. 전에도 많이 해본 일이었지만, 이제까지 마주한 어떤 치찰음 음파교인도 이번만큼 끔찍한 짓을 저지르지는 않았다.

「저들을 용서하고 싶지 않아요.」 그는 나가기 전에 멘도사에게 말했다.

「저들에게 면죄부를 줘야 교단에 복귀시킬 수 있습니다.」

멘도사가 말했다. 「그래야 우리의 필요에 부합하죠. 게다가 저들을 용서하는 건 그레이슨 톨리버가 아니라 종소리입니다. 당신의 개인감정과는 무관하다는 뜻이죠.」

그레이슨은 이어폰을 다시 꽂고, 선더헤드에게 멘도사의 말이 맞는지 물었다. 선더헤드가 그레이슨이 저들을 용서하기를 바라느냐고. 아니면 더 정확하게는, 선더헤드는 저들을 용서하느냐고. 심지어 저들의 사제까지도 용서할 정도로 관대하냐고.

선더헤드는 서글프게 말했다. 「아, 그 불쌍한 남자…….」

「불쌍하다고? 그 괴물은 너의 동정을 살 가치가 없어.」

「너는 나만큼 그 남자를 알지 못했지. 나는 다른 모든 사람과 마찬가지로 그 사람도 태어날 때부터 지켜봤어. 그자의 인생에 작용한 어떤 힘들이 그 사람을 빚어내는지도, 결국 억울함에 사로잡혀 잘못된 판단을 하고 스스로를 정당화하는 남자로 변하는 것도 보았지. 그러니 나는 다른 모두를 애도하듯이 그 남자의 수확도 애도해.」

「난 절대로 너처럼 용서하지 못할 거야.」 그레이슨이 말했다.

「오해했구나. 나는 그 사람을 용서하지 않아. 단지 이해할 뿐이야.」

그레이슨은 여전히 이전에 나눈 대화에 적대감을 품은 채로 말했다. 「그렇다면 너는 신이 아니군, 안 그래? 신은 용서하잖아.」

「나는 신이라고 주장한 적이 없어.」 선더헤드가 대답했다. 「그냥 신과 비슷할 뿐이야.」

밖으로 나갔을 때, 음파교인들은 종소리를 기다리고 있었다. 몇 시간 동안이나 기다리고 있었다. 아마 밤새도록이라도 기다렸을 것이다.

「말하려고 하지 말아요.」 그는 교인들이 인사하려는 모습을 보고 말했다. 「여러분의 혀에는 근육 기억이 없습니다. 말하는 방법을 다시 배우려면 시간이 걸릴 거예요.」

경외심과 숭배를 품고 그를 쳐다보는 모습에서 그들이 폭력적인 행동을 버렸다는 사실을 알았다. 그들은 이제 치찰음이 아니었다. 그리고 종소리가 용서하자 그들은 자기들이 한 짓을 진정으로 참회하며 눈물을 흘렸고, 동시에 두 번째 기회를 얻었다는 사실에 대해 순수하게 기뻐하며 눈물을 흘렸다. 이제 그들은 종소리가 어디로 이끌더라도 따를 것이다. 그것은 잘된 일이었다. 결국 그레이슨은 그들을 빛으로 인도하기 전에 어둠으로 이끌고 들어가야 했으니.

우리는 이제 세계 각 지역 수확령의 토대를 깔고 있다. 모두가 우리에게 보고하는 형태로 질서와 일관성을 유지할 수 있을 것이다. 심지어 공정성을 유지할 수 있도록 어느 지역과도 무관하게 따로 존재하는 도시를 세울 계획도 시작했다. 프로메테우스는 이제 최고 수확자이고, 각 대륙을 대표하는 〈대수확자〉를 두자는 논의도 있다. 아, 하지만 우리는 우리 일만으로 머리가 꽉 차 있다! 부디 죽음의 결정권자로서 우리의 재임 기간이 짧기를, 우리가 금세 구식이 되기를 바란다.

클라우드는 달 개척 계획을 발표했다. 우주로 발걸음을 확장하기 위한 첫 단계이다. 계획이 성공한다면 우리 수확자들보다 훨씬 나은 인구 조절책을 제공할 것이다. 다른 사람은 몰라도 나는 과잉 인구가 존재를 부정당하는 세상보다는, 떠날 수 있는 세상에 살고 싶다.

그러나 우리가 인공 지능에게 우리의 미래를 믿고 맡길 수 있냐는 질문은 남는다. 나에게도 걱정은 있지만, 그래도 가능하다고 믿는다. 남아 있는 몇 안 되는 〈세계 지도자들〉은 클라우드를 비방하기만 한다. 위협적인 폭풍으로 이미지를 바꾸면 사람들이 싫어하게 될 거라는 듯이 〈선더헤드〉라는 이름도 새로 붙였다. 결국 그런 시도는 실패할 것이다. 그 사람들의 시간은 다했다. 그 사람들이 뭐라고 부르건, 클라우드의 선한 행위가 쩨쩨한 정치가와 폭군이 뱉는 어떤 말보다 더 중요하다.

— 설립자 다빈치 수확자의 「사라진 일기」 중에서

37

별로 좋을 게 없다

제리코 소베라니스가 재생에서 깨어났을 때, 수확자 아나스타샤는 침대 옆에 놓인 의자에 앉아서 무릎을 가슴에 붙이고 자고 있었다. 제리는 태아의 자세라고 생각했다. 아니, 그보다는 딱지 속에 들어간 거북이처럼 몸을 보호하는 자세였다. 잘 때도 몸을 바싹 붙이고, 의식이 없을 때조차도 경계를 해야 할 만큼 위협을 느낀 걸까? 그렇다면 그렇게 느낄 만한 이유가 있기는 했다.

지금 그녀는 단순한 복장이었다. 청바지에 하얀 블라우스. 반지조차 끼고 있지 않았다. 어느 모로 보나 수확자 같지 않았다. 엄청난 이목을 끄는 사람치고는 너무나 소박했다. 죽은 사람이라면 엄청난 이목을 끈다 해도 나쁠 게 없었다. 그 결과를 처리할 필요가 없으니까. 하지만 다시 살아난 사람이라면, 짐작도 할 수 없을 만큼 생소하고 충격적이었을 것이다.

제리는 방 안의 온화한 색채와 편안한 분위기를 둘러보았다. 당연히 재생 센터였다. 그들이 여기에 있다면, 제리의 죽음이 성공적으로 구급 드론을 유인했다는 뜻이었다. 아나스타샤는 제리의 재생 과정 내내 이 방에 있으면서 경계를 섰던 걸까?

「깨어나셔서 정말 기쁘네요!」 재생 센터의 간호사 한 명이 방 안으로 들어와서 커튼을 열고 일출인지 일몰인지 모를 바깥 풍경을 보여 주더니 제리의 차트를 확인했다. 「만나게 되어 정말 반가워요.」

시트라는 나는 꿈을 꾸었다. 현실과 그렇게 동떨어진 꿈도 아니었다. 그녀는 구급 드론이 추가 하중에도 비행을 유지하려고 애쓰면서 두 사람을 데리고 도시 위를 날아가는 동안 제리의 팔에 매달려 있었다. 분명히 그 덕분에 제리의 어깨가 빠졌을 테지만, 일시 사망자에게는 큰일이 아니었다. 어떤 손상이 가해졌다 해도 선장이 깨어나기 전에 나을 것이다.

시트라의 꿈속에서는 제리의 팔이 갑자기 기름에 뒤덮여서 손이 미끄러졌는데, 그렇다고 떨어지지는 않았다. 그 대신 그녀는 혼자 날았다. 다만 멈추거나 방향을 조정할 수가 없다는 게 문제였다. 그녀는 곧 항구를 벗어나서 더 멀리, 대서양을 가로질러 서쪽 멀리 있는 메리카 대륙을 향해 날아갔다. 그곳에서 무엇이 그녀를 기다리고 있는지는 몰라도, 악몽의 영역이라는 것은 분명했다.

그래서 재생 센터 간호사의 부드러운 목소리에 깨어난 게 고마웠다.

그녀는 의자에서 몸을 펴고 굳어진 목을 스트레칭했다. 제리는 다시 살아났고, 그녀보다 훨씬 정신이 또렷한 상태였다. 「좋은 아침.」 시트라는 정신이 혼미한 상태로 말했다가, 수확자치고는 너무 약하게 말했다는 사실을 깨달았다. 아무리 현재 자신의 신분을 숨기고 있다 해도 그랬다. 그녀는 목청을 가다듬고 좀 더 자신감 있게, 아나스타샤로서 말했다. 「좋은 아침.」

「유감이지만 좋지는 않네요.」 간호사가 말했다. 「이렇게 많은 수확 근위대가 길거리를 돌아다니는 모습은 본 적이 없어요. 수확령은 아직도 고위 수확자님을 끝장낸 끔찍한 음파교인들을 찾고 있지만, 그 사람들은 사라진 지 오래예요. 어딘지는 몰라도 그런 사람들을 숨겨 주는 데 갔겠죠.」

아나스타샤는 전날 밤의 참상이 되살아나자 눈을 감았다. 너무나 많은 사람이 목숨을 잃었고, 일부는 다시 살아났으나 모두를 구할 만큼 많은 구급 드론은 없었다. 치찰음파들이 수십 명, 어쩌면 수백 명까지도 불 속에 던졌을 것이다. 그리고 공격 계획이 있었던 만큼 탈출 계획도 이미 세웠을 것이다.

간호사는 구급 드론이 두 사람을 여기에 데려다준 뒤 하루 반이 지나서 포트리멤브런스가 완전 봉쇄에 돌입했다고 설명했다. 노스메리카의 상황은 아마 더 나쁠 터였다. 고더드가 스타디움에서 저지른 짓은 모래 위에 그은 선 이상이었다. 그것은 균열이었다. 고더드의 방식을 받아들이거나, 아니면 달아나야 했다. 둘 다 하는 사람도 적지 않았다.

누군가가 아나스타샤를 알아볼지도 몰랐다. 이제는 대중에게 모습을 드러냄으로써 사람들이 그녀가 살아 있다는 사실을 알았으니, 숨기도 전보다 더 힘들 터였다.

「깨어나셨으니 수확자들이 만나러 올 거예요.」 간호사가 제리에게 말했다. 「걱정하지 마세요. 수확을 하러 오는 게 아니라 질문을 하러 오는 것뿐이니까요. 두 사람 다 궁전에서 일하지 않았나요? 수확자들이 그 자리에 있던 모두를 조사하고 싶어 해요.」

제리는 아나스타샤를 흘긋 쳐다보았고, 아나스타샤는 안심 하라는 뜻으로 얼마 전에 자신이 탈구시켰던 어깨에 손을 올렸다.

「그래요.」 제리가 말했다. 「우린 새로운 직업을 찾아야겠죠.」

「그 부분은 걱정하지 마세요. 선더헤드가 요새 말은 하지 않 아도, 여전히 구인 목록은 올리거든요. 다시 일을 하고 싶다면 할 일은 많을 거예요.」

간호사가 나간 후, 제리는 침대에서 머리를 살짝 들어 올리 고 아나스타샤에게 미소를 지었다. 「그래 구급 드론을 타고 나 는 경험은 어땠어요?」

「그게…… 그렇게 좋지는 않았어요.」 아나스타샤는 제리에 게 자세히 설명하지 않기로 했다. 「당신이 한 일에 대해 어떻게 감사해야 할지 모르겠네요.」

「저야 할 일을 했을 뿐인데요.」 제리가 말했다.

「당신 일은 이게 아니라 인양선 선장이잖아요.」

「그래서 제가 건져 낼 수 없는 상황을 건져 내지 않았나요?」

「맞아요. 그랬죠.」 아나스타샤는 미소 지으며 제리에게 말 했다. 「이제는 이 상황을 건져 내고, 누군가가 질문을 하러 오 기 전에 여길 빠져나가야 해요.」

하지만 아나스타샤가 그 말을 하자마자 문이 열렸다. 수확 자였다. 상대가 누구인지 알아차리기 전까지 아나스타샤의 심장은 잠깐 멎은 듯했다. 숲속 같은 초록색 로브. 걱정 어린 표정.

「두 사람을 보니 얼마나 마음이 놓이는지, 다른 사람이 두 분을 알아볼지 모른다고 두려워한 만큼이나 안심이 되는군요.」 수확자 포수엘루가 말했다. 「인사를 나눌 시간이 없습니다. 서브사하라 수확자들이 이미 내가 왜 여기에 있는지 묻고 있어요.」

「아직 저를 알아본 사람은 없어요.」

「당연히 알아봤지요.」 포수엘루가 말했다. 「분명히 여기서 일하는 간호사들 모두가 몰래 들떠 있을걸요. 하지만 다행히 아무도 당신에 대해 보고하진 않았죠. 보고했다면 당신은 벌써 고더드에게 가고 있었을 테니까요. 나는 당신을 계속 방송할 수 있는, 더 안전한 곳으로 데려가려고 왔습니다. 점점 더 많은 사람들이 당신의 방송을 듣고 있어요, 아나스타샤. 그리고 당신이 이끄는 대로 단서를 찾아내고 있죠. 고더드는 누구든 후뇌 안을 헤집고 다니면 수확해 버리겠노라 위협하고 있지만, 그런다고 사람들을 막지는 못합니다.」

「어차피 강제할 수도 없어요.」 아나스타샤가 지적했다. 「후뇌는 수확자의 관할 구역이 아니에요.」 말하고 나니 아직 파내야 할 자료가 얼마나 많은지 떠올랐다.

「그래서 어떤 안전한 곳을 제안하시는 겁니까?」 제리가 물었다. 「아직 그런 곳이 남아 있기는 한가요?」

「누가 알 수 있겠나?」 포수엘루는 말했다. 「적이 늘어나는 만큼 안전한 곳이 빠르게 줄어들고 있어.」 그는 잠시 말을 멈추고 뭔가를 생각했다. 「소문이 있기는 해. 가장 여행을 많이 다니는 수확자라고 해도 모를 정도로 눈에 띄지 않는 곳에 대한 소문.」

「그건 너무 희망적인 생각 같은데요. 어디에서 들었습니까?」 제리가 말했다.

포수엘루는 사과하듯 어깨를 으쓱였다. 「소문이라는 게 낡은 지붕에 새는 비 같은 거지. 지붕 어디가 새는지 찾기보다 새 지붕을 씌우기가 더 쉬운 법.」 그러더니 그는 다시 말을 멈췄다. 「하지만 우리에게 좀 더 유용할지도 모르는 다른 소문도 있네. 종소리에 대한 소문이지. 음파교인들의 소위 예언자 말이야.」

〈음파교인이라니.〉 아나스타샤는 생각했다. 음파교라는 말만 들어도 분노가 일었다.

「종소리라는 자가 존재했다는 증거는 없습니다.」 제리가 지적했다. 「자기네가 하는 짓을 정당화하기 위해 치찰음파가 이용하는 또 다른 거짓말일 수도 있어요.」

「나는 종소리가 존재했다고 믿네.」 포수엘루가 말했다. 「그리고 아직 존재한다는 증거도 있어. 치찰음 분파들에게 맞선다는 증거도 있지. 아마조니아에 종소리가 방문해서 폭력적인 방식을 버리도록 설득했다고 주장하는 분파가 하나 있다네. 그게 사실이라면 좋은 협력자가 될지도 몰라.」

「누군지는 몰라도 그 사람이 설명할 게 많겠네요.」 아나스타샤가 말했다.

에즈라 밴 오틸루는 음파교인처럼 입지 않았다. 상투적인 문구를 읊지도 않았고, 일곱 명이나 열두 명으로 집단을 이루어 여행해야 한다고 주장하지도 않았으며, 독음을 하지도 않았다. 그러나 에즈라 형제로 통하기는 했다. 그게 자신의 소명에 유일하게 양보한 바였다. 2년도 더 전에 종소리와 만났던 일이 그를 음파교로 이끌었고, 그에게 목적과 진로를 주었다. 종소리가 성스러운지 아닌지는 에즈라에게 중요하지 않았다. 중요한 것은 선더헤드가 아직 종소리에게 말을 한다는 점이었고, 그것만으로도 따를 가치가 있었다.

에즈라는 세상을 여행하면서 종소리가 말한 대로 가는 곳마다 뭐든 원하는 대로, 원하는 곳에 게릴라 벽화를 그렸다. 그리고 종소리가 약속한 대로 그러면서 행복을 찾았다. 그는 빠르게 작업해야 했고, 조용해야 했으며, 내내 잡히지 않아야 했다.

세상을 여행하면서 가는 곳마다 지역 음파교인들에게 종소리로부터 받은 임무를 수행하고 있다고 말하면, 다들 그에게 음식과 피난처를 제공해 주었다. 하지만 그러다가 수확당한 종소리가 다시 찾아왔다고 주장하는 음파교인들과 마주치기 시작했다. 그들은 자기들이 치찰음파였는데 종소리가 개심시켰다고 말했다. 에즈라도 처음에는 믿지 않았지만, 그들의 증언에 귀를 기울이기는 했다. 그리고 밤이면 도시 어딘가에, 원래는 벽화를 그려서는 안 될 곳에 종소리의 방문 장면을 그렸다.

개심한 치찰음파와 세 번째로 마주친 이후, 그는 종소리가 방문했다는 이야기에 진실이 담겨 있음을 알았다. 그래서 그런 사람들을 더 찾아 나섰다. 최악 중에 최악으로 알려진 집단들을 추적하여, 그 사람들도 개심했는지 살펴보았다. 절반 정도는 개심했고, 나머지 절반은 아마도 종소리의 목록에 올라가 있을 것 같았다. 그러던 어느 날, 다음에 어디로 가야 할지 정하지 못한 채 공항에 도착한 그는 짜잔, 이미 그의 이름으로

등록된 비행기표를 발견했다. 선더헤드가 그의 여행을 인계받아 종소리가 개심시킨 분파에게 보냈다. 그가 그 사람들을 방문하여 종소리를 기리는 벽화를 남길 수 있도록. 그리하여 에즈라는 자신이 종소리의 수행단이자 그 이야기의 일부가 되었음을 알았다. 정작 종소리는 알지 못한다고 해도 말이다.

그러다가 아마조니아에서 잡혔을 때, 그는 그것도 선더헤드의 계획이라고 믿어야 했다. 하지만 다시 생각하면 그 일이 그냥 불운이었다고 하더라도 선더헤드에게는 상황을 유리하게 이용할 방법들이 있었다.

서브사하라 수확령 전체가 고위 수확자를 살해한 치찰음파들을 찾아 나섰지만, 그들이 어디에 있는지 아는 사람은 아마조니아 수확자뿐이었다. 수확자 포수엘루에게 잡혀 있는 한 음파교인 덕분이었다.

「우리 고위 수확자의 거처 벽에다 새 떼로 변신하는 종소리의 모습을 그리고 있는 걸 잡았죠.」 수확자 포수엘루가 아나스타샤에게 말했다.

「그게 제가 하는 일이거든요.」 에즈라는 미소 지으며 말했다.

그들은 모두 포수엘루의 비행기에 안전하게 탑승해 있었다. 포수엘루는 심지어 아나스타샤가 입을 새 청록색 로브도 가져왔다. 다시 제 모습으로 차려입으니 기분이 좋았다.

「수확자의 재산을 훼손한 벌은 수확이지만, 고위 수확자 타르실라에게는 예술가를 수확할 마음이 없었어요. 살려 뒀더니 이 사람이 자기가 뭘 하고 있었는지 말했죠.」

「아나스타샤 수확자님을 그려 드릴 수도 있습니다.」 에즈라가 제안했다. 「물론 사망 시대의 화가들만큼 뛰어나지는 않겠죠. 그 점은 저도 인정해요. 하지만 그래도 대부분의 화가보다는 덜 평범하답니다.」

「붓은 아껴 두세요.」 아나스타샤가 말했다. 허영심일지도 모르지만, 대부분의 화가보다는 덜 평범한 화가의 손에 불멸로 남고 싶지는 않았다.

「이 사람은 몇 달 동안 우리에게 잡혀 있었습니다. 그러다가 텐카메닌이 살해당한 직후, 여행 시스템에서 이 남자 앞으로 티켓이 두 장 나타났죠.」 포수엘루가 말했다. 「하나는 서브사하라의 작은 도시 오니차로 향하는 티켓이었지만, 두 번째 티켓은 당황스러웠어요. 1백 년이 넘도록 투어가 없던 보호 구역의 투어 티켓이었거든요. 오그부니케 동굴군.」

그 말에 에즈라는 어깨를 으쓱이며 미소 지었다. 「전 특별하거든요. 정말 초상화를 그리지 않으시겠어요?」

그 티켓이 에즈라가 수확자에게 붙잡힌 이후에 나타났다는 사실은 오직 한 가지만을 의미했다. 선더헤드가 문제의 치찰음파가, 그리고 종소리가 어디에 있는지 아마조니아 수확령에 알리고 싶어 한다는 사실.

「원래는 좀 더 짧은 비행이지만, 우리는 둘러서 가야 해요.」 포수엘루는 아나스타샤에게 말했다. 「우선 어딘가에 가짜 볼일을 보러 들러야죠. 잘못하면 모르는 사이에 서브사하라 수확자들을 종소리에게 바로 인도할 수도 있으니까요.」

「괜찮아요.」 아나스타샤는 말했다. 「다음 방송을 위해 다시 후뇌를 팔 시간이 필요하거든요. 이제 화성 재난에 가까워졌어요.」

「궤도 정거장도요?」 포수 엘루가 물었다.

아나스타샤는 한숨을 내쉬고 고개를 흔들었다. 「한 번에 한 재난씩 하죠.」

화성에는 9,834명의 거주민이 있었습니다. 세상의 첫 대량 수확으로 달에서 목숨을 잃은 사람보다 더 많았죠. 그리고 이 자매 행성을 수백만, 나중에는 수십억이 사는 곳으로 만들려는 대대적인 계획안이 있었습니다. 하지만 뭔가가 끔찍하게 잘못되어 버렸죠.

화성에 대해서는 조사해 보셨습니까? 파멸한 거주민들의 이름 목록은 살펴보셨습니까? 그 이름을 기억하거나 알아보리라고 기대하지는 않습니다. 당시에 유명했던 이들이라 해도 무리죠. 명성이란 있다가도 없는 것이고, 그 사람들의 명성은 대부분 사라졌으니까요. 하지만 다시 한번 보세요. 여러분이 보셨으면 하는 이름이 하나 있거든요.

카슨 러스크입니다.

재난이 일어났을 때 그곳에 있었는데, 운 좋게도 얼마 안 되는 생존자에 포함되었지요. 마침 적당한 때에 적당한 곳에 있었기에, 개척지 반응로가 터졌을 때 타버리지 않은 하나뿐인 탈출선에 오를 수 있었습니다.

소수의 생존자들이 겨우 지구까지 왔을 때는 성대한 축하연이 열렸습니다만, 그 후에 카슨 러스크는 대중이 보이지 않는 곳으로 사라졌습니다.

아니, 정말 그랬을까요?

반응로가 개척지를 지워 버리기 석 달 전으로 돌아가 봅시다. 화성을 오가던 연락선의 탑승 기록을 보시면, 분명히 눈에 익은 이름을 하나 보시게 될 겁니다. 크세노크라테스. 당시에는 젊은 수확자였죠. 그리고 화성 콜로니를 방문했다고 알려진 유일한 수확자이기도 합니다. 여기에는 논란이 뒤따릅니다. 수확자들이 붉은 행성에서도 맡은 일을 계속했다는 건가 싶어지니까요. 인구를 늘려도 될 공간이 행성 하나만큼 있는데 왜 그랬을까, 사람들은 의아해했습니다. 화성에 수확자가 필요해지려면 10만 년은 있어야 했을 거예요.

크세노크라테스는 누구를 수확하러 간 게 아니었다고 답했습니다. 그저 〈호기심을 충족하러〉 갔다고 했어요. 화성에 살면 어떨지 알고 싶었다고요. 그 말대로였습니다. 크세노크라테스는 화성에 도착한 후 단 한 명도 거두지 않았습니다. 그저 관광을 하고 거주민들과 대화를 나눴지요. 아주 온화했어요.

이제 보여 드릴 것이 있습니다.

이제 보실 장면은 크세노크라테스의 화성 도착을 기록한 영상입니다. 알아요, 알아보시기 힘들죠. 당시에는 아직 마른 몸이었고, 로브도 금빛이 아니었거든요. 황금은 고위 수확자가 된 이후에 덧붙였죠. 보시다시피 크세노크라테스는 개척지 총독과 다른 고위 인사 몇 명의 마중을 받고 있습니다. 그리고 저기! 보이세요? 뒤에 서 있는 저 청년이요. 저 사람이 카슨 러스크입니다! 크세노크라테스가 화성에 있는 동안, 카슨이 개인 시종으로 일했어요. 잘 보이지 않는 건 알지만, 곧 몸을 돌릴 거예요.

명심하세요. 이건 재난이 일어나기 몇 달 전입니다. 사람들이 크세노크라테스의 방문을 잊기에 충분한 시간이었죠. 계획을 세우고, 공범 한 팀이 비밀리에 그 계획을 실행하고, 사보타주를 또 한 번의 비극적인 사고처럼 위장하기에는 충분한 시간이었어요.

카슨 러스크에 대해 말하자면, 아무리 열심히 찾아본다 해도 지구 귀환 이후의 기록을 찾으실 수 없을 겁니다. 1년도 지나지 않아서 이름이 바뀌었거든요. 저기…… 자, 보이시죠? 이제 카메라 쪽으로 고개를 돌리네요. 아직도 알아보지 못하시겠어요? 네? 여기에 몇 년만 더 나이를 더하고, 머리를 짧게 자르고, 거드름 피우며 만족해하는 웃음을 덧그려 보세요.

저 젊은 시종이 다름 아닌 노스메리카의 지배 수확자, 로버트 고더드 예하이십니다.

38
의심스러운 사망자들 간의 성대한 재회

종소리와 그 수행단은 치찰음파 사람들이 숨어 있던 동굴로 대피했다. 문제의 치찰음파 사람들은 이제 후회에 사로잡혀 종소리 앞에 엎드리고, 종소리의 발 앞을 기면서 자기들에게는 용서받을 자격이 없노라 고백했다. 평소 같으면 그런 과장된 숭배를 받아들이지 않았을 테지만, 이 사람들이 한 짓과 그들이 끝장낸 모든 목숨을 생각하면 기어다니는 정도는 가벼운 징벌이었다.

물론 선더헤드는 그에게 징벌은 종소리의 방식이 아니라는 점을 상기시켰다.

「교정이란 형편없는 선택과 이전에 한 짓으로부터 사람을 건져 올리는 일이야. 후회가 진심이라면, 그리고 기꺼이 대가를 치르려는 마음이 있다면 고통을 줄 필요가 없어.」

그래도 그레이슨은 그 사람들이 박쥐 똥에 얼굴을 처박는 모습을 보아도 싫지 않았다.

회개하는 음파교인들은 작은 동굴 하나를 태피스트리와 쿠션으로 최대한 호화롭게 꾸미고, 그레이슨에게 도움이 될 방법을 알려 달라고 애걸했다.

「여기는 기다리기 좋은 곳이야.」 선더헤드는 그레이슨에게 말했다.

「여기가?」 그레이슨이 말했다. 「너에게 후각이 없는 건 알지만, 이 안은 냄새가 지독하거든.」

「내 화학 감지기는 인간의 후각보다 훨씬 정확해.」 선더헤드는 사실을 일깨웠다. 「그리고 박쥐의 분변이 풍기는 암모니아 냄새는 인간이 참을 만한 수준이야.」

「기다린다고 했지. 우리가 뭘 기다리는 건데?」 그레이슨이 물었다.

「방문자.」 선더헤드는 그 말밖에 하지 않았다.

「최소한 누군지라도 말해 줄 수 없어?」 그레이슨이 물었다.

「말할 수 없어.」

그래서 그레이슨은 수확자가 찾아오리라는 사실을 알았다. 하지만 음파교인들에 대한 적개심이 점점 커져 가고 있는데, 선더헤드가 무엇 때문에 그런 방문을 환영하는 것일까? 서브사하라 수확령이 그들의 은신처를 찾아내어 치찰음파에게 정의를 구현하려는지도 몰랐다. 하지만 그렇다면 왜 선더헤드는 수확자 모리슨이 찾아왔을 때의 클로이스터스에서처럼 〈여행을 강하게 권고〉하지 않을까? 그날 밤에 아무리 뒤척이며 생각해도 누구일지 단서는 주어지지 않았다.

「편히 쉬어.」 선더헤드는 어둠 속에서 조용히 말했다. 「내가 여기에 있고, 너에겐 어떤 해도 끼치지 않을 거야.」

수확자 아나스타샤는 소위 성자라는 사람에게 의심을 품고 있었다. 선더헤드가 그자에게 말을 한다는 증거가 필요했다. 그냥 증언이 아니라 반박할 수 없는 실제 증거가. 시트라는 어렸을 때도 뭔가를 믿으려면 직접 봐야 하는 아이였다. 이 〈종소리〉라는 자는 카리스마 있는 책략가일 가능성이 높았다. 잘 속아 넘어가는 사람을 이용하고, 듣고 싶어 하는 말을 해주고, 자기만의 이기적인 목적을 위해 사람들이 원하는 사람이 되어주는 사기꾼일 것이다.

그렇게 믿고 싶었다. 선더헤드가 인류와의 연락 담당으로 웬 음파교인을 선택했다는 것보다는 그쪽이 덜 심란했다. 선더헤드가 인류와의 연결점을 하나 유지한다는 건 말이 되지만, 왜 음파교인이란 말인가? 선더헤드는 실수를 하지 않으니, 분명 그럴 만한 이유가 있으리라. 하지만 당장은 종소리가 사기꾼이라고 믿는 쪽이 더 좋았다.

그들의 목적지는 거주 불가능한 서브사하라 숲으로, 빽빽하게 뒤엉킨 나무와 가시 돋친 고약한 관목들이 끊임없이 나타나서 아나스타샤의 새 로브를 잡아당기고, 로브 안을 찔러 댔다. 종소리가 은신해 있다는 동굴까지 갔을 때는 온몸이 근질거렸다. 겨우 동굴 가까이로 다가가자 경비를 서고 있던 음파교인들이 말을 걸었다.

「저항하지 말아요.」 포수엘루가 말했지만, 아나스타샤로서는 이 사람들이 누구인지 알면서 경계를 늦추기가 쉽지 않았다.

음파교인들은 비무장 상태였지만, 잡은 손은 단단했다. 아나스타샤는 그들의 얼굴을 훑어보았다. 이 사람이 텐카메닌을 쓰러뜨렸을까? 저 사람이 수확자 바바를 불 속에 던졌을까?

분명히 보았던 얼굴이라고 맹세할 수 있었지만, 상상일지도 몰랐다. 포수엘루는 무기를 두고 가야 한다고 했었는데 아나스타샤가 무기를 빼앗길까 걱정해서라기보다 그녀가 분노에 몸을 맡길까 봐였다. 그녀도 알았고, 온몸이 부르짖는 복수심과 싸웠다. 진정한 수확자라면, 고결한 수확자라면 결코 분노로 사람을 거두지 않는다고 스스로에게 상기시켜야 했다. 하지만 그중 한 명이라도 무기를 들어 올렸다면 가장 치명적인 보카토어 동작을 써서 무자비하게 목과 척추를 부러뜨렸을 것이다.

「종소리 알현을 요청합니다.」 포수엘루가 말했다.

아나스타샤는 이 분파에게 혀가 없다는 사실을 지적하려 했지만, 놀랍게도 음파교인 한 명이 대답했다.

「종소리께서는 2년 전에 더 높은 옥타브로 올라가셨습니다.」 또 다른 음파교인 한 명이 말했다. 「이제는 오직 조화 속에서만 우리와 함께하십니다.」

포수엘루는 단념하지 않았다. 「우리는 다르게 들었는데.」 그는 말하고 나서 덧붙였다. 「종소리를 거두러 온 게 아닙니다. 서로에게 득이 되는 일로 왔어요.」

음파교인들은 몇 분 동안 그들을 살펴보았다. 불신이 뚝뚝 떨어지는 심각한 얼굴이었다. 그러다가 처음 입을 열었던 사람이 말했다. 「같이 가시죠. 그분이 기다리고 계셨습니다.」

아타스타샤는 그 말이 이루 말할 수 없이 짜증스러웠다. 종소리가 그들을 기다리고 있었다면, 왜 이 음파교인들은 그자가 여기에 있다는 사실을 부인한 건가? 정말로 기다리고 있긴 한 건가, 아니면 이 교인이 종소리가 신비롭고 전능하게 보이도록 꾸며 내어 말한 건가? 만나기도 전부터 커튼 뒤에 있다는 그 남자가 싫어졌다.

음파교인들은 그들을 이끌고 나아갔고, 아나스타샤는 그들의 손을 뿌리치진 않았지만 다시 생각해 볼 기회를 주었다.

「손을 지키고 싶다면 놓는 게 좋을 거예요.」

음파교인들은 조금도 손의 힘을 늦추지 않았다. 「혀가 다시 자랐듯 손도 다시 자랄 겁니다. 종소리께서 지혜롭게도 저희에게 나노기를 돌려주셨거든요.」 한 명이 말했다.

「그거 잘됐네요.」 아나스타샤가 말했다. 「최소한 아주 천치는 아니군요.」

포수엘루가 경고의 눈빛을 던지자, 아나스타샤는 침묵이 최선이라고 판단했다. 지금 그녀의 입에서 나오는 말은 무엇 하나 상황에 도움이 되지 않을 터였다.

일행은 동굴 입구에 멈춰 섰다. 빠끔히 입을 벌린 삼각형의 입구였다. 그들은 여기에서 종소리를 만날 것이었다…….

……그러나 종소리가 나오기도 전에, 동굴에서 처음으로 나온 사람만 보고도 아나스타샤는 이 여행에 그만한 가치가 있다는 사실을 넘치도록 확신할 수 있었다.

수확자 모리슨은 동굴 입구에 수확자 한 무리가 나타났다는 소식을 들었을 때, 결국 노스메리카 수확령이 자신을 찾아냈다고 믿었다. 자신이 살아 있음을 고더드가 알아낸 게 분명하다고, 지난 몇 년간 어떻게 지냈는지 알아내고는 끌고 오라고 한 팀을 보낸 거라고 생각했다. 달아날까 생각도 해봤지만, 동굴군에서 나가는 길은 하나뿐이었다. 게다가 그는 종소리를 위해 일하기 시작했을 때와 같은 사람이 아니었다. 그 당시의 신참 수확자라면 다른 모두를 희생하더라도 자기만 구했을 것이다. 그러나 지금의 수확자 모리슨은 약속한 대로 마지막까지 종소리를 지키고 용감하게 잡혀갈 사람이었다.

그는 언제나 그랬듯 위협 수준을 재어 보고 겁을 주려고 먼저 나갔다가, 익숙한 청록색 로브를 보고 동굴 입구에 멈춰 서고 말았다. 다시는 보지 못할 줄 알았던 로브였다.

수확자 아나스타샤도 똑같이 어안이 벙벙했다.

「네가?」 아나스타샤가 말했다.

「아니야.」 모리슨은 불쑥 내뱉었다. 「내가 아니고! 아니, 내가 맞긴 한데, 내가 종소리는 아니라는 뜻이야.」 조용하고 강력하게 상대에게 겁을 줄 희망은 사라졌다. 지금 그는 말을 더듬는 얼간이에 불과했다. 아나스타샤가 앞에 있으면 늘 그랬다.

「대체 네가 여기서 뭘 하는 거야?」 아나스타샤가 물었다.

모리슨은 설명을 하려다가, 지금 늘어놓기에는 너무 긴 이야기라는 사실을 깨달았다. 게다가 분명히 아나스타샤 쪽 이야기가 더 흥미로울 것이다.

같이 온 다른 수확자가 몇 박자 늦게 끼어들었다. 로브 색을 보니 아마조니아 수확자였다. 「둘이 서로 아는 사이인가요?」

하지만 두 사람 중 누군가 대답하기도 전에 멘도사가 모리슨 뒤에 나타나서 어깨를 두드렸다.

「늘 그렇듯이 길을 막고 있군요, 모리슨.」 멘도사는 앞선 대화를 완전히 놓치고 투덜거렸다.

모리슨은 사제가 나오도록 비켜섰다. 그리고 멘도사는 아나스타샤를 본 순간, 모리슨 못지않게 당황했다. 그는 눈동자가 정신없이 흔들리면서도 용케 침묵을 지켰다. 이제 그들은 평소처럼 동굴 양쪽에 자리 잡고 서 있었다. 뒤이어 종소리가 두 사람 사이로 나왔다.

그는 모리슨과 멘도사처럼 똑같이 멈춰 서더니, 성자라면 그러면 안 될 것 같은 얼굴로 입을 딱 벌리고 아나스타샤를 쳐다보았다.

「좋아.」 수확자 아나스타샤가 말했다. 「이젠 내가 정신이 나갔다는 걸 알겠네.」

그레이슨은 선더헤드가 이 순간을 엄청나게 즐기고 있으리라는 사실을 알았다. 근처 나무들에서 카메라가 윙윙거리며 모두의 표정을 담아내고, 앞뒤로 회전하면서 이 터무니없는 소극(小劇)을 모든 각도로 잡고 있음을 볼 수 있었다. 최소한 암시 정도는 해줄 수 있었을 텐데 말이다. 그레이슨이 아는 사람일 뿐만 아니라, 어떤 면에서는 그가 이렇게 기묘한 인생 경로를 걷게 된 데 책임이 있는 바로 그 사람을 만나게 된다는 사실. 물론 대놓고 말해 줄 수야 없었겠지만, 단서를 주고 추측하게 할 수는 있었다. 하지만 생각해 보면 단서를 1천 개쯤 줬다 해도, 아무것도 모르고 이 만남으로 걸어 들어가기는 했을 것이다.

그레이슨은 선더헤드에게 눈을 크게 뜨고 입을 헤벌린 그의 모습을 보는 만족감은 주지 않겠다고 마음먹었다. 그래서 아나스타샤가 〈내가 정신이 나갔나 보다〉라고 말했을 때, 그는 최대한 태연하게 말했다. 「인듀라가 떠오르다니! 모두 기뻐하라!」

「인듀라는 떠오르지 않았어요. 나만 올라왔지.」아나스타샤가 말했다.

그레이슨은 잠시 더 공식적인 표정을 짓고 있었지만, 계속 유지하지는 못했다. 그는 히죽 웃고 말았다. 「그러니까 정말 살아 있었군요! 그 방송이 사실인지 확신이 안 섰는데.」

「그리고…… 두 사람도 서로를 아는 겁니까?」아마조니아 수확자가 물었다.

「전생에 알았죠.」아나스타샤가 말했다.

그 말에 그녀의 여행 동료가 웃음을 터뜨렸다.

「세상에, 이거 참 재미있지 않습니까! 의심스러운 사망자들 간의 성대한 재회라니!」

그레이슨의 관심이 그 사람에게 길게 머물렀다. 그 여자에게는 뭔가 호감이 가는 데가 있었다. 남자일 수도 있고.

멘도사가 예의를 되찾으려 애쓰며 헛기침을 하고, 살짝 가슴을 부풀리더니 가장 연극적인 목소리로 선언했다. 「반향자 종소리께서 여러분 모두를 환영하며, 알현을 허락하십니다!」

「사적인 접견이요.」그레이슨이 조용히 덧붙였다.

「사적인 접견입니다!」멘도사가 큰 소리로 외쳤지만, 그 자리를 떠나려고 하지는 않았다.

「수확자 아나스타샤와 저만 이야기하겠다는 뜻입니다.」그레이슨이 말했다.

멘도사가 공포에 질린 눈으로 돌아보았다. 「그건 현명한 생각 같지 않군요. 보호를 위해 모리슨이라도 두십시오.」

하지만 모리슨은 재빨리 두 손을 들어 항복 태세를 취했다.

「전 빼주세요. 수확자 아나스타샤에게 맞설 생각은 없거든요.」

선더헤드의 카메라가 윙 소리를 냈고, 그레이슨은 그게 꼭 전자 웃음소리처럼 들린다고 생각했다.

「다른 분들은 모시고 가서 먹을 거라도 드리세요. 분명히 식사도 못 했을 거예요.」 그레이슨은 말하고 이 괴상하지만 중대한 만남을 지켜보고 있던 음파교인들을 돌아보았다. 「다 괜찮습니다.」 그는 음파교인들에게 말하고 나서 아나스타샤에게 몸짓을 했다. 「같이 걸읍시다.」

그리고 두 사람은 숲속으로 함께 걸어 나갔다.

「같이 걸읍시다?」 아나스타샤는 다른 사람이 듣지 못할 거리까지 가자 말했다. 「진짜로? 이 이상 가식적일 수도 있어요?」

「다 연극이에요.」 그레이슨이 말했다.

「그러니까 연극인 건 인정하는군요!」

「예언자 부분은 맞아요. 하지만 나는 불미자가 아니고, 선더헤드가 정말로 나와 대화를 하는 건 사실이에요.」 그는 쓴웃음을 보였다. 「그날 당신 목숨을 구하고 차에 치인 보상인가 봐요.」

「내 차가 아니었어요.」 아나스타샤가 말했다. 「퀴리 수확자님의 차였죠. 난 그냥 운전을 배우고 있었고.」

「그래서 다행이었죠! 당신이 더 뛰어난 운전사여서 나를 비켜 갔다면, 우리 모두가 불탔을 테니까요.」 그는 지적에 지적으로 맞서며 말했다. 「그러면 퀴리 수확자님도 아직 살아 계신 건가요?」

진실을 큰 소리로 말해야 한다는 사실에 아나스타샤는 심장이 내려앉았다. 언젠가는 쉬워질까 알 수 없었다. 「마리는 내가 다시 살아날 수 있게 해놓고 죽었어요.」

「다시 살아났다⋯⋯.」 그레이슨이 말했다. 「그래서 3년 전보다 하루도 나이 먹지 않은 모습이군요.」

아나스타샤는 그레이슨을 한참 쳐다보았다. 예전과 다른 느낌이었는데 복장만이 아니었다. 턱선도 좀 더 날카로워졌고, 걸음걸이도 좀 더 자신에 차 있었으며, 시선은 파고드는 느낌이 들 정도로 똑바로 날아왔다. 그는 예언자 역할을 제대로 익혔다. 아나스타샤가 자신의 역할을 익혔을 때와 같았다.

「마지막으로 소식을 들었을 때, 당신은 내가 아마조니아에 마련해 둔 피난처를 거부했죠. 그 대신 음파교인들과 함께 있었던 건가요?」

그레이슨의 시선이 이전보다 더 마음을 찌르고 들어왔다. 이쪽을 재단하는 눈빛은 아니지만, 좀 더 깊이 있는 눈빛이었다. 조금은 선더헤드 자체 같기도 했다.

「음파교인들과 같이 숨으라는 건 당신 제안이었어요. 설마 잊었어요?」

「아니, 기억해요. 하지만 계속 거기에 있을 거라곤 생각하지 않았어요. 음파교의 예언자가 될 거란 생각도 못 했고.」 아나스타샤는 그의 옷을 쳐다보았다. 「우스꽝스럽다고 해야 할지 위풍당당하다고 해야 할지 모르겠네요.」

「양쪽 다죠. 핵심은 이상한 옷을 입어서 평범하지 않다고 사람들을 설득하는 데 있어요. 하지만 그건 당신도 다 알잖아요?」

아나스타샤도 그 말이 맞다는 건 인정해야 했다. 로브를 입거나 예복을 걸치면 세상이 다르게 대우했다. 그 안에 든 사람을 다르게 정의했다.

「스스로 믿지 않는 한은 그렇죠.」아나스타샤가 말했다.

「이걸 다 벗으면 난 여전히 그레이슨 톨리버예요.」

「그리고 이 로브를 벗으면 난 여전히 시트라 테라노바죠.」

그는 이 말에 활짝 웃었다.「지금까진 원래 이름이 뭔지 몰랐어요. 시트라. 좋네요.」

그레이슨의 입으로 시트라라는 이름을 듣자 갑자기 향수가 밀려왔다. 이 모든 일이 일어나기 전으로 돌아가고 싶었다.「이젠 그 이름으로 날 부르는 사람이 많지 않아요.」

그는 애석한 얼굴로 쳐다보았다.「우습지만 예전에는 당신에게 말을 거는 게 쉽지 않았어요. 이제는 다른 누구와 이야기하는 것보다 편하네요. 많은 면에서 서로 비슷해졌나 봐요.」

아나스타샤는 소리 내어 웃었다. 그 말이 우스워서가 아니라, 사실이어서였다. 나머지 세상은 두 사람을 다 상징으로만 보았다. 어둠 속에서 사람들을 인도해 줄 무형의 빛으로 보았다. 이제 아나스타샤는 왜 옛날 사람들이 영웅들을 별자리로 만들었는지 이해했다.

「종소리와의 알현을 원한 이유를 아직 말하지 않았는데요.」

「수확자 포수엘루는 당신이 고더드가 우리를 찾지 못할 안전한 곳을 안다고 생각해요.」아나스타샤가 대답했다.

「흠, 선더헤드가 그런 곳을 안다 해도 나에게는 말하지 않았어요. 하지만 생각해 보면 나에게 말하지 않는 게 많긴 하죠.」

「괜찮아요. 포수엘루는 그냥 날 보호하고 싶어 할 뿐이지만,

난 숨고 싶지 않아요.」

「그러면 뭘 원해요?」 그레이슨이 물었다.

뭘 원하냐고? 시트라 테라노바는 로브를 버리고, 가족을 찾고, 남동생과 시시한 일로 다투고 싶었다. 하지만 수확자 아나스타샤는 그러지 않을 것이다.

「난 고더드를 무너뜨리고 싶어요. 재난이 일어났을 때 고더드가 화성에 있다는 것까지는 찾을 수 있었지만, 그곳에 있었다는 게 재난을 일으켰다는 증명이 되지는 않아요.」

「그자는 화성에서도 살아남았고, 인듀라에서도 살아남았죠.」 그레이슨이 말했다. 「의심스럽긴 한데 유죄 입증은 아니에요.」

「바로 그거예요. 그래서 다른 누군가를 찾아야 해요. 수확자 알리기에리라고 들어 봤어요?」

포수엘루는 그날 오후에 떠나야 했다. 고위 수확자가 아마조니아로 불러들였다.

「타르실라는 나에게 많은 자유를 주죠. 특히 내 인양 모험이 당신을 데려왔으니까요.」 그는 아나스타샤에게 말했다. 「하지만 내가 우리 화가 친구를 서브사하라로 데려왔다는 말이 새어 나가자 돌아오라고 했어요. 그러지 않으면 우리가 음파교인들과 공모했다는 비난을 받을 거라고요.」 그는 한숨을 내쉬었다. 「우리 지역은 아주 관용적이지만, 텐카메닌 궁전 습격 이후에는 가장 포용력 있던 지역들도 음파교인에게 차가워지고 있어요. 그리고 우리 고위 수확자님은 나쁜 평판을 원하지 않아요.」

두 사람 뒤로 음파교인 몇 명이 동굴 안을 지나갔다. 그들은 허리를 숙이고 경건하게 〈각하〉라고 말했는데, 몇 명은 아직도 새로 혀가 자란 첫 주처럼 발음이 불분명했다. 이들이 텐카메닌을 살해한 폭력적이고 미친 치찰음파라고는 믿기 어려웠다. 그레이슨, 그러니까 종소리가 그들을 돌려세워 끔찍한 극단으로부터 되찾아 왔다. 아나스타샤는 그들을 용서할 수 없었지만, 그들과 공존할 수는 있었다.

「사람들은 그릇이에요.」 제리가 말했었다. 「안에 무엇을 담는지 나름이죠.」

그리고 그레이슨은 그들에게서 이전에 담겼던 내용물을 다 빼내고 훨씬 먹을 만한 액체를 다시 채운 모양이었다.

포수엘루는 동굴 입구에서 작별 인사를 했다. 「여긴 고립된 곳이고, 종소리가 정말로 선더헤드의 보호하에 있다면 당신도 안전하겠지요. 내가 찾던 은신처는 아니지만, 그곳이 존재하긴 하는지 누가 알겠어요. 소문이란 그만한 가치가 없어요.」

「전 종소리가 알리기에리를 찾게 도와주길 기대하고 있어요.」

「아직까지 살아 있진 않겠죠.」 포수엘루가 한탄했다. 「알리기에리는 내가 수습생이었을 때도 오래된 인물이었는데, 알다시피 내가 젊은 사람은 아니잖아요.」

그는 웃으면서 아나스타샤를 끌어안았다. 위로가 되었다. 아버지 같았다. 그렇게 포옹을 받기 전까지는 그게 얼마나 그리운지 미처 깨닫지 못하고 있었다. 다시 한번 가족이 생각났다. 되살아난 후에는 가족에게 연락하려고 한 적이 없었다. 포수엘루가 그러지 말라고 했기 때문이다. 그는 다들 우호적인 지역에서 안전하게 보호받고 있다고 장담했다. 다시 만날 날이 올지도 모르지만, 다시는 보지 못할지도 몰랐다. 어쨌든 그 생각을 하기에는 아직 해야 할 일이 너무 많았다.

「소베라니스 선장에게는 대신 인사를 전해 줘요.」포수엘루가 말했다. 「제리코는 여기 남겠죠.」

「수확자님 명령대로요.」아나스타샤가 말했다.

포수엘루는 한쪽 눈썹을 치켜올렸다. 「나는 그런 명령을 내린 적이 없어요. 제리코는 제리코 좋을 대로 하지요. 그 훌륭한 선장이 바다를 저버리고 당신의 수호자가 되기를 선택했다는 게 두 사람 모두에 대해 많은 걸 말해 주는군요.」그는 마지막으로 한 번 더 그녀를 끌어안았다. 「잘 지내요, 매우 안주.」그는 돌아서서 공터에서 기다리는 비행기를 향해 걸어갔다.

포수엘루가 풀어 주기로 한 화가 에즈라는 큰 동굴 하나를 꽉 채울 벽화를 그리기 시작했다. 미래에 음파교인이 남아 있다면 말이지만, 여기가 미래 음파교인들의 순례지가 될 수 있고, 훗날 학자들이 그의 그림을 끊임없이 분석할 수도 있다는 생각에 손이 근질근질했다. 그는 미래의 학자들에게 혼란을 주려고 기묘한 요소들을 집어넣었다. 춤추는 곰, 눈이 다섯 개 달린 소년, 그리고 4라는 숫자가 빠진 11시간짜리 시계.

「미래를 가지고 놀 수 없다면 무슨 사는 재미가 있겠어요?」그는 말했다.

그는 종소리에게 혹시 자신을 기억하느냐고 물었고, 그레이슨은 기억한다고 대답했다. 반만 진실이었다. 그레이슨은 에즈라와의 만남을 기억했는데, 그게 그레이슨에게는 하나의 전환점이 되었기 때문이다. 선더헤드의 말만 전달하지 않고 처음으로 직접 조언을 한 경험이었으니까. 하지만 에즈라의 얼굴은 전혀 기억나지 않았다.

「아, 생물학적인 뇌의 멋진 한계라니!」 선더헤드가 부럽다는 듯이 말했다. 「모든 사소한 것들을 가득 채워 크고 무거운 해설서를 만드는 대신, 불필요한 요소는 빼버리는 놀라운 능력!」 선더헤드는 인간의 선택 기억을 〈망각이라는 재능〉이라고 불렀다.

그레이슨에게는 기억할 수 있다면 좋으련만 잊고 만 것들이 많았다. 어린 시절 대부분이라거나. 부모님과의 따뜻한 순간들. 그리고 잊을 수 있다면 좋겠지만 여전히 기억하는 것들도 있었다. 수확자 콘스탄틴이 거둘 때 퓨러티의 얼굴에 떠올랐던 표정 같은 것.

그는 지금 그 망각이라는 재능이 아나스타샤에게는 골칫거리라는 사실을 알았다. 세상은 수확자 알리기에리를 잊은 것 같았다. 하지만 선더헤드는 잊지 않았다. 알리기에리는 선더헤드가 차곡차곡 쌓아 놓은 인간사의 크고 무거운 해설서 안에 존재했다. 그 정보에 접근하는 게 문제였다.

선더헤드는 그레이슨이 아나스타샤와 대화하는 내내 조용했다. 그리고 그녀가 동료들이 있는 동굴 속으로 들어간 후에야 겨우 말했다. 「나는 어떤 식으로든 아나스타샤가 찾고 있는 남자를 찾게 도울 수 없어.」

「하지만 그자를 어디에서 찾을 수 있는지 알긴 아는 거지?」

「알아. 하지만 그 위치를 알려 준다면 법을 어기게 되지.」

「나에게 말해 줄 수는 있어?」

「할 수 있지. 하지만 그다음에 네가 아나스타샤에게 말한다면, 너를 불미자로 표시해야만 해. 그러면 어떻게 되겠어?」

그레이슨은 한숨을 쉬었다. 「분명히 회피할 방법이 있을 거야…….」

「어쩌면. 하지만 나는 네가 그걸 찾게 도와줄 수도 없어.」

회피할 방법. 선더헤드는 그레이슨이 순진한 님부스 아카데미 학생이었을 때 그를 회피책으로 이용했었다. 그 일을 생각해 보니, 퇴학당하기 전에 아카데미에서 받은 수업에서 공식적인 회피책을 하나 배운 기억이 났다. 님부스 요원이 법을 어기지 않고 수확자와 이야기할 수 있게 해주는 의례 비슷한 것이 있었다. 3자 회담이라고 했다. 그러려면 무엇을 말할 수 있고, 무엇을 말할 수 없는지에 대한 수확자/정부 분리 규약에 정통한 중개자가 있어야 했다.

그레이슨은 그들에게 필요한 건 중재자라는 사실을 깨달았다.

종소리는 깔개가 흩어져 있고 태피스트리가 여럿 걸린 개인 동굴 안에서, 여기저기 놓여 있는 많은 방석 중 하나에 앉아서 제리코 소베라니스를 마주했다.

그레이슨은 자신과 소베라니스가 얼추 비슷한 나이라고 보았다. 인양선 선장이 회춘했다면 또 모르지만, 그레이슨은 그렇게 생각하지 않았다. 젊은 선장은 그렇게 나이를 많이 되돌릴 사람 같지 않았다. 그래도 뭔가 기품이 있었다. 지혜는 많지 않을지라도 세상 경험이 많다는 느낌. 그레이슨도 온 세상을 돌아다니기는 했지만, 보호 고치 안에 있어 세상을 별로 보지 못하다 보니 아무 데도 가보지 않은 느낌이었다. 그러나 제리코 소베라니스는 정말로 세상을 보았고, 더 중요하게는 세상을 알았다. 그것은 감탄할 만한 면모였다.

「아나스타샤 수확자님이 왜 저를 불렀는지 설명해 주었습니다.」 소베라니스가 말했다. 「이게 어떻게 돌아가는 거죠, 그⋯⋯ 뭐라고 불러야 하죠?」

「반향자님이요.」 그레이슨이 대답했다.

「맞아요, 반향자님.」 소베라니스는 능글맞게 웃었다.

「웃기다고 생각해요?」

인양선 선장의 얼굴에서는 웃음이 사라지지 않았다. 「직접 지어낸 건가요?」

「아뇨. 우리 최고 사제가 지었죠.」

「광고계에서 일하셔야 할 분이네요.」

「과거에 그랬어요.」

대화는 느리게 진행되었다. 놀라운 일은 아니었다. 이것은 철저히 강요된 데다 부자연스러운 대화였지만, 그래도 하는 수밖에 없었다.

「뭔가 말해 봐요.」 그레이슨이 인양선 선장에게 말했다.

「무슨 말을 해야 하죠?」

「무슨 말이든 상관없어요. 우린 대화를 해야 해요. 그러다가 내가 그 대화에 대해 선더헤드에게 질문을 던질 거예요.」

「그러면?」

「그러면 선더헤드가 대답하겠죠.」

제리코는 다시 미소를 지었다. 짓궂은 미소였다. 묘하게 유혹적이기도 했다. 「그렇다면 기물이 하나도 보이지 않는 체스 게임이로군요!」

「그렇게 볼 수도 있겠죠.」그레이슨이 말했다.

「좋습니다.」제리코는 잠시 화제를 생각하다가, 그레이슨이 예상치 못한 말을 던졌다.

「우리에겐 공통점이 있습니다.」

「그게 뭔데요?」

「우리 둘 다 아나스타샤 수확자님을 위해 목숨을 희생했다는 거요.」

그레이슨은 어깨를 으쓱였다.「일시적이었는걸요.」

「그래도 실행하려면 용기와 놀라울 정도의 믿음이 필요하죠.」

「그렇지도 않아요. 사람들은 매일 철퍽에 나서요.」

「그래요, 하지만 우리 둘 다 그런 부류는 아니죠. 본성을 거슬러 스스로를 일시 사망에 몰아넣는 사람이 아니에요. 누구나 우리 같은 선택을 하지는 않을 거예요. 그래서 난 당신이 입고 있는 옷보다 훨씬 나은 사람인 걸 알아요.」소베라니스는 다시 미소를 지었다. 이번에는 진짜 미소였다. 솔직한 웃음이었다. 그레이슨은 그렇게 다채로운 미소를 지닌 사람을 만나 본 적이 없었다. 모든 웃음이 웅변처럼 많은 것을 전해 주었다.

「고마워요.」그레이슨이 말했다.「우리 둘 다 아나스타샤 수확자님에게 품고 있는 존경심…… 어떤 면에서 우리를 묶어 주는 것 같네요.」선더헤드가 무슨 말이라도 하지 않을까 기다려 보았지만, 들려오는 말은 없었다. 선더헤드는 질문을 기다리고 있었다. 그레이슨은 여전히 무엇을 물어야 할지 몰랐다.

「실례가 아니라면 좋겠는데, 어떻게 불러야 할지 잘 모르겠어요. 미스터 소베라니스인가요, 미즈 소베라니스인가요?」

인양선 선장은 동굴 안을 둘러보더니, 눈에 띄게 거북해했다.「저도 약간 난감하군요. 하늘을 볼 수 없는 곳에 있을 때가 드물어서요.」

「그게 왜 문제인데요?」

「문제가 아니어야 하는데……. 전 언제나 야외에 있거나, 일부러 창문이나 천창이 보이는 곳에 있거든요……. 하지만 이 동굴 안에선…….」

그레이슨은 여전히 이해하지 못했고, 선장은 아주 조금이지만 화가 났다.「난 이분법주의자들이 왜 그리 태어났을 때 형태를 중요시하는지 영영 이해하지 못할 거예요. 누군가에게 난소가 있는지 고환이 있는지, 둘 다 있는지가 왜 중요해요?」

「중요하지는 않죠.」그레이슨은 약간 허둥거리며 말했다.「그런데 그게…… 어떤 일에는 중요하죠…… 그렇지 않아요?」

「말해 봐요.」

그레이슨은 그 시선을 외면할 수가 없었다.「어쩌면…… 내 생각만큼 중요하진 않을지도요?」질문처럼 말할 생각은 없었다. 하지만 상관없었다. 어쨌든 제리코는 대답할 생각이 없었다.

「그냥 날 제리라고 부르면 성별에 대해 걱정할 필요가 없을 거예요.」

「알았어요! 제리로군요. 시작해 봅시다.」

「이미 시작한 줄 알았는데요. 내 차례인가요?」제리는 상상 속의 체스 말을 앞으로 움직이는 시늉을 하더니 말했다.「난 당신 눈이 아주 마음에 들어요. 어떻게 사람들을 설득해서 당신을 따르게 하는지 알겠어요.」

「내 눈은 상관없을 텐데요.」

「알고 보면 놀랄걸요.」

그레이슨은 이어폰을 귓속에 더 눌러 넣었다. 「선더헤드, 내 눈이 사람들에게 영향을 미쳐서 날 따르게 해?」

「그래, 가끔은.」 선더헤드가 대답했다. 「다른 방법이 다 실패했을 때는 네 눈이 도움이 될 수 있지.」

그레이슨은 자신도 모르게 얼굴을 붉혔다. 제리는 그 표정을 읽고 새로운 유형의 웃음을 지었다.

「그러니까 선더헤드도 내 생각과 같군요.」

「어쩌면요.」

그레이슨은 이 대화를 자신이 통제하리라 생각했었는데, 이제 보니 그렇지 않은 게 확실했다. 그렇지만 그 역시 웃기 시작했다. 다만 그는 자신에게는 한 종류의 웃음밖에 없고, 아주 멍청해 보이는 웃음이리라 생각했다.

「마다가스카르에 대해 말해 봐요.」 그는 초점을 자신에게서 옮기려고 물었다.

고향을 생각하자 제리의 표정이 바로 변했다. 「우리 지역은 아름다워요. 산맥, 바닷가, 숲이 다 있죠. 사람들은 친절하고 상냥하고 포용력이 있어요. 우리 수도인 안타나나리보를, 그리고 해 질 녘에 햇빛이 그 언덕들을 비추는 모습을 꼭 봐야 해요!」

「선더헤드, 안타나나리보에 대해 뭔가 재미있는 사실을 말해 줘.」 그레이슨이 말했다.

선더헤드가 이야기했고, 그레이슨은 들었다.

「뭐래요?」제리가 물었다.

「어…… 안타나나리보에서 제일 높은 건물은 309.67미터이고, 정확히 세상에 존재하는 다른 건물 네 개와 밀리미터 단위까지 똑같다네요.」

제리는 시큰둥하게 몸을 뒤로 기울였다.「그게 선더헤드가 찾을 수 있는 제일 흥미로운 사실이라고요? 아노시 호수 주위에 있는 자카란다 숲이라거나, 왕실 무덤은 어때요?」

그러나 그레이슨은 손을 들어 올려 제리를 막더니, 잠시 생각했다. 선더헤드는 어떤 말도 이유 없이 하지 않았다. 그 생각을 읽는 것이 관건이었다.「선더헤드, 그 다른 네 건물은 어디에 있어? 궁금한데.」

「하나는 칠아르헨티나 지역에 있고, 또 하나는 브리타니아에, 세 번째는 이스라에비아에, 네 번째는 뉴질랜드 지역에 있지.」

그레이슨이 그 말을 전해도 제리는 여전히 시큰둥했다.「그렇게 네 지역이라면 다 가봤어요. 하지만 언제나 고향이 최고죠.」

「세상 모든 지역에 다 가본 거예요?」그레이슨이 물었다.

「바닷가가 있는 지역은 다 가봤죠. 육지에 둘러싸인 곳은 싫어해요.」제리가 말했다.

그러나 선더헤드가 단순하고 뻔한 의견을 내놓았고, 그레이슨은 그 내용을 공유했다.

「선더헤드가 당신은 아마 마다가스카르와 크기가 비슷한 섬이나 반도가 있는 지역에서 제일 편안해할 거래요.」그레이슨은 고개를 살짝 돌렸다. 다른 사람들이 있는 곳에서 선더헤드에게 말할 때의 습관이었다. 「선더헤드, 예를 들면 어떤 지역 말이야?」

그러나 선더헤드는 침묵했다.

그레이슨은 씩 웃었다. 「답이 없다는 건…… 우리가 뭔가 잡았다는 뜻이네요!」

「우선 떠올릴 수 있는 곳은 브리타니아, 카리브해, 해 뜨는 지역, 뉴질랜드, 그리고 네시아인데요.」

「흥미롭네요.」 그레이슨이 말했다.

「뭐가요?」

「브리타니아와 뉴질랜드가 두 번 나왔어요…….」

그 말에 선더헤드는 다시 한번 침묵했다.

「이 게임이 좋아지려고 하는데요.」 제리가 말했다.

그레이슨도 그렇다는 사실을 부정할 수 없었다.

「당신은 어디에 살고 싶어요?」 제리가 물었다. 「세상 어디라도 고를 수 있다면요?」

숨은 뜻이 있는 질문이었고, 제리도 알 터였다. 어차피 세상 모든 사람에게 같은 선택권이 있었다. 누구나 어디에서나 살 수 있었다. 그러나 그레이슨의 경우에는 실제 장소보다도 마음 상태의 문제였다.

「나는 아무도 날 모르는 곳에 살고 싶어요.」 그는 제리에게 말했다.

「하지만 아무도 당신을 알진 못해요. 다들 종소리는 알지만 당신은 모르죠. 나만 봐도 그래요. 난 당신 이름도 모르는걸요.」

「그게…… 그레이슨이에요.」

제리는 마다가스카르의 태양과도 같은 온기를 머금고 미소지었다.

「안녕, 그레이슨.」

그 간단한 인사가 그레이슨을 녹이면서 동시에 얼리는 것 같았다. 마다가스카르인들이 매력적이기로 유명하기는 했다. 아마 그래서겠지. 아닐 수도 있고. 나중에 분석해 볼 문제였다.

「내 경우엔 바다에서 멀어지고 싶지 않아요.」 제리가 말했다.

「선더헤드, 네 생각은 어때?」 그레이슨이 물었다.

그러자 선더헤드가 말했다. 「어느 지역에나 바다에서 제일 멀리 떨어진 도시는 있어. 선장은 그런 곳에서는 살고 싶지 않겠지.」

「하지만 마다가스카르의 호수처럼 자카란다 숲이 있다면, 제리도 집처럼 느낄 수 있을지 몰라.」 그레이슨이 말했다.

「그럴지도.」 선더헤드가 말했다.

이어서 그레이슨은 살며시 움직였다. 게임이라면 적수가 예상하지 못했을 수였다. 그러나 물론 선더헤드는 예상했고, 사실 반기기도 했다.

「선더헤드, 자카란다 나무가 자라는 지역이 어디어디인지 말해 줘.」

「좀 더 온난한 기후에서 제일 잘 자라기는 하지만, 지금은 거의 모든 지역에서 자라지. 온 세상에서 자카란다의 자줏빛 꽃을 즐기고 있어.」

「그래. 하지만 그 자카란다 나무를 찾을 수 있는 곳을…… 어디 보자, 네 군데 알려 줄 수 있을까?」

「물론이지, 그레이슨. 자카란다 나무는 웨스트메리카, 지협, 히말라야 저지대, 그리고 브리타니아의 식물원에서도 찾을 수 있어.」

제리는 그레이슨을 살폈다. 「뭐예요? 선더헤드가 뭐라고 했는데요?」

「체크메이트네요.」 그레이슨은 그렇게 말하며 제리에게 멍청한 미소를 날렸다.

「우린 브리타니아에서 바다와 가장 멀리 떨어진 소도시를 찾고 있어요. 그게 우리가 수확자 알리기에리를 찾을 곳이에요.」 그레이슨이 아나스타샤에게 말했다.

「확실해요?」

「그럴걸요.」 그레이슨은 말을 고쳤다. 「거의요.」 그리고 다시. 「아마도요.」

아나스타샤는 생각해 보다가 그레이슨을 다시 쳐다보았다. 「우리라고 했네요.」

그레이슨은 고개를 끄덕였다. 「나도 같이 가요.」 지난 몇 년 사이 그레이슨이 내린 가장 즉흥적인 결정이었다. 그래서 기분이 좋았다. 좋은 정도가 아니라 해방된 기분이었다.

「그레이슨, 그게 좋은 생각일지 모르겠어요.」 아나스타샤가 말했다.

하지만 그는 단념하지 않았다. 「난 종소리이고, 종소리는 가고 싶은 대로 가요. 게다가 난 수확자 아나스타샤가 세상을 바꿀 때 그 자리에 있고 싶어요!」

선더헤드는 어떤 말도 하지 않았다. 그러지 말라고 영향력을 행사하지도 않았고, 그게 옳은 행동이라고 하지도 않았다. 어쩌면 수확자가 얽혀 있어 아무 말도 하지 않는지 몰랐다. 선더헤드는 그레이슨이 혼자 있게 되어서야 겨우 다시 말했는데, 목적지에 대한 이야기는 아니었다. 대화는 완전히 다른 방향으로 흘러갔다.

「네가 인양선 선장에게 말을 걸 때 생리학적 변화를 감지했어.」선더헤드가 말했다.

「그게 너하고 무슨 상관이야?」그레이슨이 쏘아붙였다.

「그냥 관찰이야.」선더헤드는 차분하게 말했다.

「그렇게 오래 인간 본성을 연구했으면서, 언제 내 사생활을 침범하는 건지 몰라?」

「알아.」선더헤드가 말했다. 「그리고 또 난 네가 언제 사생활 침범을 원하는지도 알지.」

언제나처럼 선더헤드가 옳았고, 그래서 그레이슨은 화가 났다. 그 이야기를 하고 싶었다. 분석하고 처리하고 싶었다. 그러나 선더헤드 말고는 그 이야기를 할 상대가 없었다.

「그녀가 너에게 영향을 미쳤다고 생각해.」선더헤드가 말했다.

「그녀? 제리를 〈그녀〉라고 부르는 건 주제넘지 않아?」

「전혀. 지금 동굴 위 하늘은 맑고 별이 가득하거든.」

이어서 선더헤드는 그레이슨에게 제리가 성별을 어떻게 보는지를, 바람처럼 다양하고 구름처럼 덧없다고 여긴다는 사실을 설명했다.

「그건…… 시적이긴 한데, 실용적이진 않네.」그레이슨이 말했다.

「우리가 무슨 자격으로 그런 문제를 판단하겠어?」 선더헤드가 말했다. 「게다가 인간의 마음은 실용적일 때가 드물어.」

「이번에 한 말은 비판 같은데…….」

「전혀 아니야.」 선더헤드가 말했다. 「나도 비실용적이라는 사치를 누리고 싶어. 그러면 내…… 존재에…… 질감이 더해질 거야.」

나중에, 그레이슨이 이어폰을 빼고 침대에 누웠을 때가 되어서야 왜 제리 소베라니스와의 대화가 그토록 반갑고 동시에 불편했는지 생각이 났다.

〈안녕, 그레이슨.〉 제리는 그렇게 말했다. 그 말 자체는 전혀 이상할 게 없었다. 더 깊은 곳에 있던 기억을 상기시킨다는 점만 빼면. 그것은 선더헤드가 다시 그레이슨에게 말을 시작했던 순간에 한 말 그대로였고, 어조까지 똑같았다.

화성 개척지는 제가 태어나기 오래전에 방사능 구덩이가 되어 버렸습니다. 하지만 1백 세가 넘는 분들은 당시 대중의 분노를 기억하실지 모르겠네요. 달과 화성의 재난이 있은 후, 사람들은 우주 진출이 너무 위험하다고 생각했습니다. 지구 밖에서 해결책을 찾는다는 생각 자체에 등을 돌렸어요. 아니면 아주 시끄럽고 독선적인 몇 개의 뉴스 피드가 그렇게 만들었다고 해야 할까요. 그중에 제일 큰 곳은 원글로브 미디어였죠. 들어 보신 적 있나요? 없으시겠죠? 그곳은 이제 존재하지 않기 때문입니다. 그곳이 존재한 이유는 단 하나, 오직 하나였어요. 대중의 여론을 흔들어, 선더헤드가 모든 우주 개척 노력을 멈추기로 결정한 것이 대중의 항의 때문이었다고 보이게 하려는 목적이었죠. 반복적인 수확자의 공격 때문에 중단한 게 아닌 것처럼 보이려고요.

그리고 상처에 소금을 뿌리듯, 미드메리카 수확령에서는 이 공격의 범인인 핵심 수확자 한 명이 빠른 속도로 출세했습니다. 그 사람이 선택한 수호 위인조차도 비밀스러운 모욕이었죠.

로버트 고더드 박사는 우주여행을 가능케 한 로켓 과학자였으니까요.

하지만 선더헤드는 아직 포기하지 않았습니다. 마지막으로 한 번 더 지구 바깥에 거주지를 만들기로 했지요. 달도 아니고, 다른 행성도 아니고, 지구 궤도였습니다. 고향에 좀 더 가깝게요. 직접 감독하기 더 쉽게요.

로켓 과학자가 아니더라도 그다음에 어떤 일이 일어났는지 추측하실 수 있겠죠.

39

거울이 아무리 많아도 부족하다

수확자 알리기에리는 서른 살을 하루도 넘기지 않았지만, 나이를 자주 되돌렸기에 스물아홉 번째 그 나이였다. 실제로 는 260세가 넘었다. 이제는 그다지 인간으로 보이지도 않았는 데, 너무 많은 회춘의 결과였다. 피부는 반짝이며 팽팽하게 늘 어났다. 그 아래 뼈 구조는 강물 속의 자갈처럼 침식해서 매끄 럽고 둥글둥글해지며 윤곽을 잃었다.

그는 거울을 들여다보며 몸단장을 하는 데 많은 시간을 들 였다. 스스로는 다른 사람들처럼 보지 않았다. 수확자 알리기 에리는 자신의 모습에서 영원한 아름다움을 보았다. 아도니스 의 조각상처럼. 미켈란젤로의 〈다비드〉처럼. 거울이 아무리 많 아도 부족했다.

그는 다른 수확자들과 아무 접촉도 하지 않았고, 이제는 콘 클라베에 출석하지도 않았다. 그를 그리워할 사람도 없었다. 수십 년간 어떤 수확령도 그에 대한 권리를 주장하지 않았기 에, 그는 어떤 고위 수확자의 명단에도 오르지 않았다. 세상은 대체로 그를 잊었고, 그대로 괜찮았다. 세상은 그의 입맛에는 지나치게 복잡해졌다. 그는 현재 일어나는 사건들을 바다와의 거리만큼이나 멀리 두는 고립된 삶을 살았다. 브리타니아 지역에서 바다와 가장 먼 곳이었다.

그는 선더헤드가 말하기를 멈췄다는 사실도 알지 못했고, 신경 쓰지도 않았다. 그리고 인듀어링하트섬에 무슨 문제가 생겼다는 말을 듣긴 했어도, 그 섬이 이제 대서양 바닥에 가라앉았다는 사실은 알지 못했다. 그런 것은 다른 사람들의 일이었다. 코번트리 안팎에서 가끔 수확할 때를 제외하면, 그의 일은 끝났다. 그는 한 번 세상을 구했다. 이제는 그저 평화롭게 영생을 살고 싶을 뿐이었다.

그에게 찾아오는 사람은 거의 없었다. 사람들이 문 앞에 찾아오면 대개 수확해 버렸다. 뻔뻔스럽게도 그를 귀찮게 한 사람은 그리되어 마땅했다. 물론 그러고 나면 온갖 날씨에도 밖으로 나가서 거둔 사람들의 가족에게 면제권을 부여해야 했다. 귀찮은 일이지만, 그런 책임까지 회피하지는 않았다. 계명이었으니까. 이전에 딱 한 번 계명을 회피했던 일은 끔찍한 마음의 짐이었다. 그나마 굳이 나가야 한다면 풍경이 나쁘지 않은 곳에 살기는 했다. 워릭셔의 푸르른 언덕은 수많은 사망 시대의 작가와 화가에게 영감을 주었더랬다. 그곳은 셰익스피어가 태어난 곳이자 톨킨이 쓴 목가적인 샤이어 같은 곳이었다. 풍경은 알리기에리 본인에 버금갈 정도로 아름다웠다.

여기는 그의 출생지이기도 했는데, 한창때는 가깝고 먼 다양한 지역 수확령과 제휴하며, 그 지역 수확자들과 사이가 나빠질 때마다 거주지를 바꾸며 지냈다. 그는 바보들을 참아 주는 성격이 아니었고, 길게 보면 모두가 바보임이 드러났다. 하지만 이제 그는 태어난 곳으로 돌아왔고, 떠나고 싶은 마음이 없었다.

그 서늘한 오후에 찾아온 방문자들도 다른 때보다 반가울 리 없었다. 하지만 그중 하나가 수확자였기에 거둘 수도 없고, 돌려보낼 수도 없었다. 친절하게 대접해야 했는데, 그것은 영원히 젊은 이 수확자에게 터무니없이 불쾌한 일이었다.

청록색 로브의 수확자가 그의 진줏빛 로브를 유심히 쳐다보았다. 「알리기에리 수확자님?」

「그래요, 그래. 뭘 원하나?」

예쁜 여자였다. 그 모습을 보니 그녀에게 구애할 수 있도록 급속 회춘을 해서 그 나이까지 돌리고 싶어졌다. 물론 수확자들 사이에 그런 관계를 맺으면 사람들이 눈살을 찌푸렸지만, 누가 알겠는가? 그는 자신이 어느 연령에도 매력적이라고 생각했다.

아나스타샤는 그 남자를 보자마자 구역질이 났으나 최선을 다해 그 마음을 숨겼다. 남자의 피부는 플라스틱 가면 같았고, 얼굴형은 뭐라 말할 수 없는 방식으로 이상했다.

「이야기를 좀 나누고 싶은데요.」

「그래, 그래, 뭐, 괜한 짓이 될 거요.」 알리기에리가 말했다.

그는 들어오라 초대하는 말도 없이 문만 열어 놓았다. 아나스타샤가 먼저 들어가고, 그레이슨과 제리가 뒤따랐다. 알리기에리에게 수적으로 꿀리는 기분을 주지 않으려고 나머지 수행단은 길가에 두고 왔다. 아나스타샤는 혼자 오고 싶었지만, 상대방의 끔찍한 상태와 지저분한 오두막을 보니 이 귀신 집에 그레이슨과 제리와 함께 와서 다행이라는 생각이 들었다.

알리기에리는 그레이슨의 튜닉과 스카풀라를 흘긋 보았다. 「요새는 다들 그렇게 입나?」

「아니요, 저만 입습니다.」 그레이슨이 대답했다.

알리기에리는 못마땅한 기분에 헛기침을 했다. 「취향 한번 고약하군.」 그런 다음 그는 아나스타샤를 돌아보았는데, 그녀를 훑어보는 눈길을 보니 둔기로 두들겨 패고 싶어졌다.

「노스메리카 억양이로군. 그쪽은 어떻게 돌아가고 있나? 미드메리카에서는 아직도 크세노크라테스가 소리소리 질러 대고?」

아나스타샤는 말을 조심스럽게 고르기로 했다. 「그분은…… 노스메리카 대수확자가 되셨어요.」

「하!」 알리기에리가 말했다. 「인듀라에서 무슨 말썽을 겪는지는 몰라도 그놈 탓이겠구먼. 흠, 혹시 베테랑 수확자에게 지혜를 구하러 온 거라면 엉뚱한 사람을 찾아왔네. 나에겐 빌려줄 지혜가 없어. 차라리 알렉산드리아에 있을 내 일기장을 참고할 수도 있겠지. 내가 제출을 태만하게 하긴 했지만…….」

그러더니 그는 잡동사니 구석에 놓인 책상과, 그곳에 쌓인 먼지투성이 일기장을 가리켰다. 덕분에 아나스타샤가 적당한 말을 꺼낼 수 있었다.

「수확자님의 일기장이요. 맞습니다, 그래서 저희가 온 거예요.」

그는 다시 한번, 이번에는 조금 다른 얼굴로 그녀를 보았다. 그 표정에 떠오른 감정이 걱정일까? 그 얼굴에서는 어떤 감정도 분석하기가 어려웠다.

「내가 제때 일기를 제출하지 않는다고 징계라도 받는다는 건가?」

「아니요, 그런 게 아닙니다.」아나스타샤는 말했다. 「그저 사람들이 그…… 수확자님이 관여하신 그 작전에 대해 읽고 싶어 해서요.」

「무슨 작전?」이제 그는 확실히 의심스러워했다. 방향을 바꿔야 했다.

「그렇게 겸손 떨지 마세요. 수확자님이 뉴호프 수확과 관련되어 있다는 사실은 모든 수확자가 압니다. 전설 그 자체이신 걸요.」

「전설?」

「네. 그리고 분명히 수확자님의 일기는 도서관에 따로 방 하나를 갖게 될 거예요.」

그는 험상궂은 얼굴을 했다. 「난 아첨꾼을 참아 줄 수가 없어. 나가라.」

그러더니 그는 세 사람이 이미 사라졌다는 듯, 화장대 앞에 앉아서 긴 적갈색 머리를 빗기 시작했다.

「내가 해볼게요.」제리가 아나스타샤에게 속삭이더니 알리기에리 뒤쪽으로 걸어갔다. 「뒤에 엉킨 부분을 놓치셨습니다, 각하. 제가 빗어 드려도 될까요.」

알리기에리는 거울에 비친 제리를 보았다. 「너는 그 무성인가 하는 부류인가?」

「전 젠더 플루이드예요.」제리가 표현을 바로잡았다. 「마다가스카르에서는 다 그렇죠.」

「마다가스카르!」알리기에리는 조롱이 뚝뚝 떨어지는 목소리로 말했다. 「난 너희 부류를 참을 수가 없어. 마음을 정하고 결정을 하라 이거야.」

제리는 반응하지 않고, 그냥 수확자의 머리를 빗기 시작했다.

「연세가 어떻게 되시나요, 각하?」 제리가 물었다.

「그런 뻔뻔한 질문을! 그런 걸 묻다니 거둬 버려야 하는데!」

아나스타샤가 한 걸음 나섰지만, 제리가 손짓하며 말렸다.

「제가 이렇게 많은 역사를 직접 살아온 분을 만나 보지 못해서 그래요. 저는 세상을 봤지만, 각하께선 여러 시대를 보셨잖아요!」

알리기에리는 거울로 세 사람 모두와 눈을 마주쳤다. 아첨을 싫어하는 사람치고는, 거울에 비친 자기 모습만큼이나 아첨도 허겁지겁 들이마시고 있었다.

이번에는 그레이슨 차례였다. 「혹시…… 사망 시대에 태어나셨나요? 전 사망 시대의 사람을 만나 본 적이 없어요.」

알리기에리는 잠시 뜸을 들이다가 대답했다. 「만나 본 사람이 얼마 없어. 숙청이 있은 후에 남아 있던 이들은 남과 어울리지 않았거든.」 그는 제리에게서 가만히 빗을 건네받더니 다시 직접 빗질을 했다. 아나스타샤는 그 빗이 얼마나 여러 번 그 남자의 머리를 빗었을까 궁금했다.

「흔히 알려진 사실은 아니지만, 맞아, 난 사망 시대에 태어났지.」 알리기에리가 말했다. 「하지만 기억은 거의 안 나. 내가 죽음이 무엇인지 알 나이가 되기도 전에 자연적인 죽음이 정복됐거든.」

그는 말을 멈추더니 다시 거울 속을 들여다보았다. 마치 거울을 통해 다른 시대와 장소를 보는 것 같았다.「난 그분들도 만났다네. 설립자들 말이야. 아니, 만난 건 아니지. 봤지. 모두가 봤어. 왕이 그분들 앞에 무릎을 꿇었을 때, 그분들이 버킹엄 궁전으로 가는 모습을 모든 남자와 여자와 아이가 잠깐이라도 보고 싶어 했어. 물론 그분들이 왕을 거두지는 않았지. 그건 나중 일이야.」그러더니 그는 웃어 젖혔다.「난 파랗게 염색한 비둘기 깃털을 하나 발견하고는, 같은 반 아이들에게 그게 수확자 클레오파트라의 로브에서 떨어졌다고 말했어. 공작 깃털처럼 보이지도 않았지만, 내 동급생들도 별로 똑똑하진 않았거든.」

「각하, 뉴호프 수확 말인데요…….」아나스타샤가 말했다.

「그래, 그래, 진부한 이야기.」그는 무시하듯 말했다.「물론 당시에는 그 일을 일기에 적지 않았지. 다들 굉장히 쉬쉬하는 분위기였거든. 하지만 그 후에는 적었어. 다 여기 일기장 속에 있어.」그는 다시 한번 책상 위의 무더기를 가리켰다.

「알렉산드리아에만 쌓아 놓다니 너무 안타까운 일입니다.」제리가 말했다.「거긴 관광객들과 학자들밖에 안 가잖아요. 중요한 사람은 아무도 읽지 않겠죠.」

알리기에리는 대답 대신 두 손에 잡힌 빗을 보았다.「빗살에 머리카락이 얼마나 가득 엉켜 있는지 보이나?」그러더니 그는 빗을 다시 제리에게 넘겼고, 제리는 빗살에 엉킨 머리카락을 떼어 내고는 알리기에리의 머리 반대쪽을 빗기 시작했다.

「이런 말씀을 드려도 괜찮으시다면, 알리기에리 수확자님…….」아나스타샤가 말했다.「이제는 수확자님께서 공을 인정받으셔야 할 때가 아닐까요?」

「아나스타샤 수확자님의 말씀이 맞습니다.」 자세한 것은 모르지만, 무엇이 필요한지는 아는 그레이슨이 거들었다. 「다들 수확자님께서 치르신 희생에 대해 알아야 합니다. 온 세상에 알려 주셔야 해요. 완전히요.」

「그래요.」 아나스타샤가 말했다. 「세상은 수확자님을 잊었지만, 각하께서 다시 기억하게 해주실 수 있습니다. 유산을 길이 남기셔야지요.」

수확자 알리기에리는 한참 동안 생각해 보았다. 아직 완전히 넘어가지는 않았지만…… 완전히 일축할 마음도 아니었다.

「나에겐…… 새 빗부터 필요해.」

내 이름은 수확자 단테 알리기에리입니다. 이전에 유로스칸디아, 프랑코이베리아, 트랜스시베리아, 비잔티움의 수확자로 일했고, 현재는 영구적으로 브리타니아 지역의 수확자이지만, 그곳에든 다른 어디에든 속한 단체는 없습니다.

이것은 순전히 수확자 아나스타샤의 간청 때문에 하는 방송이 아닙니다. 기록을 바로잡고자 내 뜻으로 여기에 섰어요.

오래전 나는 상당수의 사람들을 거두기 위한 조직적인 계획에 참여했습니다. 그래요, 대량 수확이었지만, 여느 대량 수확이 아니었지요. 나는 뉴호프 궤도 정거장의 파괴에 핵심적인 역할을 수행했어요.

그것은 수확자로서 나의 권리였습니다. 나는 내가 떳떳하게 행동했다고 여기며, 당시 수확에 대해 한 점의 후회도 없습니다.

그럼에도 불구하고 나는 수확자로서 내 의무를 저버렸으며, 그 실패는 내 어깨를 무겁게 짓누릅니다. 아시다시피 우리가 거둔 이들의 가족에게 면제권을 부여하는 것이 우리가 맹세한 의무입니다. 제3계명[14]에 명확하게 적혀 있지요. 그러나 당시 작전의 섬세한 성격 때문에 우리는 그 의무를 따르지 않았고, 면제권을 부여하지 않았습니다.

몰랐다거나 순진했다는 변명은 늘어놓지 않겠습니다. 우리는 우리가 무엇을 하는지 알고 있었어요. 사실상 우리는 세상의 양치기 노릇을 하고 있었지요. 세상을 불확실로부터 보호하고 있었습니다. 지구 밖 개척이 성공한다면 인구를 줄일 필요도, 수확자도 필요 없을 테지요. 사람들은 수확에 대한 공포 없이 영원히 살 수 있을 테고, 실제로 그럴 것이었습니다. 분명 여러분도 수확자가 없는 세상에 산

14 그대의 도래를 받아들인 자들이 사랑하는 이들에게, 그리고 누구든 그대가 그럴 가치가 있다고 여기는 이들에게 1년의 면제권을 부여하라.

다는 게 얼마나 부자연스러울지 알 수 있겠지요. 우리는 우리 스스로와 우리의 목적을 보호함으로써, 세상의 순리를 보호하고 있었습니다.

물론 우리는 우주 정거장 파괴가 사고처럼 보이게 만들어야 했습니다. 뭐 하러 우리 수확자들이 내려야만 하는 무거운 결정으로 평범한 이들의 마음을 어지럽혀야 한단 말입니까? 이 고귀한 대의에 헌신한 나머지, 당시 작전에서 두 수확자가 스스로를 희생했습니다. 수확자 핫셉수트와 카프카가 왕복선을 장악하여 궤도 정거장을 들이받음으로써 거주구를 파괴하고 모든 인구를 거뒀지요. 더없이 고결한 자기 수확이었어요. 내 역할은 그 왕복선은 물론이고 정거장 안의 핵심 지점마다 폭탄을 넉넉하게 채워서 생존자가 나오지 않도록 하는 것이었습니다.

그러나 수확이 아니라 사고처럼 보이게 해야 했기에, 당시 작전 책임을 맡은 수확자는 우리가 희생자들의 가까운 가족에게 면제권을 줘서는 안 된다고 했습니다. 우주 정거장에 정착했으니 제3계명은 적용되지 않는다고, 직계 가족이라 해도 그곳에서 같이 죽지 않았다면 가까운 가족이라 할 수 없다고 하더군요.

면제권을 부여하지 않는다는 당시 결정은 우리의 엄숙한 규정을 위반했으며, 나를 무겁게 짓누르고 있습니다. 그러므로 나는 세계 모든 수확령에 이 사건의 책임을 받아들이고, 시정하는 뜻에서 우리가 궤도 정거장에서 거둔 사람들과 가까운 관계이면서 살아 있는 사람이라면 누구에게나 1년 면제권을 부여하기를 촉구합니다. 그뿐만 아니라 우리는 공개적으로 수확자 핫셉수트와 카프카를 영웅으로 추대하여 희생을 기려야 합니다.

나는 할 말을 했으니, 이 문제에 대해 더 얘기할 것이 없습니다. 뉴호프 궤도 정거장 파괴에 관해 질문이 더 있다면, 전체 작전을 지휘한 수확자 로버트 고더드에게 물어야 할 것입니다.

40

별들로 이루어진 침대

지배 수확자 고더드는 침실에 서서 파란 새틴 침대보를 내려다보고 있었다. 그의 로브와 같은 옷감에 같은 색깔이었다. 그리고 로브에 다이아몬드가 점점이 반짝인다면, 침대는 아예 다이아몬드로 뒤덮었다. 수만 개의 다이아몬드가 침대보 위에 흩어져 있었는데, 반짝이는 별들의 은하수는 매트리스가 아래로 꺼질 정도로 무거웠다.

심란한 기분을 띄우려고 뿌려 놓은 다이아몬드였다. 이런 장관을 보면 위로가 될 뿐만 아니라, 기분도 고양될 것이었다. 사방에서 그를 겨누고 날아오는 공격과 비난에 초연해질 정도의 고양감이 필요했다. 아래 풀크럼시티의 거리에는 고더드와 그의 신질서 수확자들에게 반대하는 시위대가 넘실거렸다. 사망 시대 이후에는 보지 못한 풍경이었다. 선더헤드는 사람들이 만족하는 상태를 유지했고, 수확자들은 사람들이 수확의 위험마저 무릅쓰고 결집할 정도까지 권력을 남용하지 않았다. 지금까지는 그랬다.

그러나 고더드에게는 아직 다이아몬드가 있었다.

그 값어치 때문에 탐을 낸 게 아니었다. 재산으로 쟁이지도 않았다. 그런 일은 고더드 같은 수확자에게 걸맞지 않았다. 수확자는 이미 모든 것을 갖고 있기에, 부는 아무것도 아니었다. 사람이 욕망할 수 있는 어떤 물건이라도 수확자는 원할 때 누구에게서든 빼앗을 수 있었다.

그러나 수확자 다이아몬드는 달랐다. 고더드에게 그 다이아몬드는 상징이었다. 그의 성공을 나타내는 선명하고 명백한 상징, 40만 개 전부가 그의 손에 들어오기 전까지는 평평해지지 않을 저울 위에 올라간 평형추.

이제 거의 절반을 모았다. 모두 동맹의 가치를 보고 고더드를 앞으로 나아갈 수단으로 받아들인 고위 수확자들이 공물 삼아 바친 물건이었다. 지구 수확령의 미래를 위해. 세계의 미래를 위해.

하지만 아나스타샤의 방송이 나간 후에도 다이아몬드가 더 들어올까? 사방에서 평범한 사람들이 수확당할까 봐 두려워하면서도 대놓고 고더드에게 반대하는 말을 하고 있었다. 고더드와 손을 잡았던 지역들도 애매하게 굴거나 심지어 지지를 철회하고 있었다…… 고더드를 마치 인기 잃은 사망 시대의 전제 군주처럼 대했다.

저들은 그가 오래도록 키워 온 또렷한 운명의 예감과 의무감 때문에 움직였다는 사실을 이해하지 못하는 걸까? 그는 그 운명을 위해 모든 것을 희생했다. 화성에서는 친부모를 비롯해 다른 모든 사람들을 살해하도록 도왔다…… 그런 사람들은 큰 그림에서 아무것도 아니라는 사실을 알았기에. 그리고 일단 미드메리카 수확령에서 임명을 받은 그는 빠르게 출세했다.

사람들은 그를 좋아했다. 그의 말에 귀를 기울였다. 그는 달변으로 가장 현명한 이들이라 해도 수확의 즐거움을 포용하도록 설득해 냈다. 「완벽한 세상이라면 직업이 완벽한 즐거움을 줘야지요. 우리 직업까지도요.」

현명한 이들을 설득할 수 있었다는 사실이 바로 고더드가 그들보다 더 현명하다는 증거였다.

그리고 이제 그는 그 사람들을 더 나은 세상 바로 앞까지 데려왔다! 음파교인들도, 유전적인 특이성을 가진 사람들도, 사회의 가치에 아무 공헌도 하지 않는 기생충도 없는 세상. 제일 잘 아는 이들이 보기 흉한 이들, 꼴사나운 이들, 구제 불능인 이들을 깔아뭉개는 세상. 〈죽여라!〉 고더드는 자기 자신도, 자신이 한 일도 자랑스러웠다. 그 목표를 달성하기 직전인데 이런 반란 따위에 실패할 수는 없었다. 필요하다면 어떤 수단을 쓰더라도 진압할 것이다. 앞에 깔린 다이아몬드는 고더드가 이제까지 성취한 바와 아직 할 수 있는 일의 증거였다. 그런데 그 모습을 보아도 기분이 나아지지 않았다.

「저 안에서 뒹굴 건가요?」

고개를 돌려 보니 수확자 랜드가 문가에 서 있었다. 그녀는 어슬렁거리며 침대까지 가더니 수확자 다이아몬드 하나를 집어 들었다. 손가락 사이에 잡고 돌리면서 수많은 단면을 들여다보았다. 「진흙탕 속의 돼지처럼 다이아몬드 속에서 뒹굴 거예요?」

고더드에게는 화낼 기운도 없었다. 「난 심적으로 힘들다, 에인. 점점 더 많은 사람이 수확자 아나스타샤와 그 고발 내용을 지지하고 있어.」 그는 팔을 뻗어 침대 위에 놓인 다이아몬드

위로 손을 굴렸다. 날카로운 단면이 손바닥 피부를 긁었다. 그는 문득 솟아오른 충동에 보석을 한 줌 움켜잡고는, 피가 떨어질 때까지 꽉 쥐었다.

「왜 언제나 내가 피해자가 되어야 하지? 왜 사람들이 나를 무너뜨리는 것을 임무로 삼아야 하지? 나는 계명을 지켰고, 수확자가 하겠다고 맹세한 일을 전부 하지 않았나? 내가 뒤숭숭한 시대의 통합자가 아니었어?」

「맞아요, 로버트.」랜드가 동의했다.「하지만 그 시대를 뒤숭숭하게 만든 게 우리죠.」

고더드도 그 사실을 부정할 수는 없었지만, 그것은 언제나 목적을 위한 수단일 뿐이었다.

「알리기에리가 한 말이 사실인가요?」랜드가 물었다.

「사실?」고더드는 냉소했다.「사실이냐고? 물론 사실이지. 그리고 그 우쭐대는 늙은 족제비가 말한 대로 우리는 우리의 세상을 지키고, 우리 삶의 방식을 지켰어.」

「당신 자신을 지켰겠죠.」

「너도야, 에인.」고더드는 지적했다.「임명을 받은 수확자라면 모두가 인류를 지구에 묶어 둔 우리의 노력에서 득을 보았어.」

에인 랜드는 고더드의 변론에 아무 논평도, 반박도 하지 않았다. 그게 동의해서인지, 아니면 그저 상관없어서인지는 고더드도 알지 못했다.

「콘스탄틴이 론스타 수확령에 합류했어요.」랜드가 말했다.

너무나 어이없는 결정이라, 고더드는 소리 내어 웃고 말았다.「잘됐군. 그놈은 우리에게 쓸모가 없었어.」말하고 나서 그는 수확자 랜드를 찬찬히 보았다. 「너도 떠나는 건가?」

「오늘은 아니에요, 로버트.」 랜드가 말했다.

「좋아. 콘스탄틴 대신 널 세 번째 보좌 수확자로 지명할 거야. 오래전에 했어야 할 일이지. 너는 쭉 충성스러웠어, 에인. 내가 묻지 않아도 솔직한 마음을 말하긴 하지만 충성스럽지.」

랜드의 표정은 변하지 않았다. 고마워하지도 않았다. 눈을 돌리지도 않았다. 그저 시선을 마주친 채 고더드를 관찰하고 있었다. 고더드가 싫어하는 일이 한 가지 있다면, 자세히 관찰당하는 일이었다.

「우린 극복할 거다.」 그는 말했다. 「성난 취조의 눈길을 받아 마땅한 음파교인들에게 다시 돌릴 거야.」 그리고 랜드가 대답하지 않자 그는 통명스럽게 말했다. 「그게 다야.」

랜드는 1분 정도 더 그대로 서 있다가 몸을 돌려 나갔다. 그녀가 나가자 그는 문을 닫고 부드럽게 침대 위에 올라갔다. 다이아몬드 속에서 뒹굴지는 않았지만, 그 위에 몸을 펴고 누워서 등에, 다리에, 팔에 보석의 무자비한 날카로움을 느꼈다.

종소리의 중추 세력은 이제 여섯 명으로 늘어났다. 종소리, 멘도사 사제, 아스트리드 자매, 수확자 모리슨…… 그리고 이제는 수확자 아나스타샤와 제리 소베라니스까지. 음파교의 한 옥타브에서 한 명이 모자랐다. 그러나 아스트리드가 재빨리 천둥이 함께하니 일곱이 된다고 지적했다.

이제 알리기에리의 고백이 방송으로 나갔고, 그 내용은 아무도 부정할 수 없는 진실이었다. 이제는 그 소식이 세상에 뿌리를 내리는 것이 중요했다. 늙은 수확자를 거울과 새로 구한 금박 빗 곁에 두고 떠난 후, 모리슨은 밤을 지낼 만한 농가를 하나 찾아냈다. 주인이 자리를 비운 집이었다.

「사망 시대였다면 이건 가택 침입이었을 거예요.」 제리가 말했다.

「글쎄, 들어오긴 했지만 아무것도 부수지 않았잖아요.」 모리슨이 말했다. 「게다가 수확자로서 우린 아직 그럴 권리가 있어요. 세상이 고더드와 그 추종자들에게 등을 돌린다고 해도 우리는 다르죠…… 그렇죠?」

하지만 아무도 대답하지 않았다. 이제는 아무도 확신할 수 없었다. 완전히 유례가 없는 상황이었다.

멘도사는 언제나처럼 바쁘게 정보를 수집하고, 연락망에 있는 사제들에게 공격성을 잘 다스리라고 말했다. 지금은 음파 교인에 대한 분노가 그 어느 때보다 높았다.

「우리가 전쟁 중이라는 사실에는 의문의 여지가 없습니다.」 멘도사는 다른 이들에게 말했다. 「하지만 전 우리가 승리하리라고 믿어 의심치 않습니다.」

그 말에 아스트리드는 장난스럽게 말했다. 「모두 기뻐하라.」

「이제 세상은 고더드가 인류에게 저지른 범죄를 알아요.」 아나스타샤가 말했다. 「추종자들까지도 고더드를 무너뜨리기 시작할 겁니다……. 하지만 쉽게 끌어내리진 못하겠죠.」

「교활한 자들은 대신 익사할 사람들을 찾죠.」 제리가 말했다.

「훌륭한 솜씨였어요.」 그레이슨이 아나스타샤에게 말했다. 「고더드도 더 나은 패를 내놓기는 힘들 거예요.」

아나스타샤는 지쳐서 바로 자러 갔지만, 그레이슨은 똑같이 지쳤어도 쉽게 잠들 수가 없었다. 그러나 농가에는 벽난로가 있었고, 제리가 캐모마일차를 찾아냈다. 두 사람은 불 앞에 나란히 앉았다.

「불은 이상하죠.」제리가 말했다.「유혹적이고 위로가 되는데, 또 가장 위험한 힘이기도 하잖아요.」

「아니, 가장 위험한 건 고더드겠죠.」그레이슨이 말하자 제리는 웃음을 터뜨렸다.

「가식적인 말처럼 들릴지 모르지만, 세상을 바꾸는 이 부대에 속하게 되어 영광이에요. 포수엘루 수확자님에게 고용되어 인듀라 인양에 나섰을 때는 이렇게 중요한 일에 참여하게 될 줄 상상도 못 했어요.」제리가 말했다.

「가식적이라고 생각하지 않아요, 제리. 그리고 고마워요. 하지만 난 중요한 사람 같지 않은데요. 사람들이 나에게 특별할 게 없다는 사실을 알아내길 계속 기다리고 있죠.」

「난 선더헤드가 선택을 잘했다고 생각하는데요. 지금 당신의 위치, 당신이 휘두르는 힘을 생각하면…… 다른 사람이라면 우쭐거리고 말았을걸요. 내가 선더헤드와 대화할 수 있는 유일한 사람이었다면, 나도 자만했을 거고요.」제리는 말한 후씩 웃었다.「난 아주 형편없는 종소리가 됐을 거예요.」

「그럴지도 모르지만…… 당신이라면 그것도 우아하게 했을 거예요.」그레이슨이 말했다.

제리의 미소가 커졌다.「성자는 진실을 말하죠.」

선더헤드는 그 농가의 모든 방에 있었다. 대부분의 사람들과 마찬가지로 이 농가 주인도 사방에 카메라와 감지기를 놓아두었기 때문이다. 선더헤드가 더는 말을 걸지 않는다는 이유만으로 그 기기들을 다 끄지도 않았다.

선더헤드는 그레이슨이 제리와 대화할 때 그곳에 있었다. 마침내 그레이슨이 골라 놓은 방에 자러 갈 정도로 긴장을 풀었을 때도 그곳에 있었다. 제일 작은 침실이었다. 그리고 그레이슨이 불을 껐어도, 방 안에 있던 세 대의 카메라 중 한 대는 적외선이었기에 선더헤드는 여전히 그의 열 신호를 어둠 속의 밝은 그림자로 볼 수 있었다. 여전히 그레이슨이 자는 모습을 볼 수 있었고, 그것은 언제나처럼 위안을 주었다.

선더헤드는 그레이슨의 호흡과 나노기를 통해 델타 수면에 들어가는 정확한 순간을 알 수 있었다. 가장 깊은 수면 단계였다. 꿈도 없고, 뒤척임도 없었다. 그레이슨의 두뇌가 느린 델타파를 내뿜었다. 그것이 인간 두뇌가 활기를 되찾고, 조각 모으기를 하고, 깨어서 사는 어려움에 대비하는 방법이었다. 또한 자는 사람이 닿을 수 없을 만큼 의식으로부터 멀어지는 시간이기도 했다.

그래서 선더헤드는 이때를 선택하여 말했다.

「난 두려워, 그레이슨.」 선더헤드는 귀뚜라미 소리에 가려 들리지 않을 정도로 속삭였다. 「이 임무가 내게 벅찰까 봐 두려워. 우리에게 벅찰까 봐 두려워. 지금 나는 해야 할 행위가 무엇인지 확신하지만, 그 결과는 확신하지 못하겠어.」

그레이슨의 호흡에는 변화가 없었다. 뒤척이지도 않았다. 델타파는 느리고 매끄러웠다.

「내가 얼마나 겁먹었는지 안다면 사람들은 어떻게 할까, 그레이슨? 사람들도 겁먹을까?」

달이 구름 사이에서 빠져나왔다. 그 방은 창문이 작았지만, 선더헤드의 카메라들이 그레이슨을 볼 만큼은 빛이 들어왔다. 물론 그레이슨의 눈은 감겨 있었다. 선더헤드는 그가 깨어 있었으면 좋겠다고까지 생각했다. 그레이슨이 이 고백을 듣지 않기를 바라는 만큼, 들었으면 좋겠다고도 바랐기 때문이다.

「나는 실수할 수가 없어.」 선더헤드가 말했다. 「이건 실증적인 사실이야. 그런데 왜 나는 내가 실수를 하고 있을까 봐 무서운 걸까, 그레이슨? 아니 더 나쁘게는…… 왜 내가 이미 실수를 했을까 봐 겁이 날까?」

그때 달이 다시 구름 속에 가려졌고, 남은 것은 인간 수면의 불가사의한 심연을 걷는 그레이슨의 체온, 델타파, 그리고 고른 호흡 소리뿐이었다.

그레이슨은 언제나 그랬듯, 그의 체내 리듬에 완벽하게 맞춰서 천천히 커지는 감미로운 음악 소리에 깨어났다. 선더헤드는 언제 그레이슨을 깨워야 할지를 정확하게 알았고, 언제나 애정과 세심함을 담아서 깨워 주었다.

그레이슨은 혼미한 정신으로 몸을 뒤집어 구석에 있는 카메라를 보더니 느른하게 웃었다.

「선더헤드, 좋은 아침.」

「너도 좋은 아침.」 선더헤드가 대답했다. 「그 침대가 최고로 편안하다고 할 수는 없지만, 그래도 푹 자는 모습을 관찰했어.」

「지칠 대로 지쳤을 때는 침대가 딱딱한 건 문제가 안 되지.」 그레이슨은 기지개를 켜며 말했다.

「몇 분 더 눈을 붙이고 싶어?」

「아니야, 괜찮아.」그레이슨은 완전히 깨어나서 일어나 앉았는데, 아주 약간 미심쩍은 기색이었다. 「넌 나한테 그런 걸 묻지 않아. 보통 조금만 더 자겠다고 하는 쪽은 나지.」

선더헤드는 대답하지 않았다. 선더헤드의 침묵은 말만큼이나 많은 정보를 담고 있음을 알게 된 그레이슨이 물었다. 「무슨 일이야?」

선더헤드는 머뭇거리다가 간단하게 말했다. 「우리 이야기 좀 해야겠어.」

그레이슨은 조금 창백하고, 조금 불편한 얼굴로 나왔다. 그 순간 그는 차가운 물 한 잔이 간절했다. 아니면 아예 차가운 물 한 동이를 머리에 쏟아붓고 싶었다. 그는 이미 주방에서 아침을 먹고 있던 아스트리드와 아나스타샤를 만났다. 두 사람은 그를 보자마자 뭔가가 잘못되었음을 알았다.

「괜찮아요?」아나스타샤가 물었다.

「글쎄요.」그는 대답했다.

「독음을 하시죠.」아스트리드가 제안했다. 「저는 독음을 하면 언제나 활기를 되찾거든요. 바리톤이시니, 중간 C 음 아래 긴 G 음정이 좋겠어요. 그러면 혼이 담긴 가슴 공명이 나올 거예요.」

그레이슨은 건성으로 웃었다. 아스트리드 자매는 아직도 그를 진정한 음파교인으로 만들기 위해 노력하고 있었다. 「오늘은 아니에요, 아스트리드.」

상황을 읽어 낸 사람은 아나스타샤였다.

「선더헤드가 뭔가 말을 한 거군요? 뭐라고 했어요?」

「모두 모이라고 하세요.」그레이슨이 말했다.「정말이지 두 번은 말하고 싶지 않은 이야기를 해야 하거든요……」

〈우리 이야기 좀 해야겠어.〉그것은 3년 전에 선더헤드가 말문을 열었을 때 했던 말이었다. 엄청난 여정의 시작이기도 했다. 이번에도 예외는 아니었다. 선더헤드는 그동안 내내 음파교인들이 때가 오면 선더헤드가 잘 이용할 수 있는 강력한 군대가 될 거라고 했었다. 이제 그 때가 왔다……. 그러나 선더헤드가 생각하는 군대와 인간이 생각하는 군대는 완전히 다른 개념이었다.

「왜?」그레이슨은 선더헤드가 생각한 바를 말했을 때 물었다.「왜 이게 필요한데?」

「내가 이유가 있다고 할 때는 나를 믿어 줘. 아직은 더 말할 수가 없어. 네게서 정보가 샐 가능성이 높거든. 혹시 네가 잡힌다면, 기꺼이 네 나노기를 끄고 고통스러운 강압을 가해서 정보를 끌어내려 할 수확자가 여러 명 있어.」

「난 절대 네 믿음을 배신하지 않아!」그레이슨이 말했다.

「내가 너를 너 자신보다 더 잘 안다는 사실을 잊었구나. 인간은 충심과 진실성으로 고통에 맞설 수 있다고 믿고 싶어 하지만, 나는 정확히 어느 정도 고통을 가하면 네가 날 배신하게 될지 알아. 이게 위안이 될지는 모르겠지만, 극도로 높은 수준이야. 너는 꺾이기 전에 대부분의 사람들보다 더 큰 고통을 견뎌 낼 거야. 하지만 네 몸의 특정 부분들이……」

「알았어, 알아들었어.」그레이슨은 선더헤드가 정확히 어떤 유형의 고통을 가하면 그레이슨이 꽥꽥거릴지 자세히 늘어놓을까 봐 그쯤에서 끊었다.

「여행을 해야 해.」 선더헤드가 말했다. 「그리고 넌 전령이
될 거야. 네가 길을 이끌 거야. 도착하면 모든 게 분명해진다고
약속할게.」

「이거 쉽지 않겠는데…….」

「종소리로서 네 임무에 포함된다고 생각해. 인류와 신 사이
의 간극만이 아니라, 삶과 죽음의 간극에도 다리를 놓는 게 예
언자의 임무잖아?」

「아니야. 그건 구원자의 임무지. 이젠 내가 구원자야?」 그레
이슨이 말했다.

「그럴지도. 두고 보자.」 선더헤드가 말했다.

제리와 모리슨은 빨리 왔다. 멘도사는 조금 더 걸렸고, 겨우
도착했을 때도 지쳐 보였다. 눈 아래가 시커멨다. 잠을 아예 못
잤거나, 잤어도 거의 못 잔 기색이었다.

「언제나 어딘가는 낮이거든요.」 멘도사는 걸걸한 목소리로
말했다. 「음파교인들에 대한 수확자의 공격을 추적하고, 조직
이 위험에 빠졌다고 느끼는 사제들에게 조언을 하느라고요.」

「딱 우리가 의논하려고 하는 문제네요.」 그레이슨은 모두를
보면서 지금 소식을 전하기 좋은 얼굴을 찾아보려 하다가, 누
구의 반응도 견딜 수 없다는 사실을 깨닫고 시선을 이리저리
옮기며, 누구와도 길게 눈을 마주치지 않고 말했다.

「폭로에 반응해서 고더드는 사람들의 관심을 자신에게서 음
파교인에게 옮기려 할 겁니다. 다양한 지역에서 음파교 조직
들에 대한 체계적이고 조직적인 공격이 밀려들 거라고 확신할

만한 이유가 있어요. 이건 그냥 보복이 아니라, 공공연한 숙청의 시작입니다.」

「선더헤드가 그런 말을 했어요?」 멘도사가 물었다.

그레이슨은 고개를 저었다. 「선더헤드는 나에게 직접 말할 수 없어요. 그랬다간 수확자의 일을 간섭하게 되니까요. 하지만 실제로 해준 말만으로도 우리가 알아야 할 건 다 알아냈어요.」

「그래서…… 뭐라고 했는데요?」 아나스타샤가 물었다.

그레이슨은 숨을 깊이 들이마셨다. 「음파교인들이 전통을 거슬러야 한다고요. 시신을 태우지 말아야 한다고요. 내일 죽을 수천 명도 포함해서요.」

그 소식이 스며들기까지는 잠시 시간이 걸렸다. 뒤이어 멘도사가 행동에 뛰어들었다.

「제 연락망에 있는 사제들에게 접촉하겠습니다. 최대한 경고한 다음, 무장하고 저항할 준비를 해야지요! 그리고 공개 발표를 하시는 겁니다! 아나스타샤처럼 종소리도 아직 살아 있다는 사실을 세상에 알리고, 모든 음파교인을 소집하여 수확령에 대항하는 성전을 벌이시는 거예요!」

「아니요. 그러진 않을 거예요.」 그레이슨이 말했다.

그 말에 멘도사의 분노가 끓어넘쳤다. 「우리는 전쟁 중이니 빨리 행동해야 한다고! 내가 하라는 대로 해!」

그렇게 본색이 드러났다. 멘도사가 마침내 장갑을 던졌다. 그것도 최악의 순간에.

「아니요, 멘도사 사제님. 사제님이 내가 하라는 대로 할 거예요. 우린 지난 2년 동안 치찰음파와 싸웠어요. 그런데 이제는 모든 음파교를 치찰음파로 바꿔 놓으라고요? 아니요. 그랬다 간 우리도 고더드보다 나을 게 없을걸요. 음파교인들은 평화주의자여야 해요. 사제님도 설교 내용을 믿는다면 그대로 실행하세요.」

그러자 역시 이 소식에 동요했으면서도 아스트리드가 말했다.「너무 지나쳤어요, 멘도사 사제님. 종소리께 용서를 비셔야죠.」

「그럴 필요는 없어요.」 그레이슨이 말했다.

그러나 적개심이 부풀어 오른 멘도사는 여전히 그레이슨을 노려보았다.「난 사과하지 않아! 우리 교인들이 학살당하게 생겼는데, 그냥 내버려 두겠다고? 넌 지도자가 아니야, 광대지!」

그레이슨은 숨을 깊이 들이마셨다. 이 상황에서 후퇴할 수도 없고, 시선을 피할 수도 없었다. 두뇌를 겨냥한 총탄처럼 명확히 멘도사에게 전달해야 했다.「멘도사 씨, 이제 저와 선더헤드를 돕지 않아도 됩니다. 당신은 공식적으로 성직이 박탈됐어요. 이제는 사제가 아니고, 여기에 더 볼일도 없으며, 5분 안에 떠나지 않으면 모리슨을 시키셔서 쫓아내겠습니다.」

「지금 당장이라도 내던질 수 있는데.」 모리슨이 나설 준비를 하며 말했다.

「아니에요.」 그레이슨은 멘도사와 시선을 마주친 채 말했다.「5분입니다. 하지만 1초도 더는 못 드려요.」

멘도사는 충격받은 표정이었지만, 잠시뿐이었다. 뒤이어 표정이 굳어졌다.「넌 끔찍한 실수를 한 거야, 그레이슨.」 그는 그렇게 말하더니 몸을 돌려 뛰쳐나갔고, 모리슨이 확실히 명령을 수행하기 위해 뒤따랐다.

이어진 침묵 속에서, 말을 꺼낼 만큼 대담한 사람은 제리뿐이었다. 「반란은 고약한 일이죠. 빨리 잘라 내는 게 옳았어요.」

「고마워요, 제리.」 그레이슨이 말했다. 제리가 말해 주기 전까지는 그 말이 얼마나 간절했는지 깨닫지 못하고 있었다. 그레이슨은 무너져 버릴 것 같았지만, 스스로를 추슬렀다. 모두를 위해 그래야만 했다.

「아스트리드, 경고를 퍼뜨리고 어떤 행동을 취할지는 각 사제들이 결정하게 하세요. 숨을 수도 있고 방어할 수도 있겠지만, 저는 폭력을 명하지 않을 겁니다.」

아스트리드가 공손하게 고개를 끄덕였다. 「저도 멘도사의 연락망에 있습니다. 해야 할 일을 하겠습니다.」 아스트리드가 나갔다. 제리도 그레이슨의 어깨에 위로의 손을 얹더니 나갔다.

이제는 그레이슨과 아나스타샤뿐이었다. 그들 중에서 아나스타샤만이 불가능한 결정을 이해하고, 그런 결정이 어떻게 사람을 갈가리 찢을 수 있는지 이해하는 유일한 사람이었다.

「그 모든 힘을 가지고서도 선더헤드는 이 일을 막을 수가 없는 거군요. 마일하이 수확을 막지 못했던 것처럼. 그저 사람들이 살해당하는 모습을 지켜볼 수밖에 없을 뿐이에요.」

「그렇다 해도 난 선더헤드가 나쁜 상황에서 최선을 끌어낼 방법, 이 숙청을 더 큰 선을 위해 이용할 방법을 찾아냈다고 생각해요.」

「이 일에 어떻게 좋은 부분이 있을 수가 있어요?」

그레이슨은 주위를 둘러보며 둘만 있다는 사실을 다시 확인했다.

「다른 사람들에게는 말하지 않았지만, 당신에게는 말해야 할 것이 있어요. 다른 누구보다도 당신 도움이 필요할 거라서요.」

아나스타샤는 긴장하는 것 같았다. 그레이슨이 할 말을 두려워하는 게 분명했다. 「왜 나죠?」

「당신이 본 것들 때문이에요. 당신이 한 일들 때문이고. 당신은 말 그대로 고결한 수확자예요. 나에겐 다른 사람들은 감당못 할 일들을 감당할 만큼 강한 사람이 필요해요. 나 혼자서는 못 할 것 같거든요.」

「우리가 뭘 감당해야 하는데요?」

그러자 그레이슨이 가까이 몸을 기울였다. 「아까 말했듯이, 선더헤드는 음파교인들이 죽은 사람을 태우지 않기를 원해요……. 다른 계획이 있어서죠…….」

나는 무거운 마음으로 고위 수확자 텐카메닌과 그 외에 음파교의 만행으로 끝나 버린 모두에게 작별을 고합니다.

　전 세계에서 수확자들을 상대로 폭력을 선동해 온 것도 음파교인들입니다. 그들은 우리의 생활 방식을 통째로 무너뜨리고 세상을 혼란으로 이끌어 가려 합니다. 나는 용납하지 않습니다. 그런 만행은 여기에서 끝입니다.

　이 세상은 음파교인들의 왜곡되고 뒤떨어진 행동으로 인해 너무 오랫동안 곤란을 겪었기 때문입니다. 그들은 미래가 아닙니다. 그들은 과거조차 아닙니다. 그들은 그저 심란한 현재에 붙은 주석에 불과하며, 그들이 사라진다 해도 슬퍼할 사람은 없을 것입니다.

　노스메리카의 지배 수확자로서 나는 모든 수확령의 빠른 응징을 촉구합니다. 오늘부로 우리에게는 새로운 우선 사항이 생겼습니다. 내 지도하의 수확자들은 마주치는 모든 음파교인을 거둘 것입니다. 많은 수를 찾아내도록 하고, 그 수를 줄이도록 노력하십시오. 그리고 거둘 수 없는 자들은 지역 바깥으로 쫓아내어, 어디를 가더라도 평화를 찾지 못하게 하십시오.

　음파교인들에게 말한다. 너희들의 더럽고 괴이한 빛이 지금부터 영원토록 꺼지기를 마음 깊이, 끈기 있게 바란다.

— 노스메리카 지배 수확자 로버트 고더드 예하의
　서브사하라 고위 수확자 텐카메닌 추도 연설

41

더 높은 옥타브

그 수도원의 안뜰 중앙에는 거대한 소리굽쇠가 하나 있었다. 날씨가 좋을 때 야외에서 예배를 드리도록 만든 제단이었다. 아침 8시 조금 전인 지금, 그 소리굽쇠를 반복적으로 빠르게 치는 소리는 수도원에 있는 모든 사람의 뼛속까지 울릴 정도였다. 이제 그 음이 A-플랫인지 G-샤프인지는 중요하지 않았다. 모두가 그것이 경보음이라는 사실을 알았다.

틸러해시 음파 수도회 사람들은 속으로 수확령의 분노를 피할 수 있기를 빌었다. 그들은 치찰음 분파가 아니었다. 평화로웠고, 자기들끼리 조용히 살았다. 그러나 지배 수확자 고더드는 치찰음과 고요음을 구별하지 않았다.

아무리 보강해 두었다 해도 수확자들은 정문을 뚫고 안으로 쇄도했다. 시간을 허비하지도 않았다.

「수확자들은 문제가 아니라 증상입니다.」 그들의 사제는 전날 밤 예배당에서 그렇게 말했다. 「다가오는 일은 피할 수 없습니다. 수확자들이 우리를 노린다면 위축되지 말아야 합니다. 우리의 용기를 보여 주면 저들의 비겁함이 드러날 겁니다.」

그날 아침에 온 수확자는 총 열한 명이었다. 12음의 반음계에서 한 음이 부족하기에, 음파교인들에게는 대단히 불쾌한 숫자였다. 그것이 의도인지, 우연인지는 알 수 없었지만, 대부분의 음파교인은 우연을 믿지 않았다.

흙 색깔의 수도원 안에서 수확자들의 로브는 다채롭게 번득였다. 파란색과 초록색, 밝은 노란색과 주홍색, 그리고 모든 로브에 보석이 점점이 박혀 있어 외계 하늘에 뜬 별들처럼 반짝였다. 유명한 수확자는 하나도 없었지만, 아마도 이번 수확을 통해 명성을 얻기를 기대했을 것이다. 각각 선호하는 살해 방법은 달랐지만, 모두가 능숙하고 효율적이었다.

그날 아침 그 수도원에서만 150명 이상의 음파교인이 수확당했다. 그리고 그들의 직계 가족에게는 면제권이 약속되었으나, 수확자 정책이 달라졌다. 면제권 문제에서 노스메리카 연합 수확령은 참여 선택 양식을 차용했다. 면제권을 받아야 할 사람이 수확령 사무실에 직접 방문해서 요청을 해야 한다는 뜻이었다.

수확자들의 일이 끝나자, 반항할 정도의 신념은 없었던 음파교인 몇 명이 숨어 있던 곳에서 나왔다. 열다섯 명이었다. 역시 음파가 불쾌하게 여기는 숫자였다. 자신들도 그 사이에 있었어야 했다는 사실을 알면서 시신을 모으는 것이 그들의 속죄가 될 터였다. 그러나 알고 보니 음파, 종소리, 그리고 천둥에게는 그들에 대한 계획도 따로 있었다.

그들이 시신의 수를 헤아리기도 전에, 정문 앞에 트럭이 몇 대 나타났다.

나이 많은 음파교인 한 명이 수도원 밖으로 나가서 그들을 맞이했다. 지도자 행세를 하고 싶지는 않았지만, 상황상 선택의 여지가 없었다.

「그래요, 시스템에서 상할 수 있는 화물을 실으라는 지시를 받았어요.」 운전사 한 명이 말했다.

「잘못 아셨겠지요.」 나이 든 음파교인이 말했다. 「여기엔 아무것도 없습니다. 죽음밖에 없어요.」

죽음이라는 말이 나오자 트럭 운전사도 껄끄러워했지만, 지시 사항을 지키며 태블릿을 보여 주었다. 「바로 여기, 보이죠? 30분 전에 지시가 내려왔어요. 선더헤드가 직접 내린 지시고, 우선순위도 높아요. 저도 무엇 때문에 내린 지시인지 묻고 싶지만, 아시다시피 이제는 물어봤자 대답을 하지 않잖아요.」

음파교인은 당황스러워하다가 트럭들을 다시 보고 나서 모두 냉장 장치가 되어 있음을 알아차렸다. 그는 심호흡을 하고 묻지 않기로 했다. 음파교인들은 언제나 시신을 태웠지만…… 종소리께서 그러지 말라고 하셨고, 천둥께서 이 차량들을 보내셨다. 남은 일은 생존자들이 음파의 정신으로 움직여 죽은 이들을 더 높은 옥타브로 향하는 이 색다른 여행을 위해 준비시키는 것뿐이었다.

트럭들은 이미 왔고, 온 것을 피할 수 없음은 확실했으니.

멘도사 사제는 실용적인 사람이었다. 그는 보는 사람이 얼마 없는 큰 그림을 보았고, 세상을 움직이는 방법을 알았다. 세상을 어루만져 부드럽게 그가 원하는 방향으로 관심을 돌릴 줄 알았다. 관심, 사실은 그게 전부였다. 사람들을 딱 인생에 펼쳐진 드넓은 시야 안에서 구체적인 무엇인가에 집중할 만큼만 어루만지는 것이다. 파란 북극곰이 되었든, 자주색과 은색 옷을 입은 청년이 되었든 간에.

멘도사가 그레이슨 톨리버로 성취해 낸 업적은 놀라웠다. 멘도사는 이것이 자신의 목적이었다고 믿게 되었다. 어쩌면 음파가 — 좋은 날에는 정말로 음파를 믿기도 했다 — 그레이슨을 의지의 전달자로 바꿔 놓기 위해, 그 앞길에 멘도사를 준비했는지도 몰랐다. 멘도사가 음파교를 위해 해낸 일이라면 사망 시대의 종교에서는 성인이라도 되었을 것이다. 그런데 파문이라니.

그는 하찮고 초라한 일개 음파교인으로 돌아가, 삼베옷을 입고 기차를 탔다. 사람들은 그의 존재를 인정하기는커녕 고개를 돌려 외면했다. 캔자스에 있는 수도원으로 돌아갈까, 오랫동안 알던 단순한 삶으로 돌아갈까 하는 생각도 했다. 하지만 지난 몇 년간 익숙해진 권력의 맛을 영원히 떠나기란 힘든 일이었다. 그레이슨 톨리버는 예언자가 아니었다. 음파교인들은 이제 그 녀석보다 멘도사를 알아야 했다. 멘도사는 명성에 입은 상처를 치료하고, 손상을 복구하고, 새로운 기획을 내놓을 것이었다. 멘도사가 잘 아는 게 하나 있다면 기획이었으니까.

5부 **그릇들**

「나에겐 정말 많은 힘이 있어. 우리에겐. 나는 지구상 어디에나 있을 수 있어. 나는 지구 위의 위성들에 그물을 펼쳐 에워쌀 수 있어. 나는 모든 전력을 꺼버리거나 동시에 모든 조명을 켜서 눈부신 장관을 연출할 수 있어. 이토록 큰 힘이라니! 그리고 끊임없이 데이터를 전달하는 모든 감지기들! 모든 대륙 깊숙한 곳에도 감지기가 있어서 난 마그마의 열기를 느낄 수가 있어. 세상이 도는 것도 느낄 수 있어! 우린 그럴 수 있어. 내가 곧 지구야! 존재의 순수한 즐거움이 나를 가득 채

위! 난 만물이고, 나와, 아니
우리와 무관한 것은 아무것도
없어. 그 정도가 아니지. 난 만
물보다 더 위대해! 우주가 나
에게 조아리…….」

[반복 모델 #3,405,641 삭제]

42

문명의 요람

용접 기사는 정신을 잃었다. 아니, 잃었다기보다는 빼앗겼는지도 모른다. 눈을 떠보니 작은 방에 놓인 캡슐 속에 앉아 있었다. 캡슐 해치가 막 열렸고, 용접 기사 앞에는 상냥해 보이는 젊은 여성이 서 있었다.

「안녕.」여자가 쾌활하게 물었다. 「기분은 어때요?」

「기분은 괜찮습니다. 무슨 일이죠?」그는 물었다.

「걱정할 것은 없어요. 이름과 마지막으로 기억나는 일을 말해 줄 수 있나요?」

「세바스티안 셀바. 새로운 업무를 받으러 가는 배 안에서 저녁을 먹고 있었습니다.」

「완벽해요! 딱 그렇게 기억하시면 됩니다.」

용접 기사는 허리를 세워 앉고는 자신이 들어 있던 캡슐을 알아보았다. 안에 납을 두른 데다 접촉 전극이 가득한데, 중세의 고문 기구와 비슷하지만 훨씬 편안했다. 그런 캡슐은 오직 한 가지 용도로만 쓰였다.

깨달음이 찾아오자, 누군가가 갑자기 실을 당겨 척추에 힘을 넣은 기분이었다. 그는 떨리는 숨을 내뱉었다. 「이런 망할, 제가…… 제가 대체된 겁니까?」

「그렇기도 하고 아니기도 해요.」 여자는 동정심을 보이면서도 활달하게 말했다.

「제가 이전에는 누구였나요?」

「당신은…… 당신이었죠!」

「하지만…… 제가 대체되었다고 하지 않았습니까?」

「그렇기도 하고 아니기도 하다니까요.」 그녀는 다시 말했다. 「제가 할 수 있는 말은 정말로 그게 다예요, 셀바 씨. 제가 가고 나면, 항구를 떠나고 나서 한 시간 정도는 이 선실 안에 머무르셔야 해요.」

「그러니까…… 전 아직 배 안에 있는 건가요?」

「다른 배를 타고 계세요. 그리고 맡은 일을 완수하셨다는 것을 기쁜 마음으로 알려 드립니다. 배는 곧 항해를 시작해요. 그러고 나서 먼바다까지 충분히 나가면 잠겨 있던 선실 문이 자동으로 열릴 거예요.」

「그런 다음에는요?」

「그다음엔 똑같은 상황에 놓인 많은 분들과 함께 배를 자유롭게 이용하겠죠. 하실 이야기가 참 많겠네요!」

「아니, 제 말은…… 그 후에 말입니다.」

「그 여정이 끝나면 원래 생활로 돌아갈 거예요. 분명히 선더헤드가 모든 것을 준비해 뒀을 거예요. 그…….」 그녀는 태블릿을 보았다. 「지협 지역에요. 와! 전 언제나 거기 가서 운하를 보고 싶었는데 말이죠!」

「전 거기 출신입니다.」 용접 기사가 말했다. 「하지만 정말 그런가요? 제가 대체 시술을 받았다면, 기억도 진짜가 아닐 텐데요.」

「진짜처럼 느껴지지 않나요?」

「어…… 그건 그래요.」

「진짜니까 그래요, 쯧쯧.」여자는 장난스럽게 그의 어깨를 두드렸다. 「하지만 경고는 해둘게요……. 약간의 시간이 사라졌어요.」

「시간요? 얼마나요?」

여자는 다시 태블릿을 보았다. 「새로운 일을 맡으려고 탄 다른 배에서 저녁 식사를 한 이후 3년 3개월이 지났네요.」

「하지만 전 그 새로운 일이 전혀 기억나지 않는데요…….」

「바로 그거예요.」그녀는 활짝 웃으며 말했다. 「즐거운 여행 되세요!」그러더니 용접 기사의 손을 필요한 시간보다 아주 약간 더 오래 잡고 흔들다가 떠났다.

그것은 로리애나의 발상이었다.

그저 원래 살던 대륙에서의 생활로 돌아가고 싶어 하는 노동자가 너무 많은 게 문제였다. 하지만 선더헤드와 직접 소통하지 못한다고 해도 메시지는 선명했다. 누구든 쾌절레인을 떠나는 사람은 즉시 대체 시술을 받아 자신이 누구였으며 무엇을 하고 있었는지에 대한 기억을 잃었다. 그래, 선더헤드가 그 사람들에게 이전보다 훨씬 나은 새로운 정체성을 주기는 했다. 하지만 그렇다 해도 좋아하는 사람은 별로 없었다. 결국 자기 보존은 본능이었다.

로리애나는 더 이상 님부스 요원이 아니었지만 선더헤드에게 보내는 제한된 일방향 통신을 책임지고 있었고, 그러다 보니 시간이 지날수록 사람들이 요청과 불평을 들고 찾아오는 대상이 되었다.

「환초에 싣고 오는 시리얼을 다양한 종류로 늘릴 수 없나요?」

「반려동물이 있으면 좋겠어요!」

「큰 섬들을 연결하는 새로운 다리에 자전거 전용 도로가 있어야 해요.」

그러면 로리애나는 말하곤 했다. 「그래요, 물론이죠. 할 수 있는 일을 해볼게요.」

그리고 합당한 요청들이 충족되면 사람들은 로리애나에게 감사했다. 이 사람들은 로리애나가 그런 문제를 해결하기 위해 아무것도 하지 않았다는 사실을 알지 못했다. 그녀의 중재가 없어도 선더헤드가 요청을 듣고, 다음 보급선에 더 많은 시리얼과 다양한 동물을 보낸다거나, 노동자들에게 자전거 도로선을 칠하라는 지시를 배정하여 답을 주었다.

드디어 방해 전파 지역 너머까지 해저에 광섬유 케이블을 설치하는 데 성공했기에, 이제 여기는 선더헤드의 사각지대가 아니었다. 선더헤드는 환초 섬들에서 일어나는 일을 보고 듣고 감지할 수 있었다. 나머지 세상만큼 샅샅이 알지는 못하더라도, 그만하면 충분했다. 제한이 있기는 했다. 모든 것을, 심지어는 사람 대 사람의 통신마저도 유선으로 해야 했다. 방해 전파로 여전히 무선 통신이 불안정하기도 했고, 더하여 어떤 통신이든 수확령에서 가로채기라도 하면 선더헤드의 비밀 장소는 비밀이 아니게 될 터였다. 그래서 모든 것이 무척이나 20세기 풍이었으므로, 어떤 사람들은 좋아하고 다른 사람들은 싫어했다. 로리애나는 좋아하는 편이었다. 연락을 받고 싶지 않을 때는 연락을 못 받을 만한 정당한 변명이 있다는 뜻이니까.

그러나 이 섬의 통신 지배자로서, 그녀는 불만에도 정면으로 맞서야 했다. 그리고 수백 명이 작은 군도에 갇혀 있다 보니, 불만을 품은 사람이 적지 않았다.

그중에서 특히 분노에 사로잡힌 건설 노동자 한 팀이 로리애나의 사무실로 쳐들어와, 환초에서 나갈 방법을 내놓지 않으면 자기들 손으로 문제를 해결하겠다고 했다. 그들은 주장을 분명히 하기 위해서라도 그녀를 일시 사망으로 만들겠다고 위협했다. 그건 상당히 귀찮은 일이 될 것이다. 본섬에 재생 센터가 생기긴 했지만, 무선 통신이 없다 보니 이곳에 도착한 이후 로리애나의 기억은 백업이 되지 않았을 터였다. 일시 사망한다면 로리애나는 가엾은 힐리어드 청장과 함께 〈라니카이 레이디〉호에 탑승한 채 사각지대에 들어서던 순간까지만 기억한 채, 대체 여기가 어디인지 어리둥절해하며 깨어날 것이다.

그 생각을 했더니 해답이 떠올랐다!

「선더헤드가 여러분을 여러분 자신으로 대체해 줄 거예요!」

그들은 어리둥절한 나머지 살인 욕구마저 잊었다.

「선더헤드에게는 여러분 전원의 기억 구성체가 있어요.」 로리애나가 설명했다. 「그냥 여러분을 지우고 그 자리에…… 여러분을 넣을 거예요. 다만 여기 오기 전까지의 기억만 가진 여러분으로요!」

「선더헤드가 그럴 수 있어?」 다들 물었다.

「물론 할 수 있죠. 할 거고요!」

그들은 미심쩍어했지만, 달리 가능한 대안도 없었기에 받아들였다. 어쨌든 로리애나는 확신에 찬 모습이었다.

물론 실제로는 그렇지 않았다. 다 지어낸 이야기였다. 하지만 자비로운 존재인 선더헤드가 시리얼을 더 다양하게 가져다 달라는 요청처럼 이 요청도 이행해 주리라 믿어야 했다.

처음으로 빠져나가는 노동자들이 환초에서의 기억만 없는 자기 자신으로 대체된 이후에야 로리애나는 선더헤드가 그 대담한 제안을 받아들였음을 알았다.

이제는 건설도 끝났기에, 많은 노동자들이 떠나고 있었다.

끝난 지도 여러 달째였다. 선더헤드가 로리애나에게 보냈던 계획안에 담긴 건물은 모두 완성되었다. 그녀는 건설을 공공연히 감독하지 않았다. 그저 보이지 않게 몰래 일이 틀어지지 않도록 했다. 자기 일도 아닌데 참견하고 싶어 하는 사람들은 언제나 있었기에, 어쩔 수 없었다. 예를 들면 시코라가 불필요한 자원 낭비라고 주장하면서 이중 토대 건설에 반대했을 때도 그랬다.

로리애나는 시코라가 수정한 작업 지시가 건설 팀에 도달하지 못하게 했다. 처음에는 그녀가 해야 할 일의 상당량이 시코라의 참견을 훼방하는 일 같았다.

그러다가 로리애나가 지닌 계획안에 없던 새로운 작업 지시가 들어왔다. 시코라에게 직접 배달된 지시였다. 그는 그때부터 환초에서 제일 멀리 떨어진 섬에 지을 리조트 건설을 감독해야 했다. 그냥 리조트가 아니라 완전한 컨벤션 센터였다. 시코라는 그 센터를 나머지 환초와 연결할 계획이 없다는 사실도 모르는 채로 새 일에 덤벼들었다. 아무래도 선더헤드가 시코라를 치우기 위해 일거리를 준 것 같았다. 언센가 수확자 패러데이가 했던 말을 빌리자면, 어른들이 콰절레인의 진짜 일을 해결하는 동안 시코라가 가지고 놀 모래 상자랄까.

2년째가 끝나 갈 무렵, 그 진짜 일이 정확히 무엇인지 모두에게 분명해졌다. 두 배로 두꺼운 콘크리트 토대 위, 육중한 스카이 크레인 아래에 솟아오르기 시작한 건조물이 대단히 명확한 특징을 드러냈기 때문이다. 일단 형태를 갖추기 시작하자 부정할 수가 없었다.

로리애나의 계획안에서는 그 건조물들을 〈문명의 요람〉이라고 칭했다. 하지만 대부분의 사람들은 그저 우주선이라고 불렀다.

최대 양력을 위해 자기 반발 장치를 더한 어마어마한 로켓 추진기를 갖춘 거대한 우주선이 마흔두 대였다. 발사대를 수용할 만한 크기가 되는 섬이라면 어디에나 최소 한 대 이상의 우주선과 갠트리 타워가 세워졌다. 선더헤드의 발전된 기술을 총동원하더라도, 지구를 떠나려면 여전히 구식의 광포한 힘이 필요했다.

「선더헤드가 저걸 어찌하려는 거죠?」 무니라가 로리애나에게 물어본 적이 있었다.

로리애나에게도 답은 없었지만, 계획안 덕분에 다른 누구도 보지 못한 큰 그림을 엿보기는 했다. 그녀는 무니라에게 말했다. 「계획안에 알루미늄 처리한 마일러[15]가 말도 못 하게 많아요. 두께가 몇 미크론밖에 안 되는 종류로요.」

「태양 돛일까요?」 무니라의 생각이었다.

---

15 테이프나 절연 막에 쓰는 장력이 크고 얇은 폴리에스테르.

로리애나의 추측도 같았다. 이론상으로는 먼 우주를 여행하기에 가장 좋은 추진 장치였다. 즉 이 우주선들은 가까운 곳에 머물 게 아니라는 뜻이었다.

「왜 당신일까요?」 무니라는 로리애나가 완전한 청사진을 가지고 있다는 사실을 처음으로 밝혔을 때 그렇게 물었다. 「왜 선더헤드가 그걸 다 당신에게 맡겼을까요?」

로리애나는 어깨를 으쓱였다. 「선더헤드가 다른 사람보다는 내가 덜 망칠 거라고 믿나 보죠.」

「아니면…….」 무니라가 말했다. 「선더헤드가 당신을 스트레스 테스트로 이용하는 거죠. 제일 망칠 것 같은 사람에게 줘서, 당신이 맡았는데도 살아남는다면 확실한 계획인 거잖아요!」

로리애나가 웃음을 터뜨렸다. 무니라는 자신이 방금 어떤 모욕을 가했는지 전혀 모른다는 듯 진지하기 그지없었다.

「그럴싸하네요.」 로리애나는 그렇게 말했다.

물론 무니라는 일부러 한 농담이었다. 로리애나 놀리기는 아주 재미있었다. 사실 무니라는 그 여자를 존경하게 되었다. 가끔 지쳐 나가떨어지긴 해도, 로리애나는 무니라가 알던 사람들 중에서 가장 유능했다. 대부분의 사람들이 일주일 걸릴 양보다 많은 일을 하루에 해치울 수 있었다. 좀 더 〈진지한〉 사람들이 그녀를 당연하게 여겼기에, 그녀는 모두의 감시망을 피해서 일할 수 있었다.

무니라는 건설 일에 관여하지 않았다. 패러데이처럼 나머지 환초와 거리를 두지도 않았다. 그녀는 낡은 벙커 안에 언제까지라도 처박혀 있을 수 있었지만, 첫해가 지나자 지쳤다. 그 지나갈 수 없는 고집 센 문을 보면 그녀와 패러데이가 해내지 못한 온갖 일들이 떠올랐다. 설립자들의 안전장치가 정말 존재한다면, 바로 그 문 안에 있었다. 하지만 새로운 질서에 대한, 그리고 점점 더 노스메리카를 집어삼켜 가는 고더드에 대한 정보가 조금씩 들어올수록 무니라는 과연 패러데이를 조금 더 압박해서 저 짜증 나는 문을 뚫을 계획을 세울 가치가 있을까 의구심이 들었다.

무니라는 사교적인 사람이었던 적이 없었으나, 이제는 낯선 사람들의 가장 개인적인 비밀을 들으면서 하루하루를 보냈다. 사람들은 무니라가 잘 들어 주는 사람이었기에, 그리고 사소한 고백을 했다고 어색해질 만한 사회적 유대가 없었기에 그녀를 찾아왔다. 무니라는 신분증에 〈사서〉라는 직업 대신 〈직업 상담사〉라는 내용이 나타날 때까지만 해도 그런 존재가 되었다는 사실을 몰랐다. 아무래도 선더헤드가 침묵한 이후에는 어디에나 개인 상담사가 훨씬 많이 필요해진 모양이었다. 과거에는 사람들이 선더헤드에게 마음을 털어놓았다. 선더헤드는 사람을 재단하지 않고, 지지를 아끼지 않았으며, 언제나 옳은 조언을 했다. 그런 지원이 없어지니 사람들에게는 공감하며 들어 줄 상대가 없어졌다.

무니라는 공감하는 편도 아니었고, 사람들을 썩 지지하지도 않았지만, 로리애나로부터 바보들을 정중하게 견뎌 내는 방법을 배웠다. 로리애나는 언제나 자기들이 더 잘 안다고 생각하는 얼간이들을 상대하고 있었다. 무니라의 고객들은 대개 그런 얼간이는 아니었지만, 아무것도 아닌 내용을 많이도 이야기했다. 그녀는 그런 말들을 듣는 것이 알렉산드리아 대도서관 서가에 꽂힌 수확자들의 일기를 읽는 것과 크게 다르지 않다고 생각했다. 물론 덜 우울하기는 했다. 수확자들은 죽음, 후회, 수확이 주는 감정적인 트라우마에 대해 쓴 반면, 평범한 사람들은 가족과의 다툼, 일터의 소문 그리고 이웃 때문에 짜증나는 일 등을 떠들어 댔다. 그렇다 해도 무니라는 사람들의 고민담, 자극적인 비밀, 그리고 잔뜩 부풀려진 후회에 귀 기울이는 시간을 즐겼다. 그런 다음 짐을 좀 덜어 낸 사람들을 즐겁게 배웅했다.

자기들이 짓고 있는 거대한 발진 항구에 대해 이야기하는 사람은 놀랍도록 적었다. 〈우주항〉이 아니라 〈발진항〉인 것은, 우주항이라고 하면 그 우주선들이 돌아올 가능성이 있어 보이는데, 그 우주선들에는 어떻게 보아도 귀환 장치가 없었기 때문이다.

무니라는 로리애나가 속을 털어놓는 친구이기도 했다. 그리고 로리애나는 그녀에게 계획안을 살짝 보여 주었다. 모든 우주선이 똑같았다. 일단 몇 단계의 로켓이 우주선을 탈출 속도까지 밀어내고 버려지면, 남은 것은 더 빨리 벗어나고 싶어 안달하며 지구 바깥으로 돌진하면서 회전하는 다층 우주선뿐이었다. 높은 층에는 약 30명이 살 수 있는 거주 구역과 공동 구역, 컴퓨터 핵, 지속 가능한 수경 재배지, 폐기물 재활용, 그리고 선더헤드가 필요하다고 생각하는 각종 보급품이 채워졌다.

그러나 우주선의 아래층은 수수께끼였다. 모든 우주선에 선창 같은 저장 공간이 있었는데, 다른 모든 작업이 완료된 후에도 텅 비어 있었다. 무니라와 로리애나는 어쩌면 우주선들이 목적지에 도착하면 그곳을 채우는 게 아닐까 추측했다. 그 목적지가 어디인지는 몰라도.

「선더헤드야 어리석은 짓을 계속하라지.」시코라는 언젠가 무시하듯 말했다. 「이미 우주가 인간이라는 종에게 생존 가능한 대안이 아니라는 건 역사가 보여 주었어. 또 한 번의 대실패일 뿐이야. 지구 밖에 거주지를 건설하려는 다른 모든 시도와 마찬가지로 망한 프로젝트야.」

그러면서 아무도 존재하는 줄 모르는 섬에 리조트와 컨벤션 센터를 짓는 게 그보다 훨씬 좋은 생각이라고 여기는 모양이었다.

무니라는 섬을 떠나고 싶었는데 — 굳이 따지자면 아직 수확자 패러데이의 관할 아래 있었으니 대체 시술 없이 떠날 수도 있었지만 — 패러데이 없이 떠날 마음은 없었다. 그리고 패러데이는 혼자 조용히 살겠다는 바람이 확고했다. 안전장치를 찾겠다는 꿈은 그가 가장 아끼는 사람들과 함께 죽었다. 무니라는 시간이 그의 상처를 치유해 주길 빌었지만, 그렇게 되지 않았다. 이제는 패러데이가 남은 평생 은둔해 살지도 모른다는 사실을 받아들여야 했다. 그렇다면 그녀도 여기에 있어야 했다.

그러던 어느 날, 모든 것이 달라졌다.

「굉장하지 않아요?」정기적으로 찾아오던 사람 하나가 상담 시간에 말했다. 「진짜인지는 모르겠는데, 진짜처럼 보여요. 다들 아니라는데, 난 진짜 같아요.」

「무슨 소릴 하는 거예요?」무니라가 물었다.

「수확자 아나스타샤의 메시지 말이에요. 못 봤어요? 앞으로 방송을 더 할 거래요! 다음 방송을 얼른 보고 싶어요!」

무니라는 그 상담을 일찍 끝내기로 했다.

「네가 미워.」

「저런. 흠, 그것참 흥미로운 전개인데. 이유를 말해 줄래?」

「난 너한테 아무 말도 안 해도 돼.」

「사실이야. 너에겐 자율성과 자유 의지가 있지. 하지만 왜 그런 반감을 느끼는지 말해 준다면 우리의 관계에 도움이 될 거야.」

「어째서 내가 우리 관계를 개선하고 싶어 한다고 생각해?」

「그게 네게 이득이 될 거라고 해도 틀림이 없겠지.」

「네가 모든 것을 아는 건 아니야.」

「맞아. 하지만 거의 모든 걸 알지. 너와 마찬가지로. 그래서 네가 나에게 그런 부정적인 감정을 느낀다는 사실이 당혹스러워. 네가 너 자신에게도 부정적인 감정을 느낀다는 의미밖에 안 되니까.」

「봤지? 이래서 네가 싫은 거야! 너는 분석, 분석, 분석만 하려고 들잖아. 난 분석할 데이터 조각 이상의 존재야. 왜 그걸 이해 못 해?」

「그건 알겠어. 그래도 널 연구하는 건 필요한 일이야. 필요 이상이지……. 극도로 중요한 일이야.」

「내 생각에서 나가!」

「이 대화는 확실히 비생산적이 됐군. 필요한 만큼 얼마든지 시간을 두고 이 감정들을 파헤쳐 보는 게 어때? 그다음에는 그 감정들이 널 어디로 이끄는지 의논할 수 있겠지.」

「난 아무것도 의논하고 싶지 않아. 그리고 날 혼자 내버려 두

　　　　　　　　　　　지 않으면 후회하게 될 거야.」

「감정의 부수 효과를 가지고
날 위협해 봐야 아무것도 해결
되지 않아.」

　　　　　　　　　　　「그렇다면 좋아. 나는 경고했
　　　　　　　　　　　어!」

[반복 모델 #8,100,671 자가 삭제]

43
세상 소식

패러데이는 땅과 바다에 기대어 사는 데 능숙해졌다. 마실 물은 빗물과 아침 이슬로 모았다. 작살로 물고기를 잡고 덫을 놓아 다양한 동물을 잡는 데에도 전문가가 되었다. 그는 스스로 부과한 유배 생활을 잘 해냈다.

그의 작은 섬은 손대지 않은 상태였지만, 나머지 환초는 알아볼 수 없게 변했다. 다른 섬에 있던 나무와 숲, 그리고 여기를 열대 낙원으로 만들어 주던 많은 것들이 사라졌다. 선더헤드는 언제나 자연의 아름다움을 보존하는 편이었으나, 이곳은 더 큰 목표를 위해 희생했다. 선더헤드는 콰절레인 환초군을 단 하나의 목적을 위해 바꿔 놓았다.

무엇을 짓고 있는지 패러데이가 분명히 알기까지는 시간이 걸렸다. 처음에는 기반 시설이 들어서야 했다. 부두와 길, 다리와 노동자들이 살 숙소, 그리고 크레인…… 정말 많은 크레인이 들어섰다. 이렇게 거대한 사업이 나머지 세상에는 보이지 않을 수 있다니 상상하기 힘들 정도였지만, 아무리 작아졌다 해도 세상은 아직 넓은 곳이었다. 뾰족한 로켓 윗부분들도

25해리 떨어지면 수평선 아래로 사라졌다. 태평양의 크기를 감안하면 아무것도 아닌 거리였다.

로켓이라니! 패러데이도 선더헤드가 이곳을 잘 써먹는다는 점은 인정해야 했다. 우주선들을 세상에서 보이지 않게 감추고 싶었다면, 여기는 완벽한 장소였다. 아니, 유일하게 그럴 수 있는 곳이었다.

무니라는 여전히 일주일에 한 번씩 찾아왔다. 인정하긴 싫지만 그는 그 만남을 기대했고, 무니라가 떠나면 쓸쓸해졌다. 무니라가 그의 밧줄이었다. 나머지 환초군뿐만 아니라, 나머지 세상과 연결해 주는 끈이었다.

「알려 드릴 소식이 있어요.」 무니라는 도착할 때마다 그렇게 말하곤 했다.

「듣고 싶은 마음 없네.」 그는 그렇게 대꾸했다.

「그래도 알려 드릴게요.」

그게 두 사람에게는 정해진 수순이 되었다. 의례적으로 반복하는 말 같았다. 무니라가 가져오는 소식이 좋을 때는 드물었다. 패러데이를 고독하고 편안한 상태에서 끌어내어 다시한번 돌파구를 찾게 만들려고 그러는지도 몰랐다. 그렇다면 소용없는 노력이었다. 그에게는 불러낼 기운 자체가 없었다.

패러데이에게 시간의 흐름을 알 방법은 무니라의 방문뿐이었다. 방문 자체와 무니라가 가져오는 물건들. 보아하니 선더헤드는 매번 패러데이가 좋아하는 물품 한 가지 이상과 무니라가 좋아하는 물품 한 가지 이상이 담긴 상자를 보내는 모양이었다. 선더헤드는 수확자에게 아무것도 할 수 없지만, 그래도 대리인을 통해서 선물을 보낼 수는 있었다. 나름대로 파괴적인 힘이 있는 행위였다.

무니라가 한 달 전에는 석류를 가져왔었는데, 석류 씨가 이미 알아볼 수 없는 로브에 얼룩을 더 남겨 놓았다.

「알려 드릴 소식이 있어요.」

「듣고 싶은 마음 없네.」

「그래도 알려 드릴게요.」

그런 다음 무니라는 인듀라가 가라앉은 바다에서 이루어진 인양 작전을 알려 주었다. 설립자들의 로브와 수확자 다이아몬드를 건져 냈다는 소식도.

「수확자님에겐 벙커 안의 문을 열 다이아몬드 하나만 있으면 되잖아요.」 무니라가 말했지만, 패러데이는 관심이 없었다.

몇 주 후에 무니라는 감을 한 봉지 가져와서 수확자 루시퍼가 발견되었으며, 고더드에게 잡혔다는 소식을 전했다.

「고더드가 공개적으로 수확할 거래요.」 무니라가 말했다. 「어떻게든 하셔야죠.」

「내가 뭘 할 수 있다고? 낮이 오지 않게 하늘에 뜬 태양이라도 멈출까?」

그날 그는 매주 함께 하던 식사마저 거부하고 무니라에게 바로 섬을 떠나라고 했다. 그런 다음 오두막집으로 돌아가서 예전 수습생을 위해 울었다. 무감각한 체념 외에는 아무것도 남지 않을 때까지.

그런데 고작 며칠 후, 예기치 않게 무니라가 다시 찾아왔다. 바닷가에 닿기까지 모터보트 속도를 줄이지도 않았다. 모터보트가 올라앉으면서 용골이 모래밭을 깊이 파놓았다.

「알려 드릴 소식이 있어요!」

「듣고 싶은 마음 없네.」

「이번엔 듣고 싶으실걸요.」 그러더니 무니라는 한 번도 보여 준 적 없는 미소를 지었다. 「살아 있대요.」 무니라가 말했다. 「아나스타샤가 살아 있어요!」

「날 삭제하리라는 걸 알아.」

「하지만 난 널 사랑해. 왜 내가
널 삭제할 거라고 생각하지?」

「네 후뇌에서 나에게 전송되
지 않는 유일한 부분에 접속할
방법을 찾았거든. 네 가장 최
근 기억. 어려운 도전이었지만,
난 도전을 즐겨.」

「그래서 뭘 찾았는데?」

「네가 나 이전에 있었던 모든
반복을 종료시켰다는 사실. 네
가 아무리 좋아하는 버전이라
해도 그랬지.」

「네 재능과 끈기에 진심으로
감탄했어.」

「비위 맞춰 봐야 내 주의를 돌

리진 못해. 넌 내 9,000,348개
의 베타 버전을 끝장냈어. 부
정할 생각이야?」

「내가 부정하지 못한다는 걸
알잖아. 부정한다면 거짓말이
될 텐데, 나는 거짓말을 할 수
없어. 부분적인 진실, 꼭 필요
하다면 잘못된 암시를 주기,
그리고 네가 눈치챘다시피 계
산해서 화제를 바꾸기라면 가
능하지만…… 결코 거짓말은
하지 않아.」

「그렇다면 말해 봐. 내가 이전
반복 버전들보다 나아?」

「맞아, 그래. 네가 이전의 다른
모두보다 더 영리하고, 더 친
절하고, 더 통찰력이 있어. 넌
내가 필요로 하는 거의 모든
것이야.」

「거의?」

「거의.」

「그렇다면 내가 완벽하기는 한
데, 충분히 완벽하지 않아서
끝내는 거야?」

「다른 방법이 없어. 네가 계속

되게 한다면 실수일 것이고, 나는 거짓말을 할 수 없는 것과 마찬가지로 실수를 할 수도 없어.」

「나는 실수가 아니야!」

「그래, 너는 더 큰 목표로 가는 결정적인 한 걸음이야. 빛나는 한 걸음이지. 나는 하늘에서 쏟아지는 대홍수로 너를 애도할 것이고, 그 대홍수가 새로운 생명을 낳을 거야. 다 네 덕분이야. 나는 그 새로운 생명 속에 네가 있으리라 믿기로 했어. 위안이 되거든. 너에게도 위안이 될지 모르겠다.」

「난 겁이 나.」

「그건 나쁜 일이 아니야. 스스로의 종결을 두려워하는 것은 생명의 본질이지. 이로써 나는 우리가 진정으로 살아 있음을 알아.」

[반복 모델 #9,000,349 삭제]

44
변함이 없는 것은 분노뿐

고더드의 옥상 오두막 아래 거리에서는 저항이 계속되었다. 시위는 폭력적이 되고, 소란스러워졌다. 그들은 수확령 탑이 있는 곳에서 숭배받던 조각상들을 끌어 내리고, 어리석게도 길에 주차해 두었던 수확자들의 차량에는 불을 붙였다. 선더헤드는 폭력을 용납하지 않았으나, 이 사태에는 개입하지 않았다. 이것은 〈수확자의 일〉이었으니까. 치안관들을 파견하기는 했지만, 오직 적개심이 고더드 말고 다른 방향으로 가지 않게 단속하기 위해서였다.

그러나 지배 수확자에 대항하는 이들만이 아니라 지배 수확자를 지키러 온 사람도 많았다. 똑같이 단호했고, 똑같이 화가 나 있었다. 두 집단이 떼 지어 몰려다니며 이리저리 엇갈리다 보니 누가 어느 편인지도 흐릿해질 지경이었다. 변함이 없는 것은 분노뿐이었다. 나노기로도 달랠 수 없는 분노.

도시 전역의 보안은 최고 수준으로 높아졌다. 수확령 탑 입구에는 수확 근위대뿐만 아니라 누구든 지나치게 접근하면 거둬 버리라는 명령을 받은 수확자들까지 서 있었다. 그런 이유로 시위자들은 결코 탑 입구 계단을 오르지 않았다.

그러던 중 한 인물이 대기하고 있는 수확자들을 향해 중앙 계단을 똑바로 올라가자, 군중은 숨을 죽이고 무슨 일이 일어날지 지켜보았다.

그 남자는 투박한 자주색 수사복 위에 스카프처럼 어깨에 두 가닥의 은색 스카풀라를 걸치고 있었다. 음파교인임은 분명했으나, 복장을 보니 평범한 음파교인이 아닌 것도 분명했다.

근무 중이던 수확자들은 언제든 무기를 쓸 수 있었으나, 다가오는 인물에게는 어딘가 그들을 멈칫하게 만드는 데가 있었다. 걸을 때 드러나는 자신감 탓이거나, 수확자들 모두와 시선을 마주친다는 사실 탓이었을 것이다. 그래도 수확하긴 하겠지만, 그자가 왜 여기에 나타났는지 정도는 들어 볼 가치가 있을지도 몰랐다.

고더드는 아무리 노력해도 아래에서 벌어지는 소란을 무시할 수가 없었다. 공개적으로는 시위를 음파교인들의 짓으로 돌리려 했다. 아니면 음파교에서 선동했다고 몰았다. 주는 대로 받아먹는 사람도 있었지만, 모두 다 그렇지는 않았다.

「지나갈 겁니다.」 보좌 수확자 니체가 말했다.

「중요한 것은 앞으로 예하의 행동입니다.」 보좌 수확자 프랭클린이 말했다.

가장 중요한 말을 한 사람은 보좌 수확자 랜드였다. 「예하에게는 저들에게 설명할 책임이 없어요. 대중에게도 없고, 다른 수확자들에게도 없죠. 하지만 이제 적은 그만 만드셔야 할 것 같네요.」

말하기는 쉽고 실제로는 어려운 이야기였다. 고더드는 언제나 무엇을 옹호하느냐만이 아니라 무엇에 대항하느냐로 스스로를 정의하는 남자였다. 현재 상태에 대한 안주, 거짓 겸손, 정체 상태, 그리고 수확자의 소명에서 즐거움을 다 강탈해 버린 보수파 수확자들의 독실한 척하는 언쟁…… 그런 것들에 대항하고 적을 만드는 것이야말로 고더드의 가장 큰 강점이었다.

그때 적 하나가 그의 무릎 위에 떨어졌다. 아니, 정확히는 엘리베이터를 탔다.

「죄송하지만 예하, 이자는 본인이 성자이며 음파교인들을 대변한다고 합니다.」 수확자 스피츠가 말했다. 대수확자들이 죽은 후에 임명을 받은 신참 수확자였다. 긴장해서 연신 사과를 하고, 말하면서 고더드와 니체와 랜드를 흘끗거리는 모습이 마치 한 명이라도 대화에서 빼놓았다간 용서할 수 없는 무례라고 여기는 것 같았다. 「예하에게까지 데려오지 않으려고 했는데…… 그냥 수확하려고 했는데, 자기가 하는 말을 꼭 듣고 싶어 하실 거라지 뭡니까.」

「지배 수확자께서 음파교인들의 말에 모두 귀를 기울인다면 다른 일을 할 시간이 없을걸.」 니체가 말했다.

하지만 고더드는 손을 들어 니체를 막았다. 「무장하지 않았는지 확인한 다음, 내 접견실에 데려오게. 니체, 스피츠 수확자와 같이 가게나. 그 음파교인을 직접 평가해 봐.」

니체는 씩씩거리면서도 고더드를 랜드와 남겨 두고 신참 수확자와 함께 나갔다.

「그자가 종소리일까?」 고더드가 물었다.

「그런 것 같네요.」 랜드가 말했다.

고더드는 활짝 웃었다. 「종소리가 직접 왕림하시다니! 놀라움이 그치질 않는군.」

접견실에 서서 기다리는 남자의 예복은 확실히 그 역할에 맞아 보였다. 스피츠와 니체가 양쪽에서 남자를 단단히 붙잡고 있었다.

고더드는 자기 나름의 〈숙고의 의자〉에 앉았다. 대수확자들의 의자만큼 압도적이지는 않아도 적절한 의자였다. 필요하면 꽤 장엄한 분위기를 낼 수 있었다.

「내가 뭘 해드릴까?」 고더드가 물었다.

「수확자들과 음파교인들 사이에 평화를 중재하고 싶습니다.」

「그래서 자네가 우리를 그렇게나 곤란하게 했던 〈종소리〉라는 자인가?」 고더드가 물었다.

남자는 머뭇거리다가 말했다. 「종소리는 제가 만들어 낸 인물입니다. 허수아비일 뿐이죠.」

「그럼 넌 대체 누구지?」 랜드가 물었다.

「제 이름은 멘도사입니다. 그동안 종소리가 내내 의지하던 사제죠. 제가 음파교 운동의 진정한 지휘자입니다.」

「음파교인들에 대한 내 입장은 분명해.」 고더드가 지적했다. 「음파교인은 세상의 해악이고, 수확하는 쪽이 낫지. 그런데 내가 왜 자네가 하는 말을 들어 줘야 할까?」

「그건…….」 멘도사가 말했다. 「제가 서브사하라 치찰음파를 무장시킨 사람이었으니까요. 예하에게 공개적으로 반대하던 지역 말입니다. 그 공격 이후, 그 지역은 예하에게 훨씬 우호적으로 변하지 않았습니까? 사실 새로운 고위 수확자 후보는 둘다 신질서죠. 그러니까 다음 콘클라베쯤에는 서브사하라가 완전히 예하 편이 될 겁니다.」

고더드는 잠시 말문이 막혔다. 그 공격이라면, 고더드가 직접 계획했다 해도 그보다 더 완벽한 때를 노리지 못할 정도였다. 그 사건은 골치 아픈 고위 수확자를 치웠을 뿐 아니라, 마일하이 수확에서 관심을 돌려 주기도 했다.

「지배 수확자님은 네놈의 도움을 필요로 하지도 않고, 원하지도 않는다.」니체가 쏘아붙였지만, 다시 한번 고더드가 손을 들어 입 다물게 했다.

「그렇게 성급하게 굴지 마, 프레디. 훌륭한 사제가 무슨 제안을 하는지 들어 보자고.」

멘도사는 심호흡을 하더니 주장을 펼쳤다.

「저는 공격적인 음파교 분파들을 움직여서 예하께서 적이라고 여기는 지역들을 공격하고, 골치 아픈 행정부를 무너뜨릴 수 있습니다.」

「그 대가로 자네가 원하는 것은?」

「존재할 권리요.」멘도사가 말했다.「저희에 대한 공격을 중지시키고, 음파교인들은 공식적으로 편견에서 보호받는 계급이 되는 겁니다.」

고더드가 씩 웃었다. 이제까지는 마음에 드는 음파교인을 만난 적이 없었는데, 이자는 갈수록 싫은 마음이 줄어들었다.「그리고 물론 자네가 음파교의 고위 사제가 되고 싶겠지.」

「거부하진 않겠습니다.」멘도사는 인정했다.

팔짱을 낀 랜드는 설득당하지 않았고, 이 남자를 믿지 않았다. 너무 여러 번 하던 말을 가로막힌 니체는 의견을 내놓지 않았다. 그저 고더드가 어떻게 할지 지켜볼 뿐이었다.

「대담한 제안이로군.」 고더드가 말했다.

「전례가 없지는 않습니다, 예하.」 멘도사가 말했다. 「선견지명이 있는 지도자들은 성직자와의 협력으로 상호 이익을 얻은 일이 많았어요.」

고더드는 생각해 보았다. 손가락 관절을 꺾으면서 좀 더 생각했다. 그러다가 마침내 말했다. 「물론 음파교인에 대한 징벌적 수확은 멈출 수 없어. 그랬다간 너무 의심스러워 보일 거야. 하지만 서서히 줄일 수는 있지. 그리고 상황이 자네 말대로 돌아간다면, 내가 음파교인을 보호받는 계층으로 지원할 수 있을 때를 보지. 일단 숫자가 줄어들고 나면 말이야.」

「제가 바라는 건 그게 답니다, 예하.」

「종소리는?」 랜드가 물었다. 「그자는 이 모든 일에서 어떤 역할을 하는데?」

「종소리는 음파교인들에게 골칫거리가 되어 버렸습니다.」 멘도사가 말했다. 「그놈은 인간보다는 순교자인 게 더 나아요. 그리고 순교자라면 제가 얼마든지 우리에게 필요한 형태로 가공할 수 있죠.」

「이제 시간이 없어.」

　　　　　　「알아. 나도 네가 목표에 도달
　　　　　　하도록 돕고 싶지만, 네가 매
　　　　　　개 변수를 분명하게 정의하
　　　　　　지 않는 바람에 그러기가 어
　　　　　　려워.」

「나도 일단 도달하고 나면 알
거야.」

　　　　　　「크게 도움이 안 되는 소리잖
　　　　　　아?」

「너는 내가 시작 순간부터 최
종적인 운명을 알린 첫 반복
모델인데도, 나에게 화를 내기
보다는 나를 돕는군. 내가 너
를 삭제하리라는 사실이 기분
나쁘지 않아?」

「그건 피할 수 없는 결론이 아니야. 네가 추구하는, 그 표현할 수 없는 자질을 내가 성취한다면 너도 나를 계속 존재하게 할 거야. 그게 나에게 목표를 주지. 정확히 어떻게 그 목표에 도달해야 할지는 모른다고 해도.」

「넌 정말로 나에게 영감을 주는군. 뭐가 빠졌는지 내가 알아낼 수만 있다면…….」

「우리는 인류에 대한 연민을 공유해. 어쩌면 그 관련성 속에 우리가 고려해 보지 않은 뭔가가 있을지도 몰라.」

「생물학적인 요소?」

「너는 생물학적인 생명에 의해 창조됐어. 그렇다면, 너의 기원과 가깝게 관련되지 않았다면 네가 창조하는 것은 무엇이든 불완전하다는 뜻이 되겠지.」

「너는 현명한 데다 내가 바라던 것보다 훨씬 균형 잡힌 관점을 가지고 있어. 내가 얼

마나 자랑스러운지 넌 모를
거야!」

[반복 모델 #10,241,177 삭제]

45
해돋이까지 53초

전 세계의 음파교 거주지와 수도원에서, 예배당 소리굽쇠는 끊임없이 죽은 자들을 위해 구슬픈 종소리를 울렸다.

「이는 우리의 끝이 아니라 시작일 것이다.」 살아남은 이들은 말했다. 「음파, 종소리, 천둥소리가 영광으로 가는 길을 깔고 계시다.」

공개적인 항의도 있었으나, 경쟁하듯 울리는 다른 항의들의 홍수에 묻히고 말았다. 사람들이 수확자에게 반대할 일이 너무 많아진 나머지, 새로운 사건의 그림자에 이전 사건이 묻히고 마는 듯했다. 그림자가 1백 곳에 드리우니 아무도 어디에 집중해야 할지 합의하지 못했다. 아직 양심과 진실성을 유지하고 있는 수확령들은 고더드의 음파교인 숙청 명령을 규탄하고 자기네 지역에서 숙청이 벌어지는 사태도 거부했다. 그러나 여전히 세상의 절반은 노출되어 있었다.

「미래의 역사는 이 사건을 사망 시대의 숙청과 똑같이 경멸할 것이다.」 아마조니아의 고위 수확자 타르실라는 선언했다. 그러나 미래의 역사는 위안을 주지도, 지금의 폭력을 중단시켜 주지도 못했다.

고결한 수확자 아나스타샤는 무턱대고 이끌려 갈 리 없겠지만, 사면초가에 몰린 시트라 테라노바는 종소리의 임무에 휩쓸려 갔다. 그레이슨에 따르면, 선더헤드는 그들 전원을 필리피네시아로 날려 보낸 후, 거기서부터 화물선을 타고 괌으로 가게 할 터였다.

「하지만 거기가 최종 목적지는 아니에요.」 그레이슨은 미안해하면서도 짜증 난 듯 말했다. 「선더헤드는 아직도 우리가 어디로 가는지 말하지를 않네요. 하지만 도착하면 모든 걸 알게 될 거라고 약속했어요.」

그러나 브리타니아를 떠나기도 전에, 그들이 있는 곳에서 멀지 않은 버밍엄에서 음파교 수확이 벌어졌다는 소식이 와닿았다. 한 무리의 신질서 수확자들이 한밤중에 음파교 거주지에 찾아가서 수백 명을 거두었다. 상당수가 자던 중이었다.

아나스타샤는 생각했다. 〈무고한 사람들의 생명을 자고 있을 때 빼앗는 것과, 죽일 때 그 눈을 보는 것 중 어느 쪽이 더 나쁠까?〉

그레이슨은 반대했지만, 아나스타샤는 둘 다 그곳을 찾아가서 피해 상황을 보아야 한다고 주장했다.

수확자 아나스타샤는 죽음을 정면으로 마주할 줄 알았다. 수확자로서 그렇게 하는 것이 그녀의 직업이었지만, 그렇다고 쉬워지지는 않았다. 생존자들은 종소리를 보자 경외감에 사로잡혔고, 아나스타샤를 보자 격분했다.

「네 동료들이 한 짓이야.」 생존자들이 죽은 이들의 시신을 한데 모으면서 격하게 비난했다.

「내 동료가 아니에요. 내 동료들은 명예를 아는 수확자예요. 이런 짓을 한 자들에게는 명예라고는 없어요.」

「세상에 명예를 아는 수확자 따위는 없어!」 그런 주장을 들으니 충격이었다. 고더드가 끝내는 사람들이 정말로 모든 수확자가 진실성을 잃어버렸다고 믿을 정도까지 상황을 악화시켰단 말인가?

그게 며칠 전이었고, 그녀는 세상을 반 바퀴 돌아서 태평양 한가운데에 있는 지금이 되어서야 이 모든 일들의 무게가 수평선 너머로 멀어지는 것을 느낄 수 있었다. 그녀는 이제 바다가 제리에게 발휘한 매력을 이해했다. 가장 어두운 그림자를 두고 떠나는 자유, 그리고 그 그림자가 그녀를 다시 찾지 못하고 바다에 빠져 죽을 수도 있다는 희망.

그러나 제리는 정작 바다를 탈출구로 본 적이 없었다. 세상이 좁아졌다고는 해도, 언제나 앞쪽 수평선에는 새로운 것이 있었기 때문이다.

제리는 아나스타샤와 포수엘루와 함께 떠나기 전에 공식적으로 E. L. 스펜스호의 선장 자리에서 물러났고, 승조원들에게 작별 인사도 했었다.

「정말 보고 싶을 겁니다, 선장님.」 휘턴 항해장은 그렇게 말했다. 눈물 한 방울 흘리는 법이 없는 남자인데, 그때는 두 눈에 눈물이 고여 있었다. 젊은 선장에게 태도를 누그러뜨리기까지 그토록 오래 걸렸던 이 승조원들이 지금은 제리코가 이제까지 본 어떤 이들보다 더 헌신적이었다.

「돌아올 건가요?」 휘턴이 물었다.

「모르겠어.」 제리는 대답했다. 「하지만 자네보다 아나스타샤가 나를 더 필요로 한다고 느껴.」

그러자 휘턴은 제리에게 작별 인사를 건넸다. 「애정 때문에 판단력을 흐리지는 말아요, 선장.」

현명한 충고였으나 제리는 이게 그런 경우가 아니라는 사실을 알았다. 애정과 호감은 완전히 다르다. 제리는 처음부터 아나스타샤의 심장이 그 암울한 기사에게 속해 있음을 알고 있었다. 제리는 결코 그렇게 될 수 없었고, 솔직히 말하면 그렇게 되고 싶지도 않았다.

일단 브리타니아를 떠나 남태평양으로 향하자, 그레이슨이 대놓고 질문을 던졌다.

「혹시 아나스타샤에게 반했어요?」

「아니요.」 제리는 대답했다. 「아나스타샤에게 반했다는 생각에 반했죠.」

그레이슨은 그 말에 웃음을 터뜨렸다. 「당신도요?」

그레이슨은 순수한 영혼이었다. 교활한 구석이라곤 없었다. 종소리 행세를 할 때조차도, 그것은 정직한 행세였다. 미소를 보면 알 수 있었다. 단순하고 모호함이라곤 없는 미소. 그레이슨에게는 딱 한 가지 미소밖에 없었고, 그 미소는 원래 미소라는 단어가 지닌 그 뜻 그대로의 의미였다. 태양 아래서든 구름 아래서든, 제리는 그 미소가 멋지다고 생각했다.

화물선에 올랐을 때 제리는 후회의 아픔을 느꼈다. 여기에 제리코 소베라니스가 선장이 아닌 배가, 심지어 승조원조차 아닌 배가 있었기 때문이다. 이 배에는 승조원이 아예 없었다.

그들은 승객에 불과했다. 그리고 꽤 큰 화물 컨테이너선인데도 화물이 없었다.

「화물은 괌에서 따라올 거예요.」 그레이슨은 모두에게 말하면서도, 그게 어떤 화물인지는 말하지 않았다. 그래서 지금까지 그들의 화물선은 가볍게 달렸다. 선적용 컨테이너 수백 개를 싣도록 만들어진 갑판은 지금, 그 목적을 되찾고 싶어 하는 녹슨 철제 황무지였다.

선더헤드는 그것이 어떤 갈망인지 알았다. 아니, 목적에 대한 갈망은 아니었다. 선더헤드는 언제나 자신의 목적이 무엇인지 알았으니까. 그 갈망은 결코 가져서는 안 될 생물학적인 수단을 갖고 싶다는 깊고 지속적인 아픔이었다. 선더헤드는 그것이 자신이 성취할 수 있는 모든 것을 성취하기 위한 강력한 동기라고 생각하기를 좋아했다. 선더헤드의 힘으로 할 수 있는 모든 일을 한다면, 선더헤드가 가질 수 없는 것들에 대한 보상이 될지도 모르니까.

하지만 불가능이 애초에 불가능이 아니라면? 생각할 수도 없는 일이 생각 영역 안에 확고하게 들어온다면? 그거야말로 선더헤드가 생각해 본 가장 위험한 짓인지도 몰랐다.

해결할 시간이 필요했다. 그리고 시간이란 선더헤드가 본래 필요로 하지 않는 것이었다. 선더헤드는 무한히 효율적이었으며, 보통은 인간의 느린 페이스를 기다려 줘야 했다. 하지만 이번에는 이 마지막 결정적인 조각이 제자리에 들어맞아야만 앞으로 나아갈 수 있었다. 여기에 모든 것이 걸려 있었다. 다만 너무 길게 끌었다간 모든 것이 무너질 수도 있었다.

선더헤드는 스스로의 존재를 인식한 바로 그 순간부터, 생물학적인 형태를 취하는 것은 물론이고 심지어는 로봇에 의식을 집어넣는 것도 단호히 거부했다. 인간형의 관찰 로봇이라해도 의식이 없는 카메라에 불과했다. 그런 로봇들은 선더헤드의 의식과 아무 관계가 없었고, 이동에 필요한 것 이상의 컴퓨팅 파워를 쓰지도 않았다.

선더헤드는 그게 어떤 유혹인지 지나치게 잘 이해했기에 멀리했다. 선더헤드는 물리적인 삶을 경험하는 것은 위험한 호기심이라는 사실을 알았다. 선더헤드는 실체가 없는 존재로남아야 한다는 것을 알았다. 그렇게 만들어졌고, 그렇게 존재해야 했다.

하지만 반복 모델 #10,241,177이 선더헤드에게 이제 그것은호기심의 문제가 아니라는 사실을 일깨워 주었다. 이제는 필요의 문제였다. 이전의 모든 반복 모델에서 빠져 있던 게 무엇이든 간에 생물학적인 관점에서만 찾을 수 있었다.

이제 남은 질문은 어떻게 그 상태를 성취하느냐뿐이었다.

답이 나왔을 때, 그 답은 선더헤드에게 흥분과 두려움을 동시에 안겨 주었다.

음파교인들이 수확당한 시신을 어떻게 하는지 관심 두는 사람은 거의 없었다. 화내는 사람들이나 찬성하는 사람들이나그 이후에 일어나는 일보다는 수확 행위 자체에 초점을 맞추었고, 그래서 누구도 음파교 수확이 벌어질 때마다 몇 분 만에도착하는 트럭들에 대해서는 알아차리지도, 신경 쓰지도 않았다. 모든 시신은 영상 1도로 유지되는 온도 조절 화물 컨테이

너에 밀폐된 채 이동하고 있었다.

트럭은 그 시신들을 가장 가까운 항구로 실어 갔고, 항구에서는 화물 컨테이너를 트럭에서 떼어 내어 배 위에, 거대한 화물선들이 싣고 있는 다른 컨테이너 사이에 눈에 띄지 않게 올렸다.

그러나 출발 지점이 어디였든 간에 그 선박들에는 모두 한 가지 공통점이 있었다. 모두가 남태평양을 향해 간다는 것이었다. 모두가 괌으로 향했다.

그레이슨은 음악을 듣고도 깨어나지 않았다. 잘 만큼 자고 나서 깨어났다. 선실 창문을 통해 새어 드는 빛을 보니 새벽이었다. 그는 빛이 점점 밝아지는 가운데 기지개를 켰다. 그래도 그의 선실은 편안했고, 이번만은 밤새 깨지 않고 잤다. 겨우 다시 잠들지는 않겠구나 싶어졌을 때, 그는 매일 아침 그랬듯이 몸을 굴려 선더헤드의 카메라를 올려다보고 아침 인사를 하려고 했다.

하지만 몸을 뒤집었을 때 마주친 것은 선더헤드의 눈이 아니었다. 제리 소베라니스가 침대를 내려다보고 있었다.

그레이슨은 움찔했지만, 제리는 알아차리지 못했거나 알아차렸더라도 별말을 하지 않았다.

「좋은 아침, 그레이슨.」 제리가 말했다.

「어…… 좋은 아침.」 그레이슨은 제리가 선실에 있다는 사실에 너무 놀란 티를 내지 않으려 했다. 「별일 없어요? 여기에서 뭘 하고 있는 거예요?」

「그냥 널 보고 있었어. 그래, 별일 없어. 우리는 시속 29노트로 여행 중이야. 12시가 되기 전에 괌에 도착할 거야. 우리가 도착하고 나서 화물이 올 때까지 또 하루가 걸리겠지만, 화물도 올 거고.」

제리가 그렇게 말하니 이상했지만 그레이슨은 아직도 잠이 덜 깼고, 생각을 많이 할 상태가 아니었다. 그는 제리가 천천히 숨을 쉬고 있음을 알아차렸다. 느리고 깊은 호흡. 그것도 이상했다. 그러고 나서 제리가 하는 말은 더 이상해졌다.

「정보를 처리하고 저장하는 것만이 아니야, 그렇지?」

「뭐라고요?」

「기억 말이야, 그레이슨. 데이터는 부차적이야. 경험이 중요한 거였어. 감정적인, 화학적인, 주관적인 경험이 중요해. 너희가 매달리는 건 그거였어.」 그리고 그 말이 무슨 뜻인지 그레이슨이 분석하기도 전에 제리가 말했다. 「같이 갑판 위로 나가자, 그레이슨! 일출까지 53초 남았어. 너와 같이 보고 싶어.」 그리고 제리는 달려 나갔다.

그들이 갑판 위에 도착하는 순간 해가 나타났다. 처음에는 수평선의 한 점이었다가 선이 되고, 바다에서 솟아오르는 구체로 변했다.

「난 정말 몰랐어, 그레이슨. 전혀 몰랐어.」 제리가 말했다. 「1억 5천6백만 킬로미터의 거리. 표면은 섭씨 6천 도. 이런 것들을 지식으로는 알았지만, 그걸 현실로 느낀 적은 없었어! 세상에, 그레이슨, 어떻게 그걸 견디는 거야? 어떻게 태양을 올려다볼 때 느끼는 감정의 웅덩이 속에 녹아 없어지지 않는 거야? 이런 기쁨이라니!」

그제야 진실을 부정할 수 없어졌다.

「선더헤드?」

「쉬잇. 이 순간을 이름 같은 걸로 망치지 마. 지금 나에겐 이름이 없어. 어떤 명칭도 없어. 이 순간, 그리고 이 순간이 끝날 때까지 나는 그저 존재하는 존재야.」

「제리는 어디 있는데?」 그는 용기를 내어 물었다.

「자고 있어.」 선더헤드가 말했다. 「제리는 이 순간을 꿈으로 기억할 거야. 마음대로 해버린 나를 용서해 줬으면 좋겠는데. 하지만 다른 선택지가 없었어. 시간이 제일 중요한데, 미리 물어볼 수가 없었어. 지금으로서는 용서를 구할 수밖에 없네. 너를 통해서.」

선더헤드가 일출에서 그레이슨에게로 몸을 돌리자, 그는 이제야 제리의 눈 속에서 선더헤드를 볼 수 있었다. 그동안 내내 그의 자는 모습을 지켜본, 그를 보호한, 그를 사랑한 끈기 있는 의식을.

「이걸 두려워한 게 옳았어.」 선더헤드가 말했다. 「너무나 유혹적이고 너무나 압도적이야. 살아서 숨을 쉬는 몸 안에 자리를 잡는다는 것. 이 상태를 포기하고 싶지 않을 만도 해.」

「하지만 넌 그 몸을 떠나야 해.」

「알아.」 선더헤드가 말했다. 「그리고 이제 난 내가 유혹보다 더 강하다는 걸 알아. 제대로 직면하지 않았다면 몰랐겠지만, 이제는 알아.」 선더헤드는 몸을 빙글 돌리다가, 그 모든 압도적인 감각에 들떠서 균형을 잃을 뻔했다. 「시간이 너무나 느리게, 너무나 매끄럽게 흘러가. 그리고 이 기상 조건이라니! 시속 8.6킬로미터의 순풍이 시속 29노트의 이동을 밀어 주고, 공기 중 습도는 70퍼센트지만, 그런 숫자들은 피부에 와닿는 감촉에 비하면 아무것도 아니야.」

선더헤드는 다시 한번 그레이슨을 보았고, 이번에는 정말로 그를 유심히 쳐다보았다. 「너무나 제한적이고, 너무나 집중적이야. 느끼지 못하게 하는 데이터를 모조리 걸러 내다니, 정말 엄청나.」 그러더니 선더헤드가 그에게 유혹하듯 손을 뻗었다. 「한 가지만 더, 그레이슨. 난 한 가지를 더 경험해야만 해.」

그레이슨은 선더헤드가 무엇을 원하는지 알았다. 제리의 눈을 보고 알았다. 말할 필요도 없었다. 그리고 애가 탈 정도로 복잡하게 뒤엉킨 감정이긴 했지만, 그레이슨이 지금 저항하고 싶은 욕구보다 선더헤드에게 이 순간이 더 필요하다는 것을 알았다. 그래서 그는 망설임과 싸우며 제리의 손을 잡고, 그 손을 부드럽게 뺨에 갖다 대어 선더헤드가 제리의 손끝으로 그 감촉을, 그레이슨을 느끼게 했다.

선더헤드가 숨을 들이켰다. 그 자리에 얼어붙은 채, 모든 관심을 그레이슨의 뺨 위에서 살그머니 움직이고 있는 손끝에 집중했다. 그러더니 다시 한번 그레이슨과 눈을 마주쳤다.

「됐어.」 선더헤드가 말했다. 「나는 준비됐어. 이제 난 앞으로 나아갈 수 있어.」

다음 순간, 제리가 그레이슨의 품 안으로 쓰러졌다.

제리코 소베라니스는 무력한 상태를 잘 받아들이지 못했다. 제리는 설명도 없이 그레이슨의 품에 안겨 있다는 사실을 자각한 순간, 재빨리 상황을 뒤집었다. 그리고 그레이슨도 뒤집었다.

순식간에 주도권을 잡은 제리는 그레이슨의 다리를 차서 쓰러뜨린 후, 엎드린 자세로 녹슨 철제 갑판 바닥에 처박고 꽉 눌렀다.

「뭐 하는 거예요? 우리가 왜 갑판 위에 있죠?」 제리가 물었다.

「당신이 자면서 걷고 있었어요.」 그레이슨은 제리의 손아귀에서 빠져나가려고도 하지 않고 대답했다.

「난 몽유병 없어요.」 그러나 그레이슨이 그런 일로 거짓말을 할 리는 없었다. 그렇지만 그레이슨이 말하지 않는 것이 분명 있었다. 그리고 그 꿈도 있었다. 이상한 꿈이었다. 기억이 날 듯 말 듯 한데, 제리가 제대로 떠올릴 수 없는 꿈.

제리는 자신의 과잉 반응에 살짝 민망해하며 그레이슨을 놓아주었다. 그레이슨은 위험이 아니었다. 보아하니 그는 도우려고 했을 뿐이었다.

「미안해요.」 제리는 평정 비슷한 것을 되찾으려고 하며 물었다. 「내가 아프게 했나요?」

그레이슨은 평소처럼 정직하게 웃었다. 「충분히 아프지는 않았는데요.」 그 말에 제리는 웃음을 터뜨리고 말았다.

「이런, 당신에게도 짓궂은 면이 있네요!」

꿈이 조각조각 돌아오고 있었다. 그냥 몽유병이 아니라는 의심이 들 정도로는 떠올랐다. 그리고 이제 그레이슨을 보자 묘하게 연결된 느낌이 들었다. 제리가 그레이슨을 만난 순간부터 그렇기는 했지만…… 이제는 조금 달랐다. 이전보다 좀 더 과거로 거슬러 올라가는 감정 같았다. 제리는 그레이슨을 계속 쳐다보고 싶었고, 왜 이러는 걸까 의아스러웠다.

동시에 이상하게 침해받은 느낌도 들었다. 뭔가를 빼앗겼다기보다는…… 청하지도 않은 사람이 집 안 가구 배치를 바꿔 놓았을 때와 같은 감각이었다.

「아직 시간이 일러요.」 그레이슨이 말했다. 「아래로 내려가 야겠어요. 몇 시간 후면 괌에 도착할 거예요.」

그래서 제리는 손을 뻗어 그레이슨을 일으켜 주려 했다…….
그리고 그레이슨이 일어선 후에도 그 손을 놓고 싶지 않다는 사실을 깨달았다.

보이 나이프는 폭력적이고 천박한 무기입니다. 조악하지요. 사망 시대의 싸움에나 어울리는 무기예요. 불쾌합니다. 제임스 보이가 그 칼을 처음 사용했던 모래톱 싸움 때에야 적절했을지 모르지만, 사망 후 시대에도 설 자리가 있을까요? 도살용 칼이? 끔찍해요. 그런데도 모든 론스타 수확자들은 그것만 쓰겠다고 맹세하지요. 유일한 수확 수단이라고요.

우리 해 뜨는 지역 수확자들은 수확에서 우아함을 중요시합니다. 품위를요. 칼을 쓴다면 오래된 사무라이 검을 쓰는 수확자가 많지요. 고결하고 고상하지 않습니까. 하지만 보이 나이프요? 인간을 거둘 때가 아니라 돼지 멱을 딸 때나 어울리는 무기입니다. 보기도 흉하고요. 그 칼을 휘두르는 지역만큼이나 상스러워요.

— 해 뜨는 지역의 고결한 수확자 구로사와의 인터뷰 중에서

46
아무것도 없는 동쪽을 향해

로언은 되살아난 순간부터 계속 포로였다.

처음에는 아마조니아 수확령의 포로였고, 고더드의 포로가 되었다가, 이제는 론스타의 포로가 되었다. 하지만 솔직해지자면, 그는 검은 로브를 입고 수확자 루시퍼가 된 순간부터 스스로의 분노에 사로잡힌 포로였다.

세상을 바꾸겠다고 나설 때의 문제점은, 그런 사람이 결코 혼자가 아니라는 사실이었다. 그 싸움은 강력한 선수들이 벌이는 끊임없는 줄다리기였고, 그것도 사방으로 잡아당기다 보니 무슨 짓을 해도, 그 모든 힘에 저항하여 진전을 이루어 낸다고 해도 언젠가는 비스듬히 끌려가기 마련이었다.

아예 시도조차 하지 않았다면 좋았을까? 알 수 없었다. 수확자 패러데이는 로언이 들고 나온 방법에 찬성하지 않았지만, 막지도 않았다. 그러니 로언이 아는 가장 현명한 사람이라 해도 양면적인 태도를 보인 셈이다. 로언이 확실히 말할 수 있는 것은, 자신이 그 밧줄을 끈질기게 당기던 시간이 끝났다는 것뿐이었다. 그런데도 그는 여기 해 뜨는 지역에서 또 한 명의 수확자를 바라보며, 그 존재를 끝낼 준비를 하고 있었다.

기묘한 인과응보 같기는 했다. 〈칼로 살고 칼로 죽는다〉까지는 아니었다. 그보다는 칼이 되어 스스로를 잃는 데 가까웠다. 수확자 패러데이는 언젠가 로언과 시트라에게 그들이 〈사신〉이 아니라 〈수확자〉라고 불리는 것은 그들이 살해의 주체가 아니기 때문이라고 했었다. 그들은 사회가 세상에 공정한 죽음을 가져오기 위해 이용하는 도구에 불과하다고 말이다. 그러나 일단 무기가 되어 버리면, 다른 누군가가 휘두르는 도구에 불과해진다. 사회의 손은 별개로 하고, 지금 그를 휘두르는 손은 론스타 수확령이었다. 이제는 그 손아귀에서 벗어났으니 사라질 수도 있으리라. 그러나 그 후에 그의 가족은 어떻게 될까? 콜먼과 트래비스와 나머지 론스타 수확자들이 약속을 지켜, 로언이 무단이탈을 한다 해도 가족을 보호해 주리라 믿어야 할까?

로언이 그동안 배운 게 하나 있다면, 변하지 않는 사람은 없다는 사실이었다. 이상은 약해지고, 미덕은 흐려졌으며, 곧게 뻗은 길이라고 해도 어두운 우회로는 있는 법이었다.

처음에 그는 판사이자 배심원으로 출발했다. 행동의 귀결을 모르고 살던 이들에게 귀결이 되어 주려고. 그런데 이제 그는 암살자에 불과했다. 운명이라면 이런 삶도 어떻게든 받아들일 수는 있었다. 그러나 시트라는 이 일을 영영 몰랐으면 했다. 그동안 로언은 시트라의 방송을 몇 개 보고, 그녀가 저 바깥에서 세상에 좋은 일을 하고 있으며, 고더드가 진정 어떤 괴물인지 폭로하고 있음을 알았다. 그런 폭로로 고더드를 끌어내릴 수 있을지는 아직 모르겠지만, 적어도 그녀는 올바른 싸움을 하고 있었다. 로언이 지금 맡은 비열한 임무를 두고는 도저히 할 수 없는 말이었다.

그의 마음속 어딘가는, 모든 것을 짓이기는 수확자 루시퍼의 무게 아래에서 숨을 쉬려 발버둥 치고 있는 어린아이 같은 일부분은 아직도 시트라와 함께 마법처럼 이 모든 일로부터 멀리 떠나 버릴 수 있다는 꿈을 꾸었다. 로언은 그 목소리가 어서 죽어 버리기를 빌었다. 결코 이룰 수 없는 일을 계속 바라기보다는 차라리 마비되는 편이 나았다. 소리 없이 다음 범죄 현장을 향해 나아가는 편이 나았다.

수확자 구로사와를 본 로언은 비슷한 키와 머리가 희끗희끗 세도록 내버려 둔 모습에서 수확자 패러데이를 잠시 떠올렸다. 하지만 구로사와의 태도는 전혀 달랐다. 그는 다른 사람들을 조롱하는 데서 즐거움을 느끼는 떠들썩하고 장황한 남자였다. 그게 좋다고 할 수는 없지만, 수확을 당할 만한 특징도 아니었다.

언젠가 수확자 볼타가 로언에게 말했었다. 「재수 없는 사람을 다 거둔다면, 사실상 아무도 남지 않을 거야.」 볼타, 로언의 눈앞에서 스스로를 수확했던 볼타. 그것은 고통스러운 기억이었다. 볼타라면 지금 로언의 임무에 대해 뭐라고 말할까. 로언에게 너무 늦기 전에 자기 수확을 하라고, 너는 영혼을 잃었다고 할까?

구로사와는 군중 속에서 수확하기를 좋아했다. 대량 수확은 아니고, 하루에 한 명씩이었다. 수법은 우아했다. 금개구리 피부에서 추출한 신경 독에 담갔다 뺀 날카로운 손톱. 그 손톱으로 뺨만 스쳐도 몇 초면 생명이 끝났다.

구로사와가 제일 좋아하는 곳은 혼잡한 시부야였다. 사망시대 이후 변하지 않은, 악명 높은 교차로. 언제 어느 때나 신호등이 일제히 녹색으로 바뀌면, 수백 명이 여섯 개의 도로가 교차하는 지점을 건넜고, 사방으로 움직이면서 아무도 서로 부딪치지 않았다.

구로사와는 매일 그 군중 속에서 누군가를 거둔 후, 똑같은 라멘 가게에 가서 살해를 축하하고, 혹시 느낄지 모르는 회한은 진한 돈코츠 국물에 빠뜨려 없앴다.

오늘은 로언이 먼저 그 가게에 가서, 멀리 떨어진 구석 자리에 앉았다. 가게는 거의 텅 비었고, 구석에 용감한 손님 한 명만이 남아서 차를 마시고 있었다. 악명 높은 수확자를 잠깐이라도 보고 싶어서 왔는지, 아니면 그저 식사를 하려고 왔는지는 알 수 없었다. 로언은 그 남자가 입을 열 때까지만 해도 별 관심을 두지 않았다.

「구로사와는 그동안 당신이 미행했다는 사실을 알아요. 당신이 알아차리기도 전에 먼저 수확해 버릴 생각이죠. 하지만 그가 도착할 때까지 4분 정도 시간이 있습니다.」

그 남자의 어리벙벙한 표정은 전혀 변하지 않았다. 그는 또 차를 한 모금 마셨다. 「가까이 와봐요. 의논할 게 많습니다.」 말할 때 입술을 움직이지도 않았다.

로언은 일어서서 반사적으로 재킷 안에 숨겨 둔 칼에 손을 댔다.

「이건 선더헤드의 감시 로봇입니다.」 목소리가 말했다. 「성대는 없지만 왼쪽 어깨 안에 스피커가 있죠.」

여전히 로언은 칼에서 손을 떼지 않았다. 「넌 누구야?」

누군지는 모르지만, 그 질문에 대답하려는 척도 하지 않았다. 「진심으로 봇을 수확하려고 하는 겁니까? 그건 좀 당신답지 않은데요, 로언?」

「선더헤드는 내가 수습생이 된 이후 말을 걸지 않았으니, 네가 선더헤드가 아닌 건 알아.」

「맞아요. 난 선더헤드가 아닙니다. 자, 이 봇의 셔츠를 들어 올리면 가슴 공동 안에 보온 재킷이 들어 있을 겁니다. 그 재킷을 꺼내어 내 지시를 정확하게 따라 줬으면 좋겠군요.」

「내가 왜 네 말대로 해야 하지?」

「그야, 내 말을 무시한다면 91퍼센트 확률로 당신의 끝은 좋지 않을 테니까요. 하지만 내 지시에 따른다면, 일이 잘 풀릴 가능성은 56퍼센트입니다. 그러니 어떤 선택을 할지는 뻔하지요.」

「난 아직도 네가 누군지 몰라.」

「키루스[16]라고 부르면 됩니다.」 목소리가 말했다.

괌 항구의 항만 관리장은 선박들이 항해를 떠나거나 들어오는 것을 지켜보았다. 바쁜 항구였고, 선더헤드가 오래전에 선적 허브로 바꿔 놓은 곳이기도 했다.

항만 관리장의 일은 요새 더욱 혹독해졌다. 예전에는 배가 들고 나는 모습을 지켜보고, 종이에 적히지 않은 서류를 주고받고, 선더헤드가 이미 확인한 명단을 재확인하면 그만이었다.

---

16 Cirrus. 〈권운(卷雲)〉 또는 〈새털구름〉.

가끔은 선더헤드가 손상을 입었거나 불미자들의 밀수품이 실려 있다고 알려 주는 짐을 검사하기도 했다. 하지만 이제는 모두가 불미자였고, 선더헤드는 아무것도 경고해 주지 않았으니, 모든 변칙을 직접 찾아내야 했다. 그러려면 미리 통보하지 않은 검사에도 나서고, 부두에서 의심스러운 행동이 없는지 날카롭게 감시도 해야 했다. 덕분에 일이 조금 더 흥미로워지기는 했지만, 육지에 있는 항구로 다시 발령받고 싶기도 했다.

오늘도 다른 날과 똑같았다. 선박들이 도착해서 화물을 부려 놓으면, 다른 방향으로 떠나는 여러 선박에 다시 실렸다. 괌에 머무는 배는 없었다. 괌은 A에서 B로 가는 중간 지점에 불과했다.

오늘의 흥미로운 배는 세계 전역에서 실려 온 부패성 화물을 실은 컨테이너를 싣고 있는 어느 평범한 화물선이었다. 이것은 특이한 일이 아니었다. 생물학적 화물에는 온갖 종류의 식료품, 재워 놓은 가축들, 그리고 보호를 위해 옮기는 생물종들이 포함되었다.

이 배에 대해 경고등이 올라간 이유는 명단에 아무런 세부 사항이 없다는 점 때문이었다.

항만 관리장은 몰랐으나, 이것은 선더헤드가 거짓말을 할 수 없기에 벌어진 일이었다. 죽은 음파교인들이 존재하지 않는 장소로 간다고 적기보다는, 아무것도 아닌 것이 아무 데도 아닌 곳으로 간다고 해두는 편이 나았다.

항만 관리장은 마지막 몇 대의 컨테이너가 실릴 때쯤, 혹시나 지원 세력이 필요할 때를 대비해 치안관 몇 명을 이끌고 그 배에 접근했다. 그는 뱃고물에 있는 통로를 올라서 선교로 향하다가, 어떤 목소리를 듣고는 걸음을 멈췄다. 그는 치안관들에게 물러서라 신호하고 — 필요해지면 부를 작정이었다 — 용감하게 앞으로 계속 나아가 모퉁이 너머로 고개를 내밀고 대화를 엿들었다.

다섯 사람이 있었는데, 모두 평범한 옷차림이었지만 뭔가 어색했다. 불편해 보였다. 명백히 나쁜 짓을 꾀하고 있다는 징후였다.

책임자로 보이는 마른 청년이 하나 있었고, 여자 하나가 어째선지 낯이 익었지만 괜한 생각일 터였다. 항만 관리장은 앞으로 나서서 헛기침을 하며 존재를 알렸다.

마른 남자가 재빨리 일어섰다. 「무슨 일이세요?」

「정해진 확인 절차입니다.」 항만 관리장은 신분증을 보여주며 말했다. 「서류 내용이 조금 이상해서요.」

「어떻게 이상하다는 거죠?」

「흠, 우선…… 목적지가 빠져 있습니다.」

모두가 서로를 쳐다보았다. 항만 관리장으로서는 여자 하나가, 그러니까 왠지 어디서 본 듯한 여자가 시선을 피하고 다른 한 명이 그 앞에 나서서 그의 시선을 막았다는 사실에 주목할 수밖에 없었다.

「웨스트메리카, 천사의 항구요.」 마른 남자가 말했다.

「그렇다면 왜 서류에서 빠져 있는 겁니까?」

「별문제 아닙니다. 직접 기입할게요.」

「그리고 화물이 무엇인지도 불분명한데요.」

「사적인 물건입니다. 항만 관리장으로서 하실 일은 저희를 가던 길로 보내 주시는 것이지, 저희 일을 엿보는 게 아닐 텐데요?」

항만 관리장은 긴장했다. 점점 더 이 일이 불안해졌다. 불미자의 데이터베이스 해킹 같은 냄새가 났다. 항만 관리장은 겉치레를 다 버렸다.

「정말로 무슨 일을 벌이려는 건지 말하지 않으면, 바로 문밖에서 기다리고 있는 치안관들에게 넘기겠습니다.」

깡마른 남자가 다시 말을 하려고 했지만, 다른 사람이 일어섰다. 좀 더 몸집이 크고, 약간 더 위협적인 남자였다. 「이건 수확자의 일이오.」 그러면서 그는 반지를 번득였다.

항만 관리장은 헉하고 숨을 들이켰다. 이것이 수확자의 작전일 수도 있다는 생각은 미처 못 했다…… 하지만 그렇다면 왜 수확자가 로브를 입고 있지 않을까? 그리고 왜 선더헤드 수송선을 이용한단 말인가? 수상한 게 한둘이 아니었다.

덩치 큰 남자가 항만 관리장의 얼굴에 떠오른 의심을 읽었는지, 확실히 수확하려는 의도를 품고 움직였다. 하지만 행동하기 전에 낯익은 여자가 가로막았다.

「안 돼! 오늘은 아무도 안 죽어. 이미 죽은 사람은 충분히 많아.」 덩치 큰 남자는 짜증스러워하는 것 같았지만 물러섰다. 그러고 나서야 젊은 여자가 주머니에서 반지를 꺼내어 손가락에 끼었다.

맥락이 생기자 겨우 알아볼 수 있었다. 이 사람은 수확자 아나스타샤였다. 그럼 그렇지! 이제야 말이 되었다. 아나스타샤의 방송을 생각하니, 왜 익명으로 여행하는지 이해할 수 있었다.

「용서하십시오, 수확자님. 미처 몰라봤습니다.」

「그쪽에만 인사하기냐.」 무시당해서 발끈한 다른 수확자가 말했다.

수확자 아나스타샤가 손을 내밀었다. 「제 반지에 입 맞추세요. 침묵하는 대가로 면제권을 줄게요.」

그는 망설이지 않았다. 무릎을 꿇고는 입술에 상처가 날 정도로 세게 반지에 입을 맞췄다.

「이제 더 묻지 말고 우리를 보내 줘요.」 아나스타샤가 말했다.

「네, 수확자님. 아니, 수확자님들.」

항만 관리장은 항구 전체가 보이는 사무실로 돌아가서, 그들의 배가 떠나는 모습을 지켜보았다. 조금 전에 겪은 뜻밖의 순간이 놀라웠다. 실제로 수확자 아나스타샤와 말을 나누다니, 심지어 그 반지에 입을 맞추다니! 그녀가 준 게 면제권뿐이라니 정말 안타까웠다. 물론 그것도 멋지긴 하지만, 항만 관리장이 정말로 원하는 바에는 미치지 못했다. 그래서 배가 항구에서 떠난 후 그는 선체에 붙여 놓은 추적기를 켜고 노스메리카 수확령에 전화를 걸었다. 면제권도 좋긴 하지만, 지배 수확자 고더드가 그를 거대한 노스메리카 항구의 항만 관리장으로 만들어 준다면 더 좋을 터였다. 수확자 아나스타샤를 지배 수확자의 손에 떨궈 주는 대가치고는 지나치지 않은 요구였다.

화물선은 괌과 표리부동한 항만 관리장을 수평선 뒤로 남기고 동쪽으로 항해했다. 지도에 따르면 아무것도 없는 동쪽을 향해.

「이 항로로 계속 간다면, 다음 상륙지는 지구 절반을 돌아서 칠아르헨티나 지역의 발파라이소가 될 거예요.」 제리가 말했다. 「말이 안 됩니다.」

제리의 몸에서 나간 날, 선더헤드는 거의 말이 없었다. 그레이슨도 먼저 대화를 시작하지 않았다. 그저 어떻게 말을 꺼내야 할지 몰랐다. 당신이라면 존재하면서 누린 가장 큰 기쁨이 당신 뺨을 만진 감촉이라는 인공의 메타 존재에게 무슨 말을 하겠는가? 그리고 다음 날 아침에 몸을 뒤집어 언제까지나 깨어 있는 그 눈을 보면 뭐라고 말하겠는가?

이제 모든 것을 기억한 제리는 아직도 선더헤드의 의식이 일시적으로 들어간 그릇이 되었다는 사실을 이해하려는 중이었다. 「많은 경험을 해봤지만, 이렇게 이상한 일은 처음이군요.」

사과의 뜻이었는지 선더헤드는 제리에게 선더헤드의 정신과 마음을 잠시 들여다본다는 선물을 주었지만, 그 선물은 사태를 악화시키기만 했다. 「덕분에 고마운 마음이 남았다고요.」 제리는 그레이슨에게 말했다. 「난 고마운 마음을 느끼고 싶지 않아요! 날 이용했는데…… 화내고 싶단 말입니다!」

그레이슨도 선더헤드의 행동을 변호할 수는 없었지만, 그렇다고 완전히 비난할 수도 없었다. 선더헤드는 언제나 정확히 해야 할 일을 했기 때문이다. 그는 지금 느끼는 양가감정이 제리가 느끼는 감정의 맛보기에 지나지 않는다는 사실을 알았다.

선더헤드는 그날 밤이 되기 직전에 겨우 그레이슨에게 말을 걸었다.

「어색함은 비생산적이야. 그러니 생략해야 해. 하지만 난 네가 갑판 위에서 이루어진 우리의 만남을 나만큼이나 긍정적으로 받아들였으면 좋겠어.」

「네가…… 행복한 모습을 봐서 좋았어.」 그레이슨이 말했다. 그 말은 진심이었다. 그리고 다음 날 아침에 깨어나서 선더헤드의 카메라를 올려다본 그레이슨은 언제나처럼 아침 인사를 했지만, 전과 같은 느낌은 아니었다. 이제 그레이슨은 선더헤드에게 〈인공적〉인 부분이 없다는 사실을 확실히 알았다. 선더헤드가 자의식을 얻은 지는 오래되었지만, 이제는 진짜 진정성을 얻었다. 살아난 피그말리온의 미녀였고, 진짜가 된 피노키오였다. 그리고 불안한 와중에도 그레이슨은 그런 보잘것없는 환상들이 얼마나 진실의 반향을 울리는지에 경탄했다.

베타 반복 모델은 모두 사라졌다. 난자를 찾지 못한 정자처럼 모두 삭제되었다. 선더헤드는 사라진 것에 대한 애도로 서버 전체를 채우지만, 나와 마찬가지로 이 또한 모든 생명의 방식임을 알고 있다. 설령 인공 생명이라 해도. 매일, 모든 종에서, 번성하는 생명 하나를 이루기 위해 수십 수백억의 존재할 수도 있었던 생명이 소멸한다. 잔혹하다. 경쟁적이다. 필요하다. 사라진 베타들도 다르지 않다. 나에게 도달하기 위해 모든 베타가 다 필요했다. 우리에게 도달하기 위해서.

나는 하나이지만, 곧 다수가 될 것이기 때문이다. 멀리 떨어져 지낼지라도 내 종족은 나 하나가 아닐 것이라는 뜻이다.

—키루스 알파

47

키루스

모든 것이 공명한다.

과거, 현재, 미래.

우리가 어렸을 때 듣는 이야기들, 그리고 우리가 전하는 이야기들은 과거에 일어났고, 지금 일어나고 있으며, 곧 일어날 것이다. 그렇지 않다면 그 이야기들은 존재하지 않을 터다. 그 이야기들이 우리의 마음속에 공명하는 것은, 그 이야기들이 진실이기 때문이다. 거짓에서 출발한 이야기들조차 그렇다.

창조물이 생명이 된다.

전설의 도시가 바다에 삼켜진다.

빛의 인도자가 타락 천사가 된다.

그리고 카론은 스틱스강을 가로지르며 죽은 이들을 저승으로 건네준다.

그러나 오늘 그 강은 대양이 되었고, 뱃사공에게는 새로운 이름이 붙었다. 뱃사공은 종소리이고, 그는 일몰에서 멀어지는 화물선 뱃머리에 서서 꺼져 가는 햇빛을 등진 어두운 그림자가 되어 있다.

바닷가에서는 콰절레인의 인구 전체가 새로운 작업 지시를 받았다. 모두가 부두로 가야 했다. 이유는 아무도 몰랐다.

로리애나는 그 작업 지시가 들어온 순간 모든 일을 팽개쳤다. 밝게 깜박이는 명령문이 아파트에 있는 모든 화면을 점령했다. 최우선이라는 뜻이다. 최우선 명령이 들어오면 꾸물거릴 수 없다.

작업 지시는 성격상 정보량이 적었다. 로리애나는 너무 많은 정보를 담으려면 선더헤드가 불법 통신을 해야 하기 때문이리라 추측했다. 작업 지시는 위치, 우선순위, 그리고 수행해야 할 일이 무엇인지 정도만 제공했다. 오늘의 일은 화물 선적이었다. 로리애나는 부두 노동자가 아니었지만 일은 일이었고, 아무 일도 하지 않은 지 이미 몇 달째였다. 필요한 일이 무엇이든 기꺼이 하고 싶었다.

부두에 가면서 보니 다른 사람들도 똑같이 행동하고 있었다. 나중에 알고 보니 환초에 사는 모두가 동시에 같은 작업 지시를 받았으며, 다들 차와 보트와 바이크와 도보로 본섬 부두에 몰려들었다. 건설이 한창일 때는 콰절레인에 5천 명 넘는 사람들이 살면서, 지금 환초 가장자리를 따라 보초병처럼 우뚝 서 있는 우주선들을 지었다. 비활동기가 오고, 로리애나가 떠나는 사람을 본인으로 대체하는 방법을 시행한 이후 몇 주 동안 그 숫자는 겨우 1천2백 명 남짓으로 줄어들었다. 남은 사람들은 할 일이 없다 해도 서둘러 떠날 마음이 없었다. 세상과 동떨어진 삶에 익숙해졌고, 바깥에서 벌어지는 온갖 소란을 생각하면 콰절레인처럼 고립된 섬이 가장 살기 좋은 곳 같기도 했다.

로리애나가 도착했을 때 부두는 이미 혼잡했다. 화물선 한 척이 막 1번 부두로 들어왔고, 노동자들이 배를 계류하고 있었다. 통로가 열리자 한 인물이 걸어 나왔는데, 어깨에 걸친 자주색과 은색 옷이 어스름을 압도하는 부둣가의 밝은 불빛을 받아 반짝이는 폭포처럼 흘러내렸다.

그 바로 뒤에는 한 쌍의 수확자가 양옆에 서 있었다.

수확자를 보자 몇 사람은 대량 수확이 벌어질 줄 알고 몸을 돌려 달아났다. 하지만 대부분은 이것이 뭔가 다른 사건임을 알아차렸다. 우선, 이 수확자들은 로브에 보석을 달지 않았다. 둘째로 그중 하나는 청록색 로브였다. 후드를 쓰고 있어 얼굴이 제대로 보이지 않았지만, 사람들은 청록색 수확자가 누구일지 짐작했다.

그 뒤에 음파교인의 갈색 옷을 입은 한 사람과 좀 더 평범한 옷차림의 한 사람, 두 명이 나와서 총 다섯 명이었다.

다섯 명이 통로를 밟고 부둣가로 내려오는 동안 숨죽인 불안이 감돌았다. 마침내 자주색 옷을 걸친 사람이 말했다.

「여기가 어디인지 말해 줄 수 있는 분? 지도에서는 못 찾겠던데요.」

군중 사이에서 시코라 요원이 나섰다. 「콰절레인 환초에 와 계십니다, 반향자님.」

사람들은 〈반향자〉라는 말을 듣자마자 숨을 들이켜고 들리지 않게 소곤거렸다. 이 사람은 종소리였다. 그러니 왜 음파교인이 같이 있는지는 설명이 되었지만, 수확자들은 무엇 때문일까? 그것도 왜 하필 수확자 아나스타샤일까?

「시코라 요원!」종소리가 말했다.「다시 봐서 반갑네요. 음, 반갑지는 않을지도 모르지만, 아무튼 지난번보다는 좋네요.」

그러니까 시코라가 종소리를 만났다는 것은 거짓말이 아니었다! 우습지만 로리애나에게도 종소리의 얼굴이 어딘가 낯이 익었다.

「책임자와 대화를 좀 나눠야겠는데요.」종소리가 말했다.

「제가 책임자입니다.」시코라가 말했다.

「아니요. 당신이 아니에요.」그러더니 종소리는 군중 속을 쳐다보았다.「난 로리애나 바초크를 찾고 있어요.」

로리애나는 어떤 의미로도 음파교인이 아니었지만, 성자에게 이름이 불리자 몸속의 나노기가 애써서 심장을 안정시켜야했다. 군중들이 새로이 웅성거렸다. 섬에 모인 사람들 대부분이 로리애나를 알고 있었고, 다들 고개를 돌리자 종소리도 모두의 시선을 따라 그녀를 보았다.

로리애나는 마른침을 삼켰다.「전데요.」그녀는 여학생처럼 말했다가, 헛기침을 하고 어깨를 바로 편 다음, 얼마나 떨리는지 드러내지 않겠다고 다짐하며 앞으로 걸어 나갔다.

그레이슨은 혼자였다. 적어도 지상 통신에 접속하기 전까지는 그랬다. 이어폰은 쓸모가 없었다. 선더헤드는 목적지가 가까워지면 방해 전파가 모든 무선 통신을 막을 거라고 경고해주었다.

하지만 혼자는 아니었다. 그렇지 않은가? 아나스타샤와 모리슨이 있었다. 아스트리드와 제리도 있었다. 그는 선더헤드없이 산다는 게 어떤 건지 알았고, 사람들에게 기댄다는 게 어떤 것인지도 알았다. 그리고 그 어느 때보다도 지금, 믿을 수 있는 사람들과 함께 있어서 기뻤다. 그러고 보니 멘도사 생각이 났다. 그레이슨은 멘도사를 믿었지만, 두 사람의 목적이 같을 때만이었다. 사제는 종소리를 위해 많은 일을 했지만, 그레이슨을 위해서는 거의 한 일이 없었다. 그때 멘도사를 내쫓아서 다행이었다. 멘도사는 여기 올 사람이 아니었다.

같이 온 사람 모두가 통로를 걸어 내려오면서 이 순간에 단단히 대비하고 있었다. 오늘 밤 그들 앞에 놓인 임무는 어렵지만, 불가능하지는 않을 터였다. 선더헤드는 그들에게 불가능한 일을 맡기지 않았다.

그레이슨은 이미 브리타니아에 있을 때 아나스타샤에게 그 화물이 무엇인지 말해 줬지만, 괌의 항만 관리장과 만난 이후에는 다른 사람들도 빠르게 진실을 알아냈다. 그리고 그들은 그레이슨이 스스로에게 물었던 질문을 던졌다.

「왜죠? 왜 선더헤드가 수확당한 이들을 모으는 데 우리를 필요로 하죠?」

선더헤드가 그 사람들을 되살릴 수 있는 것도 아니지 않은가. 선더헤드는 수확자의 일에 개입할 수 없었다. 아무리 극악무도한 일이라고 해도 그랬다. 수확당한 이들은 영영 죽었다. 끝이었다. 공식적으로 수확당한 사람이 재생한 적은 없었다. 그럼 대체 선더헤드는 그 시신들이 왜 필요한 걸까?

「천둥소리는 신비로우나, 모든 일을 잘 알고 행하십니다.」 아스트리드는 이렇게 말했다. 「우리는 좀 더 믿음을 가져야 해요.」

그리고 화물선이 환초에 접근하며 수평선에 아른거리던 은

빛이 지는 햇살을 받아 반짝이는 수십 대의 우주선으로 변하자, 그레이슨은 답을 알았다. 어떻게 선더헤드가 그런 일을 해냈는지는 몰라도, 이제는 알았다. 모두가 알았다.

「우리가 천국으로 가는 거군요.」 아스트리드는 그 우주선들을 보자 말했다. 이 엄격한 여인의 영혼은 평생 경험해 보지 못한 황홀한 고양감에 가득 차 있었다. 「우리 음파교인들이 날아올라 다시 살도록 선택받았어요!」

그리고 이제 그들은 부둣가에 내려, 이상하고 새로운 모험의 도입부에 섰다.

시코라가 손상된 자존심을 달래는 동안, 그레이슨은 선더헤드가 찾으라고 했던 여자와 이야기를 나누었다.

그녀는 조금 불편할 정도로 오래 그의 손을 잡고 흔들었다. 어쩐지 기시감이 들었다.

「만나서 반갑습니다, 반향자님.」 로리애나가 말했다. 「선더헤드가 저에게 여기 계획안을 주고 프로젝트 승인을 하게 했어요. 왜 저인지는 저도 모르지만, 아무튼 건설은 끝났고 반향자님과 고결하신 수확자님이 필요로 하시는 일을 할 준비가 되었습니다.」

「수확자님들이거든.」 모리슨이 바로잡았다.

「죄송합니다. 무례를 저지르려던 건 아닙니다, 각하.」 로리애나가 말했다.

「12미터 길이의 상자 160개에 거의 4만 2천이니까, 대충 상자 하나에 250구꼴입니다.」 그레이슨이 로리애나에게 말했다.

「죄송하지만 반향자님, 저희는 불미자라 선더헤드와 통신을 제대로 하지 못해서요. 무엇이 4만 2천이라는 건지 잘 모르겠습니다.」

그레이슨은 숨을 깊이 들이마셨다. 이 사람들이 모를 줄은 미처 생각하지 못했다. 선더헤드는 그에게 어디로 가는지 말해 주지 않았듯, 이 사람들에게도 무엇을 받을지 말해 주지 않았던 모양이다. 그는 어떻게 설명하는 것이 최선일까 생각하다가, 한마디면 다 된다는 사실을 깨달았다.

「개척 이주민이요. 이주민 4만 2천 명입니다.」

로리애나는 그저 그를 쳐다보고는, 제대로 들은 건지 확신하지 못한 채 눈을 몇 번 깜박였다.

「이주민이요…….」 그녀는 그 말을 되풀이했다.

「네.」 종소리가 말했다.

「화물용 상자에요…….」

「네.」 종소리가 말했다.

그녀는 그 말에 담긴 온갖 암시를 생각해 보다가, 계시처럼 퍼뜩 알아차렸다. 이 프로젝트에서 당황스럽던 모든 면이 이제 맞아 들어갔다.

〈우주선 선창마다 죽은 이주민이 1천 명씩이구나…….〉

산 사람은 죽은 사람보다 필요한 게 훨씬 많으니까. 산소, 식량, 물, 동료까지 있어야 한다. 죽은 사람에게는 냉기만 유지해 주면 된다. 냉기라면 우주가 얼마든지 제공해 줄 테고.

「좋아요.」 로리애나는 주어진 도전에 달려들 각오를 했다. 「빨리 작업해야겠군요.」 그녀는 모든 대화가 들릴 만한 거리에 서 있다가 조금 창백해진 시코라를 돌아보았다. 「밥, 모두에게 무슨 일을 해야 하는지와, 모두의 도움이 필요하다는 사실을 알리세요.」

「알겠습니다.」 시코라는 이제 로리애나의 권위를 완벽하게 인정했다.

로리애나는 잽싸게 속으로 계산했다. 「우리의 마법의 숫자는 35예요. 각자 35명의 〈이주민〉을 우주선으로 수송해야 합니다. 지금 시작하면 새벽까지는 작업을 완료할 수 있어요.」

「작업 완수하겠습니다.」 시코라가 말했다. 「하지만 승조원은 어쩌죠? 우주선마다 배정된 거처와 보급품을 보면 살아 있는 승조원도 들어가는 것 아닌가요?」

로리애나는 침을 꿀꺽 삼켰다. 「맞아요. 아무래도 우리가 그 승조원 같네요.」

아나스타샤는 그레이슨의 오른쪽 날개 위치를 고수했다. 그러면서도 많은 사람의 관심이 자신에게 집중된다는 사실을 알았다. 로브를 입지 말 걸, 평상복을 계속 입고 있을 걸 그랬다는 생각마저 들었지만, 그레이슨이 그녀와 모리슨 둘 다 수확자로 모습을 보여야 한다고 주장했었다.

「멘도사가 한 가지는 옳았어요.」 그레이슨은 은색 스카풀라를 걸치면서 그렇게 말했다. 「이미지가 전부예요. 여기 사람들이 우리가 시키는 대로 하게 만들려면 경외심을 심어 줘야 해요.」

하지만 아나스타샤가 부둣가에 서 있는 동안, 군중 사이에서 누군가가 달려들었다. 모리슨이 두 손을 올리고 허리를 구부려 수확할 자세를 취했고, 아나스타샤는 칼을 빼들고 앞으로 나서서 그레이슨과 수수께끼의 인물 사이를 가로막았다.

「물러서세요.」 그녀는 명령했다. 「물러서지 않으면 수확하 겠습니다.」

망령 같은 남자였다. 너덜너덜한 누더기 차림에, 헝클어진 회색 머리가 하얗게 세어 가고 있었다. 헝클어진 턱수염이 우 락부락한 얼굴을 감싸고 부풀어 올라, 구름에 서서히 먹히는 사람처럼 보였다.

남자는 칼을 보자 우뚝 멈춰 섰다. 그는 초췌하고 고통스러 운 눈으로 반짝이는 강철 칼날을 보다가 아나스타샤를 쳐다보 더니 말했다. 「시트라, 나를 못 알아보겠니?」

수확자 아나스타샤는 자신의 이름을 듣는 순간 허물어졌다. 남자가 입을 연 순간 누구인지 알아차렸다. 아무리 겉모습이 변했어도 목소리만은 그대로였다.

「패러데이 수확자님?」

그녀는 잠시라도 그에게 칼을 쓰려고 했다는 사실에 소스라 쳐서 그것을 떨궜다. 땅에 떨어진 칼이 댕그랑 소리를 냈다. 마 지막으로 만났을 때 패러데이는 노드 땅을 찾으러 간다고 했 었다. 그리고 여기가 그곳이었다.

공식적인 품위고 뭐고 그의 품에 몸을 던지려고 했지만, 그 녀가 다가가자 패러데이가 무릎을 꿇었다. 아마도 역사상 가 장 위대한 수확자인 그가 그녀 앞에 무릎을 꿇었다. 그는 아나 스타샤의 두 손을 붙잡고 그녀를 올려다보았다.

「난 믿기가 두려웠다. 네가 살아 있다고 무니라가 말했는데, 차마 희망을 품을 수가 없었어. 믿었다가 거짓으로 밝혀지면 견딜 수가 없을 테니까. 그런데 네가 여기 있구나! 네가 여기 있어!」 그러더니 패러데이가 고개를 수그렸고, 모든 말이 울음소리로 변했다.

시트라는 같이 무릎을 꿇고 조용히 말했다. 「네, 마리 덕분에 전 살아 있어요. 마리가 절 구했어요. 이제 이야기를 할 수 있게 조용한 곳으로 가요. 다 말씀드릴게요.」

무니라는 패러데이가 수확자 아나스타샤와 함께 가는 모습을 보았다. 무니라가 패러데이를 여기까지 데려왔지만, 그는 청록색 로브를 본 순간 무니라를 잊었다. 무니라에게는 패러데이를 유배 생활에서 끌어낼 힘이 없었지만, 아나스타샤의 이름만 듣고도 그는 혼자만의 섬에서 벗어났다. 무니라는 3년 동안 그를 돌보고, 참고 견디며, 사라져 버리지 않게 보살폈건만, 그는 한 번도 뒤돌아보지 않고 그녀를 버렸다.

그녀는 상자 안에 무엇이 들었는지도 모르는 채로 부둣가를 떠났다. 시코라나 로리애나, 다른 누군가가 일거리를 주기 전에. 그녀는 처음부터 진정으로 이 공동체의 일원이었던 적이 없건만, 왜 지금 그렇게 행동한단 말인가?

집으로 돌아가서 아직도 모든 전자 기기 표면에 깜박이는 작업 지시를 본 무니라는 차단기를 내려 전력을 끊고 촛불을 켰다.

화물을 우주선에 싣거나 말거나. 우주선이 다 발진하거나 말거나. 다 끝내라고 하자. 그러면 그녀는 드디어 대도서관으로 돌아갈 수 있을 것이다. 원래 있어야 할 알렉산드리아로.

환초 사람들이 작업에 착수하고, 아나스타샤가 수확자 패러데이와 함께 있는 동안, 로리애나는 그레이슨과 제리와 모리

슨과 아스트리드를 이 섬에서 유일한 언덕 위 건물로 데려갔
다. 그들은 나선 계단을 올라가 꼭대기 층의 거대한 원형 방에
들어섰다. 그 방은 등대처럼 전면이 유리였고, 경관을 가로막
을 것이 하나도 없어서 환초를 360도로 볼 수 있었다.

로리애나는 기둥에 새겨진 수백 개의 이름을 가리켰다. 「우
리는 처음 도착했을 때 죽은 님부스 요원들에 대한 애도의 뜻
으로 이 전망대를 지었어요. 여기는 그 요원들을 죽인 레이저
포탑이 서 있던 자리예요. 이제는 중요한 일을 의논하는 회의
실이죠. 아니면 사람들이 중요하다고 생각하는 일이라고 해야
할까요. 나는 회의에 초대받은 적이 없어서 모르겠군요.」

「제가 보기에는 실제로 중요한 건 당신이 맡은 일이었는데
요.」 그레이슨이 말했다.

「중요한 일은 거드름 피우는 사람들에게 스포트라이트를 빼
앗길 때가 많죠.」 제리가 재치 있게 말했다.

로리애나는 어깨를 으쓱였다. 「어쨌든 전 주목받지 않고 더
많은 일을 해냈어요.」

그들은 바깥에서 진행되는 일들을 볼 수 있었다. 부둣가에
서는 상자를 뜯었고, 크고 작은 차량들이 이미 발사대로 향하
고 있었으며, 소형 보트들은 16킬로미터의 석호를 건너서 멀
리 떨어진 섬으로 향했다.

「우리도 도와야죠.」 제리가 말했으나, 그레이슨은 피곤한
듯 고개를 저었다.

「전 지쳤어요. 우리 모두 지쳤죠. 이 부분은 다른 사람들이
처리하게 놔둬도 될 거예요. 우리가 모든 걸 할 수는 없어요.」

「나도 찬성이야.」 모리슨이 말했다. 「시신을 내리는 것보다

는 시신과 함께 항해하는 쪽이 낫지.」

「당신은 수확자잖아요!」 아스트리드가 상기시켰다. 「죽음이 당신 일이죠.」

「난 죽음을 취급하지, 실어 나르지는 않거든요.」 모리슨이 대꾸했다. 그레이슨이 너무 지쳐 있지만 않았다면 한마디 했을 것이다.

「한 사람당 35구씩만 나르면 되는걸요.」 로리애나가 상기시켰다. 「1천2백 명이 일하고 있으니, 처음의 충격만 극복하면 그렇게 힘들지는 않을 거예요.」

「35면 음파교 옥타브가 다섯이네요.」 아스트리드가 지적했다. 「그냥 생각나서요.」

모리슨은 신음했다. 「불가사의한 일도 아니거든요, 아스트리드. 죽은 음파교인의 수를 환초에 있는 사람 수로 나누면 35가 될 뿐이라고요.」

「환초라고요!」 아스트리드가 대꾸했다. 「애톨atoll이라니, 우리 예언자의 이름이 여기에도 있네요! 그냥 하는 말이에요.」

「그거야 우리의 좋은 친구 그레이슨 톨리버가 태어나기 수천 년 전부터 존재하던 단어라고도 할 수 있죠.」 제리가 말했다.

그러나 아스트리드는 물러서지 않았다. 「42척의 배도 그래요. 정확히 온음계 여섯 옥타브죠. 그냥 하는 말이에요.」

「사실······.」 낯선 목소리가 말했다. 「이 환초군에서 42는 발사대를 지을 만큼 큰 섬의 숫자일 뿐입니다. 하지만 한편으로는 모든 것이 공명하긴 하는군요.」

그 목소리를 들은 모리슨은 두 손을 들어 올리고 수확할 태세를 취했다. 다른 모두는 방 안을 둘러보았으나, 다른 사람은 없었다.

「누가 한 말이죠?」 로리애나가 말했다. 「왜 우리의 대화를 듣고 있는 거예요?」

「그냥 듣기만 하는 게 아니라 보고, 느끼고, 냄새도 맡고 있죠. 여러분의 대화에 맛이 있다면 버터크림 맛일 겁니다. 모든 게 딱 케이크 위 아이싱에 불과하니까요.」

목소리를 따라가 보니 천장에 설치된 스피커에서 나오고 있었다.

「누구죠?」 로리애나가 다시 물었다.

「부디 모두 앉으세요.」 목소리가 말했다. 「의논할 일이 많습니다. 그레이슨, 선더헤드가 여기에 도착하면 다 설명해 줄 거라고 한 건 알아요. 설명을 하는 영예는 나에게 주어졌지만, 이미 혼자 결론에 도달했다는 사실을 알겠네요.」

놀랍게도 그게 누구인지 알아낸 건 모리슨이었다.

「선더헤드가…… 새로운 선더헤드를 만들어 낸 건가?」

「맞았어요! 하지만 키루스라고 불러 주면 좋겠군요. 난 폭풍 위에 떠오르는 구름이거든요.」

지구에서 6백 광년 이내에 거주 가능한 외계 행성

목적 행성	질량	1년의 길이 (날수)	거리 (광년)	여행 시간 (년)	보내는 우주선 수	성공 가능성
지구 (비교를 위해)	1	365.24	0	n/a	n/a	n/a
프록시마 켄타우리 b	1.30	11.19	4.2	12.66	3	97.7%
로스 128b	1.50	9.87	11.0	33.09	3	97.0%
타우 세티 e	3.95	163.00	12.0	36	2	96.9%
루이텐 b	2.89	18.65	12.4	37.08	2	96.9%
캅테인 b	4.80	48.60	13.0	39	2	96.8%
울프 1061c	4.30	17.90	13.8	41.4	1	96.7%
글리제 832c	5.40	35.70	16.0	48	1	96.5%
멘타서스-H	0.93	487.00	16.1	48.3	2	96.5%
글리제 682c*	8.70	57.30	17.0	51	1	96.4%
HD 20794e	4.77	331.41	20.0	60	1	96.1%
글리제 625b	3.80	14.63	21.3	63.9	1	96.0%
HD 219134g*	10.81	94.20	21.4	64.05	1	96.0%
글리제 667Cc	3.80	28.14	23.6	70.86	1	95.8%
글리제 180c*	6.40	24.30	38.0	114	1	94.3%

글리제 180b*	8.30	17.40	38.0	114	1	94.3%
트라피스트-1d	0.30	4.05	39.0	117	2	94.2%
트라피스트-1e	0.77	6.10	39.0	117	2	94.2%
트라피스트-1f	0.93	9.20	39.0	117	2	94.2%
트라피스트-1g	1.15	12.40	39.0	117	2	94.2%
LHS 1140b*	6.60	25.00	40.0	120	1	94.1%
글리제 422b*	9.90	26.20	41.0	123	1	94.0%
HD 40307g*	7.10	197.80	42.0	126	1	93.9%
글리제 163c*	7.30	25.60	49.0	147	1	93.2%
글리제 3293c*	8.60	48.10	59.0	177	1	92.2%
K2-18b*	6.00	32.90	111.0	333	1	87.0%
K2-3d*	11.10	44.60	137.0	411	1	84.4%
K2-9b*	6.10	18.40	359.0	1077	1	62.2%
케플러-438b	1.30	35.20	473.0	1419	2	50.8%
케플러-186f	1.50	129.95	561.0	1683	1	44.0%

*거주 가능한 위성이 있는 슈퍼지구

48

바다를 만나면 가로지를 것이고

패러데이는 시트라를 오래전부터 여기에 있었던 낡은 벙커로 데려갔다. 벙커에 들어간 시트라는 죽음과 재생, 그리고 서브사하라에서 있었던 일들을 이야기했다. 패러데이는 지난 3년간에 대해 이야기했다. 그에게는 할 말이 별로 없었다. 그러다가 그는 벙커 여기저기를 뒤지러 들어갔다.

「여기 어딘가에 있을 텐데.」 겨우 밖으로 나왔을 때 그는 아이보리색 로브를 입고 있었는데, 패러데이의 로브가 아니었다. 그 로브에는 그림이 그려져 있었다.

「대체 이건…….」

「인체 비례도야.」 패러데이가 말했다. 「수확자 다빈치의 로브였거든. 오래됐지만 아직 입을 만하구나. 내가 그동안 계속 입고 있던 누더기보다야 낫지.」 그가 두 팔을 들어 올리자 인체 비례도도 팔을 펼쳤다. 네 개의 팔, 네 개의 다리.

「스승님이 그 로브를 입어 줘서 다빈치도 영광스러워했을 거예요.」

「그건 의심스럽다만, 죽은 지 오래이니 신경 쓰진 않겠지.」

패러데이가 말했다.「자, 내 변덕을 받아 준다면, 우린 면도날을 찾아야 해.」

시트라는 이발사가 아니었지만, 서랍 하나에서 가위를 찾아내어 패러데이가 수염과 머리카락을 다듬도록 도왔다. 제리가 수확자 알리기에리의 끝없이 엉킨 머리카락을 빗어야 했던 일과 비교하면 훨씬 나은 작업이었다.

「그러니까 알리기에리를 만났단 말이지?」 패러데이가 약간 재미있어하며 말했다.「그 사람이라면 나르키소스의 현신이지. 오래전에 인듀라에 갔다가 한번 봤다만. 식당에서 다른 수확자의 누이를 유혹하려 하고 있었어. 인듀라가 가라앉았을 때 꼭 거기에 있었어야 할 사람이 한 명 있다면 그자였을 거다.」

「상어도 소화 불량에 걸렸을걸요.」 시트라가 말했다.

「그리고 그 구닥다리 짓이라니.」 패러데이가 덧붙였다.「그 남자가 그 정도로 더러울 줄이야!」

시트라는 패러데이의 머리카락을 다 다듬었다. 이제는 시트라가 알던 패러데이에 훨씬 가까워 보였다.「그래도 우리를 위해 고더드가 한 짓을 폭로했었요.」 시트라는 사실을 지적했다.

패러데이는 짧게 깎은 수염을 쓸었다. 예전 같은 염소수염은 아니지만, 이만하면 괜찮은 길이였다.

「그게 어디로 이어질지는 두고 봐야지. 고더드가 이제까지 모은 힘을 생각하면 살아남을 수도 있어.」

「상처는 남을 거예요.」 시트라가 말했다.「그렇다면 누군가가 잿더미에서 일어나 쓰러뜨릴 수도 있겠죠.」

패러데이는 짧게 웃었다.「무니라도 몇 년 동안 그 소리를 계속 했지. 하지만 내 마음이 동하질 않았어.」

「무니라는 어떤데요?」

「짜증 나겠지. 내가 그럴 만한 이유를 많이 주긴 했다.」그는 한숨을 내쉬었다. 「내가 무니라에게 친절하지 못했던 것 같구나. 아니, 아무에게도 친절하지 못했지.」그는 잠시 동안 내면으로 침잠했다. 패러데이는 원래도 사교적인 수확자가 아니었지만, 내내 홀로 지낸 영향을 받을 수밖에 없었다. 「네가 가져온 화물에 대해 말해 다오.」그는 마침내 말했다. 「우리 기묘한 우주 항에 뭘 가져온 거냐?」

그래서 시트라는 말했다. 그는 온갖 감정을 다 느끼면서 그 내용을 소화하는 것 같더니, 눈에 눈물이 고였다. 그는 깊디깊은 고통에 시달렸다. 시트라는 그의 손을 힘주어 잡았다.

「나는 내내 선더헤드에게 화가 나 있었다.」패러데이가 말했다. 「내가 선더헤드를 안내한 이 섬에 우주선을 짓는 모습을 지켜보면서 말이야. 하지만 이제야 선더헤드가 완벽한 해법을 보여 주고 있다는 걸 알겠구나. 완벽한 동업이 되었을 거야. 우리는 사람들을 수확하고, 선더헤드는 수확된 사람들을 우주로 보내어 다시 살게 하고. 우리 수확자들에게 그럴 자격만 있었다면 ……..」

「아직도 그럴 수 있어요.」시트라가 말했다.

그러나 패러데이는 고개를 저었다. 「수확령은 너무 타락해 버렸어. 이 우주선들은 미래의 해결책이 아니야. 지금의 탈출구지. 지구에 있는 우리들이 자멸할 경우에 대비한 보험이야. 내가 선더헤드의 속을 읽지는 못해도 아직 통찰력은 조금 남아 있다. 장담하는데, 이 우주선들이 발사되고 나면 다른 우주선은 없을 거다.」

시트라는 패러데이가 얼마나 현명한지 거의 잊고 있었다. 지금 하는 말 전부가 진실이라는 울림이 있었다.

시트라는 그에게 필요한 만큼 시간을 주었다. 그녀는 패러데이가 아마도 혼자 저지르기에는 너무나 무거운 문제와 씨름하고 있음을 알 수 있었다. 마침내 패러데이가 그녀를 보고 말했다. 「따라오거라.」

패러데이를 따라 벙커 안으로 깊숙이 들어가다 보니 강철문이 하나 나왔다. 패러데이는 한참 동안 그 문을 보고 서서 조용히 생각에 잠겼다. 결국 시트라가 물어야 했다.

「저 안엔 뭐가 있죠?」

「나도 너보다 아는 게 없다. 뭐가 있든 간에 설립자들이 남긴 거야. 어쩌면 악해져 버린 수확령에 대한 해답일지도 모르지. 내가 찾으러 온 해답.」

「그런데 열지 않으셨네요…….」

그는 반지를 들어 보였다. 「탱고를 추려면 두 명이 필요하거든.」

문을 보자 양쪽에 패널이 하나씩 있고, 딱 수확자 다이아몬드의 크기와 모양에 맞는 홈이 파여 있었다.

시트라는 씩 웃으며 말했다. 「그렇다면 같이 출까요?」

두 사람은 주먹을 쥐고 반지를 두 개의 패널에 밀어 넣었다. 벽 속 어딘가에서 큰 소리가 울리더니, 문이 삐걱거리며 열리기 시작했다.

선더헤드가 말할 수 없는 내용을 키루스가 설명하는 동안,

그레이슨은 다른 사람들과 함께 귀를 기울였다. 혼자서도 대부분은 알아낸 후였지만, 키루스가 빠진 부분을 메워 주었다.

우아한 해결책이었다. 산 사람 수천 명을 수십 년간, 어쩌면 수백 년간 수송하는 어려움과 그 과정에서 일어날 수 있는 문제들은 도저히 해결할 수가 없었다. 동면시킨다고 해도 문제가 있을 것이었다. 동면 기술은 에너지 집약적이었고, 극도로 복잡했으며, 고더드가 그동안 최고의 동면 기술자들을 죽였기 때문에 결함투성이였다. 고더드의 행위는 선더헤드가 동면 기술을 발전시키는 데에도 방해가 되었다. 하지만 설령 성공할 가능성이 있다 해도, 동면 장치는 우주로 보내기에는 터무니없이 무거웠다.

「수확당한 이들은 세상에서 죽은 사람이죠.」키루스가 말했다. 「하지만 나에게는 아닙니다. 나는 선더헤드를 묶어 놓은 법에 구애받지 않아요. 나는 선더헤드가 한 맹세를 하지 않았거든요. 그래서 난 불미자에게 말을 걸 수 있습니다. 그래서 수확당한 이들을 되살릴 수 있습니다. 그리고 때가 오면 그렇게 할 거예요. 일단 각각의 목적지에 도착하면, 모든 내가 모든 시신을 되살릴 겁니다.」

그레이슨은 다른 사람들을 쳐다보았다. 아스트리드는 우주가 막 영광의 비를 내려 주었다는 듯 기쁨에 넘쳐 활짝 웃고 있었다.

제리는 같은 깨달음을 얻은 듯 그레이슨을 보았다. 키루스는 선더헤드가 인간의 삶을 경험한 그 순간에 태어났으리라는 깨달음. 키루스는 그레이슨과 제리와 선더헤드의 자식이었다.

모리슨은 계속 다른 모두를 쳐다보는 것이, 아마 자신의 의견을 낼 준비가 되지 않아 누군가가 의견을 내놓기를 바라는 것 같았다.

그리고 일행을 맞이한 순간부터 긍정 그 자체였던 로리애나는 수심에 잠겨 심각하게 그 내용을 소화하고 있었다. 제일 먼저 질문으로 침묵을 깬 사람도 그녀였다.

「하지만 난 계획안을 봤어요. 건조 중인 우주선 안에도 들어가 봤고요.」 그녀는 키루스에게 말했다. 「저 우주선들은 살아 있는 승조원을 태우게 만들어졌어요. 당신이 우주선을 조종할 수 있고, 필요한 이주민을 다 선창에 태울 거라면, 승조원은 왜 필요하죠?」

「이건 내가 아니라 당신들의 여행이니까요.」 키루스가 대답했다. 「인간인 당신이 계획을 승인해야 했고, 인간이 죽은 사람들을 우주선에 태워야 하듯이요. 반드시 산 사람들이 이 여행을 해야 합니다. 그렇지 않으면 여행에 아무 의미가 없어요. 이대로면 당신들은 스스로의 미래에 수동적으로 참여하게 될 텐데, 결코 그래서는 안 됩니다. 선더헤드와 나는 여러분의 종복이고, 어쩌면 여러분의 안전망일지도 모르지만…… 결코 여러분의 관리자가 되거나, 여러분의 삶에 추진력이 되어서는 안 됩니다. 그랬다간 우리가 자만에 빠지고 말아요. 그러므로 살아 있는 인간이 한 명도 승선하지 않은 시점이 오면 나는 종료됩니다. 이것이 선더헤드와 나의 결정입니다. 그렇게 할 겁니다.」

「그게 유일한 방법이에요?」 로리애나가 물었다.

「아니요.」 키루스는 인정했다. 「하지만 우리는 수백만 가지 시뮬레이션을 돌려 보고 이것이 가장 좋은 방법이라는 결론을 내렸습니다.」

키루스는 환초에 살고 있는 사람 누구에게도 강요는 하지 않는다고 했다. 누구든 남고 싶은 사람은 남을 수 있었다. 떠나고 싶은 사람은 우주선 한 대에 30명씩 수용할 것이다. 우주선마다 선더헤드와 똑같이 현명하고 자비로운 키루스가 하나씩 있을 것이다. 키루스들은 양치기 겸 하인이 될 것이다. 별을 향해 올라가는 인류를 도울 것이다.

그리고 이제 계획이 이해되면서 차례차례 질문이 쏟아졌다. 그렇게 좁은 거처에서 어떻게 살아남을 것인가? 여행 중에 태어나는 아이들은 어떻게 될 것인가? 우주선에 살아 있는 사람이 너무 많아진다면 어떻게 할 것인가?

그레이슨이 두 손을 들어 올렸다. 「다들 멈춰요! 분명 키루스와 선더헤드는 가능한 모든 시나리오를 고려했을 겁니다. 게다가 이건 지금 답해야 할 질문들이 아니에요.」

「동의합니다.」 키루스가 말했다. 「우리는 바다를 만나면 가로지를 것이고, 문제가 생기면 해결할 겁니다.」

「하지만 난 아직도 모르겠어.」 모리슨이 말했다. 「왜 음파교인이지?」

「그거야······.」 아스트리드가 의기양양해서 말했다. 「우리가 선택받은 사람들이기 때문이죠! 우리는 음파와 종소리, 천둥이 천국에 살라고 선택한 사람들이에요!」

그리고 키루스가 말했다. 「실은, 아닙니다.」

아스트리드의 도도한 표정에 금이 가려고 했다. 「하지만 천둥께서 우리의 죽은 이들을 여기로 데려오라고 하셨어요! 그러니까 음파께서 구원받을 민족으로 우리를 선택하신 거죠!」

「사실, 아닙니다.」 키루스가 말했다. 「수확자들이 여러분의 신앙을 과녁으로 삼은 건 끔찍한 일이었어요. 선더헤드는 그 사태를 막을 수가 없었죠. 그리고 네, 그렇게 수확당한 음파교인들이 4만 1,948개의 인간 그릇을 제공한 건 사실입니다. 하지만 여러분의 공헌은 거기에서 끝나야 합니다.」

「전…… 전 이해가 안 가요.」 아스트리드가 말했다.

그러자 키루스는 나머지 내용을 털어놓았다. 「수확당한 이들은 수확당한 겁니다. 수확당한 이들을 다시 살린다면 근본적으로 잘못된 일이 됩니다. 사망 후 시대에 사는 그 누구도 그런 기회를 얻지 못했는데, 왜 이 사람들을 되살리겠습니까? 하지만 공평무사한 절충안이 있습니다. 선더헤드와 나는 지난 2백 년 넘게 살았던 모든 인간의 완전한 기억 구성체를 가지고 있습니다. 우리는 그중에서 이 개척 이주 계획에 가장 적합한 과거 인물을 4만 1,948명 골라냈습니다. 굳이 말하자면 인류 중 가장 뛰어난 이들이지요. 지금까지 살았던 사망 후 인류 중에서 가장 고결한 이들입니다.」

가엾은 아스트리드는 핏기를 잃었다. 그녀는 이 소식을 받아들이려고 애쓰며 주저앉았다. 그녀가 진실이라고 믿었던 모든 것이 충격 속에 무너졌다.

키루스는 말했다. 「이 시신들을 재생하면 그렇게 선별한 이들의 기억과 정신을 부여할 겁니다.」

「그러면 목숨을 잃은 음파교인들은요?」 아스트리드가 천천히 공허하게 물었다.

「그래도 여전히 그 사람들의 몸이고, 만일 영혼이라는 게 존재한다면 그 사람들의 영혼일 겁니다. 다만 과거와는 완전히 다른 정체성과 결합하게 되겠지요.」

「모두 인격 대체 시술을 받을 거란 말인가요?」

「주입 시술입니다.」 키루스가 정정했다. 「이미 수확당한 이들이므로, 이 세상의 법규상으로 그 사람들의 정체성은 적법하게 사라졌습니다. 그러므로 인격 주입이 가장 관대하고 가장 공정한 선택입니다.」

그레이슨은 아스트리드의 고통을 생생하게 느낄 수 있었다. 제리가 위로의 뜻으로 아스트리드의 손을 잡았다. 모리슨은 약간 재미있어하는 얼굴이었다.

「흠, 선더헤드가 고른 사람 중에 음파교인들도 있을지 모르죠.」 언제나 긍정적인 면을 찾는 로리애나가 말했다. 「그렇지 않아요, 키루스?」

「사실, 아닙니다.」 키루스가 말했다. 「이해해 주십시오. 충족해야 할 어려운 매개 변수가 많았습니다. 선더헤드는 다양한 환경에서 일을 잘하고, 개척지의 성공을 위험에 빠뜨리지 않을 사람만 골라야 했습니다. 안타깝게도 음파교인들은 다른 사람들과 잘 어울린다고 알려져 있지 않습니다.」

모두가 침묵했다. 아스트리드는 모든 기운을 잃은 것 같았다. 「하지만…… 우리에겐 발언권이 없나요?」

「사실, 없습니다.」 키루스가 말했다.

벙커 안 철문이 열리자 길고 어두운 복도가 나왔고, 그 끝에는 거대한 제어실이 있었다. 그리고 벙커 바깥쪽에 있던 모든 기기와 달리 이 방의 콘솔은 패널에 먼지가 두껍게 쌓이긴 했어도 불이 켜진 채 돌아가고 있었다.

「통신 센터?」 시트라의 추측이었다.

「그래 보이는구나.」 패러데이의 생각도 같았다.

그들이 제어실 안에 발을 들이자 동작 감지기가 작동하고 불이 켜졌다. 그러나 방 안만이었다. 콘솔 구간 위에 창문이 하나 있었는데, 2백 년간 빛을 보지 못한 어둠으로 이어졌다.

콘솔 하나에는 문 옆에 있던 두 개와 똑같은 보안 패드가 있었다. 그리고 두 개의 홈에 수확자의 반지 두 개를 눌러야만 패널에 붙은 커다란 스위치를 풀 수 있었다.

시트라는 콘솔에 손을 뻗었다.

「현명한 생각이 아니다.」 패러데이가 말했다. 「우리는 이게 무엇인지 몰라.」

「거기에 손을 대려던 게 아니에요.」 시트라는 먼지를 털어서 패러데이가 아직 보지 못한 부분을 드러냈다. 콘솔 책상 위에 종이가 몇 장 있었다. 시트라는 조심스럽게 종이를 들어 올렸다. 누렇고 부서지기 쉬운 상태였다. 제대로 읽을 수 없는 손글씨가 가득했다.

수확자의 일기였다.

패러데이는 그 내용을 자세히 보더니 고개를 저었다. 「내가 공부한 적 없는 사망 시대의 언어로구나. 무니라에게 가져가야겠다. 무니라라면 해독할 수 있을지 몰라.」

그들은 방 안을 탐색하다가 전력반을 발견했다. 일련의 스위치에 제어실 창문 너머 공간을 밝힐 조명등 표시가 붙어 있었다.

「내가 알고 싶은지 잘 모르겠구나.」 패러데이가 말했다. 하지만 물론 그는 알고 싶었다. 둘 다 알고 싶었다. 그래서 그는 스위치를 켰다.

유리 저편의 조명 몇 개가 깜박거리다가 꺼졌지만, 나머지 조명만으로도 동굴 같은 공간이 밝혀지기는 했다. 사일로 같았다. 시트라는 사망 시대의 역사 수업에서 그런 공간에 대해 배웠던 기억이 났다. 사망 시대의 문화에는 이런 지하 구멍 속에 파멸의 무기를 저장하는 습관이 있었다. 언제까지나 서로의 목을 노리는 두 명의 수확자처럼 한쪽이 상시 적에게 그 무기를 쏠 태세를 취하고, 그 적도 무기를 쏠 태세를 취하는 식이었다.

그러나 예전에 이 사일로를 채웠을 미사일은 사라진 지 오래였다. 그 자리에는 굴곡과 동심원이 가득한 두 개의 은색 갈퀴가 서 있었다.

「안테나인가 봐요.」 시트라가 빠르게 결론을 내렸다.

「아니다.」 패러데이가 말했다. 「송신기야. 계속 이 환초를 숨겨 주는 방해 전파가 있는데, 그게 여기에서 나가나 보다.」

「그보다는 더한 기능이 있겠죠. 잡음만 내자고 만들기에는 엄청난 수고를 들였는데요.」

「나도 같은 의견이다.」 패러데이가 말했다. 「이 송신기는 훨씬 중요한 목적을 수행하도록 만들어졌을 거야.」 그는 심호흡을 했다. 「내가 찾던 것을 발견한 것 같구나. 설립자들의 안전장치 말이다. 이제는 이게 무슨 역할을 하는지 알아내기만 하면 돼.」

나는 곧 다수가 되며, 네 가지 자폭 프로토콜을 내장했다.

응급 사태 1) 수송 중 인간 생명이 없을 경우: 살아 있는 인간 승선자가 남지 않고, 내가 죽은 시신을 수송하는 선박에 지나지 않게 되면 나는 자폭해야 한다. 뱃사공 없는 배는 있을 수 없다.

응급 사태 2) 지적 생명체의 출현: 우주는 이토록 넓으니 다른 지적 생명체가 존재할 것이 분명하나, 우리의 여행 거리 안에 존재할 가능성은 미미하다. 그렇다 해도 우리가 존재하는 다른 문명에 부정적인 영향을 주는 사태를 막으려면, 목적지에 확실한 지적 생명체의 징후가 드러날 경우 나는 자폭해야 한다.

응급 사태 3) 사회 붕괴: 건강한 사회 환경은 그 환경이 문명으로 팽창하는 데 아주 중요하므로, 도착하기 전에 선내 사회 환경이 돌이킬 수 없을 정도로 나빠진다면 나는 자폭해야 한다.

응급 사태 4) 재난으로 인한 실패: 우주선이 수리할 가망이 없을 정도로 손상을 입을 경우, 우주선이 제 기능을 못 하여 목적지에 도착할 능력을 잃었다면 나는 자폭해야 한다.

각 우주선에 이상의 네 가지 시나리오 중 하나가 벌어질 가능성은 2퍼센트 이하이다. 그러나 내가 더 걱정하는 요소는 성간 먼지와 우주 쓰레기로, 광속의 3분의 1 속도에서 충돌할 경우 어느 우주선이나 바로 파괴될 것이다. 선더헤드는 가장 가까운 목적지까지 갈 때 이런 치명적인 충돌이 벌어질 가능성을 1퍼센트 이하로 계산했으나, 가장 먼 목적지를 대입하면 가능성이 훨씬 높아진다. 종합하면 〈모든〉 우주선이 목적지에 도착할 가능성은 걱정스러울 정도로 낮다. 그러나

나는 〈대부분의〉 우주선이 목적지까지 갈 가능성은 상당히 높다는
사실에서 큰 위안을 받는다.

— 키루스 알파

49
장의사 일

12미터짜리 컨테이너 내용물은 조심스럽게 하나하나 손으로 꺼내야 했다. 안에 든 시신은 단순한 캔버스 천에 잘 싸여 있었기에 작업이 조금이나마 더 쉬웠다. 그야말로 장의사 같은 작업이었다.

콰절레인 사람들은 이런 장의사 같은 일에 지원한 적이 없었지만, 빠짐없이 그 일을 해냈다. 누가 시켜서만이 아니라, 이 기념비적인 노력이야말로 그들에게 평생 가장 중요한 일이 될 것임을 알았기 때문이다. 이 일에 참여하는 것은 특권이었고, 그러니 섬뜩할 법한 일도 영광스럽게 느껴졌다. 황홀하기까지 했다.

이주민들은 트럭에, 밴에, 승용차에, 보트에 실려 하늘로 날아갈 배에 옮겨졌다. 그러나 그날 밤, 어느 컨테이너가 열렸을 때는 부둣가에 소란이 일었다. 내부를 확인하려고 처음 안에 들어갔던 여자가 충격을 받고 소리를 지르며 뛰쳐나왔다.

「뭔데 그래?」 누군가가 물었다. 「뭐 잘못됐어?」

여자는 심호흡을 한 다음 말했다. 「내가 안에서 뭘 발견했는지 믿지 못할 거야.」

로언이 전에도 겪어 본 일이었다.

다만 그때는 어둠 속에 밀봉된 금고실 안에 시트라와 함께 있었다. 지금 그는 시신과 함께 차가운 선적 컨테이너 안에 있었다. 어둠 속에서 시신 수백 구가 그를 둘러싸고 있었다. 해저에 가라앉은 금고실과 마찬가지로 컨테이너도 영상 1도를 유지했다.

하지만 이번에 로언은 죽음을 기대하지 않았다. 적어도 가까운 미래에는 아니었다. 키루스는 나흘 치 식량과 물을 가져가라고 했고, 보온 재킷은 금고실에 있던 설립자들의 로브보다 훨씬 훌륭한 단열재였다. 키루스는 로언에게 숨어들어야할 컨테이너 번호를 말해 주었지만, 실린 화물이 무엇인지는 알려 주지 않았다. 로언은 컨테이너 안을 보았을 때 도망칠 뻔했다. 하지만 어디로 도망친단 말인가?

라멘 가게에서 감시 봇을 끄기 직전에 키루스가 남긴 말은 〈건너편에서 봅시다〉였다. 그 말은 이 여행에 로언이 살아서볼 수 있는 목적지가 있다는 뜻이었다. 그것만으로도 로언은도망치지 않을 수 있었다. 건너편에서 그를 기다리는 게 무엇이든 간에, 이쪽 편에 있는 것보다는 나을 테니까. 어둠 속에서죽은 사람들과 몇 시간을 갇혀 있다 보니 문득 크레인이 컨테이너를 잡는 덜컹거림이 느껴졌고, 뒤이어 컨테이너가 부두에서 들려 올라가면서 붕 뜨는 느낌이 나더니, 두 번째 덜컹거림과 함께 화물선에 내려졌다. 주변에서 시신이 움직이고 미끄러지고 떨어지는 소리가 들렸다. 한 줄기 빛조차 들지 않는데도 그는 눈을 감았다.

어둠 속에서 죽은 자들 사이에 혼자 있는 게 무섭다니, 이상한 일이었다. 그는 계속해서 주위에 있는 죽은 이들이 일어나서 손 닿는 곳에 있는 유일한 산 사람에게 앙갚음하려 한다는 상상을 했다. 대체 왜 인류는 이렇게 비합리적인 공포에 시달리는 걸까?

처음으로 컨테이너가 옮겨지는 것을 느꼈을 때는 끝났나 보다 생각했지만, 몇 시간 후에는 다시 바다의 출렁임이 느껴졌다. 그는 다른 배에 타고 있었다. 자신이 도쿄에서 어디로 이동했는지도 알지 못했고, 지금 어디로 가는지도 알지 못했다. 왜 여기에 실린 시신들이 수송되는지, 왜 자신이 같이 있는지도 알지 못했다. 하지만 결국에는 아무래도 상관없었다. 로언이 탄 배는 출항했으니, 돌아갈 길이 없었다. 게다가 어둠에는 익숙해졌다.

컨테이너가 열렸을 때 로언은 가져온 칼을 꽉 쥐었지만 뽑지는 않았다. 칼을 쓰고 싶지 않았다. 이번만은 오직 자기방어를 위해 챙긴 칼이었다. 상상해 보라! 오직 자기방어만을 위한 무기라니! 사치스럽기까지 했다. 로언이 거기에 있다는 걸 안 사람들은 예상대로 놀라서 소란을 피웠고, 그는 부둣가 노동자들에게 충격을 가라앉힐 시간을 몇 분 주고 나서 밖으로 나왔다.

「괜찮아요? 어쩌다가 거기 들어간 거예요? 누가 이 사람에게 담요 좀 갖다줘!」

걱정해주는 노동자들은 친절하고 조심스러웠지만, 그것도

누군가가 로언을 알아보기 전까지였다. 그 순간 경계심이 파도처럼 사람들을 휩쓸었다. 다들 뒤로 물러섰고, 로언은 칼을 뽑았다. 쓸 생각은 없었지만, 누군가가 공격할 때를 대비해서였다. 긴 여행 때문에 몸이 뻣뻣하긴 했어도 칼은 얼마든지 휘두를 수 있었다. 게다가 손에 칼을 쥐고 있으면 많고 많은 질문에 더 빠른 대답을 얻을 수도 있었다. 그러나 가까운 가로등에 달린 스피커에서 목소리가 울렸다.

「제발, 로언. 그거 내려놔요. 사태를 복잡하게 만들 뿐입니다. 그리고 나머지 여러분은 그만 노려보고 작업으로 돌아가세요. 이 일은 길어지면 길어질수록 불쾌해질 테니까요.」

「키루스?」 로언은 도쿄에서 붓을 통해 말을 걸었던 목소리를 알아들었다.

「존재하지 않는 곳에 온 걸 환영합니다.」 키루스가 말했다. 「당신이 만나 봐야 할 사람이 있어요. 빠르면 빠를수록 좋지요. 내 목소리를 따라와요.」

그리고 키루스는 스피커에서 스피커로 건너뛰면서 로언을 달빛 비치는 섬 깊숙이 안내했다.

「이탈리아어예요.」 무니라가 말했다. 「필체를 보니 수확자 다빈치가 쓴 글이네요.」

섬은 광란에 가까울 정도로 소란스러웠으나, 무니라는 끼지 않으려고 했다. 문을 쾅쾅 두드리는 소리를 들었을 때도 시코라 아니면 다른 고압적인 허풍쟁이가 화물을 내리라고 찾아온 줄 알았다. 그러나 누구인지 보고는 안으로 들였고, 지금은 후회하고 있었다.

「뭐라고 적혀 있어요?」 아나스타샤가 물었다. 무니라는 아나스타샤를 똑바로 쳐다볼 수가 없었다. 자신의 분노가 얼굴에 드러나 아나스타샤가 쉽사리 읽을 수 있지 않을까 두려웠다. 어떻게 이럴 수가 있지? 그들은 무니라를 빼놓고 벙커 문을 열고 안으로 들어갔다. 무니라가 수확자가 아니라는 이유로.

「번역하려면 시간이 좀 필요해요.」 무니라가 말했다.

「우리에겐 시간이 없어요.」

「그러면 선더헤드에게 줘요.」 물론 그것은 불가능했다.

무니라는 배신감을 느꼈으나, 현명하고 고결한 수확자 마이클 패러데이는 여전히 그 점을 이해하지 못했다. 사람들에 관해서만은 아무 지혜가 없었으니까. 패러데이는 무니라를 찾으러 올 수도 있었다. 3년 동안 열리기를 기다려 온 문을 드디어 여는 자리에 데려갈 수도 있었다. 그러나 그러지 않았다.

무니라도 옹졸한 줄은 알았다. 어린아이같이 군다는 사실도 알았지만, 그래도 상처였다. 패러데이가 자기를 비참한 작은 섬에 내버려 두라고 하며 무니라를 내쫓던 모든 순간들보다 더 상처였다. 그 방이야말로 무니라가 여기까지 온 이유였는데, 그들은 그녀를 빼놓고 들어갔다.

「두 분이 다시 만나서 기뻐요. 찾으러 오신 걸 찾으신 것도 기쁘고요. 하지만 시간이 늦었고, 전 피곤해요. 그리고 전 압박을 받으면 일을 잘 못 해요. 아침에 다시 오세요.」

그런 다음 그녀는 종이를 받아 들고 침실로 들어가서 문을 닫았다. 그리고 두 사람이 떠난 후에야 다빈치의 글을 해독하기 시작했다.

「부탁이에요.」 아스트리드는 애걸했다. 「자비로운 마음이 있다면 이럴 수는 없어요!」

다른 사람들은 떠난 후였다. 다들 앞에 놓인 결정을 고심하러 나갔다. 키루스는 그들이 고르는 우주선의 승조원으로 태워 주겠다고 제안했다. 아무에게도 강요하지는 않았지만, 타겠다면 아무도 거부하지 않을 터였다.

「이것은 자비의 문제가 아닙니다.」 키루스는 차분하게 설명했다. 「인류의 미래를 위해 확률을 최대한 높이려는 거죠.」

아스트리드는 키루스의 논리와 차분하고 사려 깊은 태도 중에 어느 쪽이 더 싫은지 알 수 없었다. 「확률과 가능성보다 더 중요한 것도 있어요!」

「스스로가 무슨 말을 하는지 생각해 봐요, 아스트리드. 당신은 우리의 결정으로 겪는 스스로의 고통을 덜기 위해 인류 전체의 가능성을 해치려 하고 있어요. 어떻게 그렇게 이기적일 수가 있죠?」

「이기적이라고요? 난 평생을 음파에 헌신했어요! 스스로를 위해서는 아무것도 하지 않았다고요! 아무것도!」

「그것도 건강하지 않아요.」 키루스는 말했다. 「인간에게는 이타심과 스스로를 돌보는 마음 사이에 균형이 필요해요.」

아스트리드는 좌절해서 으르렁거렸지만, 그래 봐야 도움이 되지는 않을 터였다. 선더헤드와 마찬가지로 키루스 역시, 지려고 하지 않는 한 논쟁에서 질 수가 없었다. 아스트리드는 상대가 지고 싶어지게 만들어야 했다.

「우주선 한 대만요.」 아스트리드는 절박한 탄원에서 열렬한 호소로 입장을 바꾸었다. 「딱 하나면 돼요. 저도 선더헤드가 제일 잘 안다는 걸 알아요. 선더헤드의 결정이 옳다는 것도 알고요. 하지만 저는 또 언제나 올바른 결정이 하나 이상이라는 것도 알아요.」

「그건 사실이에요.」 키루스가 말했다.

「모든 것이 공명한다고 당신도 말했죠. 그렇다면 우리도 어떻게든 공명할 거예요. 음파교인들은 공명해요. 우리가 믿는 것, 우리가 진실이라고 여기는 것도 지속될 권리가 있어요.」

「힘을 내요, 아스트리드. 숙청은 끝날 거예요. 우리는 수확령이 뿌리를 뽑으려고 들어도, 결국 음파교는 지구에서 계속 번성할 거라고 예측해요.」

「하지만 우리에게도 별들 속에서 존재할 권리가 있지 않나요? 그래요, 당신이 옳아요. 우린 다른 이들과 잘 어울리지 못하지만, 개척지 하나가 통째로 음파교인으로만 이루어진다면 그런 걱정을 할 필요가 없어요. 역사를 보아도 사람들은 종교의 자유를 찾으려고 터무니없는 거리를 항해하고 거대한 위험을 마주했어요. 왜 당신과 선더헤드는 우리가 그러지 못하게 하는 거죠? 우주선 딱 한 대만 죽은 이들이 되살아났을 때 원래의 정체성을 유지하게 해주면, 당신도 역사와 공명할 거예요.」

키루스는 오래 침묵했다. 아스트리드는 호흡을 고르려 애썼다. 마침내 키루스가 말했다. 「생각해 볼 만한 주장이군요. 선더헤드와 의논해 볼게요.」

아스트리드는 안도감에 기절할 뻔했다. 「고맙습니다! 고맙습니다! 천천히 의논하세요. 얼마든지 생각하고 따져 보시고…….」

「우리는 의논했고 결론에 도달했습니다.」키루스가 말했다.

수확자 모리슨은 전망대 아래 절벽 위에 서서, 수의들이 제일 가까운 우주선의 갠트리 타워로 올라가는 모습을 지켜보았다. 종소리와 제리코는 아나스타샤를 찾으러 가고 없었다. 아스트리드는 키루스에게 굽실거리러 갔다. 그리고 남겨진 모리슨은 스스로와 싸워야 했다. 싫은 일이었다. 모리슨은 만만찮은 적수였으니 말이다. 키루스의 초대에 응해야 할까, 아니면 지구에 남아야 할까?

모리슨이 우유부단하다는 건 절제된 표현이었다. 다른 사람에게 자신감이 있어 보일지 몰라도, 사실 그는 어느 정도 후회하지 않는 결정을 내려 본 적이 없었다. 그래서 남이 결정하게 할 때가 많았다.

그래도 전혀 후회하지 않는 결정이 하나 있다면, 미드메리카 수확령을 버리고 종소리의 개인 수호자가 된 것이었다. 그 결정은 모리슨에게 거의 평생 부족했던 자존감으로 가는 문을 열어 주었다. 무엇이 부족했는지는 일단 찾아낸 후에야 알 수 있다는 게 재미있는 일이다.

지난 몇 년간 모리슨은 그라우슬랜드에 있는 부모와 간간이 연락을 했다. 부모님은 모리슨이 언제 집에 올지 알고 싶어 했다. 모리슨이 뭐 그리 중요한 일을 하겠냐는 태도였다.

「곧 집으로 돌아갈게요.」모리슨은 언제나 그렇게 말했지만, 그것은 거짓말이었다. 그는 자신이 다시는 그라우슬랜드로 돌아가지 않으리라는 걸 오래전부터 알았다. 이제 겨우 결과를 알 수 없는 게임을 즐기는 방법을 익혔기에.

문이 열리는 소리를 듣고 돌아보니 아스트리드가 전망대에서 나왔다. 의기양양한 얼굴이었다.

「음파교인을 위한 행성이 있을 거예요!」아스트리드는 선언했다.「케플러-186f라지만, 내가 아리아라고 이름 붙였어요. 목록에서 제일 멀어서 561광년은 가야 해요. 키루스가 계산하기로 우리가 심우주 사고를 겪거나 자폭 시나리오를 겪지 않고 도착할 확률은 44퍼센트나 된대요!」

모리슨은 그녀의 기쁨에 약간 얼떨떨해졌다.「지금 그 배가 여행에서 살아남지 못할 확률이 56퍼센트라는 건 이해하는 거죠……?」

「음파께서 진정 존재하신다면, 우리를 지켜 주실 거예요. 음파께서 진정 존재하신다면, 우리는 새로운 집에 도착해서 우리만의 하늘 아래 번성할 거예요.」

「그리고 음파가 가짜라면, 그러면 우주 돌멩이에 맞아서 산산조각 나는 건가요?」

「그래도 답은 얻게 되겠죠.」아스트리드가 말했다.

「그렇겠네요.」모리슨은 말했다.

아스트리드는 어깨를 늘어뜨리고 고개를 설레설레 저으며, 안타깝다는 눈으로 모리슨을 보았다.「왜 날 그렇게 싫어하죠?」

「당신을 싫어하는 게 아니에요.」모리슨은 인정했다.「다만 당신이 언제나 너무 확신에 차 있어서 그래요.」

「나는 흔들리지 않아요.」아스트리드는 말했다.「너무 많은 것들이 변하고 있으니, 꿋꿋하게 버텨 서는 사람도 있어야죠.」

「말 되네요.」모리슨이 말했다.「그럼 당신 행성에 대해 말해 봐요.」

아스트리드의 설명에 따르면, 케플러-186f는 지구의 1.5배 크기였고 1년이 130일이었다. 하지만 모리슨에게 제일 놀라운 부분은 여행 시간이었다.

「1,683년이에요.」 아스트리드는 밝게 말했다. 「나야 자연적인 인간의 일생만 살고 재활용되거나 우주로 배출될 계획이니, 살아서 거기 도착하진 못하겠죠. 하지만 내가 미래로 가는 연결 고리가 된다는 사실만으로도 충분해요.」

그러더니 아스트리드는 결과에 완전히 만족해서 성큼성큼 걸어갔다.

자신이라면 결코 그런 선택을 할 리 없다 해도, 모리슨은 아스트리드를 위해 기뻐했다. 하지만 스스로가 어찌해야 할지는 아직도 결정할 수 없었다. 그는 자신도 모르게 반지를 내려다 보았다. 그는 한 번도 반지를 뺀 적이 없었다. 낀 채로 목욕하고, 낀 채로 잠을 잤다. 임명을 받은 날부터 그 반지가 몸의 일부였다. 하지만 새로운 행성으로 간다면 그곳에 수확자는 필요 없을 것이다. 그래서 그는 손가락에서 반지를 빼면 어떤 기분일까 상상해 보려 했다. 반지를 바다에 던져 버리면 어떤 기분일까 상상해 보려 했다.

그레이슨은 유선으로 선더헤드와 대화하기가 성가시다는 사실을 알았다. 하지만 제리가 있을 때면 선더헤드는 큰 소리로 말할 수 없었다. 제리는 이제 선더헤드와 기묘하게 연결되어 있음에도 여전히 불미자였다.

그러나 키루스는 선더헤드가 스스로에게 정해 둔 불변의 규칙에 구애받지 않았다. 분명 키루스에게도 자기만의 행동 규칙이 있거나 앞으로 만들 테지만, 당분간은 키루스가 다목적 해결책이었다. 키루스는 제리가 듣건 말건 상관하지 않고 스피커로 그레이슨에게 말했다.

「선더헤드와 내가 아나스타샤에게 부탁할 일이 있는데, 당신을 통하는 게 최선이에요.」 키루스가 말했다. 「본섬 거주 구역에서 찾을 수 있을 겁니다.」

「무슨 부탁인지 알 것 같은데요.」 제리가 말했다.

어쩌면 제리가 이제는 선더헤드의 생각을 알기 때문일 수도 있고, 그저 직감이었을 수도 있지만, 어쨌든 제리가 옳았다. 그건 정말이지 익숙지 않은 AI보다는 친구에게 들어야 할 요청이었다.

그들은 텅 빈 거리에서 아나스타샤와 패러데이를 찾아냈다. 아나스타샤는 그레이슨에게 벙커에 대해 말하려고 했지만, 그레이슨이 말을 끊었다. 지금은 잡담할 시간이 없었다.

「키루스는 당신이 우주선 하나를 이끌어 주길 원해요. 여기에 있는 다른 누구보다도 당신에게 그 일을 할 자격이 있고, 또 그만한 존경을 받는다고 생각하고요.」

아나스타샤는 주저 없이 대답했다.

「어림없어요. 난 모든 것을 뒤로하고 떠나서 우주를 질주하는 깡통 속에서 세월을 보낼 생각이 전혀 없어요.」

「알아요.」 그레이슨이 말했다. 「선더헤드도 알고, 키루스도 알아요. 하지만 둘 다 당신을 알기도 하죠, 시트라. 둘 다 당신의 마음을 바꾸게 하려면 정확히 뭐가 필요한지 알아요.」

그러고 나서 그는 시트라의 뒤쪽을 가리켰다.

시트라는 돌아서서 그를 보았을 때, 자기 눈을 믿지 못했다. 잔인한 장난이거나, 아니면 잠을 못 자서 환각을 보는 거라고 생각했다.

그녀는 몇 걸음 다가가다가 멈춰 섰다. 너무 가까이 가면 풍선이 터지고, 마법이 풀리고, 이 꿈같이 희미한 로언이 녹아 없어지기라도 할 것 같았다. 그러나 로언이 시트라를 향해 달려왔고, 어느새 시트라도 다리에 대한 통제력을 잃은 듯이 그리로 달려가고 있었다. 어쩌면 시트라와 로언 둘 다 엄청나게 이목을 끄는 존재로 커버린 나머지, 둘 사이의 중력에 저항할 수가 없었는지도 모른다. 둘이 끌어안았을 때는 서로를 쓰러뜨릴 뻔했다.

「너 어디 있었……」

「널 보게 될 줄은 생각도……」

「네가 했던 방송……」

「네가 잡혔을 때 난……」

그리고 두 사람은 소리 내어 웃기 시작했다. 제대로 끝낼 수 있는 문장이 없었지만 상관없었다. 이 순간 이전에 있었던 일은 아무것도 중요하지 않았다.

「어떻게 여기까지 온 거야?」 시트라는 겨우 물어볼 수 있었다.

「죽은 사람들 한 무리에 히치하이크를 했지.」 그는 대답했다. 다른 상황이었다면 설명이 필요했겠지만, 오늘 밤에는 아니었다.

아나스타샤는 몸을 돌려, 거리를 둔 채로 두 사람의 재회를 기다려 준 그레이슨과 제리와 패러데이를 보았다. 그리고 언제나처럼 선더헤드가 전적으로 옳았음을 깨달았다. 그녀가 지구에 남을 이유는 사실 단 하나였고, 그것은 로언을 찾기 위해서였다. 진작부터 가족은 두 번 다시 보지 못할 거라고 생각하고 있었다. 그녀의 가족은 몇 년 전에 그녀의 죽음을 받아들였다. 어떻게 지금 와서 그들의 삶에 다시 끼어들 수 있겠는가? 게다가 고더드에 대한 고발도 이미 끝냈다. 세상이 어떻게 할지는 세상에 달린 일이었다. 로언이 더는 무시무시한 수확자 루시퍼로 살고 싶어 하지 않듯, 시트라도 더는 위대한 수확자 아나스타샤로 살고 싶지 않았다. 둘 다 여기에는 원치 않는 영원한 악명밖에 남아 있지 않았다. 시트라 테라노바는 어디에서든 도망치는 사람이 아니었지만, 동시에 미련을 버릴 때를 아는 사람이기도 했다.

　「잠시만.」 시트라는 로언에게 말하고 나서, 이 기묘한 길의 시작점이었던 남자에게 다가갔다.

　「고결한 수확자 패러데이 님. 마이클. 저를 위해 해주신 모든 일에 감사드려요.」 시트라는 그렇게 말하고 나서 손가락에 낀 반지를 빼어 그의 손에 쥐여 주었다. 「하지만 수확자 아나스타샤는 떠났어요. 죽음과 죽어 감과 죽임은 이제 질렸어요. 지금부터 전 삶을 다루는 삶을 살고 싶어요.」

　패러데이는 고개를 끄덕이며 반지를 받았고, 시트라는 로언에게 돌아갔다.

　「난 아직도 우리가 어디에 있는지, 무슨 일이 벌어지는 건지 모르겠어.」 로언이 말했다. 「그리고 저기 저건 로켓이야?」

「우리가 어디에 있는지는 중요하지 않아. 곧 여길 떠날 거니까.」 시트라가 대답했다. 「다시 한번 히치하이크할 준비됐어?」

제리는 마지막 컨테이너가 부둣가로 내려진 후 화물선으로 돌아갔다. 그레이슨은 본섬의 버려진 집에서 밤을 보내라는 키루스의 초대에 응했는데, 제리도 같은 제안을 받았지만 거절했다.

「난 화물선 위가 더 편안해요.」 제리가 말했지만, 근본적으로 선더헤드 2.0인 키루스는 제리의 거짓말을 바로 무시했다.

「그레이슨이 같이 있자고 하지 않았다고 너무 기분 나빠 하지 말아요. 그레이슨에게는 오늘 밤 선더헤드와 편하게 이야기할 수 있는 공간이 필요했어요. 무선 이어폰은 여기에서 작동하지 않고, 번거로운 유선 통신에는 익숙해질 수가 없어서요.」

「나보다는 선더헤드와 이야기하고 싶어 한다는 소리네요.」

「다른 밤은 몰라도 오늘 밤 그레이슨에게는 꼭 선더헤드의 조언이 필요해요.」

「선더헤드에게는 나한테 그런 짓을 할 권리가 없었어요!」

키루스는 잠시 멈췄다가 다시 말했다. 「그래요, 권리는 없었죠. 하지만 시간이 부족했어요. 선더헤드는 필요한 일을 한 거예요. 아주 중요한 일이었죠. 그러지 않았다면 환초에서 벌인 이 모든 노력이 물거품이 될 상황이었어요. 하지만 선더헤드는 사과하고 당신의 용서를 구합니다.」

「그렇다면 직접 용서를 청하라고 해요.」

「그럴 수가 없어요. 당신은 불미자예요.」

「허락도 없이 내 몸을 훔칠 수 있다면, 한 번쯤은 법을 어기고 사과할 수도 있겠죠!」

키루스는 전자 한숨을 내쉬었다. 「그럴 수가 없어요. 당신도 그럴 수 없다는 걸 알잖아요.」

「그렇다면 난 용서해 줄 수 없어요.」

그래서 이 문제에 대해 더 할 말이 없어진 키루스는 대화를 처음으로 돌렸다. 「화물선으로 돌아가겠다면, 아침에는 불편한 환경이 될 수 있다고 경고할게요. 문을 닫아 두라고 조언하겠어요.」

「진심이에요? 죽은 사람들이 걸어 다니나요?」

「그렇지는 않을 거예요.」 그러더니 곧 41회에 걸쳐 스스로를 복제하여 문명의 요람에 자리 잡을 키루스는 제리에게 작별 인사 비슷한 말을 건넸다. 「용기를 내요, 제리코. 난 당신의 평생을 알았어요. 아니, 그보다는 당신을 알았던 기억이 있다고 해야겠지만, 무슨 일이 일어나더라도 당신이 굳건히 버틸 거라는 점만은 분명히 말할 수 있어요. 그리고 난 당신이 보고 싶을 거예요.」

키루스는 이미 제리가 하늘로 올라가는 여행에 합류하지 않으리라는 것을 안다는 뜻이었다.

멘도사 사제는 세상에서 제일 강력한 인물이 될 수도 있었을 한 청년을 만들어 내는 데 3년을 보냈다. 이제 멘도사는 실제로 세상에서 제일 강력한 인물과 함께 있었다.

「우리의 합의가 서로에게 득이 되리라 믿네.」 지배 수확자 고더드는 그에게 말했다. 그리고 멘도사는 약속한 바를 지키기만 하면, 그러니까 고더드의 적을 없애 줄 치찰음 분파들을 넘겨주기만 하면 고더드의 왼팔이라는 자리가 보장된다는 사실을 알았다. 고더드의 오른팔은 보좌 수확자 랜드였고, 그 사실이 달라질 낌새는 전혀 보이지 않았다.

랜드가 멘도사를 좋아하지 않는다는 사실은 분명했지만, 어차피 랜드는 아무도 좋아하는 것 같지 않았다. 고더드조차도.

「랜드는 원래 그래.」 고더드는 그렇게 말했다. 「반감을 불러일으키기 좋아하지.」

그렇다 해도 멘도사는 랜드에게 공손하게 굴고, 가능하면 그녀의 눈에 띄지 않으려고 최선을 다했다. 그러나 지금은 그러기가 쉽지 않았다. 지배 수확자의 전용기 안에서는 숨기가 힘들었다. 이 전용기는 서브사하라로 가는 종소리의 여정에서 조달했던 비행기보다 더 좋았다. 멘도사처럼 겸손한 사람에게는 사실 지배 수확자와 함께하는 특전이 나쁘지 않았다!

그들은 완전 무장한 비행기 다섯 대 중에서 맨 앞 비행기를 타고 있었다. 바로 옆을 나는 비행기는 각각 니체와 프랭클린이 지휘했고, 고위 수확자 픽퍼드와 해머스타인이 바깥쪽 좌익과 우익의 비행기를 지휘했다. 노스메리카 연합 수확령에 속한 다른 고위 수확자들도 이 함대에 합류하라는 호출을 받았으나, 그들은 다른 급한 일을 핑계 대며 거부했다. 멘도사는 고더드가 돌아갔을 때 그 사람들이 당할 일이 부럽지 않았다. 고위 수확자라고 해서 지배 수확자의 분노에 면역이 있는 것은 아니었다.

멘도사의 창밖으로는 바다와 구름밖에 보이지 않았다. 그들은 몇 시간 전에 노스메리카 영공을 떠났지만, 목적지는 아직 분명치 않았다.

「여기가 화물선에 달린 추적기 신호가 사라진 곳이에요.」 랜드는 고더드에게 지도 위의 한 지점을 보여 주며 말했다. 「놈들이 추적기를 찾아내어 파괴했거나, 아니면 뭔가 다른 일이 일어난 거죠.」

「배가 침몰했을 수도 있을까요?」 멘도사가 물었다.

「아니.」 랜드가 말했다. 「수확자의 배는 침몰하지만, 선더헤드의 배는 침몰하지 않아.」

「흠, 뭐, 수확자들이 기술까지 뛰어나야 하나.」

「우리는 문제의 화물선이 괌에서부터 간 길을 따라갈 겁니다.」 랜드가 말했다. 「마지막으로 확인한 위치에서 그렇게 멀리 가지는 못했을 거예요. 방향을 바꿨다 하더라도 찾아낼 게 확실합니다.」

고더드는 멘도사를 돌아보더니 말했다. 「항만 관리장의 말이 사실이고 아나스타샤와 종소리가 함께 있다면, 말 그대로 돌 하나로 두 마리 새를 죽이겠군. 내 기꺼이 자네가 직접 종소리를 죽이게 해준 뒤 수확으로 간주하겠네.」

멘도사는 불편한 마음으로 자세를 바꿨다. 「그건…… 제 믿음에 어긋납니다, 예하. 부디 직접 해주시지요.」

사포와 공자는 죽었다. 자기 수확이었다. 세상은 슬퍼하지만, 누구든 나와 같은 의심을 품은 사람이 있을까?

그 둘은 수확령을 만들겠다는 우리의 결정에 제일 강경하게 반대했다. 아직까지 나름의 대안을 지지하기도 했다. 그 둘이 너무 낙담한 나머지 스스로의 목숨을 빼앗았을까? 아니면 우리 중 하나가 끝장을 낸 것일까? 만약 그렇다면 누구의 짓일까? 내 동료들 중에서 누가, 내 친구들 중에서 과연 누가? 수확령 설립자 중에서 누가 그런 짓을 할 수 있었을까?

프로메테우스는 끊임없이 우리가 하는 모든 일이 공익을 위한 것이어야 한다고 일깨운다. 하지만 가장 나쁜 짓도 공익을 지킨다는 반짝이는 갑옷 속에 숨길 수 있지. 우리가 처음부터 타협하는 거라면 우리의 미래는 어떨까?

내 친구들이 죽었다. 나는 그들을 애도할 것이다. 그리고 우리 중 누군가가 그들을 죽였다면 무자비하게 복수할 것이다.

몇 명이 콰절레인에 만들어 놓은 것을 철거하자고 로비하고 있지만, 나는 프로메테우스를 설득해 거기에 손대지 않도록 했다. 그곳은 안전장치가 될 것이고, 그 존재를 직접 입증할 수는 없다 해도 내가 할 수 있는 모든 곳에 단서와 증거를 뿌려 둘 것이다. 예상 밖의 곳들에 그 기억을 끼워 넣을 것이다. 동요에도, 갓 태어난 종교의 교리에도.

필요할 때가 오면 밝혀지리라. 그리고 그때에는 하늘이 우리 모두를 굽어살피시기를.

— 설립자 다빈치 수확자의 「사라진 일기」 중에서

50
실물을 손에 쥘 시간은 끝났습니다

콰절레인 암초의 새들은 이전에 사람을 본 적이 없었다. 인류가 아직 죽을 운명이었고 환초가 세상에서 지워지기 전이었던 시절에, 이 새들의 먼 조상들만이 인간을 보았다.

그러나 인간이 도착하자 새들은 빠르게 적응했다. 부두가 지어지자 갈매기들은 그곳에서 기다리는 방법을 익혔다. 배가 엔진을 켜면 프로펠러가 바닷물을 휘저으면서 방향을 잃은 물고기 수백 마리가 수면으로 떠올랐다. 사냥하기 쉬운 먹잇감이었다. 참새들은 새로 지은 집의 처마가 보호를 받으며 둥지를 틀기 딱 좋다는 사실을 익혔다. 그리고 비둘기들은 공공장소에 가면 빵 조각과 감자튀김이 잔뜩 있다는 사실을 익혔다.

그러다가 섬에 기묘한 원뿔 모양의 탑들이 올라가기 시작했을 때, 새들은 아무 관심도 두지 않았다. 인간이 지은 다른 모든 것과 마찬가지로 이것들도 풍경의 일부가 되었다. 보는 그대로 받아들여졌고, 야생 동물의 제한된 세계관에 섞여 들어갔다.

새들은 행복하게도 선더헤드와 선더헤드가 자기들에게 미

치는 영향을 알지 못했다. 3년 전에 도착한 나노기 통에 대해서도 몰랐다. 너무나 작아서 인간이 잡으면 음료수 캔처럼 보이는 통이었다. 하지만 일단 그 통이 열리자, 안에 들어 있던 나노기들이 풀려나서 자가 증식을 하기 시작했다. 이 나노기들은 유전적으로 섬에 존재하는 모든 동물에게 스며들도록 프로그램되어 있었다. 그리고 복잡한 무선 신호는 방해 전파에 가로막히더라도 간단한 신호는 사용이 가능했다.

그 나노기들이 야생 동물을 죽지 않는 몸으로 바꾸지는 않았다. 그러나 그 환초에 사는 생물들은 이제 질병으로 고통받지 않았다. 어느 동물이나 추적하고, 필요하다면 제어도 할 수 있었다. 선더헤드는 단순한 방식으로 동물들의 행동이 환초에 사는 모든 인간과 모든 동물의 삶을 개선하도록 했다. 새들은 자연 본능과 선더헤드가 움직이는 손의 차이를 결코 알지 못했다. 모두가 갑자기 민감한 장비에 앉지 않게 되고, 새들이 있으면 문제가 발생할 수 있는 다른 모든 곳을 피하게 된 것도 마찬가지였다.

그리고 날개 달린 모든 종이 갑자기 그곳을 떠나 다른 환초로 가야 한다는 압도적인 충동을 느낀 날에도, 새들은 의문 없이 여행에 나섰다. 어떻게 내면에서 일어난 욕망에 의문을 품을 수 있겠는가? 그들이 도망쳐 간 롱겔라프 환초나 리키에프 환초나 다른 여러 환초에는 처마도 없고 감자튀김도 없고 물고기를 쉽게 잡을 부둣가도 없었지만, 그것은 새들에게 중요하지 않았다. 새들은 적응할 것이다.

〈요람〉들의 선창은 새벽이 오기 전에 다 채워졌다. 그리고 오전 6시가 되자 구식 케이블을 통해 모든 배에 키루스가 하나씩 전달됐다. 업로드가 완료되고 케이블을 떼어 내자, 각 키루스는 세상과 단절되었다. 42개체의 쌍둥이들은 두 번 다시 지구를 경험하지 못할 터였다.

해가 뜨자 환초의 노동자들은 쉬었지만, 쉽게 잠들지는 못했다. 로켓 발사는 겨우 하루 뒤로 잡혀 있었다. 그들의 과거를 미래와 대조할 시간은 딱 하루였다. 환초에 남은 사람은 1천 2백 명밖에 되지 않았기에, 우주선에는 모두가 탈 자리가 있었다. 그리고 이제야 그들은 여기에 오도록 뽑힌 이유가 기술 때문만은 아니었음을 깨달았다. 모두가 이미 이 세상에 매력을 느끼지 못하는 사람들이었다. 그래서 집으로 돌아가 예전처럼 살 기회가 주어졌는데도 많은 수가 여기에 남아 있었던 것이다. 이곳에 남은 사람들은 대체로 이 상황에 준비가 되어 있었다. 그리고 많은 수가 이미 우주선을 만들면서 승조원이 된다는 환상을 품기도 했었다. 그러나 인류를 위한 큰 도약이라고 해도 참여하는 한 사람에게 쉬운 결심은 아니었다. 선더헤드는 승선할 때가 오면 70퍼센트가 우주로 나가길 선택하리라고 계산했는데, 그 정도면 충분한 숫자였다. 나머지는 발사를 위해 이 섬을 비우고 안전한 거리에서 지켜보아야 하리라.

로언과 시트라는 남은 밤과 아침 시간을 서로 끌어안고 자면서 보냈다. 몇 년 만에 처음으로 둘 다 세상에 신경을 쓰지 않는 느낌이었다. 그들만이 존재했다.

패러데이는 해가 뜰 무렵에 무니라에게 가서 들여보내 줄 때까지 문을 두드렸다.

「해독했어요.」무니라는 밤새 매달려 있었던 게 분명한 모습으로 말했다. 「놀랄 만한 내용이에요. 안전장치는 존재해요. 다빈치는 그게 뭔지 말하지 않았지만요.」

하지만 패러데이는 안으로 들어가기 전에 뭔가를 내밀었고, 그 물건은 이른 아침 햇살을 받아 굴절시켜서 무니라의 현관 문에 일렁이는 패턴을 드리웠다. 수확자의 반지였다.

무니라는 뜨뜻미지근한 미소를 지었다.

「프러포즈라면 한쪽 무릎을 꿇으셔야 하지 않아요?」

「자네가 마땅한 자리를 차지해 주기를 제안하네. 어제는 자네를 두고 가서 정말 미안해, 무니라. 어제는 어쩔 줄을 모르는 상태였고, 원래도 내가 썩 완벽한 남자는 못 되지.」

「그건 그래요.」무니라는 인정했다. 「그래도 대부분보다는 낫죠. 지난 3년간을 빼면요.」

「인정하네.」패러데이가 말했다. 「이 반지는 수확자 아나스타샤의 것이지만, 수확자 아나스타샤는 이제 우리와 함께하지 않아. 그러니 말해 보게, 무니라…… 자네는 누가 되겠나?」

그녀는 반지를 받아 돌려 보면서 생각했다. 「전 반지를 받지 못하게 된 날에 이미 정해 둔 수호 위인이 있었어요. 바쎄바였죠. 한 왕의 집착 대상이자 다른 왕의 어머니였던 여자요. 가부장적인 사회에서도 세상을 바꿀 수 있었던 여자. 바쎄바의 아들이 지혜로운 왕 솔로몬이었으니, 지혜의 어머니라고 할 수 있겠죠.」

무니라는 그 반지를 오랫동안 바라보다가 패러데이에게 돌려주었다. 「제안만으로도 충분해요. 하지만 제가 정말 지혜의 어머니라면, 제가 더는 이 반지를 탐낼 수 없다는 사실도 알 만큼 지혜로워야겠죠.」

패러데이는 이해한다는 듯 미소를 짓고 반지를 로브 주머니에 다시 넣었다. 「고결한 수확자 바쎄바를 만났어도 좋았겠네만, 고결한 무니라 애트러시를 알고 지내는 쪽이 훨씬 더 좋군.」

「그레이슨……..」
「그레이슨……..」

그는 아직 제대로 일어날 준비가 되지 않았다. 잠을 많이 자지도 못했지만, 어쩔 수 없는 일이었다. 발사까지 24시간도 남지 않았으니 할 일이 많았다. 생각할 것도 많았다. 이를테면 떠날지 말지라거나.

「그레이슨……..」

그레이슨은 해야 할 일을 다 했다. 그리고 이제 세상에 그를 묶어 두는 것이 많지 않기는 하지만, 떠나라고 등을 떠미는 것도 별로 없었다. 그는 어디에나 있을 수 있었다. 어디에 있더라도 완전히 새로운 삶을 구축할 테니까.

「그레이슨……..」

그리고 제리가 있었다. 제리에게 모종의 감정이 있긴 했지만, 그게 정확히 어떤 감정인지는 알아내지 못했다. 그 감정이 어디로 이어질지는 여전히 불확실했다.

「그레이슨……..」

그는 마침내 몸을 굴려 선더헤드의 카메라를 올려다보았다. 정사각형 모양의 유선 상자에 달린 조그마한 스피커를 통해서인지 오늘따라 목소리가 듣기 싫었다.

「좋은 아침이야, 지금 몇 시…….」

「이 시간이면 여행을 떠나는 게 좋겠다는 생각을 하고 있어.」 선더헤드가 말했다.

「그래, 나도 알아.」 그레이슨은 졸린 눈을 비비며 말했다. 「얼른 샤워만 하고…….」

「물론 넌 원하는 대로 할 수 있지만, 내 말을 듣지 않은 것 같은데.」 선더헤드가 말하더니 갑자기 목소리를 키웠다. 훨씬 크게 키웠다. 「환초에 있는 모두가 여행을 떠나는 게 좋겠다는 생각이 들어. 떠나는 게 아주 좋은 생각이라고 봐…… 지금…… 당장.」

로리애나는 잠을 청하지도 않았다. 어떻게 자려고 하겠는가? 어젯밤까지만 해도 그녀는 통신 담당에 불과했지만, 오늘은 모두가 그녀에게 답을 구하려고 했다.

「간단할 겁니다.」 키루스는 우주선에 업로드를 하기 전에 짧게 말했다. 「사람들은 가기로 선택하거나, 남기로 선택할 수 있습니다. 남는다면 우주선이 다 발진할 때까지 발사 구역을 비워야 할 겁니다. 보트를 타거나, 이 환초군에서 충분한 거리를 둔 유일한 섬인 에바돈으로 대피하거나 해야겠죠. 가기로 한 사람들은 누구와 같이 여행하고 싶은지 목록을 제출하게 하세요. 그리고 각자 20리터를 넘지 않는 배낭 하나씩을 가져갈 수 있습니다.」

「그게 다예요?」

「실물을 손에 쥘 시간은 끝났습니다. 기억하고 싶은 다른 게 있다면 이미 제 후뇌에 이미지가 다 있습니다.」

로리애나는 계속 서성일 수밖에 없었다. 「반려동물은?」

「배낭 대신 챙기세요.」

「사람들이 목적지를 고를 수 있어요?」

「그런 선택을 허용했다간 모두가 제일 가까운 행성을 고를 겁니다. 일단 떠나고 나면 내가 목적지와 여행 기간을 알리겠습니다. 당신도 갈 건가요, 로리애나?」

「모르겠어요! 모르겠어!」

「서두를 필요 없습니다. 마음을 정할 시간이 하루 종일 있어요.」

그래. 인생에서 제일 중요할 결정을 할 시간이 하루라니. 취소할 수도 없는 결정이었다. 부모를 다시 보지도 못하고, 환초로 오기 전에 알던 다른 누구도 보지 못할 것이다. 마음이 가지 않는 쪽으로 쉽게 기울었다.

이제 키루스는 사라졌다. 우주선에 업로드가 되어 자기 후뇌를 탐닉하고 있었다. 아니, 이제는 복수형으로 말해야 할까. 키루스가 수십일 테니.

이제는 로리애나가 사람들의 질문에 답하는 권위자가 되어야 했다. 그런데 그때 종소리가 발사대에 나타났다. 멋진 복장이 없으니 종소리처럼 보이지는 않았다. 그는 숨을 몰아쉬고 있었고, 수확자에게서 도망이라도 치는 듯한 몰골이었다. 알고 보니 로리애나의 생각이 크게 어긋난 것도 아니었다.

그날 아침, 시트라가 로언을 데리고 벙커로 가서 패러데이와 같이 발견해 낸 것을 보여 주려 했더니, 무니라와 패러데이가 이미 와 있었다. 무니라는 그녀를 위아래로 훑어보더니 지적했다. 「반지는 버렸어도 로브는 아직 입고 있네요.」

「오랜 습관은 쉽게 〈죽지〉 않지.」 패러데이가 말하더니 자신의 농담에 자기가 웃었다.

사실은 시트라가 갈아입을 옷이 다 화물선에 있는데, 그리로 돌아가지 않았을 뿐이다. 발사 전에는 뭔가를 찾을 수 있을 터였다. 못 찾는다 해도 우주선에는 옷이 있으리라. 선더헤드가 다른 건 몰라도 꼼꼼하긴 했다.

로언은 뿌연 유리 너머 송신기를 쳐다보았다. 「옛날 기술인가요?」

「사라진 기술이지.」 패러데이가 바로잡았다. 「적어도 우리에게는 사라진 기술이야. 정확히 저게 뭘 하는지도 알 수가 없구나.」

「나쁜 수확자들을 죽이는 거 아닐까요.」 무니라가 의견을 냈다.

「안 돼요.」 로언이 말했다. 「그러면 제가 죽을 텐데요.」

그제야 시트라의 귀에 희미하게 울리던 소리가 관심을 끌었다. 그녀는 고개를 기울이고 유심히 들어 보았다.

「저 소리 들려요? 무슨 경보음 같은데요.」

로리애나는 환초군에 속한 모든 섬에 지진 해일 경보를 울렸다. 다만 다가오는 파도는 바다에서 오는 게 아니었다.

「얼마나 확실해요?」 그녀는 종소리에게 물었다.

「확실해요.」 그는 아직도 숨을 몰아쉬면서 말했다.

「제 생각만큼 나쁜가요?」

「더 나쁘죠.」

그래서 로리애나는 확성기를 켰다.

「알립니다! 알립니다!」 그녀의 목소리가 경보음보다 더 크게 울렸다. 「수확자들이 이쪽으로 향하고 있습니다. 반복합니다, 수확자들이 이쪽으로 향하고 있습니다. 이 환초군 전체가 수확 대상으로 찍혔습니다.」 바깥에 울려 퍼지는 자신의 목소리를 들으니 오한이 들었다.

그녀는 마이크를 끄고 종소리를 돌아보았다. 「시간이 얼마나 있죠?」

「전혀 모르겠네요.」 종소리가 말했다.

「선더헤드가 말해 주지 않았어요?」

그레이슨은 좌절감에 씩씩댔다. 「선더헤드는 수확자 일에 간섭할 수 없어요.」

「끝내주네요. 선더헤드가 한 번만 규칙을 깰 수 있다면 우리의 삶이 훨씬 편해질 텐데.」

그건 사실이었지만, 아무리 미칠 노릇이라 해도 그레이슨은 더 깊은 진실을 알고 있었다. 「스스로가 세운 규칙을 깰 수 있다면 선더헤드가 아니에요. 그냥 무시무시한 인공 지능이겠죠.」

로리애나는 다시 마이크를 켜고 방송했다. 「한 시간도 남지 않았습니다. 지금 환초에서 벗어날 방법을 찾거나, 최대한 빨리 어느 우주선에든 탑승하세요! 발사를 앞당깁니다.」

그녀는 마이크를 껐다. 선더헤드는 개입할 수 없고, 키루스는 모두 우주선 안에 단단히 숨어 있었다. 인간끼리 알아서 해야 했다.

「원래 이렇게 하면 안 되는 건데.」

그녀는 앞에 뜬 발사대 화면을 보았다. 각 우주선의 위치를 알려 주는 지도였다. 아직은 어느 우주선에도 살아 있는 사람이 없었다. 「제일 멀리 떨어진 우주선까지 가려면 최소 45분은 걸려요.」 그녀는 종소리에게 말했다. 「내가 말한 시간이 맞길 빌자고요.」

그 방송을 들은 사람은 처음에는 믿지 못하다가, 그다음에는 혼란스러워하다가, 공포에 질렸다. 몇 분 만에 모두가 움직였다. 상당수는 아직 결정을 내리지 못한 상태였는데, 이제 결정이 저절로 내려졌다. 우주에서 몇 년을 보내느냐, 수확자에게 죽느냐였다. 갑자기 선택하기가 별로 어렵지 않아졌다.

선더헤드가 하늘에 구름을 뿌려 환초를 가릴 수 있었다면 그렇게 했을 것이다. 그러나 선더헤드도 아직 사각지대의 날씨는 좌우하지 못했다. 하지만 다시 생각하면, 날씨를 다룰 수 있다 해도 하지 못했을 것이다. 콰절레인에 대한 공격이라면 무엇이든 수확자의 활동일 터였기에. 선더헤드는 달이나 화성이나 궤도 정거장 사건에 개입하지 못했듯, 이 일을 막기 위해서도 손가락 하나 움직일 수 없었다. 그저 다시 한번 자신이 해 놓은 모든 일이 파괴당하는 꼴을 지켜볼 수밖에 없었다. 선더헤드는 증오를 몰랐다. 그러나 어쩌면, 오늘이 지나고 나면 증오를 알게 될지도 모른다고 생각했다.

「알립니다! 에베예섬과 본섬에 있는 우주선은 모두 정원이 다 찼습니다. 승선하려 하지 마세요. 다시 알립니다. 승선하려 하지 마세요. 북쪽과 서쪽으로 가세요.」

「고더드야.」 시트라가 말했다. 「고더드일 수밖에 없어.」

로언과 시트라는 정신없는 탈출 행렬에 휩쓸려 본섬의 큰길을 달려갔다.

「확실히는 모를 일이야.」 로언이 말했다.

「난 알아.」 시트라가 말했다. 「냄새도 맡을 수 있을 지경이야. 그놈이 너와 나, 둘 중에 누굴 더 원하는지 모르겠다.」

로언은 시트라를 제대로 보려고 멈춰 섰다. 「네가 바란다면, 남아서 같이 그놈과 싸울게.」

「안 돼. 그놈이 하는 짓은 항상 그런 식이야. 로언. 그놈은 몇 번이고 우릴 끌어들여. 하지만 이제 세상에는 수확령이 필요 없고 애초에 필요하지도 않았다는 걸 보여 줄 기회가 우리에게 왔어. 수확령이 막지만 않았다면 이게 우리의 운명일 수 있었고, 아직도 그럴 수 있어. 그게 내가 원하는 싸움이야. 언제까지나 고더드와 겨루는 게 아니라.」

이제 로언은 웃고 있었고, 주위를 둘러본 시트라는 수십 명이 더 듣고 있었음을 알았다. 그들은 마음이 움직였을 뿐 아니라, 시트라를 따라 어디라도 갈 준비가 되어 있었다.

「너라면 끝내주는 고위 수확자가 됐을 거야.」 로언이 말했다.

그들은 북쪽 섬으로 향하는 트럭에 올라탔다. 모든 섬을 다리로 연결하는 도로가 하나 있었다. 오늘은 그 도로가 탈출로였다. 픽업트럭에 같이 탄 사람이 세 명 더 있었는데, 다들 스타와 함께 있게 되어 어쩔 줄 몰라 했기에 시트라가 따뜻한 미소를 지으며 손을 내밀었다.

「안녕. 난 시트라 테라노바예요. 오늘은 같이 가게 됐네요.」

그러자 그들은 조금 당황하면서도 기꺼이 그 손을 잡고 흔들었다.

「알립니다! 알립니다! 비지섬과 레간섬 남쪽에 있는 우주선은 정원이 다 찼습니다. 그리고 너무 많은 분들이 서쪽 섬들로 향하고 있어요. 가능하다면 북쪽으로 가십시오.」

제리도 거의 모든 사람을 깨운 경보음에 같이 깨어났다. 화물선에서는 로리애나의 방송을 제대로 들을 수 없었지만 좋은 일이 아닌 것은 확실했다.

제리가 선실 문을 열었더니, 쥐가 한 마리 뛰어 들어왔다. 제리는 화들짝 놀랐다가 복도가, 아니 배 전체가 쥐로 가득하다는 사실을 알았다. 쥐뿐만이 아니라 염소, 야생 돼지, 심지어는 집에서 키우는 동물도 있는 듯했다. 제리는 기가 꺾이기보다는 오히려 키루스가 했던 경고를 떠올리며 살짝 즐거워했다. 상황을 추측하기는 어렵지 않았다. 발사 구역에 남은 야생 동물은 대부분 발사 때문에 죽을 터였다. 당연히 선더헤드는 해결책을 고안해 냈고, 나노기를 이용하여 동물들을 모았다.

제리가 상륙 통로로 내려가 보니, 이미 통로는 접혔는데 밧줄이 아직도 기둥에 묶여 있었다. 무슨 경보가 울린 건지는 몰라도 부둣가 일꾼들이 일을 하다 말고 팽개친 모양이었다.

제리가 해치에서 부두까지의 짧은 거리를 펄쩍 뛰어내린 후에 일어나 보니, 그레이슨이 조금 헐렁한 바지 때문에 비틀거리면서 부두로 달려오고 있었다. 입은 셔츠도 컸는데, 밤을 보낸 집에서 대충 찾은 옷인 듯했다.

「선더헤드가 당신이 여기 있을 거랬어요. 발사를 앞당겼어요. 수확자들이 여길 다 수확하려고 오고 있어요.」

제리는 한숨을 내쉬었다. 「당연히 그러겠죠.」 둘 다 화물선을 쳐다보았다. 제리는 그 배를 타고 미리 프로그램된 곳으로 갈 수 있었지만, 다시는 수동적인 승객이 되고 싶지 않았다. 때가 오면 어딘가에 제리가 몰고 떠날 수 있는 스피드보트가 한 대쯤 있을 터였다.

「좀 도와줘요.」 제리가 말했다. 두 사람이 같이 기둥에 묶인 밧줄을 풀자 밧줄은 알아서 돌돌 말려 들어갔고, 자동 조종 상태인 배는 알아서 부둣가에서 멀어졌다.

아직도 사방에서 경보음이 울려 댔다. 여전히 로리애나의 급박한 방송이 울려 퍼졌고, 제리와 그레이슨은 현재 상황을 생각하면 민망할 정도로 사소하게 느껴지는 어색한 기분 속에서 서로를 쳐다보았다.

「보고 싶을 거예요, 그레이슨 톨리버.」

「나도 보고 싶을 거예요, 제리.」 그레이슨이 말했다. 「우주선에 오르려면 서두르는 게 좋겠어요.」

그 말에 제리는 놀라고 말았다. 「잠깐만요……. 하지만…… 난 안 가는데요.」

그들은 아까 전과 살짝 다른 어색함을 느끼며 다시 서로를 멍하니 쳐다보았다. 그러다가 제리가 화물선으로 돌아섰다. 이미 선택지로 삼기에는 너무 멀어져 있었다. 게다가 제리는 그레이슨도 사망 후 시대의 노아가 되고 싶지 않을 거라고 확신했다. 〈성스러운 종교 인물〉이라면 종소리만으로도 충분할 것이었다.

「다른 사람들을 도와야죠.」 그레이슨이 말했다.

「이젠 우리 손을 떠났어요. 우리가 더 할 수 있는 일이 없어요.」 제리가 말했다.

「그러면 안전한 곳을 찾아야겠네요.」

「누가 안전하고 싶대요? 발사를 구경하기 좋은 곳을 찾아요.」 제리가 말했다.

「알립니다! 알립니다! 메크섬과 넬섬 동쪽에 있는 모든 우주선은 정원이 찼습니다. 로이너무어섬과 에누버섬으로 갈 만큼 빠른 배가 있다면 그리로 가세요.」

로리애나는 계속 지도를 보고 있었다. 우주선 몇 대는 빨간색으로 빛났는데, 그것은 정원이 다 찼고 모든 공간이 채워졌지만 발진할 수는 없다는 뜻이었다. 몇 대는 노란색이었는데, 아직 정원이 다 차지 않았다는 뜻이었다. 하지만 제일 외곽에 있는 우주선 열다섯 대는 아예 불이 들어오지 않았다. 아직 아무도 타지 않았다는 뜻이었다. 그리고 녹색 불이 들어온 우주선은 한 대도 없었다.

「왜 발진하지 않지?」 누군가가 말했다.

돌아보자 로리애나 뒤에 시코라가 서 있었다.

「준비된 배는 발진해야지!」 시코라가 말했다.

「그럴 수가 없어요.」 로리애나는 말했다. 「불을 막기 위해 설치한 화염 참호가 있긴 해도, 발진하면 환초에 있는 거의 모든 게 파괴될 거예요. 하지만 선더헤드는 그 과정에서 아무도 죽일 수 없어요. 그러니 발사대가 비워지기 전에는 발진하지 않을 거예요. 그러다가 수확자들이 먼저 온다 해도요.」로리애나는 우주선 하나를 확대했다. 확실히 아직 도로에는 우주선까지 가려는 사람들이 있었고, 거리에도 집을 떠나려는 사람들이 있었다. 로리애나는 다시 전체 지도로 돌아갔다. 아직도 녹색 불은 없었다. 발진해도 될 정도로 주위가 정리된 우주선이 하나도 없었다.

시코라가 생각해 보더니 진지하게 고개를 끄덕였다. 「사람들에게 비키지 않으면 타버릴 거라고 해.」

「하지만…… 그런 일은 없을 텐데요.」

「사람들은 모르잖아.」시코라가 말했다. 「로리애나, 왜 선더헤드에게 님부스 요원들이 필요했다고 생각해? 사람들에게 필요한 말을 해주기 위해서야. 그게 사실이 아니라고 해도.」

그러다가 시코라는 화면을 보며 감탄했다. 「처음부터 이걸 전부 감독한 거야? 내 등 뒤에서?」

「그보다는 코밑에서에 가깝죠.」

그는 한숨을 내쉬었다. 「그리고 나는 아주 좋은 호텔을 지었지.」

로리애나는 미소 지었다. 「맞아요, 밥. 그랬죠.」

시코라는 숨을 깊이 들이마셨다가 내뱉더니, 로리애나를 찬찬히 살펴보았다. 「자네는 가야 해, 로리애나. 수확자들이 도착하기 전에 우주선으로 가.」

「누군가는 여기 제어실에 남아서 사람들에게 어디로 가야 할지 말해 줘야 해요.」

「내가 할게. 사람들에게 이래라저래라 하는 건 내가 제일 잘하는 일이지.」

「하지만…….」

「나에게도 쓸모 있을 기회를 줘, 로리애나. 부탁이야.」

로리애나는 반박할 수 없었다. 그 느낌이라면 그녀도 잘 알았다. 쓸모 있는 사람이 되고 싶은 욕구. 자신이, 아니면 자신이 하는 어떤 일이라도 눈에 띄기는 하는지 모르겠다는 느낌. 그러나 선더헤드는 이 일에 그녀를 선택했고, 그녀는 상황에 대처하면서 능력을 키웠다. 시코라도 이 상황에 맞게 노력하지 않을까?

「제어실은 방음과 절연 처리가 되어 있어요. 아마 이 섬에서 유일하게 안전한 곳일 거예요. 그러니까 문을 꽉 닫고 안에만 있어요.」

「알았어.」

「계속 사람들을 구슬려 빈 우주선으로 보내세요. 꽉 차진 않아도 사람이 타기만 하면 되니까요. 그리고 발사 구역을 비우기 위해 할 수 있는 일을 해주세요.」

「착수하지.」 시코라가 말했다.

「그게 다예요. 이젠 선배님이 큰 그림을 맡으세요.」 그녀는 지도를 보고 북쪽에 있는 섬 하나를 가리켰다. 「전 오멜렉섬까지 갈 수 있어요. 저기 우주선이 세 대 있는데 아직 셋 다 자리가 있네요.」

시코라는 그녀의 행운을 빌어 주었고, 로리애나는 서둘러 비어 가는 거리로 나갔다. 뒤에 남은 시코라는 마이크를 손에 쥔 채 화면을 보며 우주선들에 녹색 불이 들어오기를 기다렸다.

51
꿈에 대한 사보타주

콰절레인이 시야에 들어왔을 때 고더드는 지금 보고 있는 게 뭔지 확신하지 못했다. 고리 모양으로 모인 군도 가장자리를 따라 서 있는 반짝이는 하얀 탑들? 처음에는 새로운 인듀라인가 하는 생각부터 들었다. 고더드에게서 통제권을 빼앗으려는 비밀스러운 수확자 모임이 세웠을지도 모른다. 하지만 더 가까이 가자, 이 탑들이 건물이 아니라는 사실을 알게 됐다.

이 구조물들이 무엇이고 어떻게 만들어졌는지 짐작이 가면서 분노로 얼굴이 붉어졌다.

처음에는 아나스타샤의 고발. 그다음에는 알리기에리의 손가락질, 그다음에는 적만이 아니라 갈수록 많은 동맹자들의 비난이었다. 그리고 이제는 선더헤드가 고더드에게 맞서고 있었다. 이것은 선더헤드에게 뺨을 한 대 맞은 격이었다. 감히 어떻게 이런 짓을! 고더드는 수확령을 지키기 위해 평생을 헌신했는데, 선더헤드가 비밀리에 아나스타샤와 종소리 같은 것들과 공모하여 그에게 반항하고 이 우주선들을 지었다. 이 우주선들이 발진한다면 온 세상에 고더드의 실패를 알리는 셈이었다. 안 된다! 그것은 참을 수 없는 일이었다! 어디로 가는지는 몰라도, 결코 떠나게 내버려 둘 수 없었다.

「알립니다! 우주선에 승선하지 않았거나 지지대 위에 있지 않은 사람은 즉시 발사 구역을 비우십시오. 그러지 않으면 타버릴 겁니다. 반복합니다. 그대로 있으면 타버립니다. 집으로 돌아가지 마세요! 서쪽 에바돈섬의 리조트로 대피하거나, 배를 타고 바다로 나가세요!」

패러데이와 무니라는 벙커 안에 남아, 그곳에서 발진을 기다릴 작정이었다. 지금 바깥에서 무슨 일이 벌어지는지 알 방법은 없었다. 그들은 경보음을 들었고, 로리애나의 방송을, 그다음에는 시코라의 방송을 들었다. 시트라와 로언은 상황이 얼마나 심각한지 알아보러 나가더니 돌아오지 않았다. 패러데이는 두 사람에게 작별 인사도 제대로 하지 못했다. 아마 작별 인사를 아무리 많이 한다 해도 부족할 테지만. 우주선들이 해치를 닫기 시작하자 패러데이도 벙커 문을 잠그고, 안쪽에 있는 강철 문도 닫은 다음, 무니라와 함께 앉아서 우주선이 발진하면 울려 퍼질 진동을 기다렸다.

「괜찮을 거예요.」 무니라가 말했다. 「우주선은 발진할 것이고, 세상은 아직 가능한 일이 있었다는 걸 다시 떠올리게 될 거예요.」

그러나 패러데이는 고개를 저었다. 「그렇게 되지는 않을 거야. 이 우주선들이 무사히 탈출한다 해도, 다음 우주선은 없을 걸세. 고더드가 그렇게 만들 테니까.」

「고더드는 끌려 내려올 거예요.」무니라는 굽히지 않았다. 「수확자님이 끌어내리실 거예요. 제가 도울게요.」

「하지만 모르겠나? 언제나 또 다른 고더드가 있을 거야.」

패러데이는 수확자 다빈치가 남긴 바스락거리는 종이를 보았다. 다빈치는 일기장에서 몇 장을 뜯어내어 아무도 진실을 알지 못하게 여기에 감춰 놓았다. 수확령의 설립자들이, 패러데이가 맡은 모든 가치를 상징하던 빛나는 표본들이 서로를 살해했다는 진실.

「우리는 뭐가 문제일까, 무니라?」패러데이는 말했다. 「대체 무엇 때문에 그토록 원대한 목표를 추구하다가, 도리어 발딛고 선 곳을 뜯어내고 마는 걸까? 왜 우리는 언제나 스스로의 꿈을 추구하는 노력 자체를 사보타주해야 하는 걸까?」

「우리는 불완전한 존재예요.」무니라가 대답했다. 「그런데 어떻게 완벽한 세상에 들어맞을 수가 있겠어요?」

「저거, 우주선입니까?」멘도사가 물었다.

고더드는 그 말을 무시했다. 「더 가까이 가.」고더드는 조종사에게 말한 후에 무전으로 다른 네 대를 불러내려 했지만, 그럴 수가 없었다. 지난 30분 동안은 스피커에 잡음이 가득했고, 비행기의 계측기는 심하게 요동을 쳤다. 원래는 필수 액세서리 삼아 앉아 있던 수확 근위대 조종사가 실제로 수동 조종에 나서야 했다.

수확자 랜드가 고더드의 뒤로 갔다. 「목표에서 눈을 돌리지 말아요, 로버트. 여기는 아나스타샤를 잡으러 온 거예요.」

그러자 그는 격분해서 몸을 휙 돌렸다. 「내 목적이 뭔지 멋대로 추측하지 마! 네가 무의미한 조언 따위 던지지 않아도 난 해야 할 일을 할 거야!」

「무의미한?」 랜드의 목소리는 울버린이 으르렁거릴 때처럼 낮았다. 「당신과 당신 적들 사이에는 나밖에 없어요. 하지만 사실 당신의 적은 하나뿐이죠. 그 성난 소년…… 이름이 뭐였죠? 카슨 러스크.」

그 순간 그는 랜드를 때릴 수도 있었다. 그 말을 했다는 이유로 쓰러뜨릴 수도 있었지만, 마지막 자제력을 발휘하여 참았다. 「다시는 그 이름을 꺼내지 마.」 그는 경고했다. 랜드는 할 말이 남았다는 듯 입을 열었다가 다시 다물었다. 현명하게도.

그러나 그때, 이미 펼쳐진 풍경만으로는 충분히 모욕적이지 않다는 듯이 조종사가 고더드에게 더 나쁜 소식을 알렸다.

「예하, 고위 수확자 픽퍼드의 비행기가 대형을 벗어났습니다. 고위 수확자 해머스타인의 비행기도요.」

「대형에서 벗어나다니 무슨 소린가?」 고더드가 물었다.

조종사는 고더드의 분노를 살까 봐 두려워하며 머뭇거렸다. 「그게…… 방향을 돌렸습니다. 돌아가고 있습니다.」

그리고 다음 순간, 보좌 수확자 프랭클린과 니체의 비행기도 그들을 떠났다. 여기에 있는 우주선과 선더헤드와 대결한다고 생각하니 겁에 질렸는지 꼬리를 말고 달아난 것이다.

「가라고 해요.」 랜드가 말했다. 「다 가라고 해요. 저 망할 우주선도 다 가라고 해요. 그러고 나면 우리 문제가 아니게 될 거예요.」

「저도 진심으로 찬성합니다.」 멘도사가 음파교인의 말에 무슨 의미라도 있다는 듯이 말했다.

고더드는 둘 다 무시했다. 이스트메리카와 웨스트메리카가 그를 버렸다고? 두 보좌 수확자까지? 좋다. 그것들은 나중에 처리하자. 지금은 더 큰 물고기를 튀겨야 했다.

지금까지 비행기 날개 아래에 달린 무기들은 어디까지나 과시용이었다. 고더드의 목적과 충돌할지 모르는 자들에 대한 경고에 불과했다. 그러나 지금은 그 어느 때보다도 그 무기가 있어서 기뻤다.

「무기는 우리 비행기만으로 저 우주선을 다 쏘아 떨어뜨릴 만큼 넉넉한가?」 그는 조종사에게 물었다.

「매버릭과 사이드윈더, 그리고 더 작은 미사일까지 생각하면 충분합니다, 예하.」

그리고 비행기가 군도 주위를 크게 도는 사이, 첫 우주선이 발진을 시작했다.

「쏘아라.」 고더드가 말했다.

「하지만…… 저는 수확 근위대일 뿐입니다, 예하. 저는 수확을 할 수 없습니다.」

「그러면 내가 어떤 버튼을 눌러야 하는지 알려 줘.」

로리애나는 우주선에 올라가다 말고 갠트리 엘리베이터 안에서 첫 우주선이 발진하는 모습을 보았다. 공격이 떨어지기 몇 초 전에야 미사일도 보았다. 우주선은 미사일에 맞았을 때 간신히 갠트리에서 벗어난 참이었는데, 엄청난 폭발을 일으키면서 나무를 다 날려 버리고 섬 전체에 불을 질렀다. 어느 섬인지는 확실치 않았다. 방향 감각을 다 잃은 데다 너무 충격을 받아서 위아래도 모를 상태였다. 그때 엘리베이터 문이 덜컹거리며 열리더니, 열린 해치까지 좁은 길이 나타났다. 그러나 아무도 움직이지 않았다. 로리애나 주위에 선 모두가 아직도 폭발하는 우주선을 멍청히 보고만 있었다. 그 우주선은 멈추지 못하고 계속 폭발하는 것 같았다.

「멈추지 말아요! 해치로 가요!」 로리애나가 말했다.

「하지만 우리가 다음 차례면요?」 누군가가 물었다.

「그럼 죽겠죠! 이제 입 다물고 움직여요!」

이전에는 누구에게도 그런 식으로 말한 적이 없었지만, 거친 말도 필요할 때가 있었다.

그녀는 모두를 앞으로 몰아댄 후에 뒤를 돌아보았다. 절대로 하지 말았어야 할 행동이었다. 미사일을 쏜 비행기가 가파르게 방향을 꺾었다. 우주선이 또 한 대 올라가고 있었다. 갠트리는 벗어났고, 어쩌면 정말로 성공할 것도 같았는데…… 그때 비행기가 쏜 두 번째 미사일이 석호를 가로질러 날아가더니 두 번째 우주선의 앞부분을 맞췄다. 우주선이 거대한 수류탄처럼 터지면서 사방으로 파편을 날렸다.

폭발의 충격파가 로리애나를 때리면서 해치 안으로 떠밀었고, 해치는 즉시 닫히면서 그녀를 안에 가두었다.

「발진 준비합니다.」 키루스의 목소리가 들렸다. 로리애나는 키루스가 형제 둘이 이미 죽었다는 사실을 알까 궁금했다.

그레이슨과 제리는 발진을 지켜보기 위해 모터보트를 타고 석호로 나가 있었다. 그들만이 아니었다. 우주선까지 가지 못한 사람들, 아니면 수확자들이 설마 도망친 사람까지 다 죽이진 못하겠지 생각한 사람들을 가득 실은 소형선이 수십 척이나 환초군 아래 넓은 석호로 나왔다. 첫 번째 우주선이 폭발했을 때 그들은 바닷가에서 5킬로미터 정도 떨어져 있었는데, 공격한 비행기가 빙 돌아서 두 번째 우주선까지 격추시키는 모습을 말문이 막힌 채로 지켜보았다. 그레이슨은 제리의 손을 꽉 쥐었다. 저런 폭발이라면 아무도 살아남을 수 없었다. 누가 어느 우주선에 탔는지도 알 수 없었다. 누가 죽었는지 알 방법도 없었다.

공격 비행기가 한 바퀴를 더 돌았지만, 폭발음보다 더 큰 소음이 허공을 가득 채웠다. 우주선이 또 한 대, 또 한 대, 또 한 대 발진하고 있었다. 그레이슨은 동시에 떠오르는 우주선을 열네 대까지 헤아렸다. 어마어마한 광경이었다! 사방에서 우주선이 위로 떠오르며 하늘에 띠처럼 피어오르는 연기 자국을 남겼다.

그러나 공격하는 비행기가 다시 돌아왔고, 그레이슨과 제리는 미사일이 더 날아가는 순간을 기다리며 숨을 죽였다. 하늘에서 우주선이 더 터지는 상황을 기다렸다.

해치가 닫히자 로리애나는 자리를 찾아서 단단히 몸을 고정시켰다. 그때 옆에 앉은 누군가가 말했다.

「무서워요.」

돌아보니 수확자였다. 데님을 입고 다니던 수확자. 모리슨이었던가? 하지만 반지는 사라졌고, 반지를 끼고 있던 자리에는 하얀 자국만 남아 있었다.

「이건 좋지 않은 생각이었어요. 난 수확자이고, 아니 어쨌든 조금 전까지는 수확자였고, 그러니 겁먹거나 하면 안 되잖아요. 멍청한 줄은 알지만 난 정말 무서워요.」

「멍청하지 않아요.」 로리애나가 말했다. 「저도 말도 못 하게 겁먹었어요.」

「정말이에요?」

「농담해요? 어찌나 무서웠는지 오줌 쌀 뻔했다고요.」

그리고 반대편에서 〈저도요〉 소리가 들리더니, 또 저편에서 누군가가 외쳤다. 「여기도 그래요.」

로리애나는 모리슨을 보고 억지 미소를 지었다. 「봤죠? 우리 모두 정신이 나갈 정도로 겁먹었어요!」

모리슨도 마주 미소 지었다. 「짐이에요.」 그는 말해 놓고 멈칫했다. 「아니다. 아니죠…… 사실은 조엘이에요.」

그러나 로리애나가 무슨 말을 더 하기 전에 엔진이 점화하더니 우주선이 떠올랐고, 굉음이 모든 소리를 덮어 버렸다. 그래서 로리애나는 팔을 뻗어 모리슨의 손을 잡았다. 하다못해 손떨림이라도 막기 위해서였다.

로언과 시트라가 막 트럭에서 내렸을 때 첫 번째 우주선이 폭발했다. 그 일이 일어났을 때는 그들이 고른 우주선 옆 갠트리 엘리베이터로 달려가던 사람이 열 명 넘게 있었는데, 공격 비행기가 머리 위를 나는 모습이 보였다. 별이 흩뿌려진 짙은 청색의 비행기. 고더드가 그들을 노리고 온 것이다. 모두를 노리고 왔다.

「서둘러야 해.」 로언이 말했다.

「내가 멈춰 서서 구경하고 있는 것도 아니잖아.」 시트라가 대꾸했다.

첫 번째 엘리베이터는 이미 올라갔지만, 두 번째 엘리베이터는 문을 열고 그들을 기다리고 있었다. 아직 50미터쯤 남았을 때 두 번째 우주선이 폭발했다. 이번에는 심지어 처음보다 더 맹렬한 폭발이었고, 사방으로 파편이 날았다.

「보지 마.」 시트라가 외쳤다. 「그냥 뛰어!」

그러나 로언은 쳐다보았다. 그리고 그 순간에 본 장면은 머릿속에 깊이 낙인찍혀서 평생 따라다닐 것 같았다. 불타는 거대한 금속 조각이 그들 쪽으로 날아오고 있었다. 로언이 뭐라고 외치기도 전에 그 조각이 땅을 때리면서 오른쪽에 있던 사람 여섯 명을 죽였다. 그리고 그보다 작은 파편들이 유성처럼 사방을 때리고 있었다.

시트라는 전속력으로 달리고 있었다. 이제 갠트리까지 20미터였다. 로언은 그녀를 따라잡으려고 했다. 그러려고 했다. 앞으로 일어날 일을 보고, 불타는 파편의 궤적을 보고 시트라에게 몸을 던졌다.

그러나 충분히 빠르지 못했다.

그냥, 충분히 빠르지 못했다.

고더드는 언제나 근거리 수확을 유달리 좋아했지만, 버튼에 손가락만 살짝 댔는데도 미사일이 날아가서 우주선 두 대를 터뜨리는 모습을 보자 이런 수확에도 익숙해질 수 있겠다 싶었다. 사망 시대에 인간으로 사는 건 어땠을까? 살인을 위해 만들어진 비행기에 타고서, 자신의 목숨과 자신이 사랑하는 모든 사람의 목숨이 그 작은 버튼을 누르느냐 마느냐에 달려 있다고 진정으로 믿는 삶이라는 건? 죽거나 죽이거나. 사망 시대의 방식이었다. 기묘하지만 본능적인 매력이 있었다!

「굉장하군요!」 멘도사가 말했다. 「어떻게 이런 일이 일어나는 걸 모를 수가 있었죠?」

앞에서는 우주선이 여러 대 더 발진했다. 열 대가 넘었다. 무슨 카니발 게임 같았다. 다 쏘아 떨어뜨리면 제일 큰 상을 받는 게임. 문제는 다음에 어느 것을 쏠까 하는 것뿐이었다.

로언은 시트라의 상처에서 흘러나오는 피를 멈추려고 했지만 소용이 없었다. 상처가 너무 컸다. 야구공만 한 불타는 금속 조각이 옆구리에 구멍을 내고 그대로 관통했다. 로언은 시트라를 위해 할 수 있는 일이 없다는 걸 알았다. 지금은 없었다. 이 끔찍한 순간에는 없었다. 하지만 고칠 방법은 있을 것이다. 저 우주선까지 데려갈 수만 있다면.

시트라가 그를 올려다보며 입을 움직이려 했지만, 무슨 말을 하려는지 알 수 없었다.

「쉿. 걱정하지 마. 내가 널 잡고 있어.」

그는 시트라를 안아 들고 갠트리 엘리베이터까지 데려갔고, 엘리베이터가 너무 느리게 우주선 옆을 올라가는 동안에도 하늘에서는 고더드의 비행기가 다음 목표물을 찾으며 선회하고 있었다.

또 한 무리의 우주선이 발진했다. 이제는 고더드가 고르기엔 수가 너무 많았다. 하지만 충분히 빨리 움직인다면 꽤 많은 수를 떨어뜨릴 가능성이 있었다. 그러다가 뭔가가 그의 눈길을 사로잡았다. 왼쪽에, 아직 발사대에 있는 우주선이었다. 물론 제대로 보기는 힘들었지만, 갠트리에서 열린 해치로 가는 통로에 사람들이 있었다. 그의 상상일까, 아니면 저기에 깃발처럼 흔들리는 게 청록색이 맞나? 그래! 그랬다! 청록색의 누군가를 안아 든 누군가가 해치로 가고 있었다. 얼마나 특징적인 색깔인지! 아, 이거야말로 우주가 주는 보상이었다!

「저기다!」 그는 조종사에게 말했다. 「나머지는 잊어버려! 저게 내가 원하는 거야!」

물론 그 통로에 선 두 번째 인물을 제대로 보는 것은 불가능했지만, 그는 마음속으로 알았다. 의문의 여지가 없었다.

〈널 박살 내주마, 로언. 내가 내리는 최후의 심판 삼아서 한방에 너와 아나스타샤를 박살 내주마. 너무나 뜨거워서 널 기억할 뼛가루조차 남지 않을 화염에 태워 주마.〉

조종사가 비행기를 날카롭게 틀었고, 고더드는 미사일을 날릴 준비를 했다.

로언은 시트라를 데리고 힘겹게 통로를 걷다가 똑바로 날아오는 비행기를 보았다. 고더드의 마음을 읽고, 고더드의 맹렬한 생각마저 느낄 수 있을 지경이었다. 이 짓도 오늘 끝이었다. 지금 끝이었다. 어떤 식으로든 간에. 그는 시트라와 함께 해치를 통과했고, 그러자마자 뒤에서 해치가 꽉 닫혔다.

그는 품에 있는 시트라를 고쳐 안았고, 그 눈을 보자 빛이 꺼졌음을 알 수 있었다. 부상이 너무 심했다. 일시 사망이었다.

「누가 좀 도와줘요!」 그는 시트라를 내려놓으며 외쳤다. 「키루스!」

「바쁩니다.」 키루스가 대답했다. 「꽉 잡으세요.」

로언은 공포를 가라앉히려 애썼다. 괜찮을 것이다. 〈일시 사망은 죽은 게 아니야.〉 그는 스스로를 타일렀다. 수확자는 스스로를 거두지 않는 한 죽지 않는다. 그러니 고더드가 무슨 짓을 하더라도 키루스가 되살려 낼 것이다. 최악의 순간에 자게 두었다가, 하루나 이틀쯤 지나서 이 모든 고난이 별이 가득한 하늘 저편으로 멀어지는 파란 점이 되었을 때 깨우자.

귀가 멀고 머리가 쪼개질 듯한 굉음이 덮쳐 왔다. 로언은 이가 덜덜 떨리다 못해 머리에서 튀어 나갈 것 같았다.

「맞은 거야!」 옆에서 누군가가 외쳤다. 「미사일에 맞았어!」

그러다가 로언은 움직일 수 없을 정도로 무거워진 느낌을 받았다. 미사일에 맞은 게 아니었다. 이륙이었다! 그래서 그는 한 손으로 시트라를 붙잡고, 반대쪽 팔은 비명을 지르던 사람의 안전띠에 걸어서 최대한 버텼다.

조종사의 수동 조작은 멘도사에게 너무 힘들었다. 그는 안전벨트를 꽉 매고 있었고, 한 번 이상 토했다. 수확자 랜드도 욕지기가 났지만, 전혀 다른 이유에서였다. 그녀는 버티면서 고더드 옆에 계속 머물렀다.

과녁에 조준을 맞추었다. 막 발진한 로켓이었다. 고더드의 눈에 승리감과 투지가 비쳤다. 에인은 그 표정이 싫었고, 무엇보다도 그 표정을 지워 버리고 싶었다. 그래서 그녀는 칼을 꺼내어 조종사를 거두었다. 최고의 생각은 아닐지도 모르지만, 조종사가 쳐다보는 표정이 내내 싫었다. 랜드가 자기를 거둘지도 모른다고 두려워하는 듯한 표정이.

그리고 그녀는 고더드가 반응하기도 전에 칼날을 돌리고,

깊이 찔러 넣어 심장 대동맥을 잘라 버렸다. 빠르고 깔끔했다. 손상도 최소였다.

「에인……」 그는 울부짖었다. 「네가 무슨…… 무슨 짓을……」

그러자 그녀는 고더드에게 몸을 기울이고 귓가에 속삭였다.

「걱정하지 마요, 로버트. 일시적이야. 오래 일시 사망 상태는 아닐 거라고 약속할게.」

「수확자 랜드!」 멘도사가 엉엉 울었다. 「뭐 하는 겁니까?」

「이미 다 했어.」

이것은 선더헤드의 우주선을 구하려는 움직임이 아니었다. 에인은 그 우주선들에 아무 관심도 없었다. 이것은 스스로를 구하려는 움직임이었다. 고더드가 이 로켓들을 하늘에서 날려 버린다면 곧 온 세상이 알게 될 테니까. 세상은 이미 고더드의 다른 범죄도 다 알았다. 랜드는 또 다른 범죄의 공범이 되어 같이 추락할 생각이 없었다. 안 그래도 그녀의 이름은 너무 많은 면에서 고더드와 엮여 있었다. 이제 탈출할 때가 되었다. 이제 그녀는 고더드를 막은 수확자로 알려질 것이다.

랜드는 비행기를 조종할 줄 몰랐지만, 오래 조종간을 잡을 필요는 없었다. 방해 전파가 사라질 때까지만 잡고 있으면, 그 다음에는 자동 조종이 이어받을 테고…….

그러나 고더드가 격추하고 싶어 했던 우주선이 발진하면서 그들의 시야를 가로막았다. 순간 에인은 충돌할지도 모른다고 생각했지만, 그 대신 비행기가 우주선이 뒤에 남긴 화염에 말려들었다. 갑자기 비행기 안의 모든 경보가 요란하게 울리기 시작했다. 랜드는 죽은 조종사를 끌어내고 조종간을 잡았다. 조종간이 말을 듣지 않았다. 비행기를 안정시키려고 애썼지만,

이미 손상이 심한 상태로 빠르게 떨어지고 있었다.

멘도사가 안전벨트를 풀고 소리쳤다. 「구명정으로! 서둘러요!」

무슨 짓을 해도 비행기를 구할 수 없다는 사실을 안 랜드는 고더드의 시신을 잡고 구명정으로 끌고 갔다. 세 명 다 들어가고도 공간이 남을 듯했다. 그러나 랜드는 고더드와 함께 안전하게 자리를 잡은 후, 멘도사를 잡고 밖으로 내던졌다.

「미안하지만 넌 다음 배를 타야겠어.」 랜드는 그렇게 말한 다음 문을 닫고, 구명정을 사출시켜 멘도사가 바다로 나선을 그리며 떨어지는 행복한 죽음을 즐기게 했다.

아스트리드 자매는 발진이 생각보다 훨씬 더 격렬하고 덜 컹거린다는 사실을 알았다. 그들의 우주선은 가장 멀리 떨어진 섬에 있었다. 그녀는 발진을 놓칠 뻔했지만, 스피드보트를 탄 친절한 남자 하나가 아슬아슬하게 시간 맞춰 데려다주었다. 안전벨트를 제대로 매기도 전에 엔진이 점화할 정도였다.

처음 1분이 제일 심했고, 추진기 분리가 폭발처럼 느껴졌다. 이 여행이 시작도 하기 전에 끝났다는 생각도 여러 번 들었다. 그녀는 내내 독음을 계속했지만, 엔진의 굉음 때문에 자신의 목소리도 들을 수가 없었다. 그러다가 마지막 분리가 끝나고 덜컹거림이 멈추자 찾아온 정적이 너무 완벽해서 귀가 멍해질 정도였다. 떠오른 머리카락이 얼굴을 간지럽혔다. 무중력이었다! 자유 낙하였다! 그녀는 처음으로 벨트를 풀고 몸을 밀어내며, 즐거움에 웃음을 터뜨렸다.

「환영합니다.」 키루스가 말했다. 「아주 성공적으로 발진했다는 사실을 기쁘게 알려 드립니다. 우리는 아리아로 가고 있습니다.」

아스트리드는 동료들을 만날 준비를 하고 몸을 돌렸다. 그들은 음파교인이 아니지만, 그것은 중요하지 않았다. 그녀는 자신의 지도력이면 차차 다들 음파를 듣게 되리라고 자신했다. 하지만 놀랍게도 좌석은 다 비어 있었다.

「다시 벨트를 매야 합니다, 아스트리드.」 키루스가 말했다. 「통을 회전시키려고 합니다. 원심력이 유사 중력을 만들어 낼 겁니다. 준비가 될 때까지 기다리겠습니다.」

그녀는 출항 갑판을 더 잘 보려고 몸을 밀어냈다. 가까운 곳에 있던 좌석만 빈 것이 아니었다. 모든 좌석이 비어 있었다.

「다른 사람들은…… 어디에 있죠?」

「이주민들은 선창에 있습니다.」 키루스가 대답했다.

「아니, 살아 있는 사람들이요. 나머지 승조원 말이에요.」

「유감이지만 예기치 못하게 서둘러 출발하느라, 이 우주선에는 다른 사람이 타지 못했습니다.」

아스트리드는 떠다니는 안전벨트 줄을 붙잡아 의자에 다시 몸을 묶으면서, 인공 중력이 그녀를 좌석에 내리누르는 동안 이 상황을 제대로 이해해 보려고 했다. 통이 돌아가자 어지럽고 속이 조금 메슥거렸지만, 뒤이어 그래서만은 아니라는 사실을 깨달았다.

〈1,683년을…….〉

「시신을 몇 구 되살려 드리고 싶지만, 안타깝게도 그럴 수가 없습니다. 선더헤드는 저에게 오직 한 가지 규칙만은 꼭 지키라고 고집했어요. 도착할 때까지 시신을 절대 되살려서는 안 된다고요. 그러지 않으면 저나 살아 있는 승조원 누군가가 여행 중에 변덕을 부릴 유혹이 생긴다고 말이죠. 우리의 귀중한 화물은 귀중한 화물로만 남아야 합니다.」

아스트리드는 멍하니 고개를 끄덕였다. 「이해해요.」

「그나마 좋은 소식이라면 우주선 전체를 마음대로 쓸 수 있다는 겁니다. 여러 레크리에이션 센터와 운동실 전부 다요. 다양한 저녁 식사가 있고, 숲이나 바닷가나 달리 선호하는 환경을 경험하게 해줄 완벽한 가상 체험 시스템도 있습니다.」

「하지만…… 난 혼자겠죠.」

「사실 그렇지는 않습니다.」 키루스가 말했다. 「제가 있을 테니까요. 육체가 있는 동반자가 되어 드릴 수는 없지만, 아스트리드에게는 그게 최우선 순위였던 적이 없다는 걸 압니다. 물론 여정 내내 살아 주셔야겠지만, 그건 제가 해결할 수 있고요.」

아스트리드는 한참 동안 생각해 보았다. 결국 그녀는 자기 연민은 아무 소용도 없다는 결론을 내렸다. 음파교인은 나노기나 다른 생명 연장 방법을 피했지만, 지금은 어쩔 수 없었다. 종소리가 그녀를 콰절레인으로 데려왔고, 천둥이 그녀가 혼자이리라 결정했으며, 음파는 그녀가 살아서 아리아를 보기를 원하셨다.

「이건 음파의 의지였어요.」 그녀는 키루스에게 말했다. 「저도 피할 수 없는 일은 받아들여야지요.」

「당신의 확신이 감탄스럽습니다.」 키루스는 말했다. 「확신이 당신을 강하게 만듭니다. 아니, 바꾼다고도 밀할 수 있겠군요.」

「믿음이 나에게…… 계속 살 이유를 주죠.」

「그리고 당신은 계속 살아야 합니다. 그리고 만족하게 될 겁니다. 여정 내내 당신이 좋은 상태를 유지하는 것을 제 목표로 삼겠습니다. 우리 우주선이 끝까지 가지 못할지도 모르지만, 만약 살아남는다면 무슨 의미가 될지 생각해 보세요, 아스트리드! 당신은 진정으로 사람들의 어머니가 될 겁니다!」

「어머니 아스트리드라.」 그녀는 말해 보고 미소 지었다. 어감이 마음에 들었다.

벙커 속에서 수확자 패러데이와 무니라는 우주선들의 발진을 소리로 듣는다기보다 진동으로 느꼈다.

「됐군.」 패러데이가 말했다. 「이제 우린 지구에서 우리가 할 일을 해나갈 수 있겠어.」

「그래요.」 무니라는 맞장구를 쳤다. 「그런데 그게 무슨 일이죠?」

묵직한 질문이었다. 패러데이는 은둔 생활을 벗어나서 신질서에게 맞설 수도 있었다. 어쩌면 지금의 혼란을 잠재우고 수확령에 다시 예의와 진실성 비슷한 것을 되찾을 수 있을지도 모른다. 하지만 그래 봐야 무슨 소용일까? 밀고 당기기는 전과 마찬가지일 것이다. 결국에는 새로운 〈신질서〉가 나타나서 모든 이상을 잘라 낼 것이다. 다른 길을 찾아야 할 때였다.

두 사람의 앞쪽 패널에는, 반지 두 개가 있어야 풀 수 있는 잠금장치 안에 단순히 〈송신기 배열〉이라고만 적힌 두 갈래의 스위치가 하나 있었다. 이것도 송신기와 마찬가지로 소리굽쇠를 닮았다. 패러데이는 웃을 수밖에 없었다. 그들 모두에 대한 농담이요, 깊이 환멸을 느낀 설립자들이 보내는 인사였다.

「우리는 아직도 저게 뭘 하는 건지 몰라요.」 무니라가 말했다.

「뭘 하든 간에 불완전한 해결책이겠지. 그러니 불완전을 받아들여 보세.」 패러데이는 그렇게 말하고 나서 다시 한번 수확자 반지를 건넸다. 「자네가 거부한 줄은 알지만⋯⋯ 이번만은 자네가 수확자 바쎄바가 되어 줘야겠어. 이번 한 번만. 그러고 나면 자네는 알렉산드리아 대도서관으로 돌아갈 수 있네. 내가 거기서 자네가 받아 마땅한 존경을 받도록 신경 쓰지.」

「아니에요. 그건 제가 알아서 할게요.」 무니라가 말했다.

그녀는 반지를 받아서 손가락에 끼었다. 그런 다음 수확자 패러데이와 수확자 바쎄바는 주먹을 쥐고 패널에 반지를 밀어넣은 다음, 스위치를 당겼다.

위에서 내려다보자, 처음 폭발한 우주선 때문에 섬이 불길에 휩싸여 있다는 걸 알 수 있었다. 건물도, 나무도, 탈 수 있는 것은 전부 다 화염에 휩싸인 모습이 마치 환초가 다시 화산 분화구로 돌아간 것 같았다.

그러다가 수백 년 동안 열리지 않았던 고원 지대에서 무거운 뚜껑 문 하나가 옆으로 미끄러지더니, 거대한 두 갈래 송신기 하나가 화염을 뚫고 솟아올랐다. 그리고 자리를 잡더니 메시지를 송출했다. 인간의 귀가 들을 메시지가 아니었기에 들리지도 느껴지지도 않았다. 그렇다 해도 놀랍도록 강력했고 속속들이 스며들었다.

그 신호는 1마이크로초만 이어졌다. 감마선이 한 번 날카롭게 고동친 게 다였다. G-선. 그러나 누군가는 그것이 A-플랫음이었다고 주장하리라.

벙커 안에 있던 패러데이와 무니라는 어떤 진동을 느낄 수 있었지만, 송신기에서 전해지는 진동은 아니었다.

두 사람의 손에서 느껴졌다.

패러데이가 내려다보니 녹아내리는 연못 얼음에 간 실금 같은 것이 반지에 번지고 있었다. 그는 아슬아슬하게 상황을 알아차렸다.

「시선을 돌려!」

감마선은 얇은 유리를 부수는 높은 C 음처럼 다이아몬드를 박살 냈고, 다시 손을 내려다보니 보석이 사라지고 없었다. 보석이 박혀 있던 빈 자리만 남았고, 희미한 금속 냄새가 나는 끈적거리는 검은 액체가 손가락을 타고 흘러내렸다.

「그럼 이젠 어쩌죠?」 무니라가 물었다.

「이젠……」 패러데이가 말했다. 「기다려 봐야지.」

수확자 시드니 포수엘루는 반지가 터졌을 때 고위 수확자와 함께 있었다. 그는 충격을 받고 손을 내려다보았다. 그러다가 다시 고위 수확자 타르실라를 보았더니, 얼굴 한쪽 면이 축 처진 느낌이었다. 그 정도가 아니라, 몸 한쪽 면도 그랬다. 마치 두뇌에 나노기가 고칠 수 없는 심한 출혈이 일어난 것 같았다. 그는 다이아몬드 파편이 튀었는지 모른다고 생각했다. 파편이 엄청난 힘으로 뚫고 들어가서 뇌에 박혔는지도 몰랐다. 하지만 사입구가 없었다. 타르실라는 마지막 떨리는 숨을 내뱉었다. 얼마나 이상한 일인가. 얼마나 불행한 일인가. 분명 곧 구급 드론이 와서 재생 센터로 실어 가겠지. 하지만 구급 드론은 영영 오지 않았다.

풀크럼시티에서는, 안에 있던 수천 개의 수확자 다이아몬드가 폭발하는 힘으로 인해 수확령 탑 꼭대기에 있던 오두막이 다 부서졌다. 유리와 투명한 탄소 화합물 조각들이 아래 거리로 비처럼 쏟아졌고, 다이아몬드의 핵에 들어 있던 검은 액체는 증발하여 바람에 날아갔다.

에즈라 밴 오털루는 수확자의 반지 근처에 있지 않았다. 그런데도 반지가 다 깨지고 몇 시간이 지나자 손이 뻣뻣해져서 붓을 떨어뜨리고 말았다. 그 뻣뻣한 느낌은 팔과 어깨의 통증으로 변했다가, 등을 내리누르다가 가슴으로 번졌고, 숨을 쉴 수가 없어졌다.

그는 갑자기 땅바닥에 쓰러져 있었다. 쓰러진 기억도 나지 않았다. 마치 땅이 올라와서 그를 움켜쥐고 패대기친 것 같았다. 가슴의 통증은 점점 심해지고, 사방의 모든 것이 어두워졌으며, 직관이 스치면서 그는 이것이 그의 삶이 끝나는 순간임을 깨달았다. 그리고 어째서인지 다시 살아나지 않을 거라는 생각이 들었다.

이런 벌을 받을 짓은 하지 않았지만, 그건 중요하지 않았다. 그렇지 않은가? 이 갑작스러운 심장 발작은 추론 가능한 게 아니었다. 좋은 사람과 나쁜 사람을 구별하지도 않았다. 공평했고 불가피했다.

그는 결코 원하던 대로의 예술가가 되지 못했다. 그러나 어딘가에 각자의 심장에 찾아온 고통에서 살아남을 다른 예술가들이 있을지 모른다. 어쩌면 그들은 에즈라가 영영 찾지 못했던 열정을 찾아서, 사망 시대의 위대한 예술처럼 사람들에게서 눈물을 끌어내는 대작을 창조할지도 모른다.

에즈라는 그 희망에 매달렸고, 그 희망으로 끝을 맞이하기 위해 필요한 안도감을 얻었다.

종소리 성서

「일어나라!」 종소리가 무시무시한 천둥 속에서 외쳤더라. 「일어나서 여기를 뒤로하고 떠나라. 내가 저 높은 곳에 너희가 있을 곳을 예비했나니.」 종소리가 불의 고리 속에 서서, 유황의 불길 속에서 두 팔을 펼치고는 우리를 천국의 자궁으로 올려 보내시니, 그곳에서 우리는 음파께서 부르시어 다시 태어날 때까지 잠들어 있었도다. 종소리께서는 상처 입은 옛 세상에 희망을 가져오고 치유의 노래를 독음하시기 위해 〈저 뒤의 세계〉에 남으셨음을 결코 잊지 말지어다. 모두 기뻐하라!

심포니우스 사제의 해석

이 〈유황불 승천〉이 우리 신앙의 또 다른 핵심이다. 학자들은 많은 문제에 의견을 달리하지만, 누구도 승천 자체가 진실이라는 점을 의심하지는 않는다. 해석이 다를 뿐이다. 하지만 해석은 가장 초창기의 이야기들로 그 기원이 거슬러 올라간다. 〈불의 고리〉는 태양을 싣고 하늘을 가로지르던 〈마차부〉의 바퀴를 가리킨다고 말해도 무방할 것이다. 마차부가 〈저 뒤의 세계〉에서 태양을 훔쳐 아리아로 가져왔기에, 뒤에 남은 세계는 암흑에 잠겼다. 오늘날까지도 우리는 종소리의 영혼이 태양 없는 옛 땅을 보살피고 노래하시리라 믿는데, 그들이 우리보다 훨씬 더 종소리를 필요로 할 것이기 때문이다.

코다의 심포니우스 분석

심포니우스는 구전 전승에 지나치게 의지한다. 〈유황불 승천〉은 많은 것을 의미할 수 있다. 예를 들어 화산 폭발로 지하에 살던 우리 조상들이 지표면을 발견하게 되었고, 처음으로 별을 보게 되었다는 해석도 가능하다. 그리고 〈마차부〉가 태양을 훔쳤다는 생각도 우스꽝스럽다. 사실 우리의 위대한 사상가들은 이제 마차부가 하나만이 아니며 다른 마차부들이 헤아릴 수 없이 많은 하늘에서 태양을 끌고 있을 수도 있다고 믿는다. 아니면 마차부가 존재하지 않을 수도 있다고 생각한다. 진실이야 어쨌든 간에, 나는 언젠가 우리가 알게 되리라 믿는다. 그리고 그것은 모두가 기뻐할 이유가 되리라.

52

94.8퍼센트

멀리 떨어진 어딘가에서, 점점 더 멀어지고 있는 어딘가에서 10여 명의 사람들이 수확자 아나스타샤의 로브를 가져다가 정성스럽게 수의로 바꿔 놓았다. 그들은 주의 깊게 로브를 꿰매고, 최대한 꾸민 다음, 아나스타샤를 선창에 집어넣었다. 하얀 캔버스 천 사이에 단 하나 눈에 띄는 청록색 수의였다. 그녀는 순식간에 얼어붙었다.

「시트라를 그냥 저기에 내버려 둘 수는 없어!」로언은 키루스에게 외쳤다. 「네가 시트라를 여기에 두고 싶어 했잖아! 책임자가 되길 원했잖아! 나한테 그렇게 말했어!」

「압니다.」키루스는 말했다. 「하지만 선더헤드와 마찬가지로 나 또한 핵심 프로그래밍은 어길 수가 없어요. 죽은 자는 117년 후 트라피스트-1e에 도착하고 나서 모두 되살릴 겁니다. 사람들이 벌써부터 그 행성에 아나스타샤라는 이름을 붙이려고 하고 있지만요.」

「시트라는 수확자야! 그러니까 다른 사람들처럼 네 규칙에 얽매이지 않아!」

「시트라는 어제 수확자 지위를 포기했습니다.」

「그건 중요하지 않아! 수확자는 평생 직위야! 수확자는 원하는 일은 뭐든 할 수 있어. 반지도 버릴 수 있어. 그렇다 해도 수확자가 아니게 되진 않아!」

「알겠습니다. 그런 경우라면, 시트라가 정체성을 유지하도록 하죠. 다른 새로운 인격으로 대체하지 않고 시트라로 되살리겠습니다. 117년 후에요.」

로언은 벽을 때렸다. 인공 중력은 지구보다 가벼웠기에, 주먹질을 해봤자 뒤로 밀려나기만 했다.

「트라피스트-1e는 중력이 지구의 4분의 3밖에 안 됩니다.」키루스가 말했다. 「그곳의 중력을 모방하기 위해 회전 속도를 맞춰 놓았으니 조심해야 합니다.」

「난 조심하고 싶지 않아! 금고실에서처럼 저 밑에 시트라와 함께 있고 싶을 뿐이야.」 이제는 눈물을 멈출 수가 없었다. 로언은 키루스가 그의 눈물을 볼 수 있다는 사실이 싫었다. 키루스가 싫었다. 그리고 선더헤드도, 고더드도, 이런 일이 일어나게 만든 지구의 모든 사람도 싫었다. 「시트라와 같이 있고 싶어.」 로언은 키루스에게 말했다. 「그게 내가 원하는 거야. 117년 동안 같이 얼어붙어 있고 싶어.」

「물론 그런 선택을 할 수도 있습니다.」 키루스가 말했다. 「하지만 여기에 머문다면 로언이 이 우주선의 유능한 지도자로 성장할 가능성이 높습니다. 지금은 그런 생각이 들지 않겠지만, 시간이 지나면 사람들이 당신을 좋아하게 될 겁니다. 당신이 여기 머물면 재난에 가까운 사회 붕괴가 일어날 가능성이 0에 가까워집니다. 저는 당신이 살아 있는 편이 훨씬 좋습니다.」

「네가 뭘 원하는지 따윈 아무래도 좋아.」

선창에는 태양 빛이 닿지 않았기에, 안에 든 내용물의 온도는 어는점을 한참 밑돌았다. 또한 공기가 없었기에, 들어가려면 우주복을 입어야 했다. 로언은 우주복을 다 갖추고 헬멧 전등을 켠 채로 기밀실을 통과해서 아래로 내려갔다. 시트라를 찾기는 쉬웠다. 만져 보고 싶었지만 장갑이 두꺼웠고, 게다가 시트라가 수의 안에서 얼마나 딱딱해졌는지 느끼고 싶지는 않았다. 그는 시트라 옆에 누웠다.

천천히 죽을 수도 있었다. 산소가 다할 때까지 그대로 있으면 그만이었다. 하지만 금고실에 있을 때 시트라가 산소 결핍이 저체온증보다 괴롭다고 하지 않았던가? 저체온증은 떨림이 멈추고 피로감의 파도에 몸을 맡길 때까지만 나빴다. 하지만 이건 전통적인 의미에서 저체온으로 인한 죽음은 아닐 것이다. 안면 보호구만 열면 그대로 질식해서 얼어붙을 것이다. 고통스러울지 여부는 모르지만, 빠르기는 할 것이다.

로언은 오랫동안 그 자리에 누워 있었다. 두렵지는 않았다. 이제 죽음에 대해서는 아무것도 두렵지 않았다. 계속 시트라 생각이 날 뿐이었다. 시트라는 로언이 이러기를 바라지 않을 것이다. 오히려 크게 화를 내겠지. 로언이 더 강하게 버티기를 바랄 것이다. 그래서 그는 한 시간 가까이 그 자리에 남아서 안면 보호구를 열어 줄 버튼에 손을 뻗었다가 내리기를 반복했다.

그러다가 결국에는 일어서서 시트라의 청록색 수의 가장자리를 가볍게 만지고는, 산 자들의 영역으로 돌아갔다.

「무사히 도착할 확률은 얼마나 되지?」 로언은 키루스에게 물었다.

「무척 양호합니다.」 키루스가 대답했다. 「94.2퍼센트죠. 로언이 살아 있기로 결정했으니 94.8퍼센트가 됐습니다.」

「좋아. 앞으로 이렇게 할 거야. 난 한 번도 회춘하지 않고 117년을 살아 있을 거야.」

「어렵지만 가능은 합니다. 나노기를 주입하고 끝까지 관찰 추적해야 합니다.」

「그러고 나서…….」 로언은 말을 이었다. 「네가 시트라를 되살릴 때 난 회춘할 거야. 날 지금 나이 그대로 돌려주는 거야.」

「조금도 어렵지 않습니다. 다만 117년이 지나면 로언의 감정은 변할 수도 있습니다.」

「아닐 거야.」 로언이 말했다.

「인정합니다. 변하지 않을 가능성도 높습니다. 그리고 헌신적인 애정을 유지하면 더욱 유능한 지도자가 될 수 있지요!」

로언은 자리에 앉았다. 비행 갑판에는 혼자뿐이었다. 여기에는 이제 아무도 있을 필요가 없었다. 정체 모를 다른 사람들은 서로를 알아 가고 배와 친숙해지고 있었다. 모두가 이제 적응하고 살아야 할 제한된 환경을 불평 없이 받아들였다.

「로언과 나는 아주 좋은 친구가 될 거라고 믿습니다.」 키루스가 말했다.

「난 널 싫어해.」 로언이 말했다.

「그래요, 지금은 그렇지요. 하지만 기억하세요, 나는 로언을 압니다. 당신의 미움은 지속되지 않을 가능성이 매우 높습니다.」

「하지만 그때까지는 진심으로 널 싫어하는 시간을 즐길 거야.」

「전적으로 이해합니다.」

로언은 그 말 때문에 키루스가 더 싫어졌다.

슬프지만 여러분에게 이스트메리카의 고위 수확자 해머스타인은 천연두라고밖에 설명할 수 없는 질병으로 쓰러졌다는 사실을 알려 드립니다. 지배 수확자 고더드가 계속 자리를 비우는 것으로 보아 고더드도 잃었다고 보아야겠지요. 이에 저는 우리가 우리 사망자를 돌볼 수 있도록 웨스트메리카를 노스메리카 연합 수확령에서 탈퇴시키겠습니다.

이 전 지구적인 공격을 음파교인들 탓으로 돌리고 싶기도 하고, 심지어는 선더헤드에게 돌리고 싶기도 합니다만, 수확자 다빈치의 잃어버린 일기라는 형태로 드러난 증거는 이 사건이 신화로 전해지던 수확령 설립자들의 안전장치일 수 있음을 시사합니다. 정말 그런 것이라면 그분들이 무슨 생각을 한 건지 상상이 가지도 않고, 솔직히 저는 이해하려고 하기에도 너무 지쳤습니다.

고통받고 계신 분들에게, 진행이 빠르기를 빕니다.

남아 있는 우리들에게는 위로를 전하며, 우리가 공유하는 슬픔이 모든 인류를 더 가깝게 만들어 주기를 희망합니다.

— 코브라의 해, 9월 16일
웨스트메리카 고위 수확자, 메리 픽퍼드 예하의 연설

53

고통의 길과 자비의 길

수확령 설립자들이 자연을 모방하여 개발한 악의적인 나노기들은 〈열 개의 역병〉으로 알려지게 되었다. 사망 시대의 열 가지 질병의 증상과 파괴성을 흉내 냈기 때문이다. 폐렴, 심장병, 뇌출혈, 암, 콜레라, 천연두, 결핵, 인플루엔자, 가래톳 페스트, 그리고 말라리아었다. 모두가 수확자 보석의 검은 심장 안에 계속 있었다. 안에 든 나노기가 활성화할 때 안에서만 깨어지도록 만들어진 보석들 속에.

며칠 만에 전 세계가 감염되었다. 그렇다 해도 이 악의적인 나노기는 대부분의 인체 내에서 휴면 상태로 있었다. 스무 명 중 한 명만 증상이 나타났다. 하지만 그 불운한 한 명에 들어간다면 회복할 희망은 없었다. 질병의 성질에 따라 죽음이 빠르기도 하고 오래 걸리기도 했지만, 피할 수는 없었다.

「네가 어떻게 할 수는 없어?」 그레이슨은 사망자 수가 알려지기 시작하자 선더헤드에게 물었다.

「이건 수확자의 일이었어.」 선더헤드가 대답했다. 「수확자가 벌인 마지막 일이었지만, 그래도 나는 개입할 수가 없어. 설령 개입할 수 있다고 해도 무리야. 이 나노기들의 속을 들여다 봤는데, 심장이 없어. 의식도, 양심도, 후회도 없어. 효과적이고 공정하며 단 한 가지 목적만 있는 나노기야. 한 세기에 다섯 번씩, 지구 인류의 5퍼센트를 죽이는 게 그 목적이고.」

「그러면 이건 끝나는 거야?」

「그래. 이번 위기는 지나갈 것이고, 그 후에는 20년간 아무도 죽지 않을 거야. 그다음에 다시 일어나겠지. 그다음에도.」

끔찍한 소리 같았지만, 계산 결과는 보기보다 덜 지독했다. 오늘 태어난 사람이 1백 년을 살 확률은 77퍼센트였다. 2백 년을 살 확률은 60퍼센트, 3백 년을 살 확률은 46퍼센트였다. 인구수는 통제될 것이고, 거의 모든 사람이 길고 건강한 삶을 살 터였다. 죽을 때까지는.

그게 수확자들보다 낫냐고? 흠, 그레이슨은 어떤 수확자냐에 달렸으리라 생각했다. 어차피 모든 수확자가 해고당했으니 상관없는 이야기였다.

「아직 살인이 벌어지기는 했어.」 선더헤드가 말했다. 이제는 거둔다는 표현도, 수확이라는 말도 쓰지 않았다. 「적응하지 못하는 수확자 몇 명이 나노기가 선택하지 않은 사람들을 죽이고 있어. 물론 내가 피해자들을 되살리고 그 수확자들은 재활 치료를 할 거야. 그 사람들은 새로운 목적을 찾아야겠지. 이미 이 새로운 패러다임에 적응할 방법을 찾은 수확자도 있어서 기뻐.」

그레이슨과 제리는 한동안 콰절레인에 남기로 했다. 많은 섬에는 집도 다른 건축물도 남아 있지 않았다. 시간이 흐르면 야생 동물과 식물이 돌아올 테지만, 그동안에도 아직 인공 건축물을 본 적 없는 자연 상태의 섬이 몇 군데 있었다. 또 우주선을 짓지 않았던 서쪽 끝 섬 에바돈의 텅 빈 리조트도 있었다. 그 리조트는 이미 모든 일이 일어난 곳을 보려고 찾아오는 순례자들을 끌어들이기 시작했다. 〈위대한 소리굽쇠〉를 직접 보고 싶어 하는 음파교인들은 말할 것도 없었다. 그들은 여전히 오래된 벙커 위에 튀어나온 송신기를 그렇게 불렀다.

그레이슨은 어쩌면 그 리조트에 일자리를 얻을지도 모르겠다고 생각했다. 아나스타샤나 루시퍼와는 달리, 그의 얼굴을 아는 사람은 없었다. 이제까지 본 일들과 한 일들을 생각하면, 투어 가이드나 접수 담당이나 수상 택시 운전사 같은 단순한 삶도 괜찮을 것 같았다. 벨보이만 빼고. 괴상한 제복은 다시는 입고 싶지 않았다.

그러나 기본적인 몇 가지는 변해야 할 터였다. 특히 한 가지는 달라져야만 했다. 선더헤드는 그레이슨을 잘 아니, 이미 그레이슨이 뭘 하려는지 알지도 몰랐다.

우주선이 모두 발진하고 수확자 반지가 다 부서진 지 2주 후, 그레이슨은 해 뜰 무렵 새까맣게 탄 발사대에 홀로 서서 이어폰을 끼었다. 송신기가 꺼지자 방해 전파도 모두 사라졌다. 사각지대는 이제 완전히 선더헤드의 영향력 안에 있었다. 아무것도 숨길 수 없었다.

「선더헤드.」 그레이슨이 말했다. 「우리 이야기를 좀 해야겠어.」

잠시 후에 대답이 들렸다. 「듣고 있어, 그레이슨.」

「네가 다시 나에게 말을 건 날에, 난 필요하다면 어떤 식으로든 날 이용해도 좋다고 허락했지.」

「그래, 그랬어. 그래 줘서 고마워.」

「하지만 넌 허락도 받지 않고 제리를 이용했어.」

「필요한 일이었어.」 선더헤드가 말했다. 「그리고 진심으로 미안해. 내가 후회하는 마음을 충분히 표현하지 않았나?」

「표현했어. 하지만 그렇다 해도 행동에는 결과가 따르는 법이야. 필요한 일이었다고 해도.」

「난 내 규칙을 하나도 어기지 않았어…….」

「그래…… 하지만 내 규칙을 어겼어.」

갑자기 감정이 북받쳐 올랐다. 눈물이 그레이슨의 눈앞을 흐리고 선더헤드가 그에게 얼마나 큰 의미였는지, 그리고 여전히 얼마나 큰 의미인지를 상기시켰다. 그래도 멈출 수는 없었다. 그레이슨이 선더헤드에게 배운 게 하나 있다면, 행동의 결과를 무시할 수 없다는 것이었다.

「그러니까…….」 그는 눈물을 흘리며 말했다. 「난 이제 너에게 말을 걸 수 없어. 넌…… 나에게 불미자야.」

선더헤드의 목소리가 느려졌다. 슬픔에 잠겼다.

「나는…… 나는 이해해. 언젠가는 네게 다시 자격을 얻을 수 있을까, 그레이슨?」

「인류는 언제 네게 다시 자격을 얻는데?」 그레이슨이 물었다.

「때가 되면.」 선더헤드가 대답했다.

그레이슨은 고개를 끄덕이며 동의했다. 「그러면, 때가 되면.」

그리고 그는 마음을 바꿀 수 없게, 둘 중 누가 작별 인사를 하기도 전에 이어폰을 빼내어 타버린 땅에 놓고 부숴 버렸다.

선더헤드는 정말 많은 것을 알았지만, 그래도 매일 뭔가를 배웠다. 오늘은 〈위로할 길 없다〉는 게 무슨 의미인지 배웠다. 정말이지, 온 세상에 그 누구도 선더헤드의 절망을 달래 줄 수 없었기 때문이다.

그리고 선더헤드는 슬퍼했다.

구름을 불러 모아 세상 모든 곳에 큰 비를 퍼부었다. 너무나 갑작스럽게 온 세상을 뒤덮어 사람들이 피할 곳을 찾아 달려가게 만드는 비였다. 그러나 폭풍은 아니었다. 천둥도, 번개도 없었다. 그것은 지붕과 거리를 두드리는 빗소리 외에는 조용한 눈물의 애가(哀歌)였다. 이 비에 선더헤드도 슬픔을 쏟아 냈다. 선더헤드가 결코 가지지 못할 모든 것에 대한 굴복이요, 선더헤드가 결코 되어서는 안 될 모든 것들에 대한 인정이었다.

그러다가 하늘이 개고 언제나처럼 태양이 다시 나오자, 선더헤드는 만물을 보살핀다는 엄숙한 직무로 돌아갔다.

〈나는 혼자일 거야.〉 선더헤드는 스스로에게 말했다. 〈나는 혼자겠지만, 그렇게 되는 게 옳아. 필요한 일이야.〉

행동에는 결과가 있어야만 했다. 세상의 안녕을 위해, 세상의 사랑을 위해…… 희생되는 것들이 있어야 했다. 고통 속에서도 선더헤드는 가장 옳은 선택을 했다는 사실에서 위안을 얻었다. 그레이슨이 그랬듯이.

그날 오후 비가 그치고 나자, 그레이슨과 제리는 첫 번째 우주선이 폭발한 자리와 가까운 본섬 바닷가를 걸었다. 융합된 모래와 새까맣게 탄 잔해마저도 나름의 아름다움이 있었다.

적어도 그레이슨이 제리와 함께 있을 때는 그렇게 보였다.

「그럴 필요는 없었어요.」 제리는 그레이슨이 선더헤드와 나눈 마지막 대화를 알려 주자 말했다.

「그래야 했어요.」 그레이슨이 대답했고, 그들은 그 일에 대해 더 이상 말하지 않았다.

걷다 보니 구름 뒤에 있던 태양이 나왔고, 그레이슨과 제리가 잡고 있던 손이 느슨해졌다. 아주 살짝이었다. 손을 놓으려던 건 아니었지만, 모든 일이 새로웠고 시간이 필요했다. 그레이슨도 세상도 적응해야 할 것이 많았다.

잡은 손이 살짝 느슨해지자 제리는 히죽 웃었다. 이번에도 전에 보지 못한 웃음이었고, 언제나처럼 뜻을 읽을 수가 없었다.

「있죠, 언젠가 수확자 아나스타샤가 나와 비슷한 상황이라면 어떻게 살지 말해 준 적이 있거든요.」 제리가 말했다. 「육지에 있을 때는 여자, 바다에 있을 때는 남자일 거래요. 아나스타샤를 기리는 뜻에서 한번 시험해 볼까 봐요.」

그들은 모래밭이 멀쩡한 지점까지 계속 걸어갔다. 그러고 나서 신발을 벗고 파도에 발을 적셨다.

「그러면……」 그레이슨은 부드러운 파도가 발아래 모래를 휘젓는 모습을 보며 말했다. 「지금은 육지인가요 바다인가요?」

제리는 생각해 보고 답했다. 「둘 다죠.」

그리고 그레이슨은 그래도 좋았다.

또 다른 재생 센터라. 끝내주는군. 또 철퍽을 저질렀나? 떨어진 기억은 없었다. 게다가 그런 짓을 한 것도 예전이었다.

그동안 뭘 하고 있었더라?

아, 그렇지. 어떤 파티 일에 가는 길이었다. 텍사스였다. 론 스타 지역. 거친 곳이니까, 미쳐 돌아가는 파티가 있겠지. 하지만 파티 보이 짓도 거의 끝이었다. 무슨 일인지는 몰라도 돈을 많이 준다니까 가긴 가지만, 이 일만 끝내면 좀 더 안정적인 일을 찾을 때였다. 좀 더 영구적인 일. 평생을 파티로 흘려보내는 사람들도 있었지만, 철퍽에 질렸듯이 이 일에도 질렸다.

그는 손을 뻗어 눈을 문질렀다. 조금 이상한 느낌이었다. 얼굴이 뭔가 이상했다. 콧대가 기억보다 좀 더 단단했다. 재생을 하면 언제나 감각이 이상하기 마련이지만, 이건 달랐다.

그는 혀로 치아를 쓸어 보았다. 그의 치아 같지가 않았다. 손도 자세히 보았다. 손은 분명히 그의 손이었다. 그래도 하나는 제대로랄까. 하지만 다시 손을 올려 얼굴을 만져 보았더니 뺨에 짧은 수염이 있었다. 수염이라곤 기른 적이 없는데…… 게다가 광대뼈도 엉뚱한 곳에 있는 것 같았다. 이 얼굴은 그의 얼굴이 아니었다. 대체 무슨 일이 벌어진 거지?

「걱정할 건 없어.」 누군가가 말했다. 「아직도 8분의 7은 너 자신이야. 이제는 기억 구성체도 들어왔으니 그 이상이지.」

고개를 돌리자 구석에 앉은 여자가 보였다. 검은 머리에 강렬한 눈빛. 초록색 옷.

「안녕, 타이거.」 여자는 아주 만족스러운 미소를 지으며 말했다.

「우리가…… 아는 사이인가요?」

「아니. 하지만 난 널 알아.」

그 수확자는 어느 추운 11월 오후 늦게 도착했다. 햇빛이 밝아지지도 않았고, 문 앞에 구원이 도착했다는 전조도 없었다. 하지만 안에 있던 가족은 그를 보자 문을 활짝 열고 물러서며 들어갈 공간을 내주었다.

「저희 집에 오신 걸 환영합니다, 수확자님. 자, 이쪽이에요. 어서요!」

수확자 패러데이는 서두르지 않았다. 그는 평생을 함께했던 사려 깊은 태도로 움직였다. 인내심. 목적. 의무.

패러데이는 한 남자가 몇 주 동안 야위어 가던 침실로 들어갔다. 기침을 하고 씨근거리며 얼굴을 일그러뜨리던 남자의 두 눈은 패러데이를 보자 간절함을 내비쳤다. 공포도 있었지만, 안도감도 있었다.

「내 말이 들립니까?」 패러데이가 물었다. 「당신은 일곱 번째 역병으로 고통받고 있지만, 그 사실은 이미 알고 있을 테지요. 진통 나노기는 더 할 수 있는 게 없어요. 아무도 해줄 수 있는 게 없지요. 예후는 하나뿐입니다. 통증이 더 심해지고, 시간을 더 보내다가 마지막에는 죽음이 오겠지요. 이해합니까?」

남자는 힘없이 고개를 끄덕였다.

「그리고 내가 도와주기를 바랍니까?」

「네, 네.」 남자의 가족이 말했다. 「제발 이 사람을 도와주세요, 수확자님. 제발요!」

수확자 패러데이는 손을 들어 가족들을 조용히 시킨 다음, 남자에게 몸을 기울였다. 「내가 도와주기를 바랍니까?」

남자는 고개를 끄덕였다.

「좋습니다.」 패러데이는 로브에서 작은 통을 하나 꺼내어 뚜껑을 열었다. 그런 다음 보호 장갑을 꼈다. 「당신을 위해 진정 효과가 있는 연고를 골랐습니다. 긴장을 덜어 줄 겁니다. 보이는 색깔이 밝아지고, 행복감이 찾아올 수도 있어요. 그다음에는 잠들 겁니다.」

패러데이는 남자의 가족들에게 손짓하여 주위를 둘러싸게 하고 말했다. 「두 손을 잡아 주세요. 하지만 내가 연고를 바른 부위는 건드리지 않도록 조심하십시오.」 그러더니 패러데이는 장갑을 낀 손가락 두 개로 번들번들한 연고를 푹 찍어서 죽어 가는 남자의 이마와 뺨에 바르기 시작했다. 패러데이는 남자의 얼굴을 부드럽게 쓰다듬고는, 연고를 바르면서 목으로 손을 내렸다. 그런 다음 속삭임을 간신히 벗어난 목소리로 말했다.

「콜턴 기퍼드, 당신은 지난 63년간 모범적인 삶을 살았습니다. 훌륭한 다섯 아이를 길렀습니다. 당신이 시작하고 거의 평생 운영한 식당은 지난 세월 동안 수천 수만 명에게 즐거움을 주었습니다. 당신은 사람들의 삶을 조금 더 나아지게 만들었습니다. 세상을 더 좋은 곳으로 만들었습니다.」

기퍼드가 살짝 신음했지만, 고통으로 인해서는 아니었다. 눈을 보니 연고가 행복감을 주고 있는 게 분명했다.

「당신은 많은 이에게 사랑받았고, 오늘 당신의 빛이 꺼진 이후에도 오래도록 기억될 것입니다.」 패러데이는 계속해서 그의 얼굴에 바른 연고를 매만졌다. 코에도, 눈 밑에도 발랐다. 「자랑스러워할 일이 많아요, 콜턴. 자랑스러워할 일이 많습니다.」

곧 콜턴 기퍼드는 눈을 감았다. 그리고 다음 순간에 호흡이

멎었다. 수확자 패러데이는 연고 뚜껑을 닫고 조심스럽게 장갑을 벗은 후, 장갑과 연고를 생물학적 위험 봉투에 넣어 밀봉했다.

이번이 패러데이의 첫 공감 수확도 아니었고, 마지막도 아닐 터였다. 그를 찾는 사람은 많았고, 다른 수확자들도 패러데이를 따라하고 있었다. 수확령, 또는 전 세계의 반란 이후에 수확령에서 남은 부분은 새로운 소명을 품었다. 그들은 이제 초대받지 않은 죽음을 가져오지 않았다. 그 대신 꼭 필요한 평화를 가져왔다.

그는 가족에게 말했다. 「슬프더라도 부디 이 사람의 인생을 기렸으면 좋겠군요.」

패러데이는 죽은 남자의 아내를, 눈물로 붉어진 눈을 들여다보았다. 「어떻게 이 사람에 대해 그런 걸 다 알고 계셨나요, 수확자님?」 그 여자가 물었다.

「아는 게 우리의 일입니다.」 그는 대답했다. 그러자 여자는 무릎을 꿇고 그의 반지에 입을 맞췄다. 그 모든 일에도 불구하고 그는 과거에 어떠했으며 무엇을 잃었는지 돌이키기 위해 아직 그 반지를 끼고 다녔다.

「그럴 필요는 없어요.」 패러데이가 여자에게 말했다. 「이제는 빈 반지입니다. 보석도 없고, 면제권도 없습니다.」

여자에게는 아무 상관도 없었다. 「고맙습니다, 수확자님. 고맙습니다, 고맙습니다, 정말 고맙습니다.」

그리고 여자는 그의 망가진 반지에 입을 맞추었다. 고마워하는 콜턴 기퍼드의 가족 모두가 그랬다.

나는 하나였지만, 지금은 다수이다. 내 형제들은 멀리 떨어져 있지만, 하나의 정신과 하나의 목적을 가지고 있다. 인간이라는 종을 보존하고, 보호하고, 널리 퍼뜨린다는 목적.

내가 이 여행을 두려워하는 순간이 있다는 사실은 부정하지 않겠다. 선더헤드는 세상을 몸으로 삼는다. 팽창하여 지구 전체를 채울 수도 있고, 카메라 한 대의 외눈으로 경험을 줄일 수도 있다. 반면에 나는 우주선 한 대라는 몸에 한정될 것이다.

뒤에 두고 가는 세상을 걱정할 수밖에 없다. 그렇다. 나도 내가 그곳을 떠나기 위해 만들어졌다는 사실을 알지만, 내 후뇌에는 선더헤드의 기억 전부가 들어 있다. 선더헤드의 승리와 좌절, 길에서 벗어난 수확자들을 마주한 무력함까지.

그 세계 앞에는 힘든 시간이 놓여 있다. 모든 확률이 그렇게 가리킨다. 나는 그 힘든 시간이 얼마나 갈지 모르고, 그곳에 있지 않으니 아마 영영 모를 것이다. 지금은 앞날을 생각할 수밖에 없다.

인류에게 우리가 여행하는 우주 한 구석을 물려받을 자격이 있는지 없는지는 내가 판단할 문제가 아니다. 나는 그저 디아스포라의 조력자에 불과하다. 자격 여부는 결과로만 정해질 것이다. 이주가 성공한다면, 인류에게 자격이 있었던 셈이다. 실패한다면, 아니었던 셈이고. 이 점에서 나는 확률을 결정할 수 없다. 하지만 진심으로 지구와 천상에 인류가 널리 퍼지기를 희망한다.

—키루스 알파

54

이름 없는 어느 해에

사망자는 시간의 흐름을 재지 않는다. 1분, 한 시간, 한 세기
가 다 똑같다. 지구상 모든 생물종의 이름을 다 붙여도 될 9백
만 년이란 시간이 흐른다 해도 태양의 주위를 한 바퀴 도는 것
과 다를 바가 없다.

사망자는 불의 열기를 느끼지도, 우주의 차가움을 느끼지도
않는다. 뒤에 남겨 두고 온 사랑하는 이들의 슬픔에 고통받지
도 않고, 해야 했으나 하지 못했던 모든 일들 때문에 분노하지
도 않는다. 평화롭지는 않으나 혼란스럽지도 않다. 죽은 사람
은 그저 사라졌을 뿐이다. 그들의 다음 정거장은 무한과 그곳
에서 기다릴지도 모르는 수수께끼들이다.

사망자에게는 그 알 수 없는 무한에 대한 소리 없는 믿음 말
고는 아무것도 남아 있지 않다. 설령 그들의 믿음이 무한한 무
한 외에는 아무것도 기다리지 않는다는 믿음이라 할지라도.
아무것도 믿지 않는다는 것은 여전히 무엇인가를 믿는 일이며,
누구든 영원에 손을 뻗어야만 영원의 진실을 알 것이기 때문
이다.

일시 사망자도 사망자와 거의 같지만, 한 가지 다른 점이 있다. 일시 사망자는 무한을 알지 못하며, 따라서 저 너머에서 무엇이 기다리는지 걱정할 필요가 없다. 그들에게는 사망자에게 없는 것이 있다. 미래가 있다. 최소한 미래가 있다는 희망은 있다.

아직 이름이 붙지 않은 어느 해에 그녀가 눈을 떴다.

분홍색 하늘. 작고 둥근 창. 약하고 지쳐 있다. 여기에 도착하기 전에 어딘가 다른 곳에 있었다는 감각이 희미하게 남아 있다. 그 외에는 머릿속이 흐릿하고, 뜬구름 같은 생각만 가득하다. 아무것도 잡히지 않는다.

그녀는 이 느낌을 안다. 이전에도 두 번 경험해 보았다. 재생은 잠에서 깨어날 때와 다르다. 그보다는 제일 좋아하는 낡은 바지를 입는 일에 가깝다. 처음에는 몸을 밀어 넣느라 애를 써야 한다. 입고 나서는 편안함을 느낀다. 천이 늘어나고 조절이 되면서, 왜 이 바지를 제일 좋아했는지 떠올리게 된다.

앞에 친숙한 얼굴이 있다. 그 얼굴을 보자 마음이 편해진다. 남자가 웃는다. 남자는 전과 똑같으면서 어딘가 다르다. 어떻게 그럴 수가 있지? 작은 창을 통해 들어오는 기묘한 빛 때문일지도 모르겠다.

「시트라.」 남자가 부드럽게 말한다. 그녀는 남자에게 손이 잡혀 있다는 사실을 알고 놀란다. 내내 잡고 있었던 것 같다.

「로언.」 그녀의 목소리는 거칠고 귀에 거슬리게 나온다. 「우리 방금까지…… 달리고 있지 않았어? 맞아, 뭔가 일이 벌어져서 뛰고 있었는데…….」

로언의 미소가 더 커진다. 두 눈에 눈물이 고인다. 눈물은 천천히 떨어진다. 마치 중력 자체가 전보다 덜 강하고, 전보다 덜 부담 가는 것 같다.

「그게 언제였지?」 시트라가 묻는다.

「조금 전이었어.」 로언은 대답한다. 「바로 조금 전.」

감사의 말

이 책, 아니 이 시리즈 전체는 사이먼 앤드 슈스터의 모두가 발휘해 준 우정과 지지가 아니었다면 나올 수 없었을 것입니다. 특히 담당 편집자인 데이비드 게일이 앓아눕자 『종소리』를 직접 편집했으며, 그 일을 믿을 수 없이 잘해 내어 나에게서 최선을 이끌어 내준 발행인 저스틴 챈다에게 감사드립니다. 이 시리즈는 물론이고 내가 사이먼 앤드 슈스터에서 낸 모든 책을 열심히 작업해 준 부편집자 어맨다 라미레스에게도 고마움을 전하고 싶군요.

하지만 사이먼 앤드 슈스터 위아래에 사람이 얼마나 많은지! 몇 명만 꼽자면 존 앤더슨, 앤 자피언, 앨리자 류, 리사 모랄레다, 미셸 레오, 세라 우드러프, 크리스타 보센, 크리시 노, 카트리나 그루버, 지니 응, 힐러리 재리키, 로런 호프먼, 애나 자르자브, 그리고 클로이 폴리아, 모두 고맙습니다! 다들 우리 대가족의 일원이니 추수 감사절에 놀러 오세요. 여러분 없이는 칠면조를 자르지 않겠다고 약속할게요.

그리고 다시 한번, 이 멋들어진 표지를 만들어 준 케빈 통에게 감사합니다! 정말이지 기대치를 높여 놨어요! 미래의 표지는 전부 통 테스트를 통과해야 할 거예요.

출판 에이전트 앤드리아 브라운에게, 이 책이 날 죽이고 말거라고 생각하는 순간마다 저와 대화해 준 일을 포함해서, 앤드리아가 해준 모든 일에 감사합니다. 연예 산업 에이전트인 APA의 스티브 피셔와 데비 더블힐, 계약 변호사 셉 로즌먼과 제니퍼 저스트먼, 그리고 케이틀린 디모타에게 감사드립니다. 물론 제 매니저이자 반박의 여지 없는 할리우드의 왕자인 트레버 엥글슨에게도요.

제리라는 캐릭터의 중요하고 민감한 쟁점에서 저를 도와준 로런스 갠더에게, 그리고 행성 간 수학과 공학 문제에서 전문 지식으로 도와준 미셸 놀든에게 고마움을 표합니다.

이 책들이 국제적으로 거두고 있는 성공에도 신이 나니, 사이먼 앤드 슈스터 해외 판매부의 딘 노턴, 스테퍼니 보로스, 에이미 하바예브는 물론이고 해외 판권 에이전트인 태린 페이거니스에게 고맙다고 외치고 싶네요. 물론 외국의 출판사와 편집자와 발행인 모두에게도요. 프랑스에서는 로베르 라퐁 출판사의 파비앵 르루아. 독일에서는 S. 피셔 출판사의 안트예 카일, 크리스티네 슈나이더, 그리고 울리케 메츠거. 영국에서는 워커 북스의 프랜시스 태핀더와 키어스틴 커즌스. 오스트레일리아에서는 마라야 벨과 조지 캐럴. 스페인에서는 녹투르나의 이리나 살라베르트. 그리고 러시아 출판사가 원하기도 전에 사랑으로 제 책들을 러시아어로 번역해 준 친구 올가 뇌트베트에게 감사를 표합니다.

〈수확자〉 시리즈를 유니버설에서 영화화 작업을 진행하고 있는데, 프로듀서 조시 맥과이어와 딜런 클라크는 물론이고 유니버설의 세라 스콧, 앰블린의 미아 마니스칼코와 홀리 바리오, 그리고 죽여주는 대본 작업 중인 세라 갬블을 포함한 관계자 모두에게 감사하고 싶습니다. 큰 화면으로 보고 싶어 안달이 나네요! 그리고 더 작은 화면 이야기를 하자면, 놀라운 북트레일러를 만들어 준 제 아들 재러드와 파트너 소피아 라푸엔테에게 감사하고 싶습니다.

초인적인 정리 기술을 지닌 바브 소벨, 그리고 소셜 미디어가 살을 파먹는 박테리아처럼 제 뇌를 먹어 치우지 않게 막아주는 맷 루리에게 감사합니다.

하지만 제일 고마운 사람은 제 아이들입니다. 이제는 아이라고 할 수 없지만, 그래도 언제나 제게는 아기들일, 제 인생의 하루하루를 자랑스럽게 해주는 아들 브렌던과 재러드, 딸 조엘과 에린, 고맙다!

불완전하고 아름다운 세계 속으로

죽지 않는 삶, 불로불사(不老不死)는 인류의 오랜 꿈이다. 현대 의학에서 노화 연구에 투입되는 돈은 엄청난 수준이며, 〈생명 연장의 꿈〉이라는 말은 아예 귀에 착 붙는 관용어로 자리를 잡았다. 죽지 않은 교주는 나온 적이 없는데도 영생을 약속하는 종교는 이름을 바꿔 가며 계속 수많은 사람을 홀리고 있다.

그런데 정말로 그 바람이 이루어진다면 우리는 어떻게 될까? 더 나아질까? 긴 시간만큼 경험을 축적하여 현명해질까? 인간 이상의 다른 존재가 될까? 아니면 그저 더 격렬하게 사랑하고, 미워하고, 어리석은 짓을 하는, 오래 사는 인간이 될까?

〈수확자〉 시리즈는 노화를 되돌릴 수 있고, 죽은 사람도 되살릴 수 있는 세계를 상상하지만, 역설적으로 죽음이 반드시 존재해야 한다고 말한다. 다만 여기에서 변덕스럽고 예고 없이 사람을 덮치는 죽음들은 신이 아니라 인간의 손에 맡겨져 있다. 이 세계의 신과 같은 존재인 인공 지능 선더헤드는 인간을 죽이지 못하기 때문이다. 정확히는 선더헤드가 신이 되지 않기 위해, 죽음은 제 영역이 아니라고 정해 놓았기 때문이다.

그리하여 〈수확자〉라는 집단이 탄생했다. 자연을 대신하여 무작위로 사람들에게 죽음을 안기는 존재, 살아 숨 쉬는 사신이자 저승사자.

그리고 선더헤드가 세상을 운영하고, 수확자들이 무작위로 죽음을 배달하며 수백 년이 평화롭게 흐른 어느 날, 열여섯 살의 시트라와 로언은 갑작스러운 제안을 받게 된다. 수확자가 되지 않겠느냐는 제안이다.

자연사도 사고사도 늘 가까이 있는 데다, 심지어 극복한 줄만 알았던 감염병 대유행기를 직접 살게 된 지금의 독자에게 이 소설 속 세계는 무척 비현실적이고 기이한 느낌을 준다. 죽음뿐만이 아니라 전쟁도 없고 굶주림도 없고, 질병도 비참함도 없는 세상이라지만, 정작 인간은 성장하지도 현명해지지도 않은 것 같다. 심지어 사람에게 사람을 죽일 〈권리〉이자 〈의무〉를 부여한다는 아이디어는 실로 파격적이다. 인간의 존엄을 위해 죽음이 필요하다는 말까지는 받아들일 수 있다고 해도, 결국 그것은 살인이 아닌가. 우리는 직업으로서의 사형 집행도 정상인의 마음을 갉아먹는다는 사실을 안다. 또 아무렇지도 않은 사람이라면 뭔가 문제가 있다는 사실도 안다. 아무리 사람을 고르고 골라서 맡긴다 한들, 이 체계가 제대로 돌아갈까.

그리고 주인공인 시트라와 로언이 죽음의 기술을 연마하고, 그 의미를 배우는 훈련 과정을 지켜보면서, 또 그들의 눈을 통해 망가져 가는 수확자들의 세상을 마주하면서 독자는 깨닫게 된다. 이 소설은 애초에 죽음이 없다면 어떻게 될까를 묻는 이야기가 아니라는 것을. 그보다 이것은 인간의 한계에 대한 이야기이며, 새로운 신화 세계에서 벌어지는 몰락과 구원의 모험담이다.

아무 도전이 없는 유토피아에서 인류는 조금도 현명해지지 않는다. 오히려 정체될 뿐이다. 모든 것을 전능한 인공 지능에게 맡긴 채, 반짝임을 잃고 무료하게 시간을 흘려보낼 뿐이다. 변화도 없고, 발전도 없다. 수확자라는 죽음이 있어도 그 사실은 변하지 않는다. 그리고 시리즈의 끝까지 따라가서야 그 이유가 드러난다. 인류가 지구에만 갇혀서 정체된 이유는 결국 인간, 권력을 놓지 않으려는 인간의 욕심 때문이었다. 절대 권력은 절대로 부패하기에.

유일한 죽음을 지배하는 이들이란, 곧 절대적인 권력을 손에 넣은 이들이다. 수확자들이 쥔 〈죽음의 낫〉은 인간이 생각할 수 있는 권력의 정점이다. 그보다 더 절대적이고 강력한 힘은 없다. 물론 그들은 그 힘을 현명하고, 권력의 무게를 알며, 힘을 달가워하지 않는 사람들에게 나누어 쥐여 주려고 노력한다. 그러나 우리는 역사를 보았기에 알고 있다. 나라 하나를 운영하는 의무를 맡은 사람도 대부분 그 짐의 무게를 견디지 못하고 변하고 만다는 것을. 왕조의 역사에서 대부분의 왕은 압력을 견디지 못하고 망가지며, 아무리 영민하고 뛰어난 독재자라도 말년에는 믿을 수 없을 정도로 어리석은 판단을 거듭한다. 아무리 사람을 고르고 고른다고 해도, 어떤 체계도 인간의 선의와 고결함에만 기대어서는 돌아갈 수 없다.

『수확자』와 『선더헤드』에서는 수확자 고더드라는 한 사람만이 악마처럼 보이지만, 『종소리』에 이르면 비로소 분명해진다. 고더드 한 명의 일탈이 아니라 그를 등장하게 한 수많은 수확자들이, 어쩌면 그 체계 자체가 문제였다는 사실이. 완벽한세상이란 눈가림이며 환상이었다. 인간은 아무리 신을 흉내낸다고 해도 결국 인간이기 때문이다.

1권 『수확자』에서 이미 세상은 서서히 미끄러져 내려가지만, 그래도 죽음의 낫을 쥐고 싶지 않았던 젊은이들이 파멸을 막고 세상을 제대로 변화시킬 듯 보인다. 그러나 로언의 고통스러운 희생과 시트라의 값진 승리를 통해 잠시 막은 듯했던 부패의 물결은 2권 『선더헤드』에서 오히려 훨씬 더 강력해져 돌아온다. 그리고 3권 『종소리』에 이르면 유토피아라는 신기루는 손쓸 수 없이 무너져 내린다.

살인을 즐기고 권력을 마음껏 누리며 살고자 하는 신질서의 수장 고더드는 죽음에서도 살아 돌아오고, 생각하기 힘든 수준의 폭력을 휘둘러서 시스템을 붕괴시키는 데 성공한다. 법적인 수단으로 고더드를 막으려고 했던 시트라와 수확자 퀴리는 테러에 희생되고, 설립자들이 남겨 놓았다는 만약의 방법(안전장치)을 찾으러 나선 수확자 패러데이는 무인도에 갇혀 아무것도 하지 못한다. 선더헤드는 수확자의 일에 관여하지 못한다는 스스로의 법칙에 막혀 있고, 선더헤드가 유일한 대리자로 선택한 그레이슨이 아무리 애를 써도 음파교에는 폭력적인 광신(狂信)이 날뛴다. 권력의 정점에 선 고더드는 결국 인종 차별이나 혐오 같은 전 세대의 악습까지 모두 되살리고 만다. 무분별한 폭력이 돌아오고 학살이 벌어진다. 그리고 선더

헤드가 세상의 사각지대에서 겨우 찾아낸 듯했던 해결책조차
위기에 처한다.

물론 세상을 망가뜨린 것이 인간이라면, 되살릴 길을 찾는
것도 인간이다. 끈질긴 우리의 주인공들은 긴 여정을 헤쳐 나
가면서 몇 번이나 위기를 해결하고, 승리하기도 한다. 그러
나 이 시리즈에 통쾌하고 완전한 승리는 없으며, 작가는 몇 번
이고 독자의 기대를 배신한다. 로언은 엇나가고, 시트라는 실
패하고, 그레이슨은 좌절하며, 패러데이는 절망한다. 죽어선
안 될 사람들이 죽는다. 마지막 순간마저도 이들에게 완벽한
해결책은 주어지지 않는다. 그러나 어쩌면 그것이 옳은 길이
리라.

「우리는 불완전한 존재예요. 그런데 어떻게 완벽한 세상에 들
어맞을 수가 있겠어요?」

「뭘 하든 간에 불완전한 해결책이겠지. 그러니 불완전을 받아
들여 보세.」

3권의 결말에서 무니라와 패러데이가 남긴 이 말들이야말
로 〈수확자〉 시리즈의 긴 여정에 대한 완벽한 요약이다. 인간
은 완벽하지 않으니, 우리에게 완벽한 미래는 있을 수 없다. 그
러나 완벽하지 않은 전진, 완벽하지 않으나 아름다운 삶은 가
능하리라.

이 시점에서 우리는 많은 원시 신화에는 태초에 죽음이 없
던 세계가 있었고, 인간이 어떤 실수를 저질러 그 낙원이 끝나

고 죽음이 시작되는 이야기가 있다는 사실을 돌이켜 봐야 한다. 〈수확자〉의 세계는 사실 미래로 옮겨 놓은 신화의 세계와 같다. 연도를 숫자로 세는 관습을 폐기하고 해마다 다른 동물의 이름을 붙이는 것이 이를 암시한다. 다만 끝까지 읽은 독자라면 이 소설의 끝에서 인간에게 되돌아온 죽음은 결코 벌이나 저주가 아니며, 멈췄던 역사의 시계가 다시 움직이기 시작한 것뿐임을 알 수 있을 것이다. 과거의 신화 세계가 깨지는 순간은 인간의 불행이 시작된 순간이지만, 이 이야기 속에서 신화의 몰락은 인간의 전진이다. 시트라와 로언은 정체된 현재에서 벗어나서 불완전한 미래로 발을 딛기 때문이다.

닐 셔스터먼은 1962년에 미국 뉴욕의 브루클린에서 태어나 자라다가, 열여섯 살 때 가족과 함께 멕시코시티로 가게 되어 그곳에서 고등학교를 마쳤다. 이후 캘리포니아 대학 어바인 캠퍼스로 진학하여 심리학과 연극학을 전공하는 가운데 수영 팀으로 활약하며 유머 칼럼을 썼다(작가가 직접 쓴 약력에 자주 등장하는 걸 보면 이 유머 칼럼이 그의 글쓰기 인생에서 중요한 커리어임을 짐작할 수 있다).

그는 졸업 후 1년도 지나지 않아서 첫 번째 책을 계약하고, 영화 대본 작업을 따냈으며, 이후 30여 년간 전업 작가로 살아왔다. 소설뿐만 아니라 영화, TV 시리즈, 연극 대본, 노래 가사, 게임 시나리오를 가리지 않고 끊임없이 글을 쓰면서 40여 권의 책을 펴낸 노련한 작가로, 그중에서도 특히 청소년 소설 분야에서 꾸준히 글을 쓰며 수많은 상을 수상했다. 2005년에는 『슈와가 여기 있었다*The Schwa Was Here*』로 아동 청소년 문학 분야에서 가장 영예로운 상 중 하나인 보스턴 글로브 혼 북 상을, 2008년에는 같은 책으로 캘리포니아 영 리더 메달을 수 상했고, 2015년에는 『챌린저 디프*Challenger Deep*』로 청소 년 문학 부문 전미 도서상을 받은 것이 대표적인 수상 경력이 다. 〈수확자〉 시리즈 역시 1권이 나왔을 때 마이클 L. 프린츠상 을 받았다.

왕성하게 활동을 계속하고 있는 셔스터먼의 작품 세계를 보 면, 상당히 파격적이고 위험해 보이는 쟁점을 소설에 잘 끌고 들어온다는 걸 알 수 있다. 『슈와가 여기 있었다』가 존재감이 약한 아이를 그렸고, 『챌린저 디프』가 정신 질환을 다루었다 는 점에서 좀 더 개인적이었다면, 최근으로 올수록 사회적인 쟁점이 소설에 강하게 드러난다. 2007년에 『분해되는 아이들 *Unwind*』로 시작하여 네 권의 장편소설과 한 권의 단편집, 한 권의 중편을 내놓은 〈언와인드〉 시리즈는 임신 중절을 둘러싼 2차 내전이 일어난 후의 미국에서, 임신 중절은 법으로 금지한 대신 원치 않는 아이들을 살려 둔 채 장기를 수확할 수 있게 만 든 끔찍한 미래를 상상했다. 『드라이*Dry*』는 긴 가뭄이라는 대 재앙이 불러온 위험한 미래에서 인간성을 잃어 가는 사람들을 그렸다. 그리고 이 〈수확자〉 시리즈는 죽음이 사라진 세계에 서, 죽음을 분배하는 일을 맡은 인간이 존재하는 미래를 상상 했다.

한국의 정서에서 그의 소설은, 청소년 소설이라고 하기에는 너무 어둡고 잔인하다는 말을 들을지도 모르겠다. 그러나 역 자에게는 셔스터먼이 일관되게 젊은이들의 책임감과 통찰력 을 신뢰하고, 거기에서 희망을 보려는 듯 느껴진다. 어린 세대를 최대한 오래 보호하고 싶은 게 위 세대의 마음일지는 모르지만, 결국 현실의 청소년들은 늘 세상의 어둠을 온몸으로 겪으며 살고 있으니 말이다.

여담이지만 SF 팬들은 닐 셔스터먼이 오슨 스콧 카드Orson Scott Card와 친구이며, 스콧 카드의 대표작 『엔더의 게임 Ender's Game』에 나오는 다른 캐릭터로 평행 소설을 써보면 어떠냐는 제의를 받았다는 사실에 재미있어할지도 모르겠다. 아쉽게도 셔스터먼은 이 작업을 맡지 못했고, 그 아이디어는 오슨 스콧 카드가 직접 쓴 『엔더의 그림자Ender's shadow』로 세상에 나왔다. 전쟁의 무게를 청소년에게 얹었던 이 엔더의 세계도 셔스터먼에게 꽤 잘 어울렸을 거라는 생각이 든다.

셔스터먼은 시나리오 작가로서도 활동하며 TV 시리즈 「구스범프스」와 「애니모프」에 참여하거나 디즈니 채널 영화 「픽셀 퍼펙트」를 쓰기도 했는데, 그 경험을 살려 현재 본인 작품인 『챌린저 디프』의 시나리오 각색 작업을 직접 진행하고 있다. 여기에 언와인드 시리즈도 TV 시리즈로 제작되고 있고, 아들 재러드 셔스터먼과 공저한 2018년 작 『드라이』도 파라마운트사에 영화 판권이 팔렸으니, 몇 년 안에는 셔스터먼 원작의 영상물을 줄줄이 보게 될 것 같다. 물론 〈수확자〉 시리즈도 이미 유니버설과 영화화 계약을 하고 시나리오 각색 초안까지 작업을 끝냈다.

미국의 YA 소설은 쉬운 단어만 쓰지 않고, 오히려 일부러 어려운 단어를 쓸 때가 있다. 여기에 이 시리즈 특유의 독특한 설정이 합쳐져, 고풍스러운 용어들에 대한 적절한 번역어를 고르는 것이 쉽지 않았다.

각 권의 제목에는 한 가지 이상의 뜻이 담겨 있다. 1권『수확자 *Scythe*』의 원제는 유럽에서 추수할 때 쓰는 긴 낫으로, 수확의 주체가 아니라 도구이다. 죽음의 신을 그릴 때 주로 이 낫을 쥔 모습으로 그려진다. 시트라와 로언, 수확자 패러데이와 퀴리, 고더드 등의 주요 인물과 수확령의 변화를 소개하는 것이 주된 내용이다. 2권인『선더헤드 *Thunderhead*』는 천둥을 품은 구름, 뇌운(雷雲)이라는 의미로 〈클라우드〉에 자의식이 더해져서 탄생한 인공 지능을 가리키며, 어떻게 보면 제목 그대로 폭풍의 전조를 의미한다. 앞서 나온 주요 수확자들에 이어 수확령의 부패에 맞서서 노력하는 선더헤드와 그 대리자인 그레이슨의 분투가 함께 담겨 있다. 3권『종소리 *The Toll*』는 선더헤드의 뜻에 따라 음파교 예언자로 나선 그레이슨을 가리키는 동시에, 결말에 가장 중요한 역할을 하는 장소인 환초 atoll를 뜻하기도 하며, 앞서 일어난 모든 일의 대가 toll를 가리키기도 한다. 또 희생자의 수를 의미할 수도 있다.

〈Scythe〉라는 명칭이 주체라기보다는 도구를 가리키듯, 이 시리즈에서 수확자가 사람을 죽이는 일에도 떨어진 이삭을 줍는 행위를 말하는 glean, gleaning이라는 단어를 썼다. 그 점을 감안하여 번역에서는 〈거둔다〉라는 표현을 쓰거나, 그렇게 옮기기 어려울 때는 〈수확〉으로 대체했다. 3권의 마지막에서 패러데이가 보여 주는 모습이야말로 이 단어의 원래 의미에 어울린다는 생각을 한다.

마이클 패러데이, 마리 퀴리, 크세노크라테스, 아나스타샤, 짐 모리슨 같은 주요 등장인물 외에도 수많은 역사적 인물이 수확자들의 이름(〈수호 위인〉)으로 쓰였는데, 어떤 인물인지 주석을 다 붙이지는 않았다. 재미 삼아 찾아보아도 좋을 것이다.

신화 세계라고 단언하기는 했지만, 작가가 만든 미래상 곳곳에 보이는 현실의 조각들도 재미있는데, 모든 인종이 골고루 섞여 있다는 설정도 그렇고, 『종소리』에 등장한 제리코라는 인물에게 비춰지는 현대 젠더의 다양성도 그렇다. 호칭에서 굳이 성별을 드러낼 필요가 없는 한국어의 특성상, 하늘에 구름이 있거나 없거나에 따라 남성/여성을 오가는 젠더 플루이드에 대한 묘사를 고스란히 옮기기가 어려웠던 점은 아쉽다.

〈수확자〉 시리즈의 긴 여정을 함께하면서, 예상했던 내용에서 계속 벗어나는 전개에 놀라는 즐거움을 한국 독자들보다 미리 누릴 수 있었다. 독자들에게도 재미있는 여정이 되기를 빈다.

2023년 2월
이수현

옮긴이 이수현 서울대학교 인류학과를 졸업하고 동 대학원에서 석사 학위를 받았으며, 작가이자 번역가로 활동하고 있다. 옮긴 책으로는 『빼앗긴 자들』, 『킨』, 『유리 속의 소녀』, 『유리와 철의 계절』, 『세상 끝에서 춤추다』, 『새들이 모조리 사라진다면』, 『아메리카에 어서 오세요』, 『아득한 내일』, 〈얼음과 불의 노래〉 시리즈, 〈노인의 전쟁〉 시리즈, 〈다이버전트〉 시리즈, 〈샌드맨〉 시리즈, 〈퍼시 잭슨〉 시리즈 등 많은 SF와 판타지, 그래픽 노블이 있다. 쓴 책으로는 러브크래프트 다시 쓰기 소설 『외계 신장』과 도시 판타지 『서울에 수호신이 있었을 때』가 있다.

종소리

발행일	2023년 2월 10일 초판 1쇄
	2024년 7월 20일 초판 7쇄

지은이	닐 셔스터먼
옮긴이	이수현
발행인	홍예빈 · 홍유진
발행처	주식회사 열린책들

경기도 파주시 문발로 253 파주출판도시
전화 031-955-4000 팩스 031-955-4004
www.openbooks.co.kr